KB183911

시를 읽으면 세상이 보인다

• 시로 읽어 내는 53가지 세상 문제와 해법 •

시를 읽으면 세상이 보인다

이상호 지음

좋은땅

머리말

어릴 때 아버지는 공부하는 내 옆에서 책을 읽거나 시조를 자주 읊으셨다. 주로 춘향전, 장화홍련전, 심청전 등과 고시조였다. 지금도 아버지가 읊는 시조는 기억에 생생하다. 아마 그때부터 시를 좋아했던 것 같다.

그러나 나의 초등학교 시절은 시 읽기가 어려웠다. 주변에 시집이 없었고 초등학교 고학년 때는 치열한 중학교 입시 준비에 시를 읽을 여유가 없었다. 중학교 때는 무협 및 탐정소설에 빠져 밤을 새우기도 했다. 그 소설들에는 잔혹한 내용도 많았는데 나는 그 소설들을 읽으면서 연약한 여자와 약자들에 대한 강한 연민을 느끼며 불의에 대한 분노와 정의에 대한 외경심을 가지기도 했다.

내가 본격적으로 시를 읽기 시작한 것은 고등학교 때였다. 고시(가사)와 고시조를 즐겨 읽다가 현대시로 옮겨 간 것 같다. 그때부터 나이 70이 된 지금까지 일주일에 하루 이틀은 시를 읽어 왔다.

시를 읽으면서 시에 담긴 말들의 오묘함과 그 묘사의 신비스러움에 놀랐다. 시를 체계적으로 배운 적은 없지만 시를 쓰기도 했다. 시를 인용하여 글을 쓰기도 하고 일기에 자주 인용하기도 했다. 시는 나의 삶을 성찰하고 정화하는 수단이 되기도 했다.

시를 읽으면서 시 속에는 과거와 현재, 미래, 땅과 우주가 담겨 있다는 것을 느꼈다. 시는 나를 신비의 세계로 이끌기도 했다. 시에는 세상에 대한 관찰과 고뇌와 성찰과 모색이 오롯한 이미지로 둥지를 틀고 있었다. 시에는 인간과 세상을 향한 온건하면서도 강한 은유의 편지가 담겨 있었다. 그러면서 시는 나에게 '지금 여기'를 관찰하고 성찰하며 내일을 모색하게도 하였다.

그래서 시를 읽을 때마다 세상을 돌아보고 성찰하게 되었다. 나는 시를 읽으며 틈틈이 메모해 왔다. 그리고 시 감상의 글도 썼다. 그런 일을 한참 한 후 내 생각을 다른 사람과 공유하고 싶었다. 그래서 30년 전부터 직장 생활 중에서도 틈을 내어 지방 신문에 시 감상문을 싣기도 했다. 그것은 시 평론도 아니고 칼럼도 아닌 그저 삶을 성찰하는 하나의 수단으로서의 시 감상문이었다.

그리고 또 한참의 시간이 지났다. 내 마음대로 읽은 시와 그 시속에 담긴 삶과 세상 이야기를 체계적으로 쓰고 싶었다. 처음에는 지방 일간지인 종이 신문에 썼다. 그러나 그것은 큰 한계가 있었다. 지면상 원고의 양(글자 수)을 맞추어야 하는 것은 내가 쓰고 싶은 대로 쓰지 못하게 하는 멍에였다. 그래서 찾은 것이 최근 발달한 인터넷 신문이었다.

내가 인터넷 신문에 '시로 세상읽기'라는 주제로 주로 글을 쓴 시기는 코로나19가 세상을 뒤덮은 때였다. 코로나19는 삶을 참 힘들게 하였으며, 내일을 암담하게도 하였다. 지금도 코로나19는 완전히 물러가지 않았다. 나는 인터넷 신문에 2018년부터 지금까지 6년째 글을 연재하고 있다.

일부이긴 하지만 독자들의 격려가 있었다. 내 글에 인용된 시의 주인인 어떤 시인은 신문사를 통해 내 전화번호를 알아내어 전화와 격려도 해 주었다. 또 어떤 출판사에선 책으로 내볼 의사가 없는지 타진하기도 했다. 그런데 그때는 별로 출판 생각이 없었다. 그리고 2년이 흘렀다. 지금까지 쓴 글들을 모아 다시 읽고 분류해 보니 의미 있는 체계가 잡혔다. 그래서 용기를 내어 출간하기로 했다.

출판이 매우 망설여졌다. 글을 쓴 시점이 주로 코로나19로 몸살을 앓던 시기라 시기의 적절성이 고민되었다. 그러나 넓게 생각해 보면 재난은 똑같지는 않지만, 비슷한 유형으로 반복되고 제기된 정치, 경제, 사회, 문화적인 문제는 보편성을 띤다는 나름의 결론을 얻었다. 그래서 용기를 내었다.

이 책은 총 8부로 이루어져 있다. 제1부는 '조국을 잃은 자의 고뇌와 소망'이라는 제목이다. 이육사와 윤동주의 시 6편을 소재로 풀어 보았다. 제2부는 지금 심각한 해체의 위기에 처해 있는 고향 해체에 관한 이야기를 "문명의 늪에 빠져 버린 고향"이란 주제로 하여 6편의 시로 풀어 갔다. 제3부는 현재 우리 사회가 앓고 있는 무서운 병리 현상인 모성 해체의 문제를 '위험한 아이들, 해체되어가는 모성'이란 주제로 하여 5편의 시로 풀어 보았다. 제4부는 우리 사회가 처한 저출생의 심각한 위기 문제를 짚어 보면서 저출생 극복을 위해 '위대한 모성의 회복을 위하여'라는 주제로 4편의 시를 중심으로 풀어 보았다. 제5부는 지금 심각한 사회의 폭력, 특히 데이트 폭력, 스토킹, 안전사고, 갑질, 그리고 온갖 정치 사회적 폭력 문제를 성찰하였다. 제목을 '폭력과 사고로 얼룩진 세상을 향한 고발과 치유의 메시지'라고 달고 9편의 시를 중심으로 풀어 갔다. 제6부는 역사는 늘 살아 숨 쉬는 생명체이다. 우리는 그 역사의 한가운데 서서 또 하나의 역사를 만들어 가고 있다. 역사를 성찰하면서 오늘을 살아야 밝은 내일을 기대할 수 있다. 뜨거웠던 역사는 오늘을 사는 우리에게 강한 메시지를 던져 준다. 그리고 역사 앞에서 겸허해야 한다. 그래서 제목을 '다시 그 뜨거웠던 역사 앞에서'라고 붙이고 9편의 시를 통해 살펴보았다. 제7부는 시 속에 담긴 '아름다운 공존을 향한 소망'을 이야기했다. 아무리 아등바등 다투는 세상이라지만 인간이 사는 세상은 공존할 줄 알아야 함께 살아갈 수 있다. 시인들은 그 공존의 문제를 다양한 시적 언어로 승화시키고 있다. 그 이야기를 6편의 시를 소재로 풀어보았다. 희망은 삶의 동력이자 나침반이다. 희망을 잃는다는 것은 죽음으로 가는 것과 같다. 그래서 제8부의 제목을 '희망을 여는 삶을 위하여'라고 붙이고 8편의 시를 소재로 이야기를 전개했다.

이 책은 좀 두꺼운 책이다. 두꺼운 책은 초반부터 부담을 느낄 수도 있다. 그러나 부담을 갖지 말자, 이 책은 처음부터 차근차근 읽을 필요가 없다. 총 8부 중에서 관심 있는 부분을 골라 한 부(部)씩 혹은 한 편씩 읽으면 된다. 아무쪼록 독자들의 생각이 내 생각과 공유되기를 소망한다.

이 책에 실린 글은 일종의 평론이지만 고정화된 틀을 탈피하고자 하였다. 나의 자유분방함 때문이리라. 많은 채찍을 바란다. 그리고 인용한 시는 가급적 전문을 수록하려 노력했다. 시에 대한 온전한 이해를 위함이었다.

이 책을 출간하려고 원고를 편집하다 보니 특히 송구한 분들이 계신다. 그분들은 내가 인용하여 분석하고 내 견해에 따라 마음대로 이러쿵저러쿵한 시의 주인인 시인들이다. 언젠가 이런 글을 읽은 기억이 난다. '시나 소설, 그림 등 모든 예술 작품은 작가의 손을 떠나면 작가의 것이 아니라 독자의 것이다.' 나는 그 말을 믿는다. 그래도 훌륭한 분들의 시를 내 마음대로 분석하고 글로 썼으니 미안하다. 죄를 지은 느낌이 든다. 그분들도 넓은 아량으로 이해해 주시리라 믿는다.

이 책을 출간하면서 특히 고마운 사람이 있다. 밤늦도록 글을 쓰고 있는 나의 건강을 걱정하고 보이지 않는 지원을 아끼지 않은 나의 아내다. 이 책이 나오면 아내에게 가장 먼저 선물하고 싶다. 그리고 이 책이 나오기까지 수고해 주신 좋은 땅 출판사에도 깊은 감사를 드린다. 모든 사람이 즐겁게 공존하는 희망의 세상이 되기를 소망한다.

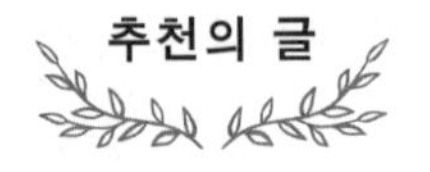

시를 통해 본 희망의 미학

어린이는 어른의 아버지. 상호 시인이 어린 시절에 각인되었던 문학적인 감성은 고희에 이르는 동안 늘 푸른 솔숲이 되었다. 아버지의 시조창을 들으면서 차츰 노래하는 문학에서 시문학에 대한 텃밭을 일구며 자랐다.

시조는 시절가조(時節歌調)의 준말이다. 이름 없는 백성에서 임금에 이를 다양한 작가들이 즐겨 짓고 노래하던 민족 문학이었다. 시절이란 당대 혹은 시대적인 다양한 상황을 이른다. 그러면서 쌓였던 분만을 해소하기도 하며 사회와 소통을 하기도 했다. 일종의 카타르시스의 문학 장르이기도 했다. 상호 시인은 고희에 이르도록 글을 지으며 읽고 자신의 언어예술로 승화하면서 살아온 것으로 가늠된다.

예부터 문장도(文章道)라고 하여 다독과 다작, 그리고 다상량을 그 속내로 한다. 흔히 문장의 삼다(三多)라고 일컬어 왔다. 그동안 여러 모양으로 일구어 온 자신의 문학 이야기를 '시를 읽으면 세상이 보인다.'라는 평론집을 출간하게 되었다. 보내온 원고본을 읽으면서 상호 시인의 시적 혜안이 시를 통하여 세상일의 본질과 속성을 꿰뚫어 보고 있음을 쉽게 느낄 수가 있었다. 원숙한 시인의 경지를 체득하게 되었다. 상호 시인의 고교 시절 한때 국어 선생을 했던 나그네로서 오히려 부끄러움이 앞섬을 숨길 수가 없었다. 선생이었던 나보다 앞서가는 시안(詩眼)이 그러했다.

상호 시인은 시를 통하여 역사와 세상을 읽고 인생과 자연을 관조하고 있다. 우리 사회가 안고 고뇌할 수밖에 없는 화두에 대한 나름의 분석과 통찰력으로 그 해법을 제시함으로써 앞으로 나아가야 할 희망봉을 펴 보인다. 이는 시적 자아에 대한 성찰로부터 비롯한 것으로 볼 수 있다. 상호 시인은 아날로그적인 종이 신문에서 디지털 매체를 아우르며 불특정의 독자들과 소통과 공감의 무지개를 만들어 왔다. 언어예술의 장인스럽게...

일제 강점기의 암울한 시기에 시인의 사명으로 살다 간 동주와 육사 시인의 피 끓는 시적 변용에서 그 속내를 자신은 물론 독자에게 전달하고자 했다. 우리 인류의 영원한 고향이라 할 모성애의 퇴조와 그 회복에 대한 강한 의지의 날개를 펴고 있다. 마침내 몸과 마음의 고향이 문명의 그림자에 가리어 길을 잃고 '허우적거림'에 대한 통렬한 성찰을 역설하기도 한다. 잃어가는 실향민 같은 현대인들에 대하여 인간성 회복의 시대적 과제를 강변한다. 우리 사회에 만연한 개인과 사회관계망 속에 벌어지는 폭력과 갑질을 넘어서 인간애가, 민족애가 살아 숨 쉬는 오늘과 내일을 진단하고 꿈꾸기를 멈추지 않는다. 마침내 '역사 앞에서 우리는 어떻게 살아왔고 살아가야 하나?'에 대한 고뇌에 찬 감성과 지성, 나아가 야성을 북돋우고자 한다.

공존과 공감, 그리고 공명할 수 있는 상생의 길이 무엇인가에 대한 화두를 보듬고 있다. 우리가 살아온 날들을 되돌아봄에 뿌리 내린 앞날의 희망봉을 찾아서 무지개 같은 화두가 될 것을 기대해 본다. 상호 시인의 문학 평론집 출간에 박수를 보낸다.

갑진년 한가위에

문학박사(시조시인) 갑내 정호완 두손

목 차

제3부 위험한 아이들, 해체되어 가는 모성

제4부 위대한 모성의 회복을 위하여

제5부 폭력과 사고로 얼룩진 세상을 향한 고발과 치유의 메시지

제6부 아프고 뜨거웠던 역사 앞에서의 성찰

제7부 아름다운 공존을 향한 소망

제8부 희망을 여는 삶을 위하여

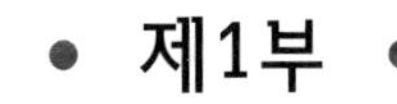

조국을 잃은 자의 고뇌와 소망

01. 고향을 그리는 지사(志士)의 간절한 소망

입 맞춰 주게
나의 순결은 너의 순결하고만 결합할 수 있다.
어서 입 맞춰 주게
〈*A. 세제르/귀향수첩*〉

추석을 맞이하면서

본격적인 가을이다. 가을은 여행의 계절이다. 산과 들판의 오색 찬란한 물결, 시원한 날씨, 푸른 하늘은 떠나고 싶은 충동을 느끼게 한다. 프랑스 철학자 가브리엘 마르셀[1]은 인간을 '호모 비아토르(Homo Viator)' 즉 '여행하는 자' '길을 가는 자'라고 하면서 여행하고 싶은 마음은 인간 본성이라고 했다.

우리는 매년 추석을 맞이한다. 추석 연휴는 3일이 기본인데 길 경우는 5일은 족히 된다. 추석은 객지에 살던 사람이 고향으로 여행하는 기간이기도 하다. 그 여행은 마음에 간직한 곳, 근원을 향한 여행이며, 그 여행을 통해

1) 가브리엘 마르셀(Gabriel-Honoré Marcel,1889.12.7. ~ 1973.10.8.)은 프랑스의 철학자이자 극작가이다. 파리대학과 몽펠리에대학에서 강의했다. 키르케고르와 야스퍼스 계열에 속하는 그리스도교적 실존주의였다. 저서로 《형이상학적 일기》(1927), 《존재와 소유》, 《존재의 비밀》, 희곡《갈증》 등이 있다.

추억을 되새기고 사랑을 나누며 위로를 받는 것뿐 아니라, 부모님과 조상, 친지들에게 사람도리를 실천한다.

코로나19가 한창 기성을 부릴 때는 정부에서 그 대책으로 '사회적 거리 두기'를 대대적으로 시행하면서 추석 연휴에 고향 방문 자제를 대대적으로 요청했다. 그러나 '인간의 여행 욕망은 인간 본성'이란 가브리엘 마르셀의 말처럼 사람들은 고향엘 못 가는 대신 제주를 비롯한 유명 관광지로 몰렸다. 그때 제주를 비롯한 유명 관광지의 예약이 밀렸다는 보도가 있었다. 물리적으로 제어하기 힘든 인간 본성의 발로가 아닐까?

코로나19가 한창 기성을 부리던 해 추석을 앞두고 한 지인이 추석을 맞이하는 선물로 청포도 한 상자를 보내왔다. 모양도 색깔도 맛도 좋았다. 그 혹독한 여름 장마와 태풍에 어떻게 이렇게 깨끗하게 생산될 수 있었는지 궁금해서 물어보니 하우스 재배라고 했다. 자연이 아니라 인위적인 힘이 보태진 산물이었다.

10여 년 전 밭에 청포도를 포함하여 캠벨 등 다섯 그루의 포도나무를 심었다. 제법 커서 포도가 주렁주렁 달렸다. 초기 몇 해는 포도를 제대로 먹지 못했다. 여름 장마에 다 녹아내렸고, 그나마 달린 것도 물러 터져 먹을 수가 없었다. 하는 수 없이 포도송이를 모두 잘라 버린 적이 여러 번이었다. 그러기를 반복하면서 추석에 잘 익은 포도 몇 송이를 먹게 되었다. 포도 한 송이를 탐스럽게 키우는 데도 온갖 정성과 꿈이 깃들어야 하는 것을 배웠다.

양력 7월부터는 포도송이가 주렁주렁 달려 성장하는 시기다. 나는 한창 영글어 가는 포도송이를 볼 때마다 포도 한 송이에도 "하늘이 꿈꾸며 들어와 박혀"있음을 느낀다. 그래서 틈이 날 때마다 학창 시절부터 읽던 이육사의 시 《청포도》를 비롯한 《광야》, 《황혼》, 《절정》 등 10여 수를 즐겨 읽곤 한다. 특히 《청포도》를 읽을 때는 추석을 목전에 두고 고향을 그리워하는 지사의 간절한 소망을 떠올린다.

그런데 2020년대인 지금, 시인 이육사가 그토록 그리워했던 고향마을에 '전설이 주저리주저리' 열리고 있을까? 전설은 전설로만 남고 떠나간 사람들이 비워 둔 집만 덩그러니 남아 있는 것은 아닐까? 장맛비에 떨어지고 터진 포도알처럼 전설도 떨어지고 터지고 있는 것은 아닐까? 그 '전설이 주저리주저리 열리'는 강한 '인연공동체'는 어디로 향하고 있을까? 그런 생각을 하니 마음이 아프다 못해 쓰라리다.

청포도와 이육사, 그리고 고향

내 고장 칠월은
청포도가 익어가는 시절

이 마을 전설이 주저리주저리 열리고
먼데 하늘이 꿈꾸며 알알이 들어와 박혀

하늘 밑 푸른 바다가 가슴을 열고
흰 돛단배가 곱게 밀려서 오면

내가 바라는 손님은 고달픈 몸으로
청포를 입고 찾아온다고 했으니

내 그를 맞아 이 포도를 따 먹으면

두 손은 함뿍 적셔도 좋으련

아이야 우리 식탁엔 은쟁반에

하이얀 모시 수건을 마련해 두렴

-이육사 《청포도》 전문-

우린 이육사[2]를 애국 시인과 독립투사로 생각한다. 그러나 그의 시 《청포도》를 읽다 보면 그의 삶의 내면에는 고향에 대한 그리움과 간절한 소망이 자리 잡고 있음을 알 수 있다. 이육사의 시 《청포도》는 시의 제목임과 동시에 뒷날 발간된 이육사 시집(1964년)의 제목이기도 하다.

시 《청포도》는 이육사가 1939년(36세) 가을, 서울 성북구 종암동 62번지로 이사할 무렵 발표한 시로 알려져 있다. 그해 그는 《청포도》《절정》《남한산성》 등의 시 작품과「영화에 대한 문화적 촉망」「시나리오 문학의 특징」

2) 이육사(1904.4.4. ~1944.1.16.)의 본명은 원록(源祿)이며 뒷날 활(活)로 개명했다. 본관은 진성(眞城)이며 경북 안동(安東)출생이다. 어릴 때부터 조부에게 한학을 배웠고, 대구 교남(嶠南)학교에서 공부했다. 1925년 독립운동단체인 의열단(義烈團)에 가입하였다. 1927년 북경에서 귀국 후 장진홍(張鎭弘)의 조선은행 대구지점 폭파사건에 연루되어 대구형무소에서 3년간 옥고를 치렀다. 그때의 수인번호 264를 따서 호를 '육사'라고 지었다. 출옥 후 북경대학 사회학과에 입학, 수학 중 루쉰[魯迅] 등과 사귀었다. 1933년 귀국, 육사란 이름으로 시 《황혼(黃昏)》을 《신조선(新朝鮮)》에 발표하여 시단에 데뷔했다. 1937년 동인지 《자오선(子午線)》을 발간하였으며 《청포도(靑葡萄)》《교목(喬木)》《절정(絶頂)》《광야(曠野)》 등을 발표했다. 1943년 중국에서 귀국하여 6월에 동대문경찰서 형사에게 체포되어 베이징으로 압송되었고 1944년 북경 감옥에서 옥사했다. 1946년 신석초의 노력으로 《육사시집(陸史詩集)》이 간행되었고, 1968년 고향인 경상북도 안동에 육사시비(陸史詩碑)가 세워졌다. 이육사는 일제강점기에 끝까지 민족의 양심을 지키며 죽음으로써 일제에 항거한 시인으로 목가적이면서도 웅혼한 필치로 민족의 의지를 노래했다고 평가받는다.

등 영화 예술 관계 평론을 발표하기도 했다. 이 《청포도》는 뒷날 유고로 남아 발표된 유명한 시 《광야》의 전신으로 《광야》는 《청포도》의 변형이라고 생각된다.[3]

좋은 시를 읽으면 삶을 성찰하고 힘이 솟으며 희망이 넘친다. 시 《청포도》는 두 행씩 총 6연으로 이루어졌으며, 1연과 2연, 3연과 4연, 5연과 6연, 두 연씩 한 세트다. 시는 매우 세련되고 절제감과 속도감이 넘친다. 그래서 《광야》처럼 단숨에 읊을 수 있다. 그리고 긴 여운과 함께 강한 지향성과 그리움을 안겨 준다. 이육사의 거의 모든 시에는 독립지사답게 절제감과 속도감, 그리고 절규하듯 넘치는 힘이 숨어 있다.

"내 고장 7월은 청포도가 익어가는 시절"이라 했다. 그 7월이 양력으로 7월이었을까? 음력으로 7월이었을까? 아마도 내 생각으로는 음력으로 7월이었을 것 같다, 당시는 양력보다 음력을 많이 사용하던 전통이 있었다. 특히, 농촌에서는 주로 음력을 사용했으며, 음력의 사용은 양력 사용을 강조하는 일제에 대한 반발로 전통을 지키고자 하는 의지와 일제 저항의 표현이기도 했다. 음력으로 7월은 양력으로 대개 8월이다. 혹시 윤달이 끼면 9월쯤 된다. 청포도는 8월 말이나 9월이 되어야 익는다. 그리고 8월 말이나 9월엔 대체로 추석이 끼어 있다. 그래서 나는 이 시 《청포도》에는 북경이란 이국만리에서 일본 헌병대에 수배 중인 몸이라 추석을 앞두고 고향도 마음대로 못 가는 지사(志士)의 애절한 마음과 독립 의지가 담겼다고 생각한다.

시인이 그리는 고향은 "이 마을 전설이 주저리주저리 열리고/먼데 하늘이 꿈꾸며 알알이 들어와 박혀" 있는 곳이다. 여기엔 우리가 고향을 그리워하고 고향에 가야 할 이유가 담겨 있다. '주저리주저리 열린 이 마을 전설'은

---

3) 참고로 광야는 1942년~1943년 사이에 쓴 것으로 추정한다.

무엇일까? 전통 사회에서 고향은 먼 조상 때부터 대를 이어 살아온 곳이다. 고향엔 할아버지, 할머니, 아버지, 어머니의 숨결이 배어 있고, 형제의 우애와 친족간의 끈끈한 인연과 사연이 전설처럼 서려 있다. 그 고향엔 어린 날부터 꾸어 온 꿈과 소망이 있다. 그래서 “전설이 주저리주저리 열리고 먼데 하늘이 꿈꾸며 알알이 들어와 박힌 고향”은 내 존재의 뿌리이며, ‘인드라의 구슬’ 같은 ‘인연공동체’의 존재 관계망이기도 하다.

고향은 이육사에게 왜 ‘인드라의 구슬’ 같은 ‘인연공동체의 존재 관계망’일까? 시 《청포도》에서 “이 마을 전설이 주저리주저리 열리고”라고 한 것은 이육사의 고향과 가계, 성장과 활동과 무관하지 않다.

> 이육사는 퇴계 이황 선생의 14대손이다. 그의 출생과 성장지인 안동시 도산면 원촌은 퇴계 이황 선생의 손자 삼 형제 중 막내인 동암(東巖) 이영도(李詠道)의 증손 원대처사(遠臺處士)가 처음 자리 잡아 살아온 곳으로 그 자손만이 대대로 살아온 곳이다. 마을은 태백산맥이 낙동강을 끼고 내려오면서 두 가지가 되어서 한 가지는 도산서원의 주산인 영지산(靈芝山)이 되고, 한로연산은 활체와 같고 앞의 강물은 활줄과 같이 된 그 속에 백여 호가 산다. 산 주위를 왕모산이라 하는데 고려 공민왕이 홍건적의 난에 모후를 모시고 피난하다가 모후가 이곳에서 쉬어 간 것이 인연이 되어 이름 되었고, 지금도 그 생터가 남아 있다. 동네 앞 방축 중간쯤에는 200년 넘은 느티나무와 고목이 있어 마을의 전통을 자랑할 만하다.[4]

---

4) 이동영, 〈이육사의 항일 운동과 생애〉, 『한국현대시인연구❷ 이육사』, 문학 세계사, 1992, 206쪽~207쪽.

그런 시인의 고향은 '이 마을 전설이 주저리주저리 열리'는 평화롭고 풍요로운 혈연공동체였다. 의미를 확대하면 그가 말하는 내 고장은 단군의 피가 흐르는 민족공동체의 고장인 한반도일 수 있다. 그런 고장엔 꿈의 상징인 먼데 하늘이 포도송이처럼 알알이 들어와 박혀 있다. 꿈과 전설이 알알이 박힌 곳이다. 일제의 폭압으로 암울한 현실이지만, 과거의 평화로웠던 시기를 회상하면서 기필코 독립을 이루어 전설이 대를 이어 주저리주저리 열리기는 인연공동체의 전통을 이어가기를 소망하고 있다.

소망은 아름다운 언어로 치환되어 상상 속에서 이루어진다. 의인화된 "하늘 밑 푸른 바다"는 청포도의 푸른 이미지와 함께 아름다운 희망이다. 그것이 가슴을 열고 왔으니, 희망이 열렸다. "곱게 밀려오는 흰 돛단배"는 희망을 싣고 오는 순결한 배이다. 푸름과 흰색의 조화는 희망과 순결의 기막힌 조화다. 수배와 감시를 벗어난 자유의 몸이 되기를 바라는 시인의 소망, 조국 광복의 소망이 고요한 평화로 다가오기를 바란다.

고요한 평화에는 품위와 정체성이 깃들어 있다. 그때 "내가 바라는 손님은 고달픈 몸으로/청포를 입고 찾아온다고 했으니" 손님은 지친 몸이지만 품위와 정체성을 간직하고 왔다. "내가 바라는 손님"은 시인 자신일 수도 있고 마을의 예언적 수호신 같은 은마(銀馬)[5]일 수도 있고 조국일 수 있다. 왜 고달픈가? 시인은 만주벌판을 떠다녀 지쳐 있고, 수배로 피해 다녀야 하는 신세이니 지쳐 있을 수밖에 없다. 고장은 수탈로 피폐해졌고, 조국은 일제의 폭압으로 지쳐 있다. 그런데 그 손님이 청포를 입고 찾아왔다. 청포는 전

---

5) 안정효의 소설 『은마는 오지 않는다』(고려원, 1990)에서 6·25 전쟁 때 인천상륙작전 직후 춘천 근처의 작은 마을인 금산에 유엔군 병사들이 들어와 언례를 성폭행하고 난 후 마을의 인심과 풍습이 사나워진다. 마을 사람들은 오랫동안 믿어 온 마을의 수호신인 은마를 기다렸으나 그 은마는 오지 않고 마을은 점차 해체되어 간다. 그러나 마을 사람들은 그 은마가 반드시 오리라 고대한다. 이 소설은 1991년 영화(장길수 감독, 이혜숙 주연)로도 나와 흥행을 이루었다.

통적이며 청결하며 시인의 정체성이자 마을과 민족의 정체성이다. 손님은 순수한 우리 전통과 맥을 간직하고 온 것이다. '청포를 입고 찾아온 손님'은 《광야》에서 '백마 타고 온 초인'으로 다시 태어났다. 아름다운 귀향의 상상이다.

아름다운 귀향에는 잔치를 벌인다. "내 그를 맞아 이 포도를 따 먹으면"은 아름다운 귀향에 대한 잔치이다. 기다리던 손님이 고난을 이겨 내고 청포를 입고 고향으로 왔으니 얼마나 기쁜가? 옛날이나 지금이나 기다리던 사람이 오면 반가움에 버선발로 뛰어나가 맞이한다. 포도는 전설이며 역사이다. 귀한 사람과 함께 잔치를 벌이며 전설과 역사의 이야기에 흠뻑 젖으며 날이 새는 줄 모른다, 그러니 "두 손을 함뿍" 적셔도 좋지 않은가?

아름다운 잔치를 위해 준비할 것이 있다. 포도를 따 먹으며 "함뿍 젖은 손", 고향 전설에 흠뻑 젖은 마음을 고이 간직하며 닦아 줄 그 무엇이 필요하다. 귀한 손님이 쉬며 전설을 이어가게 할 자리가 필요하다. 그것은 깨끗해야 하며 오염되지 않아야 한다. 그래서 "우리 식탁엔 은쟁반에/하이얀 모시 수건을 마련해두렴"하고 주문한다. "은쟁반"은 깨끗하고 독을 분별할 수 있는 순수함을 지녔다. "하이얀 모시 수건"은 순수하고 순결함이다. 지고한 선비의 상징이자. 백의민족인 우리 민족의 상징일 수 있다.

해체되어 가는 인연공동체를 보며

이 시는 한 폭의 수채화다. 그 수채화 속에 이국을 떠도는 지사의 강렬한 소망을 담았다. 수채화의 물감이 사람들의 마음속으로 스며든다. 그래서 이 시를 읽는 사람마다의 가슴에서 소망이 솟아난다. 이 시는 지금 상황에서도 유효하다. 세상이 어려울 때 비관에 빠지지 말고 자신이 존재하게 된 정체성과 존재의 관계망을 생각하면서 소망의 끈을 놓지 않기를 바란다.

그런데 안타깝다. 신세대들은 고장이 없고 고향이 어딘지 모른다. 도시에서 태어나 여러 번 이사하면서 자란 세대들에게 시에서 말하는 '전설이 주저리주저리 열리는 마을'은 없어지고 있다. 고향에 대한 애착과 강한 소망도 마음속에 자라지 않는다. 그런 존재의 관계망이 종적으로나 횡적으로 만들어지지 않기 때문이다. 거기에 산업화와 문명화란 이름으로 급속하게 진행되는 도시화는 고향 해체를 급속하게 가져오고 있다.

서울과 수도권을 제외한 지방은 급속한 고령화와 인구감소로 지방 소멸 즉 고향 해체의 위기로 치닫고 있다. 이는 심각한 사회문제로 떠오르고 있으나 정책적으로는 매우 미약하다. 통계청 자료에 의하면, 우리나라는 2017년 이후부터 65세 이상 고령자가 전체 인구의 14% 이상을 차지하는 고령화 사회에 진입했다. 2025년이면 고령자 비중이 20%를 넘는 초고령사회로 접어들 전망이라고 한다.[6]

또 통계청의 2019 농림어업조사 결과(2020.4.19. 농민신문)에 의하면, 40세 미만 농가 경영주는 6,829명에 그쳤다. 2018년 7,624명보다 10% 줄었으며, 41세~69세까지 모두 줄고 70세 이상만 줄지 않았다. 국토교통부와 한국토지주택공사가 발표한 2019 도시 계획 현황 통계에 의하면, 국토의 16%인 도시에 인구의 91%가 쏠려 있으며 농어촌은 9%만 살고 있는데 농어촌 인구의 향도(向都) 현상은 지속화될 것이라 한다. 이는 농어촌에 젊은이들은 계속 줄고 고령자만 늘고 있다는 증거다. 젊은이가 줄고 고령화가 가속

6) 고령자 가구 비중(고령자 가구/총가구×100)이 2000년 11.9%(173만 4,000명/1,450만 7,000명×100)였던 것이 2019년에는 21.8%(438만 8,000명/2,011만 6,000명×100)이었다. 이대로 가다간 2045년에는 47.9% (1,074만 7,000명/2,245만 6,000명 ×100)으로 전망하고 있다.

화되는 것은 농어촌 출산은 줄고 인구는 감소하며 해체되어 가고 있다는 증거이다.

앞서 시에서 말한 "전설이 주저리주저리 열리는 마을"은 대를 이어 살아온 농어촌 마을이며 그곳은 태어나고 성장한 곳만이 아니라 자기 존재와 관련된 수많은 인연이 인드라망[7]처럼 얽히고설켜 전통과 사연이 전설처럼 이어져 온 '인연공동체'이다. 그러나 농어촌의 해체는 바로 그런 존재와 인연의 관계망이 해체되고, 그 전통과 사연의 맥이 끊어지고 있다는 증거이다.

매년 추석을 앞두고 조상 묘소에 벌초하러 가면, 일가친척과 친지들이 옹기종기 모여 큰 마을을 이루고 살며 전설이 주저리주저리 열리던 마을엔 갈 때마다 하나둘씩 폐가(廢家)가 늘어나고 녹음방초만 무성한 폐허의 마을로 변해 가고 있었다. 시인과 우리들의 가슴에 깊이 남아 있는 혈연과 지연이 대를 이어 얽힌 전설과 전통이 살아 숨 쉬는 인연공동체가 해체되고 있다. 서글픈 일이다. 사람들이 사라지고 인연의 끈이 끊어진 곳에 전설이 주저리주저리 열릴 리가 없기 때문이다. 그래서 나는 이육사의 《청포도》를 읽으며 애국지사가 먼 이국땅에서 추석을 앞두고 고향을 애절하게 그리는 마음과 함께 고향 해체의 아픔을 읽기도 한다.

막스 뮐러[8]가 「독일인의 사랑」에서 "인간이 이 세상에서 사는 것은 별이

---

7) 인드라망은 인다라망이라고 하기도 한다. 그러나 인다라망은 인드라망의 잘못된 표현이다. 인드라망(因陀羅網)은 부처가 세상 곳곳에 머물고 있음을 상징하는 불교 용어이다. 원래 산스크리트어로 인드라얄라(indrjala)라 하며 인드라의 그물이라고도 한다. 고대 인도 신화에 의하면, 인드라 신이 사는 선견성(善見城) 위의 하늘을 덮고 있는 일종의 무기로 그물코마다 보배 구슬(인드라의 구슬)이 박혀 있고 거기에서 나오는 빛들이 무수히 겹치며 신비한 세계를 만들어 낸다. 불교에서는 끊임없이 서로 연결되어 온 세상으로 퍼지는 법의 세계를 뜻하는 말로 쓰인다. 화엄철학에서는 '인드라망경계문(因陀羅網境界門)'이라고 하여 부처가 온 세상 구석구석에 머물고 있음을 상징하는 의미로 쓰인다.

8) 프리드리히 막스 뮐러(Friedrich Max Müller, 1823.12.6~1900.10.28), 독일 출신의 영국 철학자, 동양학자. 비교종교학의 권위자. 빌헬름 뮐러의 아들로, 막스 뮐러로 더 알려져 있다. 인도 연구에 관

하늘에 있는 것과 같은 것이에요. 별들은 저마다 신에 의하여 규정된 궤도에서 서로 만나고 또 헤어져야만 하는 존재이요. 그것을 거부하는 것은 전연 무모한 것이든가 그렇지 않으면 세상의 모든 질서를 파괴하는 것이에요."라고 했듯이 인간은 강한 인연공동체를 이루며 살아가야 한다. 그것은 신이 부여한 존재 방식이며 사명이다.

비록 물리적인 공간으로서의 농어촌은 해체되어 가지만 친척 간, 민족 간, 인간 간에 전설처럼 얽혀진 '인연공동체'의 끈만은 살려 내기를 바란다. 그것은 곧 애향심이요. 애국심이며, 인간애이며 존재 방식이고 신이 부여한 사명이기 때문이다.

한 학문 분야를 서양에서 창시한 사람 중의 한 명이다. 뮐러는 인도 사상에 대한 학술서적과 대중 서적을 썼다.

02. 비록《절정》에 서 있을지라도

전장에서 수천의 적과 싸워서 이기기보다
하나의 자기를 이기는 것이야말로
참다운 전사(戰士) 중의 전사다
(千千爲敵 一夫勝之萬若自勝 爲戰中上)
〈법귀경〉

위기와 불안의 연속에 선 사람들

프랑스의 사상가인 라로슈푸코[9]는 "위기에 맞서 보지 못한 사람은 용기를 장담할 수 없다."고 했지만, 각종 위기와 불안이 계속되는 상황에서 인간은 위축될 수밖에 없고, 그에 따른 불안은 증폭될 수밖에 없다. 그리고 위기와 불안을 떨칠 수 있는 용기조차 장담할 수 없다.

최근 10년 사이 위기와 불안이 우리를 가혹하게 덮친 것은 코로나19였다. 그 코로나19가 한창 기세를 부리던 2020년 10월은 매우 불안했다. 코로나19에 독감 불안까지 겹쳤기 때문이었다. 겨울이 다가오면서 세계는 트윈데

9) 라로슈푸코(Francois de la Rochefoucauld 1613~1680)는 프랑스의 사상가이자 작가이다. 귀족 출신으로 정계에 투신했으나 배반당하자 은거하며 철학과 문학, 저술 활동에 몰두했다. 대표 저작으로 『잠언과 고찰』이 있다. 그는 인간 심리의 깊은 성찰을 탐구했으며, 인간은 자기애에 기초하여 움직인다고 했다.

믹의 불안에 사로잡힐 것이란 예측은 더욱 불안을 가중시켰다. 만약 트윈데믹이 유행하면 코로나19와 독감 바이러스가 뒤섞여 어떤 변종을 만들어 낼까 두려워했다. 두 바이러스에 동시에 감염된 사람이 발생하면 의료체계가 감당하지 못할 것이란 불안 때문이었다. 독감 예방 주사를 맞고 사망하는 사례도 늘고 있어 불안은 더욱 가중되고 있었다.

그런 가운데 경제는 회복될 기미는커녕 더욱 침체의 늪으로 빠지고 있었다. 문 닫는 중소기업과 도산하는 자영업자, 실업자가 늘고 있었다. 코로나에 교역량은 18.3%나 감소했다. 도대체 언제까지 참고 기다려야 하나? 언제까지 재난지원금으로 버틸 수 있을까?

거기다가 겨울엔 한파가 기습적으로 덮칠 것이란 전망도 불안을 가중시켰다. 날로 치솟는 집값과 전세와 월세가 급등은 집 없는 사람들의 설움을 점점 키워 갔다. 그래도 정치는 정쟁(政爭)으로만 치닫고 있었다. 정치와 경제가 어려워지고 기습 한파가 덮치면 힘든 사람들은 가난한 서민들이었다. 우리 국민은 혼란한 정치 상황, 불안한 경제, 사라지는 일자리와 증가하는 실업자, 코로나19와 독감 불안, 한파 등 십중고(十重苦)에 시달리고 있었다.

그해 10월은 그토록 잔인한 길로만 걸어갔다. 그리고 겨울 추위가 다가오고 있었다. 겨울을 맞으면서 상당수의 국민이 삶의 절정(絶頂)에 서 있는 것 같았다. 그런데 코로나19를 벗어났다고 하는 지금도 위기와 불안은 연속되고 있다. 의료분쟁 등 각종 분쟁이 해결될 기미를 보이지 않고, 정치는 그때보다 심하게 정쟁으로 치닫고, 실업은 점점 늘어나고, 문닫는 가게들이 날이 갈수록 늘어난다. 사람들은 계속하여 위기와 불안이란 삶의 절정(絶頂)에 서 있다.

그래도 포기해서는 안 된다. 위기와 불안이 우리를 덮칠수록 용기를 내야 한다. 비록 삶의 절정(絶頂)에 서 있을지라도 희망의 끈을 놓지 말아야 한다. 이육사가 시《절정(絶頂)》에서 절규했듯이 우린 몸과 마음을 추슬러 잡고 위기와 불안을 이겨 내는 초극(超克) 의지를 다져야 한다.

《절정》에서 다지는 초극(超克)[10] 의지

매운 季節의 채쭉에 갈겨
마침내 北方으로 휩쓸려오다

하늘도 그만 지쳐 끝난 高原
서릿발 칼날진 그 우에 서다

어데다 무릎을 꿇어야 하나
한발 재겨 디딜 곳조차 없다

이러매 눈감아 생각해 볼밖에
겨울은 강철로 된 무지갠가 보다

-이육사《절정》전문-

10) 초극(超克)은 역경을 넘어 극복해 냄을 의미한다. 니체는 그의 저서『차라투스트라는 이렇게 말했다』에서 "인간은 초극할 만한 무슨 일을 했는가. 초인은 대지의 의의다"고 하면서 초극 의지를 불태우고 실현하는 사람을 초인이라 했다. 초인은 니체가 이상적으로 그린 인간상이다. 초인이 되기 위해 가져야 할 의지가 바로 초극 의지이다.

이 시는 기-승-전-결의 시상 전개를 통해 4연 8행의 간결하고 강렬한 어조로 절망을 이겨 내고 희망을 갈구하는 초극(超克)의 의지를 드러내고 있다. 힘차고 희망적이다. 위기 저항의 강한 의지를 드러낸다.《청포도》와《광야》처럼 단숨에 읊을 수 있다. 거침없이 낭송하다 보면 저절로 힘이 솟는다. 역시 좋은 시는 삶에 힘을 준다.

1연에서 3연까지는 극한 상황에 처한 시인의 처지를 드러내는 하나의 맥락이다. 그리고 4연에서는 그 극한 상황을 이겨 내고자 하는 강한 의지(저항 의지)를 표현하고 있다.

제1연에서 "매운 季節의 채쭉에 갈겨 마침내 北方으로 휩쓸려 오다"고 한 것은 영화 〈해운대〉에서 쓰나미에 휩쓸려 사람들이 아비규환으로 밀려가듯이 타자에 의해 휩쓸려 북방으로 온 것이다. "매운 계절"은 일제의 폭압이란 가혹한 현실이다. "채쭉"은 뒤에서 내리치는 "채찍"이다. 내 의지와는 상관없이 채찍에 갈겨 참혹한 현실의 북방으로 이동되었다. 고단하고 만신창이가 되었다. 그것은 화자 자신이기도 하고 우리 민족이기도 하다.

그렇게 휩쓸려 온몸이 "하늘도 그만 지쳐 끝난 高原/서릿발 칼날진 그 우에 서" 있다. "하늘도 그만 지쳐 끝난 고원"이니 더는 오를 곳이 없는 한계 상황의 공간이다. 그런 처참한 현실, 그것도 "서릿발 칼날진" 그 위에 서 있다. 함부로 발을 내디디다간 발과 몸이 만신창이가 되고 칼날에 찔려 죽는다. 얼마나 앙칼지고 아슬아슬한가? 한치의 앞도 내다볼 수 없는 절명(絶命)의 순간에 서 있다.

위의 1연과 2연은 시인(우리 민족)이 극한 상황에 서 있음을 말해준다. 제1연에서 북방으로 휩쓸려 온 것은 수평적 극한 상황으로의 강제이동이다. 제2연에서 하늘도 그만 지친 서릿발 칼날진 고원에 서 있는 것은 수직적 극한 상황으로의 강제 이동이다. 수평적, 수직적 극한 상황은 시간적, 공간적으로 모든 공간이 극한 상황에 처해 있다는 말이다. 더는 물러서고 견딜 수 없는 총체적 극한 상황인 《절정(絶頂)》이다.

시인은 그 《절정(絶頂)》에 서서 주변을 돌아본다. "어데다 무릎을 꿇어야 하나/한발 재겨 디딜 곳조차 없다" 좌우상하를 둘러보니 두 무릎을 꿇을 곳조차, 한 발 내디딜 곳조차 없다. 두렵다. 제1연과 2연에서 말하는 물리적인 극한 상황을 제3연에서 강하게 인식하고 있다. 시인과 민족은 물리적인 극한 상황뿐 아니라 심리적인 극한 상황에도 처해 있다. 어떻게 해야 하나?

제4연에서 해답을 찾는다. "이러매 눈감아 생각해 볼밖에" 시인은 지그시 눈을 감고 생각에 잠긴다. 이것은 민족 모두가 절대 극한 상황에서도 차분히 생각에 잠겨 위기를 극복할 궁리를 찾자는 의미이기도 하다. 시인은 역설적으로 암묵적 결론을 내린다. 그 극한 상황에 무릎을 꿇어서는 안 된다. 저항해야 한다. 이겨 낼 희망과 의지를 키워야 한다.

"겨울은 강철로 된 무지갠가 보다"고 말한 데는 그런 희망과 의지가 담겨 있다. 겨울과 강철은 차갑고 강하다. 혹독한 시련의 상징이다. 무지개는 비 온 뒤에 피어나는 아름다운 형상이다. 희망의 이미지이다. 그래서 강철로 된 무지개는 강한 초극 의지와 희망을 드러낸다. 비록 일제의 폭압과 초근목피로도 살기 힘든 혹독한 겨울이란 《절정(絶頂)》에 서 있지만, 마음을 단단히 잡고 이겨 내자는 결의이다.

이 시에 동원된 시어(詩語)들에는 시의 흐름과 시인의 의지가 담겨 있다. 우선 각 연의 결구인 "오다", "서다", "없다", "보다"에 담긴 의미이다. 이것은 시간과 공간의 흐름과 심리적인 변화를 나타내고 있다. 강제로 '북방으로 휩쓸려' 와서(오다) 고원의 칼날진 서릿발 위에 서(서다) 있는데, 무릎 꿇고 한 발 내디딜 곳조차 (없다). 그런 극한 상황에서도 '강철로 된 무지갠가 (보다)'고 생각하며 희망과 의지를 다짐한다.

"매운 계절" "북방" "고원" "서릿발 칼날진 그 위" "강철로 된 무지개"도 같은 흐름이다. "매운 계절"은 시간상의 극한 상황이며, "북방"은 공간적 극한 상황이다. "고원"과 "서릿발 칼날진 그 위"는 시공을 망라한 총체적인 극한 상황이다. 그러나 그 모든 상황을 "강철로 된 무지개"라 생각하면서 초극 의지를 다진다.

시를 더 이해하기 위해 이육사의 독립 투쟁 활동을 살펴보자. 이육사는 국운이 기울던 1910년에 7살이었고, 1919년 3·1 운동 때 16살이었다. 경술국치를 당하자 조부 이중식은 집안 비복들을 모두 풀어 주고 그 문서들을 소각하여 버렸다. 벼슬도 거부하였으며 오로지 나라의 독립만 도모하였다. 이육사의 5형제는 우애를 돈독하게 다지며 성장했다. 이육사는 1925년 삼형제가 함께 항일 독립운동 단체에 가입하여 활동하다 1927년 장진홍 의사의 조선은행 폭탄 투척 사건의 혐의를 받고 투옥되어 264번의 수인 번호를 부여받고(이육사란 이름을 그때부터 붙였다고도 함) 모진 고문을 받았으며, 출소한 이후에도 광주학생사건에 연루되어 검속되었다가 풀려났다. 1926년부터 북경을 넘나들었으며, 1932년 남경의 조선 군관학교에 입교하여 1933년에 제1기생으로 수료했다. 권총 사격 솜씨가 뛰어났다고 한다. 그리고 조선 의열단 단원으로 활동하면서 만주와 북경, 남경을 오고 가면서 독립 투쟁을 하였다. 이육사는 조선 땅에 들어올 때마다 감시와 구류를 당했으며, 1943년 7월 백형의 장례에 참석하기 위해 잠시 귀국하였으나 쫓기듯 떠났으며, 그해 가을 서울에서 체포되어 북경으로 압송되었다. 이듬해인 1944년 양력 1월 16일 새벽 5시에 북경 감옥에서 별세했다.[11] 이런 그의 삶을 보면 삶 전체가 《절정(絶頂)》에 서 있었다고 하겠다.

---

11) 이동영, 앞의 책, 205쪽~223쪽.

이육사에겐 나라가 독립되어 고향에서 평화로운 삶을 누리는 간절한 소망이 있었다. 그래서 그의 시에는 고향에 대한 그리움과 독립에 대한 간절한 소망과 삶의 의지가 자리 잡고 있다. 이육사의 시 《절정(絶頂)》은 《청포도》에서 《광야(廣野)》로 이어지는 길목에 있다고 여겨진다.

1939년에 발표된 시 《청포도》에서 전설이 주저리주저리 열리는 평화로운 고향마을을 그리는 소망을 담았다면, 역시 1939년 『문장』에 발표된 《절정(絶頂)》은 일제 폭압이란 절정에 서 있으면서도 독립과 삶의 희망을 잃지 않으려는 강한 의지를 드러내고 있다. 그리고 뒷날 유고로 남아 우리에게 애송되는 시 《광야(廣野)》에서 '백마 타고 오는 초인'으로 승화되어 소망의 성취를 이루는 것 같다.[12] 이는 고향에 대한 '그리움'과 죽음이 엄습해 오는 폭압적 위기에서도 극복의 '의지'를 잃지 않으며, 딛고 일어서서 결국은 《광야(廣野)》에서 목 놓아 부르며 그 소망을 〈성취〉하고자 하는 〈그리움-의지-성취〉라는 의식의 흐름으로 이해된다.

《청포도》에서 《절정(絶頂)》과 《광야(廣野)》로 이어지는 시의 계절적 특징을 볼 때, 《청포도》는 "내 고장 7월은"으로 시작되는 것으로 보아 늦여름과 초가을이다.[13] 그 계절엔 풍성한 고향이 그리워진다. 《절정(絶頂)》의 계절은 혹한의 겨울이다. 혹한의 겨울에는 움직이기 어렵다. 이겨 내는 의지가 필요하다. 그리고 《광야(廣野)》는 "지금 눈 내리고 매화 향기 홀로 아득하니" 등으로 미루어 봄으로 향한 길목의 늦겨울이다. 그 길목은 해빙(解氷)과 해방(解放)의 길목이다. 계절적 측면에서 시의 연관성을 보아도 이 마을 전설이 청포도 송이처럼 주저리주저리 열리는 고향에 대한 그리움을 안고 있으나, 현실은 혹한의 겨울에 처해 갈 수 없다. 그러나 "강철로 된 무지개"

12) 참고로 광야는 1942년~1943년 사이에 쓴 것으로 추정한다.

13) 앞에서도 말했듯이 음력으로 7월은 8월 말이나 9월이다. 청포도는 8월 말에서 9월에 익는다.

를 품는 마음으로 이겨 내어 결국엔 매화 향기 그윽한 독립된 평화의 고향에서 기쁨의 노래를 목 놓아 부르는 꿈을 꾸고 있다고 여겨진다.

광기의 절정에 달한 일제의 수탈과 《절정(絶頂)》

이육사가 이 시를 쓴 것이 1939년이니 일제의 전쟁 광기가 극에 달하여 조선 수탈과 민족 말살이 잔인하게 자행되던 시기였다. 일제는 1931년 만주사변을 일으켜 한반도를 중국 침략의 병참 기지화했다. 이에 따라 조선 수탈은 극으로 치달았다. 민족 독립운동을 원천 봉쇄하기 위해 조선 사상범 보호관찰령 등을 공포하여 독립운동가의 통제뿐 아니라 그들을 암암리에 지원하는 민간 세력을 완전히 끊고자 하였다. 역사 날조를 통해 일선동조론 등을 펴면서 조선 지식인들을 탄압하여 매수하고 한반도의 영구적 지배에 광분했다.

1937년 중일전쟁을 일으켜 중국 침략을 본격화하면서 국가총동원령을 내렸고, 군량미 확보를 위해 산미증식 계획을 발표하고, 미곡 공출제를 시행하여, 조선 민중은 식량을 배급받게 되었다. 조선 민중의 삶은 극도로 피폐해졌으며 살길을 찾아 만주로, 간도로, 깊은 산속으로 들어가 화전을 일구는 사람들 등 실향민이 급증했다.

광기에 빠진 일제는 야마모토 이소로쿠(山本五十六)의 계획에 따라 1941년 12월 7일 일요일 휴가를 즐기던 미국 진주만 기지를 기습공격했다. 일본의 항공모함 기동 타격대는 미국 정찰대에 포착되지 않은 채 하와이 북쪽 440km 지점에서 급강하 폭격기와 뇌격기(雷擊機) 등 360여 대의 항공기를 2패로 나누어 출동시켜, 새벽 공기를 뚫고 진주만 함대에 집중포화를 쏟아부었다. 같은 날, 타이완(臺灣)기지의 일본 폭격기들은 필리핀에 있는 미국의 클라크 군용비행장과 이바 군용비행장을 공격했다. (현지 시각으로는 12월 8일). 미국 극동군이 보유하고 있던 항공기의 50% 이상이 파괴되었다. 미국은 선전포고도 없이 자행한 일제의 폭격에 치명상을 입었다.

일본의 기습공격은 전쟁에 중립을 주장하던 미국국민과 의회를 분노하게 했고, 전쟁 중립 주장을 말끔하게 씻어 냈으며, 미국국민을 단결하게 했다. 12월 8일 미국 의회는 만장일치(반대 1명)로 일본에 선전포고를 가결했고, 루스벨트(Franklin Delano Roosevelt 미국 제32대 대통령, 1882년~1945년) 대통령은 대일 선전포고를 했다. 이로써 태평양 전쟁이 본격화되었다.

전쟁 초기에는 일본이 기선을 잡는 듯했으나, 미드웨이 해전을 전환점으로 대세가 기울어갔다. 일본의 전황은 점점 어려워졌고, 본토까지 위협을 당하게 되었다. 광분한 일제는 지원병제와 징용제, 정신대라는 미명으로 조선의 젊은 남녀들을 강제로 동원해 갔다.

조선은 일제의 가혹한 수탈로 극도로 지쳐갔다. 국내의 합법적인 민족 운동은 보호관찰령과 국가 총동령에 의해 거의 말살되었고, 상해임시정부의 대일 투쟁도 크게 위축되어 무장 투쟁으로 명맥만 유지하고 있을 정도였다. 이러한 시기에 이육사는 민족의 삶과 독립 투쟁에 최대의 위기감을 느꼈을 것이다. 시인은 그 상황을《절정(絶頂)》이라 여긴 것 같다.

이육사는 이러한 극한적 위기 상황을 시로 형상화하면서 민족 모두가 그것을 이겨 내려는 강한 의지를 갖기를 바랐을 것이다. 그래서 이 시《절정(絶頂)》에는 일제의 폭압적 위기 상황에서도 차분히 생각하여 희망을 잃지 말고 저항하면서 독립을 이루자는 강한 의지와 독려가 담겨 있다.

이성과 절제로 초극 의지를 다질 때

우리는 해방 이후에도 6·25 동족상잔의 비극, 4·19 혁명과 5·16 군사정변, 금융위기, 코로나19 위기 등 절정(絶頂) 같은 위기를 겪었지만 극복했다. 그런데 지금 또 위기에 직면해 있다. 지금의 위기도 《절정(絶頂)》과 같다. 그러나 그에 대처하는 자세와 방법은 과거와 큰 차이가 있다. 일제 폭압 때나 6·25 동족 상잔의 비극, 금융위기, 코로나19 위기 등에서는 절제와 의지로 이겨 내 왔다. 그러나 지금 전개되는 위기와 불안에는 안개 속이다. 정치는 앞이 보이지 않는 투쟁이 가속화되고, 남북 관계는 더욱 적대적 대립 관계로 변하고, 온갖 의혹은 증폭되는 가운데 서민의 삶은 더욱 찌들어 간다. 재난지원금과 민생지원금으로 숨통을 열어 주자는 주장도 강하게 일고 있으나 그런 것들은 당장은 로마 시민처럼 국민이 환영하는 대증요법은 될지언정 근본 해결책은 아니다.

명상록으로 유명한 마르쿠스 아우렐리우스(Marcus Aurelius 121~180. 로마제국의 16대 황제) 때 '안토니우스 역병(The Antonine Plague)'이라는 역병이 돌았다. 로마인들은 이전의 역병과는 차원이 달라 두려움에 떨었다. 역병 피해는 군인들에게 더 치명적이었다. 역병이 창궐하는 167년 마르코만니족이 이끄는 게르만족이 침략해 왔다. 철통 무장을 자랑하던 로마 군대는 무너져 갔다. 스토아 철학에 심취했던 황제는 몸소 전장으로 나갔으며 시민들에게 이성과 절제를 강조했다. 외적을 막기 위해 칼을 쥘 수만 있다면 모두 징집했다. 여기엔 검투사도 포함되었다. 그러나 로마인들은 시간이 지남에 따라 이성과 절제를 강조하는 스토아 철학을 버리고, 마술(미신)을 믿고 기독교를 죽이기 시작했다. '음식과 오락'을 익숙하게 즐겼던 로마 군중은 역병 속에서도 검투 경기에 광분하며 부족한 검투사와 비싼 입장료에 강한 불만을 표출했다. 할 수 없이 황제는 사형수까지 경기장에서 싸우게 하며 군중을 달랬다. 로마는 역병과 외적의 침입, 시민 달래기 등 여러 가지 이유로 재정 수입은 줄고 부채는 늘어났다. 그래도 마르쿠스 아우렐리우스 때는 게르만족을 물리치고 역병을 이겨 냈다. 180년 마르쿠스 아우렐리우스가 죽고 아들 콤모두스(Commodus 161~192)가 집권했다. 콤모두스는 이성과 절제보다는 군중을 달래고 비위를 맞추기에 바빴으며, 군중과 함께 음식과 오락을 즐겼다. 마르코만니족을 쉽게 섬멸할 수도 있었으나 그들과 타협했다. 로마는 점차 피폐해져 갔다. 콤모두스는 결국 살해당했지만, 그 이후 로마는 회복되지 못했다. 안토니우스 역병 이후 키프리아누스 역병이 등장하여 270년까지 지속되었다. 역병과 외적의 침입 속에서도 오락과 낭비를 일삼았던 로마는 회복되지 못하고 서고트족, 반달족, 동고트족의 침입을 받으면서 쪼그라들다가 결국 멸망했다.[14]

역병은 전쟁 이상으로 사람들을 불안에 떨게 하고 세상을 혼란에 빠지게 한다. 전쟁이나 역병이 장기화할 때 가장 무서운 것은 정쟁(政爭)이며, 나라의 곳간 고갈이며, 국방의 해이이며, 국민 분열이다.

심한 역병은《절정(絶頂)》과 같다. 그것을 극복하는 내공이 필요하다. 내공은 정신적, 실용적인 면에서 이성과 절제로 국민을 통합할 수 있는 지도력과 튼튼한 국방과 넉넉한 나라의 곳간이다. 국민도 이성과 절제를 존중하며 화합해야 한다. 우리 국민은 코로나19를 슬기롭게 이겨 냈다. 그런데 지금 우린 어디에 서 있는가? 코로나19 때 이상으로 위기와 불안은 계속된다. 삶은 점점 힘들어지고 정치는 더욱 정쟁으로만 치닫는다.

이 시점에 제2차 세계대전 때 영국 국민에게 '피와 땀과 눈물'을 호소했던

---

14) 에드워드 기번 저, 강석승 옮김『로마제국쇠망사』, 동서문화사, 2017. 118쪽~154쪽. 제니퍼 라이트 저, 이규원 옮김『세계사를 바꾼 전염병 13가지』, 산처럼, 2020, 15쪽~37쪽.

윈스턴 처칠 수상의 연설이 떠오르는 이유는 무엇일까? 이육사가 시《절정(絶頂)》에서 조용히 눈감아 "강철로 된 무지개"를 생각한 이유는 무엇일까? 우린 지금 정부와 국민 모두 이육사가 '조용히 눈감아 생각해 낸 강철로 된 무지개'를 가져야 할 때가 아닌가? 비록《절정(絶頂)》에 서 있을지라도 희망과 의지를 잃지 않는 초극의지(超克意志)를 잃지 말아야 한다.

03. 초인(超人)을 기다리는 망자(亡者)의 절규

초인이란 필요한 일을 견디어 나갈 뿐 아니라
그 고난을 사랑하는 사람이다.
〈F.W. 니체〉

지금도 매화는 피어나고 있지만

매화가 피어나고 있다는 것은 봄이 오고 있다는 것이다. 봄은 희망이요 해방을 의미한다. 매화는 그 희망과 해방의 전령사이다. 만해 한용운은 〈禪과 人生〉이란 짧은 논문에서 매화를 다음과 같이 예찬하며 새봄의 진정한 행복을 받을 수 있는 용기 있는 자가 되어야 한다고 했다.

"해는 새로 왔다. 쌓인 눈, 찬바람, 매운 기운, 모든 것이 너무도 삼름(森凜)하여서 어느 것 하나도 겨울 아닌 것이 없는 듯하다. 그러나 그러한 환경을 깨치고 스스로 향기를 토하고 있는 매화, 새봄의 비밀을 저 혼자 알았다는 듯이 미소를 감추고 있다. 그렇다. 소장영고(消長榮枯) 흥망성쇠(興亡盛衰)의 순환이 우주의 원칙이다. 실의의 사막에서 헤매는 약자도 절망의 허무경(虛無

境)은 아니리라. 득의의 절정에서 춤추는 강자도 유구(悠久)의 한일월(閒日月)은 아니리라. 쌓인 눈 찬바람에 아름다운 향기를 토하는 것이 매화라면, 거친 세상 괴로운 지경에서 진정한 행복을 얻는 것이 진정한 용자(勇者)니라. 꽃으로서 매화가 된다면 서리와 눈을 원망할 것이 없느니라. 사람으로서 용자가 된다면 행운의 기회를 기다릴 것이 없느니라. 새봄은 향기로운 매화에게 첫 키스를 주느니라. 곤란 속에 숨어 있는 행복은 스스로 힘쓰는 용자의 품에 안기느니라. 우리는 새봄의 새 복을 받기 위하여 모든 것을 제 힘으로 창조하는 용자가 되어요."

쌀쌀한 날씨는 아직 겨울을 보내지 못하고 있다. 그러나 불어오는 바람은 봄기운을 안고 왔다. 매화나무 가지에 꽃봉오리가 맺히더니 꽃을 피웠다. 그래도 추위는 가다가 무엇을 잊은 듯 다시 돌아와 주변을 맴돈다. 그렇게 3월을 맞이했다.

3월은 희망의 달이자 아픔의 달이다. 희망의 달인 것은 3월이 만물이 소생하는 생명의 달이기 때문이고, 아픔의 달인 것은 일제로부터 자유의 희망을 안고 독립 만세를 외쳤던 선열들이 일제의 총칼에 처참하게 유린당한 달이기 때문이다.

3·1운동과 상해 임시정부 수립 100주년을 맞이했다. 범국가적으로도 기념행사와 그날의 함성을 잊지 말자는 의지를 다졌다. 임시정부 100주년을 맞이하면서 전개하는 일제의 만행과 독립운동에 대한 재조명으로 역사의 참된 거울을 만들기 위한 힘찬 노력은 나의 가슴까지 뜨겁게 했다.

나는 이육사의 《광야廣野》를 자주 읽는다. 고등학교 교과서에도 나오는 시 《광야廣野》는 한국인들이 잘 알고 있는 시이다. 아마 이 시를 거침없이 외우는 사람들도 많을 것 같다. 이육사는 숨소리조차 내기 힘들었던 민족의 암울했던 시기에 절규하듯이 《광야廣野》를 외치다가 그들의 총칼에 목숨을 유린당했다.

지금도 그때처럼 매화는 피고 있지만, 어린 시절 부르던 3·1절 노래를 아는 아이들은 거의 없는 것 같다. 노래가 무슨 대수랴마는 노래는 마음을 움직이고 의식을 깨우는 데 큰 작용을 한다. 우리의 교육은 그렇게 역사와 아픔을 잊어 가는 교육이 되어 가는 것 같아 마음 아프다. 그래서는 안 된다. 이제 다시 《광야廣野》를 외치듯 읽자. 봄철 매화를 맞이하며 자유와 독립의 희망과 해방을 외치듯 아름다운 용자(勇者)가 되기로 해 보자.

초인을 기다리는 망자의 절규

까마득한 날에
하늘이 처음 열리고
어디 닭 우는 소리 들렸으랴.

모든 산맥들이
바다를 연모해 휘달릴 때도
차마 이곳을 범하던 못하였으리라.

끊임없는 광음을
부지런한 계절이 피어선 지고
큰 강물이 비로소 길을 열었다.

지금 눈 내리고

매화 향기 홀로 아득하니

내 여기 가난한 노래의 씨를 뿌려라.

다시 천고의 뒤에

백마 타고 오는 초인이 있어

이 광야에서 목 놓아 부르게 하리라.

-이육사 《광야(廣野)》 전문-

이것은 분명 초인(超人)을 기다리는 망자(亡者)의 절규다. 시인 이육사는 일제의 폭압으로 나라와 고향을 빼앗긴 망자(亡者)가 되어 망자(亡者)가 되어버린 2천만 동포들의 앞장에 서서 절규하듯이 그윽한 매화 향기 맡으며 해방의 희망을 외친다.

고려시대 패관문학이 그렇듯이 암흑기에는 묵시문학이 발달하고 풍자나 은유를 통해 우회적으로 속내를 드러낸다. 그러나 《광야(廣野)》는 거침없이 독립을 외치는 절규로 다가온다. 그러니 저 잔인했던 일제가 시인을 그냥 두었을 리가 없지 않은가? 나는 일제 강점기의 어떤 시나 노래에서도 이렇게 당당하고 야성적인 시는 찾아보지 못했다.

단군 이래 이 땅에 닭 울음과 함께 여명이 밝아 천지가 개벽하고 삶의 역사가 시작되었다. "모든 산맥들이/바다를 연모해 휘달릴 때도/차마 이곳을 범하던 못하였으리라." 삶은 미래로 향해 영원하여야 할 삶이었다. 그러나 일제는 신령한 이 땅을 부당하게 겁탈했다. 하지만 이제, 인고의 세월을 부지런히 갈고 닦았으니, 역사와 문명의 큰 물줄기가 길을 열었다. 비록 "지금 눈 내리고 매화 향기 홀로 아득"하지만, 나는 신성한 이 땅을 위해 한매(寒梅-한겨울 매화, 역경을 이겨낸 고고한 선비를 상징)처럼, "내 가난한 삶을 불태워" 기필코 〈백마 탄 초인〉이 광복의 노래를 부리게 하는 밀알이 되리라. 그에게 백마 탄 초인은 광복을 이루고 민족의 자유와 번영을 개척할 현명한 후손이었을 것이다.

이 시는 1945년 12월 17일 자유신문에 발표된 유고시로 이육사가 1944년 1.16일 베이징(북경)의 일본 영사관 감옥에서 순국하기 얼마 전인 1943년경에 쓴 것으로 추정한다. 이 광야는 1971년 유고 시문집 제4판본『廣野』를 출판하면서 세상에 큰 빛을 보게 된다. 이육사의 시문집은 총 4차례 간행되는데, 그때마다 빠진 시문(詩文)이 첨가되었다. 문인 신석초는 시문집『廣野』(형설사 간행)의 서(序-서문)에서『廣野』를 육사 시문집의 결정판이라 했다. 이육사의 모든 시는『廣野』로 귀결되었다고 할 수 있을 것 같다.

이육사의 생애와 시문을 읽다 보면, 그는 시인이라기보다는 독립투사란 생각을 많이 하게 된다. 그는 광야를 쓰기 전 자기 한 몸을 불사를 각오한 것 같다. "나에게는 진정코 최후를 맞이할 세계가 머리의 한 편에 있는 것입니다. 그것이 타오르는 순간 나는 얼마나 기쁘고 몸이 가벼울까? 그러나 이 웃음의 표정은 여기에다 쓰지는 않겠나이다. 다만 나 혼자 엷은 미소를 하였다고 생각을 해 두십시오. 그러나 이럴 때는 벌써 나 자신은 로마에 불을 지르고 가만히 앉아서 그 타오르는 광경을 보는 로마 황제 '폭군 네로'인지도 모릅니다."[15]

광야는 위의 "계절의 오행"이후 쓴 시이다. 이육사는 1941년 부친상을 당

---

15) 이육사,〈계절의 오행〉, 1938년 12월 조선일보 게재의 글, 이동영 편저 앞의 책, 63쪽

하여 고향에 왔으나 항상 헌병의 감시를 받았다. 1943년 3월 북경에 갔다가 7월 백형의 소상(小祥) 때 잠시 왔으나 매우 쫓기는 걸음이었다. 그때 친족들에게는 조금만 더 참고 견디라는 말만 하고, 서울에 올라가자마자 일본 헌병대에 체포되어 북경으로 압송되었고, 1944년 1월 16일 새벽 5시 북경 감옥에서 순국하였다.

아직도 남아 있는 일본의 야만성을 보면

3·1절 100주년 기념행사에서 문재인 대통령은 '100년 전 3·1 운동 당시 한반도 전체 인구의 10%나 되는 202만 명이 만세 시위에 참여했으며, 그중 7,500여 명의 조선인이 살해되고 1만 600여 명이 부상했으며, 체포 구금된 수는 무려 4만 600여 명에 달한다.'면서 구체적인 피해자 수를 열거했다.

이에 대해 일본 아베 내각의 외무성 나가오 시게토시 동북아 1과장이 주일 대사관 참사관에게 전화로 "역사 전문가들 사이에서도 논란이 있는 3·1 운동 관련 숫자를 구체적으로 언급해서는 안 된다."고 항의하였으며, 고노 다로(河野太郎)외무상은 강제징용 피해자를 '구 한반도 출신 노동자'라며 "일본 기업에 불이익이 생기지 않도록 한국 정부가 확실히 대응해 주길 바란다."고 했다.

거기다가 일본은 무역 보복까지 운운하며 우리를 압박해 왔다. 이것은 독일처럼 과거사에 대한 반성은커녕, 아직도 그들이 '한국의 근대화에 기여했으며 독도가 자기네 땅이라고 우기는 망언'과 맥을 같이 한다. 어쩌면 아직도 군국주의적 근성을 못 버리고 대한민국을 깔보고 있다는 생각에 소름이 끼친다. 그래서 우린 더욱 정신 차려야 한다.

분명한 것은 일본은 한국보다 먼저 서구 문명 중심으로 문명화한 나라이다. 서구가 산업 문명을 통해 문명화되면서 일본을 먼저 개방시켰고, 그들은 재빨리 받아들여 나라를 문명화시켰다. 조선은 그때 개화와 척사의 대립으로 혼란을 거듭했다. 개화론을 편 선각자들은 문명화만이 살길이라고 했으나 여의치 않았다. 외세에 의한 문명화는 조선 반도를 그들의 밥상으로 만들었다. 그런 점에서 근대의 문명화는 제국주의이며, 군국주의다. 문명의 야만성을 확연하게 드러낸 것이다.

문명은 인류를 발전시키고 삶의 질을 향상시킨 지혜의 산물이다. 문명 자체는 선과 악이 없다. 다만 인간이 문명을 어떤 마음으로 개발하고 활용하느냐에 따라 문명은 선과 악의 두 얼굴을 가진다. 역사적으로 다이너마이트를 발명한 노벨의 소망처럼 인간의 얼굴을 한 문명은 인류의 평화와 번영에 기여했다. 그러나 문명이 인간의 욕망과 권력, 폭력성과 결부되면 인간을 파멸하는 무서운 야만이 되어 왔다. 인간이 발명한 수많은 첨단무기는 문명의 총아이지만, '인간의 얼굴을 한 야만'이 되어 인류를 파멸시키는 도구가 되었던 것이 그 증거가 되고 있다.

제국주의 열강과 일본 군국주의는 당시 문명의 힘으로 침략과 식민지 지배, 약탈, 시장 개척 등을 통해 약소국을 처참하게 짓밟아 버렸다. 제2차 대전 후 대부분의 제국주의는 그 야만성을 반성하고 새로운 인간적인 문명의 얼굴을 하려고 애써 왔지만, 일본은 아직 그 야만성을 버리지 못하고 있는 것 같다.

문명의 눈으로 보면, 선진국은 확실히 후진국보다 문명화되었다. 선진국은 산업의 발달, 민주주의 발전과 정치 안정, 낮은 부패지수, 국민 삶의 질 향상, 국론 통일, 강력한 군사력 등에서 후진국보다 월등하다. 구한 말 조선이 문명화하지 못했을 때, 일본은 문명화하자마자 조선을 약탈 대상으로 삼았다. 일본은 문명의 인간다움을 배운 것이 아니라 야만성을 먼저 배운 것이었다. 그리고 지금도 그것을 버리지 못하고 있는 것 같다.

그런데 일본이 한국에 대해 사과와 반성을 하지 않는 것은 그들의 문명과 역사 인식의 문제도 있지만, 우리에게도 있는 것 같아 안타깝다. 일본이 하는 짓을 보면 우리를 깔보는 것 같다. 왜 그럴까? 우리의 국력과 문명의 수준이 그들에게 미치지 못하기 때문이라 여기기 때문일 것이다. 그래서 우린 더욱 민주주의를 발전시키고, 정쟁을 멈추고, 화합하여야 하며, 부패를 방지하고, 국민의 도덕적 수준을 높이며, 국방력 강화에 매진해야 한다.

이육사가 절규하였던 '백마 타고 오는 초인이 목 놓아 부르는 광야'는 바로 인간의 얼굴을 한 힘 있는 문명의 땅이 아닐까? 3·1절과 임시정부 수립 100주년을 맞이하는 기념행사가 거대하게 치러졌다. 우린 그 행사를 행사로 끝내서는 안 된다. 다시금 이육사의 광야를 읽으며 그가 바랐던 해방 조국, 문명의 힘이 강한 대한민국을 만들어야 한다. 그래야 백마 타고 오는 초인이 이 광야에서 목 놓아 노래를 부를 수 있지 않을까?

04. 《황혼》아,
내 그대를 통해 위안받으리니

용기를 잃지 않는 용감한 인간이 되어라
위로는 적절한 때에 너희를 찾아갈 것이다
〈토마스 아 켐피스/그리스도를 본받아〉

비록 횡액의 인간사 일지라도

“야속하지마는 불유쾌한 결과가 누구나 그 신변에 일어났을 때 이것을 횡액(橫厄)이라고 하여 될 수만 있으면 이것을 피하려고 무진 애를 쓰는 것이 보통이지만, 어떤 의미에서는 인간이란 한 사람도 예외 없이 이러한 횡액의 연속선(連續線)을 저도 모르게 방황하는 것은 사실은 한평생의 역사인지도 모른다.
그래서 사람들은 사랑하는 사람과 함께 배를 타다가 물에 빠져서 죽었는가 하면, 소나기를 피하여 빈집을 찾아들었다가 압사(壓死)를 당한 걸인도 있었다. 그러는 동안에 이것들은 대개 사람들의 기억에서 희미해지는 것이며, 심하면 제 집사람에게까지 대수롭지 않게 여겨질 땐 무슨 수를 꾸며서라도 그 주위 사람들의 기억 속에 자기 존재를 살리려는 노력이 시작된다.

그러나 이러한 노력도 꼭 알맞은 정도의 결과를 가져온다면 여러 말을 할 때가 아니로되, 때로는 그 효과가 너무 미약하여 이렇다 할 만큼 나타나지 않을 때도 있고, 어떤 땐 너무나 중대한 결과가 실로 횡액이 되고 말 때가 많다."[16]

위의 글은 1939년에 발간된 《文章》(10월호)에 실린 이육사의 산문 〈横厄(횡액)〉의 한 대목이다. 어쩌면 우리의 인생사는 모두 〈横厄(횡액)〉의 역사인지도 모른다. 하나의 횡액을 겪으며 지나고 나면 영원히 오지 않으리라 믿었건만 〈横厄(횡액)〉이 또 닥쳐온다. 그러면 우린 또 그 〈横厄(횡액)〉과 맞서 싸워 이겨 내야 한다. 그것을 이겨 내지 못하면 죽음이요 파멸이다.

조선 선조 때 우린 처참한 임진왜란과 정유재란을 겪었다. 전국이 초토화되고 국민의 삶은 피폐해질 대로 피폐해졌다. 엄청난 횡액이었다. 그러나 조선은 30년 정도 지난 후 병자호란이라는 처참한 병란을 또 겪게 되었다. 1909년 안중근 의사가 조선 침략의 원흉 이토 히로부미(伊藤博文 1841~1909)를 제거하면 일제의 그 음흉한 야욕이 사그라질 것으로 생각하기도 했을 것이다. 그러나 1909년 1월 26일 하얼빈역에서 안중근 의사의 총성이 울리고 이토 히로부미가 사망했지만, 일제는 전혀 흔들리지 않고 오히려 더 빠르게 조선 병합 작업을 진행하였다. 안중근 의사의 그 장렬한 쾌거는 조선이라는 나라가 존재하고 있으며 자주독립을 향한 간절한 소망을 지닌 것임을 세계만방에 고하는 계기가 되었지만, 늘 자국의 이해득실로 움직이는 국제 정세는 일본의 만행을 크게 비난하지 않았다. 그리고 1년도 채 지나지 않아 조선은 일본에 병합되었다. 그것 또한 큰 횡액이었다.

---

16) 이동영 편저, 앞의 책, 80쪽.

한국의 현대사를 돌이켜 볼 때 우리 역사는 크나큰 횡액의 역사를 안고 있다. 일제의 잔혹한 지배하에서 우린 일제가 망하고 해방만 되면 자유로운 나라를 건설할 것으로 생각했다. 그러나 소련이 김일성을 앞세워 한반도의 북쪽에 인민 정부를 세우면서 다급해진 남쪽은 이승만을 중심으로 자유 정부를 세우기에 바빴고 해방정국은 좌우의 대립으로 몸살을 앓았다. 그리고 1950년 스탈린의 강력한 지원을 받은 김일성이 기습 남침을 감행해 와 겪은 6·25 전쟁으로 전국이 초토화되고 수많은 동포가 죽었으며 남북은 더 깊은 적대의 수렁으로 빠져들었다.

한국의 민주화 운동의 과정도 그렇다. 3·15 부정선거만 타도하면 올곧은 민주 정부를 수립할 것으로 생각했으나 정국은 더욱더 혼란 속으로 빠져들었으며 결국 박정희를 중심으로 한 군부의 봉기를 겪게 되었다. 군부의 힘으로 정권을 장악한 박정희 정권은 초기에는 조국 근대화라는 기치 아래 빛나는 발전의 기틀을 마련했으나 장기 집권을 위한 유신 헌법을 선포하였고 결국은 장기 집권으로 한국 민주주의를 후퇴시켰다. 그때 전국에서 들불처럼 일어나 유신 타도를 외쳤을 때는 박정희의 유신 정권만 무너지면 올곧은 민주 정부를 수립할 것으로 여겼다.

하지만 우린 '80년대의 봄'을 맞이하면서 그 소망은 정치적 야망에 굶주린 신군부에 의해 모조리 무너졌다. 그리고 저수지의 둑이 한꺼번에 무너져 물이 걷잡을 수 없이 쏟아져 나오듯 한꺼번에 쏟아져 나온 민주화에 대한 열망은 정치적 이념과 이해관계에 얽히고설켜 무질서에 가까운 혼란도 초래했다. 독재 치하에서 독재를 타도하기만 하면 자유와 평화가 올 줄 알지만, 독재 없는 공간에는 욕망의 충돌이 난무하여 오히려 무질서와 혼란을 초래할 수 있는 것과 같다. 중동지역에서 불었던 '아랍의 봄'도 혼란 속에서 다시금 권위주의 정권이 들어서는 것과 같다. 중요한 것은 횡액을 극복하고 딛고 서는 지혜에 있다.

우리는 지난한 민주화의 길을 걸으며 오늘의 민주주의 기틀을 마련했다. 그리고 박근혜 전 대통령의 탄핵을 주도했던 촛불론자들은 촛불정신이야말로 한국 민주주의의 승리이며 나아갈 길이라고 했지만, 그 촛불 세력에 의해 집권한 문재인 정부는 그들 스스로 촛불의 자아도취에 빠져 굶주린 이리처럼 권력의 달콤한 맛에 취해 버리기도 했다. 그러다 보니 한국 민주주의는 아직 질곡의 길을 걷고 있다.

2020년부터 우린 코로나19라는 지독한 횡액을 경험했다. 그것은 인간의 의지와는 무관한 자연적으로 발생한 횡액이었는지 모른다. 그때 우린 '코로나19'만 벗어나면 무엇이든 할 수 있을 것 같았다. 통제된 울타리를 벗어나 자유로운 생활이 가능할 것으로 믿었다. 그러나 '코로나19'가 물러간 지금은 그 후유증으로 몸살을 앓는다.

문재인 정부에서 집값이 천정부지로 뛰어올랐다. 수많은 서민과 청년들이 절망하게 했다. 그때 우린 집값이 내리면 뭔가 해결될 것을 여겼다. 그러나 그것 또한 오산이었다. 오른 집값이 내리는 것도 문제였다. 거기다가 국제 정세는 날이 갈수록 철저한 국가 이기주의로 바뀌어 가고 있다. 거기다가 북한 김정은은 연일 핵 위협을 가하여 오고 있다. 이런 역사적 일들 또한 횡액이 반복되는 인간사이다.

국가나 사회뿐 아니라 개인의 삶 또한 그와 맞물려 돌아가는 횡액의 역사가 반복되고 있다. 그것은 날이 좋은 날이 계속되다가 갑자기 폭풍우가 닥치는 것과 같다. 인간이 살아가면서 겪게 되는 횡액은 인간이 자초한 것들도 많지만 인간의 의지와는 무관한 자연적인 것들도 많다. 여기서 인간이 살아남으면서 삶을 개척하고 문명을 발전시키며 또 다른 행복을 추구할 수 있는 것은 그 횡액을 겪으면서도 좌절하지 않고 일어서는 삶의 의지와 지혜가 있었기 때문이다. 그 횡액을 이겨낼 수 있는 것은, 거기에 또 사람과 사람 사이에, 자기가 자기에게 하는 위로의 힘이 있었기 때문이기도 하다. 그 위로의 힘에는 꿈과 희망이 깃들여 있다.

시인이요 독립운동가였던 이육사의 시 《황혼》을 읽으며 횡액이 반복되는 인간사에서도 스스로 위로하면서 꿈을 잃지 않고 삶의 의지를 다지는 사람들의 저항 의식을 느낀다. 이때 위로는 스스로 치유하면서 저항 의식을 강화하는 심리적 기제이기도 하다.

《황혼》을 위안 삼아

내 골ㅅ방의 커-텐을 걷고
정성된 마음으로 黃昏을 맞아드리노니
바다의 흰 갈매기들 같이도
人間은 얼마나 외로운 것이냐

黃昏아 네 부드러운 손을 힘껏 내밀라
내 뜨거운 입술을 맘대로 맞추어 보련다
그리고 네 품 안에 안긴 모든 것에
나의 입술을 보내게 해 다오

저- 十二星座의 반짝이는 별들에게도
鐘ㅅ소리 저문 森林속 그윽한 修女들에게도
쎄멘트 장판우 그 많은 囚人들에게도

의지 가지없는 그들의 心臟이 얼마나 떨고 있는가

고비沙漠을 걸어가는 駱駝탄 行商隊에게나

아프리카 綠陰속 활 쏘는 土人들에게라도

黃昏아 네 부드러운 품 안에 안기는 동안이라도

地球의 半 쪽만을 나의 타는 입술에 맡겨다오

내 五月의 골ㅅ방이 아득도 하니

黃昏아 내일도 또 저-푸른 커-텐을 걷게 하겠지

-이육사《황혼》전문-

이 시는 이육사의 처녀작으로 30세였던 1933년에『新朝鮮(신조선)』지에 발표된 시다. 이육사는 이 시를 시작으로 본격적인 시작(詩作) 활동을 한 것으로 전해진다. 이육사는 이 시를 통해 일제의 잔혹한 현실 앞에서 자기의 길을 다짐하는 꿈과 의지를 처음으로 드러낸 것으로 이해된다.

이 시를 쓸 때까지의 이육사의 삶을 돌아보자.[17] 1923년 20세의 이육사는 대구 남산동 662번지로 이사를 했다. 그리고 그해 일본으로 건너가 약 1년간 있다가 돌아왔다. 그의 일본 수학과 생활을 재정적으로 도운 이들은 약업에 종사하였던 김관제(金觀濟) 삼강병원 원장이었던 김현경(金顯敬), 당시 경상북도청에 근무하였던 강신묵(姜信黙) 등이었다.

17) 이동영 편저, 앞의 책, 257쪽~263쪽.

1925년 22세 때 백형인 원기(源祺), 숙제(叔弟)인 원일(源一)과 함께 독립운동 단체인 정의부(正義府), 군정서(軍政署) 의열단(義烈團)에 입단하여 활동하기 시작했다. 이듬해인 1926년(23세) 대구 조양회관(朝陽會館)에 나가며 신문화 강좌에 참여하다가 이정기(李定基)와 함께 북경에 갔다. 그리고 이듬해인 1927년(24세)에 귀국하였다. 그해 가을 장진홍(張鎭弘, 1895~1930, 독립운동가. 일명 성욱(聖旭). 경상북도 칠곡 출신) 의사의 조선은행 대구지점 폭파 사건의 피의자로 지목되어 원기, 원조와 함께 검거되었다. 원조는 재학생이어서 석방되고 육사를 포함한 3형제는 2년 7개월간 감옥 생활을 하다가 1929년(26세)에 장진홍이 조선은행 대구지점 폭파 사건의 주범으로 검거되자 3형제는 석방되었다. 육사는 석방되자 「조선일보」 대구 지사를 경영하며 기자로 활동하다가 그해 10월 광주학생사건이 일어나자 다시 예비 검속되었다.

1930년(27세) 11월에 대구에서 격문사건(檄文事件)이 있었다. 육사는 원일과 함께 이 사건에 피검되어 수감되었는데 원일은 2개월 만에 병보석으로 나오고 육사는 6개월 만에 석방되었다. 1931년(28세)에는 외숙인 일헌 허규의 독립군 자금 모금에 참여하여 만주에 갔다가 군관학교 학생 모집을 위해 귀국하였으며, 영천 출신 김 모 씨, 원일 등 3명을 데리고 북경으로 가는 도중 만주사변이 발생하였다. 그래서 네 사람은 약 3개월 만에 돌아왔다. 이때 육사는 봉천(奉天) 김두봉(金科奉)의 집에 가 지내게 되었다. 1932년(29세)에는 북경에 가 있다가 10월 22일 조선 군관학교(당시 교장 김원봉) 국민 정부 간부 훈련반에 입교하여 1933년(30세)에 4월 22일 조선군관학교 제1기생으로 졸업하고 7월 14일(10월 14일이라고도 함) 상해를 거쳐 신의주를 통해 귀국하였다. 돌아온 육사는 『新朝鮮(신조선)』 지에 시 《황혼》을 발표하면서 본격적인 문필 활동을 시작했다.

위에서 살펴본 것처럼 이육사가 이 시를 쓰기 전에 이미 장진홍 사건 때 2년 7개월, 대구 격문 사건 때 6개월의 옥고를 치렀고, 광주학생사건 등 여러 사건 때마다 예비검속되었다. 이때마다 이육사는 절망을 경험했을 것이다. 그리고 자신이 가는 길에 항상 횡액이 도사리고 있다고 여겼을 것이며 그 횡액은 스스로 극복해야 하는 과제로 여겼을 것이다. 위의 시 《황혼》은 이육사가 이전의 감옥 생활을 떠 올리며 쓴 시로 추정된다. 이 시에는 꺾이지 않는 의지와 꿈이 서려 있다.

시는 총 5연으로 이루어져 있다. 첫째 연의 '내 골방'은 홀로 있는 골방일 수도 있겠으나 3연에 나오는 수인(囚人)으로 보아 감옥을 상징하는 것으로 추정된다. 이육사가 감옥에 갇혀 있을 때 얼마나 답답했을까? 답답한 마음을 달래려고 해 질 무렵 커-텐을 열어젖히니 황혼이 다가왔다. 육사는 그 황혼을 정성된 마음으로 맞아들이고 상상에 젖는다. 바다를 나는 흰 갈매기들은 저마다 끼룩거리지만, 각자는 외로운 존재들, 인간 또한 외로운 존재다. 홀로 골방에 갇혔으니 외롭지 않을 수 없다. 우리 민족도 일제의 감금하에 있으니, 갈매기처럼 많은 존재지만 개별적으로는 고독한 존재일 수밖에 없다.

그러나 시인은 거기에 연연하여 절망하지 않는다. 황혼을 통해 뜨거운 사랑의 마음을 보낸다. 그래서 황혼에게 부탁한다. "黃昏아 네 부드러운 손을 힘껏 내밀라" 너에게 "내 뜨거운 입술을 맘대로 맞추어 보련다" "네 품 안에 안긴 모든 것에/나의 입술을 보내게 해 다오" 황혼은 사랑의 대상이요. 희망이다. 어쩌면 일제의 폭압에서도 빛을 잃지 않는 우리 민족의 모습을 연상했다고 하면 비약일까? 육사는 황혼을 절망의 빛이 아닌 희망의 빛으로 받아들인다.

이러한 육사의 상상적 사유는 "저- 十二星座의 반짝이는 별들에게도"처럼 우주로 통하였다가 다시 "鐘ㅅ소리 저문 森林속 그윽한 修女들에게도"처럼 인간 세상의 고독한 수행자에게로 통한다. 그리고 다시 차디찬 감옥에 갇힌

'쎄멘트 장판우 그 많은 수인(囚人)'에게로 통한다. 그런데 그들의 심장이 떨고 있다. 왜냐하면 의지할 가지도 없기 때문이다. 여기서 "十二星座의 반짝이는 별들"은 이육사가 그의 시 《한 개의 별을 노래하자》에서 말했듯이 하늘에 떠 있는 숱한 별들이다. 불특정 다수의 별들, 그것은 단순한 우주의 현상이다. 육사가 바라는 별은 "十二星座의 반짝이는 별들"인 "그 숱한 별들"이 아닌 '아침이나 저녁, 언제나 볼 수 있고 언제나 만날 수 있는 아주 친한 별'이다. "아름다운 미래를 꾸며 볼 동방(東方)의 큰 별"이다. 육사는 황혼을 보며 황혼의 부드러운 손길이 그들 모두(十二星座의 반짝이는 별들, 森林속 그윽한 修女들, '쎄멘트 장판우 그 많은 수인) 에게 내밀어지기를 바라고 있다. 그것은 삼천리강산 그리고 우리 동포 모두를 향한 마음이 아닐까?

그리고 육사의 그러한 마음은 세계의 구석진 곳곳 즉 "고비沙漠을 걸어가는 駱駝탄 行商隊" "아프리카 綠陰속 활 쏘는 土人들"에게까지 향한다. 그리하여 황혼, 그 부드러운 품 안에 안기는 동안만이라도 지구의 반쪽만이라도 타는 입술에 맡겨 달라고 부탁한다. 강렬한 언어의 욕망이 용솟음친다. 세상을 향해 우주를 향해 끓어오르는 마음을 토해 내고 싶다.

그러나 아직 "내 五月의 골ㅅ방이 아득도 하니" 마음대로 밖으로 나가 황혼을 맞이할 수 있는 몸이 아니다. 다만 내일도 모래도 저 푸른 커-텐이 걷히기만을 기다린다. 푸른 커-텐은 황혼을 맞이하게 해 주는 문이다. 그리고 황혼은 앞에서도 말했듯이 "五月의 골ㅅ방"에 처박힌 시인의 꿈이요 희망이며 보드라운 살갗이다. 시인은 황혼을 통해 절망에 갇힌 자신의 꿈과 의지를 상상하며 다지고 있다. 그래서 푸른 커-텐이 젖혀진 황혼의 저녁은 한없는 위안이요. 상상의 날개를 펼칠 수 있는 시간이다.

황혼이 지나고 나면 별이 뜬다. 육사가 바라는 별은 하늘에 뜬 뭇별들이 아니다. 그가 보고 싶은 별은 "아름다운 미래를 꿈꾸며 볼 동방(東方)의 큰

별"이다. 황혼은 우리를 별의 세계로 이끈다. 별은 황혼이 데려오는 신비요 희망이다. 그것은 어린 시절부터 육사의 마음을 열어 주고 꿈을 이끌어 준 「은하수」였을 수 있다. 그러나 육사는 은하수를 잃어버렸다. 육사는 "영창을 열고 보면 하늘에는 무서리가 내리고 삼대성이 은하수를 막 건널 때 먼데 닭 우는 소리가 어지러이 들리곤 했다. 이렇게 나의 소년 시절의 정들인 그 은하수였건마는 오늘날 내 슬픔만이 헛되이 장성하는 동안에 나는 그만 그 사랑하는 나의 은하수를 잃어버렸다.[18]"고 말한다. 어쩌면 이육사는 그 잃어버린 은하수를 찾기 위해 평생을 저항하고 고뇌하며 외쳤는지 모른다. 이렇게 보면 《황혼》에서부터 《광야》의 씨앗이 뿌려지고 있었는지 모른다. 온갖 횡액을 겪으면서도 고통을 희망으로 이겨 내고자 한 선열의 뜻이 보인다.

황혼을 향해 푸른 커텐을 걷자

《황혼》은 위로의 향연이다. 우리는 황혼을 하루의 종식, 혹은 끝과 절망으로 생각하기 쉽다. 그러나 황혼은 하루를 마감하는 찬란한 시간이며 그 찬란함을 아름답게 수놓은 풍경이다. 우리는 그 황혼의 시간, 황혼을 바라보며 지나간 하루를 반추하고 위로하며 새로운 다짐을 한다. 그 다짐은 자기가 자기에게 하는 따뜻한 위로를 통해 에너지가 충전된다. 그래서 위로는 매우 중요하다. 우리는 위로가 있기에 절망에서 자신을 다시 잡을 수 있고 다시 일어설 수 있다. 따라서 우린 늘 황혼을 대하는 마음이 필요하다. 우린 하루가 마감될 때마다 그리고 역경이 닥칠 때마다 역경을 헤치고 지나갈 때마다 자기 위

18) 이육사 「은하수」 1940년 농업조선 10월호.

로가 필요하다. 그 위로는 꿈과 희망의 내일을 향한 에너지가 되기 때문이다.

또 《황혼》은 하루의 반복이다. 그것은 레비스트로스[19]의 말이다. 레비스트로는 "황혼은 시작과 중간과 끝이 완전하게 재현되는 것이며, 그 광경은 열두 시간 동안의 전투와 승리, 그리고 패배가 연이었던 것을 축소시킨 일종의 그림을 명백하면서도 느릿느릿한 방법으로 보여주는 것이다. 그러므로 새벽은 하루의 시작에 지나지 않지만 황혼은 하루의 반복인 것이다(슬픈 열대)"고 하였다.

하루라는 시간은 온갖 삶의 전투가 벌어지는 시간이다. 거기엔 승리와 패배, 환호와 좌절이 숨 쉰다. 황혼은 그 모든 것을 성찰하고 품기에 하루의 반복이 된다. 그리고 내일이란 또 다른 하루로 향하는 관문이다. 황혼을 잘 정리한 사람은 내일도 힘차게 맞이할 수 있다. 이육사의 황혼은 그런 하루의 반복이며 내일을 향한 희망이다.

또 《황혼》은 저항 의식의 서곡이다. 승리와 패배, 환호와 절망이 교차되는 하루라는 전투의 시간에는 닥치는 역경에 대한 저항 의식은 필수이다. 그 저항 의식이 있기에 견뎌 내고 승리를 만들어 내며 절망 가운데서도 힘차게 싸운다. 저항 의식은 승리와 환호를 향한 횃불이다. 그런 점에서 《황혼》은 저항 의식의 서곡이라고 나는 말하고 싶다.

저항 의식과 행동은 삶에 있어서 매우 중요하다. 인간은 어쩌면 저항 의

19) 레비스트로스(Claude Levi-Strauss, 1908~2009) 프랑스의 저명한 인류학자이자 민족학자, 구조주의 인류학의 창시자, 벨기에 브뤼셀(Brussels)에서 유대계 프랑스인 화가의 아들로 태어나, 소르본대학 철학과를 졸업한 뒤 라온, 피카르디 등지에서 교사로 재직하였다. 이후 프랑스 사회주의 운동에 가담했다가 곧 정치에도 흥미를 잃고 인류학에 관심을 보였다. 1935년에는 교수가 되었으나 1939년 교수 자리에서 물러나 실제 인디언의 삶을 탐색하기 위해 직접 여행을 떠났다. 그때부터 문화인류학 특히 구조주의 인류학에 몰입했다. 우리나라에 번역된 주요 저서로 『구조주의 인류학』, 『야생의 사고』, 『슬픈 열대』, 『신화와 의미』, 『신화학』, 『레비스트로스 미학강의 보다 듣다 읽다』 등이 있다.

식이 있기에 자신을 지키고 삶을 이어갈 수 있다. 그 저항 의식은 굳이 부조리한 세상과 행위에 대한 저항만을 의미하지는 않는다. 삶의 순간순간 닥쳐오는 온갖 횡액에 대처하면서 이겨 내는 힘이다. 우리는 황혼을 통해 그런 삶을 의지와 희망이 깃든 저항 의식을 발견한다. 그래서 황혼은 저항 의식의 씨앗이요 에너지다.

이육사가 일제 치하의 암울한 현실, 감옥에 갇혀 자유를 상실한 몸, 그래도 힘든 하루를 견디며 대견스럽게도 자신을 지켜 온 것은 그런 불합리와 역경을 이겨 내는 저항 의식이 있었기 때문이리라. 그리고 해방이란 자유공간을 향한 꿈과 희망이 꿈틀거리고 있었기 때문일 것이다. 저항 의식은 삶을 삶답게 이끌어 주는 힘이다. 그런 점에서 "모든 저항의 비밀은 희망에 기초를 두고 있다. 저항은 오로지 희망이다(R. 샤르)"는 말은 유효하다.

지금도 우리는 온갖 횡액을 겪으면서 절망에 빠지고 그 절망 속에서 희망을 찾는다. 지금은 일제와 같은 닫힌 공간이 아니라 자유와 평화가 깃든 해방공간이라지만, 항상 우리를 덮쳐오는 불안과 역경은 반복된다. 서두에서 말했지만, 역사는 개인의 역사건, 사회의 역사건, 국가의 역사건, 인류의 역사건 횡액이 반복된다. 그 횡액을 극복하고 이겨낼 수 있음은 스스로 자신을 위로할 수 있는 힘이 있기 때문이다. 그리고 그 위로는 역경에 대한 저항을 발휘한 자기에 대한 칭찬이기도 하다. 그리고 그 위로와 저항 의식을 이끄는 힘은 내일에 대한 꿈과 희망이다. 이육사는 황혼을 통해 그것을 발견하고 있었을 것이다.

이제 오늘을 사는 우리도 매일 반복되는 황혼을 바라보자. 그리고 이렇게 외쳐 보자. "《황혼》아. 내 그대를 통해 위안받으리니 나에게 꿈과 희망의 에너지를 다오." 그리하여 그 황혼을 통해 자기 위로와 격려와 역경에 대한 저항 의식과 꿈과 희망의 에너지를 발견하고 축적하자. 황혼을 향해 푸른 커-텐을 걷자.

05. 《서시》, '별을 노래하는 마음'의 사랑

연민은 모든 도덕률의 기준이다.

〈A. 쇼펜하우어/도덕의 기준〉

행복의 4가지 원칙

다시 말하지만 매년 다가오는 12월은 몰아쳐 오는 추위만큼이나 몸과 마음을 힘들게 한다. 점점 채워지지 않는 자선냄비와 연일 치고받는 정치권을 보면 사람들의 마음에 '연민'의 뿌리는 살아 있는가 하는 의문이 든다.

신문을 읽다가 가슴에 와닿는 명문(내가 보기엔) 하나가 며칠간 머리를 떠나지 않았다. 알파고 시나 씨의 《국제결혼 '신의 한 수'를 물으신다면?》[20]이다. 결혼은 서로 다른 환경에서 자란, 서로 다른 성격의 남녀가 만나 평생을 다짐하는 협약이다. 어려움이 따르지 않을 수 없다. 국제결혼은 말할 것도 없다. 그래서 많은 사람이 사랑하여 결혼하였지만, 불화로 헤어지거나 불행한 결혼 생활을 한다. 갈등 속에 서로 원망과 비난을 쏟아낸다. 그러나

20) 알파고 시나, 터키 출신 · 아시아엔 편집장, 동아일보 2020.12.18.

힘들 것 같았던 국제결혼을 행복으로 가꾸는 사람들이 있다. 그들은 결혼 생활의 3대 원칙을 잘 지키며 산다. 그 3대 원칙은 '눈물', '사과' 그리고 '용서'이며, 여기에는 '인내심'이 필요하다고 알파고 시나 씨는 말한다. 이런 원칙은 부부에게만이 아니라 모든 인간의 행복한 삶에 필요한 원칙이다. 만약 세상 사람들, 특히 정치인들이 눈물, 사과, 용서, 인내라는 위의 4가지를 실천한다면 한결 살맛나는 세상이 될 것이다.

세상에 실수하지 않는 사람이 어디 있으랴. 서로 상처 주지 않는 부부가 어디 있으랴. 그러나 '눈물', '사과', '용서', '인내심'의 실천을 통해 서로를 위로하고, 서로에게 용서를 구하면 부끄럽지 않은 삶을 살 수 있다. 행복한 부부가 될 수 있다. 그런 사람들이 넘쳐나는 세상은 아름답다. 그러나 요즘에는 '눈물', '사과', '용서', '인내심'보다는 변명, 공격, 회피, 비난, 편 가르기가 난무하는 것 같다.

특히 정치인은 하나같이 비난이 쇄도하기 전에는 자기의 잘못된 말과 행동에 대하여 사과하거나 용서를 구하지 않는다. 오히려 비난하는 상대를 공격하고 무리를 지어 난도질하려 한다. 적반하장으로 잘못을 덮어씌우려 한다. 상당한 대중들도 팬덤화되어 잘잘못에 대한 이해와 합리적인 판단보다는 편을 갈라 싸우고 비방한다. 사실과 이치, 양심과 정의는 필요 없고 내 편과 네 편만 존재한다. 모두 부끄러움을 잊은 양심 실종자들 같다.

나뭇가지를 싸늘하게 스치는 찬바람을 잠시 맞이했다. 콧등은 싸늘하지만, 답답했던 가슴은 뚫리는 느낌이었다. 하늘을 보다가 내 지난 삶도 뒤적거려 보았다. 윤동주[21]의 시집을 펼쳐 《서시(序詩)》를 읽었다. 윤동주는 왜

---

21) 윤동주(尹東柱, 1917.12.30~1945.2.16.)는 북간도 명동촌(明東村)에서 태어났다. 기독교인인 할아버지의 영향을 많이 받았다. 1931년(14세)에 명동(明東)소학교를 졸업하고, 1933년 가족이 용정으로 이사하자 용정에 있는 은진(恩眞)중학교에 입학했다. 1935년에 평양 숭실(崇實)중학교로

자신의 시집 맨 앞에 이 《서시(序詩)》를 두었을까? 생각해 보니 《서시(序詩)》는 윤동주의 시의 방향이며, 줄기이며, 삶의 길이었다.

별을 노래하는 마음에 이는 사랑의 소명

죽는 날까지 하늘을 우러러

한 점 부끄럼 없기를,

잎새에 이는 바람에도

나는 괴로워했다.

별을 노래하는 마음으로

전학했으나, 신사참배 문제로 학교가 폐쇄당하자, 용정의 광명(光明)학원 중학부로 편입하여 거기서 졸업했다. 1941년에는 서울의 연희전문학교(延禧專門學校) 문과를 졸업하고, 1942년 일본 도시샤대학(同志社大學) 영문과에서 공부했다. 1943년 7월 귀국하려던 중 항일 운동 혐의로 일본 경찰에 체포되어 2년 형을 선고받고 후쿠오카(福岡) 형무소에서 복역했다. 복역 중 건강이 나빠져 1945년 2월 28세의 젊은 나이에 사망했다. 그의 유해는 고향 용정(龍井)에 묻혔다. 그의 죽음은 옥중에서 정체를 알 수 없는 주사를 정기적으로 맞은 결과이며, 이는 일제의 생체 실험 때문이었다는 주장이 계속 제기되고 있다. 그의 시집은 그의 사후 동료와 후배들에 의해 간행되었는데 초간 시집은 하숙집 친구로 함께 지냈던 정병욱(鄭炳昱)이 자필본을 보관하고 있다가 발간하였고, 초간 시집에는 그의 친구 시인인 유령(柳玲)이 추모시를 썼다. 15세 때부터 시를 쓰기 시작했으며, 첫 작품으로 〈삶과 죽음〉, 〈초한대〉 등이 있다. 발표 작품으로는 만주의 연길(延吉)에서 발간된 《가톨릭 소년(少年)》지에 실린 동시 〈병아리〉(1936. 11), 〈빗자루〉(1936. 12), 〈오줌싸개 지도〉(1937.1), 〈무얼 먹구사나〉(1937. 3), 〈거짓부리〉(1937. 10) 등과 연희전문학교에 다닐 때 《조선일보》에 발표한 산문 〈달을 쏘다〉, 교지 《문우(文友)》에 게재한 〈자화상〉, 〈새로운 길〉등이 있다. 1946년에는 유작(遺作)인 〈쉽게 씌어진 시〉가 《경향신문》에 게재되기도 했다. 1948년에는 그의 자필 유작 3부와 다른 작품들을 모아 친구 정병욱과 동생 윤일주가 그의 뜻대로 《하늘과 바람과 별과 시》라는 제목의 시집을 정음사(正音社)에서 출간했다. 1968년 연세대학교 교정에 그의 시비가 세워졌다. 그의 시는 일제강점기란 어둡고 가난한 생활 속에서 인간의 삶과 고뇌를 사색하고, 고통받는 조국의 현실을 가슴 아프게 노래한 철학적 성찰이 깃들어 있다고 평가받는다.

모든 죽어 가는 것을 사랑해야지
그리고 나한테 주어진 길을
걸어야겠다.

오늘 밤에도 별이 바람에 스치운다.

-윤동주 《서시(序詩)》 전문-

"밤이다. 하늘은 푸르다 못해 농회색으로 캄캄하나 별들만은 또렷또렷 빛난다. 침침한 어둠뿐만 아니라 오삭오삭 춥다. 이 육중한 기류 가운데 자조하는 한 젊은이가 있다. 그를 나라고 불러두자."[22]

윤동주는 늘 밤에 하늘과 별들을 보며 꿈을 꾸고, 삶을 고뇌하고 성찰하며, 겹쳐 오는 복잡한 마음을 시로 쓴 것 같다. 그의 시 대부분은 밤과 별의 상념에서 왔다. 윤동주에게 밤과 별은 꿈과 고뇌, 성찰과 사랑, 다짐의 시공간(時空間)이었으리라. 그래서 나는 윤동주를 '밤과 별의 시인'이라고 말하고 싶다.

시는 총 2연으로 구성되어 있다. 그런데 2연은 단 한 줄이다. 균형미가 없어 보이지만 내면이 지닌 균형미는 단단하다. 그리고 2연이 함축하고 있는 의미는 엄청나다. 삶에 대한 진한 고뇌와 성찰, 고백과 의지가 강렬하다. 그

---

22) 윤동주, 〈별똥 떨어진 데〉, 『하늘과 바람과 별과 詩』, 한국 대표 시인 100인 선집 33, 미래사, 2004. 120쪽.

러면서도 섬세한 서정이 배어난다.

시는 고뇌로부터 출발한다. "하늘을 우러러 한 점 부끄럼 없기를" 이 표현에서 우린 동서고금을 막론하고 양심에 어긋나지 않는 순수한 삶을 갈구하는 사람들의 모습을 연상한다. 우린 가공할 거짓말을 해대는 사람에게 "손바닥으로 하늘을 가리려 한다."고 말하기도 하고, 천인공노할 만행을 저지르는 사람을 향해 "하늘이 무섭지 않느냐!"고 혼내기도 한다. 그만큼 하늘은 순수 무궁하며 지고지선(至高至善)한 절대적 존재이다. 그런 하늘을 우러러 한 점 부끄럼 없기를 바란다. 여기서 "하늘"과 "우러러"라는 말에 특히 주목할 필요가 있다.

우선 "하늘"은 동양 특히, 우리나라에서는 경천애인(敬天愛人) 사상의 근원이다. 하늘은 앞서 말했듯이 지고지선(至高至善)한 절대 존재로서 보편 무궁한 영원성을 지닌다. 따라서 그 명(命)을 거역할 수 없다. 동서를 막론하고 사람들은 신화의 시대부터 하늘에 제사를 지내며 숭배했다. 우리 할머니들도 정화수 떠 놓고 하늘에 빌었다. 서양에서도 하늘은 우주를 주관하는 절대적인 존재이다. 그러니 하늘을 공경하고 따르지 않을 수 없다. 그것이 경천(敬天)사상이다. 경천사상의 저변에는 하늘에 부끄럽지 않게 정직하고 바르게 살아야 한다는 당위가 숨어 있다. 그렇지 않으면 하늘을 공경하는 삶이 못 된다. 하늘을 공경하지 않으면 하늘의 벌을 받는다. 그러기에 시인은 하늘을 "우러러" 한 점 부끄럼 없기를 바랐던 것이다.

인간은 땅을 딛고 땅 위에서 산다. 하늘은 머리 위에 있다. 그러기에 하늘은 "우러러" 볼 수밖에 없다. 천명(天命:하늘의 명)은 내 의지대로 결정하고 바꿀 수 있는 것이 아니다. 그저 따라야 하는 순명(順命)이다. 성경에서 하나님의 명을 거역하면 벌을 받듯이 순명(順命)하지 않으면 벌을 받는다. 그래서 이 "우러러"란 말에는 "바라보다", "추종하다", "외경심으로 공경하다"

는 절대 순종의 의미를 담고 있다. 윤동주는 집안 대대로 기독교인이었으며, 그 또한 기독교인이었다. 그에게 하늘은 동양 사상에서 말하는 경천사상을 넘어 "우러러"보아야 할 순명(順命)의 대상으로서 특별한 존재였을 것이다.

시인은 그 "하늘을 우러러 한 점 부끄럼 없기를" 바랐다. 이 표현은 일상에서 사용하는 평범한 의미를 넘어 특별한 의미를 지닌다. 윤동주가 생존했던 당시로 돌아가 보자. 일제가 태평양 전쟁을 일으키며 조선 민중들을 마구잡이로 전장(戰場)으로 끌고 갔고, 내선일체를 주장하며 수탈과 핍박을 일삼던 시기였다. 조선 지식인들을 탄압하였고, 온갖 협박과 회유로 일제에 협력하게 하였고, 일제를 찬양·선동하는 글을 쓰게 했던 시기였다. 그 회유와 협박을 못 이겨 일제에 협력한 지식인들이 얼마나 많았던가? 지조를 지키고 살아가기가 죽는 것만큼이나 힘든 세상이었다. 그런 혼탁한 세상에서 올곧게 지조를 지키며 자신과 민족에게 부끄럽지 않은 삶을 산다는 것은 참으로 힘들고 괴로운 일이었을 것이다.

부끄럽지 않은 삶은 양심에 비추어 어긋남이 없는 삶이다. 나만 살겠다고 가족과 민족을 배신하지 않는 삶이다. 정직과 의리를 말하면서 거짓, 선동, 편싸움과 타협하는 삶이 아니다. 여기에는 하늘을 우러러보아도 부끄럽지 않을 만큼 순결한 도덕적 삶을 살겠다는 시인의 고뇌와 강한 의지가 담겨 있다.

이 "하늘을 우러러 한 점 부끄럼 없기를" 바라는 삶은 다음 행의 "잎새에 이는 바람에도/나는 괴로워했다."와 연결 지어야 시의 의미가 살아난다. "잎새"는 우러러보아야 할 "하늘"을 이고 있는 "땅"의 존재이다. 땅의 존재 중에서도 나뭇가지 끝에 매달린 보잘것없는 존재이다. "하늘"은 "땅"과 연결되어 우주 공간을 형성한다. 하늘은 무궁 무한한 절대적 존재이지만, 잎새는 아주 작고 형편없는 디테일(detail)한 존재이다. 그런데 시인은 그 "잎새에 이는 바람에도 괴로워했다."고 했다. 여기서 바람의 역할과 의미, 그리고 "바람에도"라는 말의 "도"에 담긴 의미에 주목해 보아야 할 것 같다.

"바람"은 하늘과 땅 사이를 연결하며 이어주는 매개체이다. 바람은 형체도 없고 일정하지도 않으며 붙잡아 둘 수도 없다. 그 바람이 잎새에 일었으니 아주 미세한 바람이었으리라. 그런데 "바람에도"라고 했다. "도"라는 말은 다른 어떤 것들이 있고 덧붙여 말할 때 쓴다. 시인이 괴로워한 것은 바람만 아니라 삼라만상 곳곳에 스며 있다는 의미이다.

하늘과 땅, 그리고 잎새는 광활한 우주로 향하는 확장과 미세함으로 이어지는 수축의 양면을 동시에 함축하고 있다. 바람은 하늘과 땅, 잎새를 연결하는 매개체 즉 확장과 수축의 매개체이다. 그 바람은 시인의 괴로움을 땅 위의 아주 미세한 것에서 신비롭고 광활한 우주 공간까지 연결한다. 여기에 부끄럽지 않은 삶을 살고자 하는 시인의 고뇌의 폭과 깊이가 느껴진다. 그 고뇌는 광활한 하늘에서부터 땅 위의 아주 작은 잎새에 이르기까지 천지 만물 우주 공간에 농축되어 있다. 그리고 자기 몸 깊은 뼛속, 모세혈관까지 스며 있다. 시인의 괴로움은 삼라만상 모두가 알며 그 삼라만상에 스며 있다. 그 괴로움은 시인의 괴로움이자 이 땅에 존재하는 모든 존재의 괴로움이기도 하다.

부끄럽지 않은 삶을 산다는 것은 거짓말하지 않고, 타락한 세속에 타협하지 않고, 남을 기만하지 않고 사는 것만이 아니다. 사랑해야 하는 삶이다. 그런 삶에 대한 시인의 고뇌는 다음 행의 "별을 노래하는 마음으로/모든 죽어 가는 것을 사랑해야지"에서 반전을 이루며 구체화 된다. 앞서 말한 "하늘을 우러러"는 "별을 노래하는 마음으로" "잎새에 이는 바람에도 나는 괴로워했다"는 "모든 죽어 가는 것을 사랑해야지"로 거듭난다. 고뇌의 결과 얻은 소명은 "사랑"이다. 무엇을 사랑한단 말인가? "모든 죽어 가는 것을 사랑해야"한다. 어떻게 사랑할까? "별을 노래하는 마음으로" 사랑해야 한다.

"별을 노래하는 마음"에서 별은 동서양을 막론하고 어둠을 밝히는 빛이다. 희망이며 나침반이다. 하늘의 씨앗이며 하늘과 같은 숭고한 존재이다. 동서양을 막론하고 별을 나침반으로 삼아 길을 걷고 별을 매개로 운명을 가름하는 점을 쳤다. 별은 "길"을 안내한다. 동방 박사들도 별이 가리키는 방향으로 가서 예수의 탄생을 확인하고 찬양했다. 그래서 "별을 노래하는 마음"은 바로 그런 별을 찬양하고, 별이 가리키는 방향으로 가기를 하늘에 순명(順命)하듯이 우러러 따른다는 것이다. 그것이 바로"모든 죽어 가는 것을 사랑해야"하는 소명(召命)의 실천이다.

"모든 죽어 가는 것"은 "잎새"와 연결된다. 잎새는 죽어갈 수밖에 없는 미물이다. 그래서 모든 죽어 가는 것은 생명을 가진 모든 존재의 상징이다. 생명은 유한하며, 죽어가기에 연민을 가지지 않으면 안 된다. 이것을 당시 핍박받는 조선 민중으로만 한정하면 시의 상상력과 참맛이 반감될 것이다. '모든 죽어 가는 것은' 사랑이 없으면 생명을 이을 수 없는 연약한 존재이다. 여기엔 시인의 숭고한 인간애와 생명 존중의 정신이 담겨 있다. 죽어가는 생명을 살려 내고자 하는 숭고한 치유의 정신이 숨어 있다.

"사랑해야지"는 사랑에 대한 강한 의지다. 모든 죽어가는 존재들을 진한 결의로 생명(시인과 모든 죽어 가는 것의 생명을 포괄한다)을 다할 때까지 끝까지 사랑해야 한다는 것이다. 그래서 "사랑한다"가 아니라 "사랑해야지"다.

이제 시인은 "그리고 나한테 주어진 길을/걸어가야겠다."고 다짐하며 소명을 받아들인다. 갈 길을 확실히 굳혔다. 이 길은 시인이 걸어가야 길, 우리가 걸어가야 할 결의(決意)의 길이다. 그 결의의 길은 '별을 노래하는 마음으로 모든 죽어 가는 것을 사랑해야' 하는 '숭고한 소명'을 실천하는 길이다. 시인이 그 길을 "걸어가야겠다"고 한 데는 당시 핍박받는 조선 민중을 구제하고 독립을 위해 투신하고자 하는 결의에 찬 모습을 넘어, 하늘을 우러러 한 점 부끄럼 없는 삶을 위해 생명과 삶에 대한 진한 사랑을 실천하고자 하는 다짐으로 확장하여야 할 것이다.

드디어 시인은 괴로움의 근원을 찾고 그 괴로움을 딛고 일어서 나아 갈 삶의 길을 찾았다. 그리고 결심이 섰다. 그래서 "휴우"하고 숨을 내쉬며 주변을 돌아본다. 그랬더니 "오늘 밤에도 별이 바람에 스치운다." 절묘하다. 불과 한 행으로 된 이 제2연은 시의 모든 것을 살려 낸다.

"오늘 밤에도"는 현실의 밤이다. 현재형으로 반복되는 힘든 현실이다. 그 현실은 밤과 같이 어둡고 우울하다. "별이 바람에 스치운다." 길을 찾고 결심했으나, 그 오늘이란 밤에도 나의 소망이요 꿈이며, 나침반인 별이 바람에 스치운다. 여기서 "바람"은 앞의 바람과 달리 현실의 혹독한 시련이다. 그것은 일제의 혹독함을 말하기도 하지만, 확장하면 꿈을 향해 자기 길을 가는 사람에겐 누구에게나 시련이 닥친다는 의미이기도 하다. 부끄럼 없는 삶을 위해 측은지심(惻隱之心)을 가지고, 모든 죽어 가는 것을 사랑하는 삶의 길을 가고자 다짐하는 사람에게는 그 다짐만큼 시련도 크게 닥칠 것이다. 별(꿈과 소망)을 향해 걷는 길에 바람(시련)은 필수동반자이다. 그러니 그런 현실을 이겨 내야지 그런 현실과 타협해서는 안 된다. 그래야 하늘을 우러러 한 점 부끄럼 없는 삶을 살 수 있다.

시의 전체적인 흐름으로 보아 술어인 '우러러' '괴로워했다' '노래하다', '사랑해야지', '걸어가야겠다.', '스치운다'는 시의 흐름과 의미를 구체화하고 확장한다. 우러러보는 것은 소망이다. 절대자 즉 범접하기 어려운 존재에 대한 외경이며 순명이다. 괴로워하는 것은 그 절대 존재 아래서 부끄럼 없는 삶을 다짐하는 나이다. '괴로워했다'는 과거형이다. '노래하는 마음으로'이니 현재형임과 동시에 미래청구형이다. 그것은 미래에 대한 결심인 '사랑해야

지'로 연결된다. '걸어가야겠다.'는 미래형으로 구도적 결심이다. 그리고 '스치운다"는 현재형이다. 시의 시간 흐름은 과거(괴로워했다)-미래(사랑해야지, 걸어가야겠다)-현재(스치운다)로 연결된다. 이러한 시간적 흐름의 설정은 절묘하게 삶의 고뇌와 결심을 배가시킨다. 시인의 고뇌와 소망과 결의가 자기의 내면으로부터 온 우주에 이르기까지 시공에 녹아 있으며, 그 대상들에게 맹세하고 있음을 보여 준다.

부끄러움 없는 삶을 위하여

지금까지 감상한 《서시(序詩)》는 교과서적으로는 일제에 저항하는 자의 고뇌와 다짐을 담은 성찰과 고백의 시로 해석되었지만, 시가 갖는 본질과 깊이와 넓이는 그런 차원을 완전히 넘어선다. 시대와 정치, 이념과 종파를 떠나 부끄럼 없는 삶을 향한 고뇌와 생명 사랑을 〈별을 노래하는 마음〉으로 읊은 사랑의 소명(召命) 시라 할 수 있다.

시를 읽으며 현실을 본다. 여전히 돈과 권력에 취해 이성과 양심을 팽개치는 패거리 정치와 팬덤 현상이 넘쳐난다. 어떤 이는 권력을 가지기 전에 한 말과 권력을 가진 후에 하는 말과 행동이 전혀 다르다. 어떤 이는 권력을 위해 영혼을 힘센 자들에게 저당 잡힌다. 정의와 양심을 스스로 농락한다. 그러나 분명한 것은 부끄럼을 모르고 양심을 팔아 취한 권력과 부는 한동안은 누릴 수 있을지 몰라도 반드시 대가를 치른다는 점이다. 그리고 사람들(국민)에게 깊은 상처를 준다는 점이다. 그래서 국회의원을 포함한 고위직과 정치인은 업무를 시작할 때마다 윤동주의 《서시(序詩)》를 집단 낭송하는 것을 법으로 정하자고 제안하고 싶어진다.

인류의 스승 마하트마 간디(Mahatma Gandhi, 1869~1948)는 이 세상에 우리를 파괴하는 '7가지 큰 죄'가 존재한다고 했다. 그것은 ① 일하지 않고 얻는 재산(부), ② 양심이 결여된 쾌락 ③ 성품이 결여된 지식 ④ 도덕이 결여된 사업 ⑤ 인간성이 결여된 과학 ⑥ 희생이 없는 종교 ⑦ 원칙이 없는 정치 등이다. 여기서 주목할 것은 간디가 지적하는 이 7가지가 모두 사회적 혹은 정치적 형상이라는 점이다. 아울러 특기할 사실은 이 '7가지 큰 죄'의 교정 수단으로 간디가 든 것은 사회적 가치가 아니라, 하나같이 자연법칙과 원칙에 기초한 객관적 기준이나 사실들이라는 점이다.[23] 양심이 마비된 세상은 자연법칙과 원칙, 객관적 기준이 마비된 세상이라는 의미이기도 하다.

사람들이 별을 노래하는 마음(부끄럼 없는 순수한 미음)으로 모든 죽어 가는 것(약하고 불쌍한 존재들)을 사랑할 수 있으면 참 좋겠다. 나도 죽는 날까지 별을 노래하는 마음으로 모든 죽어 가는 것을 사랑할 수 있기를 다짐해 본다. 그런 삶에는 '별이 바람에 스치우'듯 시련이 닥치리라. 그래도 우린 변명, 공격, 회피, 비난, 편 가르기, 구차한 타협을 버리고 '눈물', '사과', '용서' 그리고 '인내심'을 가져야 하지 않을까?

시인 하이네[24]는 〈귀향〉에서 "당신은 바로 꽃같이 아름답고, 맑고 기품이 있다. 그대 모습 바라보고 있노라면 까닭 모르게 연민이 깊어진다."고 연민을 가지는 일이 얼마나 맑고 아름다운 일인가를 강조했다. 우린 부끄럽지 않은 삶을 위해 노력해야 한다. 따라서 그런 삶을 위한 사랑의 소명을 가지는 일은 얼마나 소중한가?

---

23) 스티븐 코비 지음, 김경섭 · 박창규 옮김, 『원칙중심의 리더십』 김영사, 2000. 130쪽~140쪽.

24) 하인리히 하이네(Heinrich Heine, 1797~1856) 뒤셀도르프에서 출생하여 파리에서 죽었다. 유대계 독일의 시인이자 작가, 기자, 문학평론가다. 신랄한 풍자와 비판의식, 허무주의적 경향이 강한 시와 사설을 남겼으며, 독일 정부의 미움을 받아 추방되기도 하였다. 괴테와 더불어 독일이 낳은 세계적인 시인이다.

06. 지조 있는 삶을 위한 성찰과 다짐

아아 나의 가슴속에는 두 개의 혼이 살고 있다.
그리하여 서로 갈라지려고 하고
하나는 억센 애욕에 사로잡혀서 현세에 집착한다.
또 하나는 이 현세를 떠나서 높이 영(靈)의 세계를 지향한다
〈J.W.괴테/파우스트〉

영혼을 지키기 힘든 세상

괴테[25]는 〈쿠네벨에게〉 보내는 편지에서 영혼을 가꾸는 일에 대하여 이렇게 쓰고 있다.

"인간의 영혼은 항상 경작되는 밭과 같은 것이다. 이웃 나라에서 가져오고 보고, 그것을 고르고, 씨 뿌리는 데 시기를 택하는

25) 요한 볼프강 폰 괴테(Johann Wolfgang von Goethe, 1749~1832)는 독일의 고전주의 성향 작가이자 철학자이자 과학자이다. 바이마르 대공국에서 재상직을 지내기도 하였다. 궁정극장의 감독으로서 경영·연출·배우 교육 등 전반에 걸쳐 활약했다. 1806년에 《파우스트》제1부를 완성했고 별세 1년 전인 1831년에는 제2부를 완성했으며, 연극을 세계적 수준에 올려놓았다. 자연과학 분야에까지 방대한 업적을 남겼으며, 연극면에서는 셰익스피어뿐만 아니라 프랑스의 고전작가들을 평가했고, 또한 그리스 고전극의 도입을 시도하였다. 『젊은 베르테르의 슬픔』『빌헬름 마이스터의 수업시대』『빌헬름 마이스터의 편력시대』『이탈리아 기행』『파우스트』 등 수많은 작품을 남겼다.

주의 깊은 원예가여야 함은 굴욕적인 것일까. 씨를 뿌리고 가꾸는 일이 그렇게 빨리 되는 것일까."

영혼은 그가 가진 정신적 정체성이며 자존이고 존재를 존재답게 하는 정신적 힘이다. 그런데 그 영혼을 삶의 종착역까지 지켜내고 가꾸며 살아간다는 것은 여간 어려운 일이 아니다. 영혼은 농부가 밭을 갈고 씨앗을 뿌리며 곡식을 가꾸는 것과 같은 정성이 깃들 때만 지키고 아름답게 가꾸어 갈 수 있다. 그런데 세상에는 그 고귀한 영혼을 스스로 팽개치고 저당잡히는 사람들이 많다. 영혼을 지켜내기가 그만큼 어렵다는 말이기도 하다.

2019년 12월 1일 일요일 밤 감사원과 검찰이 산업부 원전산업정책과 사무실에서 월성 1호 문건 444건을 삭제한 것을 두고 산업부 공무원에게 "누구 연락을 받고 한 일이냐?"고 추궁했을 때, 해당 공무원들은 "연락받은 일 없다. 나도 내가 신내림을 받은 것 같았다."고 진술했다.[26] 만약 공무원들이 궁지에 몰리자 '신내림을 받았다.'며 둘러댄 것이 사실이라면, 그 말의 이면에 신과 같은 엄청난 힘이 있다는 의혹을 지울 수 없었다.

당시 여당인 더불어민주당은 월성 1호 관련 수사뿐만 아니라, 각종 권력형 비리 의혹 수사를 두고 검찰의 수사가 잘못된 것이라고 야단이었다. 여당과 청와대는 야당인 국민의 힘의 반대에도 그들이 임명한 검찰총장이 못마땅해 계속 비난해 왔다. 그런 가운데 당시 윤석열 검찰총장의 직무 배제와 징계라는 추미애 법무부 장관의 강공에 윤석열 검찰총장의 대응과 헌법소원 등의 갈등은 루비콘강을 건넜다.

특히 윤석열 검찰총장의 징계를 앞두고 추미애 핵심 참모로 알려진 고기

---

26) 조선일보 2020. 12. 3.

영 법무부 차관이 "최근 일련의 사태에 대해 차관으로서 책임을 통감한다." 면서 12월 1일 전격 사임했다. 이에 침묵으로 일관해 온 대통령이 기다렸다는 듯이 이용구 씨를 법무부 차관으로 임명했다. 이용구 차관의 내정을 두고 그가 월성 원전 1호기 경제성 조작 의혹으로 고발된 백운규 전 산업통상자원부 장관의 변호를 맡아 온 것으로 알려져 논란이 더 커졌다.

이런 가운데 대전지방법원이 12월 4일 월성 원전 1호기 경제성 조작 의혹 사건과 관련해 산업통상자원부 공무원 2명에 대한 사전 구속 영장을 발부했다. 이로써 원전 1호기 폐로 과정의 경제성 조작이나 자료 삭제 등을 지시했다고 의심받는 백운규 전 산업부 장관과 채희봉 전 청와대 산업정책비서관 등 윗선에 대한 검찰 수사가 탄력을 받게 됐다.

이에 대해 여권인 더불어민주당에서는 "표적 · 정치 수사가 공직 사회를 거꾸로 흔들고 있다."면서 검찰을 맹비난하고 '검찰 총리' 운운하며[27] 윤석열 내치기에 열을 올렸다. 윤석열 검찰총장을 포함한 상당수의 검찰은 윤석열 징계의 부당성에 항의하면서 수사 의지를 굽히지 않았다. 어느 쪽이 정의로웠을까?

옛날도 그랬지만 요즈음 정치 상황을 보면, 양심과 정의도 권력에 따라 춤추고 있다는 생각을 지울 수 없다. 전에 국회의원이 된 지인에게 '영혼을 지키는 국회의원이 되었으면 좋겠다. 우리나라에선 혼을 지키면서 정치를 하다간 토사구팽(兎死狗烹)당하기 쉽다.'는 이율배반적인 말을 한 적이 있다. 지방자치가 민주주의의 꽃이라며 기초자치단체장까지 선출하는 시대에 경력직 공직자가 정치적 중립을 지키며 고위직으로 승진하기란 쉽지 않다. 고위직으로 승진하려면 영혼을 자기 양심이 아니라 윗선에 잘 저당 잡

27) 강선우 더불어민주당 대변인의 말, 서울 경제 2020. 12. 7.

혀야 한다는 생각이 자주 든다.

천박한 권력 정치에서 영혼을 지키며 살아가기란 쉽지 않다. '신내림'을 받았다는 공무원이나, 정치적 상황마다 무조건 옹호와 비난을 가하는 정치 집단과 정치인은 과연 혼을 어디에 두었을까? 혼을 상실한 정치적 발언은 사회를 더욱 혼란스럽게 한다. 일찍이 윤동주 시인은 일제 폭압에서, 자기 영혼과 지조를 지키기 어려움을 《쉽게 씌어진 시》로 토로했다.

정의와 양심, 지조 있는 삶을 위한 성찰

창밖에 밤비가 속살거려
육첩방(六疊房)은 남의 나라

시인이란 슬픈 천명(天命)인 줄 알면서도
한 줄 시를 적어 볼까

땀내와 사랑내 포근히 품긴
보내 주신 학비 봉투를 받아

대학 노-트를 끼고
늙은 교수의 강의 들으러 간다.

생각해 보면 어린 때 동무를
하나, 둘, 죄다 잃어버리고

나는 무얼 바라
나는 다만, 홀로 침전(沈澱)하는 것일까?

인생은 살기 어렵다는데
시가 이렇게 쉽게 씌어지는 것은
부끄러운 일이다.

육첩방은 남의 나라
창밖에 밤비가 속살거리는데

등불을 밝혀 어둠을 조금 내몰고
시대처럼 올 아침을 기다리는 최후의 나

나는 나에게 적은 손을 내밀어
눈물과 위안으로 잡는 최초의 악수.

-윤동주 《쉽게 씌어진 시》 전문-

1917년 북간도 명동에서 태어난 윤동주의 집안은 할아버지 대로부터 기독교를 믿었고 아버지는 교원이었다. 시인이 태어난 북간도 지역은 애국지사들이 많이 모여 살던 곳으로 윤동주는 어린 시절부터 우리 민족이 서로 민족적 일체감을 결속하며 독립 의지를 일깨우며 살아가는 모습[28]을 보고 자랐다. 그의 시에는 그런 배경에서 자란 시인이 성장하며 겪는 민족적 삶과 독립, 인간다운 삶의 갈등, 일본으로 유학하면서 겪는 현실과 이상의 괴리, 험난한 세상에서 자기의 주체성을 지키며 살아가고자 하는 고뇌와 성찰이 깃들여 있다.

오래전에 일본을 여행하면서 윤동주가 다녔던 교토에 있는 도시샤대학에 갔었다. 직원들은 한국어를 잘하는 사람이 많았으며, 스스로 친한파라고 했다. 학교에는 윤동주 시인의 시비가 세워져 있었다. 안내를 받으며 설명을 들을 때 가슴이 뭉클해졌다. 시인의 서시(序詩)를 마음속으로 읊을 때는 가슴이 먹먹해 오고 눈시울이 적셔져 있었다.

《쉽게 씌어진 시》는 "나의 누추한 방이 달빛에 잠겨 아름다운 그림이 된다는 것보다 오히려 슬픈 선창이 되는 것이다"[29]고 했던 말처럼, 윤동주 시인이 일제의 폭압에서 고귀한 영혼을 지키기 힘든 심정을 토로한 시이다. 험난한 시대에 세속과 타협하지 않고 영혼을 지키며 지조 높게 살아가기가 얼마나 어려운가? 그래서 우린 정의와 지조를 지킨 사람들을 존경하고 우러러본다. 이 시는 고귀한 영혼을 지키며 지조 있는 삶을 살려고 하는 사람들에게 깊은 울림을 줄 것으로 기대한다.

총 10행으로 된 간결하면서도 자유로운 서정시이다. 시의 속살에는 일제의 폭압에 대한 저항과 거기에 무기력한 자신을 지키려는 성찰과 결의, 미래지향적인 의지가 담겨 있다. 자신이 처한 현실과 삶을 응시해 보니 현실 속의 자기 삶은《쉽게 씌어진 시》처럼 부끄럽다.

28) 신동욱, "순결한 혼의 시인 윤동주", 『하늘과 바람과 별과 詩』, 미래사(한국대표시인선집33), 2004. 135쪽.

29) 윤동주, 〈달을 쏘다〉, 앞의 책. 117쪽.

제1연에서 "창밖에 밤비가 속살거려/육첩방(六疊房)은 남의 나라"라고 했다. 창밖 밤비의 속살거림에서 일제라는 암울한 현실에서 타향 객지의 누추한 방안에 처한 자신을 발견했다. 그리고 그 안에서 자아를 성찰하고 있다. 시인이 처한 방안은 그저 창이 하나밖에 없는 누추한 방안인데 심리적으로 다가오는 것은 가혹하게 구속된 암울한 육첩방(六疊房)이다. 정이 들지 않는 남의 나라이다. 밤비가 속살거리는 시간 속에 처한 시인의 공간은 암울하다.

시인은 상념의 세계로 빠져들었다. 심란한 마음을 달래보려고 종이와 연필을 들었다. 자신을 돌아보니 슬픈 천명(天命)을 가진 시인이다. 왜 슬픈 천명일까? 암울한 현실에 뛰어들어 행동으로 투쟁해야 하는데, 행동으로 나아가지 못하고 시를 쓸 수밖에 없으니 시인이 된다는 것은 슬픈 천명이다. 그래도 "한 줄 시를 적어 볼까" 하고 적어 간다.

제3연과 4연에서 보내 주신 학비에는 부모님의 '땀내와 사랑내'가 포근히 품어져 있다. 그 '땀내와 사랑내'에서 부모님과 조국의 숨결을 느낀다. 사명을 깨닫는다. 허투루 쓰면 안 된다. 마음을 다잡고 "대학 노-트를 끼고" "늙은 교수의 강의"라도 들으러 간다. 행동하지 못하는 자신이 한심스럽지만, 공부는 무상의 명령이고 사명이다.

제5연과 6연에서 보내 주신 학비는 시인을 어린 시절로 돌아가게 해 주었다. 생각해 보니 "어린 때 동무를/하나, 둘, 죄다 잃어버리고" 있다. 어린 때 동무를 죄다 잃어버린 것은 고향과 추억, 혼을 잃어버렸는지도 모를 자신에 대한 성찰이다. 괴롭다. "나는 무얼 바라" 여기까지 와 있는가? 왜 "나는 다만, 홀로 침전(沈澱)하는 것일까?" 침전(沈澱)은 의식이나 사고, 행동이 내부에 가라앉는 것이다. 그러니 홀로 침전한다는 것은 무기력에 빠진 자아에 대한 인식이다. 행동하지 못하고 홀로 밤비 젖는 방안에서 시나 쓰고 앉아 있는 자신이 한심스럽기 때문이다. 시인은 깊은 갈등에서 자신을 채찍질한다.

제7연에서 "인생은 살기 어렵다는데/시가 이렇게 쉽게 씌어지는 것은/부끄러운 일이다."고 했다. 자아에 대한 깊은 성찰이다. 일제의 폭압은 갈수록 심해지고, 동포들의 삶은 더욱 피폐해져 간다. 독립은 묘연하고, 사람들은 살아가기가 너무 어렵다. 그런데 시를 써보니 시는 너무나 쉽게 씌어진다. 이 말은 시 쓰기가 정말 쉽다는 것이 아니라, 독립 투쟁 같은 행동보다 힘들게 살아가는 동포들의 삶보다 쉽다는 자책이다. 진정으로 나라의 독립과 민족의 미래를 생각한다면 현실 속에 뛰어들어 행동으로 나아가야 하는데, 앉아서 시만 쓰고 있으니 시 쓰는 것 자체도 "부끄러운 일이다." 정의와 지조를 지키기 위해 행동하지 못하는 자신에 대한 자책이며 현실과 타협하지 않으려는 다짐이기도 하다.

제8연에서 다시 자신이 처한 시간과 공간으로 돌아왔다. 여전히 자신이 처한 공간은 "육첩방의 남의 나라"이다. 조국과 고향을 잃은 유랑의 몸으로 남의 나라(일제의 폭압)에 얽매여 있다. 그런데 창밖엔 밤비가 여전히 속살거리고 있다. 그러니 다시 깊은 상념에 빠질 수밖에 없다. 나는 어떻게 살아야 하는가?

제9연에서 그 답을 찾는다. 미약하나마 온 힘을 다해 "등불을 밝혀 어둠을 조금 내몰고"자 한다. 등불은 어둠을 밝혀주는 빛이다. 현실이 힘들더라도 그 현실과 타협해서는 안 된다. 작은 힘이나마 등불이 되어 세상의 어둠을 조금만 내몰더라도 행동으로 옮겨야 부끄럽지 않은 삶을 살 수 있다. 그래야 "시대처럼 올 아침을 기다리는 최후의 나"가 될 수 있다. "시대처럼 올 아침"은 시인이 간절히 바라는 조국 광복이며 동포의 희망을 회복하는 일일 것이다. 시인은 그것을 기다리는 "최후의 나"가 되려고 한다. 여기에는 어떤 유혹과 타협과 위협이 있더라도 지조와 정의를 지키고자 하는 진한 결의가 담겨 있다. '최후의 나'라는 말속에는 정의를 위해 행동하고자 하는 결의가 번득인다.

결심하고 나니 후련하다. 그래서 갈등하는 자아끼리 타협하고 결의를 한다. 제10연의 "나는 나에게 적은 손을 내밀어"에는 갈등하는 내면적 자아와 현실적 자아가 부끄러운 삶을 살지 않겠다는 결의를 드러낸다. 자아의 통일이요, 정체성이 확립된 통합된 자기 주체자가 된다. 이제는 자기 정체성을 흔들림 없이 지속시켜 나가야 한다. 두 자아는 "눈물과 위안으로 잡는 최초의 악수"를 한다. 그것은 미래에 대한 희망이며 행동강령이기도 하다.

이 시는 3단계의 흐름을 가지고 있다. 1단계는 시인이 처한 암울한 현실이다. 조국도 고향도 잃어버린 유랑의 몸이다. 안식처라고 있는 곳도 육첩방인 남의 나라이다. 어디에 몸을 둘 곳조차 없다. 그래서 깊은 고뇌와 성찰에 빠진다. 2단계는 돌아보니 현실에 안주하면서 부끄러운 삶을 살아가고 있다. 현실에 나아가 행동하지 못하니 시를 쓰는 것조차 부끄럽다. 육첩방에 처해 안주하고 있는 자신에 대한 반성적 성찰을 통해 채찍을 가한다. 3단계는 깊은 성찰을 통해 얻은 해답으로 자기가 나아갈 길 즉 현실 극복 의지를 강하게 드러내고 있다. 이제 시인은 시대와 타협하지 않고 고귀한 양심과 지조를 지키며 희망찬 내일(조국의 광복과 밝은 미래)을 위해 어둠을 내모는 등불이 되고자 한다. 비록 그것이 '나의 최후'가 될지라도.

시인은 결국 행동에 나섰던 모양이다. 그는 일본 도지샤대학 영문과에 재학 중인 1943년에 연희전문학교 동창 송몽규와 독립운동을 했다는 혐의로 일본 경찰에 체포되어 후쿠오카 형무소에서 고문을 받다가 옥사했다. 고귀한 영혼을 지니고 양심과 지조를 지키며 행동하고자 했던 시인의 삶은 그렇게 끝이 났지만, 그의 혼은 영원히 살아 숨 쉬고 있다. 그리고 이 시대를 살아가는 후세들에게 정의와 양심과 지조를 지키기 위해 끊임없이 자신을 성찰할 것을 주문한다.

윤동주의 《쉽게 씌어진 시》는 1939년 조선일보에 실린 것으로 알려져 있다. 그 후 그는 1941년 연희전문학교를 졸업하고 19편의 시를 묶은 자선시집(自選詩集) 『하늘과 바람과 별과 詩』를 졸업 기념으로 출간하려 했으나 뜻을 이루지 못했다. 그러나 자필로 남긴 3부가 전해졌고, 1946년 《쉽게 씌어진 시》가 다시 경향신문에 발표되었다. 그리고 1948년과 1955년 유고선집 『하늘과 바람과 별과 詩』가 계속 출간되어 우리에게 읽히고 있다. 다행이다.

어떻게 양심을 지켜낼까?

"양심이야말로 스스로 돌아보아 부끄럽지 않다는 자각(自覺)을 갑옷 삼아 아무것도 두렵게 하지 않는 좋은 친구다."고 단테(Alighieri Dante, 1265~1321)는 말했다. 그러나 사람들은 돈과 권력에 취해 그 소중한 친구를 버리는 "파우스트(괴테의 소설 『파우스트』의 주인공)"가 되는 경우가 너무도 많다. 우리는 "모든 타락 가운데 가장 경멸해야 하는 것은 자기의 의지에 의존하지 않고 타인의 의지에 의존해 사는 것이다.(도스토예프스키의 『미성년』)"는 도스토예프스키(Fyodor (Mikhaylovich) Dostoyevsky 1821~1881)의 말을 기억해야 한다. 그러나 지조를 지키기가 얼마나 어려우랴. 그래서 조지훈(趙芝薰, 1920~1968)은 지조론(志操論)에서 "지조(志操)란 것은 순일(純一)한 정신을 지키기 위한 불타는 신념이요, 눈물겨운 정성이며 냉철한 확집(確執)이요, 고귀한 투쟁이기까지 하다."고 했다. 그래서 의지가 있는 곳에 길은 있다.

옛날에도 그랬지만, 지금도 양심과 정의보다는 권력의 편에 서서 권력의 나팔수와 전위대가 되는 사람들이 너무도 많다. 정치인들과 세상 사람들은 쉽게 말을 하고 쉽게 권력과 타협을 하고 쉽게 권력의 편에 서서 타인을 공격한다.

그러나 그들은 《쉽게 씌어진 시》에서처럼 성찰하지 않는다. 그런 정치인들이 넘쳐 대립하는 세상은 결코 정의롭지 못하다. 미래가 보이지 않는다. 그런데도 현실은 양심과 정의보다 권력이 장악해 버리는 경우가 너무 많다. 최종적으론 정의가 이기겠지만, 현실적으로는 권력과 권력 아부족이 권력에 취해 춤을 추는 경우가 우세한 경우가 많다. 정의가 권력의 뒤에서 울부짖을수록 국민의 삶은 어렵고 혼란스러워진다. 지금 혼란한 정국에서의 싸움은 과연 누가 정의로울까?

윤동주 시인의 《쉽게 씌어진 시》는 지금 이 땅을 살아가는 우리에게 고귀한 영혼을 지키기 위해, 지조와 양심을 지키기 위해, 자신을 성찰할 것을 요구하고 있다. 특히 국민은 그 힘겨웠던 코로나19 상황을 극복한 후에도 경제 상황은 더욱 어려워져 힘겨워 죽겠는데 정쟁만 일삼으며, 말을 함부로 하고, 쉽게 정책을 입안하는 정치인들과 관료들은 어떤 영혼을 지니고 있을까? 영혼을 어디에 두었을까? 우리는 모두 깊은 성찰을 통해 자본과 권력의 유혹에서 벗어나 양심적 자아를 깨워 정의의 편에 선 통합된 자아로 태어나 양심과 '눈물과 위안'의 악수를 하는 '최후의 나'가 될 수는 없을까?

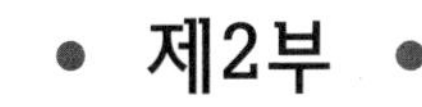

제2부

문명의 늪에 빠져 버린 고향

01. 타향살이의 설움을 달래 주던《고향》

고향이여, 고향이여, 아름다운 땅이여,
내가 이 세상의 빛을 처음으로 본 그 나라는
나의 눈앞에 떠올라 항상 아름답고 선명해 보여온다.
내가 그곳을 떠나온 그날의 모습 그대로
〈*L.* 베토벤〉

텃밭에 선 그리움

현직에 있을 때 퇴직이 20년이나 남았는데도 퇴직 후의 삶이 걱정되었다. 무엇을 하고 노후를 보낼 것인가? 책을 읽고 글을 쓰면서 텃밭을 가꾸는 삶이야말로 가장 즐거운 삶이라 여겼다. 그것은 나의 성향이자 노후의 소망이기도 했다. 그래서 애써 작은 밭 하나를 공들여 마련했다.

작은 밭이라 했는데 작다고 하기에는 좀 크다. 농사일이 조금 벅차기는 하지만 그래도 보람은 있다. 매일 일을 하면서 땀을 흘릴 수 있다는 것은 모든 잡념을 잊고 마음과 몸을 정화하기에는 안성맞춤이다. 어떤 때는 밭에서 아내와 일을 하다가 점심시간을 넘긴다. 그래도 풀을 뽑고 오이와 가지, 토마토 등을 수확하는 기쁨은 땀의 가치를 더해 준다. 그 수확물을 이웃, 친지와 나누어 먹을 때는 더 그렇다.

땀에 젖은 몸으로 평상에 앉아 물을 마시고 점심을 먹는다. 주변에 잘 자란 농작물들을 보면서 시원한 맥주 한잔을 마실 때는 정말 행복하다. 어린 날 고향의 마당에 마련되어 있는 평상이 앉아 펌프질한 시원한 물을 마시는 기분이 솟구친다. 고향의 모습이 주마등처럼 스쳐 간다. 그 고향, 지금은 아무도 살지 않지만, 나의 몸과 마음을 기워주고 보듬어 준 곳이다. 어머니와 아버지의 따뜻한 온기가 서려 있던 곳이다.

어릴 적 여름날 고향 마당 한족엔 늘 고추와 가지, 오이가 심겨 있었다, 그것들은 여름 점심의 중요한 반찬이었다. 고추장에 그것들이면 찬밥 한 그릇은 뚝딱 해치울 수 있었다. 내가 오이를 좋아했기에 어머니는 내게 오이 냉채를 참 많이 해 주셨다. 그래서인지 난 올해도 오이를 유독 많이 심었다. 오이가 자라면 늘 어릴 적 어머니의 오이 냉채를 떠올린다. 시장에서 사다 먹을 때는 그런 생각이 들지 않았는데 내가 직접 밭에서 오이를 심어 수확한 오이를 먹을 때는 어머니 생각에 가슴이 저려 올 때가 많다.

집에 돌아와서도 어머니와 고향 생각이 짠하였다. 고향은 타향살이의 설움을 달래 주던 어머니의 품속이다. 이웃집 아저씨의 굵직하고 투박한 목소리도 떠올리게 한다. 고향을 떠난 지도 벌써 반세기가 지났는데 타향에서 고향 사람을 만나면 무조건 반갑다. 나의 잠재된 의식 저편에 고향에 대한 그리움이 숨 쉬고 있기 때문이리라. 텃밭에서 집으로 돌아와 전에 읽었던 백석의 시 《고향》을 읽으며 상상 속에서 아버지, 어머니, 이웃집 아저씨를 떠올렸다. 텃밭에선 고향에 대한 그리움이 집에까지 함께 온 것이다.

타향살이의 설움을 달래 주던 《고향》

나는 북관(北關)에 혼자 앓아누워서

어느 아츰 의원(醫員)을 뵈이었다.

의원은 여래(如來) 같은 상을 하고 관공(關公)의 수염을 드리워서

먼 옛적 어느 나라 신선 같은데

새끼손톱 길게 돋은 손을 내어

묵묵하니 한참 맥을 짚더니

문득 물어 고향이 어데냐 한다

평안도(平安道) 정주(定州)라는 곳이라 한즉

그러면 아무개씨(氏) 고향이란다.

그러면 아무개씨(氏)를 아느냐 한즉

의원은 빙긋이 웃음을 띠고

막역지간(莫逆之間)이라며 수염을 쓸는다.

나는 아버지로 섬기는 이라 한즉

의원은 또다시 넌즈시 웃고

말없이 팔을 잡아 맥을 보는데

손길은 따스하고 부드러워

고향도 아버지도 아버지의 친구도 다 있었다.

-백석 《고향》 전문-

이 시는 문학 동인지 『삼천리 문학』 2호(1938. 4)에 실린 것으로 전해진다. 시인 백석[30]의 본명은 백기행(白夔行)이다. 평안북도 정주 출생으로 오산학

30) 백석(白石 1912~1996)의 본명은 백기행(白夔行)이다. 평안북도 정주군 갈산면 익성리에서 출생했다. 여자관계가 많아 부인이 장정옥(1939년~1940년), 문경옥(1942년~1943년), 이윤희(1945년~1996년) 등 셋이나 되었다. 오산소학교를 졸업하고 오산고등보통학교를 나와 아오야마가쿠인대

교를 나왔다. 후에 동경의 아오야마 학원을 졸업했고 조선일보에 입사하여 『여성』을 편집했다. 1936년 조선일보에 '정주성'을 발표하여 문단에 등단해

학 전문부 영어사범과를 졸업했다. 1930년 단편소설 『그 모(母)와 아들』을 통해 《조선일보》에 등단하였고, 1935년 시 『정주성定州城』을 《조선일보》에 발표함으로 본격적인 시작 활동을 했다. 1936년 틈틈이 쓴 시 33편을 모아 첫 시집《사슴》을 자비로 간행했는데 당시 평론가 김기림은 조선일보에 서평에서 "《사슴》의 세계는 그 시인의 기억 속에 쭈그리고 있는 동화와 전설의 나라"이며 "주착없는 일련의 향토주의와는 명료하게 구별되는 '모더니티'를 품고 있다"고 평했다. 1937년 「통영(統營)」, 「오리」, 「탕약(湯藥)」, 「황일(黃日)」 등을 조선일보에 발표하고 1937년 〈조광〉에 「함주시초(咸州詩抄)」 연작시를, 〈여성〉에 산문 「가을의 표정-단풍」을 발표하는 등 시작 활동이 활발했다. 본격적인 시작 활동을 위해 함경도로 갔으나 1938년 함경남도 함흥시의 영생여자고등보통학교 교사직을 사임하고, 서울로 와서 다시 〈여성〉의 편집을 맡는다. 같은 해 〈조광〉에 「산중음(山中吟)」 연작시와 「물닭의 소리」 연작시, 〈삼천리문학〉에 「석양」, 「고향」, 「절망」, 〈여성〉에 「설문답」, 「내가 생각하는 것은」, 「가무래기의 약(藥)」, 「멧새 소리」 등을 발표하고, 〈현대문학전집〉에 「외가집」, 「개」와 〈조선문학독본〉에 「고성 가도(固城街道)」, 「박각시 오는 저녁」 등을 수록한다. 1940년 〈인문평론〉에 「수박씨 호박씨」를 발표하고, 〈조광〉에 토머스 하디 원작의 「테스」를 번역해 발간했다. 1941년 〈조광〉에 시 「국수」, 「흰 바람벽이 있어」, 「촌에서 온 아이」, 〈인문평론〉에 「두보(杜甫)나 이백(李白) 같이」, 「귀농(歸農)」 등을 발표한다. 1942년 만주 안둥(安東)의 세관으로 직장을 옮기고 엔 패아코프의 원작 소설 「밀림 유정」을 번역한다. 그가 만주에 있는 동안 동료 김소운은 백석의 시 「산우(山雨)」, 「미명계(未明界)」 등 7편의 작품을 일본어로 옮겨 '조선시집'에 싣는다. 해방 후 평안북도 신의주시로 귀국했다가, 고향 정주군으로 돌아온 백석은 그곳에서 남북분단을 맞아 북한 사람이 되었다. 당시 백석은 신의주에서 얼마 동안 머물다가 고향 정주로 갔고 1947년 〈신천지〉에 「적막강산」, 〈신한민보〉에 「산」을 발표하고, 1948년 〈신세대〉에 「마을은 맨천 구신이 돼서」, 〈학풍〉에 「남신의주 유동 박시봉방」, 〈문장〉에 「칠월 백중」 등을 발표한다. 8.15 광복 후 스승 조만식의 부름을 받고, 평양에 머무르면서 비서 겸 러시아어 통역으로 조만식을 도왔다. 1958년 김일성 정권의 문예정책에 어긋난다는 이유로 자아비판을 강요당한 뒤 양강도로 추방됐다. 전후 동시에 집중하는 과정에 '붉은 편지 사건'으로 고난을 겪었다. 그는 "사상과 함께 문학적 요소도 중요시하자"는 주장을 했다가 숙청당해 추방된 것으로 알려져 있다. 1959년 6월 '부르주아적 잔재'로 비판받고 양강도 삼수군 협동농장 축산반(양치기)으로 쫓겨났으며, 1962년 이후로는 아예 북한 문단에서 사라졌다. 1996년 1월 7일 향년 83세로 사망하기까지 그의 생애에 대해서는 알려지지 않았다. 그는 월북 시인으로 규정돼 출판금지 대상이 됐다가, 1988년 납북 · 월북 작가 해금 조치가 되며 문학사에 복귀했다. 그의 문학을 관통하는 키워드는 '고향'으로 설명할 수 있다. 백석의 시에서 그려지는 고향은 물질적으로 풍요롭진 않지만, 안식과 평화로움의 정신적 가치가 있는 일종의 신화적 공간이며 공동체적 유대가 남아 있는 공간이며, 나아가 민족공동체의 회복을 소망하는 것으로 읽을 수도 있다. 이러한 특징이 잘 드러나는 대표작이 〈여우난 곬족〉이다.

본격적으로 문학 활동을 했다. 평론가들은 백석의 시가 고향인 정주 지방의 사투리와 토속적인 소재들을 제재와 시어로 많이 사용했으며, 고향의 모습을 통해 잃어버린 나라와 민족의 모습, 정 많고 살기 좋았던 파괴되지 않은 농촌 공동체의 정서와 특유의 동화적 세계관을 표현했다고 한다. 지금은 그의 시가 교과서에도 실리고 수능에도 인용되지만, 과거에는 읽히지 못했다. 그가 북한으로 간 영문은 잘 모르지만, 해방 이후 북한에서 문학 활동을 한 것으로 전해졌기 때문이었다. 백석은 정지용과 같이 해금(解禁)된 시인(詩人)이다. 참 다행이다.

지금 세대들도 그렇겠지만 5060세대와 그 이전의 세대들에게 객지 생활은 힘들고 외로운 삶의 한 여정이었다. 객지에서 몸이라도 아프면 서러움의 눈물을 흘려야 했고, 부모님과 고향 생각이 절로 났다. 위의 시가 발표된 1938년은 일제의 수탈과 유린으로 정말 어려웠던 시기였다. 삶은 처절했을 것이다. 시는 당시의 처절한 삶 속에서 고향에 대한 그리움을 상상적이면서도 사실적으로 잘 풀어냈다. 시에서 백석의 고향이 정주와 함경도는 멀다면 멀지만, 그리 먼 거리도 아닌 것 같다. 시의 내용으로 보아 함경도와 평안도 사람들은 자주 왕래하였던 모양이다.

시는 연의 구분이 없는 17행의 단연시 구조다. 그러나 내용상으로는 4개의 연으로 이루어져 있다. 1, 2행에서 시인은 객지를 떠돌다가 북관(지금의 함경도)의 한 집에서 혼자 지내고 있는데 병이 나서 앓아누웠다. 그 병명을 말하지 않았기에 감기인지 몸살인지 무슨 병인지는 알 수 없다. 옛날에는 객지에서 심하게 앓아누우면 달리 방도가 없었다. 인심 좋은 주인댁이라면, 안타까워 미음이라도 쑤어 주고 의원이라도 불러 주었을 것이지만, 그렇지 못하면 꼼짝없이 몇 날을 홀로 앓아야 했다. 시인도 매우 아팠던 모양이다. 아픈 몸을 의원에게 보였으니, 주인댁이 불러주었는지 스스로 누구를 시켜서 불렀는지 의원이 왕진을 왔다. 옛날에는 환자가 의원을 찾아가는 일도 있었지만, 의원이 왕진하는 경우가 훨씬 많았기에 그것도 그때의 한 풍속이기도 했을 것이다. 시인은 '앓아누움'으로 더욱 강한 향수를 느끼게 된다. 객지에서 병을 얻었으니 고향과 부모님이 얼마나 그립고 서러웠겠는가.

3, 4행에서 환자인 시인이 처음 대면한 의원의 풍모와 인상을 매우 사실적으로 묘사하고 있다. 의원은 여래(如來) 같은 상을 하였느니 참으로 자비로운 상이고, 관우와 같은 수염을 드리웠느니 여유 있고 푸근하다. 하기야 자기의 아픈 몸을 치료해 주러 왔으니, 부처와 같은 자비로운 사람으로 느껴졌을지도 모른다. 그러니 '먼 옛적 어느 나라 신선'같이 보일 수밖에. 하여튼 시인은 자비롭고 푸근한 의원에게 아픈 몸을 보여주고 있으니, 심리적으로 안심이 되는 모양이다. 요즈음도 병원에 갔을 때 의사의 후덕한 인상과 자상한 말 한마디가 환자에게 매우 큰 위안이 된다는 것은 누구나 아는 일이다.

5행부터 15행까지는 의원이 환자인 나를 진맥하고 있는 상황을 객관적으로 서술하고 있다. '새끼손톱 길게 돋은 손을 내어, 묵묵하니 한참 맥을 짚더니 문득 고향이 어데냐 한다.'에서 일반적인 진료와는 차원이 다른 진료 상황을 보인다. 옛날 의원들은 새끼손톱을 길게 기르는 경우가 많았다. 새끼손가락과 새끼손톱은 탕약 온도를 측정하고, 귀와 코도 후비는 다양한 도구였다. 그 모습은 노동과는 거리가 있다. 의원이 묵묵하니 한참 맥을 짚었다. 그런데 이상하다. '어디가 아픈가?' 등 병세를 묻는 게 아니라 '문득 고향이 어디냐'고 묻는다. 환자는 즉시 '평안도 정주'라고 대답한다. 의원이 '아무개씨 고향'이라고 다시 말하니 환자도 '그 아무개씨를 아느냐'고 묻는다. 의원이 방긋이 웃음을 띠면서 '막역지간'이라고 하면서 수염을 쓰다듬는다. 이어서 환자가 '아버지로 섬기는 분'이라 하니 의원이 다시 넌지시 웃고 말없이 진맥을 본다. 진료 온 의원이 병에 관한 질문은 하나도 하지 않고 고향 이야기만 한 것이다. '고향'이란 매개가 의원과 시인을 이어주는 강한 인연의 끈이 된 것이다. 여래 같은 상, 관공(關公)의 수염, 의원의 방긋한 웃음, 고향에 관한 질문으로 이어지는 의원의 손길은 의원과 환자를 심리적으로 이어주는 강한 감정이입의 한 장면이다.

이 시는 마지막 16행과 17행에서 절정을 이룬다. 환자인 자신의 손을 잡고 진맥하는 의원의 손길이 너무나 따스하고 부드럽다. 환자는 진맥하는 의원에게 몸을 맡겨 눈을 지그시 감고《고향》으로 상상의 날개를 펼쳤을 것이다. 의원의 손길에서 고향과 아버지의 숨결과 아버지 친구의 따스함도 느꼈을 것이다. 환자는 마음이 편안해져 객지의 서러움이나 향수병 따위는 치유되고 있는지 모른다. 또 의원의 손길로 두고 온 가족에 대한 그리움, 고향과 이웃, 친척, 친지 등 강한 자연공동체에 대한 유년의 추억을 강하게 느꼈을 것이다. 의원의 손길은 시인에게 병의 치유만 아니라 고향을 원형 그대로 가져다준 것이다.

때로는 우연한 계기에 어린 날에 대한 추억을 더듬고 마음의 위안을 얻기도 한다. 시에서 의원의 역할은 매우 의미가 크다. 시에서 의원의 진맥으로 병명을 밝혔거나 처방을 준 것은 드러나지 않는다. 시인에게 의원은 망향의 슬픔을 달래 주는 '위로의 언어'이며, 갑갑하고 닫힌 현실의 벽을 허무는 '마음의 창'이라 본다. 의원의 자비로운 모습, 고향에 대한 따뜻한 말, 따듯한 손길 등은 환자에게 고향의 실체를 발견하게 하고 위안을 주었다. 따라서 의원은 환자를 고치는 의사의 기능보다는 환자를 고향으로 데려다주는 안내자요, 향수병을 치유해 주는 묵시적인 상담자의 기능을 수행한 것이라 여겨진다.

그 따뜻했던 고향은 지금 어디로 갔는가?

이 시가 발표되던 시기인 1930년대를 전후하여 적어도 70년대 후반까지는 고향을 제재로 한 시와 노래가 엄청나게 발표된 것으로 안다. 당시는 그만큼 살기가 힘들고 고향을 떠나 객지를 떠돈 사람들이 많았으며, 객지의 삶은 늘 외롭고 척박했다는 것을 말해 준다. 특히 1930년대 이후부터의 일제의 수탈이 더욱 심했으니 그 상황을 가히 짐작할 수 있다. 어쩌다 찾아간 고향은 일제의 수탈로 정든 사람들은 떠나고 옛 모습도 점차 사라져 가고 있었을 것이다. 그래서 고향을 잃은 회한을 시와 노래로 많이 달랬을 것이다. 이 시에서도 수탈로 인해 정든 사람들은 고향을 떠나고 점차 피폐 되어 가는 고향의 정서를 원형 그대로 그려봄으로써 망국의 한을 묵시적으로 달랜 것인지도 모른다.

우린 해방 이후 급속한 경제발전과 문명화의 길을 걸어왔다. 그래서 요즈음 신세대들에게 이 시는 그리 감동적이지 못할 수도 있을 것 같다. '모든 작품은 시대성을 품고 있다'는 알베르 카뮈의 말처럼 오늘의 문명적 의식으론 백석의 시 《고향》을 이해하지 못할 수 있기 때문이다. '고향'이란 자연공동체는 해체되어 가고 사람들의 기억에서도 사라져 가는 것 같다. 동시에 '향수'는 옛사람들만의 정서가 되는 것 같다.

1980년대까지만 해도 휴가철이 되면 피서지보다는 고향의 부모님을 찾아뵙고 농사일을 도우며 고향에서 지냈다. 이제 그 모습은 찾아볼 수 없다. 2000년대 초까지만 해도 명절이면 고향을 찾는 사람들로 북새통을 이루었다. 그런데 지금은 반대로 부모님이 서울 등 도시로 자식의 집을 향해 간다. 어떤 집들은 아예 외국이나 휴양지로 떠난다. 고향을 찾아 이웃들과 인사를 나누고 성묘를 하며 혈육의 정을 나누는 모습은 점차 사라져 가고 있다. 이제 어른들의 가슴에도 "고향"이나 "향수"는 추억의 책갈피에 끼워진 나뭇잎이며, 신세대에겐 낯선 낱말이 되어가고 있는 것 같다.

사람들의 마음에서 《고향》이란 자연공동체를 해체한 가장 큰 힘은 문명이다. 문명은 도시를 중심으로 발달되었고, 젊은이들은 도시로 떠났다. 그야말로 이농향도(離農向都)가 가속화되면서 농촌은 젊은 사람 기근 현상과 노인 인구의 증가로 해체의 위기에 처해 있다. 이제 농촌은 어린이와 청소년을 찾아보기가 힘들다.[31]

농촌의 해체와 더불어 정서적인 '고향'과 '향수'도 해체되어 가고 있다. 정신분석학적으로 말하면 성격 형성과 삶의 기초를 다진 유년의 추억은 늘 무의식의 깊은 심연에 있는 호수이다. 그 호수의 물은 어떤 계기를 만나면 의식과 함께 강이 되어 흐른다. 고향과 향수는 혈연, 지연 등 자연공동체에 의한 애착과 연결되어야 강하게 모습을 드러낸다. 도시에서 수시로 이사 다니며 학교에 다니는 요즈음 세대들에게 고향과 향수는 가슴 깊이 새겨진 유년의 추억이 되지 못할 수 있을 것임은 당연한 이치인 것 같다.

이처럼 문명은 자연공동체의 해체를 가속화시켜 왔다. 독일의 사회학자 페르디난트 퇴니에스(Ferdinand Tönnies)[32]가 주장한 것처럼, 사람들은 문

---

31) 통계청의 통계에 의하면, 농가 인구는 2014년 275만 1792명, 2015년 256만 9387명, 2016년 242만 2256명, 2018년 231만 4982명으로 매년 줄어들고 있다. 2018년 전체 농가 인구 중 65세 이상은 103만 4718명으로 고령화율 44.7%를 기록하여 2014년 39.1% 2015년 38.4% 2016년 40.3%, 2017년 42.5%보다 매년 높아지고 있다. 이러한 농촌 해체는 더욱 가속되고 있다.

32) 페르디난트 퇴니에스(Ferdinand Julius Tönies, 1855~1936) 독일 슐레스비히홀슈타인주(州) 올덴스보르트 출생의 사회학자이다. 예나·라이프치히·본·베를린·튀빙겐 대학에서 고전어·역사학·철학을 공부했다. 사회과학·사회철학에 대한 집요한 연구로 독일 사회학의 창시자 위치를 차지했으나, 당시는 사회학이 아카데미즘으로 인정받지 못했다. 1881년부터 킬대학 강사로 불우하게 보내다가 제1차 세계대전 후 사회학이 공식 과학으로 인정받자, 1917년 킬대학 사회학 교수가 되었고, 1821~1833년 독일사회학회 회장을 지냈다. 대표적인 저서는 《게마인샤프트와 게젤샤프트 Gemeinschaft und Gesellschaft》(1887)이며, 학문적인 명성도 이에 의해 얻어졌다. 그의 사회

명의 발달에 힘입어 가족·친족·민족·마을 같은 혈연과 지연 등 애정에 기초한 공동사회(Gemeinschaft 게마인샤프트)를 떠나, 회사·도시·국가·조합·정당 등과 같이 계약과 협약 등 인위적이고 타산적인 이해관계로 얽힌 이익사회(Gesellschaft 게젤샤프트)로 자유 선택의지에 의해 편입되어 갔다. 그 결과로 나타난 자본주의와 시장경제, 도시 문명은 발달해 갔지만, 농촌의 해체 현상과 전통적 애정 가치의 파괴는 또 다른 인간과 사회문제로 등장했다. 이는 바람직하지 못한 현상이다.

바람직한 사회는 인정 가치와 이익 가치가 균형을 이루고 공존하면서 보완될 수 있는 사회라 여겨진다. 그래서 정부에서도 농업의 공익적 가치 살리기와 농촌 살리기, 고향 살리기 정책을 쓰고 있지만, 실효를 거두지 못하고 있다. 고향은 단순한 자연공동체(自然共同體)의 회복이 아니라 치유공간으로서의 자연공동체 회복이란 측면에서 의의가 더 크다고 할 수 있다.

호메로스[33]의 『오디세이아』에서 오디세우스는 고향을 떠나 20년을 떠돌며 오로지 고향에 돌아가기 위해 노력한다. 고향엔 유년의 추억과 꼭 돌아오겠다고 약속한 사랑하는 아내 페넬로페가 있었기 때문이다. 결국, 포세이돈의 온갖 방해와 폭풍우를 헤치고 트로이의 목마를 타고 잠입에 성공한 후

학은 의지의 분석에 중요한 의의를 부여하고 있는데, 인간의 의지는 '본질의지'와 '임의의지'로 구분되고 본질의지는 실재적·자연적 의지이며, 임의의지는 관념적·작의적(作意的) 의지를 나타낸다. 이 두 의지에 대응하여 실재적·유기적인 게마인샤프트와 관념적·기계적인 게젤샤프트라고 하는 사회적인 범주가 제시된다.

33) 호메로스(Homeros BC 9C ~ BC 8C) 고대 그리스 최대의 서사시인. 그의 작품 《일리아스(Ilias, BC 800년 추정)》와 《오디세이(Odyssey, BC 800년 추정)》는 그리스 문학의 고전인 동시에 최대 걸작으로 평가받는다. 그의 생애에 대한 기록은 헤로도토스에 의한 전기와 그 후 10세기 말의 문학사전 안의 전기 등 몇몇이 있으나 모두 신빙성이 적다. 다만 그의 서사시 연대가 BC 800년 전후로 추정됨으로써 그 시대 사람이라는 것을 짐작할 뿐이다. 그의 서사시에 묘사된 영웅 이야기는 역사 시대의 그리스 사람들에게 커다란 영향을 주었다.

귀환하여 사랑하는 아내 페넬로페와 재회하고 해로한다. 고향은 동서고금을 막론하고 사랑과 추억이 깃든 치유공간이며 안식처이다. 그런 고향이 문명화의 과정에서 해체되어 가는 것은 가슴 아픈 일이다. 이제부터라도 진보된 문명화 정책으로 소중한 인연공동체인 고향을 살릴 수 있길 바란다.

02. 해체되어 가는 《고향》, 그 안타까움을 어찌하랴!

나를 고향을 데려다 줘.
나는 남부에서 태어나고 남부에서 살고 남부에서 일했다.
나는 남부에서 죽고 싶으며 거기서 매장되고 싶다
〈조지 워싱턴〉

고향에 갈 때마다 밀려오는 안타까움

추석을 두 주쯤 앞두면 늘 조상 산소 벌초를 위해 고향에 갔다. 전에는 그렇지 않았는데 이제는 갈 때마다 정말이지 고향이 아닌 것 같다. 우리 가족과 형제들은 고향을 떠난 지 오래인지라 지금은 아무도 살지 않고 일가친척들도 고향을 떠났기에 피붙이와 지인들도 거의 없다. 지금은 벌초와 성묘 등을 위해 일 년에 고작 서너 번 정도 다녀오는 것이 전부다. 그러니 고향은 낯설 수밖에 없는데 그 서먹함은 갈수록 더하다.

몇 년 전에는 마을 입구에 들어서니 새로운 전원주택 두 채가 눈에 들어왔다. 그 집은 옛날 우리 동네에서 가장 부잣집의 바깥마당과 텃밭에 해당하는 곳이다. 그 집 자녀들은 우리보다 먼저 객지로 떠났다. 그 집을 바라다보았다. 그 집도 우리 집처럼 본채만 폐허를 향해 덩그러니 서 있었다. 친척으로선 유일하게 지금까지 고향을 지키는 늙으신 아저씨에게 물었더니 집

장사가 그 땅을 사서 지은 집인데 타지인이 이사 와 살고 있다고 했다. 타지인이 와서 사는 것이야 뭐라고 할 수 없지만 옛사람들과 옛 냄새가 사라지니 고향은 더욱 낯설다.

우리 옆집에 사는 노부부는 정이 많았다. 고향에 갈 때마다 음료수라도 사 들고 찾아보며 안부를 묻던 분이었다. 앞집도 사람이 살기는 하지만 상처(喪妻)를 한 노인이 늦은 장가를 가서 살기에 가끔 가는 나로선 서먹했다. 올해도 벌초를 끝내고 음료수를 사 들고 옆집을 찾아갔다. 적막이었다. 그 집 아저씨는 오랫동안 산소호흡기를 달고 지내더니 이제는 돌아가신 모양이었다. 인기척이 전혀 없는 것을 보면 할머니가 출타했거나 먼 곳에 사는 아들이 잠시 데려간 것 같았다. 전화를 받지 않아 음료수만 방안에 두고 왔다. 고향 동네는 3분의 2는 빈집인 것 같다. 사람이 사는 집도 대부분 80이 넘은 노인이었다. 집이나 동네 어디든 사람의 인기척이 없으면 정말 허전하고 심지어는 두렵기까지 하다. 지금 고향이 그렇게 변해가는 것 같다. 일을 마치고 쫓기듯 고향을 빠져나왔다. 돌아오는 차 안에서도 고향의 쓸쓸한 모습이 떠올랐다. 정지용의 시 《고향》을 되뇌었다.

고향 없는 고향 이야기

고향에 고향에 돌아와도
그리던 고향은 아니러뇨

산꿩이 알을 품고
뻐꾸기 제철에 울건만

마음은 제 고향 지니지 않고
머언 항구로 떠도는 구름

오늘도 뫼끝에 홀로 오르니
흰 점꽃이 인정스레 웃고

어린 시절에 불던 풀피리 소리 아니 나고
메마른 입술에 쓰디쓰다

고향에 고향에 돌아와도
그리던 하늘만이 높푸르구나

-정지용 《고향》 전문-

정지용[34]의 시 《고향》은 1932년 〈동방평론〉에 실린 작품이다. 이 시기는

34) 정지용(鄭芝溶, 1902~ 1950?)은 한국의 대표적 서정시인으로 평가받는다. 옥천군 옥천면 하계리에서 한의사인 정태국과 정미하 사이에서 맏아들로 태어났다. 송재숙(宋在淑,1902년~1971년)과 결혼했다. 옥천공립보통학교를 마치고 휘문고등보통학교에 입학해서 박종화·홍사용·정백 등과 사귀었고, 박팔양 등과 동인지 〈요람〉을 펴내기도 했다. 신석우 등과 문우회(文友會) 활동을 하며 이병기·이일·이윤주 등의 지도를 받았다. 1919년 3·1 운동이 일어나자, 이선근과 함께 '학교송빛나를 잘 만드는 운동'으로 반일(半日)수업제를 요구하는 학생대회를 열었고, 이 때문에 무기정학 처분을 받았다가 박종화·홍사용 등의 구명운동으로 풀려났다. 1923년 4월 교토 도시샤대학 영문과에 입학했으며, 유학시절인 1926년 6월 유학생 잡지인 〈학조 學潮〉에 시 〈카페 프란스〉 등을 발표했다. 1929년 졸업과 함께 귀국하여 이후 8·15해방 때까지 휘문고등보통학교에서 영어교사로 재직했고, 독립운동가 김도태, 평론가 이헌구, 시조시인 이병기 등과 사귀었다. 1930년 김영랑과 박용철이 창간한 〈시문학〉의 동인으로 참가했으며, 1933년 〈가톨릭 청년〉 편집고문으로 있으면

3·1운동 이후 '문화 통치'라는 이름으로 민족개량주의를 부추겨 수많은 민족 지사들이 그들의 놀음에 속아 넘어가게 했던 시기이다. 시인은 일제의 수탈이 극에 달한 후에 고향을 찾은 모양이다. 그때 그가 찾은 고향은 그의 시 《향수》에서 노래한 것처럼 어릴 적 뛰놀던 낭만의 고향이 아니었다. 어른이 되어 다시 찾은 고향은 여러 면에서 옛 모습을 상실해 가고 있었을 것이다.

"고향에 고향에 돌아와도 그리던 고향은 아니러뇨." 왜 고향이 아니라고 했을까? "산꿩이 알을 품고 뻐꾸기 제철에 울건만." "오늘도 뫼끝에 홀로 오르니 흰 점꽃이 인정스레 웃고" 있다. 산새들의 울음소리와 나뭇잎들의 속삭임, 뒷산, 흰점 꽃의 모습 등 자연은 옛 그대로이다. 그들은 옛날처럼 인정스럽게 시인을 반겨 주며 웃고 있다. 그러나 "마음은 제 고향 지니지 않고 머언 항구로 떠도는 구름"이니 마음속에 더는 고향이 자리 잡지 못하여 '머

서 이상(李箱)의 시를 세상에 알렸다. 같은 해 모더니즘 운동의 산실이었던 구인회(九人會) 활동을 하며 문학 공개강좌 개최와 기관지 〈시와 소설〉 간행에 참여했다. 1939년에는 〈문장〉의 시 추천 위원으로 있으면서 박목월·조지훈·박두진 등의 청록파 시인을 등단시켰다. 1945년 해방이 되자 이화여자대학교로 옮겨 교수 및 문과과장이 되었고, 1946년에는 조선문학가동맹의 중앙집행위원 및 가톨릭계 신문인 〈경향신문〉 주간이 되어 고정란인 '여적(餘適)과 사설'을 맡아보았다. 1948년 대한민국 정부수립 후에는 조선문학가동맹에 가입했던 이유로 보도연맹에 가입하여 전향 강연에 종사했다. 1950년 한국전쟁이 터지고 피난길에 오르지 못한 채 서울에 남아 있다가 인천 상륙 작전이 끝나고 대한민국 국군이 수복한 행방이 묘연해졌다. 오랫동안 그는 납북되어 조선민주주의 인민공화국에서 사망한 것으로 추정해 왔다. 그러나 전쟁 당시 월북하였다가 2001년 남한을 방문한 정지용의 셋째 아들은 북조선에서 아버지의 행적을 전혀 알지 못하였고, 2003년 문학평론가 박태상은 그가 납북되던 중 1950년 9월 25일 미군의 동두천 폭격에 휘말려 소요산에서 폭사하였다는 내용의 자료를 공개하여 정지용이 실제 납북되어 북조선에서 활동하였는가에 의문이 제기되기도 하였다. 현재까지 정지용의 정확한 사망 일자나 원인에 대해서는 확실한 사실이 확인되지 않고 있다. 시인 정지용은 초기엔 모더니즘과 종교적(로마 가톨릭) 경향의 시를 주로 발표하였다. 그러나 이보다는 널리 알려진 작품 〈향수〉에서 보이듯이 초기엔 서정적이고 한국의 토속적인 이미지즘의 시를 발표함으로써 그만의 시 세계를 평가받고 있으며 전통지향적 자연시 혹은 산수시라 일컫는다. 〈위키백과 참조〉

언 항구로 떠도는 구름'처럼 정처 없이 흘러가고 있다. 마음은 '아니야, 이건 아니야, 내가 그리던 그 고향이 아니야.'라고 외치며 스스로 고향을 지우고 있는지 모른다. 그뿐 아니다. "어린 시절에 불던 풀피리 소리 아니 나고 메마른 입술에 쓰디쓰다." 풀피리 불던 어린 시절은 그래도 고향의 자연과 삶의 모습이 여유 있고 낭만적이었을 것이다. 그러나 다시 찾아온 고향은 풀피리 불던 어린 시절의 그 아름다운 추억과 낭만, 인정과 아늑함은 사라지고 쓸쓸하고 안타까운 마음만 가득하다. 그러니 고향에 돌아와도 그리던 하늘만 높고 푸를 뿐 다른 모든 것은 낯선 것들일 뿐이다.

위의 시 《고향》은 총 6연을 각각 2행으로 배치하여 시적 안정감을 살렸다. 한 행이 3개의 소리마디로 나누어지면서 3음보를 형성하여 리듬감도 멋지게 살렸다. 2연과 4연에서는 '옛 그대로의 변함없는 고향의 자연'을 노래하였지만, 3연과 5연에서는 '변해버린 고향에 대한 시인의 상실감'을 노래하는 대조적인 구조를 통해 상실감의 의미를 강조하고 있다. 또 1연과 6연은 비슷한 내용과 어구가 반복되는 수미상관의 형식으로 주제의 의미를 살리고 있는데, 1연에서 "그리던 고향은 아니러뇨"라면서 고향 상실에 대한 절망감을 강조하고 6연에서 "그리던 하늘만이 높푸르구나"고 하면서 고향 하늘의 항상성(옛 그대로의 모습)을 강조함으로써 해체되어 버린 고향에 대한 안타까움을 강조하고 있다. 그리워 고향에 돌아왔으나 고향의 황폐화로 그리던 고향의 심상(心象)은 사라졌다. 이는 고향 황폐화에 대한 안타까움을 넘어 고향을 바라보는 시인의 마음에 이는 고향 상실감이다.

근현대사에서 우리 민족의 마음에 고향을 해체한 것은 첫째 일제의 수탈이며, 둘째 6·25전쟁으로 인한 수많은 이산가족, 셋째는 1980년대부터 급속하게 진행된 이촌향도의 도시화 정책이다. 특히 일제의 수탈과 만행은 처절한 고향 상실의 아픔을 강제화했다. 수많은 사람이 마음에 고향을 품고 살길을 찾아 눈물을 머금고 떠나야 했다. 6·25도 일제의 연장선에서 보아야 할 것이다. 일제가 없었다면 분단과 6·25도 없었을 것이기 때문이다.

시인에게 고향에 대한 상실감을 그토록 강하게 느끼게 한 것은 무엇일까? 그것은 '문명화'란 이름으로 진행된 일제의 수탈과 마을의 파괴일 것이다. 수탈로 인해 정든 이들은 살길을 찾아 떠나고 일제의 낯선 풍경만 보일 뿐이다. 남은 사람들의 인심과 사는 모습도 변했을 것이다. 그의 마음에 품었던 고향은 해체되어 버리고 안식처는 사라진 것 같다. 그래서 마음속으로 '아니야 이건 내 고향이 아니야.'라며 스스로 고향을 지웠을지도 모른다. 그가 이 시를 발표했던 1930년대는 일제의 수탈과 만행이 극에 달한 후였다.

정지용이 12세에 동갑내기 송재숙(宋在淑)과 결혼했고, 1914년 아버지의 영향으로 가톨릭에 입문했으며 옥천공립보통학교를 마치고 1918년 휘문고등보통학교에 입학하여 수학하였던 것을 보면, 고향을 떠난 것은 10대 중반이다. 그리고 1923년 4월에 교토의 도시샤 대학 영문과에 입학하여 영문학을 공부했으며, 1929년 졸업하고 8.15해방 때까지 모교인 휘문고등보통학교에서 영어교사로 재직한 것을 보면, 그가 다시 고향을 찾은 것은 휘문고등학교에서 영어교사를 막 시작하던 때로 추정된다. 그러니 고향에 대한 그의 추억은 10세 중반 이전에 머물러 있었을 것이다. 10년이면 강산도 변한다는데 10년이 훨씬 넘어 고향을 찾았으니 참 많이 변했을 것이다. 그러나 그가 '고향에 돌아와도 그리던 고향은 아니러뇨'라고 한 말에는 그에게 다가온 고향은 일제의 수탈과 착취로 인해 피폐해질 대로 피폐해진 고향일 것이다.

1890년경부터 본격적으로 조선 침탈과 지배의 야욕을 드러낸 일본은 1910년 우리의 주권을 빼앗고 본격적인 수탈을 시작했다. 당시 순종이 발표한 "일본국 황제 폐하와 대한제국 황제 폐하는 양국 간의 친밀한 관계를 고려하여 상호 행복을 증진하고 동양평화를 영구히 확보하고자 하는 목적을 달성하기 위하여 대한제국을 일본국에 병합함이 최선책이라고 확신한다."는 합방조약 전문을 보면 기가 막힌다. 그 이전에도 그랬지만 병합 이후 일본의 만행은 더욱 철저했다.

구한 말 조선은 열강 특히 청·일·러 등은 한반도를 자기들의 손아귀에 넣기 위해 각축전을 벌이는 소용돌이에 휘말린 상태에서도 부패와 수탈이 극심하고 개화와 수구 등 온갖 파당 싸움에서 왕을 중심으로 한 조정은 정치적으로 분열되었고 유약했다. 관리들은 정신을 차리지 못하고 자기들의 사상과 이익에만 충실했었다. 그중에 가장 침탈이 심한 일본의 움직임은 정말 심상치 않았다. 관리들의 부패와 외세의 침탈을 막지 못한 것에 분개한 농민들은 동학 농민 전쟁을 일으켰지만, 그들의 소망은 꽃으로 피지 못하고 우금치에서 장렬한 최후를 맞이하여 이 땅의 원혼으로 잠들었다.

동학 농민군들은 1차 봉기하여 전주성을 장악했으나 청·일에게 군사주둔의 빌미를 주지 않기 위해 '전주 화약'을 맺고 '집강소'를 설치하여 자치 통치를 해나갔다. 그러나 일본군은 철수하지 않고 '조선의 문명개화'란 명분을 내세우며 더욱 침탈이 노골화되었으며 최후엔 경복궁을 무단 침입하여 고종을 겁박한 후 김홍집, 어윤중, 박영효, 서광범 등을 중심으로 한 친일 내각을 세웠다. 그것이 문명화의 탈을 쓴 갑오개혁(1894년)이다.

갑오개혁 이후 친러파는 아관파천(1896년)으로 잠시 전세를 뒤집었지만, 열강은 조선의 모든 개발 이권을 챙겨갔다. 그중 가장 악랄했던 것이 일본이었다. 일본은 본격적인 조선 침략을 위한 작업을 '조선 문명화'란 명분으로 시작했다. 그들은 성냥, 옷감(특히 옥양목), 쌀 등 모든 영역에서 대대적인 이권을 장악하고 조선의 경제권을 손아귀에 움켜쥐었다. 조선은 살아남기 위해 만민공동회를 열고 안간힘을 썼으나, 러일 전쟁까지 승리를 한 일본은 을사늑약을 체결하고 우리의 외교 국방 등 주요 권한을 빼앗았다가

1910년 드디어 한일합병을 통해 조선을 식민지화하였다.

특히, 이때 실시한 토지조사령과 임야조사령은 조선인의 삶을 뿌리까지 뽑아 버렸다. 당시 조선인에게 토지와 임야는 삶의 주 토대였다. 본격적인 수탈을 위해 일제는 1912년 '토지조사령'이란 법령을 공표했다. 그 내용은 '토지 소유자는 조선 총독이 정하는 기한 내에 그 주소, 성명, 소유지의 명칭, 소재지와 지목, 번호, 목표등급, 지적, 결수를 임시 토지 조사국에 신고하라.'는 것이다. 이 토지 조사 사업은 전국적으로 1918년까지 진행되었다.

이러한 일제의 토지 약탈의 만행은 이미 1906년 토지가옥증명규칙과 토지가옥저당규칙, 1908년 토지가옥소유규칙과 국유미간지이용법을 만들어 국유지와 민간공동이용토지를 대거 빼앗았다. 대한제국 정부로부터 현물출자라는 명목으로 11,000정보에 해당하는 정부 소유지를 빼앗아 단번에 최대 지주의 자리에 오른 일제의 토지 약탈의 대명사인 동양척식주식회사가 세워진 것도 1908년이다. 1910년 이미 일본인 지주는 2,254명이 소유한 토지 규모는 69,311정보였다.[35]

일제가 당시 돈으로 2,456만 원이란 거액을 들여 토지조사사업을 한 것은 '지세 부담을 공평히 하고 토지 소유권을 보호하며 매매와 양도를 원활하게 하고 토지의 개량과 이용을 자유롭게 하여 생산력을 높이기 위함'이라고 하였지만, 실제로는 토지 약탈과 식민통치의 재정확보라는 엄청난 음모였다.

일제의 토지조사사업에 의해 동양척식주식회사 등 일본 토지회사는 1920년 20만 정보 이상의 토지를 소유했고 토지세는 1,115만 7천 원이나 되었다. 1918년 토지조사사업이 끝날 무렵엔 3%의 지주가 토지의 50%를 차지하였고, 자작농은 20%, 자·소작농은 39% 소작농은 38%였다. 소작료도 5

35) 박은봉『한권으로 보는 한국사 100장면』가람기획, 1993. 296쪽.

할~7할이었으니 착취 수준이었다. 그러니 전 국민의 80%의 삶은 처참해진 것이다.[36]

그들은 살길을 찾아 깊은 산속으로 들어가 화전을 일구었고, 도시로 나가 일용품팔이로 전락되었으며, 만주, 연해주, 시베리아, 중국, 일본 하와이, 미국 등으로 떠난 수가 상상을 초월한다. 1917년부터 1927년까지 일본노동현장으로 간 숫자만도 67만 명에 달하며, 일제에 의해 해외로 강제 동원된 조선인이 무려 104만 명에 이른다. 이것은 우리 민족 역사상 가장 처참한 수탈이었고 고향 해체였다.

이처럼 일제는 조선 반도와 조선인을 처참하게 했다. 그러나 조선병합의 합법성을 내세우면서 지금까지 제대로 된 사과 한마디 없다. 힘없는 국민, 힘없는 민족의 설움은 단지 국가 상실의 슬픔만 아니다. 모든 국민의 삶을 뿌리까지 뽑아 버리고 노예 상태로 만든다.

아직도 사과하지 않는 일본, 그리고 고향 살리기 운동

지금도 우린 한일 청구권 문제와 일제의 만행에 대한 피해배상 문제로 갈등을 겪고 있다. 그 갈등은 잠재되어 있다가도 어떤 정치적 계기를 만나면 다시 수면 위로 솟구친다. 여기서 중요한 것은 보상과 배상의 차이점이다. 보상(compensation)은 적법한 행위로 가한 재산상의 손해나 손실을 보충하기 위하여 제공하는 대가(對價)를 말하는 것으로 불법적 행위로 끼친 손해나 손실에 대한 대가(對價)인 배상(reparation)과 구별된다.

---

36) 박은봉, 위의 책, 296쪽~297쪽.

일본은 보상은 하였을지언정 배상은 전혀 하지 않았다. 일제가 저지른 만행은 불법이며 비록 합법을 가장했다 하더라도 무력으로 강제화된 것으로 역시 불법이다. 일본이 지금까지 과거의 만행을 숨기고 역사를 왜곡하며 일제 통치가 '조선 문명화'를 위한 일이었다는 망언을 일삼는 것도 배상 책임을 회피하기 위한 치졸함이다. 과거를 인정하고 반성하며 사과하고 배상해야 하기 때문이다.

국가 간에는 배상의 책임을 묻는 일에도 국력과 외교력이 중요하다. 일본이 우리의 필요성을 강하게 느끼고 우리가 아니면 안 되는 국제역학적 구조가 형성되었다거나 우리의 국력이 월등하게 나은 경우 숙여 올 수밖에 없다. 지금도 한일 관계가 틈이 나면 무역보복까지 하면서 당당한 것은 우리를 무시하기 때문이다. 어쩌면 그들은 지금도 산업 기술과 자본 등 상당한 영역에서 우리가 일본에 종속되어 있다고 보는 것 같다. 이에 우린 대통령을 포함한 정치인의 정치적 호언장담이 아니라 실질적인 면 즉 정치, 경제, 국방, 외교, 국민 통합의 모든 측면에서 일본을 이겨낼 힘을 길러야 한다. 그것만이 그들이 저지른 만행을 인정하고 사과하게 하는 일이며, 온갖 불법적인 만행에 대해 배상하게 하는 일임과 동시에 정신적으로나마 일제에 의해 해체된 고향을 되찾는 길인지도 모른다. 그런데 정치인들은 정쟁만 일삼고 있으니 한심할 뿐이다.

정지용의 시 《고향》을 읽으며 5천 년 이어온 고향을 처절하게 해체시킨 일제의 만행과 수탈을 되짚어 보았다. 그리고 지금도 역사를 왜곡하며 독도에 대한 야욕을 드러내는 그들의 뻔뻔스러운 야만성을 본다.

지금도 도시화, 개발, 산업화, 등의 이름으로 고향은 해체되어 가고 있다. 그러나 기성세대의 고향과 신세대의 고향은 다른 것 같다. 기성세대에게 고향은 어릴 적 추억이 있고 부모님이 살았으며 가슴에 묻어 둔 그리운 곳이지만 신세대의 가슴엔 그런 고향이 사라진 것 같다. 그만큼 정서적 공동체로서의 고향에 대한 추억이 없는 것이다. 지금도 서울을 중심으로 한 대도시에만 예산을 쏟아 넣는 잘못된 국가정책에 의해 고향은 상대적으로 피폐해지고 해체되고 있다. 여기에 우리의 정서적 공동체인 고향을 살리기 위해 국가배상의 차원에서라도 〈고향세〉를 통해 고향에 대한 지원을 아끼지 말아야 할 것이다. 고향은 5천 년 우리 민족의 혼과 정서가 숨 쉬는 단어이며 장소이기 때문이다.

03. 그 많던 《종달새》는 어딜 가고

호마는 언제나 북쪽 바람을 향해 서고
남쪽 월나라에서 온 새는 나무에 앉아도
남쪽을 향한 가지를 골라 앉는다.
(胡馬依北風越鳥巢南枝)
〈古詩〉

종달새도 사라진 고향

코로나19가 한창 기승을 부리던 어느 날 초등학교 친구에게서 전화가 왔다. 코로나19가 아무리 세상을 험하게 한다고 해도 봄이 가기 전에 얼굴을 보자고 했다. 객지로 일찍 떠난 나는 초등학교 동기 전체 모임엔 서먹한 감이 있어 잘 가지 않지만, 자주 만나던 친구 몇 명끼리 대전에서 만났다.

만남을 주선한 친구가 프로그램을 기막히게 짰다. 70대를 향하는 나이에 고향이 그리운 것은 인간 본연의 귀소본능인 모양이다. 친구는 10시경 대전에서 만나 자기 차에 우리 4명을 태우고 고향으로 향했다. 친구들 각자의 고향 동네를 돌아보고, 고향에 있는 맛집에서 점심을 먹고 다시 대전으로 돌아와 헤어진다는 것이었다.

한 시간 정도 차를 타고 갔다. 가장 먼저 나의 고향 동네에 도착했다. 동네 어귀에 차를 세우고 친구는 나에게 고향집에 다녀오라고 했다. 나는 마을 어귀에서 고향집이 있는 곳만 물끄러미 바라보고 서 있었다. 친구가 또 빨리 집에 다녀오라고 했다. 그때 나는 "오늘은 여기까지, 지금 고향집에 가면 난 울 것 같아. 고향집은 거의 폐허 수준이야. 오랫동안 사람이 살지 않고 비워두어서 지금은 관리가 너무 어려워. 어쩌다가 와서 손을 보지만 감당이 안 돼. 집에 가면 엄마 생각이 너무 날 것 같아." 잠시 가슴이 뭉클하면서 눈물이 고여 애써 감추었다. 나는 쓸쓸하게 서 있다가 빨리 가자고 재촉했다.

고향 동네는 어귀에서부터 인기척이 없었다. 젊은 사람들은 보이지 않는다. 고향집 옆집에 나보다 한참 젊은 노총각이 부모님을 모시고 살았는데 그도 부모님이 돌아가시자 떠났다. 어머님이 살아계실 때 어머니의 말씀에 의하면, 그 노총각은 베트남 여성과 결혼을 했는데 베트남 여성은 몇 년 살다가 야반도주했다고 했다. 그래서 홀로 부모님을 보시고 살면서 우리 집도 관리해 주었는데 그마저 없으니 이제 관리가 더 어려웠다.

고향 마을은 옛날과는 달리 풀과 나무들만 무성하고 어귀의 논밭엔 대부분 나무가 심겨 있었다. 옛날 고향 마을의 5월엔 거의 보리밭이었다. 보리 내음이 코를 찌르고 종달새의 노랫소리는 귀를 즐겁게 했다. 높이 날다가 곤두박질하는 종달새의 모습은 신기했다. 그런데 얼마 전에 간 고향엔 보리밭은 보이지 않고 종달새 소리도 들리지 않았다.

나는 고향 동네를 떠나 다른 친구의 고향 마을을 돌고 돌아 점심을 먹고 다시 대전으로 올 때까지 계속해서 마음이 허전했다. 그리고 정지용의 시 《종달새》를 속으로 중얼거리며 어린 시절 고향의 정취와 어머니를 그리워했다.

《종달새》, 상실의 승화

삼동 내- 얼었다 나온 나를
종달새 지리 지리 지리리…

왜 저리 놀려 대누

어머니 없이 자란 나를
종달새 지리 지리 지리리…

왜 저리 놀려 대누

해바른 봄날 한종일 두고
모래톱에서 나 홀로 놀자.

-정지용 《종달새》 전문-

이 시의 주인공은 천진난만한 어린아이다. 그래서 이 시를 읽으면 어린 시절이 더 그립다. 그리고 유년의 온갖 추억이 솟구친다. 특히 가장 포근했던 어머니의 품이 그립다.

내가 정지용의 시 《종달새》를 좋아하게 된 것은 고향을 떠나고도 한참 후의 일이다. 대학을 졸업하고도 몇 년 지났다. 정지용의 시집을 처음 읽으며 가슴에 와닿은 시(詩)중의 하나였다. 천진난만한 느낌을 주는 이 짧은 시에서 어머니에 대한 그리움과 어릴 적 고향의 풍경을 그림처럼 마음속에 그리게 해 주었다. 그래서인지 가끔 이 시를 읽는다. 그런데 이 시는 읽은 때마다 나이에 따라 느낌이 다르다. 특히 강하게 다가오는 느낌은 상실의 아픔이다.

"삼동 내- 얼었다 나온 나"는 시의 화자이다. '삼동 내'는 추위가 온몸을 움츠리게 하는 한겨울이다. "내"는 "내내"의 줄임말이다. 옛날 땔감이 부족했던 시절 방 안이 따뜻할 리 없다. 특히 엄마 없는 어린아이에게 겨울은 혹독하게 춥다. 아이는 한겨울 동안을 방 안에서 얼면서 보냈다. 고독했다. 그런데 봄이 왔다. 밖으로 나왔다. 봄은 고독한 소년에게 해방이었다.

아이는 들판으로 향했다. 봄기운은 쌀쌀하지만 따뜻했다. 보리 내음이 향긋하고 들판도 푸르다. 곳곳에 아지랑이가 피어오른다, 하늘에는 종달새가 "지리 지리 지리리…" 하며 날고 있었다. 신기하여 종달새를 따라가기도 하고 높이 솟다가 급강하하는 종달새를 쳐다보기도 했다. 그런데 종달새의 그 "지리 지리 지리리…"하는 소리가 자기를 놀려 대는 것으로 들린다. 그래서 아이는 "왜 저리 놀려 대누"하고 홀로 중얼거리며 푸념을 한다. 왜일까?

이유는 다음 연에서 분명해진다. "어머니 없이 자란 나를/ 종달새 지리 지리 지리리…//왜 저리 놀려 대누" 시인은 몇 살 때부터인지는 알 수 없지만 아주 어릴 때부터 엄마 없이 자랐다. 한약방을 하던 부친이 홍수에 가산(家産)이 떠내려가 집안이 기울자 새로운 여자를 들였다. 그러자 친어머니가 집을 나가 버렸기 때문이다. 그런 아이에게 종달새는 자기를 놀려대는 야속한 친구이다.

'해바른 봄날'은 따뜻하고 작은 냇물이 녹아 흐르니 좋아서 밖으로 나왔지만, 종달새까지 놀려 대니 마음 둘 곳이 없다. 그렇다고 다시 방으로 들어가 틀어박혀 있을 수 없다. 그때 아이는 새로운 친구를 찾았다. 바로 모래톱이다. 그래서 아이는 '그래 이 모래톱하고 한종일 나홀로 놀자'하고 마음의 결정을 내린다. 아이는 이제 상실(엄마 없는 서러움과 고독)의 아픔을 딛고 일어서는 방법을 찾았다. 고독과 체념을 넘어 나만의 새로운 세계로의 승화를 결정한다. 그래서 이 시는 마음을 울린다.

시를 좀 더 살펴보자. 위의 시에서 대표적인 이미지인 종달새는 무엇일까? 종달새는 따뜻한 봄날, 논밭 어디서나 볼 수 있었던 대표적인 텃새였다. 종달새는 봄이 오고 따뜻해지면 산란기를 맞이한다. 그래서 애절한 구애의 노래를 부른다. 애절한 노랫소리가 온 들판을 가득 메우기도 했다. 보리가 약 30cm쯤 자란 보리밭 구석 은밀한 곳에는 종달새의 둥우리가 있었다. 종달새는 거기에 알을 낳고 새끼를 부화했다. 어린 날 보리밭을 뒤지며 그 새끼를 잡으러 다닌 적도 있다. 그런데 지금 들판에서 그 애절한 목소리를 들을 수 없다. 들판에 보리밭이 사라졌기 때문인 것 같다. 보리밭도 종달새와 함께 고향과 봄을 알리는 매개체이기도 하다.

종달새의 노랫소리는 우리의 향토적 정서와 함께 문학 속에서 봄을 알리는 존재로 자주 등장한다. 옛날에는 '노고지리'라고 불렀다. 학교 다닐 때 교과서에서 배운 남구만(1629:인조 7년~1711:숙종37년)의 시조 "동창이 밝았느냐 노고지리 우지진다/소치는 아이는 상기 아니 일었느니/재넘어 사래긴 밭을 언제 갈려 하느냐"에서 '노고지리'는 봄을 알림과 동시에 어서 나가 일을 하라는 근면을 재촉하는 의미를 담고 있다.

그러나 정지용의 시 《종달새》에서 종달새는 봄을 알리는 것과 동시에 친구이자 '엄마 없음'을 알리는 매개체이다. 아이에게 종달새의 "지리 지리 지리리…"하는 소리는 '너 엄마도 없지' 하며 놀려 대는 엄마 없음을 확인시키는 야속한 친구이다.

또 하나의 이미지는 의성어 "지리 지리 지리리…"이다. 의성어는 듣는 사람에 따라 표현이 다르다. 만약 그것이 누구나 말하고 표현하는 대로 들리고 표현된다면 시의 맛이 없어질지도 모른다. 아동문학가 이원수(1911~1981)는 그의 시 〈종달새〉에서 "-비일 비일 종종종"으로 표현했다. (종달새, 종달새/ 너 어디서 우느냐/보오얀 봄 하늘에/봐도 봐도 없건만/-비일 비일 종종종/비일비일 종종종) 정지용의 시에서 "지리 지리 지리리..."는 봄과 엄마 없음을 알리는 이중언어이다.

마지막으로 모래톱의 이미지이다. 모래톱은 작은 냇가, 도랑 등에 생긴다. 아이들은 흙장난으로 노는 경우가 많다. 특히 친구 없이 심심할수록 흙장난을 많이 했다. 흙장난용으로 모래톱은 매우 좋은 도구이다. 일반 흙과는 달리 부드러운 감각에서 정서적 위안도 준다. 그래서 모래톱은 시인에게 엄마 없음의 고독과 슬픔을 달래고 엄마 없음을 놀려 대는 종달새(다른 친구들)의 따돌림도 극복할 수 있는 새로운 세계의 발견이며 안식처이다. 종달새와 같이 모래톱은 전통적인 고향에 대한 강한의미이기도 하다.

모든 인간은 상실을 경험한다. 그 상실 중에서 가장 큰 상실은 어머니의 상실이다. 특히, 어린아이에게 어머니의 상실과 부재는 충격적인 아픔이다. 어머니 없는 아이는 마음 붙일 곳이 없다. 어린아이에게 어머니는 절대적 존재이며 영원성을 지닌다. 절대적이며 영원성을 지닌 존재인 어머니는 아이의 성장과 사유에 절대적인 영향을 끼친다. 그런데 시에서 아이는 그 절대적인 영원성의 존재를 상실하므로 '종달새가 놀려 대지 않는대도 자기를 놀려 댄다'고 생각할 만큼 삶과 사유의 분열을 경험한다. 아이는 이제 영원성의 아우라인 어머니에게 의지할 수 없다. 어머니가 없기 때문이다. 그래서 나만의 세계로 나아가야 한다,

어머니의 상실이건 사랑하는 연인의 상실이건 인간이 겪는 모든 상실은 강한 아픔을 준다. 그리고 일련의 과정을 거쳐 새로운 세계로 나아간다. 상

실로 인해 가장 먼저 겪는 것은 아픔이다. 그리고 다음 단계는 고독과 방황이다. 이 경험이 오래가면 늪에서 헤어나지 못한다. 그리고 이 경험에서 다음 단계로 갈 때는 여러 갈래가 존재한다. 어떤 이는 고독과 방황의 늪에 빠져 헤어나지 못하고 살아가거나 인생을 비관하기도 한다. 그리고 상실된 현실을 체념하며 받아들인다. 여기서도 어떤 이는 체념으로 살아가고, 또 어떤 이는 그 체념을 딛고 일어서 새로운 세계로 나아가기도 한다. 마지막 단계는 승화의 단계로 새로운 세계에서 자신을 창조하기도 한다. 그래서 상실은 인간을 고독과 방황에 빠지게도 하지만 새로운 세계의 발견과 성장의 계기가 되기도 한다. 사람은 상실의 승화를 통해 더욱 위대해지기도 한다. 시에서 '모래톱하고 한종일 나홀로 놀자'는 상실의 승화를 향한 서막이요 다짐이다.

시인의 어린 시절 역시 상실의 시대였다. 어머니의 상실만 아니라 일제의 수탈과 피폐로 인한 조국과 고향의 상실이다. '어린아이가 시대의 아픔을 어떻게 알고 느꼈을까?'라고 말하는 사람이 있을 수 있지만, 어린아이에게 비친 어른들의 절망적인 모습은 스스로 겪는 것 이상의 두려움일 수 있다. 평생의 트라우마로 남을 수도 있다. 시인이 쓴 시에서 고향의 모습을 자주 그리는 것은 그 상실의 아픔을 승화하고자 하는 의지의 표현이기도 한 것 같다. 그뿐 아니라 시인의 시에서 전통적인 민요시의 형태를 띠는 것이 많은 것도 그러한 이유인 것 같다.

어머니의 상실, 그리고 해체되어 가는 고향

내가 정지용의 시 《종달새》를 다시 읽으며 분명히 느끼는 것은 상실되어 가는 고향이다. 그리고 그것이 더욱 강한 상실로 이어지는 것은 어머니의 상실 때문이다. 고향과 어머니의 사실은 전통의 상실이기도 하다. 고향은 어머니의 상실과 함께 급속하게 해체되어 가고 있다. 지금 우리들의 고향은 거의 늙은 부모님만 남게 되었고 그 부모님들이 돌아가시면 하나둘씩 폐허가 되어간다. 그렇게 폐허가 되어가는 고향은 이제 전국에 빈집으로 가득하다. 젊은 귀농인이 있다고 하지만 젊은이들은 거의 고향으로 돌아가지 않는다. 그 중심에는 어머니(부모님)의 상실(부재)이 존재한다. 어머니가 고향을 지키고 있을 때는 그래도 젊은이들이 드나들며 어머니와 함께했던 고향의 둥지를 손질하였지만, 어머니의 부재와 함께 고향의 둥지는 방치되어 간다.

어머니의 상실과 함께 고향이 급격히 해체되는 데는 문명의 역할이 크다. 문명화가 가져다준 것은 자본과 상업주의이며 그 중심에는 도시화가 자리잡고 있다, 문명사회에서 살 수밖에 없는 사람들에게 고향은 생존을 불편하게 하는 계륵(鷄肋)이다. 그것을 각자 개인에게 살려 내라고 말하는 것은 무리이다. 이제 어머니가 부재(不在) 하는 고향을 살려 내기 위해서는 정부가 나서야 한다. 그것이 상실된 고향을 우리들의 마음에 승화된 새로운 세계로 태어나게 하는 길이기도 하다.

얼마 전에 친구들과 함께 간 고향은 상실의 전형(典刑)이었다. 젊은 인기척도 없고 보리밭도 없고 나무만 무성해져 가고 있었다. 시인을 놀려 대던 그 많던 《종달새》도 없었다. 어릴 적 어머니 품이 그립다. 자본과 도시화에 찌든 이 문명의 야만을 어찌할까.

04. 기구한 운명 속에 지역 브랜드로 거듭난《향수》

길을 떠났던 나그네가 먼 여행을 마치고 돌아온다.
그리운 성문이 보이고, 강 양쪽 기슭에서는 아낙네들과 애들이
고향의 사투리로 이야기를 주고받고 있다.
아아, 이 또한 흐뭇한 일이 아닌가.
〈金聖嘆/西廂記序〉

옥천의 향수 100리 길

2018년 여름이었다. 동호인들과 자전거로 [옥천 향수 100리 길]을 완주했다. 길목에는 정지용 생가, 육영수 생가, 조헌 신도비 등도 있었다. 향수 100리 길에 들어서기까지는 차도를 따라가다 보니 위험하고 힘들었지만, 굽이치는 금강 변을 따라 달릴 때는 시원한 바람과 아름다운 풍경이 시심(詩心)을 자극했다. 금강 휴게소에서 매운탕으로 점심을 먹고 다시 옥천역으로 와서 열차로 귀환했다. 주목적이 '자전거라이딩'이었기에 주변 유적지는 제대로 보지 못했다. 특히 정지용 생가를 보지 못한 것이 마음에 남았다. 정지용 생가는 몇 번 가 보았지만, 갈 때마다 느낌이 새로웠다. 갈 때마다 다른 느낌을 주는 것은 정지용에 대한 이해와 느낌의 변화이기도 하다.

그로부터 1년 뒤 2019년 6월, 마음을 단단히 먹고 정지용 생가를 다시 찾아갔다. 전시실 내에 걸린 정지용의 시를 읽으며 당시의 상황을 생각해 본

다. 정지용의 언어사용능력과 시작(詩作) 능력이 어린 시절부터 탁월했음을 느낀다. 어쩌면 정지용의 어린 시절은 고독했던 것 같다. 고독한 어린아이는 산과 들로 다니며 자연과 벗 삼고 자연과 대화하여 자연을 통해 꿈을 키웠는지 모른다.

어린 날의 고독과 상상력을 키워준 그 고향의 모습은 이제 많이 달라졌다. 아버지가 한의원을 하였는데 홍수가 나서 가재도구가 모두 떠내려갔다는데 앞 냇물은 떠내려가기는 빈약해 보인다. 하기야 세월이 근 100년이 흘렀다. 강산이 변해도 10번은 족히 변했다. 정지용의 고향은 그때까지였다, 그러나 그의 마음에 남아 있던 고향은 영원한 고향이었다.

그런 생각을 하면서 자주 읽던 정지용의 시 《향수》는 해마다 다시 태어나고 있었다. 정지용의 삶과 그의 시 특히 《향수》는 참으로 기구한 운명의 세간(世間)을 헤쳐 지금은 지역을 대표하는 브랜드가 되었음을 본다.

《향수》와 정지용의 기구한 운명

넓은 벌 동쪽 끝으로
옛이야기 지줄대는 실개천이 휘돌아 나가고
얼룩빼기 황소가
해설피 금빛 게으른 울음을 우는 곳.

그곳이 차마 꿈엔들 잊힐 리야.

질화로에 재가 식어지면

빈 발에 밤바람 소리 말을 달리고
엷은 졸음에 겨운 늙으신 아버지가
짚베개를 돋아 고이시는 곳.
그곳이 차마 꿈엔들 잊힐 리야.

흙에서 자란 내 마음
파란 하늘빛이 그립어
함부로 쏜 화살을 찾으려
풀섶 이슬에 함초롬 휘적시던 곳.

그곳이 차마 꿈엔들 잊힐 리야.

전설바다에 춤추던 밤물결 같은
검은 귀밑머리 날리는 어린 누이와
아무렇지도 않고 예쁠 것도 없는
사철 발 벗은 아내가
따가운 햇살을 등에 지고 이삭 줍던 곳.

그곳이 차마 꿈엔들 잊힐 리야.

하늘에는 성근 별
알 수도 없는 모래성으로 발을 옮기고
서리 까마귀 우지 짖고 지나가는 초라한 지붕
흐릿한 불빛에 돌아앉아 도란도란 거리던 곳.

그곳이 차마 꿈엔들 잊힐 리야.

-정지용 《향수》 전문-

"그곳이 차마 꿈엔들 잊힐 리야"를 반복적으로 읊는 데서 당시 고향을 떠나 떠도는 자의 고향에 대한 그리움이 절절히 솟아난다. 이 시는 당시 고향(농촌)의 풍경이 그림처럼 묘사되어 있다. 풍경화를 감상하듯 시를 감상해 본다.

정지용에게는 어릴 적 뛰놀던 고향 주변이 넓은 벌판이었을 것이다. 소년에겐 동쪽 끝으로 흐르는 실개천이 옛이야기를 지줄대는 이야기꾼이요 벗이었을 것이다. 거기다가 '얼룩백이(다양한 해석, 칡소로 보는 견해) 황소가 해설피 금빛 게으른 울음을 우는 곳'이니 너무나 평화롭고 한가한 곳이다. 소년은 자연과 어울리며 사색하고 시심을 키웠을 것이다.

질화로에 재가 식어 가는 깊어 가는 겨울밤이다. 곡식을 거두었기에 비인 밭이다. 차가운 겨울바람이 세차게 지나가니 말발굽 소리처럼 들린다. 옛날의 겨울밤에는 방안의 공기가 차기 때문에 저녁밥을 짓고 난 불붙은 숯덩이를 담은 질화로 하나쯤은 방안에 두었었다. 불 주걱으로 불을 지펴가면서 가족끼리 도란도란 이야기도 나누었고, 고구마 등을 먹기도 했다. 할아버지, 할머니는 질화로를 안고 살다시피 했고, 밖에 나갔다가 들어오면 질화로의 불기운에 언 손을 달래기도 했다. 거기 소년도 함께 있었다. 곁에는 늙으신 아버지가 짚베개를 높이 고여 베고 누워 살포시 잠이 들었다. 어쩌면 참으로 가난하지만 단란한 가정이다. 사실 나의 어린 시절도 그랬다. 아버지는 공부하는 어린 내 곁에 누워 회심곡이나 춘향전, 심청전을 읽다가 살포시 잠이 드시기도 했다. 그래서 이 대목을 읽으면 아버지에 대한 그리움이 저며 온다.

옛날 사람들은 대부분 흙에서 자랐다. 그때는 농경사회였기에 흙이 삶의 주 터전이었다. 나의 어릴 적 고향에 대한 추억도 역시 흙이다. 시인의 몸과 마음도 흙에서 자란 것 같다. 흙이 있는 농촌은 들판, 언덕, 풀 섶 등이 모두 놀이터이다. 그때의 파아란 하늘빛이 너무도 그립다. 저녁에 마당 평상에 누워 하늘을 쳐다보면 별이 내게로 쏟아지는 것 같았다. 그때 나도 상상의 날개를 무수히 펼쳤다. 시인의 밤도 그랬을 것이다. 대나무로 만든 활과 화살을 가지고 활쏘기 놀이를 했다. 파란 하늘을 향해 화살을 날렸는데 화살은 저쪽 언덕 풀 섶에 내려꽂혔다. 소년은 화살을 찾으려 이슬 맺혀 함추름(함초롬-젖거나 서려 있는 모습이 가지런한 모습)한 풀섶을 헤집는다. 그 순수하고 동심 어린 유년의 추억을 잊을 수 없다.

누이는 언제나 귀엽고 아름답다. 어린 누이가 검은 귀밑머리를 날리며 나풀나풀 뛰어가는 모습은 전설 바다에서 춤추는 것 같이 신비하다. 그러나 아내는 아무렇지도 않고 예쁠 것도 없다. '따가운 햇살을 등에 지고' 밭에서 이삭을 줍고 가사를 돌보니 사철 발을 벗고 지낼 수밖에 없었을 것이다. 당시 여인의 모습을 아주 사실적으로 표현했다. 그때의 여인 특히 며느리는 가정에서 노동력의 한 축이었다. 12살에 결혼한 시인에게 그 추억은 그리움으로 마음 한곳에 깊이 자리 잡고 있었을 것이다. 그러나 시인은 아내에 대한 애착은 그리 강하게 보이지 않는다.

'서리 까마귀'와 '성근 별'을 보면 분명 늦은 가을밤이다. 깊어 가는 늦가을 밤, 성근 별이 알 수 없는 모래성으로 발을 옮기고 있으니, 밤은 깊어 별들도 지고 있다. 그 밤은 동화처럼 아름다운 밤이며 별이 뜨고 흘러가는 밤하늘은 신비스럽고 아늑하기만 하다. 그 하늘 아래서 서리 까마귀가 우지 짖고 초라한 지붕 위를 지나간다. 집안에는 가족들이 흐릿한 불빛(호롱불)에 돌아앉아 시간 가는 줄 모르고 도란도란 이야기꽃을 피웠다. 옛날 전형적인 시골 풍경이다.

유년 시절에 겪은 이 모든 것들은 시인의 마음에 깊이 자리 잡은 추억이며 그리움이다. 그것은 사실 우리가 산업화 이전에 겪은 것들이다. 시인은 아름답고 서정적인 시어로 그 추억을 우리 가슴에 멋지게 살려 냈다. 다만 시에서 어머니에 대한 그리움이 언급되지 않은 것에 대해 많은 해석이 있지만, 나는 아주 당연한 그리움을 애써 표현하지 않고 숨겼을 것이라 여긴다. 어쩌면 어머니가 없었는지 모른다. 가장 강하고 당연한 그리움은 굳이 표현하지 않고, 다른 그리움 속에서 더 강한 은유로 살아 숨 쉬게 할 수 있지 않을까 생각해 본다.

사람에겐 누구나 고향에 대한 그리움이 있다. 객지를 떠돌다 보면 잘살든 못살든 향수는 강하다. 특히 삶이 힘들고 지칠 때 그렇다. 일제 폭압 시절, 객지를 떠도는 자의 삶은 고달프다. 몸과 마음을 붙일 곳이 마땅하지 않고, 하루하루의 삶이 갈등과 외로움의 연속이기도 할 것이다. 그럴수록 고향에 대한 그리움과 유년의 추억은 더욱 강렬하다. 그래서 시에서 "그곳이 차마 잊힐 리야."라고 반복적으로 말하고 있는 것이다. 이 시가 일제 폭압 시절에 쓰였으니 《향수》에서 말하는 고향은 조국이었는지 모른다. 그리고 조국의 산천에서 단란하게 살던 옛날에 대한 그리움으로 나라 잃은 설움을 은유하는 것이라고 볼 수도 있을 것이다.

이 시는 정지용의 초기작이자 대표작으로 불린다. 그리고 이 시를 가사로 한 대중 가수 이동원과 테너 박인수가 부르는 노래《향수》는 우리에게 친숙한 명곡이 되었다. 시 《향수》는 1927년 『조선지광朝鮮之光』 3월호(통권 56호)에 실렸고, 1935년에 낸 『정지용 시집』에도 수록된 것으로 전한다. 지금은 옥천의 정지용 생가가 명소가 되어 많은 문인과 관광객이 찾고 있지만, 오랜 세월 정지용은 사회주의자이며 월북 작가로 분류되었기에 정지용의 삶과 《향수》는 한국 분단사와 더불어 기구한 운명을 지니고 있다.

정지용은 1902년 충북 옥천군 옥천읍 하계리 40번지에서 아버지 정태국 씨와 어머니 정미하 씨의 맏아들로 태어났다. 어머니가 정지용을 잉태했을 때 '연못에서 용이 승천하는 태몽을 꾸었다' 해서 아명이 지룡(池龍)이었다 한다. 아버지는 한의사였는데 1911년 대홍수로 집과 한약재, 가재도구가 모두 떠내려가는 바람에 어렵게 살게 되었다고 한다. 1913년 정지용은 12세에 동갑인 송재숙과 영동군 심천면 초강리 처가에서 혼례를 올렸다. 1918년 17세에는 휘문고등보통학교에 입학했고, 이듬해 12월에 『서광』 창간호에 그의 유일한 소설 [삼인]을 발표했다. 1919년 3·1운동이 일어났다. 그는 휘문사태 주동자가 되어 이선근과 함께 무기정학을 받았으며, 두 학기 수업을 받지 못했다. 휘문고등보통학교를 졸업한 후 교비 장학생에 선발되어 일본 동지사(同志社)대학 영문과에 입학했다.

내가 가본 일본 도지샤(同志社) 대학은 설립 당시부터 독특했다. 설립자 니지마 조(新島襄)는 무사의 아들로 태어나 1864년 일본의 쇄국정책에 의한 출국 금지령에도 미국 보스턴으로 유학하여 신학대학에 입학하였고 목사가 되었다. 애머스트 칼리지에서 10년간을 공부하고 돌아와 개신교 교육을 목적으로 1875년에 동지사 대학을 설립했다. 그는 태평양전쟁에 대한 반전 운동으로 옥살이를 했던 반전 평화 운동가이기도 했다. 지한자(知韓者)라 윤동주, 정지용 등이 이 학교를 나왔고 그들의 시비(詩碑)가 있다. 정지용은 1929년에 도시샤 대학을 졸업하고 약속대로 모교인 휘문고보 영어교사로 근무했다. 교사 시절에 늘 검정 두루마기를 입고 다녔기에 먼발치서 보아도 정지용임을 알 수 있었다고 한다.

독실한 가톨릭 신자였던 정지용은 1926년 『창조』지 창간호에 [카페 프란스]를 발표해 등단했으며 구인회 창립회원이기도 하다. 1930년 시인 박용철, 김영랑, 이하윤 등과 함께 『시문학』 동인으로 활동했다. 1933년 『카톨릭 청년』지에 이상의 시 《꽃나무》를 추천해 등단시켰으며, 1935년에는 『정지용 시집』(시문학사)을 냈다. 1939년 『문장』 지의 추천 위원으로 청록파 시인인 조지훈, 박목월, 박두진을 등단시켰다. 한때 좌익 문학단체인 [조선문학가동맹]에 가입해 아동문학분과위원장이 되었으나 문학 활동을 하지 않았고, 뜻이 맞지 않아 그만두었다고 전한다. 1942년 태평양 전쟁 이후부터는 글을 쓰지 않았으며, 광복 후에는 휘문고교 교사를 그만두고 경향신문 편집국장을 하였고, 다시 이화여대 교수로 재직했다.

1950년 6·25 전쟁이 일어났을 때 정지용은 피난하지 못하고 서울에 머물렀다. 그는 설정식 등 젊은 좌익 제자들에 의해 모시고의 적삼 차림으로 북한 정치보위부에 끌려가 서대문형무소에 수감되었다. 그 이후 그의 생애에 대해선 북한군이 후퇴하면서 북으로 끌려가 평양 감옥에 수감되었다는 설, 고문을 당하다 죽었다는 설, 북으로 끌려가다 동두천 소요산에서 폭격으로 사망했다(북한 시인 박산웅의 말이라 전하)는 설 등 다양하지만 무엇 하나 확정할 수 없다. 분명한 것은 정지용이 독실한 카톨릭 신자였고, 잠시 사회주의 사상을 가졌고, 좌익문학단체 활동을 한 것과 나중에 좌익문학단체와의 인연을 끊은 것 외에는 스스로 월북하였거나 북한을 찬양하지 않았다는 점이다.

그러나 그는 군사정권에 의해 사회주의자요 월북 시인으로 분류되어 그의 시와 가족들이 겪은 수난은 말할 수 없었다. 그런 고통 속에서 살았던 부인 송재숙 씨는 70세를 일기로 1971년 4월 15일 별세했다. 그는 3남 1녀를 두었는데, 아들들도 곳곳에 흩어져 살았으며, 장남 구관 씨는 보따리 장사 등으로 전국을 떠돌며 이름조차 제대로 내세우지 못하는 험한 삶을 살았다고 한다. 1988년 정부에서 재검토한 결과 정지용은 월북한 것이 아님이 확인되어 해금되었고 정지용의 시를 내놓고 낭송하게 되었지만, 사람들의 고

정관념에 박힌 앙금은 오래갔다. 분단이 준 시대의 아픔이며 분단을 정치에 이용한 정권의 폐해다. 이처럼 한 위대한 문인의 삶과 작품은 시대의 질곡과 이념의 대립 그리고 정치적 편견으로 기구한 운명을 지녔다. 당사자뿐만 아니라 가족과 후손이 겪은 아픔 또한 말할 수 없었다.

아름다운 노래와 지역 브랜드로 거듭나다.

해금과 더불어 《향수》는 대중 가수 이동원과 테너 박인수가 노래로 불러 대중의 가슴속에서 다시 태어났다. 가수 이동원이 시 《향수》가 너무 좋아 노래로 부르고 싶어 당시 최고 작곡가 김희갑(배우 김희갑이 아님) 선생을 찾아갔지만, 김희갑 선생은 '시가 노래의 운율에 맞지 않아 곡을 붙일 수 없다'면서 돌려보냈다고 한다. 그러나 이동원은 포기하지 않고 끈질기게 간청하였고, 김희갑은 힘들게 작곡을 했단다. 그래서 1989년 아름다운 노래 '향수'가 탄생했다. 이동원은 테너 박인수에게 불쑥 《향수》를 같이 부르자고 했고 박인수는 가사가 마음에 들어 함께 부르게 되었단다. 그러나 박인수는 대중 가수와 같이 노래를 불러 클래식을 모독했다는 죄명으로 국립오페라단에서 제명당하는 수모를 겪었다고 한다. 그것도 당시의 엄청난 사회적 편견이었다.

이제 정지용과 그의 시는 다시 태어났다. 정지용이 1944년부터 3년 동안 은거했다고 전하는 경기도 부천시 소사읍 소사 본 2동 89-14번지가 정지용이 살던 집터로 밝혀졌다. 이것은 구자룡이 부천천주교사 자료를 수집하던 중에 밝혀지게 되었는데, 그때 정지용은 '프란치스코'라는 세례명을 받았고 시는 쓰지 않고 소사성당 창립과 기도문 번역 등 신앙생활에 전념했다고 한다. 그래서 부천과 정지용은 불가분의 관계에 있다. 부천 복사골문학회는

1993년에 정지용이 살았던 집터에 기념 표석을 세웠고, 부천시는 부천중앙공원에 《향수》 시비를 세웠다.

정지용과 《향수》는 그의 고향 옥천에서 거듭 탄생하고 있다. 2005년 개관한 정지용 문학관은 사람들의 발길이 끊어지지 않으며, 문학관에 들어서자 노래 《향수》가 울려 퍼진다. 뜰 앞 벤치에는 정지용 밀랍인형이 방문객들을 반갑게 맞이하며, 방문객들은 정지용과 나란히 앉아 사진을 찍는다. 옥천군은 해마다 정지용의 생일인 음력 5월 15일을 전후해서 정지용 생가에서 [지용제]를 지낸다. [지용제]는 이제 32해를 넘겼고 충청북도가 선정한 최우수 문학축제가 되었다.

그뿐 아니다. 정지용의 시 《향수》는 옥천군을 대표하는 대표 브랜드가 되었다. 옥천군은 옥천군에서 생산되는 농산물뿐 아니라 지역명, 축제 등에도 《향수》를 붙인다. 이를테면, 옥천군 성왕로 1262번지에는 '향수 마을 아파트'가 있고, '향수 100리길' 뿐만 아니라 '향수 30리길' '향수 바람길' '향수 공원' 등이 있다. 옥천지역신문인 '향수 신문'이 있고, '향수 시네마'도 있으며, '향수 복숭아 축제' '향수 포도 축제' '옥천 향수 한우타운' '옥천 향수 식품' '옥천 향수농원' '옥천 향수 김치' '옥천 향수주유소' '옥천 향수펜션' '옥천 향수배 풋살대회' '옥천 향수 딸기' 등 향수를 붙이지 않는 것이 거의 없다. 옥천에서 《향수》는 계속 다양한 영역에서 지역 브랜드로 거듭나는 '옥천의 혼'이 되고 있다. 옥천은 정지용이란 위대한 시인을 가진 것을 자랑스럽게 여긴다.

기구한 운명 속에 지역 브랜드로 거듭나는 정지용의 《향수》를 읽으며 분단과 편협된 정치권력에 의해 압제 된 문인과 그의 작품, 그의 가족이 겪은 아픔을 생각한다. 그리고 어떤 정치적 편견으로도 무지하게 예술을 함부로 예단하지 말아야 한다고 주장하고 싶다. 시인 정지용에 대한 외경심을 가진다. 지방 곳곳에서 숨은 문인을 살려 내야 할 것 같다.

05. 그 많던 아이들은 다 어디로 갔을까?

냇가에서 한가히 풀 뜯는 소와
목동의 노랫가락이며 바구니 든 나물 캐는 색시의
그 원시적인 목가(牧歌)가 흘러나오지 않는다면
이 농촌의 특징이 어디 있겠어요.
〈함대훈(咸大勳)/순정해협(純情海峽)〉

농촌학교의 추억

내가 태어나 자란 곳은 그야말로 순정해협(純情海峽)[37]이었다. 산골짜기에서 물이 흘러내렸고, 여름이면 매미가 종일 울어댔다. 밤에 마당에 나가면 별들이 총총 하늘을 수놓았다. 어릴 때부터 낮에 소를 몰고 뒷산에 올라가 종일토록 풀을 먹였다. 동네 아이들은 동네 뒷산으로 소를 몰고 모였다. 아이들은 모두 소의 고삐를 풀어 놓으면 소는 제멋대로 돌아다니며 풀을 먹다가 어둠이 짙어 오면 아이들이 노는 곳으로 왔다. 그러면 저마다 소를 몰고 집으로 향했다.

---

37) 순정해협(純情海峽)은 함대훈(咸大勳, 1907~ 1949, 연극인이자 소설가)이 쓴 소설 제목이다. 이 소설은 1936년 1월『조광』3호부터 10호까지 연재된 장편소설이다. 그리고 1937년 신경균 감독이 흑백 영화 [순정해협]으로 제작하여 상영했다. 필자가 여기서 내가 태어나 자란 곳은 순정해협(純情海峽)이라고 한 것은 이 소설의 배경과 내용처럼 때 묻지 않은 순수한 시골이라는 의미로 사용했다.

동네에서 초등학교까지는 십오리(十五里)쯤 되었다. 그래도 우린 즐겁게 떠들고 이야기하며 열심히 학교에 다녔다. 학교는 우리에게는 배움의 상징이었고 자부심이었으며 친구를 사귀는 중요한 놀이터였다.

여름 무더위가 기승을 부릴 때도 농촌학교는 아이들로 북적거렸다. 운동장엔 까맣게 얼굴 그을린 아이들이 나름대로 만든 공을 가지고 축구를 하였고, 큰 키에 가지 길게 늘어뜨린 플라타너스 아래는 삼삼오오 공기놀이며 이야기꽃을 피웠다. 숲으로 우거진 운동장 한쪽 임간교실(林間敎室)에서 더위를 식히며 공부를 하던 아이들이 부르는 노래는 파란 하늘을 향해 날아가는 기러기처럼 아름답고 신비했다. 그래서 농촌학교 아이들에겐 학교가 피서지였다. 어른들에겐 학교가 마음의 고향이라 명절이 되면 모두가 그곳에 모여 운동회를 했다. 적어도 90년대 초반까지의 농촌학교는 그랬다. 그런 농촌학교의 모습은 단순한 것이 아니었다. 정과 삶이 숨 쉬는 곳이었다. 그러나 지금 그곳엔 아이들의 웃음소리가 사라지고 있다. 명절날 시끌벅적하던 어른들의 운동회 소리도 멈춘 지 오래다. 여름날 까치들의 울음소리와 매미의 슬픈 사연만 남아 있다.

까치들만 노는 학교

아무도 넘겨다보지 않는 돌담 지나
아무도 건너지 않는 징검다리 건너
하얀 이름표 달고
까치가 학교에 갑니다.
늦어도 기합 주는 선생님 없고

시끄럽게 떠드는 아이들도 없는

학교에 갑니다.

바람 버스를 타고. 씨이잉-

미루나무가

수위 아저씨처럼 서 있는 학교.

그런데 아이들은 다 어디 갔을까.

반기던 그 아이들은 모두 어디 갔을까.

깨진 창문으로 나뭇잎 소리만 들락거리고

책상들이 조용조용 앉아 있는

햇빛만 지키고 있는 학교.

까치 혼자서 다니는 학교.

푸드득- 달리기를 해보고

농구골대에 앉아 심판도 보지만

아이들이 없는 운동장은

토옹 재미가 없다.

-김자연 《까치네 학교》 전문-

김자연[38]의 동시 《까치네 학교》는 의인화된 까치를 통해 아이들이 사라

---

38) 김자연(1960~)은 전북 김제에서 태어났으나 전주에서 자랐고 전주대학교 국문과를 졸업하고, 동 대학원에서 『한국 동화의 환상성 연구』로 학위(문학박사)를 받았다. 1985년 『아동문학평론』에 동화 「단추의 물음표 새들」, 2000년 한국일보 신춘문예에 동시 「까치네 학교」가 당선되어 본격적인 동시 작가가 되었고 전북 아동문학상과 방정환 문학상을 받았다. 동화집 『감기 걸린 하늘』 『항아리의 노래』 『수상한 김치똥』 등을 냈고 그림책 『개똥 할멈과 고루고루 밥』을 냈는데 2014년 동화집

진 황량한 농촌학교의 모습을 그려 내고 있다. 옛날 우리는 엄마가 만들어 준 하얀 이름표와 손수건을 가슴에 달고 돌담 지나 징검다리 건너 십오리(十五里)는 족히 넘는 길을 걸어 학교에 다녔다. 아이들은 희망에 부풀고 저마다의 소식으로 재잘거리며 산을 넘고 내를 건너며 걸어서 학교에 갔다. 그래도 다리 아픈 줄 몰랐고 즐거웠다. 혹시 늦으면 무거운 백보(책을 싸서 등에 매고 다니던 보자기)를 두 손으로 치켜들고 벌을 받을 때도 있었다. 농촌이라 부모님이 논밭 등 일터로 나갈 때 새벽부터 아침 먹고 집에서 나온 아이들은 일찍 학교에 와서 재잘거리며 운동을 하였다. 그런데 그 학교에 늦었다고 기합 주던 선생님도 없고, 시끄럽게 떠드는 아이들도 없고 오직 미루나무만 수위처럼 서 있다. 이제는 아이들이 아니라 까치만 학교를 지키고 있다. 폐교된 지 한참 되는 학교에 아이들은 없고 깨진 창문으로 나뭇잎 소리만 들린다. 교실엔 낡아 빠진 책상만 있고 햇빛만이 학교를 지킨다. 거기서 달리기도 해 보고 농구 심판도 해 보지만 '토옹' 재미가 없다. 함께할 아이들이 없기 때문이다. 학교엔 아이들이 있어야 할 곳이다. 아이들은 다 어디 갔을까? 점점 해체되어 가는 농촌의 현실을 담아낸 안타까움이 가득한 시이다.

이 동시는 '2000년 한국일보 신춘문예'에 당선된 것이다. 동시에는 대부분 자연과 사람에 대한 사랑이 배어 있다. 그러나 이 시는 아이들이 사랑스럽게 뛰어놀지 않는 학교의 모습을 그린 아픈 사회 현실을 반영하고 있다. 시

『항아리의 노래』가 미국에서 『A song of pots』로 번역 출간되었고, 단편 「항아리의 노래」가 미국 서든 캘리포니아 세리토스 한국어 학교 5학년 교과서에 실렸다. 『수상한 김치 똥』이 2018년 '전주의 책'으로 선정되었다. 백제대학교, 원광대학교, 전주교대에서 강의했으며, 전북동화사랑 모임과 동화창작연구소를 이끌며 동화 쓰기를 지도하고 있다. 전주대학교 교양학부 전담 교수로 있으면서 아동문학 창작과 연구 활동한다. 이론서로 『아동문학 이해와 창작의 실제』가 있고 연구서로 『한국동화문학연구』가 있다.

에 아픈 사회 현실을 반영하려 하다 보면 서정적 감동보다는 비판적인 기능으로 인해 뒤틀어지고 어려워진다. 반면에 자연과 사람에 대한 정서를 표현하다 보면 표현의 기교에 빠져 내용이 없어 공허해질 때도 있다. 특히 동시들은 어른이 쓴 것이기에 때로는 아이들의 마음과 정서를 제대로 반영하지 못하는 경우가 있다. 그런데 이 시는 폐교된 농촌학교의 모습을 그림 그리듯 생생하게 묘사하여 아픈 사회 현실을 반영하면서도 아이들의 마음을 전하는 감동이 있다.

아이들이 사라지는 농촌학교

아이들이 없는 농촌은 공동체의 해체와 마음의 고향마저 사라지는 아픔을 겪고 있다. 급속한 경제발전과 공업화의 길은 사람들이 농촌을 버리고 도시로 떠나게 했다. 1980년대 이후 식량 생산 외에는 딱히 돈벌이가 안 되는 농촌에서 도시에 나가 돈을 번다는 것은 매력적이었다. 그래서 농촌은 점차 아낙네들이 농사를 짓고 남자들은 도시로 공사판으로 가서 돈을 벌어왔다. 그러다가 아예 농촌의 가산(家産)을 정리하고 도시로 향했으며 젊은 이들에겐 도시로 나가 사는 길이 성공의 길처럼 보였다. 그것이 농촌 해체현상과 마음의 고향, 추억의 언덕이었던 농촌학교를 사라지게 하는 데 크게 기여했다. 지금도 탈농촌은 가속화되고 농촌엔 아이 울음이 들리지 않는다.

우리나라는 1970년대만 해도 농촌이 도시보다 아이들이 많았다. 1975년 농촌 학령기 아동(8세~13세)은 311만 8,000명으로 도시의 219만 700명보다 훨씬 많았다. 그러나 급속한 도시화, 산업화의 물결에 농촌의 학령기 아동은 1985년에 191만 7,000명, 1995년엔 82만 1,000명으로 급격하게 줄어든다. 2010년 이후 농촌공동체 해체 현상을 걱정하여 귀농과 귀촌의 장려, 청년 농부의 육성 정책 등으로 다소 주춤하여 일부 농촌학교가 살아나는 것 같았지만, 2017년에는 1975년의 14%에 불과한 44만 6,000명으로 감소의 길은 막을 수 없으며, 지금도 학령인구의 감소는 진행되고 있다. 농촌은 젊은이 없는 초고령사회에 진입한 지 오래다.

농촌 학령기 아동 감소는 농촌학교의 소규모화와 폐교 가속화로 이어졌다. 지금 농촌학교는 대부분 전교생 60명 이하이거나 폐교되었다. 교육부 통계에 의하면, 2018년 기준 전교생 60명 이하인 학교가 도시의 동 지역엔 93곳이지만, 농촌인 읍·면 지역엔 1,312곳에 이른다. 전체 농촌학교 2,647교의 49.6% 이상이 60명 이하이다. 초등학교는 6학년까지 있으므로 한 학년당 10명도 안 되며, 중학교도 학년당 20명이 안 되는 학교가 반수 이상이라는 것이다. 거기다가 학령인구는 점차 줄어들어 2018년 농촌 초등학교 273곳이 입학생이 0명으로 머지않아 폐교될 것으로 전망되었다. 이러한 농어촌 인구의 급격한 감소는 이제 일면(一面) 일초등학교(一初等學校)까지 위태롭게 하고 있다. 그렇게 농촌학교에 아이들은 점차 사라지고 《까치네 학교》만 늘어나게 되었다.

경제 논리의 늪에 빠진 교육

한창 경제성장의 태동이 걸리기 시작했던 1970년대는 오지와 낙도에도 학교 세우기를 추진했다. 인구가 적은 곳은 분교장을 만들어 문맹률을 줄이려고 안간힘을 썼다. 대학생들은 초등학교와 중학교가 없는 지역에 학당을 세우고 봉사활동을 하면서 학교에 다녔다. 내가 대학에 다닐 때도 면 지역에 중학교가 없어 야학당(夜學堂)을 만들어 중학교에 못 간 아이들을 가르쳤다. 그때의 배움의 열정과 가르치는 사명은 심훈의 『상록수』를 연상하기에 충분했다. 그것은 대학생들의 소중한 사회 기여이며 사명이었다.

그러나 교육부는 농촌 학령인구 감소에 따른 학교운영의 경제성을 내세워 1982년부터 운영이 어려운 소규모 학교 통폐합 정책을 추진해 왔다. 그 정책은 1998년 IMF를 맞이하면서 더욱 강력해졌다. IMF 극복에 명운을 걸었던 김대중 정부에서는 시·도교육청 평가를 만들어 소규모 학교 통폐합률에 상당한 점수 비중을 두어 시, 도가 앞다투어 소규모 학교를 통폐합 하도록 했다. 그것은 2010년까지 강력히 추진되다가 농촌주민들의 반대와 농촌공동체 해체를 걱정하는 목소리와 함께 농촌학교의 가치가 재평가되었고, 소규모 학교 통폐합은 다소 주춤하고 있지만 지금도 진행형이다. 2019년 현재 초등학교가 없는 면 지역은 31개, 중학교가 없는 면 지역은 427개나 된다. 그런데 이렇게 초등학교와 중학교가 없는 면 지역은 계속 늘어나고 있다. 그러나 정부와 국민은 그리 심각하게 여기지 않는 것 같다.

IMF 시절인 1998년 나는 교육청에 근무하면서 소규모 학교 통폐합과 관련된 정책 일부를 담당했다. 그때 처음으로 생긴 시·도교육청 평가에 교육부의 한 과장이 평가자로 와서 소규모 학교 지원과 통폐합 추진율 저조를 질타하면서 통폐합이야말로 아이들 학습권을 살리는 길이라고 강조했다. 이 문제로 나와 한참 설전이 벌어졌다. 나는 학교가 사라지고 어린아이들이 도시로 통학을 하면 어른들은 자녀교육을 위해 점차 도시로 떠나갈 것이며 그렇게 되면 농어촌과 섬 지역은 사람이 살지 않는 곳이 될 것이고, 그것 때문에 농촌 공동화 현상과 공섬화(무인도) 현상을 가속화할 것이며, 사람이 살지 않아 더욱 황폐화할 것이고, 나중에는 관리를 위해 더 많은 국가 예산이 투입되어야 할 것이라고 하면서 무조건적인 소규모 학교 통폐합 정책은 '제언 항구로 떠도는 구름'처럼 정처 없이 흘러가고 있다. 마음은 '아니야, 이건 아니야, 내가 그리던 그 고향이 아니야.'라고 외치며 스스로 고향을 지우고 있는지 모른다. 그뿐 아니다. "어린 시절에 불던 풀피리 소리 아니 나고 메마른 입술에 쓰디쓰다." 풀피리 불던 어린 시절은 그래도 고향의 자연과 삶의 모습이 여유 있고 낭만적이었을 것이다. 그러나 다시 찾아온 고향은 풀피리 불던 어린 시절의 그 아름다운 추억과 낭만, 인정과 아늑함은 사라지고 쓸쓸하고 안타까운 마음만 가득하다. 그러니 고향에 돌아와도 그리던 하늘만 높고 푸를 뿐 다른 모든 것은 낯선 것들일 뿐이다.

위의 시 《고향》은 총 6연을 각각 2행으로 배치하여 시적 안정감을 살렸다. 한 행이 3개의 소리마디로 나누어지면서 3음보를 형성하여 리듬감도 멋지게 살렸다. 2연과 4연에서는 '옛 그대로의 변함없는 고향의 자연'을 노래하였지만, 3연과 5연에서는 '변해버린 고향에 대한 시인의 상실감'을 노래하는 대조적인 구조를 통해 상실감의 의미를 강조하고 있다. 또 1연과 6연은 비슷한 내용과 어구가 반복되는 수미상관의 형식으로 주제의 의미를 살리고 있는데, 1연에서 "그리던 고향은 아니러뇨"라면서 고향 상실에 대한 절망감을 강조하고 6연에서 "그리던 하늘만이 높푸르구나"고 하면서 고향 하늘의 항상성(옛 그대로의 모습)을 강조함으로써 해체되어 버린 고향에 대한 안타까움을 강조하고 있다. 그리워 고향에 돌아왔으나 고향의 황폐화로 그리던 고향의 심상(心象)은 사라졌다. 이는 고향 황폐화에 대한 안타까움을 넘어 고향을 바라보는 시인의 마음에 이는 고향 상실감이다.

근현대사에서 우리 민족의 마음에 고향을 해체한 것은 첫째 일제의 수탈이며, 둘째 6·25전쟁으로 인한 수많은 이산가족, 셋째는 1980년대부터 급속하게 진행된 이촌향도의 도시화 정책이다. 특히 일제의 수탈과 만행은 처절한 고향 상실의 아픔을 강제화했다. 수많은 사람이 마음에 고향을 품고 살길을 찾아 눈물을 머금고 떠나야 했다. 6·25도 일제의 연장선에서 보아야 할 것이다. 일제가 없었다면 분단과 6·25도 없었을 것이기 때문이다.

시인에게 고향에 대한 상실감을 그토록 강하게 느끼게 한 것은 무엇일까? 그것은 '문명화'란 이름으로 진행된 일제의 수탈과 마을의 파괴일 것이다. 수탈로 인해 정든 이들은 살길을 찾아 떠나고 일제의 낯선 풍경만 보일 뿐이다. 남은 사람들의 인심과 사는 모습도 변했을 것이다. 그의 마음에 품었던 고향은 해체되어 버리고 안식처는 사라진 것 같다. 그래서 마음속으로 '아니야 이건 내 고향이 아니야.'라며 스스로 고향을 지웠을지도 모른다. 그가 이 시를 발표했던 1930년대는 일제의 수탈과 만행이 극에 달한 후였다.

정지용이 12세에 동갑내기 송재숙(宋在淑)과 결혼했고, 1914년 아버지의 영향으로 가톨릭에 입문했으며 옥천공립보통학교를 마치고 1918년 휘문고등보통학교에 입학하여 수학하였던 것을 보면, 고향을 떠난 것은 10대 중반이다. 그리고 1923년 4월에 교토의 도시샤 대학 영문과에 입학하여 영문학을 공부했으며, 1929년 졸업하고 8.15해방 때까지 모교인 휘문고등보통학교에서 영어교사로 재직한 것을 보면, 그가 다시 고향을 찾은 것은 휘문고등학교에서 영어교사를 막 시작하던 때로 추정된다. 그러니 고향에 대한 그의 추억은 10세 중반 이전에 머물러 있었을 것이다. 10년이면 강산도 변한다는데 10년이 훨씬 넘어 고향을 찾았으니 참 많이 변했을 것이다. 그러나 그가 '고향에 돌아와도 그리던 고향은 아니러뇨'라고 한 말에는 그에게 다가온 고향은 일제의 수탈과 착취로 인해 피폐해질 대로 피폐해진 고향일 것이다.

1890년경부터 본격적으로 조선 침탈과 지배의 야욕을 드러낸 일본은 1910년 우리의 주권을 빼앗고 본격적인 수탈을 시작했다. 당시 순종이 발표한 "일본국 황제 폐하와 대한제국 황제 폐하는 양국 간의 친밀한 관계를 고려하여 상호 행복을 증진하고 동양평화를 영구히 확보하고자 하는 목적을 달성하기 위하여 대한제국을 일본국에 병합함이 최선책이라고 확신한다."는 합방조약 전문을 보면 기가 막힌다. 그 이전에도 그랬지만 병합 이후 일본의 만행은 더욱 철저했다.

구한 말 조선은 열강 특히 청·일·러 등은 한반도를 자기들의 손아귀에 넣기 위해 각축전을 벌이는 소용돌이에 휘말린 상태에서도 부패와 수탈이 극심하고 개화와 수구 등 온갖 파당 싸움에서 왕을 중심으로 한 조정은 정치적으로 분열되었고 유약했다. 관리들은 정신을 차리지 못하고 자기들의 사상과 이익에만 충실했었다. 그중에 가장 침탈이 심한 일본의 움직임은 정말 심상치 않았다. 관리들의 부패와 외세의 침탈을 막지 못한 것에 분개한 농민들은 동학 농민 전쟁을 일으켰지만, 그들의 소망은 꽃으로 피지 못하고 우금치에서 장렬한 최후를 맞이하여 이 땅의 원혼으로 잠들었다.

동학 농민군들은 1차 봉기하여 전주성을 장악했으나 청·일에게 군사주둔의 빌미를 주지 않기 위해 '전주 화약'을 맺고 '집강소'를 설치하여 자치 통치를 해나갔다. 그러나 일본군은 철수하지 않고 '조선의 문명개화'란 명분을 내세우며 더욱 침탈이 노골화되었으며 최후엔 경복궁을 무단 침입하여 고종을 겁박한 후 김홍집, 어윤중, 박영효, 서광범 등을 중심으로 한 친일 내각을 세웠다. 그것이 문명화의 탈을 쓴 갑오개혁(1894년)이다.

갑오개혁 이후 친러파는 아관파천(1896년)으로 잠시 전세를 뒤집었지만, 열강은 조선의 모든 개발 이권을 챙겨갔다. 그중 가장 악랄했던 것이 일본이었다. 일본은 본격적인 조선 침략을 위한 작업을 '조선 문명화'란 명분으로 시작했다. 그들은 성냥, 옷감(특히 옥양목), 쌀 등 모든 영역에서 대대적인 이권을 장악하고 조선의 경제권을 손아귀에 움켜쥐었다. 조선은 살아남기 위해 만민공동회를 열고 안간힘을 썼으나, 러일 전쟁까지 승리를 한 일본은 을사늑약을 체결하고 우리의 외교 국방 등 주요 권한을 빼앗았다가

1910년 드디어 한일합병을 통해 조선을 식민지화하였다.

특히, 이때 실시한 토지조사령과 임야조사령은 조선인의 삶을 뿌리까지 뽑아 버렸다. 당시 조선인에게 토지와 임야는 삶의 주 토대였다. 본격적인 수탈을 위해 일제는 1912년 '토지조사령'이란 법령을 공표했다. 그 내용은 '토지 소유자는 조선 총독이 정하는 기한 내에 그 주소, 성명, 소유지의 명칭, 소재지와 지목, 번호, 목표등급, 지적, 결수를 임시 토지 조사국에 신고하라.'는 것이다. 이 토지 조사 사업은 전국적으로 1918년까지 진행되었다.

이러한 일제의 토지 약탈의 만행은 이미 1906년 토지가옥증명규칙과 토지가옥저당규칙, 1908년 토지가옥소유규칙과 국유미간지이용법을 만들어 국유지와 민간공동이용토지를 대거 빼앗았다. 대한제국 정부로부터 현물출자라는 명목으로 11,000정보에 해당하는 정부 소유지를 빼앗아 단번에 최대 지주의 자리에 오른 일제의 토지 약탈의 대명사인 동양척식주식회사가 세워진 것도 1908년이다. 1910년 이미 일본인 지주는 2,254명이 소유한 토지 규모는 69,311정보였다.[35]

일제가 당시 돈으로 2,456만 원이란 거액을 들여 토지조사사업을 한 것은 '지세 부담을 공평히 하고 토지 소유권을 보호하며 매매와 양도를 원활하게 하고 토지의 개량과 이용을 자유롭게 하여 생산력을 높이기 위함'이라고 하였지만, 실제로는 토지 약탈과 식민통치의 재정확보라는 엄청난 음모였다.

일제의 토지조사사업에 의해 동양척식주식회사 등 일본 토지회사는 1920년 20만 정보 이상의 토지를 소유했고 토지세는 1,115만 7천 원이나 되었다. 1918년 토지조사사업이 끝날 무렵엔 3%의 지주가 토지의 50%를 차지하였고, 자작농은 20%, 자·소작농은 39% 소작농은 38%였다. 소작료도 5

35) 박은봉『한권으로 보는 한국사 100장면』가람기획, 1993. 296쪽.

할~7할이었으니 착취 수준이었다. 그러니 전 국민의 80%의 삶은 처참해진 것이다.[36]

그들은 살길을 찾아 깊은 산속으로 들어가 화전을 일구었고, 도시로 나가 일용품팔이로 전락되었으며, 만주, 연해주, 시베리아, 중국, 일본 하와이, 미국 등으로 떠난 수가 상상을 초월한다. 1917년부터 1927년까지 일본노동현장으로 간 숫자만도 67만 명에 달하며, 일제에 의해 해외로 강제 동원된 조선인이 무려 104만 명에 이른다. 이것은 우리 민족 역사상 가장 처참한 수탈이었고 고향 해체였다.

이처럼 일제는 조선 반도와 조선인을 처참하게 했다. 그러나 조선병합의 합법성을 내세우면서 지금까지 제대로 된 사과 한마디 없다. 힘없는 국민, 힘없는 민족의 설움은 단지 국가 상실의 슬픔만 아니다. 모든 국민의 삶을 뿌리까지 뽑아 버리고 노예 상태로 만든다.

아직도 사과하지 않는 일본, 그리고 고향 살리기 운동

지금도 우린 한일 청구권 문제와 일제의 만행에 대한 피해배상 문제로 갈등을 겪고 있다. 그 갈등은 잠재되어 있다가도 어떤 정치적 계기를 만나면 다시 수면 위로 솟구친다. 여기서 중요한 것은 보상과 배상의 차이점이다. 보상(compensation)은 적법한 행위로 가한 재산상의 손해나 손실을 보충하기 위하여 제공하는 대가(對價)를 말하는 것으로 불법적 행위로 끼친 손해나 손실에 대한 대가(對價)인 배상(reparation)과 구별된다.

36) 박은봉, 위의 책, 296쪽~297쪽.

일본은 보상은 하였을지언정 배상은 전혀 하지 않았다. 일제가 저지른 만행은 불법이며 비록 합법을 가장했다 하더라도 무력으로 강제화된 것으로 역시 불법이다. 일본이 지금까지 과거의 만행을 숨기고 역사를 왜곡하며 일제 통치가 '조선 문명화'를 위한 일이었다는 망언을 일삼는 것도 배상 책임을 회피하기 위한 치졸함이다. 과거를 인정하고 반성하며 사과하고 배상해야 하기 때문이다.

국가 간에는 배상의 책임을 묻는 일에도 국력과 외교력이 중요하다. 일본이 우리의 필요성을 강하게 느끼고 우리가 아니면 안 되는 국제역학적 구조가 형성되었다거나 우리의 국력이 월등하게 나은 경우 숙여 올 수밖에 없다. 지금도 한일 관계가 틈이 나면 무역보복까지 하면서 당당한 것은 우리를 무시하기 때문이다. 어쩌면 그들은 지금도 산업 기술과 자본 등 상당한 영역에서 우리가 일본에 종속되어 있다고 보는 것 같다. 이에 우린 대통령을 포함한 정치인의 정치적 호언장담이 아니라 실질적인 면 즉 정치, 경제, 국방, 외교, 국민 통합의 모든 측면에서 일본을 이겨낼 힘을 길러야 한다. 그것만이 그들이 저지른 만행을 인정하고 사과하게 하는 일이며, 온갖 불법적인 만행에 대해 배상하게 하는 일임과 동시에 정신적으로나마 일제에 의해 해체된 고향을 되찾는 길인지도 모른다. 그런데 정치인들은 정쟁만 일삼고 있으니 한심할 뿐이다.

정지용의 시 《고향》을 읽으며 5천 년 이어온 고향을 처절하게 해체시킨 일제의 만행과 수탈을 되짚어 보았다. 그리고 지금도 역사를 왜곡하며 독도에 대한 야욕을 드러내는 그들의 뻔뻔스러운 야만성을 본다.

지금도 도시화, 개발, 산업화, 등의 이름으로 고향은 해체되어 가고 있다. 그러나 기성세대의 고향과 신세대의 고향은 다른 것 같다. 기성세대에게 고향은 어릴 적 추억이 있고 부모님이 살았으며 가슴에 묻어 둔 그리운 곳이지만 신세대의 가슴엔 그런 고향이 사라진 것 같다. 그만큼 정서적 공동체로서의 고향에 대한 추억이 없는 것이다. 지금도 서울을 중심으로 한 대도시에만 예산을 쏟아 넣는 잘못된 국가정책에 의해 고향은 상대적으로 피폐해지고 해체되고 있다. 여기에 우리의 정서적 공동체인 고향을 살리기 위해 국가배상의 차원에서라도 〈고향세〉를 통해 고향에 대한 지원을 아끼지 말아야 할 것이다. 고향은 5천 년 우리 민족의 혼과 정서가 숨 쉬는 단어이며 장소이기 때문이다.

03. 그 많던 《종달새》는 어딜 가고

호마는 언제나 북쪽 바람을 향해 서고
남쪽 월나라에서 온 새는 나무에 앉아도
남쪽을 향한 가지를 골라 앉는다.
(胡馬依北風越鳥巢南枝)
〈古詩〉

종달새도 사라진 고향

코로나19가 한창 기승을 부리던 어느 날 초등학교 친구에게서 전화가 왔다. 코로나19가 아무리 세상을 험하게 한다고 해도 봄이 가기 전에 얼굴을 보자고 했다. 객지로 일찍 떠난 나는 초등학교 동기 전체 모임엔 서먹한 감이 있어 잘 가지 않지만, 자주 만나던 친구 몇 명끼리 대전에서 만났다.

만남을 주선한 친구가 프로그램을 기막히게 짰다. 70대를 향하는 나이에 고향이 그리운 것은 인간 본연의 귀소본능인 모양이다. 친구는 10시경 대전에서 만나 자기 차에 우리 4명을 태우고 고향으로 향했다. 친구들 각자의 고향 동네를 돌아보고, 고향에 있는 맛집에서 점심을 먹고 다시 대전으로 돌아와 헤어진다는 것이었다.

한 시간 정도 차를 타고 갔다. 가장 먼저 나의 고향 동네에 도착했다. 동네 어귀에 차를 세우고 친구는 나에게 고향집에 다녀오라고 했다. 나는 마을 어귀에서 고향집이 있는 곳만 물끄러미 바라보고 서 있었다. 친구가 또 빨리 집에 다녀오라고 했다. 그때 나는 "오늘은 여기까지, 지금 고향집에 가면 난 울 것 같아. 고향집은 거의 폐허 수준이야. 오랫동안 사람이 살지 않고 비워두어서 지금은 관리가 너무 어려워. 어쩌다가 와서 손을 보지만 감당이 안 돼. 집에 가면 엄마 생각이 너무 날 것 같아." 잠시 가슴이 뭉클하면서 눈물이 고여 애써 감추었다. 나는 쓸쓸하게 서 있다가 빨리 가자고 재촉했다.

고향 동네는 어귀에서부터 인기척이 없었다. 젊은 사람들은 보이지 않는다. 고향집 옆집에 나보다 한참 젊은 노총각이 부모님을 모시고 살았는데 그도 부모님이 돌아가시자 떠났다. 어머님이 살아계실 때 어머니의 말씀에 의하면, 그 노총각은 베트남 여성과 결혼을 했는데 베트남 여성은 몇 년 살다가 야반도주했다고 했다. 그래서 홀로 부모님을 보시고 살면서 우리 집도 관리해 주었는데 그마저 없으니 이제 관리가 더 어려웠다.

고향 마을은 옛날과는 달리 풀과 나무들만 무성하고 어귀의 논밭엔 대부분 나무가 심겨 있었다. 옛날 고향 마을의 5월엔 거의 보리밭이었다. 보리 내음이 코를 찌르고 종달새의 노랫소리는 귀를 즐겁게 했다. 높이 날다가 곤두박질하는 종달새의 모습은 신기했다. 그런데 얼마 전에 간 고향엔 보리밭은 보이지 않고 종달새 소리도 들리지 않았다.

나는 고향 동네를 떠나 다른 친구의 고향 마을을 돌고 돌아 점심을 먹고 다시 대전으로 올 때까지 계속해서 마음이 허전했다. 그리고 정지용의 시 《종달새》를 속으로 중얼거리며 어린 시절 고향의 정취와 어머니를 그리워했다.

《종달새》, 상실의 승화

삼동 내- 얼었다 나온 나를
종달새 지리 지리 지리리...

왜 저리 놀려 대누

어머니 없이 자란 나를
종달새 지리 지리 지리리...

왜 저리 놀려 대누

해바른 봄날 한종일 두고
모래톱에서 나 홀로 놀자.

-정지용 《종달새》 전문-

이 시의 주인공은 천진난만한 어린아이이다. 그래서 이 시를 읽으면 어린 시절이 더 그립다. 그리고 유년의 온갖 추억이 솟구친다. 특히 가장 포근했던 어머니의 품이 그립다.

내가 정지용의 시 《종달새》를 좋아하게 된 것은 고향을 떠나고도 한참 후의 일이다. 대학을 졸업하고도 몇 년 지났다. 정지용의 시집을 처음 읽으며 가슴에 와닿은 시(詩)중의 하나였다. 천진난만한 느낌을 주는 이 짧은 시에서 어머니에 대한 그리움과 어릴 적 고향의 풍경을 그림처럼 마음속에 그리게 해 주었다. 그래서인지 가끔 이 시를 읽는다. 그런데 이 시는 읽은 때마다 나이에 따라 느낌이 다르다. 특히 강하게 다가오는 느낌은 상실의 아픔이다.

"삼동 내- 얼었다 나온 나"는 시의 화자이다. '삼동 내'는 추위가 온몸을 움츠리게 하는 한겨울이다. "내"는 "내내"의 줄임말이다. 옛날 땔감이 부족했던 시절 방 안이 따뜻할 리 없다. 특히 엄마 없는 어린아이에게 겨울은 혹독하게 춥다. 아이는 한겨울 동안을 방 안에서 얼면서 보냈다. 고독했다. 그런데 봄이 왔다. 밖으로 나왔다. 봄은 고독한 소년에게 해방이었다.

아이는 들판으로 향했다. 봄기운은 쌀쌀하지만 따뜻했다. 보리 내음이 향긋하고 들판도 푸르다. 곳곳에 아지랑이가 피어오른다, 하늘에는 종달새가 "지리 지리 지리리…" 하며 날고 있었다. 신기하여 종달새를 따라가기도 하고 높이 솟다가 급강하하는 종달새를 쳐다보기도 했다. 그런데 종달새의 그 "지리 지리 지리리…"하는 소리가 자기를 놀려 대는 것으로 들린다. 그래서 아이는 "왜 저리 놀려 대누"하고 홀로 중얼거리며 푸념을 한다. 왜일까?

이유는 다음 연에서 분명해진다. "어머니 없이 자란 나를/ 종달새 지리 지리 지리리…//왜 저리 놀려 대누" 시인은 몇 살 때부터인지는 알 수 없지만 아주 어릴 때부터 엄마 없이 자랐다. 한약방을 하던 부친이 홍수에 가산(家產)이 떠내려가 집안이 기울자 새로운 여자를 들였다. 그러자 친어머니가 집을 나가 버렸기 때문이다. 그런 아이에게 종달새는 자기를 놀려대는 야속한 친구이다.

'해바른 봄날'은 따뜻하고 작은 냇물이 녹아 흐르니 좋아서 밖으로 나왔지만, 종달새까지 놀려 대니 마음 둘 곳이 없다. 그렇다고 다시 방으로 들어가 틀어박혀 있을 수 없다. 그때 아이는 새로운 친구를 찾았다. 바로 모래톱이다. 그래서 아이는 '그래 이 모래톱하고 한종일 나홀로 놀자'하고 마음의 결정을 내린다. 아이는 이제 상실(엄마 없는 서러움과 고독)의 아픔을 딛고 일어서는 방법을 찾았다. 고독과 체념을 넘어 나만의 새로운 세계로의 승화를 결정한다. 그래서 이 시는 마음을 울린다.

시를 좀 더 살펴보자. 위의 시에서 대표적인 이미지인 종달새는 무엇일까? 종달새는 따뜻한 봄날, 논밭 어디서나 볼 수 있었던 대표적인 텃새였다. 종달새는 봄이 오고 따뜻해지면 산란기를 맞이한다. 그래서 애절한 구애의 노래를 부른다. 애절한 노랫소리가 온 들판을 가득 메우기도 했다. 보리가 약 30cm쯤 자란 보리밭 구석 은밀한 곳에는 종달새의 둥우리가 있었다. 종달새는 거기에 알을 낳고 새끼를 부화했다. 어린 날 보리밭을 뒤지며 그 새끼를 잡으러 다닌 적도 있다. 그런데 지금 들판에서 그 애절한 목소리를 들을 수 없다. 들판에 보리밭이 사라졌기 때문인 것 같다. 보리밭도 종달새와 함께 고향과 봄을 알리는 매개체이기도 하다.

종달새의 노랫소리는 우리의 향토적 정서와 함께 문학 속에서 봄을 알리는 존재로 자주 등장한다. 옛날에는 '노고지리'라고 불렸다. 학교 다닐 때 교과서에서 배운 남구만(1629:인조 7년~1711:숙종37년)의 시조 "동창이 밝았느냐 노고지리 우지진다/소치는 아이는 상기 아니 일었느니/재넘어 사래긴 밭을 언제 갈려 하느냐"에서 '노고지리'는 봄을 알림과 동시에 어서 나가 일을 하라는 근면을 재촉하는 의미를 담고 있다.

그러나 정지용의 시 《종달새》에서 종달새는 봄을 알리는 것과 동시에 친구이자 '엄마 없음'을 알리는 매개체이다. 아이에게 종달새의 "지리 지리 지리리…"하는 소리는 '너 엄마도 없지' 하며 놀려 대는 엄마 없음을 확인시키는 야속한 친구이다.

또 하나의 이미지는 의성어 "지리 지리 지리리…"이다. 의성어는 듣는 사람에 따라 표현이 다르다. 만약 그것이 누구나 말하고 표현하는 대로 들리고 표현된다면 시의 맛이 없어질지도 모른다. 아동문학가 이원수(1911~1981)는 그의 시 〈종달새〉에서 "-비일 비일 종종종"으로 표현했다. (종달새, 종달새/ 너 어디서 우느냐/보오얀 봄 하늘에/봐도 봐도 없건만/-비일 비일 종종종/비일비일 종종종) 정지용의 시에서 "지리 지리 지리리…"는 봄과 엄마 없음을 알리는 이중언어이다.

마지막으로 모래톱의 이미지이다. 모래톱은 작은 냇가, 도랑 등에 생긴다. 아이들은 흙장난으로 노는 경우가 많다. 특히 친구 없이 심심할수록 흙장난을 많이 했다. 흙장난용으로 모래톱은 매우 좋은 도구이다. 일반 흙과는 달리 부드러운 감각에서 정서적 위안도 준다. 그래서 모래톱은 시인에게 엄마 없음의 고독과 슬픔을 달래고 엄마 없음을 놀려 대는 종달새(다른 친구들)의 따돌림도 극복할 수 있는 새로운 세계의 발견이며 안식처이다. 종달새와 같이 모래톱은 전통적인 고향에 대한 강한의미이기도 하다.

모든 인간은 상실을 경험한다. 그 상실 중에서 가장 큰 상실은 어머니의 상실이다. 특히, 어린아이에게 어머니의 상실과 부재는 충격적인 아픔이다. 어머니 없는 아이는 마음 붙일 곳이 없다. 어린아이에게 어머니는 절대적 존재이며 영원성을 지닌다. 절대적이며 영원성을 지닌 존재인 어머니는 아이의 성장과 사유에 절대적인 영향을 끼친다. 그런데 시에서 아이는 그 절대적인 영원성의 존재를 상실하므로 '종달새가 놀려 대지 않는대도 자기를 놀려 댄다'고 생각할 만큼 삶과 사유의 분열을 경험한다. 아이는 이제 영원성의 아우라인 어머니에게 의지할 수 없다. 어머니가 없기 때문이다. 그래서 나만의 세계로 나아가야 한다,

어머니의 상실이건 사랑하는 연인의 상실이건 인간이 겪는 모든 상실은 강한 아픔을 준다. 그리고 일련의 과정을 거쳐 새로운 세계로 나아간다. 상

실로 인해 가장 먼저 겪는 것은 아픔이다. 그리고 다음 단계는 고독과 방황이다. 이 경험이 오래가면 늪에서 헤어나지 못한다. 그리고 이 경험에서 다음 단계로 갈 때는 여러 갈래가 존재한다. 어떤 이는 고독과 방황의 늪에 빠져 헤어나지 못하고 살아가거나 인생을 비관하기도 한다. 그리고 상실된 현실을 체념하며 받아들인다. 여기서도 어떤 이는 체념으로 살아가고, 또 어떤 이는 그 체념을 딛고 일어서 새로운 세계로 나아가기도 한다. 마지막 단계는 승화의 단계로 새로운 세계에서 자신을 창조하기도 한다. 그래서 상실은 인간을 고독과 방황에 빠지게도 하지만 새로운 세계의 발견과 성장의 계기가 되기도 한다. 사람은 상실의 승화를 통해 더욱 위대해지기도 한다. 시에서 '모래톱하고 한종일 나홀로 놀자'는 상실의 승화를 향한 서막이요 다짐이다.

시인의 어린 시절 역시 상실의 시대였다. 어머니의 상실만 아니라 일제의 수탈과 피폐로 인한 조국과 고향의 상실이다. '어린아이가 시대의 아픔을 어떻게 알고 느꼈을까?'라고 말하는 사람이 있을 수 있지만, 어린아이에게 비친 어른들의 절망적인 모습은 스스로 겪는 것 이상의 두려움일 수 있다. 평생의 트라우마로 남을 수도 있다. 시인이 쓴 시에서 고향의 모습을 자주 그리는 것은 그 상실의 아픔을 승화하고자 하는 의지의 표현이기도 한 것 같다. 그뿐 아니라 시인의 시에서 전통적인 민요시의 형태를 띠는 것이 많은 것도 그러한 이유인 것 같다.

어머니의 상실, 그리고 해체되어 가는 고향

내가 정지용의 시 《종달새》를 다시 읽으며 분명히 느끼는 것은 상실되어 가는 고향이다. 그리고 그것이 더욱 강한 상실로 이어지는 것은 어머니의 상실 때문이다. 고향과 어머니의 사실은 전통의 상실이기도 하다. 고향은 어머니의 상실과 함께 급속하게 해체되어 가고 있다. 지금 우리들의 고향은 거의 늙은 부모님만 남게 되었고 그 부모님들이 돌아가시면 하나둘씩 폐허가 되어간다. 그렇게 폐허가 되어가는 고향은 이제 전국에 빈집으로 가득하다. 젊은 귀농인이 있다고 하지만 젊은이들은 거의 고향으로 돌아가지 않는다. 그 중심에는 어머니(부모님)의 상실(부재)이 존재한다. 어머니가 고향을 지키고 있을 때는 그래도 젊은이들이 드나들며 어머니와 함께했던 고향의 둥지를 손질하였지만, 어머니의 부재와 함께 고향의 둥지는 방치되어 간다.

어머니의 상실과 함께 고향이 급격히 해체되는 데는 문명의 역할이 크다. 문명화가 가져다준 것은 자본과 상업주의이며 그 중심에는 도시화가 자리 잡고 있다, 문명사회에서 살 수밖에 없는 사람들에게 고향은 생존을 불편하게 하는 계륵(鷄肋)이다. 그것을 각자 개인에게 살려 내라고 말하는 것은 무리이다. 이제 어머니가 부재(不在) 하는 고향을 살려 내기 위해서는 정부가 나서야 한다. 그것이 상실된 고향을 우리들의 마음에 승화된 새로운 세계로 태어나게 하는 길이기도 하다.

얼마 전에 친구들과 함께 간 고향은 상실의 전형(典刑)이었다. 젊은 인기척도 없고 보리밭도 없고 나무만 무성해져 가고 있었다. 시인을 놀려 대던 그 많던 《종달새》도 없었다. 어릴 적 어머니 품이 그립다. 자본과 도시화에 찌든 이 문명의 야만을 어찌할까.

04. 기구한 운명 속에 지역 브랜드로 거듭난《향수》

길을 떠났던 나그네가 먼 여행을 마치고 돌아온다.
그리운 성문이 보이고, 강 양쪽 기슭에서는 아낙네들과 애들이
고향의 사투리로 이야기를 주고받고 있다.
아아, 이 또한 흐뭇한 일이 아닌가.
〈金聖嘆/西廂記序〉

옥천의 향수 100리 길

2018년 여름이었다. 동호인들과 자전거로 [옥천 향수 100리 길]을 완주했다. 길목에는 정지용 생가, 육영수 생가, 조헌 신도비 등도 있었다. 향수 100리 길에 들어서기까지는 차도를 따라가다 보니 위험하고 힘들었지만, 굽이치는 금강 변을 따라 달릴 때는 시원한 바람과 아름다운 풍경이 시심(詩心)을 자극했다. 금강 휴게소에서 매운탕으로 점심을 먹고 다시 옥천역으로 와서 열차로 귀환했다. 주목적이 '자전거라이딩'이었기에 주변 유적지는 제대로 보지 못했다. 특히 정지용 생가를 보지 못한 것이 마음에 남았다. 정지용 생가는 몇 번 가 보았지만, 갈 때마다 느낌이 새로웠다. 갈 때마다 다른 느낌을 주는 것은 정지용에 대한 이해와 느낌의 변화이기도 하다.

그로부터 1년 뒤 2019년 6월, 마음을 단단히 먹고 정지용 생가를 다시 찾아갔다. 전시실 내에 결린 정지용의 시를 읽으며 당시의 상황을 생각해 본

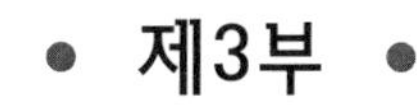

제3부

위험한 아이들, 해체되어 가는 모성

01. 매일 위험한《징검다리》를 건너야 하는 아이들

가까이 가지 않는 것이
거기서 빠져나오려고 애쓰는 것보다 쉽다.
〈마크 트웨인/얼간이 윌슨의 캘린더〉

비행을 유혹하는 사회

2019년 11월 어느 날 아침 천안시 두정동의 한 음식점에서 조찬 모임이 있었다. 8시 20분경 모임을 마치고 돌아올 때는 아이들의 등교 시간이었다. 삼삼오오 등교하던 중학교 남학생 한 명이 땅바닥에 널 버려진 명함을 몇 개 줍더니 장난기 가득한 웃음을 지으며 돌려 보며 떠들었다. 주차장을 향해 걷던 나도 본능적으로 그들이 지나간 길바닥으로 고개를 숙였다. 길바닥에는 유흥업소 홍보와 성적 유혹을 끄는 각종 광고지가 가을 숲의 낙엽처럼 뒹굴고 있었다. 그 광고지에는 나체에 가까운 여체들이 요염하게 새겨져 있었고 문구 또한 매우 선정적이며 연락처까지 있었다. 순간 혼자 말로 '저 아이들을 어찌하랴!' 하며 헛기침을 했다. 그러나 아이들의 귀에는 내 헛기침은 아예 관심이 없었고 오직 그 전단지 안의 여체와 광고문구에만 관심이 쏠리는 듯했다.

지금 이 나라는 아이들의 성장에 나쁜 환경이 너무 많다. 생존권이란 이름으로 넘쳐나는 유해환경이 아이들의 정서와 안전을 위협하고 있다. 아이들이 매일 학교에 오가는 주변에는 발을 딛기조차 힘든, 눈길을 돌리기조차 민망한 위험한 것들이 널 버려져 있다. 그것은 발 디디기조차 힘들 정도로 흔들리는 위험한《징검다리》이다. 아이들은 그런 징검다리를 건너면서 아슬아슬하게 친구들과 어울리며 등·하교를 하고 있다.

2020년 12월 10일 민식이법(어린이 보호구역의 교통사고 예방을 위한 관련법 개정법률안)이 통과되었다. 그렇다고 아이들의 보행환경이 안전해지는 건 절대 아니다. 그것은 단지 교통안전에 관한 뒤늦은 대책일 뿐이었다. 그리고 그것은 아이들에게 위험한《징검다리》하나를 치우기 위한 작은 선언에 불과하였다. 지금도 전국 곳곳엔 아이들을 위협하는《징검다리》가 넘쳐난다. 그러나 민식이법 이후 그 후속 조치로서 아이들의 건강한 성장 환경에 대한 논의는 늘 뒷전으로 밀려나고 있다.

《징검다리》 위의 불안한 아이들

한 집 건너 호프집
한 집 건너 노래방
한 집 건너 모텔
한 집 건너 비디오방

그 사이 하늘로
어머니가 새로 사주신

운동화가 떠내려갑니다

아슬아슬하게
운동화를 잡으려는데
기우뚱
그만 저녁 하늘에
빠지고 말았습니다

맨발로 가야 하는 집은
너무 멀리 있습니다

-신미균 《징검다리》 전문-

신미균[42]의 시 《징검다리》는 아이들의 성장에 방해가 되는 오염된 환경을 함축적으로 말하고 있다. 고도로 문명화된 도심의 거리는 휘황찬란한 네온 불빛으로 수를 놓는다. 밤은 화려하고 욕망은 넘쳐난다. 문명은 인간을 끊임없이 욕망의 숲으로 몰아가며 유혹한다. 그런 문명에서 욕망을 채우고 살아가기 위해서는 돈이 필요하다.

42) 신미균(1955~)은 서울교육대학을 졸업하였고 교편을 잡다가 퇴직하고 시 창작에 전념하고 있다. 1996년 월간 〈현대시〉를 통해 등단했다. 2024년 〈시와 편견〉문학상을 수상했다. 시집으로는 『맨홀과 토마토 케첩』『웃는 나무』『웃기는 짬뽕』『길다란 목을 가진 저녁』이 있다. 신미균의 시는 세상을 바라보는 유쾌한 시선을 지녔으며, 가볍고 읽는 데 부담이 없다. 이는 말의 의미 함량이 모자란다는 뜻이 아니라 쓸데없이 무겁지 않다는 뜻이라고 한다. 그리고 웃기면서도 슬픈 블랙코미디 같은 인상을 준다고 평가받는다.

많은 엄마는 생존을 위한 돈을 벌기 위해 새벽부터 일터에 나가 밤늦게 돌아온다. 그래도 좀 나은 아이들은 학원에서 지내다가 엄마가 올 시간에 학원 버스로 집에 간다. 그도 저도 어려운 아이들은 상당한 시간을 엄마를 기다리며 혼자 보내야 한다. 특히 도시의 거리에는 그런 아이들에게 위험하기 짝이 없는 온갖 잡스러운 것들이 낙엽처럼 뒹굴고 있다. 그 모습은 밤만이 아니다. 밤부터 아침까지 이어진다. 어떤 것은 종일토록 이루어진다. 그런 거리는 모두 아이들이 건너야 할 위험한《징검다리》이다.

밤부터 새벽까지 마셔대어 술 내음을 풍겨 내는 호프집, 아침까지도 열기가 식히지 않은 노래방 문턱, 끈끈한 회색 불빛이 남아 있는 모텔과 비디오방, 밤을 새워 게임하다가 충혈된 눈으로 청년이 서 있는 퇴색된 게임방 출입문, 이 많은 유해 업소를 지나며 아이들은 아침에 등교하고 저녁에 집에 가야 한다. 비록 학교 근처가 아니라도 아이들은 집에서 학교로 가는 길에서, 학원에서 집으로 가는 길목에서 그런《징검다리》를 수도 없이 건너야 한다.

아이들이 다니는 길목의《징검다리》사이로 파란 하늘이 보인다. '그 하늘 사이로 어머니가 새로 사주신 운동화가 떠내려갑니다' 파란 하늘은 어머니의 희망이며 아이의 꿈이다. 어머니가 새로 사주신 운동화는 어머니와 아이의 깨끗하고 순수한 소망이다. 혼탁한 욕망의 거리 속의 위험한《징검다리》사이로 엄마와 아이들의 소망이 떠내려간다. 아이들은 아슬아슬하게 그 운동화를 잡으려고 한다. 그러다가 기우뚱거린다. 그러는 사이 하루는 지나고 아이들의 소망은 저녁 하늘에 빠지고 만다. 아이들은 어른 흉내를 내면서 욕망의 꿈을 꾼다. 아이들의 순수한 소망이《징검다리》사이 늪에 빠지고 만다.

종일 수많은《징검다리》를 건너다 어머니가 새로 사준 운동화를 잃어버린 아이들은 맨발로 집에 가야 한다. 집에 가면 엄마가 실망할지 모른다. 아이도 자신에게 실망할지 모른다. 엄마의 소망도 아이의 소망도 어디 갔는지 모른다. 그저 지친 몸과 마음, 욕망의 늪에 빠진 소망이 아이를 흔들어 댄다. 그러니 맨발로 가야 하는 집은 너무 멀리 있다.

그래도 우린 내일을 향해 살아가야 한다. 태어난 삶이기에 삶을 사랑하며 《징검다리》를 건너며 나름의 삶의 방식을 배우고 행동 의지를 키워야 한다. '개천에서 용이 나온다'는 말처럼 애써 《징검다리》를 건너면 탄탄대로가 나타날 것이라 믿는다. 그러면 늪에서 피어난 연꽃이 한없이 아름답듯이 시련을 헤치고 자라난 아이는 더욱 빛날 것이라 믿는다. 그 뒤에서 어머니는 그런 아이가 그 위험한 《징검다리》를 다 건너 탄탄대로를 갈 때까지 눈을 떼지 못하고 서 있을 것이다.

밤새워 욕망과 유희를 채운 도시의 거리에 흩날리는 욕망의 찌꺼기들을 아이들이 지나가기 전에 흔적 없이 치울 방법은 없을까?

오래전에 중국 여행을 할 때 주점이 즐비한 밤거리에서 먹고 거닌 적이 있었다. 거리는 쓰레기로 가득 차 있었다. 다음 날 새벽 산책을 하며 그 거리에 갔을 때는 '언제 그랬냐?' 싶게 깨끗하게 청소되어 있었다. 그때 우리의 자화상이 부끄러웠다. 우린 중국인들을 지저분하다고 하는데 그 거리는 왜 새벽에 깨끗해졌을까? 꼭두새벽에 청소했기 때문이다. 그러나 지금 우리나라에선 그런 것을 기대하기 어려울 것 같다.

지금 우리나라는 청소년 비행과 가출, 거리에서 잠자는 아이들이 늘어나고 있다. 씨앗 틔움 공동체 등에 의하면, 2017년 2만 5천 명이 가출 청소년 쉼터를 이용했고, 매년 7만여 명이 가출하고 있으며, 25만 명 이상이 길거리를 떠도는데 실제로는 그 몇 배는 될 것이라 한다. 여성가족부의 2016년 '청소년 가출 원인 통계'에 의하면, 74.8%가 부모님 등 가족과의 갈등으로 가출한다고 하고 있어 아이들의 성장에 가장 중요한 보류인 가정이 흔들리고 있음을 말해주고 있다. 2016년 한국 청소년 쉼터 협의회의 조사에 의하면, 13살 이하 가출 청소년의 숙박 장소로 친구와 지인 집이 50%이며, 계단이나 옥상, 지하실, 찜질방 등도 50%대에 달한다. 가출하는 청소년들도 문제지만 가출하여도 집으로 돌아가지 않고 오염된 환경에서 생활하고 있는 청소년이 너무 많은 것이 더 큰 문제이다.

비행 아동의 나이도 계속 낮아지고 있다. 심지어는 유치원에서까지 남자 원아가 여자 원아를 성추행한 사건이 발생하고 있어 우리를 경악하게 하고 있다. 그 상당수는 무너진 가정과 오염된 사회 환경 탓이다. 가정도 일부 부모의 무분별함과 각종 미디어 매체로 인해 오염되었으며, 사회 곳곳도 천박한 상업주의와 정치적 직무유기에 의해 오염되었다. 아이들은 자기도 모르게 오염된 환경에 물들고 있다.

지금 대한민국은 아이 키우기가 참 힘들다고 한다. 0.9% 이하로 떨어진 출산율은 아이 키우기 힘든 환경과 무관하지 않다. 출산율이 점점 줄어들고 아이 키우기가 힘든 사회는 미래가 암울할 수밖에 없다. 모든 것은 아이의 양육과 교육 환경과 직결된다. 그것은 출산 장려 지원금 정책이나 교육비 지원 등으로 해결될 수 있는 것이 아니다. 현재의 한국 사회와 문명에 대한 총체적인 성찰을 통해 양육과 성장을 위한 총체적인 정화와 혁신의 노력이 필요하다.

다시 성찰해 보아야 할 맹모삼천지교(孟母三遷之教)

농사를 지어 보면 안다. 아무리 좋은 씨앗도 땅과 기후를 잘못 만나면 제대로 성장하지도 못하고 열매도 맺지 못한다. 토양의 영양이 고르고 기후가 적당해야 그 씨앗이 가진 속성만큼 성장하고 탐스러운 열매를 맺을 수 있다. 아이들이 성장하는 환경도 이처럼 중요하다. 분명한 것은 아이들도 농작물처럼 환경에 따라 다르게 성장하고 다르게 열매를 맺는다는 사실이다.

맹모삼천지교(孟母三遷之教)라는 말이 있다. 이 말은 맹자의 어머니가 자식 교육을 위해 세 번 이사했다는 말로 교육환경의 중요성을 말해 준다. 성선설(性善說)로 유명한 맹자(孟子)는 중국의 고대 추나라 사람으로 BC 371년경에 태어났다. 어린 나이에 아버지를 여의고 홀어머니 슬하에서 자랐다. 맹자의 어머니는 아들 교육에 온갖 정성을 다했다. 처음에 묘지 근처에 살았는데 장례 지내는 놀이만 하여 시장 근처로 이사했더니 상인 행세만 하였다는 것이다. 그래서 학교 부근으로 이사를 했더니 공부를 열심히 하더라는 것이었다. 중국인들뿐 아니라 우리나라에서도 맹자의 어머니는 2천 년 동안 자식 교육의 모범적인 어머니상으로 숭배되어 왔다.

성경에 '네 가지 땅에 떨어진 씨'의 비유(마태복음 13장 3절~23절)가 있다. 예수는 제자들에게 '귀가 있으면 들으라.'고 하면서 길가에 떨어진 씨는 새가 와서 먹어 버렸고, 흙이 얕은 돌밭에 떨어진 씨는 싹이 나오나 흙이 깊지 않아 해가 돋은 후에 뿌리가 타서 말랐고, 가시떨기 위에 덜어진 씨는 가시가 자라서 기운을 막았고, 좋은 땅에 떨어진 씨는 백 배, 육십 배, 삼십 배의 결실을 얻었다고 했다. 이 내용을 신의 영역이 아닌 인간의 영역에서 사회환경적으로 보면, 아이들 역시 좋은 환경에서 자라야 제대로 성장할 수 있으며 많은 결실을 얻을 수 있음을 말해 준다.

도시와 문명은 다양성과 생명력을 살리는 일에 매진해야 지속 가능한 미래가 열린다. 그렇지 못하고 천박한 상업주의에 함몰될 때 도시와 문명은 죽음의 공간으로 변해갈 것이다.

제인 제이콥스는 그의 유명한 저서 『미국 대도시의 죽음과 삶』(유강은 옮김, 그린비, 2010)에서 도보와 거리의 안정을 포함한 도시의 공공안전은 일차적으로 사람들 스스로 만들고 집행하는 얽히고설킨 자발적 통제와 규범의 망에 의해 지켜진다고 했다. 여기서 중요한 것은 사람들의 '자발적 통제와 규범의 망'이다. 여기서 그녀는 서로 간에 배려와 관심만큼 더 좋은 도시의 환경과 안전에 대한 대책은 없다고 한다. 그것은 시민들의 생존행위에 대한 성찰과 절제를 통해서만 가능한 일이다.

그러나 인간의 욕망과 이기심은 끝이 없기에 그 욕망과 이기심이 배려와 관심, 절제와 성찰을 넘어 세상을 혼탁한 투쟁의 장으로 만드는 경우가 많다. 그래서 경찰력이란 수단을 동원하여 감사와 통제를 강화하지만, 속수무책일 때가 더 많다. 지나치게 일탈 된 세상에는 정상적이고 문명화된 경찰력을 아무리 투입해도 제대로 된 문명을 심기 어렵다. 따라서 국가와 지방자치단체의 올바른 정치와 정책, 그리고 모든 국민의 각성이 필요하다. 정치인과 관료의 책임은 우선 중요하다. 그들이 바른 가치관을 가지고 절제된 권력과 정치력을 통해 다양성과 생명력을 키울 수 있는 시민의 삶과 아이들의 성장 환경을 위해 끝없이 고민하고 성찰하며 실질적인 책임 행동을 보여주어야 한다.

어쩌면 지금 대한민국의 모든 아이들은 매일매일 위험한 《징검다리》를 건너고 있는지 모른다. 곳곳에 도사린 안전 사각지대와 성희롱, 성폭력의 위험, 주택가까지 침투한 음성적 퇴폐업소, 아이들에게까지 거의 무방비상태인 불량한 인터넷 사이트, 늘어나는 가족 해체와 가정폭력, OECD 국가 중 자살률 1위, 아이들 등·하교 길을 꽉 매운 불법 주정차 등 헤아릴 수 없는 요인들이 위협하고 있다. 거기다가 늘어나는 청년실업과 경기 부진, 무너지는 자영업자와 중산층, 늘어가는 극빈층과 고독사, 자존감의 상실과 타인에 대한 적개심으로 발휘되는 공격성 등은 우리를 더욱 불안하게 한다.

성찰 없는 문명은 인류를 타락시키고 파괴하는 도구가 될 수 있다. 성찰이 없는 도시화는 겉으론 화려하지만, 인간의 숨통을 막고 욕망의 소용돌이에서 범죄의 온상이 될 수 있다. 그래서 모든 도시화와 문명에는 성찰이 필요하며 성찰의 중심에는 정치인과 관료들이 있으며 국민도 예외는 아니다. 어린이에서 어른에게까지 온전한 삶과 생명을 위협하는《징검다리》가 넘치는 대한민국에서 지금이 바로 욕망의 절제와 배려의 삶을 향한 도시와 문명에 대한 총체적 성찰이 절대 필요한 때라고 생각한다.

02. 《크래커 부수기》로 우울과 분노를 키우는 아이들

분노는 기묘한 용법을 가진 무기다.
다른 모든 무기는 인간이 이를 사용하지만
분노라는 무기는 반대로 인간을 사용한다
〈M.E.몽테뉴/수상록〉

악의 평범성[43]이 난무하는 세상

건강한 선진사회는 소득뿐만 아니라 문화와 교양 수준이 높고, 폭력과 범죄, 우울과 충동적 분노 표출이 없는 사회일 것이다. 그러나 자살률 세계 1위에다가 연일 벌어지는 파렴치한 폭력과 살인 행위를 보면, 우리나라는 아직 건강사회로 가기엔 길이 먼 것 같다.

그런 일탈적 행동은 10대부터 30대까지가 주류를 이룬다. 가장 무서운 것이 중 2라는 말이 증명이라도 되듯이, 한계를 넘어선 청소년들의 학교폭력과 성폭력 사건, 심지어 교사 폭행까지 그 한계를 넘어서고 있다. 이제는 봉화의 면사무소 엽총 사건 등 노인들까지 우발적 폭력과 난동이 많아지는 등 60대 이후도 한몫하고 있다. 특히 전 남편을 살해하고도 태연했던 고유정과

43) '악의 평범성'이란 말은 한나 아렌트가 그의 책 『예루살렘 아이히만』(김선옥 옮김, 한길사, 2019)에서 사용한 말이다. 한나 아렌트는 이 책의 부제를 〈악의 평범성에 대한 보고서〉라고 했다.

모텔 투숙객을 살인하고 시신을 유기한 장대호의 태연함에 경악을 금치 못하였다. 최근에는 60대와 70들도 분노에 의한 충동적인 일탈과 범죄가 늘어나고 있다. 이제 일탈과 범죄는 세대를 초월하고 있다. 그런데 그런 사건은 연일 계속되고 있으며 앞으로도 줄어들지 않을 것 같다. 우리가 사는 세상이 그토록 험난해졌다는 말인 것 같다.

이런 일련의 사건들은 사회구성원들 상당수가 우울과 분노를 견뎌 내지 못하고, 한나 아렌트가 말한 '악의 평범성'에 길들어져 있음을 말해 준다. 악을 저지르는 사람들의 얼굴을 보면 전설에나 나오는 귀신 같은 얼굴이 아니다. 그들의 얼굴은 때로는 침착하고 내정하기까지 하다. 그래서 더욱 섬뜩하다.

왜 문명화란 이름으로 발전을 구가하는 나라에서 우울과 분노를 견디지 못하고 그 '악의 평범성'에 길들여진 사람들이 많을까? 여러 원인이 있겠지만, 그들의 성장 과정과 삶을 돌아보면 어느 정도 답이 나올 것 같기도 하다. 지금 10대부터 30대까지는 홀로 집과 학교, 학원을 오가야 했던 심심한 세대였다. 60 이후는 베이비붐 세대로 정신없이 살아왔는데 노후가 암담하고 허탈해진 세대들이다. 심심함과 허탈함, 악의 평범성 등의 심리 현상은 끝나지 않는 진행형이다. 욕망과 생존이란 틈에서 허덕이며 살아가는 우리 시대 사람들의 불안한 자화상인지도 모른다. 특히 그런 가운데 아이들이 병들어 가고 있다. 아이들의 가슴 속에 심심함과 우울과 분노가 자라나고 있다. 그 과정에서 아무도 모르는 아이들의 마음 깊은 곳에서 그 〈악의 평범성〉이 자라고 있는지 모른다.

크래커 부수며 우울과 분노를 키우는 아이들

돌아오지 않는 엄마 대신
크래커를 부순다
건건찝질한 크래커
밥 대신 하루 종일 먹으라고
두고 간 크래커

부술 때마다 바삭거리는 소리 때문에
자꾸만 부수던 크래커
손가락으로 부수다가
발가락으로 문대다가
온몸으로 뒹굴다 보면
가루가 되는 크래커

검은깨인 줄 알고 먹었던
개미들이
꿈틀꿈틀 되살아난다, 지금
크래커를 두고 갔다 올
엄마도 없는데

-신미균 《크래커 부수기》 전문-

심미균의 시(詩) 《크래커 부수기》는 어린 시절부터 우울과 분노를 축적하는 아이의 모습을 그렸다. 엄마와 아이 사이의 천륜인 모성이란 애착 관계가 크래커처럼 부서지고 있다. 여기서 크래커는 엄마가 떠나면서 아이에게 주고 간 그 어떤 것의 상징이다.

엄마는 어떤 사연인지 아이 혼자 두고 집을 나가고 집에는 아이 외엔 아무도 없다. 엄마가 나갈 때 아이가 종일 밥 대신 먹으라고 두고 간 "건건찝질한 크래커"를 아이는 기다리던 엄마 대신 사정없이 부수고 있다. 부술 때마다 나는 바삭거리는 소리가 성가시기도 하고 신기하기도 하고 때로는 부수는 소리가 엄마의 메아리일 수도 있다. "손가락으로 부수다가/발가락으로 문대다가/온몸으로 뒹굴다 보면/가루가 되는 크래커"는 아기의 손에 쥐어진 모성이다. 늦게 온 엄마, 오지 않는 엄마에 대한 분노가 강하게 표출된다. "검은깨인 줄 알고 먹었던/개미들이/꿈틀꿈틀 되살아"난다. 아이에게 위협이 닥친다. 개미는 무엇일까? 엄마를 기다리다 지친 아이를 괴롭히는 우울과 분노일 수 있다. 그런데 그런 크래커를 두고 갈 엄마마저 없는 아이들이 있어 더 안타깝다.

이 시는 산업사회에서 살아가기 위해 아빠, 엄마 모두 일터에 나가고 아이 혼자 집에 있어야 하는 상황, 그런 시대에 육아의 어려움을 표현 한 시이기도 하지만 더 포괄적으로 보면 우리 사회에서 아이들이 성장 과정에서 겪게 되는 문제점을 고발하고 있다.

엄마는 왜 아이 혼자만 두고 집을 나갔을까? 아이를 혼자 두고 맞벌이를 안 하면 안 되는 부부의 사연일 수도 있겠고, 아빠 없이 엄마 혼자 아이를 키우면서 아이에게 크래커를 주고 돈 벌러 나간 경우일 수도 있겠고, 아기에게 크래커를 주며 안심시켜 놓고 자기만의 살길을 찾아 훌쩍 떠난 엄마의 경우일 수 있을 것이며, 어느 미혼모의 아픈 사연일 수도 있을 것이다. 어쨌든 아이는 혼자 버려져 있다.

엄마가 있는 아이들도 예외는 아니다. 최근에는 보육 관련법이 정비되고 정부의 지원이 강화되었다고 하지만, 퇴근 시간까지 아이들을 책임지는 보육 기관은 많지 않다. 보육원, 유치원, 초등학교에 들어가도, 중학생이 되고 방과 후 활동을 하여도 나머지 시간은 학원을 가지 않으면 안 되는 세상이다. 아이들은 부모나 형제, 친구들과 어울려 노는 것이 아니라 종일토록 주어진 프로그램에 얽매여 있다. 한국의 아이들은 학원에서 성장한다. 그건 때로는 아이들의 숨통을 조이고 또 다른 방법으로 구속한다. 아이들은 밤에 돌아온 엄마 앞에서 열심히 공부했다는 방어적인 거짓을 만들기도 한다.

지금은 그래도 낫다지만, 10대부터 30대까지는 정말 홀로였던 아이들이 많았다. 육아를 위한 사회 보장이 거의 없는 상황에서 사정이 좀 나은 아이들은 조부모나 남의 손에 키워졌지만, 상당한 수의 아이들은 학원에 갈 수도 없이 심심하게 엄마를 기다려야 했다. 그런데 어떤 엄마는 돌아와 그날 아이에게 준 과제를 점검하며 닦달하기도 한다. 그런 과정에서 기다림에 지친 아이의 가슴엔 엄마와 자신과 세상에 대한 우울과 분노를 쌓아 간다.

엄마가 없는 아이들은 더 비극적이다. 어떤 아이들은 보육원에 맡겨졌고, 어떤 아이들은 조부모에게 맡겨졌으며, 어떤 아이들은 그냥 방치되었다. 그 아이들은 엄마 있는 아이들이 엄청나게 부러웠을 것이고 아예 포기하기도 했을 것이다. 그러면서 엄마의 사랑에 대한 상실감과 우울과 분노를 키웠을 것이다.

정신분석학적으로 보면, 인간은 누구나 내면세계와 외부 현실 간에 갈등을 겪는다. 그 중심에는 생에 초기부터 깊은 관계를 맺어 온 인물들이 있는데 중심에 엄마가 존재한다. 엄마 있는 아이들은 존재하는 엄마라는 외부 현실과의 관계를 통해 내부 세계가 형성되며, 엄마 없는 아이들은 존재하지 않는 엄마라는 외부 현실 관계를 통해 내부 세계가 형성되어 간다. 엄마가 존재하는 아이들은 엄마와의 현실 관계에 따라 긍정적 자아가 형성되기도 하고 부정적 자아가 형성되기도 하며, 밝고 진취적이며 배려심 있는 자아가 형성되기도 하고 우울하고 분노하는 공격적인 자아가 형성되기도 한다. 엄마라는 현실 존재가 없는 아이는 아예 포기하여 스스로 자아를 형성하기도 하지만, 이는 극소수이며 대부분은 상실감 속에 열등과 우울과 분노를 키우며 살아가게 된다. 아이들은 엄마라는 현실 존재와의 애착 관계를 발전시키기 위해 노력하는데 상실과 우울과 분노 속에 사는 아이들은 이런 애착 관계가 바르게 형성되지 못한다. 어른이 되면서 그 상실과 우울과 분노가 잘 승화되고 절제된 사람은 세상을 성공적으로 살아가지만, 그렇지 못하면 어떤 면으로든 일탈 행동을 하게 된다.

엄마와의 올바른 애착 관계의 발전을 위해

페이버릿 차일드 콤플렉스를 주장한 엘렌 웨버 리비(Ellen Weber Libby)는 『페이버릿 차일드』[44]에서 총애받고 자란 아이든 총애(관심과 보살핌 등)를 받지 못하고 자란 아이이든 그 총애가 바르고 절제되지 못하면 일탈 행동을 하게 된다고 하였다. 특히 총애를 전혀 받지 못한 아이들은 내면 구석에 우울과 분노의 응어리를 키워 간다고 했다. 그래서 성장 과정에서의 바른 애착 관계와 바른 총애는 매우 중요하다고 했다.

전통사회의 인간은 욕망의 금지로 인한 '상실과 죄책감을 느끼는 인간'이

44) 엘렌 웨버 리비(Ellen Weber Libby) 저, 김정희 옮김, 『페이버릿 차일드』 동아일보사, 2011.

로게임'으로 잘못된 것이라고 항변했다. 그러나 나는 평가자의 미움만 샀다.

낙도 분교장 아이들

1990년대 초에 일찌감치 폐교된 작은 섬의 초등학교 분교장을 나온 사람에게 학창 시절의 추억을 들었다. 그가 학교에 다닐 때 전체 학생 13명이었는데 선생님은 3명이었다고 했다. 학습과 일과는 새벽에 학교 가서 모여 공부하고, 집에 가서 아침 먹고 돌아와 운동장에서 놀다가 9시부터 11시까지 공부하고, 점심 먹고 놀다가 2시경부터 다시 공부하고 그랬다고 했다. 더위가 한창인 여름에는 새벽에 학교에 가서 10시까지 공부하고 10시부터 오후 2시까지는 바닷가에서 물놀이를 하다가 3시 이후부터 6시까지 공부하고 저녁 먹고 학교 가서 다시 놀고 공부했단다. 학교는 그야말로 놀고 공부하는 모두가 함께 어울리는 공동의 성장공간이었다. 그래도 학습에 문제가 없었다는 것이었다. 그들은 모두 잘 살아가고 있다고 했다. 그는 섬 학교의 폐교를 매우 안타까워하고 있었다.

이농향도를 조장하는 농어촌 소규모 학교 폐교

농촌 소규모 학교의 폐교와 교육 문제로 인한 주민 이탈은 농촌학교 교육의 질과 만족도와도 직결된다. 소규모 학교에는 다양한 교사와 기자재가 배치되기 어렵고 결국 다양한 교육을 전문적으로 받을 기회가 부족하다는 것이다. 농촌경제연구원의 '2017년 농어촌 주민 정주 만족도' 보고서에 의하면, '학생들이 좋은 수준의 교육을 받을 수 있다'는 주민들의 학교교육만족도가 10점 만점에 도시의 6.8점에 비해 읍 지역은 5.9점, 면 지역은 5.5점으로 낮다. 또 '학생들이 정규교육과정 외에 필요한 교육을 받을 수 있다'는 데 대해선 도시주민이 6.8점, 읍지역은 5.9점이지만 면 지역은 5.2점으로 읍면지역으로 갈수록 낮다. 이는 학원 등 사교육과 다양한 방과 후 프로그램의 불가능 때문으로 풀이된다. 실제로 농어촌은 강사가 부족해 다양한 프로그램을 운영하기 어렵다. 그래서 한 학교당 방과 후 프로그램이 도시지역은 36.7개, 읍 지역은 21.5개, 면 지역은 13.7개에 불과하다. 그러나 이것을 숫자로만 가름할 수는 없다는 생각이 든다. 농촌학교의 교육의 질을 높이고 다양화할 수 있는 정책을 펴는 것이 폐교로 인한 재산관리와 농촌공동체의 해체에 따른 비용보다 적을지 모르기 때문이다. 그런데 해가 거듭할수록 면 지역의 교육 공동화 현상은 인구 공동화만큼 심각하고 빠르다.

인(仁)의 교육공동체 회복을 위하여

공자가 강조한 인(仁)은 함께 어울려 살아가는 배려하고 서로 돕는 삶의 연대의식이라 여긴다. 그래서 농촌 해체 현상은 단순한 문제가 아니다. 농업과 농촌은 먹거리 생산이라는 기능을 넘어서는 삶의 정서와 자연공동체의 문제이기도 하다. 농촌학교는 문화의 중심이며 마음의 고향이며 소중한 연대의식의 샘물이다. 농촌학교가 지역사회에서 사라지는 것은 자연공동체와 연대의식의 사라짐이며, 학교를 중심으로 한 지역 활동과 문화가 사라지는 것을 의미한다. 바로 인간에게 소중한 공동체 정신인 인(仁)이 사라지는 것을 의미하기도 하다. 30~40대 젊은 부부들에게 학교가 사라진 농촌에 귀농하라는 것은 황무지에 씨를 뿌리라는 꼴이 된다.

교육은 내용과 규모도 중요하지만, 문화와 정서를 바탕으로 이루어진다. 오늘날 기능주의와 효율성 만능시대에 살면서 소중한 인간 정서를 경제 논리로만 풀어가는 것은 뒷날 더 큰 사회적 비용을 치르게 될지 모른다. 이제 국가적으로도 탈농촌의 방지와 농촌공동체의 회복을 위해 농어촌 소규모 학교의 통폐합보다는 새롭게 살릴 수 있는 정책을 고민할 때다. 까치들만 다니는 학교가 늘어나면 사람이 살지 않는 지역도 늘어날 수밖에 없기 때문이다. 농촌공동체가 살아나 연대의식으로서의 인(仁)이 풍만한 세상을 꿈꾸어 본다. 까치만 다니는 학교가 아니라 까치가 아이들을 반기는 학교를 꿈꾸어 본다.

06. 《남으로 창을 내겠소》, 그리고 웃지요

생각하건데 그들은 자연을
지도자로 쓰지 않으면 안 된다고 생각했던 모양이다.
왜냐하면 이성(理性)은 자연에 주목하고
자연과 상담하니 말이다.
그러므로 착하게 산다는 것은
자연에 따라서 산다는 것과 같은 말이 되는 것이다.
〈L.A.세네카/행복한 생활〉

농사를 지으면서

20여 년 전에 퇴직 후를 위해 밭을 장만했다. 퇴직 전에는 대충 농사를 짓다가 퇴직 후에는 소일 삼아 본격적으로 농사를 지었다. 농사를 짓다 보니 때로는 소일을 넘어 노동이라는 생각이 들 때도 많았다. 그래도 수확의 보람은 크다.

어떤 사람들은 "사 먹는 게 싸다."고 말한다. 그럴 수 있다. 그러나 농사를 짓다 보니 농사는 먹는 것에 대한 경제적 가치 이상임을 늘 발견한다. 생산한 것을 친척, 친지들과 나누어 먹고 자녀들에게 늘 풍성한 먹거리를 제공해 주는 즐거움, 가끔은 밭에서 친척 혹은 친구들과 고기를 구우며 즐기는 일은 코로나19 시대에는 캠핑 이상의 가치를 발휘하였다.

가을이 다가오면서 바빠졌다. 농작물의 대부분은 가을이 들면서 수확해야 한다. 수확한 자리에는 내년에 먹을 양파와 마늘 등을 심는다. 그러다 보면 심어 놓은 것 모두를 거두어야 할 때가 있다. 아직 주렁주렁 달린 고추도 걷어 내야 하고 싱싱하게 자란 파도 뽑아내야 한다. 내가 다 먹지 못하니 아깝다. 고추는 지인들에게 따 가라고 해도 남는다. 파 등은 지인들과 나누어 먹어도 한계가 있다. 지인들과 나누어 먹는 것도 그냥 줄 수 없어 일일이 다듬어 배달하자면 부담이다. 그 부담은 내가 노동하는 부담이 아니라 가져다 주면 꼭 무언가 되돌려 주려고 하기 때문이다.

한 해는 어쩌다 대파를 많이 심었다. 작년에는 아내가 대파 김치를 많이 담가 파김치를 치우는 데 노고가 있었다. 아내는 아주 조금만 담기로 했다. 그러니 파가 엄청 많이 남았다. 파를 모두 뽑아 다듬던 아내가 "다듬은 파를 아파트 현관에 놓고 필요한 사람들 가져가라고 하면 어떨까?"하고 제안했다. 나는 지체 없이 엄지척을 하면서 "굳 아이디어!"하고 둘이 열심히 파를 다듬었다. 그리고 저녁에 집으로 돌아와 아파트 일층 엘리베이터 앞에 쌓아 놓고 엘리베이터 입구와 안에 메모를 붙였다. "일층 엘리베이터 앞에 있는 파는 직접 농사지은 파입니다. 필요하신 분은 부담 가지지 마시고 가져가세요."

이웃들이 파를 가져갈까? 궁금했다. 한 시간쯤 지나서 살며시 문을 열어 보았다. 반 이상이 소모되었다. 두 시간 반쯤 지났을 때 그러니까 주민들이 거의 퇴근하여 귀가했을 무렵에 파는 동이 났다. 내가 써 놓은 메모지 옆에는 메모가 하나 붙어 있었다. 그리고 작은 쇼핑백 하나가 놓여 있었다. "정성 들여 농사지으신 파를 이렇게 나누시다니♡♡ 감사합니다. 잘 먹겠습니다." 갈증에 마시는 청량한 사이다이다. 더위에 지친 갈등에 한잔을 깊게 들이마시는 기분이었다. 누가 뭐래도 살만한 세상이다. 아내는 보람찬 미소를 지으며 앞으로 가끔 그렇게 하자고 했다. 그리고 이틀 후에는 풋고추를 한 상자 가득 따서 그렇게 갖다 놓았다. 밤 10시쯤 되어 모두 귀가했을 무렵 고추도 모두 없어졌다. 아내는 빈 상자를 들고 들어오면서 매우 행복해했다.

김상용의 시 《남으로 창을 내겠소》가 떠올라 젊은 시절부터 읽던 시집을 꺼내 읽었다. 시는 아주 새로운 맛으로 내게 다가왔다.

전원에서 소박한 삶을

남으로 창을 내겠소
밭이 한참 갈이
괭이로 파고
호미론 매지요

구름이 꼬인다 갈 리 있소
새 노래는 공으로 들으랴오
강냉이가 익걸랑
함께 와 자셔도 좋소

왜 사냐건
웃지요

-김상용 《남으로 창을 내겠소》 전문-

옛날 집들은 거의 남향집이다. 그러나 요즈음은 시골을 제외하고는 남향집을 찾기 쉽지 않다. 특히 아파트가 대부분인 도시의 주택은 남향이 아닌 경우가 허다하다. 전통적으로 남향 주택은 상당한 의미를 갖는다. 김상용[39]의 시 《남으로 창을 내겠소》 역시 남향 주택의 특별한 의미를 부여함과 동시에 농촌의 소박한 삶의 풍경을 그리게 한다.

총 3연으로 구성된 시는 함축성이 뛰어나다. 이런 시를 읽다 보면 나도 이런 시를 써보고 싶다는 충동에 빠지는 경우가 많다. 시는 1934년 『문학』이라는 동인지에 실린 것으로 복잡한 세상을 떠나 자연 속에서 유유자적하면서 소박한 삶을 살고자 하는 소망이 담겨 있다. 그래서 시는 물질적이라기보다는 정신적이며 문명적이라기보다는 비문명적이다. 어쩌면 문명의 질곡 속에서 뒤엉켜 살아가는 현대인들에게는 낯선 풍경일 수 있다.

"남으로 창을 내겠소"는 마치 오랫동안 가슴에 품었던 간절한 소망을 실

---

39) 김상용(金尙鎔1902~1952)은 경기도 연천군 남면 왕림리에서 태어났다. 아호가 월파(月坡)라 사람들은 김월파(金月坡)라고도 불렀다. 춘천공립보통학교를 나와 경성제일고등보통학교에 입학했으나 3·1 운동으로 보성고등보통학교로 전학했다. 1921년 보성고등보통학교를 졸업하고 1922년 일본 릿쿄대학교 영어영문학과에 입학하여 1927년에 졸업했다. 1928년에 귀국하여 이화여자전문학교 교수로 근무했다. 1930년에 동아일보에 시 《무상》, 《그러나 거문고의 줄은 없고나》 등을 발표하여 등단했다. 1931년 에드거 앨런 포의 시 《애너벨 리》를 시작으로 찰스 램, 존 키츠 등의 영미 작가들의 작품을 번역하면서 꾸준히 자신의 시를 발표했다. 1938년에 수필 《우부우화》를 발표하면서 많은 수필을 썼다. 1934년 『문학』에 발표한 《남으로 창을 내겠소》를 발표 했는데 마지막 연 "왜 사냐건 웃지요"는 유명해졌다. 전원시로 《눈 오는 아침》, 《괭이》, 《물고기 하나》 등도 있다. 1943년에 일제 탄압으로 영문학 강의가 폐지되어 이화여자전문학교 교수직을 사임했다. 광복 후 미군정하에서 강원도 도지사로도 임명되었으나 며칠 만에 사임하고 1945년 개칭된 이화여자대학교 교수로 재직했다. 1946년에 미국 보스턴 대학교에서 3년 동안 영문학을 공부하고 1949년에 영어영문학과에서 문학석사 학위를 받고 돌아와 이화여자대학교 교수 겸 학무처장을 했다. 1950년에 풍자적인 수필집 《무하선생 방랑기》를 발표했다. 코리아 타임즈 주필을 맡기도 했으며, 한국 전쟁 중 부산으로 피난 갔다가 식중독으로 1951년 6월 22일에 사망했다. 1년이 지난 1952년에 망우산에 묻혔다. 김상용의 시에는 전원적이고 관조적인 허무의 정서가 깔려 있으나 낙관적인 방식으로 어둡지 않게 표현된 것이 특징이라는 평을 받는다. 그러나 그는 1943년 《매일신보》에 〈님의 부르심을 받들고서〉 등 3편의 친일 작품을 발표한 것이 2002년 발표된 친일 문학인 42인 명단과 민족문제연구소가 2008년 발표한 친일인명사전 수록예정자 명단 '교육/학술 부문'에 선정되었다.(권영민 『한국현대문학대사전』 서울대학교출판부, 2004, 122쪽)

현하고야 말겠다는 결심으로 들린다. 그리고 누구에겐가 말하고 있다. 그 대상이 누구일까? 아마 특정인이 아니라 온 세상 사람, 아니 시인을 아는 모든 사람, 혹은 그냥 홀로 소망을 드러내는 독백인지 모른다. 어떻든 시인은 자기의 소망을 세상에 드러냄으로써 실천의 결의를 다진다.

시에서 말하는 "남으로 창을 내겠소"는 바꾸어 말하면 남향으로 된 집을 짓고 살겠다는 것이다. 그것도 대궐같이 우람한 집이 아니라 작고 소박한 집이다. 그리고 농사를 짓겠다는 것이다. 농사지을 밭은 집 가까이 있거나 집에 붙어 있는 텃밭일 가능성이 크다. 시의 화자는 아주 작고 소박한 농촌 생활을 꿈꾸고 있다.

다음 행의 "밭이 한참 갈이/괭이로 파고/호미론 김을 매지요"는 농사짓는 방법과 농사짓는 행위를 이야기하고 있다. 옛날에 논밭은 소를 이용해 쟁기로 간다. "밭이 한참 갈이"는 바로 그 모습이다. 소를 이용하여 한참이면 다 갈 수 있는 밭이니 규모가 작다. 특히 이어지는 "괭이로 파고/호미론 김을 매지요"에서 노동의 고단함보다는 노동의 낭만성이 풍기는 것을 보면 일이 그리 많지 않은 소박한 삶이다. 시의 화자는 그런 삶을 꿈꾸고 있다.

그런 농촌의 풍경은 평화롭다. 제2연은 그런 풍경을 그려 내고 있다. "구름이 꼬인다 갈 리 있소/새 노래는 공으로 들으랴오"에 농촌 풍경의 모든 것이 담겨 있다. 그 풍경을 그려 보자. 하늘에 구름이 둥둥 떠간다. 떠가는 구름은 서로 뒤엉켜 바람결에 앞서거니 뒤서거니 한다. 어떤 곳은 구름이 몰려 있고 어떤 곳은 흩어져 있다. 또 집중적으로 모여 있는 구름도 이내 흩어져 어디론가 흘러간다. 자연스럽다. 평화롭다. 그러나 여기서 구름은 그런 의미가 아니라 세속적 욕망의 뒤엉킴을 은유적으로 드러낸 것이다. 구름이 꼬인다는 것은 사람들의 욕망이 뒤엉킨 복잡한 삶 즉 세속적 욕망의 꼬임이다.

여기서 주목할 단어는 "꼬인다"이다. 농촌에서 남으로 창을 낸 오두막을 짓고 햇빛에 검게 탄 얼굴로 농사를 짓는 한 시인에게 친구가 찾아왔다. 친구의 눈에 시인의 모습이 초라하게 보이자 이렇게 말할 것이다. "왜 이렇게 살아? 도시에서 편히 책을 읽고 글을 쓰면서 살지." 그 말에는 도시 문명과 세속적 욕망의 꼬임이 담겨 있다. 그때 시인은 이렇게 답했을 것이다. "어이 일없어 난 이 삶이 아주 좋아." 여기서 "꼬인다"는 말은 유혹한다는 뜻이다. 그러니 "구름이 꼬인다 갈 리 있소"에는 누가 와서 나를 꼬여 도시로 나가자고 해도 나는 절대 가지 않겠다는 신념과 소박함이 담겨 있다.

2연 2행의 "새 노래는 공으로 들으랴오"는 그 풍경의 극치를 이룬다. 구름이 떠 있는 하늘에는 새들이 날고 지저귄다. 하늘만 아니다. 남으로 창이 난 집 앞마당과 뒤뜰에도 새들이 날아와 지저귄다. 주변의 산과 들판, 나무에도 새들이 사시사철 날아와 지저귄다. 그것은 자연이 주는 풍성하고 아름다운 음악이다. 도시의 극장에서 보고 듣는 오케스트라보다 아름답고 가치가 있다. 그 아름답고 풍성한 노래를 공짜로 들으려고 한다. 아니 공짜로 듣기로 마음먹었다. 이 "들으랴오"라는 말에도 그런 의지가 담겨 있다. 이 한 구절에서 우린 자연이 주는 풍성하고 아름다운 정서를 느끼게 된다.

2연 3행의 "강냉이가 익걸랑/ 함께 와 자셔도 좋소"에서 시는 자연적 이미지에서 인간적 이미지로 비약한다. 인간적 나눔의 세계를 말한다. 소박한 농촌의 삶은 도시의 삶에 비해 나눔이 일상이 된 삶이다. 이것은 '우리 집에 와서 먹고 마시며 즐깁시다.'라는 나눔에 대한 소망의 선언적인 의미를 담고 있다. "강냉이가 익걸랑"은 강냉이 하나를 일컬음이 아니다. 나눌 수 있는 매개체이다. '감자를 캐걸랑' '감을 따걸랑' 등의 용어로 대치할 수도 있겠다. 그래도 강냉이는 이르면 8월이면 익는다. 8월은 바쁜 일손을 끝내고 더위를 식히며 휴식하는 시간이기도 하다. 그때는 일보다는 쉬면서 담소를 나누고 즐기자는 주문이기도 하다.

모든 삶은 노동과 휴식의 조화 속에서 아름다워지고 균형이 유지된다. 노동이 있어야 먹을 것이 얻어지며 먹을 것이 있어야 휴식도 한층 배가 된다. 쉬는 시간에 차를 마시고 간식이 필요한 것처럼 말이다. 그리고 그 휴식 시간에 비로소 삶의 대화가 이루어지고 사람 관계가 발전한다. 그런 점에서 노동은 휴식을 위한 에너지의 축적이며, 휴식은 단순히 쉬는 것이 아니라 사람 관계를 심화·발전시키며 자기의 내적 충만을 구하고 새로운 에너지를 생성시키는 일이다. 그래서 제1연과 제2연의 관계는 매우 유기적이며 삶에 대한 철학적인 사유가 담겨 있다.

시에서 제1연과 제2연은 노동과 휴식의 절묘한 조화를 이루고 있다. 제1연은 노동의 시간과 행위를 말하고 있다. 그 노동의 시간은 볕이 창으로 스며드는 봄부터 시작된다. 그래서 "남으로 창을 내겠소"라는 말속에는 실제로 집을 짓는 데 남으로 창을 내겠다는 의미도 있지만, 겨울이 가고 봄이 왔을 때 남으로 난 창을 활짝 열어 봄볕을 맞이하겠다는 두 가지 의미가 담겨 있다고 여겨진다. 봄볕을 맞이하겠다는 것은 밭 갈고 씨를 뿌리고 김을 매어 가꾸겠다는 것이다. 그 행위는 곧 밭갈이와 씨 뿌리고 김매는 일이다. 시에서 말하는 "밭이 한참 갈이" "괭이로 파고" "호미론 김을 매지요" 의 순서는 농사짓는 시간적 흐름에 따른 노동행위를 말하고 있다. 농사를 짓는 순서는 우선 밭을 갈아야 한다. 그리고 괭이로 이랑을 만들고 씨를 뿌려 덮어야 한다. 그리고 시간이 흐른 후 호미로 돋아난 잡초를 매고 북을 돋우어 곡식들이 잘 자라도록 해야 한다.

이제 그 힘든 노동의 시간이 끝나고 휴식의 시간이 왔다. 휴식은 여유와 유유자적을 선물하지만, 삶에 대한 회의와 성찰도 요구한다. 그때 '힘든 노동일 그만하고 도시로 가라'는 사람들의 유혹도 있다. 그러나 시인은 손사래를 치며 '일 없다'고 한다. 새 노래도 공짜로 들으며 자연과 함께 할 수 있고 전원적 낭만을 즐길 수 있으니 얼마나 좋은가. 안분지족이다.

휴식은 여유와 회의와 성찰을 주는 것만 아니라 나눔의 기회를 주면서 인간관계를 발전·심화시키고 삶의 리듬을 새롭게 제공한다. 그 리듬은 자기 삶의 내실화만 아니라 소박한 상생의 문화를 발전시키기도 한다. 전통적인 농경문화(시골 문화)가 바로 그런 것을 제공하는 시공간이다. 그러니 "강냉이가 익걸랑/ 함께 와서 자셔도 좋소"에는 그런 휴식과 관계성에 대한 심오한 의미가 담겨 있다. 그것은 삼라만상 즉 우주와 자연의 리듬이자 삶의 리듬이기도 하다. 그래서 제1연과 제2연은 노동과 휴식의 조화를 통해 우주(자연)와 삶(존재)의 조화를 느끼게 한다.

그 우주와 삶의 조화에는 천(天)- 지(地) - 인(人)의 조화라는 근원적 관계가 설정된다. 시에서는 이 관계가 땅(밭) - 하늘(구름, 새)- 사람(강냉이가 익걸랑 함께 와 자셔도 좋소)의 관계로 이어진다. 이 관계 속에서 인간의 노동과 휴식과 나눔의 행위가 돋보인다. 그리고 이 천(天)- 지(地) - 인(人)의 관계에는 사람이 중심에 서 있으며 사람을 위한 관계이다.

제 4연의 "왜 사냐건 웃지요"는 이 시의 압권이다. '하이쿠'를 연상하게 한다. 사람들은 대체로 소박하며 힘든 농촌 생활을 비판한다. 거기에는 '왜 살지?' '어떻게 사는 것이 행복한 삶이지?' 등의 물음이 깃들여 있다. 그 물음에 화자는 '그냥 웃는다.'는 것이다. 그 웃음은 여느 웃음이 아니라 모든 욕망과 근심을 덜어낸 소박한 웃음이다. 만족과 행복이 깃든 웃음이다. 염화시중의 미소 같은 해탈의 웃음이랄까? 이 한 구절은 앞의 모든 시적 언어를 소화해 내며 압도한다. 남으로 낸 창문, 밭갈이와 괭이와 호미의 노동행위, 구름의 꼬임과 공짜로 듣는 새 노래, 강냉이를 먹는 나눔의 행위는 대상과 행위와 방법만 다를 뿐이지 사람들의 삶의 일상이다. 어떤 이는 도시의 공장에서 일하면서 그렇게 살고, 어떤 이는 시장에서 장사를 하면서 그렇게 사는 우리의 일상이다. 여기에는 '왜 사느냐?' '어떻게 사느냐?'의 물음이 내재 되어 있다. 그런데 시적 화자는 '어떻게 사느냐?'보다는 '왜 사느냐?'에 집중하고 있다. '어떻게 사느냐?'는 삶의 방법이지만, '왜 사느냐?'는 삶의 이유 즉 존재의 이유이다. 그 존재의 이유를 굳이 말로 표현할 필요가 있을까? 그래서 한 마디로 "웃지요"로 함축하였다. 그런 점에서 디오게네스적이기도 하다.

시는 매우 인간 중심적이다. 우리가 자연을 벗 삼아 사는 것도 욕망을 버리고 자연에 단순하게 귀의하는 것이 아니라 인간이 중심이 되어 자연과 어울리는 것이다. 그 자연과 어울림은 당연히 인간과 어울림도 포함된다. 그래서 하늘과 땅은 인간 중심적인 소박한 삶을 제공하는 공간이다. 시적 화자는 그 공간을 무리 없이 받아들이며 삶의 이유를 찾고 있다. 그것이 바로 해탈적인 웃음 즉 "왜 사냐건 웃지요"이다. 그 관계는 다음과 같은 삶의 존재 양식이다.

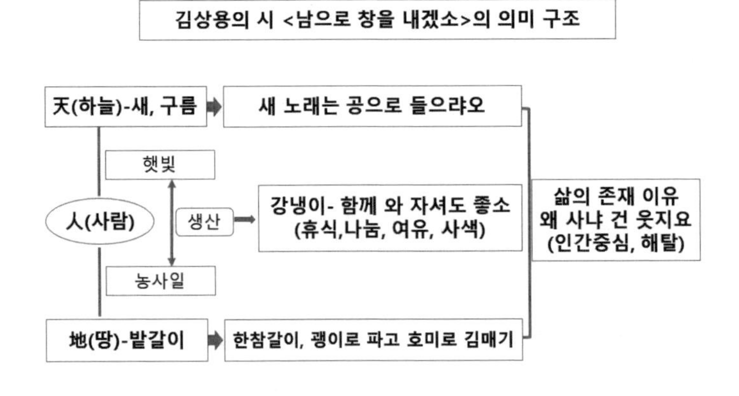

시는 이렇게 존재의 본질적 문제까지 접근한다. '자식을 잘 키우려면 서울로 보내라.'는 옛말에는 입신출세하려면 도시로 나가야 한다는 의미가 담겨 있다. 여기에는 부와 권력(명예)이라는 입신출세의 욕망이 내재되어 있다.

어쩌면 인류는 그 부와 권력(명예)을 위하여 치열하게 살아왔으며 문명을 발전시켜 왔는지 모른다. 그리고 그 문명의 발전은 인간을 더욱 인간적이게도 했지만, 수많은 삶의 모순을 양산해 내는 비인간화를 초래하기도 했다.

문제는 왜곡된 욕망의 지나친 추구 때문이다. 지금도 사람들은 출세를 위해 문명의 도시로 향한다. 그래서 농촌은 공동화되어 간다. 새들의 노래는 들리지만, 아이들의 울음과 웃음소리는 들리지 않는다. 그것은 시인이 살았던 1930년대도 그랬던 것 같다. 그때도 지금처럼 도시는 욕망과 출세의 상징, 농촌은 비움과 소박함의 상징이었던 것 같다.

어쨌든 시인은 치열한 경쟁과 욕망의 소용돌이인 도시를 떠나 불편하지만 소박한 농촌 생활을 통해 유유자적 안분지족(安分知足)하는 생활을 꿈꾸고 있다. 그것은 일종의 비움과 나눔, 해탈의 철학이기도 하다. 시가 대화체로 구성된 것도 그런 사람 관계를 기본적으로 깔고 있다고 여겨진다.

문명의 질곡에서 가끔은?

그런데 자연과 농촌은 우리에게 먹거리와 소박한 삶과 나눔의 방식만 제공하는 것이 아니라 그것을 훨씬 뛰어넘는 사색과 창조의 세계를 경험하게 한다. 영국이 낳은 세계적인 수학자이자 물리학자였던 아이작 뉴턴 Isaac Newton(1642~1727)은 1642년 12월 25일 크리스마스에 영국 동부 울스토르프에서 예수처럼 불우하게 태어났다. 그는 태나기도 전에 부친은 사망하였고 태어난 뉴턴은 미숙아로 체격이 매우 작았다. 어쩌면 예수보다 더 불우한 탄생이었다. 뉴턴이 3세 때 어머니가 재혼하는 바람에 외갓집에서 자랐다. 사생아나 다름없었다. 농촌의 가난한 외가는 그의 유일한 성장 환경이었고 우주와 자연은 외로움을 달래는 벗이었다. 그런 환경에서 뉴턴이 몰입할 수 있는 것은 우주와 자연에 대한 궁금증을 푸는 일이었다.

재혼한 어머니가 뉴턴 곁으로 돌아온 것은 열네 살이었다. 그러나 어머니는 뉴턴에게 공부가 아니라 농사일을 시켰다. 뉴턴은 농사보다는 매사에 관찰과 생각에 빠졌다. 그런 뉴턴의 재능을 발견하고 어머니를 설득하여 학교에 보내게 한 것은 삼촌 제임스였다. 그 덕택으로 케임브리지 대학교 트리니티 칼리지에 들어가 고학으로 학업에 매진했다.

그러나 시대는 늘 평온하지 않았다. 유럽을 휩쓴 흑사병은 수많은 생명을 앗아 갔다. 한때 잠잠해졌던 흑사병은 1665년 런던을 다시 덮쳤다. 사람들은 공포에 질려 교회에 모여 기도에 매진했으나 그것은 더 큰 화를 불렀다. 3만 명이 넘는 시민들이 목숨을 잃었다. 거대한 런던은 유령의 도시로 변하고 대학들도 휴강했다.

면학에 불타던 뉴턴도 할 수 없이 고향인 울스토르프의 외가로 피신했다. 그는 늘 풀리지 않는 숙제에 몰입하고 있었다. 그러던 어느 날 뉴턴은 답답하여 밖으로 나가 정원을 바라보며 생각에 몰입하고 있었다. 그때 그의 눈에 사과나무에서 사과가 뚝 떨어졌다. 뉴턴의 의문과 숙제는 풀리기 시작했다. 그것이 바로 뉴턴의 만유인력의 법칙을 발견하게 되는 계기가 되었다.

자연과 우주는 문명의 도시보다 더 깊고 심오한 사색과 상상과 창조의 공간이 된다. 그리고 자연과 우주는 늘 그렇게 우리에게 다가온다. 그러나 현대인들은 그 자연과 우주를 잃어버리고 있다. 아니 문명의 편리함에 빠져 스스로 떠나려 하는 것 같다.

우리는 그 어느 때보다도 심각한 코로나19라는 팬데믹을 겪었다. 근래에 와서는 각종 유행병이 자주 인류를 습격한다. 어떤 전문가들은 4년 주기로 유행병이 급습할 것이라 했다. 유행병이 이토록 자주 인류를 습격하고 급속하게 세계를 강타하는 것도 자연을 배반한 인간의 지나친 욕망 때문인지 모른다.

흑사병이 닥쳤을 때 사람들이 밀폐된 공간인 교회로 모여 기도로 해결하겠다고 한 것도 사실은 신의 이름을 빙자한 인간의 지나친 욕망의 소산이었는지 모른다. 코로나19 역시 인간이 자연을 지나치게 침범하고 자연에 등을 돌리며 동물의 삶의 영역을 침범하고 파괴하는 현대 문명의 산물이었는지 모른다. 밀집된 도시화와 도를 넘어서는 밀집 접촉의 산물인지 모른다. 지금의 심각한 기후 위기 또한 그 산물일 것이다. 그래서 우린 늘 서로의 삶의 영역을 존중할 줄 알아야 한다. 그것은 우주 질서를 존중하며 사람과 자연, 사람과 동물의 공존의 길을 찾는 길일 것이다.

첨단 문명의 시대에 도시를 버리고 농촌으로 가라는 것은 인간의 욕망에 대한 배반이며 모순이다. 그러나 도시는 집이 모자라 집값이 천정부지로 뛰고 갑갑할 정도로 몸을 부대껴야 하는데 농촌은 점점 공동화되어 가고 자연은 점점 파괴되고 방치되어 가는 현실은 재고되어야 한다. 그리고 사람들이 욕망을 스스로 제어할 줄 알 때 자본주의는 모순을 덜 양산하면서 성장을 할 수 있을 것이다.

나는 누가 뭐래도 자연과 농촌은 도시 문명보다 인간에게 우주와 자연, 순수와 인간적 매력을 더 성숙시키고 감성과 사색을 안겨 주는 공간이라 여긴다. 그리고 그것들은 정직하고 소박한 삶의 리듬을 우리에게 제공하리라 믿는다.

자연과 농촌을 잃어버린 미래 세대들의 마음은 더욱 척박해질지 모른다. 문명의 속도를 줄이자. 문명의 방향을 생각해 보자. 김상용의 시 《남으로 창을 내겠소》에서 "왜 사냐건 웃지요."라고 한 것은 삶에 대한 해학이다. 해학이 있는 삶은 외롭지도 우울하지도 각박하지도 않다. 삶은 여유와 해학이 있을 때 더 평화롭고 풍요해진다. 소로우(Henry David Thoreau, 1817~1862)[40]가 「숲속의 생활」에서 철학과 사색의 시간을 보낼 수 있음도 조르드 상드(George Sand, 1804~876)[41]가 「사랑의 요정」에서 아름다운 전원과 소박한 농민 생활을 그려낼 수 있었던 것도 농촌과 자연이 주는 여유와 해학 탓이었을 것이다. 심각한 기후 위기와 함께 온갖 질병이 지구를 강타하는 현실에서 인간적 삶을 향한 존재 이유를 물어본다. 문명의 질곡에서 농사를 지으며 가끔은 휴식과 나눔과 성찰과 해탈을 꿈꾸기도 한다.

---

40) 미국의 시인, 작가. 대표작으로는 자연과 함께 하는 삶의 아름다움을 담은 〈월든: 숲속의 생활〉이 있다. 1845년 월든 호숫가에 직접 집을 지으면서 일기를 쓴 것이 〈월든: 숲속의 생활〉의 기초가 되었다. 노동이나 여가와 같은 일상적인 생활에 대한 독창적인 견해를 내비친 것이 특징이다. 노년에는 노예폐지론을 주장했다.

41) 프랑스의 소설가, 「사랑의 요정」, 「악마의 늪」 등과 같은 전원소설을 많이 썼다.

도 누리지 못했던 문명의 이기와 자유를 누리고 산다. 그러면서도 더 멋진 문명과 더 많은 자유를 갈망한다. 그런 걸 보면 인간은 욕망의 신(神)인 것 같다.

위의 시를 읽다 보면 시대의 비명이 들린다. 그런데 어떻게 하여야 할까? 시가 어렵고 난해하다. 특히 편한 언어, 문자보다는 단편 영상에 익숙해진 현대인들에게 이런 시를 읽는다는 것 자체가 일종의 고통일 수 있다. 그래도 이런 시를 읽으면, 비명 속에서 새로운 희망을 찾아야 한다는 사명감이 솟구친다.

김경주[47]의 시를 읽다 보면, 이상(李箱, 1910 ~ 1937, 본명 김해경)의 〈날개〉나 〈오감도〉 등이 연상된다. 시가 난해하고 산문적이며, 랩을 읊는 것 같다. 사실 김경주는 시와 랩을 잇는 '포에트리 슬램 운동'을 하는 극작가이기도 하다. 그는 시와 랩을 통해 시대의 아픔을 말한다. 최근 발표된 시집 『일인詩위』(한 사람이 시로 할 수 있는 행위, 아트포스, 2018)에는 2010년 9월 7일 새벽 충남 논산의 한 철강업체에서 용광로에 빠져 죽은 청년의 문제, 미세먼지의 문제, 조류독감과 살처분의 문제, 취업난과 캥거루족의 문제 등과 같은 시대 문제를 다루고 있다. 그는 어둡고 칙칙한 세상을 통해 희망을 찾

47) 김경주(1976년 ~)는 광주광역시에서 태어나 서강대학교 철학과를 졸업하고 한국예술종합학교 음악창작협동과정에 대본 및 작사 전공으로 예술전문사를 취득했다. 2003년 《대한매일》 (현 《서울신문》) 신춘문예에 〈꽃 피는 공중전화〉 외 5편이 당선되어 등단했다. 2016년 《동아일보》 신춘문예에 〈태엽〉으로 당선되어 극작가로 등단했다. 2009년 제3회 「시작문학상」, 제17회 「오늘의 젊은 예술가상」, 제28회 「김수영문학상」을 수상했다. 시집으로 『나는 이 세상에 없는 계절이다』, 『기담』 『시차의 눈을 달랜다』 『고래와 수증기』 등이 있고, 산문집으로 『틈만나면 살고싶다』, 『패스포트』 『밀어』 등이 있다. 또 2014년부터 김봉현, MC 메타와 함께 시와 랩을 잇는 프로젝트 '포에틱 저스티스'를 결성하여 활동 중이다. "이 무시무시한 신인의 등장은 한국 문학의 축복이자 저주다. 시인으로서의 믿음과 비평가로서의 안목 둘 다를 걸고 말하건대, 문학평론가 권혁웅은 김경주의 시집 『나는 이 세상에 없는 계절이다』를 평한 글에서 "한국어로 씌어진 가장 중요한 시집 가운데 한 권이 될 것이다."고 하였으며 또"걱정스러울 정도로 뛰어난 시적 재능"을 가진 시인으로 평가 받기도 했다.

는다. 그의 시는 반지하에서 빛의 세계를 그리워하듯, 어둡지만 건강하다.

《와이어》에 감겨 아기들이 태어나지 못한다. 이 시는 『시와 시학』(2007, 가을호)에 실린 시인데 그의 시집 『기담』(문학과 지성사)에서 〈미음, 미음을 먹어요〉란 제목의 시 후미에서 재탄생된다.

사람들은 아기가 두려워 짝짓기도 불안해한다. 원래 짝짓기는 종족 보존을 위해 신이 내려준 특별한 선물이며 유희이다. 동물은 신의 명령대로 종족 보존을 위한 짝짓기만 하지만, 인간은 문명화되면서 짝짓기를 점점 종족 보존보다는 유희의 수단으로 이용해 왔다. 인간만의 특권이자 재앙이기도 하다. 그래서 짝짓기의 유희를 위해 인간은 끊임없이 피임 도구와 기술도 개발해 왔다. 미래와 가족공동체보다는 현재의 유희가 더욱 소중하다. 그러면서 아기가 생기지 않을까 불안해한다.

"나는 아기를 두 손에 안아 들고 날아오르고 싶다. 그는 흐느끼며 아기의 손을 놓고 떠오른다." 아기를 간절히 바라지만 포기한다. 장애물이다. 인간은 아기가 태어날 기미도 없을 때 살해하고 만다. '그녀의 물속에서 피어날 생명'의 흐름인 순리를 막는다. 그래서 아기는 울지도 웃지도 않고 아비와 어미를 비웃는다. 아비는 겁쟁이고 어미는 비정하다. 세상의 모든 잠금장치(LOCK)를 비웃는다. 생명은 잠금장치(LOCK)에 갇혀 질식해 버린다. 아기 탄생의 잠금장치(LOCK)는 널려 있다.

태초에 신이 준 가장 근원적이며 숭고한 것이 생명이듯이 아기는 위대한 희망이다. 아기는 "절보다 오래된 아기"의 자비심으로 어른에게 오랜 생명의 율법을 가르치고 있다. 그러나 어른들은 욕망과 유희라는 양수에 빠져 허우적대고 있다. 욕망과 유희의 노예가 되어 태어나지도 못하는 아기들보다 초라하며 비참하다. 그런 어른을 아기는 실컷 비웃는다.

어른들은 왜 몸과 머리를 따로 쓰면서 살아갈까? 몸은 놔두고 머리만 재

빠르게 굴리면서 계산하고 있다. 태어나지 못하도록 생매장한다. 소중한 생명을 버리는 행위가 불안하고 죄스러운 모양이다. 사실 자유와 욕망과 유희를 위해 아이 갖기를 포기하는 사람들도 아이를 갖지 않는 것에 대한 불안감은 작용할 것이다. 그래서 '소나기가 퍼붓는 날 아기를 달라고 내 방에서 우는 나방들로 덮어 준 내 눈은 상복을 입은 벌레들을 보면서' 두려움이 가득하다.

성경에 "생육하고 번성하여 땅에 충만하라(창세기 9:1-7)" 했다. 번성하고 충만하기 위한 전제조건은 생육(낳고 기르는)하는 것이다. 그러나 현대인들은 그 생육을 포기하고 번성하고 충만하기만을 바란다. 인류 역사를 통틀어 생육 없는 번성과 충만은 없었다. "나에게 종의 기원을 퍼부어준 이 생과 더 이상 짝짓기를 하고 싶지 않구나 나는 꿈의 신체인 몸에게 시간의 휠체어를 태우기로 한다. (…) 생이라는 이 우국을 멈출 수 없구나." 종의 기원은 신의 명령이자 천부적인 의무이다. 그런데 '종의 기원을 준 이 생과 더 이상 짝짓기를 하고 싶지 않으니' 불안할 수밖에 없다. 생은 우국이다. 무엇이 그토록 종족 보존의 본능을 짓밟았을까?

인간은 자신이 가진 모든 지식과 지혜를 총동원하여 욕망 충족과 자유를 얻기 위해 노력해 왔다. 그 과정에서 많은 피도 흘렸다. 그래서 이젠 평화를 얻고 마음껏 즐긴다. 그런데 이상하다. 평화와 자유와 풍요의 유희 속에서 더는 종을 남기려 하지 않는다. 그 종이 현재의 평화와 자유와 풍요를 짓밟을까 두려워한다. 짝짓기는 더욱 원하지만, 생명을 얻는 짝짓기는 원치 않는다. 그래서 화가 났다. '우연히 발견한 골목의 아기 신발 한 짝의 섬뜩함, 누군가의 전생, 애오개역 빌딩 옥상에 서 있는 나를 안고 바닥으로 떨어져 내팽개치고 비웃으며 날아오르는 아기'이다. 마치 신화 같다. 문명의 달콤한 욕망과 유희만을 즐기는 인간에 대한 경고일 수 있다.

모성을 살해하는 《와이어》를 어떻게 걷어치울까?

서두에서 살펴보았듯이 현재 우리나라는 심각한 출산 위기에 처해 있다. 2019년부터 출산율 0.98로 덜어진 것이 2022년에는 출생아가 20만 명에도 못 미칠 것이란 전망이다. 이러다간 우리나라가 세계 유일의 출산율 0인 나라가 될지도 모른다. 유엔인구기금(UNFPA)에 의하면, 조사 대상 200여 개국 중에서 지난해 출산율 1.0명 이하인 나라는 하나도 없었다. 그런데 우리나라가 출산율 1.0 이하로 떨어져 버렸다. 급속한 인구감소시대로 접어들었다. 과거 출산율 1.0 이하인 나라는 대만, 싱가포르, 홍콩 등이었는데 지금은 1.2~1.3명으로 높아졌다.

그뿐 아니다. 우리나라 조이혼율[48]은 2.1로 상당히 높다. 이혼이 많다는 것은 출산과 양육의 문제를 동시에 지니고 있다. 거기다가 혼인을 포기하는 젊은이들이 늘고 있다. 2018년 우리나라 혼인은 25만 7622건으로 46년 만에 최저를 기록했다.

혼인을 포기하는 것은 독신의 가치관을 가진 것도 있지만, 삶의 조건이 혼인하기에 적합하지 않기 때문이며, 혼인을 생각할 겨를이 없는 것이다. 날이 갈수록 나빠지는 청년 실업, 눈을 뜨면 치솟는 살인적인 집값, 지방 공동화 현상, 자녀 양육에 대한 엄청난 부담과 사교육비를 포함한 과도한 교육비, 결혼과 출산한 여자에 대한 직장의 배려문화 결핍 등 총체적인 문제가 혼인을 가로막고 있다. 젊은이들은 혼인을 꿈꾸는 것 자체가 사치라 여길 수도 있으며 아예 그런 생각을 할 겨를이 없는 것 같다.

김경주의 시 《와이어》에서 〈와이어〉가 무엇인지는 언급하지 않았지만,

---

48) 이혼에 관한 기본적인 지표, 1년간 발생한 총 이혼 건수를 당해 연도의 총인구로 나눈 수치 즉 인구 1,000명당 이혼 건수

출산을 가로막는 모든 요인일 것이라고 생각한다. 그 첫째, '와이어'는 생존을 위한 방어기제이다. 인구론자 맬서스(1766~1864)는 인간에겐 종족 보존의 본능과 생존 본능이 충돌할 때 종족 보존의 본능을 우선한다고 하였다. 모든 종은 활동공간의 밀도가 높고 생존이 어려울 때 재생산보다 생존 에너지를 총동원한다는 것이다. 성경에도 기근이 심할 때 아이까지 삶아 먹는 끔찍한 사례가 나온다. 출산율 세계 최저는 우리나라가 그만큼 생존 환경이 나쁘다는 증거이기도 하다.

둘째, '와이어'는 체제 불안이다. 점차 늘어나는 알코올 중독문제, 마약의 증가, 주택문제, 소비문제, 각종 범죄 등에서 보여주는 것처럼 사회안전망이 불안하다. 러시아의 경우 체제 불안은 1990년대 1억 500만 명의 인구가 200년에 와서 3300만 명이 줄게 했다. 지금 한국은 정치, 경제, 사회, 교육, 남북대치 등 총체적으로 불안하다.

셋째, '와이어'는 남과 비교하는 비교 우위적인 사회의식이다. 우리나라에선 자녀를 3명만 낳아도 미개인 취급을 받았던 시기가 있었다. 자녀 출산에도 남을 의식한 것이다. 남을 의식하고 남과 비교하는 것은 지나친 경쟁의식 때문이다. 사실 한국인은 태어나면서부터 경쟁 속에서 살고 있다. 그러니 남을 의식하고 남과 비교하는 것은 일상이 되었다.

미국의 사회학자 리이즈만은『고독한 군중』[49]에서 전통지향적 인간형, 타인 지향적 인간형, 미래지향적인 자주적 인간형이 있다고 했다. 한국인들이 지나치게 남을 의식하는 것을 보면, 아직 타인 지향적인 근대성에 머물러 있는 것 같다. 지나친 경쟁이 미래지향적인 자주적 인간형으로 나아가지 못하게 한 것이라 여겨진다. 리이즈만의 관점에서 보면, 미국을 비롯한 선진

---

49) 데이비스 리이즈만 지음, 류근철 옮김『고독한 군중』동서문화사, 2011.

국은 거의 자주적 인간형의 사회이다. 경쟁이 지나치게 치열한 곳에서는 공동체 의식은 사라지고 생존 투쟁만 강하게 남게 된다.

넷째, '와이어'는 여성들의 '부모 세대에 대한 반란'으로 보인다. 사실 우리 엄마들은 오로지 가족과 자녀를 위해 평생 허덕이며 희생하셨다. 마음 놓고 다리를 펴지 못했으며, 놀이도 못 갔다. 자신을 잃어버린 분들이다. 그런 모습을 보면서 자란 세대들은 자신은 결코 엄마처럼 살지 않겠다고 다짐하며, 출산을 포기한다. 나무랄 수 없지만, 안타까운 것은 자신을 택하는 중심에 공동체적 사고가 깃들여야 하는데 그렇지 못한 것이다.

다섯째, '와이어'는 배려문화의 부족이다. 우리나라의 직장은 출산한 여자, 임신한 여자를 반기지 않는다. 겉으로는 그럴듯하지만, 실제적으로는 그렇지 못하다. 결혼과 출산은 경력 단절, 승진 포기를 감수해야 한다. 그래서 출산은 자기 성장의 무덤이라고 여기는 여성들도 많다. 실제로 출산이 여성의 자기 성장의 무덤인 경우가 많다. 또한, 아파트 층간 소음의 문제 등은 아기에겐 위험하다.

여섯째, '와이어'는 여성 스스로 가진 모성 포기와 자기 생존 우선 의식이다. 이제 여성에게 생명과 바꾸는 위대한 모성은 기대하기 힘든 세상이 된 것 같다. 그러나 출산은 고통만 아니라 축복이며 희망이다. 출산을 고통으로만 받아들이는 풍조도 문제이다. 모든 기쁨의 꽃은 고통이 없는 곳에 피지 않는다. 자유와 능력 발휘라는 사회적인 성취와 유희의 욕구도 출산을 기피하게 한다. 출산은 그것을 희생시키기 때문이다. 그러나 세상에 손해 없는 장사가 없듯이 포기 없이 모두를 얻을 수 있는 것은 없다. '자유에도 피의 냄새가 난다'는 김수영의 싯귀처럼 모든 자유와 유희에도 고통이 수반된다. 출산의 고통은 또 다른 선택이며 희망이지만, 문명 의식은 그것을 포기하게 하고 있다.

문명은 자유와 평등, 평화를 만끽하게 했지만 동시에 위험과 문제들로 우리를 위협하기도 한다. 출산도 마찬가지이다. 지금의 출산율 최저, 모성의 살해에는 남성, 여성, 정부, 사회 모두가 공범이다. 그 공범들이 책임감을 느끼고 총체적으로 문제해결과 의식의 변화를 이룰 때 출산율도 높아지고 미래도 희망이 깃든다.

다시 말하지만, 아기 울음소리는 미래이고 희망이다. 아기가 마음 놓고 울고 웃으며 뛰놀 수 없는 곳은 암울한 지옥이다. 우리나라에선 미국 포클랜드 메인 메디컷 센터에 분만실 간호사들 9명[50]이 모두 임신하여 서로 축복하고 격려하며 출산하는 아름다운 배려의 문화는 언제 되어야 만들어질까? 모성을 살해하는 《와이어》가 사라질 날은 언제 올까? 모성을 살해하는 《와이어》를 언제 가야 치울 수 있을까

---

50) 미국 메인주 포클랜드의 메인 메디컬 선터(종합병원) 산부인과에서 간호사 9명이 동시에 임신하여 출산을 앞두고 있었는데, 9명 모두 분만실에서 근무하고 있다는 사실이 밝혀져 화제가 되었다. 특히 이들은 자랑스럽게 임신할 수 있는 것은 서로 간의 격려와 배려문화 때문이라고 했다. 이 소식 외에도 미국 병원 간호사들의 '베이비 붐' 현상은 종종 발생하고 있다고 한다. 이 이야기는 2019년 3월 28일 KBS를 비롯한 각종 매체에서 집중 보도한 적이 있다.

05. 기형의 탄생, 사랑 없는 성(性)을 규탄하는 절규

인간의 불행의 하나는 그들이 이미 성적 매력을 잃고 나서
훨씬 이후까지 성욕만은 남아 있다는 사실이다.
〈W.S.몸/작가수첩〉

인간은 정말 만물의 영장일까?

몇 해 전 봄이 한창 무르익어 갈 무렵이었다. 하루는 농장에 갔을 때 새끼 고양이 한 마리가 마루에 올라와 울고 있었다. 신기하기도 하고 어디서 왔는지 궁금하기도 했다. 마루 밑을 살펴보니 새끼 고양이들이 있었다. 어미 고양이는 경계하는 눈초리를 하면서 멀리 도망가다가 자꾸 뒤를 돌아보았다. 새끼들도 사람을 경계하면서 숨을 죽이고 눈만 말똥거렸다. 살펴보니 새끼가 다섯 마리나 되었다. 주변엔 다른 구조물과 주택도 있는데, 굳이 내 농장 마루 밑에서 새끼를 낳았다는 것이 의아했지만, 다행이라 여겼다. 어미 고양이는 내 농장이 새끼를 낳고 기르기에 안전하다고 여긴 것 같았다.

지금까지 고양이를 한 번도 길러본 경험이 없는 내가 어린 고양이 먹이를 사다가 매일 주자 내가 농장에 가면 고양이 새끼들은 마루 밑에서 나와 놀면서 먹이를 먹기도 했다. 다섯 중엔 유독 약하고 어린 고양이가 한 마리 있

었다. 그 고양이는 불쌍하여 여러모로 더 보살폈다. 그 어린 고양이는 어미와 다른 고양이들이 떠난 농장에 남아 우리 부부를 기다렸다.

저녁 무렵이면 어미 고양이가 마루 밑으로 들어왔다. 새끼를 품고 자며 젖을 먹이러 오는 모양이었다. 어미 고양이는 아무리 가까이하려 해도 경계하며 도망치듯 마루 밑으로 향했다. 그러면 모든 새끼 고양이는 마루 밑에서 나오지 않는다. 그때까지 멀리서 한참을 지켜보는 흰 고양이 한 마리가 있었다. 우람한 몸짓을 한 그 흰색 고양이는 아빠 고양이임이 분명했다. 아빠 고양이는 사방을 경계하다가 어미 고양이와 새끼 고양이가 마루 밑에 들어가고 날이 저물어 질 무렵이면 어디론가 사라진다. 그것을 보며 고양이에게도 부정(父情)과 모성(母情)이란 강한 사랑이 있다고 생각했다.

사람들은 동물은 발정이 나면 종족 보존을 위해 교미를 하고 새끼를 낳으면 그만이라 여긴다. 그래서 동물의 성교를 종족 보존의 본능에만 의존한 사랑과 소통이 없는 성교라 하여 교미라 한다. 그러나 내가 본 마루 밑에 새끼를 낳은 그 암수 고양이의 교미는 사랑의 교합이었다. 어미 고양이뿐 아니라 자기 후손의 안전을 위해 매일 먼발치에서 망을 보는 아빠 고양이의 그 성교가 사랑이 아니고 무엇일까?

인간은 만물의 영장이라 한다. 그러나 두 딸을 8년간이나 성폭행한 친부, 아이를 여행용 가방에 가두어 숨지게 한 계모, 성폭력과 살인 등 엽기적인 사건을 저지르는 사람들, 상식으로 상상할 수 없는 이상한 성행위로 세상을 어지럽히는 사람들에게서는 영장의 의미를 찾을 수 없다. 그들은 성적 자유가 확대된 문명사회에서 인간만이 누리는 성적 특권을 오로지 욕망 충족의 도구로만 활용함으로써 수많은 기형을 탄생시키고 그 기형들을 억압하고 학대하며 살인하고 있다는 생각이 든다.

이런 인간들을 과연 만물의 영장이라 할 수 있을까? 인간을 만물의 영장이라고 하려면 고귀한 인간성의 의미를 파멸시켜서는 안 된다. 그러나 그들은 인간성을 파멸하였다. 이유는 무엇인가? 자기의 욕망과 유희, 분노의 노예가 되었기 때문이다. 그런 과정에서 만물의 영장에게 주어진 고귀한 의무를 저버렸기 때문이다. 이런 아픈 현실에서 고양이 부부의 새끼 고양이 사랑을 보면서 떠 오른 시가 있었다. 천수호의 《나는 기형이에요》였다.

기형의 탄생과 그 비극

아이의 주먹에 붉은 꽃이 피었다
너무 가까운 것에서 사랑이 찾아오면
꽃이 몸에 와 핀다
꽃이 몸을 가질 때는
내밀한 근친의 비밀이 씨방에 묻히는 법?
겹겹이 싸인 봉우리 오므리며
어느 미궁의 밤을 추억한다

어둠이 깊을수록 꽃은 더 솔직하다
암술이니 수술이니
갖춘꽃이 난장을 트는 봉우리 속
혀를 빼문 어미가 죽고
징글징글해진 아비가 죽고
홀로 남은 아이는 어쩔 수 없어
두 주먹 불끈 쥐고 필사적으로 꽃잎을 벌린다

꽃과 잎과 줄기들, 안간힘으로 뒤틀린다

-천수호《나는 기형이에요》 전문-

천수호[51]는 소통의 시인이다. 아니 소통을 갈구하는 시인이다. 이 이 시는 천수호의 시집『아주 붉은 현기증』(민음사, 2009)에 실려 있다. 천수호 시인은 문명사회란 현실에서 버려지고 소외된 존재들을 예리한 눈으로 파고들어 그 실체와 아픔을 해부해 나간다. 그리고 그 존재들이 말하게 함으로써 파렴치한 인간에게 일격을 가한다. 그렇게 해서라도 천부적인 도덕률까지 자유와 유희라는 이름으로 짓밟아 버리는 사람들에게 '그래선 안 된다.'고 경고하는 것 같다.

분노하는 "아이의 주먹에 붉은 꽃이 피었다" 분노가 얼마나 컸으면 붉은 꽃이 피었을까? 세상에는 비정상적인 사랑으로 태어난 아이가 너무도 많다. "너무 가까운 곳에서 사랑이 찾아오면" 비정상적인 사랑이 된다. 왜일까? 너무 가까운 곳은 어디일까? 그것은 근친이다. 근친 간의 사랑은 정상적인 사랑이 아닌 상간(相姦 incest)이다. 그 대부분의 상간(相姦 incest)은 상간(傷姦-sexual violence) 즉 성폭력이다.

그래서 "꽃이 몸에 와 핀다." 꽃은 원래 몸이 피워야 하고 몸이 꽃을 가져야 하지만 꽃이 몸을 가진 것은 비정상이요 기형이다. 거기엔 "내밀한 근친의 비밀이 씨방에 묻히는 법?"이다. 그렇기에 기형의 아이는 분노의 주먹에

51) 1964년 경북 경산에서 태어났다. 명지대학교 대학원 현대문학 박사과정을 수료하였다. 2003년 '조선일보' 신춘문예로 등단하였으며, 2007년 문예진흥원 창작기금 및 신진예술가 지원금을 받았다. 시집으로『우울은 허밍』『아주 붉은 현기증』등이 있다.

붉은 꽃이 피게 할 수밖에 없다.

근친의 비밀은 "겹겹이 싸인 봉우리 오므리며 어느 미궁의 밤을 추억"할 뿐이다. 근친의 비밀은 겹겹이 쌓이고 쌓일 수밖에 없으며 미궁에 빠진 상간(傷姦-sexual violence)의 밤을 추억할 뿐이다. 그러기에 겉으로 드러내기가 차마 힘든 고통의 강물 깊은 곳에 잠길 수밖에 없다.

전해지는 유전적 상식에 의하면 근친상간이나 잘못된 관계에서 출생하는 아이는 기형일 확률이 높다. 그것은 탄생 자체만 기형이 아니라, 삶 자체도 기형일 수밖에 없는 운명을 지니고 있다. 탄생 자체가 정당하지 못한 아이에겐 삶 자체도 기형적으로 주어지기 쉽다. 그런 아이의 삶은 버려지고 뒤틀리며 이상한 이름으로 규정지어지기도 한다. 그래서 몸은 정상이지만 마음과 삶은 기형일 수밖에 없다. 정상적인 사랑에서 태어난 기형아보다 더 처참한 마음과 삶의 기형아가 되어 간다.

야만적인 욕망은 사랑이란 이름으로 살아나 "어둠이 깊을수록 꽃은 더 솔직하다" "암술이니 수술이니 갖춘꽃이 난장을 트는 봉우리 속"은 그야말로 난장판이다. 어둠은 은밀함이며, 누구에게도 말하지 못할 깊은 수렁이다. 그러니 누구에게는 욕망 충족의 난장판이 되고 누구에게는 공포의 도가니가 된다. 한 가족이나 한 혈육이 사랑의 둥지를 트는 일이 꽃에는 허용되지만, 인간에겐 있을 수 없다. 그러나 간혹 그런 일이 발생한다. 그것은 운명을 꼬이게 하고 수정된 씨앗의 생명과 삶을 기형으로 만든다.

그래서 어찌 될까? 파멸이 다가온다. 어미는 기가 막혀 "혀를 빼물고" 죽는다. "아비는 징글징글하다. 그 아비도 죽는다." 이제 "홀로 남은 아이는 어쩔 수 없어 두 주먹 불끈 쥐고 필사적으로 꽃잎을 벌린다" 그리고 세상으로 홀로 나선다. 그때 "꽃과 잎과 줄기들, 안간힘으로 뒤틀린다." 근친상간의 후유증은 둘만으로 끝나지 않는다. 모든 가족과 친족 관계의 파멸이다. 모두가 뒤죽박죽된다. 정상적인 것은 파괴된다. 비극은 탄생한다.

이 시는 근친상간(近親相姦-incest)이란 기형적인 성을 추구하는 인간을 고발하지만, 저변에는 사랑이 결여된 욕망만을 추구하려는 모든 성적 욕망을 규탄하고 있는 것 같다.

식물이 수정하여 꽃을 피우는 것은 종을 이어 영원한 생명의 윤회를 향하는 섭리의 실현이다. 그러나 인간에게 사랑의 꽃 피움은 단지 생명의 윤회를 위한 씨앗 얻기 이상이다. 그리고 꽃을 피우기 위해선 정상적인 환경과 관계가 주어져야 하며, 그 가운데 정당한 씨앗을 맺어야 한다. 그리고 그 씨앗이 올곧게 영글 때까지 그 책무를 다해야 한다. 그러나 인간에게 무엇이 작용했기에 그 규칙과 섭리를 파기하게 했는가?

근친상간이나 그로 태어난 아이는 이미 천형(天刑)이다. 비정상적인 성적 욕망의 충족 또한 기형이다. 비정상적인 관계로 태어난 아이는 버려지는 일이 많다. 부모가 이혼하고 재혼하며 버려지는 아이가 점점 늘어나는 세상이다. 그것뿐인가? 미혼모가 늘어나고 감당하지 못해 베이비 박스에 두고 간다. 베이비 박스가 넘친다. 그래도 베이비 박스는 다행이다. 아예 버리는 경우도 늘어난다. 이것 또한 기형의 탄생이며 기형적 삶의 출발이다. 성의 자유가 확대되면서 이런 기형은 늘어난다.

신은 인간에게 동물에게 주어지지 않은 사랑과 성의 자유를 주었다. 인간은 자유란 이름으로, 사랑이란 이름으로, 그 성을 마음대로 사용하는 특권을 지녔다. 그런데 어쩌면 그것이 사랑의 자유보다는 욕망의 자유 충족인지 모를 때가 많다. 욕망의 자유라도 좋다. 욕망 충족의 자유 이후엔 책임과 분별이 있어야 한다.

세상을 경악하게 했다. 두 딸을 하나는 8세 때부터 하나는 16세 때부터 8년간이나 상습 성폭행을 한 인면수심의 친부에게 징역 30년의 중형이 확정되었다. 그는 딸을 성폭행할 때 비타민 주사라 속이며 마약까지 투약했다고 한다.[52] 아버지는 단죄되었지만, 두 딸의 인생은 완전히 파괴되고 뒤틀어진 기형의 삶일 수밖에 없다. 그 아버지에겐 사랑이 아닌 기형적인 욕망만 존재했다.

근친상간(近親相姦-incest)은 기형적인 욕망에 기초한 성(性-sex)이다. 거기엔 사촌 간에 혹은 친척 간에 쌍방의 합의되거나 일방이 수용한 불륜도 있을 수 있지만, 거의 전부는 욕망 충족을 위한 일방 폭행이다. 그래서 근친상간(近親相姦-incest)은 거의 다 근친상간(近親傷姦-sexual violence)이다. 그것이 부녀지간일 때는 천형(天刑)이다. 거기엔 욕망 외엔 아무것도 존재하지 않는다. 사랑은 욕망 앞에 이미 죽어버린 시체가 된다.

9세 의붓아들을 여행용 가방에 넣어 숨지게 한 계모에게 살인죄가 적용되었다.[53] 계모는 아이를 여행용 가방에 가두고도 모자라 위에서 뛰기도 했다. 이에 남편이 방조나 동조를 했는지도 수사했다. 혀를 찰 일이다. 왜 그랬을까? 그 계모와 남편은 사랑이란 이름으로 재혼했으리라. 그러나 그들의 사랑에는 사랑이 아닌 기형적인 욕망만 존재했을 뿐이다. 그래서 욕망 충족에 장애가 되는 것을 없애고 싶었을지도 모른다. 전처의 자식은 욕망의 장애물이었는지 모른다.

미혼모가 늘어나고 있다. 이제 미혼모는 국가가 책임지고 해결해야 하는 시대가 되었다. 이유는 미혼모가 양육하는 아이 때문이다, 그래도 미혼모의 자녀는 기형적이긴 하나 어머니가 존재한다. 그러나 많은 미혼모가 여러 사연 때문에 아이를 다른 곳에 맡기거나 베이비 박스에 두고 간다. 베이비 박스를 거쳐 간 아이들은 대부분 입양되거나 양육원에 맡겨진다.

---

52) 이 이야기는 2020년 4월 각종 언론에 보도되면서 세상을 경악하게 했다.
53) 동아일보 2021.5.12.

베이비 박스를 운영하는 주사랑교회 이종락 목사에 의하면, 미혼모는 계속 늘어난다. 베이비 박스에 아이를 두고 가는 엄마들은 부모에게조차 임신 사실을 알리지 못하고 혼자 아이를 낳는 10대 소녀가 많다. 이종락 씨는 그 어린 엄마에게 "너는 지금 아이를 버리러 온 것이 아니라 살리러 온 것이다. 넌 엄마로서 최선을 다했어."라고 말한다고 한다. 그리고 아이만큼이나 엄마를 살리는 일도 중요하다고 말한다.[54] 그래야 미혼모와 그 아이들이 기형의 삶을 벗어날 수 있기 때문이다.

근친상간에는 사랑이 존재하지 않는다. 아동을 학대하는 계모든, 계부든, 친부모든, 미혼모든, 그 저변에는 왜곡된 사랑의 욕망이 존재한다. 진정한 사랑은 결과까지 책임을 질 수 있어야 한다.

기형 없는 세상을 위하여

진정한 사랑엔 참된 소통이 깃들어 있다. 소통이 부재한 사랑은 사랑이란 이름을 붙이지만, 일시적인 사랑이거나 욕망 충족에 불과하다. 또 진정한 사랑엔 절제가 깃들여야 한다, 절제가 깃들지 않은 사랑은 무분별하고 책임지지 않으며 한계를 넘어서고 만다. 절제가 있어야 상대를 배려하고 사랑의 산물인 자녀를 보살피며 참게 된다. 절제가 없기에 사랑의 산물에 책임을 지지 않고 떠나간다, 그러면 그 사랑은 사랑이 아니라 욕망으로 퇴색한다. 사랑이 끝까지 진정한 사랑으로 남기 위해선 사랑에도 깊은 성찰이 필요하다. 성찰을 통해 사랑이 욕망의 늪에 빠지지 않도록 해야 한다.

---

54) 조선일보 2020. 3. 6.

이혼과 재혼을 누가 탓하랴. 이혼은 사랑의 필수요건인 소통과 절제의 부재로부터 발생한다. 소통과 절제가 사라지고 각자의 욕망이 증가할 때 사랑은 파국을 면치 못한다. 이혼한 남녀가 재혼한다면 그 안에 둘의 소통이 존재했다. 소통이 있었기에 뜻이 융합되었고 몸과 마음을 합쳤다. 그렇다면 둘은 사랑하며 쌍방이 가진 것들도 존중해야 한다. 계부와 계모로서 상대방의 자녀를 품어야 한다. 그렇지 못한 재혼은 소통이 없는 욕망의 결합일 뿐이다.

욕망 과잉의 시대가 왔다. 특히 신이 부여한 성적 자유가 최대화되는 시대가 되고 있다, 어쩌면 성경 속의 '소돔과 고모라' 같은 성적 욕망의 끈적임이 아이들의 핏속까지 파고드는 시대가 오는지도 모른다. 욕망에만 함몰된 성을 많은 사람이 사랑이란 이름으로 둔갑시키고 있다. 나는 성적 욕망 충족을 반대하지 않는다. 다만 무분별함과 무책임함을 떠나야 하며, 그 성적의 욕망이 소통과 절제가 깃든 사랑의 산물이기를 바랄 뿐이다.

성적 욕망의 충족이 사랑의 자유라는 착각이 확산될 때 세상엔《나는 기형에요》를 외치는 아이들이 넘쳐날 수 있다. 이제 국가와 사회가 나서야 한다. 사랑은 성적 욕망의 충족에도 소통과 절제가 깃들 것을 요구한다. 국가와 사회는 그런 문화를 가꾸어야 한다. 그러나 세상은 그렇지 못하고 정치는 득표에만 매몰되어 허우적댄다. 욕망 충족만 부르는 성적 자유와 퇴폐적인 자본주의는 성폭력과 이상한 성문화를 키워 간다. 이태원 게이(Gay) 축제 발 코로나19 확산 이후 소문에 의하면, 동성애란 이름으로 은밀하게 자행된 이상한 성행위는 동성애가 아닌 퇴폐행위이다. 그래도 일부 정치 세력은 그것을 인정해야 한다고 한다. 왜일까? 문명과 자본에 대한 성찰이 없는 득표에만 몰입하는 정치가 한몫을 한다.

성적 욕망의 추구, 진보하는 문명, 성장하는 자본에도 성찰이 필요하다.

그 성찰은 소통과 절제로 일탈을 방지한다. 그것은 신의 섭리이며 우린 그 섭리를 지키고 가꾸어야 한다. 신은 인간에게 성의 자유와 욕망의 자유를 주었지만, 그것이 퇴폐적이거나 폭력으로 흐르는 것까지 용납하지 않았다. 그래서 성찰이 필요하다. 성찰 없는 성적 욕망 충족의 자유가 난무하는 세상에선 고양이 부부만도 못한 인간들이 사랑이란 이름으로 퇴폐와 폭력을 양산할 가능성이 크기 때문이다. 《나는 기형이에요》라며 사랑 없는 성(性)을 규탄하는 절규를 함께 들었으면 한다.

위대한 모성의 회복을 위하여

01. 모두에게 출산이 《선물 받은 날》로 될 수 있다면?

우리는 밤하늘의 달과 별을 쳐다본다.
"엄마 하나님이 더 커. 예수님이 더 커?"
"하나님은 예수님의 아버지시지."
"으응, 그럼 하나님이 더 크겠구나."
나는 그만 울고 싶도록 행복해진다.
아아, 내게는 이 애가 있었구나."
유안진 〈『지란지교를 꿈꾸며』, 선물을 안고〉에서

수축사회로 가는 대한민국

한국은 출산율이 급격하게 하락하면서 '수축사회'로 가파르게 향하고 있다.[55] 혼인과 출산율 저하는 위기 사회로 진입하였음을 말해준다. 오래전부터 학자들은 출산율이 1.00% 이하로 떨어지면 위기가 도래할 수 있음을 경고해 왔다. 그런데 그 위기가 우리나라에 급속하게 다가왔다. 저출산 고령화 현상의 장기화로 급속한 수축사회로 접어들면 산업 기술 인력의 충원에도 심각한 문제를 유발한다. 이렇게 가다간 한국이 인구 부족을 넘어 심각

55) 2020년 우리나라 인구가 3만 5,000명 감소했다. 2021년 2월 24일 통계청이 발표한 자료에 의하면, 2020년 출생아 수는 사망자보다 3만 3,000명 적었다. 합계출산율도 0.84명으로 1970년 통계 작성 이래 가장 낮은 수치였다. 거기다가 코로나 감염증 등의 여파로 혼인까지 줄어 인구 감소 속도가 더 빨라질 것으로 전망했다. 코로나19를 극복한 지금 혼인율이 조금 증가하고 있으나 낙관할 일은 아니다.

한 인재난을 겪을 것으로 예상하기도 한다.[56]

이렇게 출산율은 계속해서 떨어지는데 미혼모의 출산과 출산한 아이를 키우지 못하고 버리거나 학대하는 준비되지 않은 엄마들이 늘어난다는 것도 큰 사회문제이자. 인간존중의 문제이기도 하다. 거기다가 여성의 자녀 출산에 대한 자기 결정권을 존중해야 한다는 목소리와 함께 2019년 4월 헌법재판소의 낙태죄 헌법 불합치 결정에 따라 정부가 낙태 관련 규제를 대폭 완화해 가고 있다. 일부 여성계는 낙태죄 전면 폐지를 주장하나 종교계, 산부인과, 소아청소년과 등 의사 단체 등은 낙태 허용 기준 강화를 요구하고 있다. 어쨌든 이러한 일련의 변화들이 출산율 저하와 생명 경시 풍조의 만연 등으로 이어질까 두렵다.

이런 가운데 한국에서 방송인으로 활동하던 일본인 사유리가 남편 없이 출산하고 자발적 비혼모 선언을 하여 충격을 주었다. 그녀는 말 그대로 혼인은 하지 않고 남성의 정자를 기증받아 임신하여 아이를 낳은 것이다. 우리나라에서 이 문제는 출산율이 극도로 저하되는 시점에서 법률적으로나 관습적으로 검토되어야 할 숙제인 것 같다.

한국도 미혼모에 대한 인식이 바뀌고 있다. 만 13세 이상의 남녀를 대상으로 한 통계청의 2020 사회조사에 의하면, 결혼하지 않더라도 자녀를 가질 수 있다는 응답이 30.7%였다. 이 비율은 2016년에는 24.2%, 2018년에는 30.3%, 2020년 30.7%로 매년 증가하고 있다. 미혼모에 대한 정책적 변화가 필요할 때가 되었다는 징후다.

지금 한국이 가파르게 수축사회로 향하고 있는 것에는 정치 사회적인 여건과 의식의 문제가 있지만, 더 큰 것은 출산에 대한 인식의 문제이다. 출산

56) 통계에 따르면, 18~21세의 대학생은 2022년 210만 명에서 2040년 119만 명으로 절반가량 줄어들 것으로 예상했다. 이는 심각한 인재부족을 예고한 것이다(동아일보 2024. 9. 25)

과 육아를 현실적인 삶의 걸림돌로 여기거나 내 생존 시절에 내 삶만 즐기면 된다는 인식의 만연 때문이 아닐까? 거기다가 인간으로서 가져야 할 근원적인 책무에 대한 윤리적 인식을 파기한 세대들이 갖는 윤리적 유목화 현상도 한몫한 것이 아닐까?

이런 일련의 사회현상을 보면서 '이 땅의 모든 이들에게 출산이 축복이 되게 할 수는 없을까?'하는 아쉬움을 갖는다. 유안진은 그녀의 시 《선물 받은 날》에서 아기를 위대한 선물이라고 하였는데 말이다.

출산이라는 기막힌 선물

춘삼월 초아흐레
별 밝은 대낮에
홀연히 내게
한 천사를 보내셨다

청 드린 적 없음에도
하늘은
곱고 앙징스런
아기천사 하나를

탐낸 적 없음에도
그저 선물로 주시며
이제

너는 어머니라

세상에서 제일로
복된 이름도
함께 얹어주셨다.

-유안진[57] 《선물 받은 날》 전문-

내가 이 시를 처음 접한 것은 인터넷으로 시를 검색하다가였다. 이 시를 보는 순간 출산율 저하로 망국 걱정으로 치닫는 한국의 상황에 매우 의미 있는 시라 여겨졌다. 그래서 곳곳에서 이 시를 검색하고 살폈다. 시는 여전히 나에게 참신하게 다가왔다.

---

57) 유안진(柳岸津, 1941년 10월 1일 ~)은 경상북도 안동시 임동면 박곡리 박실마을에서 태어났다. 1965년 『현대문학』에 「달」을 출품해 박목월 시인의 첫 번째 추천을 받았다. 1966년 『현대문학』에 「별」을 출품해 박목월 시인의 두 번째 추천을 받았으며, 1967년 「위로」를 출품해 박목월 시인의 세 번째 추천을 받으며 등단했다. 1972년부터 1979년까지 한국교육개발원에서 책임연구원으로 근무했고, 1973년 미국 풀브라이트 장학생에 선발되어 1976년 플로리다 주립대학교 대학원에서 교육심리학 전공으로 교육학 박사학위를 취득했다. 귀국 후 1978년 성신여자대학교·단국대학교·이화여자대학교에서 강사로 출강했다. 1979년부터 1981년까지 단국대학교 조교수를 지냈고, 1980년 동인지 《문채》를 발간했다. 1981년부터 2006년까지 서울대학교 생활과학대학 아동가족학과 아동학 전공 교수로 재임했다. 1986년 수필집 《지란지교를 꿈꾸며》를 펴내 유명해졌다. 2000년 한국시인협회 기획위원장을 지냈다. 2006년부터 서울대학교 생활과학대학 아동가족학과 명예교수로 발령되었다. 시와 소설, 에세이의 장르를 넘나드는 활발한 작품활동을 펼쳤으며 여성 특유의 섬세하고 유려한 문체와 치밀한 구성 방식이 돋보인다는 평가를 받는다. 1996년 제12회 펜문학상, 1998년 제10회 정지용문학상, 2012년 제44회 한국시인협회상, 2013년 공초문학상 수상, 2013년 목월문학상 등을 수상하였다. 시집으로 『달하』 『누이』 『봄비 한 주머니』 『다보탑을 줍다』 『거짓말로 참말하기』 등 다수가 있으며 소설 『바람꽃은 시들지 않는다』 『땡삐』 등이 있거, 에세이 『사랑, 바닥까지 울어야』 『바람편지』 등이 있다.

이 시를 읽으면 한 폭의 풍경 수채화를 보는 것 같다. 옛날 고즈넉한 시골에서 명절날 소녀가 아버지나 엄마로부터 선물을 받고 좋아서 춤추는 것 같은 느낌을 준다. 달밤에 어머니가 가족의 안녕과 성공을 위해 정화수를 놓고 지성을 드리는 것 같기도 하다.

나는 우리나라 출산율 저하 소식을 접하면서 3월에 이 시를 여러 번 읽었다. 봄볕이 따뜻한 날 창가에 앉아서 읽기도 했다. 그러면서 아내가 첫아기를 가졌을 때의 기분을 곱씹었다. 그때는 정말 '아, 드디어 나도 아빠가 되는구나.' 하는 들뜬 마음이었다. 그래서 이 시는 모든 여자를 위한 시라기보다는 모든 남자를 위한 시라는 생각을 했다.

시의 첫 연에서 엄마가 아기를 낳은 날은 "춘삼월 초아흐레" 즉 3월 9일이다. 그날은 유난히 봄볕이 밝고 따듯했다. 밝고 따뜻한 봄볕은 축복의 햇살이었다. 그 봄볕의 축복을 받으며 아기를 낳았다. 그런데 아기를 낳았다고 하지 않고 천사를 보내셨다고 했다. 자기가 낳은 것이 아니라 선물로 받았다는 것이다. 여기서 '춘삼월 초아흐레'는 시인이 아기를 낳은 날이지만 출산의 축복을 의미하는 상징적인 날이다.

아기를 낳은 것은 분명한 하늘의 축복된 선물이다. 아기를 갖기 위해 하늘에 "청 드린 적 없음에도/하늘은/곱고 앙징스런/아기천사 하나를" 선물로 주신 것이다. 하늘이 무상으로 준 선물이다. 이 구절의 이면에는 아기를 선물 받을 만한 자격이 있는 곱고 착한 여성의 숭고한 이미지가 숨어 있다.

아기를 낳으므로 이제 비로소 어머니가 되었다. 여자는 어머니가 되게 해달라고도 어머니라 불러달라고도 청하지 않았다. 하늘은 명령으로 이름 하나를 더 주었다. 그것은 '어머니'라는 새로운 이름이다. 여자는 이제 어머니라는 숭고한 이름으로 새롭게 탄생하였음을 말해 준다. "탐낸 적 없음에도/그저 선물로 주시며/이제 /너는 어머니라" 탐낸 적 없음은 남의 아기를 시기하거나 질투한 적이 없음을, 엉뚱한 욕심을 부리지 않았음을, 지극히 소박하고 순수한 마음을 가졌음을 말해 준다. 여성은 세상에서 두 번 태어난다는 말이 있다. 하나는 여성으로의 탄생이며 또 다른 탄생은 어머니로서의 탄생이다. 둘 다 생물학적인 요소가 개입된 것이지만 어머니로서의 탄생은 숭고함으로 나아가는 탄생이다. "천지간 모든 동물에 있어서 개로부터 인간의 여자에 이르기까지 어머니의 마음은 숭고한 것이다"고 한 알렉산드로 뒤마[58]의 말은 모든 여성은 어머니로 탄생 될 때 비로소 숭고함의 길로 접어들 수 있음을 말해 준다. 그리고 그 어머니들로 인해 인류는 발전하고 진화해 올 수 있지 않았을까?

그런데 하늘은 출산한 여자에게 어머니라는 이름만 주신 것이 아니다. "세상에서 제일로/복된 이름도/함께 얹어주셨다."에서 말하는 것처럼 태어난 아기의 이름도 주셨다. 이는 어머니로서의 숭고한 탄생의 절정을 이룬다. 어머니는 태어난 아기의 이름이 명명될 때 그 어머니라는 명명도 가치를 발휘하기 때문이다. 즉 탄생한 아기의 이름이 얹어질 때 어머니는 어머니로서의 존재가치가 있으며 어머니의 삶과 행동이 시작된다. 이제 여자의 삶은 이전의 삶과 어머니가 된 이후의 삶은 달라질 수밖에 없다.

앞에서도 말했지만, 이 시를 어머니를 위한 시라고만 할 수 있을까? 세상의 모든 아버지를 위한 시일 수도 있다. 남자는 혼인하여 아내가 출산함으로 비로소 아버지가 된다. 그래서 남자는 아내가 어머니 됨을 통해서만 아버지의 자격을 얻을 수 있다. 그러기에 어머니는 아버지보다 숭고함의 선행조건이며 아버지는 어머니라는 숭고한 이름에 얹어진 존재이다. 남자도 비로소 아버지가 됨으로써 숭고한 사명을 깨닫고 인생이 거듭나게 된다. 그리

---

58) 알렉산드로 뒤마 (Alexandre Dumas, 1802~1870)는 프랑스의 소설가이다. 소설 『삼총사』와 『몬테크리스토 백작』으로 유명하다.

고 거듭나야 한다.

여자와 남자라는 이름보다 어머니와 아버지란 이름이 더욱 숭고하고 아름다운 것은 그것에 깃든 사명감과 희생 때문이다. 만약 어머니와 아버지가 그 사명감과 희생을 깨닫고 실천하지 않는다면 그는 숭고하고 아름다운 영역을 스스로 이탈한 탕아(蕩兒)가 되어버리는지도 모른다. 그래서 어머니와 아버지는 그 이름에 맞는 사명을 깨닫고 그에 맞는 행동과 삶을 살려고 노력해야 한다. 그것은 자연의 섭리이며 신의 뜻이기도 하다. 그러나 개인주의와 상업주의가 발달한 요즈음 그 사명을 깨닫지 못하고 스스로 버리는 사람들이 늘어나는 것 같아 안타깝다.

어머니와 아버지란 말이 여자와 남자라는 말보다 숭고하고 믿음직스러운 것은 그 말이 지닌 믿음성과 내면에 함축된 행동의 절제성 때문이기도 하다. 여자와 남자는 어머니와 아버지보다 자유롭고 개방적인 개념이다. 여자와 남자는 인간의 성별 기능으로 규정되지만, 어머니와 아버지는 가정이라는 고귀한 사회적 틀 안의 존재로서 규정된다. 그리고 여자와 남자는 자기 행동에 대한 모범과 규제가 덜하지만, 어머니와 아버지는 가정이라는 틀 안에서 자녀에게 모범과 믿음을 주는 존재로서 자기 행동에 대한 절제를 통해 사랑과 희생을 실천해 가야 하는 존재다. 인간은 삶에서 희생과 절제가 실천될 때 더욱 숭고해지기 때문이다. 어머니와 아버지는 바로 그 희생과 절제를 요구하고 실천해야 하는 말이기 때문이다.

오래전 현직에 있을 때의 일이 생각난다. 남편까지 내가 알고 있는 한 여선생이 교장실로 찾아왔다. 그리고 머리를 스스로 쥐어박으며 말했다. "교장 선생님, 제가 미친 것 같아요." "왜 그래요?" "제가 이 나이에 아이를 가졌어요." 그녀는 당시 나이가 49세였다. 나는 웃으며 말했다. "하나님이 축복의 선물을 주셨네요. 다른 사람들은 그 나이에 아이를 갖고 싶어도 갖지 못하는데 자기도 모르게 아이가 생겼으니 그것은 축복이지요." 사실 그녀는 매우 독실한 기독교 신자였다. 그 여선생의 아이 둘은 이미 커서 고등학교에 다니고 있었다. 늦둥이를 가진 것이었다. 그녀는 아이를 가진 것을 4개월이 지난 후에야 비로소 알았다고 했다. 나는 입덧을 하지 않은 것도 하나님이 선물로 주시기 위해 아이를 가진 것을 숨긴 것이라 하면서 위로했다. 아이의 아버지는 키울 날이 캄캄하다며 난감해한다고 하지만 두 아이는 자기들이 키운다며 동생이 생긴다는 것을 좋아한다고 했다. 그 여선생은 아들을 낳아 잘 키우고 있었다. 좀 힘들지만 키우는 재미가 남다르다고 했다. 누나와 형이 잘 돌봐준다고 했다. 나는 그 늦둥이가 분명 집안의 보물이 될 것이라며 애국자라고 칭찬해 주었다.

출산을 축복으로 여기는 세상을 그리며

그런데 지금 한국의 많은 여자와 남자들이 출산을 선물로 받아들이지 않는 것 같다. 앞에서도 언급했지만, 우리나라 출산율은 심각한 수준을 넘어 위기 상황이다. 그동안 출생아 수와 합계출산율[59]의 변화를 보면 이를 반영한다.[60]

거기다가 2020년 혼인 건수 역시 1970년 통계 작성 이후 사상 최저를 기록했다. 안 그래도 혼인이 줄어들고 비혼자가 늘어나는 데 코로나19로 인한

---

59) 여성 1명이 평생 낳을 것으로 예상되는 평균 출생아 수

60) 2020년 통계청이 발표한 출생아 수(합계출산율) 변화를 보면, 2015년 43만 8,400명(1.24%), 2016년 40만 6,200명(1.17%), 2017년 35만 7,800명(1.05%), 2018년 32만 6,800명(0.98%, 2019년 30만 2,700명(0.92%) 2020년 27만 2,400명(0.84%)으로 급속하게 줄어들고 있다.

혼인 연기도 한몫했다.[61] 혼인율의 감소는 가히 심각한 수준이며 우리나라의 젊은이들이 그만큼 살아가기가 힘들다는 증거이기도 하다.

혼인이 줄어들면 출산도 줄어든다. 혼인을 해도 출산하지 않는 부부도 늘고 있다. 비혼 인구의 증가와 출산율 저하로 인한 인구감소는 심각한 사회문제를 초래한다. 당장 드러나는 것만으로도 출산인구의 감소는 노령인구의 상대적 증가를 가져온다. 그것은 젊은이들이 직간접으로 감당해야 할 노인이 늘어난다는 것이며 심각한 미래 재정과 사회구조의 불균형을 초래할 수 있다.

둘째는 심각한 사회 양극화와 공동화를 초래할 수 있다. 줄어드는 학령아동으로 인해 문 닫는 학교들이 늘어나야 하며 문 닫는 대학도 늘어나게 된다. 여기에는 남아도는 시설 활용 문제도 있지만 심각한 고용 문제도 야기된다. 학생이 없어 남아도는 교사들과 대학교수 및 교직원들이 갈 곳이 없어진다. 그것은 사회 양극화를 더욱 가속화시킬 것이며 농촌 붕괴를 넘어 중소도시의 공동화 현상까지 초래할 수 있다.

셋째, 심각한 인재 결핍 현상까지 초래할 수 있다. 국가와 기업에 필요한 인재의 부족으로 국가와 기업은 다운사이징을 할 수밖에 없는 심각한 상황을 겪을 수 있으며, 기업은 인재를 찾아 해외로 유출될 수 있다. 기업의 심각한 해외 유출은 고용과 국가 재정의 축소를 가져올 수도 있다. 그 외에도 많은 문제를 초래할 수 있다. 그러나 이러한 위기 상황을 정치권은 심각하게 받아들이지 않는 것 같아 안타깝다.

사람들은 왜 혼인을 하지 않고 아이를 낳지 않을까? 다양한 진단이 있겠

61) 혼인 건수는 2015년 이후 급속하게 줄어들었다. 역시 2020년 통계청 자료에 의하면, 2015년 30만 2,828건이던 혼인 건수는 2016년 28만 1,635건, 2017년 26만 4,485건, 2018년 25년 7,622건, 2019년 23만 9,159건, 2020년 21만 3,502건으로 급격하게 줄어들고 있다.

지만 여기에는 혼인과 출산에 대한 심리적 요인과 정치·사회경제적 요인이 복합적으로 작용한 결과로 본다. 우선은 혼인이 성인으로 살아가는 필수 조건이 아니라 선택 조건이며 삶의 완성으로 가는 것이 아니라 자기실현의 방해물로 여기는 경향도 크다는 점이다. 여기에 정치·사회적인 문제의 해결책이 없는 것은 더 큰 문제이다.

출산도 마찬가지이다. 이제 자녀는 혼인한 부부의 선험적인 가치가 아니라 선택적인 도구적 가치가 되었다는 점이다. 여기에도 각박한 사회현상이 크게 작용했다. 결혼과 자녀 출산 기피에는 자녀에 대한 가치(정신적 가치와 도구적 가치)의 하락, 가정과 자녀에 대한 자기 효능감의 저하, 양육 과정에서 나타나는 엄청난 스트레스(양육 휴식, 양육비, 과도한 사교육비, 어린이집, 유치원 문제 등 복합적), 낮아지는 결혼 만족도, 부부 갈등의 증대, 결혼 연령의 증가, 특히 치솟는 집값과 불안한 고용상태 등 복합적인 문제가 작용하고 있다. 이 모든 문제는 국가가 나서서 해결하고 지원해야 할 문제다. 지금 한국에서 결혼과 출산은 개인적인 문제가 아니라 국가적인 중대 문제이기 때문이다.

출산 기피의 문제는 개인의 심리적인 문제와 이를 부채질한 매스컴의 영향도 크게 작용해 왔다. 오랫동안 우리나라의 각종 매체는 출산을 축복이 아니라 고통으로 규정지으며 다루어 왔다. 고통을 기피하고 자유와 욕망을 바라는 심리와 사회 인식은 출산을 기피하게 했다. 거기다가 개인주의적 경향과 왜곡된 자아실현의 욕망은 출산과 육아가 자기 성장의 방해가 되는 고통으로 인식하게 했다. 물론 자기 성장의 방해가 될 수 있다. 그러나 세상에는 고통 없이 얻어지는 진정한 축복과 희열이 없으며, 고통 없이 찾아오는 발전도 없다.

여기에 문명화가 가져다준 극도의 편리함의 추구와 고통의 기피 현상, 나아가 왜곡된 미의 추구도 한몫했다. 세상은 문명의 혜택으로 한없이 편리한 세상이 되었다. 그러한 경향은 힘든 일, 고통스러운 일, 특히 신체적인 고통을 멀리하는 풍조를 낳았다. 그리고 왜곡된 미의 추구는 출산이 나의 몸을 망가뜨리고 아름다움을 해치는 일로 받아들여지게 했다. 이러한 풍조는 출산은 축복이 아니라 고통으로 인식하게 했다. 그러나 축복이 깃든 모든 일은 고통을 수반하며 진정한 아름다움은 외적인 아름다움만 아니라 내적인 아름다움과 스스로 가꾸어 가는 열정에 있음을 우린 잊고 살아왔는지 모른다. 출산은 정말 고통인가? 고통을 수반한 숭고한 축복인가는 각자의 인식이겠지만 지금 시점에 진지하게 논의해 봐야 할 문제가 된 것 같다.

성경에 이르기를 "생육하고 번성하여 땅에 충만하라. (창세기 1장 28절)"고 했다. 생육하는 일은 번성하여 땅에 충만하기 위한 전제조건이다. 생육이 없이는 번성할 수 없으며 땅에 충만할 수도 없다. 여기서 생육은 낳고 기르는 것이다. 즉 출산하여 올바르게 길러내는 것을 의미한다. 부모의 역할을 강조한 것이기도 하다. 인류의 역사를 볼 때 생육이 제대로 되지 않아 망한 나라, 무너진 왕조도 수없이 많았다.

출산은 자연의 섭리이면서 문명 발전의 전제조건이기도 하다. 그러나 문명화는 출산 기피의 풍조를 낳았다. 그리고 극도의 출산 기피의 풍토는 인류의 미래를 위협하고 있다. 인간다운 삶의 기반을 붕괴시키는 계기가 되기도 할 것이다. 이런 시점에서 나는 유안진의 시 《선물 받은 날》을 읽으며 모든 젊은 남녀들이 출산을 "선물"로 여기는 날이 올 수 있기를 기도한다.

다시 앞에서 언급한 시인의 수필 〈선물을 안고〉[62]에 나오는 구절을 읽어본다.

---

62) 유안진, 『지란지교를 꿈꾸며』 서정시학, 2011. 19쪽~20쪽

"외롭고 쓸쓸할 때는/꼬마 딸을 껴안는다/내 작은 가슴에/꼭 맞는 꼬마 몸집/아가야/나는 누구지?/우리 엄마/너는 누구고?/엄마 딸/오오 하나님/고맙습니다/때 묻고 주름진 얼굴을/고운 뺨에 비비면/한줄기 눈물로 찾아오는 감사/허전하고 서러워지는 때/너를 품어 안으면/빈 가슴 가득히 메워 주는/꼬마야 내 딸아/여리고 보드라운 네 두 팔로/내 목을 안아 주렴/어리석은 네 엄마가/슬프도록 행복해지게/너처럼 소중한 선물을/나에게 주셨구나.//하느님, 나의 하느님. 어찌 이리도 감사하온지요"

02. 《뿌리에게》 전하는 모성의 위대함

위대한 모성은 자비로운 어머니인 동시에 무서운 어머니이며
창조와 보존의 여신인 동시에 파괴의 여신이다.
〈A.L. 헉슬리/어머니〉

위대한 모성은 어디로 갔는가?

J. 메이스필드[63]는 모성의 위대함에 대하여 이렇게 말했다. "나라는 존재가 비롯한 어두운 뱃속에서 어머니의 생명이 나를 사람으로 만드셨다. 인간으로서 탄생되기까지 여러 달 동안, 그녀의 아름다움이 나의 하찮은 흙을 가꾸셨다. 그녀의 일부분이 죽지 않았던들, 나는 아무것도 보지 못하며 숨도 쉬지 못했을 것이며, 또한 이렇게 움직이지도 못했으리라" 그 위대한 모성이 없었다면 나의 이 생명은 존재하지도 못했으며 모성의 아름다운 보살핌이 없었다면 나는 이 세상에서 사람이라는 이름의 영장이 될 수도 없었을

63) J. 메이스필드(John Masefield 1878~1967)은 영국의 리버풀 출생한 시인이다. 어릴적(1891)에 선원 생활을 시작한 후, 1895년까지 미국에 3년 동안 있으면서 하층 사회의 생활을 체험한 후 귀국하여 저널리스트가 되었다. 처음 해양시(海洋詩)를 썼으나 사회적 · 종교적 관심이 현저한《영원한 자비 The Everlasting Mercy(1911)》로 명성을 높이고, 뒤에 사냥 · 경마 · 고전설(古典說) 등에서 취재한 작품을 썼다. 1930년 계관 시인(桂冠詩人)으로서 희곡 · 소설 · 평론의 작품도 있다.

것이다. 그런데 그 모성이 위기를 겪고 있다. 슬픈 일이다.

어린이날 아침엔 봄비가 조용히 내렸다. 5월의 비는 생명의 비이다. 그것도 조용히 내리니 얼마나 좋으랴. 그러나 그 봄비는 차가운 기운을 잔뜩 머금었다. 애써 심은 농작물들이 냉해를 입을까 두려웠다. 차가운 봄비가 내리는 어린이날은 유독 차가운 슬픔이 서린다.

어린이날의 의미와 풍습도 많이 달라졌다. 아이들에게 어린이날은 선물 받는 날이다. 그러다 보니 주머니 사정이 좋지 않은 부모들은 고민이 많다. 어떤 할아버지는 어린이날 손자 손녀들 선물 때문에 걱정이라고 했다. 한번은 손자 손녀의 손을 잡고 장난감 가게에 갔다가 아이가 고가의 장난감을 잡고 놓지 않는 바람에 당황한 적이 있다고 했다. 어린이날의 숭고한 의미가 자본주의의 물결에 허우적거린다는 생각을 금할 수 없다.

'정인이 사건'은 우리 사회에 큰 충격을 주었다. 아동학대로 인해 16개월 된 입양아가 사망하여 그 엄마(33세)가 구속·수감되었다. 숨진 아이는 확인되지 않은 어떤 물체가 등 쪽을 강하게 내리쳐 장이 파열된 것이 직접적인 사인이라고 했다. 아이가 입양된 뒤 16차례나 지하주차장 등에 방임된 정황과 아이가 심각하게 왜소하고 멍든 흔적이 보였다는 어린이집과 병원의 증언을 바탕으로 입양한 엄마에 대해 구속영장을 신청했으며 법원은 이를 받아들였다. 당근 마켓에서 이불에 싸인 아기 사진 두 장과 '아이 입양합니다. 36주 되어 있어요.'라는 글이 올라왔는데 더 충격적인 것은 아이 판매 금액이 20만 원이라는 것이었다.

그런데 또 비보가 날아왔다. 인천에서 8살 된 어린 딸을 학대하여 숨지게 한 사건이 발생했다. 엄마는 계부가 딸을 학대 폭행하여 사망하게 하는데도 방치했으며 폭해 사망 사실 은폐에도 동조했다. 숨진 아이는 사망 당시 영양결핍이 의심될 정도로 야윈 상태였으며 몸무게는 또래보다 10kg가량 적은

15㎏ 안팎으로 추정됐고 기저귀를 사용한 정황도 발견됐다고 한다. 심지어 친모는 딸이 사망하기 이틀 전부터 밥과 물을 전혀 주지 않았고 옷을 입은 채 거실에서 소변을 보자 옷을 모두 벗긴 채 찬물로 샤워를 시켰다고 한다.

날이 갈수록 엄마로부터 외면당하고 학대당하는 아이가 늘어난다. 2018년 KOSIS(보건복지부, 학대 피해 아동보호 현황)에 의하면 24,604건의 아동학대가 있었는데 이는 2009년 5,685건보다 5배가량 늘었다. 미혼모의 출산과 출산한 아이를 키우지 못하고 버리거나 학대하는 준비되지 않은 엄마들도 늘어난다. 이런 형상들을 보면서 지금 우린 아이까지 상품화하거나 유희나 분풀이 대상화하는 자본주의 문명의 말기적 위기 상황에 서 있는 것 같다는 생각이 든다.

자본주의 문명의 말기적 현상은 인간 본능에 충실한 욕망의 과잉충족 현상으로 나타난 왜곡된 자기중심주의의 결과이다. 그것은 책임을 수반하지 않은 성적 행위와 쾌락의 추구와도 관련된다. 자본주의 문명이 가져다준 인간 본능 자극의 욕망 과잉 추구는 자녀의 출산도 섭리가 아닌 자기 결정권이라는 권리 안에 두어야 한다는 시대적 흐름을 낳았다. 그 결과 이제는 낙태가 죄가 아닌 선택권의 시대에 접어들었다. 물론 출산에 대한 여성의 자기 결정권 존중이라는 명분도 좋지만, 생명 경시 풍조의 만연 등으로 이어질까 두렵다.

이런 일련의 사태와 흐름을 보면서 우린 자유라는 이름으로, 권리라는 이름으로, 욕망의 유혹이라는 늪에서, 모성이 실종되어 가는 시대에 살고 있다는 생각이 든다. 그러나 세상에 가장 위대한 것이 무엇일까? 누가 뭐래도 모성이 아닐까? 근원적으로 어머니에겐 자녀를 위해선 생명도 희생하는 간절함이 깃들여 있다. 나희덕 시인의 《뿌리에게》는 그 근원적인 모성의 위대함에 대하여 말하고 있어 더욱 가슴에 와닿는다. 어린이날을 맞으면서 《뿌리에게》를 다시 읽는다.

뿌리에게 전하는 위대한 모성

깊은 곳에서 네가 나의 뿌리였을 때
나는 막 갈구어진 연한 흙이어서
너를 잘 기억할 수 있다
네 숨결 처음 대이던 그 자리에 더운 김이 오르고
밝은 피 뽑아 네게 흘려보내며 즐거움에 떨던
아, 나의 사랑을

먼 우물 앞에서도 목마르던 나의 뿌리여
나를 뚫고 오르렴
눈부셔 잘 부스러지는 살이니
내 밝은 피에 즐겁게 발 적시며 뻗어가려무나

척추를 휘어접고 더 넓게 뻗으면
그때마다 나는 착한 그릇이 되어 너를 감싸고
불꽃 같은 바람이 가슴을 두드려 세워도
네 뻗어가는 끝을 하냥 축복하는 나는
어리석고도 은밀한 기쁨을 가졌어라

네가 타고 내려올수록

단단해지는 나의 살을 보아라
이제 거무스레 늙었으니
슬픔만 한 두릅 꿰어 있는 껍데기의
마지막 잔을 마셔다오

깊은 곳에서 네가 나의 뿌리였을 때
내 가슴에 끓어오르던 벌레들,
그러나 지금은 하나의 빈 그릇,
너의 푸른 줄기 솟아 햇살에 반짝이면
나는 어느 산비탈 연한 흙으로 일구어지고 있을 테니

-나희덕 『뿌리에게』 전문-

나희덕[64]은 이 시로 1989년 중앙일보 신춘문예에 당선되었다. 그래서 대학 시절부터 시인의 길을 걸었다. 그녀는 치열하게 시를 쓴 것 같다. 나희덕

64) 나희덕(1966~)은 충청남도 논산에서 태어나 연세대학교 국어국문학과를 졸업하고 동 대학원에서 석사학위와 박사학위를 받았다. 조선대학교 문예창작학과 교수(2001년~2018년)로 재직했으며, 서울과학기술대학교 문예창작학과 교수(2019~)로 재직 중이다. 1989년 중앙일보 신춘문예에 시 〈뿌리에게〉가 당선되어 등단했다. 《창작과비평》, 《녹색평론》의 편집자문위원을 역임했다. 1998년 제17회〈김수영문학상〉, 2001년 제12회 〈김달진문학상〉, 제9회 〈오늘의 젊은 예술가상〉 문학 부문, 2003년 제48회〈현대문학상〉, 2005년 제17회〈이산문학상〉, 2007년 제22회〈소월시문학상〉, 2010년 제10회 〈지훈상〉 문학 부문, 2014년 제6회 〈임화문학예술상〉, 제14회 미당문학상, 2019년 제21회 백석문학상을 수상했다. 시집으로 『뿌리에게』 『그 말이 잎을 물들였다』 『그곳이 멀지 않다』 『파일명 서정시』외에도 다수가 있으며, 산문집으로 『반 통의 물』 『저 불빛들을 기억해』 『보랏빛은 어디에서 오는가』 외에도 다수가 있고 편저로 『아침의 노래 저녁의 시』 『나희덕의 유리병 편지』 등이 있다.

은 1991년 그동안 쓴 시 70편을 모아 『뿌리에게』(창비, 1991)란 제목의 시집을 출간했다. 시집 『뿌리에게』는 2020년에 초판 23쇄를 찍어낼 정도로 인기가 있다. 나는 『뿌리에게』를 읽으며 이 시집이 사랑받는 이유가 궁금했다. 그것은 아마 이 시집의 첫 번째 시로 등장하는 《뿌리에게》와 같은 시들에서 풍겨 내는 모성의 강렬함 때문이었으리라.

"깊은 곳에서 네가 나의 뿌리였을 때"로 시작하는 이 시는 흙과 뿌리의 관계성을 통해 어머니와 자녀의 관계성을 설정하는 것으로 시작한다. 흙과 뿌리는 재질이 다른 타자의 관계다. 그러나 둘이 관계를 형성할 때 타자의 영역을 떠나 한 몸이 된다. 적어도 흙의 입장에서는 뿌리를 받아들임으로써 흙의 존재가치를 가지며 그것을 입증하는 길은 오직 뿌리를 성장시키는 사명을 다하는 것이다. 그렇게 될 때 흙에게 뿌리는 타자를 떠나 나의 일부가 된다. 뿌리 또한 흙에 의해 흙과 하나가 된다.

제1연은 뿌리를 향한 흙의 희생적 사랑을 말하고 있다. "깊은 곳에서 네가 나의 뿌리였을 때"에서 "깊은 곳"은 깊이를 헤아릴 수 없는 희생적 모성이다. "네가 나의 뿌리였을 때"는 잉태한 자녀, 나아가 삼라만상의 모든 모성이 잉태하는 생명을 말하는 것이리라. 여기서 "네가"는 이 시의 전체에 흐르는 시적 대상인 뿌리이다. 생명을 잉태하는 모성인 "나"는 "막 갈구어진 연한 흙이어서/너를 잘 기억할 수 있다." "막 갈구어진 연한 흙"은 충분히 준비된 모성이며 생명을 잉태할 완벽한 채비가 되어 있음을 말한다. 그렇기에 흙인 모성은 뿌리(자녀)인 "너"를 잘 기억할 수 있다. 그리고 "네 숨결 처음 대이던 그 자리에 더운 김이 오르고/밝은 피 뽑아 네게 흘려보내며 즐거움에 떨"게 된다. "네 숨결 처음 대"인다는 것은 생명을 처음 받아들인다는 것이다. 그러니 그곳은 감격의 "더운 김"이 오를 수밖에 없다. 그래서 흙인 나는 내 "밝은 피" 즉 너의 생명이 자라도록 풍부한 영양을 담은 사랑을 네게(뿌리=생명) 흘려

보내며 즐거움을 느끼게 된다. 생명의 잉태를 환희와 축복으로 받아들이고 있음이다. 그래서 "아, 나의 사랑을"이라고 감탄사를 보낸다.

제2연과 3연은 같은 맥락으로 뿌리의 강한 성장을 바라는 흙의 간절한 사랑을 표현하고 있다. 제2연의 "먼 우물 앞에서도 목마르던 나의 뿌리여/나를 뚫고 오르렴"이란 말에서 흙은 뿌리의 성장을 위한 희생이 준비되었음을 말한다. "먼 우물 앞에서도 목마르던 "이라 할 때 "도"라는 보조사는 '충족된 상태임에도'라는 의미와 통한다. "먼 우물"에 대하여 시인은 "먹을 수 있는 우물물"이라는 주서를 달았다. 그러니까 우물물을 바로 앞에 두고도 목마르다는 것이니 잉태된 생명(뿌리)이 성장을 갈구하고 있다는 의미이다. 네가 그토록 성장을 갈구하니 "나를 뚫고 오르렴"이라 한 것은 자신을 모두 내어주는 희생적 사랑을 말하고 있다. 흙인 나는 어떤 상태인가? 제1연의 "연한 흙"과 같은 맥락이다. "눈부셔 잘 부스러지는 살이니"는 너에게 나의 모두를 내어 줄 준비가 되어 있다는 것이다. 그러니 "내 밝은 피에 즐겁게 발 적시며 뻗어가려무나" 즉 마음껏 나의 영양을 먹고 성장하라고 간절한 주문을 한다.

여기서 시인은 "내 밝은 피"를 두 번이나 사용하며 강조했다. 피는 생명의 피이며 성장의 양분이다. "밝은 피"라고 한 것은 그 피의 성질을 말한 것이다, 모성인 나의 피는 보통의 피가 아니라 깨끗하고 영양이 풍부한 피, 순결하고 지고한 피라는 것이다.

아이를 가진 정상적인 어머니는 뱃속에서 아이가 성장하는 모습을 느끼면서 마냥 꿈에 부푼다. 혹시 태아에게 지장을 줄까 싶어 먹는 것도 입는 것도 조심한다. 태아에게 좋은 것을 먹고 좋은 행동을 하려 애쓴다. 제3연은 바로 그런 모습이다. "척추를 휘어접고 더 넓게 뻗으면"은 사방으로 뻗어가는 뿌리의 모습 즉 뱃속에서 성장하는 태아의 모습이다. 태아가 발길질하며 요동을 쳐도 “그때마다 나는 착한 그릇이 되어 너를 감싸며/불꽃 같은 바람이 가슴을 두드려 세워도” 너의 성장을 돕겠다는 것이다. 여기서 “착한 그릇”은 모든 것을 수용하여 감내하는 어머니의 모습이다. “불꽃 같은 바람”은 모성과 태아에게 닥치는 온갖 시련이다. 모든 고난을 이겨 내겠다는 모성의 강한 의지를 표현하고 있다. 그러기에 “네 뻗어가는 끝을 하냥 축복하는 나는/어리석고도 은밀한 기쁨을 가졌어라” 즉 뿌리(태아)의 성장을 바라보고 느끼는 흙(어머니)인 나는 그 성장을 축복하고 기뻐한다. 그런데 왜 그 기쁨을 “어리석고도 은밀한 기쁨”이라 했을까? 그것은 자신의 모든 것을 내어주는 희생적 사랑의 기쁨에 대한 역설적 표현이리라.

제2연과 제3연이 태아를 향한 모성이라면 제4연은 태아뿐 아니라 탄생 이후의 희생적 모성까지를 포함하는 것일 수 있다. 이제 뿌리는 성장을 가속화하기 시작했다. “네가 타고 내려올수록/단단해지는 나의 살을 보아라” 이는 뿌리의 성장에 따라 흙은 영양을 뿌리에게 모두 주고 나니 그 연한 모습은 사라지고 거칠어지고 단단해져 간 모습 즉 태아와 자녀에게 사랑을 모두 주다 보니 거칠어지고 야위어가는 어머니의 모습이다. 그래도 흙(어머니)은 마지막까지 뿌리(자녀)를 위해 자신을 내어준다. 비록 이제 거무스레 늙었으나 “슬픔만 한 두릅 꿰어 있는 껍데기의/마지막 잔”까지 마셔달라고 뿌리(자녀)에게 당부한다. “마지막 잔”은 흙에 있는 에너지(영양분)의 모두를 의미한다. 모성의 완전한 희생이다. 마지막까지 모든 것을 내어 주는 모성의 희생적 사랑의 극치를 말하고 있다.

뿌리는 성장하여 튼튼해지고 줄기와 잎들이 피어나고 뻗어간다. 그것은 자녀의 탄생과 성장과 같다. 자녀는 어머니의 희생적 사랑이란 영양을 먹고 성장을 하여 홀로서기를 한다. 제4연은 그런 모습이다. 그때 흙(어머니)은 지난날을 회상하며 근원(원래의 모성)으로 돌아간다. “깊은 곳에서 네가 나의 뿌리였을 때"라 했으니 세월이 흘렀다. 뿌리는 완전한 성장을 이루었다. 회상해 보니 그래도 "네가 나의 뿌리였을 때" 즉 연약한 뿌리, 태아 혹은 어린아이였을 때는 "내 가슴에 끓어오르던 벌레들"이 많았다. 다시 말해서 뿌리(자녀)에게 줄 수 있는 영양분(에너지)이 많았다. 그러나 세월이 흐른 "지금은 하나의 빈 그릇"이니 줄 것이 없어 아쉽구나. 그래도 나(흙-어머니)는 "너의 푸른 줄기 솟아 햇살에 반짝이면" 다시 말해서 너(뿌리-자녀)의 왕성한 성장과 빛나는 성취를 보면 나(흙-어머니)는 기쁨으로 만족하고 "어느 산비탈 연한 흙으로 일구어지고 있을 테니" 염려하지 말라는 것이다. 여기에는 흙은 다시 새로운 생명의 잉태와 성장을 위해 준비하고 있음을 의미한다. 다시 말해서 성장한 자녀의 어머니 걱정에 대한 위로의 의미와 어머니는 다시 새로운 생명을 탄생시키기 위한 어머니 되기의 길로 돌아가고 있음을 의미한다.

이 시에 나타난 특징을 더 살펴보면 첫째, 시간의 흐름에 의한 뿌리와 흙의 변화 그리고 생명의 순환성이다. 뿌리(태아)는 애초에는 연약한 상태였다. 그 연약한 뿌리는 잘 갈구어진 연한 흙(풍부한 모성애)에 의해 생존의 힘을 키우고 그 영양(밝은 피)을 듬뿍 먹으며 자라 튼튼한 뿌리가 되고(자녀가 탄생하여 성장하고) 푸른 줄기까지 솟아 햇볕에 반짝이는 상태(자녀가 성장하여 세상에 각자의 성취를 이룬 상태)로의 변화이다. 즉《연약한 뿌리→성장을 갈망하는 뿌리→성장을 거듭하는 뿌리→푸른 줄기 솟아 햇빛에 반짝이는 뿌리》로의 변화 과정이다. 이 과정에서 흙(모성)은 자신의 모든 것을 아낌없이 다 내어 준다.

뿌리의 변화와 함께 흙의 변화도 진행된다. 흙(모성)은 초기에는 영양(밝은 피)이 풍부했다. 그러나 뿌리에게 다 내어주고 나니 남은 것이 없다. 남은 것이라곤 "거므스레 늙어 슬픔만 한 두릅 꿰어 있는 껍데기"이며 "하나의 빈 그릇”뿐이다. 그것은 뿌리(자녀)에게 모든 것을 다 내어준 소진된 어머니의 모습이다. 그리고 다시 원래의 모습으로 돌아가려고 애를 쓴다. 여기서 흙의 모습은 생명의 탄생과 순환을 향한 영원성을 지니고 있다. 그 순환성은《연한 흙(영양이 풍부한 모성)→착한 그릇→거므스레한 껍데기→빈 그릇→연한 흙》의 과정이다. “밝은 피”가 소진되었다가 다시 “밝은 피”로 충전되는 순환성이다.

둘째, 흙과 뿌리의 관계성이다. 앞에서도 말했지만, 흙과 뿌리는 애초에는 타자였다. 그러나 관계성이 맺어지면서 하나가 되었고 흙은 뿌리에게 자신의 모든 것을 준다. 흙의 희생성이다. 관계성은 우선은 어머니와 자녀의 관계로 볼 수 있다. 어머니는 여자일 때 남자를 사랑으로 받아들여 생명을 잉태한다. 그리고 여자는 어머니로 변화된다. 그 생명은 어머니의 몸에 내린 뿌리이다. 그 생명 또한 어머니의 희생을 통해 탄생하고 성장한다. 더 확장하면 스승과 제자의 관계, 혹은 멘토와 멘티의 관계 등으로 볼 수 있으나 그것은 지나친 비약이라 생각된다.

셋째, 인류의 모든 신화에서도 전통적인 관념에서도 흙은 모성의 상징이다. 여성의 근본은 생명을 포용하고 길러내는 희생적인 모성에 있음을 강조하고 있다. 그래서 이 시는 여성의 근본을 모성주의에 두고 있음을 발견한다. 사실 인류의 역사는 여성의 희생적 모성에 의해 생명력을 이어 왔음은 거역할 수 없는 근원적인 진리이다.

모성, 여성을 위대함으로 이끄는 힘

여성은 모성이 강력하게 발휘될 때 위대해진다. 그것은 비단 결혼하여 아이를 탄생시켜야만 발휘되는 것만은 아니다. 유명한 테레사 수녀의 희생적 사랑도 어쩌면 위대한 모성의 발현이 아닐까? 세상의 모든 위대한 사람들은 위대한 모성에 의해 탄생 된다. 그리스 신화에서 우주를 관장하고 하늘과 땅의 통치자인 제우스 신도 어머니인 레아의 헌신적 사랑으로 탄생했다. 우주에 대한 항구적인 지배와 권력의지를 가진 신인 크로노스는 태어나는 자녀들에게 권력을 빼앗길까 두려워 태어나는 아이를 모두 삼킨다. 부인 레아는 마지막 여섯 번째 아이인 제우스까지 빼앗길 수 없어 태어난 제우스를 피신시키고 그 아기의 옷에 돌을 넣어 삼키게 하는 기지를 발휘했다.

제1차 세계대전 중 전시 내각을 이끌었고 "베르사유 조약"을 성사시킨 영국의 제34대 총리 '데이비드 로이드 조지(David Lloyd George, 1863년~1945년)의 어머니는 1863년 어느 추운 겨울밤, 갓난아기 데이비드를 안고 웨일즈 언덕을 넘고 있었다. 그때 세찬 추위와 눈보라가 닥쳤고 자신의 옷을 모두 벗어 아이를 감싸고 결국 자신은 알몸으로 얼어 숨진 어머니의 희생에 의해 살아남은 사람이었다. 다행히 지나가던 농부에 의해 발견된 데이비드는 어머니의 희생적인 사랑을 생각하며 죽을힘을 다해 공부하고 노력하여 총리까지 되었다. 그는 어머니를 생각하며 아무리 추워도 따뜻한 옷을 입지 않았고 음식도 배불리 먹지 않았으며 하루 5시간 이상 잠을 자지 않았다고 한다.

심훈[65]의 오래된 소설 『불사조』(도딤문고 한국문학전집, 도디드, 2016)가

---

65) 심훈(1901~1936)은 이상(1910~1937)처럼 짧게 살다 간 인물이다. 그는 일제 강점기에 민족혼을 일깨우고 계몽하고자 했던 소설가이자 시인이며 영화인이었다. 그러나 사람들에게 심훈은 「상록수」의 작가 정도로 기억되는 경우가 많다. 심훈의 본명은 심대섭(沈大燮)이며 호는 해풍(海風)이다. 1917년 왕족인 이해영(李海暎)과 혼인했으나 1923년 중국 유학을 하고 돌아온 직후인 1924년 이혼했다. 1930년 안정옥(安貞玉)과 재혼했다. 1915년 경성제일고등보통학교에 입학했으나 1919년 3·1운동에 가담하여 투옥되고 퇴학당했다. 1920년 중국으로 망명하여 1921년 항저우(杭州)

떠오른다. 생명력이 있는 작품은 우리에게 고귀한 인간성과 근원에 대한 탐구뿐만 아니라 문명과 세상에 대한 성찰을 요구한다. 소설가 심훈을 생각하면 「상록수」를 떠올린다. 교과서로 배운 「상록수」는 애국정신에 불타는 청춘의 사랑과 비애를 그리고 있다. 학창 시절에 기억된 심훈은 대체로 거기까지였던 것 같다. 그러나 심훈의 삶과 예술, 문학의 세계는 폭이 넓다.

그런데 그 심훈의 소설 「불사조」를 읽다 보면, 상록수의 저편에 짙게 깔린 또 다른 것을 읽어낸다. 그것은 아이들을 향한 강한 모성이다. 진정한 모성은 아이들을 탄생시키고 길러내는 것만이 아니라 희생적으로 아이들의 성

치장대학(之江大學)에 입학했다. 1923년 귀국하여 연극·영화·소설집필 등에 몰두했는데 특히 영화에 깊은 관심을 기울였던 것으로 전해진다. 1925년 조일제(趙一齊)가 번안한 영화 「장한몽(長恨夢)」에서 이수일(李守一)역으로 출연했다. 1926년에는 우리나라 최초의 영화소설 「탈춤」을 『동아일보』에 연재했다. 1927년에 일본으로 건너가 전문적인 영화 공부를 하고 귀국하여 영화 「먼동이 틀 때」를 원작 집필·각색·감독으로 제작하여 이를 단성사에서 개봉하여 큰 성공을 거두었다. 식민지 현실을 다루었던 이 영화는 원래 「어둠에서 어둠으로」라는 제목이었으나 일제의 간섭으로 말썽을 빚자 「먼동이 틀 때」로 개작하였는데 그의 영화제작은 이것이 마지막이었다. 영화 「먼동이 틀 때」가 성공한 이후 그의 관심은 소설 쪽으로 기울었다. 1928년 조선일보사에 입사했고, 1931년 경성방송국(京城放送局)으로 옮겼으나 사상 문제로 얼마 있지 못하고 퇴직했다. 1932년 고향인 충청남도 당진으로 낙향하여 집필에 전념하다가 1933년 다시 조선중앙일보사에 입사했으나 다시 낙향했다. 1930년 『조선일보』에 장편 「동방(東方)의 애인(愛人)」을 연재하다가 검열에 걸려 중단했다. 이어 『조선일보』에 장편 「불사조(不死鳥)」를 연재하다가 또 검열로 중단했다. 그리고 시 「그날이 오면」을 발표했는데 1932년 고향에서 시집 『그날이 오면』을 출간하려 했으나 검열로 무산되었다. 그의 시집 『그날이 오면』은 1949년 유고집으로 출간됐다. 1933년 장편 「영원(永遠)의 미소(微笑)」를 『조선중앙일보(朝鮮中央日報)』에 연재했고, 단편 「황공(黃公)의 최후(最後)」를 탈고하여 1936년 『신동아』 1월호에 발표했다. 1934년 장편 「직녀성(織女星)」을 『조선중앙일보』에 연재했으며 1935년 장편 「상록수(常綠樹)」가 『동아일보』 창간15주년 기념 장편소설 특별공모에 당선, 연재됐다. 그의 소설 「동방의 애인」·「불사조」 등 두 번에 걸친 연재 중단과 애국시 「그날이 오면」의 출간 무산 등에서 알 수 있듯이 그의 작품에는 강한 민족의식이 담겨 있다. 「영원의 미소」에는 가난한 지식인의 계급적 저항 의식과 식민지 사회의 부조리에 대한 비판 정신, 그리고 계몽 의지가 잘 그려져 있다. 대표작 「상록수」는 젊은이들의 희생적인 농촌계몽을 통하여 강한 휴머니즘과 일제에 대한 저항 의식을 고취시킨다. 그는 1936년 장티푸스로 사망했다. 〈『한국문학사』(김윤식·김현, 民音社, 1973) 참조〉

장을 돕는 일이다. 상록수의 채영신은 그 모성의 변주된 표상이다.

> "생리적으로 아무런 결함이 없는 정희는 오륙년이나 공규를 지켜 왔다."

심훈의 소설 「불사조」에서 정희가 처한 상황을 표현한 말이다. 「불사조」는 소설 「상록수」에 가려진 소설로 이 소설 역시 심훈의 다른 작품에서처럼 격동의 세월 속에서 전개되는 시대의 아픔을 드러내고 있다. 심훈의 「직녀성」 전편에 해당하는 소설이다.

조선이 낳은 천재 바이올리니스트라 일컫는 김계훈의 귀국 독주회를 시작으로 소설은 전개된다. 음악회는 성황리에 끝나지만, 계훈은 집으로 가지 않고 독일 유학 시절에 만난 주리아와 함께 호텔로 돌아간다. 계훈이 귀국 일 년 전 유부남임을 숨기고 주리아와 결혼했기 때문이다. 그 사실을 안 시댁에서는 독일 유학 이전에 결혼한 계훈의 아내 정희를 친정으로 보낸다. 말이 보낸 것이지 쫓아낸 것이다. 그 바람에 아들 영호와 생이별을 하게 된다. 정희는 밤낮 아들을 그리워한다.

정희는 계훈의 음악회에 갔다가 눈길 한번 주지 않는 계훈에게 깊은 배신과 슬픔에 잠긴다. 주리아는 영호가 계훈과 정희 사이에서 태어난 아들임을 알고 계훈에게 배신감을 느낀다. 둘의 갈등이 계속되는 가운데 계훈은 한 잡지사에서 주최한 음악회에 출연했는데 관객들의 재청을 무시하여 야유를 받는 소동이 일어난다. 아수라장이 된 극장에서 청중 속에 있던 정희를 기른 유모의 아들인 홍룡은 소동을 수습하려는 경찰에게 붙잡혀 비밀 조직원 혐의를 받는다. 홍룡은 인쇄 직공 동맹에 참여한 젊은 인쇄공이었다. 수사가 진행되는 동안 홍룡은 자기의 연인인 덕순에게 비밀 명부를 맡긴다.

계훈과의 갈등이 격화된 주리아는 집을 나갔고 계훈은 주리아를 강제로 데려오기 위해 몸싸움을 하다가 실수로 권총 방아쇠를 당겨 팔에 총상을 입고 치료를 받는다. 하지만 팔의 이상으로 바이올린 연주를 못하게 되자 자신의 처지를 비관하며 방탕 생활에 빠진다. 덕순은 홍룡의 노모를 보살피며 홍룡을 기다리던 중 정희의 존재를 알게 된다. 홍룡은 다리 불구가 되어 출옥한다. 정희는 홍룡을 위해 돈을 변통해 주고 홍룡은 그 돈으로 덕순과 살림을 차린다.

방탕 생활을 하던 계훈은 결국 파산에 이르고, 정희는 영호를 데리고 와서 새로운 삶을 계획한다. 영호가 유치원을 졸업하는 날 밤이었다. 정희는 천사의 날개를 가진 불사조가 날아오르는 꿈을 꾼다. 정희의 삶은 영호와 함께 불사조처럼 부활할 것이다.

모성은 곧 불사조와 같은 것이다. 그래야 진정한 모성이 된다. 부모는 부모이기 때문에 자애로운 것이 아니라 자애롭기 때문에 부모가 된다.

나희덕의 시 《뿌리에게》를 읽으며 모성의 위대함에 대해 다시 생각해 본다. 그리고 그 위대함에 감사한다. 그러나 현대 자본주의 문명의 물결에 그 모성의 위대성이 침식되어간다는 느낌이 들 때는 마음이 아프다. 자본주의 문명은 인간에게 온갖 편의와 자유와 풍요를 가져다주었지만 무한한 욕망의 추구와 본능을 자극하는 유혹에 의한 자유의 방임을 재촉하여 인간성을 파괴하고 있다. 그것은 자본주의 자체의 문제가 아니다. 성찰 없는 욕망의 추구, 성찰 없는 자유의 추구, 성찰 없는 문명 사용, 성찰 없는 정치의 탓이다. 모든 성찰 없는 문명은 자유와 욕망이라는 이름으로 고귀한 인간성을 파괴한다. 아동학대 없는 세상을 꿈꾼다. 세상의 모든 이들에게 모성이 불사조처럼 살아나기를 기도한다.

03. 동물들도 모성(母性)은 애절하고 강한데

모성애의 진실한 성취는
어린아이에 대한 어머니의 사랑에서가 아니라
성장하는 아이에 대한 어머니의 사랑으로 이루어진다
〈E. 프롬/사랑의 기술〉

생명 윤회 체험의 현장, 농촌

나는 순전히 농촌 그것도 산골 출신이다. 그런 내 어릴 적 기억을 되살리면 농촌은 수많은 생명을 접할 수 있는 곳이다. 집에 기르는 소, 돼지, 닭 그리고 개와 고양이 등 가축에서부터 산과 들에서 보는 미물에 이르기까지 숱한 생명의 탄생과 죽음을 목도한다. 그것은 한갓 자연의 섭리이지만, 가끔은 그들에게서 생명에 대한 외경심과 모성의 위대함을 느끼곤 한다.

닭을 키울 때였다. 어미 닭이 마당에서 병아리를 데리고 다니면서 먹이를 쪼아 먹으며 노닐고 있다가 갑자기 날개를 치켜들며 소리를 쳤다. 금세 병아리들이 어미 닭의 날개 속으로 숨었다. 그때 하늘을 보면 솔개가 날고 있었다. 닭은 솔개의 그림자가 땅에 비치는 것을 보고 본능적인 모성이 발휘되어 병아리들을 온몸으로 보호한 것이다.

그런데 그런 모습은 닭에게만 있는 것이 아니다. 개나 고양이 등 모든 동물에게서 볼 수 있는 현상이다. 새끼를 낳은 개나 고양이는 순하다가도 새끼에게 위기가 닥치면 매우 사나워진다. 강한 모성이 발휘된 것이다. 혹여 새끼가 죽기라도 하면 몇 날을 상심하여 넋이 나간 것처럼 보이기도 하였다. 그런 모습을 볼 때마다 그들에게도 사랑과 마음이란 것이 있음을 느낀다. 그리고 때로는 그들을 쓰다듬으며 위로해 주기도 한다. 그래서 농촌에 산다는 것은 짐승들과도 친해지며 짐승들과 교감한다는 것이기도 하였다.

그래서 나는 농촌에 살면서 농사를 짓지 않고 짐승을 기르지 않는 사람은 농민으로 산다기보다는 그냥 농촌에 사는 전원주택 족속에 불과하다고 생각하기도 한다. 그런 사람은 농촌살이의 묘미를 알 수가 없다. 농촌에 사는 사람들은 텃밭을 가꾸기도 하지만 대부분 한 닭 몇 마리, 아니면 토끼 몇 마리라도 기른다. 그것이 농촌살이의 이유이자 묘미이기도 하기 때문이다.

이런 농촌살이를 오래 하다 보면 동물의 생명만 접하는 것이 아니라 죽음도 접한다. 그중에서도 강아지의 죽음, 고양이의 죽음, 나아가 집에서 키우는 염소와 돼지, 소의 죽음도 볼 때가 있다. 적어도 나의 어릴 적 기억을 더듬으면 그렇다.

농촌의 여름밤은 수많은 생명의 집합 장소가 된다. 모기나 하루살이 등 미물에서부터 개구리, 매미 등 온갖 곤충들에 이르기까지 그리고 개울에서 보는 각종의 생명들, 심지어는 뱀에 이르기까지... 그런데 그 생명들은 탄생과 죽음을 매일 이어간다. 바로 생명 윤회의 체험 현장이 농촌인 것이다.

나는 지금도 농사를 지으면서 지난날의 농촌에서의 삶을 돌아본다. 그리고 농부 시인들의 시와 글들을 자주 접한다. 그들의 글에서 농촌살이를 넘어 생명에 대한 외경심을 발견하곤 한다. 그것은 어린 시절의 추억을 되살리고 나에게 생명과 모성의 위대함에 대한 외경심을 일깨워 주기도 한다. 나는 지금도 농사를 짓기에 지난날의 농촌 생활의 추억을 되새기며 어린 날 직접 경험하고 목격한 것들을 바탕으로 글을 쓰기도 한다. 모성의 위대함을 생각하면서 어린 날 목격한 송아지를 사산(死產)한 어미 소의 위대한 모성과 그 애절함을 시로 표현해 보았다. 《어미 소의 애절한 모정(母情)》이다. 시간적 배경이 다르지만 지금도 모정을 생각하면 가슴에 와닿는다.

어미 소의 애절한 모정(母情)을 어떻게 위로할까?

눈이 흩날리는 겨울이었다
차가운 어둠이 밀려든 외양간
누운 채로 처절하게 신음하는 어미 소

어머니는 불을 지펴 물을 끓이고
아버지는 어미 소에게 짚을 듬뿍 깔아 주셨다

세찬 겨울바람이
내가 들고 있는 호야등을 흔들었다
호야 등불이 꺼질 듯 깜빡거렸다

어미 소가 침과 눈물을 흘리며
죽을 듯 신음할 때
아버지는 별안간 반쯤 나온 송아지를 힘껏 잡아당기셨다.
송아지는 축 늘어져 미동도 하지 않았다
어미 소는 벌떡 일어나 미동 없는 송아지를 핥고 또 핥았다

아버지는 담배를 피워물며
“쯔쯔...휴우” 한숨을 쉬셨다

차가운 바람은 하얀 밤을 걷어차고
공포처럼 들려오는 부엉이 울음은
나의 잠을 흔들어 댔다

다음 날 새벽부터 어미 소는 먹지도 않고
하늘이 무너져라 울어댔다
차가운 눈은 여전히 내렸고
아버지는 질은 새벽
어둠을 뚫고 외양간 부엌에 불을 지폈다.

어미 소는 열흘은 족히 목이 찢어질 때까지 울어댔다.
나는 그 젖어 부어오른 눈망울을 바라봐 주는 일 외엔
아무것도 해 줄 수 없었다

-이상호 《위로》 전문-

새끼를 잃은 어미 소의 절규를 생생하게 떠올렸다. 참으로 오래된, 초등학교 시절, 아버지는 농사를 지으면서 소 장사를 하셨다. 농사라 해봐야 식구들 식량 할 정도였으니, 가족들을 건사하고 자식들을 가르치려면 뭔가 벌이를 해야 하셨던 것 같다. 소 장사를 오랫동안 다니셨기에 중개사 자격이 있어 거의 매일 우시장을 돌면서 소를 사다가 팔기도 하고 소를 중개하기도 했다. 때로는 새끼 밴 소를 사다가 잘 길러 새끼를 낳으면 새끼나 어미를 팔기도 했고 어떤 때는 둘 다 팔기도 했다. 새끼 밴 소를 사 오셨을 때는 참 오래 키웠다. 그런데 어쩌다가 어미 소를 집에 떼어 놓고 새끼를 팔거나, 새끼를 떼어놓고 어미 소를 팔 때면 한참 동안 집안은 소 울음소리로 매우 시끄럽다. 송아지를 먼저 팔았을 때는 어미 소가 새끼를 부르는 소리로 시끄러웠고, 어미 소를 먼저 팔았을 때는 송아지가 어미 소를 부르는 소리로 시끄러웠다. 서로를 찾는 그 애절함은 차마 말을 못 할 정도였다. 먹이도 제대로 먹지 않았다. 그 애절한 울음은 적어도 일주일은 갔다. 일주일 정도 지나면 목도 쉬고 지친 모습이었다. 그러다가 잠잠해진다. 아마 지쳐서 새끼 찾기와 어미 찾기를 포기한 것 같기도 했다.

어느 초겨울 아버지는 또 새끼 밴 소를 사 오셨다. 아버지는 그 소에게 온갖 정성을 기울이셨다. 새벽이면 어김없이 일어나셔서 소죽을 끓이셨다. 그리고 3일 정도 지난 후였다. 날씨가 추운 겨울밤 눈이 조금 내렸는데 한밤중에 일이 벌어졌다. 새끼 밴 어미 소가 한밤중에 “엄매 엄매~에...”하며 비명을 질렀다. 그것은 처절한 고통의 비명이었다. 어미 소가 출산을 하고 있었다. 아버지는 한밤중에 외양간에서 출산하는 어미 소를 여러모로 돌보셨다. 짚도 듬뿍 깔아 주셨다. 어머니는 외양간 부엌 가마솥에 물을 끓였다. 외양간엔 온기가 돌았다. 나는 곁에서 등불을 들고 그 광경을 지켜볼 수밖에 없었다. 야심한 밤에 온 식구들은 외양간에 집중되어 있었다.

나는 어미 소가 새끼를 낳을 때 드러누워 눈물을 흘리고 침을 흘리면서 끙끙거리며 고통스러워하는 모습을 처음 보았다. ‘어머니도 나를 낳을 때 저토록 고통스러웠으리라’ 생각했다. 그것은 그때까지 잠자던 나의 의식을 깨워준 출산의 고통에 대한 강한 이해였다. 그렇게 출산의 고통으로 신음을 지속하는 중에 아버지는 갑자기 손으로 어미의 몸에서 조금 나온 새끼를 잡아당겨 꺼내었다. 그리고는 "쯧쯧.. 쯧쯧쯧..." 하고 혀를 차시더니 한참 말씀이 없으셨다. 새끼는 힘없이 축 늘어져 있었다. 미동도 없었다. 사산(死産)이었다. 어미 소는 벌떡 일어나 그 고통을 깡그리 잊은 듯 미동도 하지 않는 송아지를 핥고 또 핥았다. 지극한 모정이었다. 아버지는 한참 동안 멍하니 어미 소를 바라보다가 말없이 외양간을 나가시더니 담배 한 개를 물고 불을 붙였다. 그리고 말없이 한숨을 쉬셨다. 그때는 지금처럼 수의사가 있던 시절도 아니었다.

난 아버지의 그 한숨 소리의 의미를 한참이 지난 후에야 나름대로 해석했다. 우리 집에서 소는 재산이며 생명이었다. 그날 죽은 송아지에 대한 아버지의 안타까움은 이루 말할 수 없었다. 그 죽은 송아지 시신 처리에 대한 상당한 고심이 엿보였다. 소가 사산을 하고 난 날 저녁 아버지는 나에게 얼른 방에 들어가 자라고 강요하듯 말씀하셨다. 다음 날 죽은 송아지의 모습은 보이지 않았다. 난 아버지가 그 시신을 어떻게 처리했는지는 지금까지 알지 못한다. 나에게 그 주검을 보지 못하게 했기 때문이었다. 나도 침울해하시는 아버지에게 송아지의 행방을 묻지 않았다. 다음 날 아침에 어머니에게 만삭인 소를 사 올 때 너무 많이 걷게 해서 사산한 것 같다고 했다. 소몰이꾼이 채찍질을 가하지 않았나 걱정도 했다. 그러면서 '불쌍한 것'을 연발하셨다.

다음 날 아침부터 일주일 이상 아버지는 어미 소에게 더욱 온갖 정성을 다하셨다. 새벽부터 끓이는 소죽에도 쌀겨를 듬뿍 넣고 마구간에 짚을 잔뜩 넣어 따뜻하게 해 주셨다. 어미 소는 젖이 불어 늘어졌는데 아버지는 그것을 손으로 짜 주셨다. 일어서면 매일 빗질을 하여 털을 다듬어 주셨다. 지극한 소 산후조리 보살핌이었다.

어미 소는 다음 날 아침부터 외쳐 울기 시작했다. 아침부터 울어대는 어미 소의 울음소리는 저녁까지 끊이지 않았다. 며칠이 지나자 어미 소는 목이 쉬었다. 그래도 울었다. 그때를 생각하면 지금도 애절하게 송아지를 찾는 어미 소의 울음소리가 귓전에 생생하다. 나를 포함한 모든 가족은 자식 잃은 어미 소의 그 애절함을 누구도 위로해 줄 수 없었다. 할 수 있는 것이라곤 그 아픈 울음소리를 들어주는 일밖에 없었다.

부모는 자식이 죽으면 가슴에 묻는다고 했던가? 그렇게 열흘가량 지났을까, 어미 소의 울음은 점차 가라앉았다. 아버지의 어미 소에 대한 정성 탓이었을까? 새끼에 대한 사랑의 포기였을까? 이미 사라진 자식에 대한 어미 소의 애절한 모성은 그렇게 현실로 받아들여지면서 어미 소의 가슴에 묻어 둔 것 같았다. 나는 그런 어미 소를 위로해 줄 수가 없었다.

지금은 위대한 모성을 회복할 때

여자는 약하나 어머니는 강하다는 말은 진리이다. 그러나 오늘에 와서 어머니의 그 위대한 모성이 질식되고 있는 것 같아 안타깝다, 출산율 0.9% 이하라는 충격적인 숫자는 어두운 미래를 예고하고 있다. 여성성의 본질 속에는 출산이라는 위대함이 도사리고 있다. 그러나 문명화되면서 여성의 사회적 역할과 지위 향상이 급속도로 이루어졌고, 그에 따른 출산의 고통과 양육의 어려움이 출산을 기피하게 했다. 생존경쟁 본능이 종족 보존 본능을 이긴 것일 것이다. 물론 여기에는 출산과 양육을 저해하는 사회적인 지원과 정부 정책의 부재가 도사리고 있지만, 자연의 섭리에 대한 인위적인 거부 현상을 문명이라는 이름으로 치환하는 것 같은 아쉬움도 있다. 이것은 분명히 여성 폄하가 아니라 출산과 양육이라는 여성성이란 자연의 섭리에 대한 배반의 아쉬움이다.

어찌 그뿐일까? 얼마 전엔 의붓아버지와 공모하여 중학생 친딸을 살해하여 유기하도록 방조한 친모가 있었다. 살해한 의붓아버지도 그렇지만 그것을 방조한 친모는 인간성을 완전히 버린 것이다. 더군다나 자기 생명과도 바꾼다는 모성을 버린 것이다. 이기주의와 자기 향락의 왜곡된 정서가 저지른 시대적 아픔이다. 요즈음 자기가 낳은 자식을 버리는 파렴치한 어머니, 자녀를 사랑하기는커녕 방치, 학대하는 어머니에 대한 뉴스를 자주 본다. 가슴이 미어지도록 먹먹해 온다. 사람들은 그들을 두고 인면수심(人面獸心) 즉 사람의 얼굴을 한 짐승이라 한다. 그런데 새끼를 잃은 어미 소의 애절한 울부짖음을 생각하면 자식을 학대하고 버리는 여자는 어머니가 아니라 짐승만도 못한 인간이라는 생각이 든다. 그것은 발전된 시대, 문명화된 시대의 도덕률도 여성성의 신장도 아니다. 고귀한 인간성의 '버림'이다. 심하게 병이 든 이기적인 모습이다.

21세기는 분명 문명은 발달하였지만, 인간다움과 인간의 도덕률은 발달하지 못했다는 생각이 짙다. 많은 언론과 여성 운동가들도 여성의 지위 향상과 자유로움을 추구하는 것만큼, 여성성에 대한 숭고한 의미도 새길 수 있으면 참 좋겠다는 생각이 든다. 여성이 아이를 낳건 낳지 않건 그 모성을 간직하고 있다면 이 땅에 학대받는 아이, 버려지는 아이는 없을 것이란 생각을 한다. 특히 어머니의 친자 살해는 더 없을 것이다. 사람들이 새끼 잃은 어미 소의 애절한 울음소리를 가슴으로 들을 수 있는 세상이면 더욱 인간다운 세상이 될 것 같다.

동양 철학적으로 보면 모성은 천명(天命)이다. 그 천명은 거역할 수 없는 의무이며 당위이다. 그래서 모성과 부성에 대한 이런 말이 있다. "부모는 자애롭다. 부모이기 때문에 자애로운 것이 아니라 자애롭기 때문에 부모가 된다.” 이 말은 부모가 지녀야 할 ‘자애로움’은 천명임을 말한 것이다. 그것을 실천하지 않으면 자식을 낳아도 부모가 아니라는 말이 된다. 생명을 준 부모는 자식에게 사랑을 주어야 할 당위가 이미 천명으로 주어졌다는 것이기도 하다. 그래서 자식을 사랑하지 않는 것은 천명을 거역하는 대역죄가 된다. 그리고 모든 사람은 자식을 낳음으로 부모가 되고 자식을 사랑하므로 천명을 다하게 된다. 생명과 사랑을 함께 주는 사람이 곧 천명을 제대로 실천하는 것이다. 그래서 사람은 성장하면 부모가 되어야 한다. 그런데 문명과 자유, 인권의 신장이란 이름하에 모성과 부성이 상대적으로 죽어가고 있는 것 같다.

동물들은 절대로 천명을 거역하지 않는다. 그러나 인간은 인간적이란 이름으로 천명을 거역하며 그것을 인권과 자유의 신장이란 이름으로 치환한다. 그것을 결코 탓하고 싶지는 않다. 다만 문명의 굴레에서 인간 본연으로 돌아가 보았으면 하는 바람이다. 동물들도 모성은 애절하고 강한데 하물며 사람이 그렇지 않으면 어찌 사람이라 할 수 있겠는가? 문명에 대한 진한 성찰이 필요할 때가 아닌가?

04. 《박사논문》을 쓰면서도 사랑의 밥을 짓는다

나라는 존재가 비롯한 어두운 뱃속에서
어머니의 생명이 나를 사람으로 만드셨다.
인간으로서 탄생되기까지의 여러 달 동안,
그녀의 아름다움이 나의 하찮은 흙을 가꾸셨다.
그녀의 일부분이 죽지 않았던들 나는
아무것도 보지 못하며 숨도 쉬지 못했을 것이며,
또한 이렇게 움직이지도 못했으리라
-J. 메이스필드-

전통사회의 어머니들

큰어머니는 10대에 시집와서 슬하에 자녀를 11명이나 두었다. 그 많은 자녀를 낳고도 바쁜 집안일을 거뜬히 해내셨다. 넉넉하지 않은 시골 살림에 아침부터 저녁까지 논밭으로 뛰어다니셨다. 그러면서 11명의 자녀 뒷바라지를 하고 평생을 선비로 살아오신 시아버지를 정성껏 모셨다. 그 지극한 정성 탓인지 큰할아버지는 55년 전, 당시 94세까지 정신 줄 하나 놓지 않고 살다가 곱게 고종명(考終命)하셨다.

그런 큰어머니는 자녀들이 모두 출가한 후에도 시골살이를 절대 떠나지 않으면서 일손을 놓지 않으셨다. 연로하신 이후에도 밭으로 들로 다니셨다. 수년 전 100수를 바로 눈앞에 둔 99세의 나이로 세상을 떠나기 며칠 전까지 밭에서 일을 하셨다. 임종 사흘 전에 감기 증상이 심상치 않아 병원에 갔는데 폐와 장기들이 이상이 없었다. 그런데 집에 와서 사흘쯤 앓다가 돌아가셨다. 역시 시아버지처럼 고종명(考終命)하셨다. 그런 큰어머니는 체질상 건강을 타고나기도 했겠지만, 확실한 것은 요즈음 말로 하면 돌아가실 때까지 억척스러운 워킹맘 즉 슈퍼 맘이었다.

억척스러운 워킹맘으로 말하자면 내 어머니도 그랬다. 자녀는 큰어머니만큼 낳지는 않았지만, 한순간도 쉬지 않고 일을 하셨다. 내 어린 날 기억으로는 낮에는 밭에서 종일 일하고 가사에 분주했고, 누에를 쳤으며, 길쌈을 하셨다. 지금도 그때를 떠 올리면 베틀에 앉으신 어머니의 모습이 눈에 선하다.

어머니는 우리 삼 형제가 학교 다닐 때 7시 통학 열차 시간을 맞추어 새벽 4시면 어김없이 일어나 새벽밥을 지으셨고, 도시락을 싸셨다. 그때는 괘종시계도 없었는데 어머니는 4시면 일어나시어 밥을 해 놓고 5시면 우리를 깨우셨다. 우린 5시에 일어나 세수하고 교복을 차려입고 어머니가 차려주신 따끈한 밥을 먹고 기차역으로 향했다.

우리 집은 산골 마을에 있어 기차역까지는 40분은 걸어가야 했다. 학교가 있는 읍내까지 가는 가치는 7시에 떠났다. 우리는 어머니 덕분에 하루도 빠짐없이 새벽밥을 챙겨 먹고 열차를 타고 학교로 등교할 수 있었다. 어머니는 그런 일을 무려 12년이나 하셨다. 그러면서도 힘든 기색 하나 없으셨다. 그런 어머니가 연세가 드시고 말씀하셨다. "너희들 학교 보낼 때는 정말 힘든 줄 몰랐다. 어쩜 그렇게 그 시간에 잠이 깰 수가 있었는지 모르겠다." 그것을 가능하게 한 것은 무엇이었을까? 어머니에게는 육감시계가 있었던 모양이었다. 그 육감시계는 모성에 의해 발휘되는 숭고한 것이었을 것이다.

어머니도 임종 전 병석에 눕기 전까지 하루도 일을 손에서 놓지 않으셨다. 늘 부지런하셨다. 그런 어머니는 큰어머니만큼은 사시지 않았지만, 20년 전에 90수를 바라보시다가 떠나셨다. 어머니도 역시 대단한 워킹맘이셨다.

전통사회에서 억척스러운 워킹맘이 큰어머니와 내 어머니만 있었으랴. 세상의 모든 어머니가 큰어머니와 내 어머니 같은 억척스러운 워킹맘이었을 것이다. 그것은 굳이 우리나라의 일만은 아닐 것이다. 전통사회에서는 지구상의 모든 어머니가 모두 억척스러운 워킹맘들이었을 것이다. 그런 워킹맘들은 우리나라에서는 적어도 2000년대 초반까지는 거의 모든 어머니가 그랬던 것 같다. 그러나 요즈음은 그런 억척 엄마 즉 슈퍼 맘들이 점점 줄어들고 있는 것 같다. 어쩌면 사라지고 있다고 해도 지나친 말은 아닌 것 같다. 그것은 민주주의와 인권 의식의 발달과 함께 여성의 권익 신장이 한몫하고 있는 것 같기도 하다. 정말 그럴까?

지금 대한민국은 저출산으로 미래가 어둡다. 그것은 대한민국만 아니다. 지구상의 거의 모든 문명국이 겪는 공통적인 이야기다. 문명국들은 하나같이 국가가 출산 장려 대책을 세우고 갖은 예산을 투여하며 출산을 독려한다. 특히 한국은 가파르게 출산율이 떨어지고 있다. 어쩌면 세계에서 가장 빠르게 출산율이 떨어지는 국가이다. 어떤 미래 학자가 말하는 바를 따르면 출산율에 관한 한 한국은 미래가 절망인 나라다. 정부에서는 지금까지 저출산 대책으로 무려 380조 원 이상을 투자했다고 하지만 도무지 출산율은 오르지 않고 있다. 대한민국의 미래를 어둡게 여길 수밖에 없는 이유다.

이제 정말 억척스러운 워킹맘들이 사라진 것일까? 아직도 세상 곳곳에는 옛날과 양상은 다르지만, 억척스러운 워킹맘들은 건재할 것이다. 다만 그 숫자가 줄어들었기 때문 아닐까? 문명사회는 분명 여성의 권익이 신장 되고 여성의 자기 결정권이 강조된다. 그와 함께 혼인율도 줄어들고 출산율도 줄어든다. 그것을 탓할 수는 없다. 문명사회의 자본주의적 경쟁 관계의 치열함은 남녀 모두를 일터로 내몰고 있다. 일하지 않으면 내가 설 자리를 지키고 발전시키기가 어려운 세상이 되었다. 따라서 여성의 출산과 결혼 기피는 여성의 자기 결정권의 신장 탓만은 아니다. 출산과 결혼 기피는 여성만 아니라 남성들에게도 많이 나타난다. 그 기저에는 정치 사회, 경제적인 경쟁 관계와 모순이 존재한다. 특히 도시화 되면서 급속하게 오르는 집값과 육아에 대한 과중한 부담은 결혼과 출산을 기피하게 만드는 강한 요인이 되고 있다. 분명한 것은 결혼과 출산율이 극도로 저하되는 지금의 현상은 특히 워킹맘이 급속하게 늘어나고 여성의 사회적 경제적 활동이 필수인 시대가 되면서 결혼과 출산은 점점 기피의 대상이 되어가고 있다는 점이다. 그것은 분명 시대적 병리 현상이며 미래를 어둡게 하는 일이다. 그 병리 현상의 기저에는 모든 것을 시장가치, 자본가치로 환산하는 자본주의적인 천박성의 만연함도 한몫하고 있을 것이다.

2000년대 초반만 해도 여성에게 결혼과 출산은 숙명으로 여겼던 것 같다. 그러니 결혼하여 출산한 여성들의 직장생활은 정말 고달팠다. 그래도 묵묵히 그것을 이겨 내면서 집안에서는 살림하고 자녀를 키우고 직장에서 일을 해냈다. 그야말로 그때의 모든 여성 특히 어머니들은 전통사회의 어머니들처럼 슈퍼 맘들이었다. 그런 슈퍼 맘의 일상을 이야기한 시(詩)가 있다. 김명원의 《박사논문》이다.

억척스러운 워킹맘 이야기

박사논문을 쓰다가
나희덕과 김혜순과 문정희의 시를 곰곰 분석하다가
엄마, 배고파, 아들의 말 한마디에
쌀을 씻고 찌개 재료를 다듬는다

나희덕의 시 「뿌리」는 개수대로 흘러 들어가고
김혜순의 「또 하나의 타이타닉호」는 밥솥으로 급조되고
「몸 큰 여자」 문정희는 속 좁은 투가리 안으로 굽혀 들어가
망연자실 방향을 잃고 어리둥절하다가 이내 된장과 뒤범벅이
된다

벙벙벙 요란히 참았던 들끓는 침을 쏟아내며
정신없이 튀어 오르는 밥과 찌개 방울들
그녀들의 시와 긴밀히 연애하던 나의 한 때는
확,실,하,게, 증류된다

논문 속에서 오만하게 눈 흡뜨던 그녀들이
참기름 속에서 섞이고
지지직 감자전에 녹으며
오만가지 재료와 뒤섞여 찌개 안에서 정체가 불명인 채
나의 가열하게 감전되던 활자들은 실종되고
낯선 저녁만 우,두,커,니, 남는다

2개월 내내
4개월 내내
6개월 내내 줄곧 진창 논문을 쓰다가
여보, 밥 줘,
밥을 차리다가 어디더라?
나희덕, 김혜순, 문정희를 고요히 사색하다가

엄마, 밥 줘,
다시 반찬 속에 그녀들을 볶고 지지고
잃어버리고 다시 더듬 찾다가

다 썼다는 논문을 들고 논문 심사받으러 간 날
심사장에 앉아 펼친 논문은
글자들은 모두 뭉개진
하얀 밥상

지독하게 익어간, 그러나
어렵사리 짝사랑하다 끝 낸
여성 시인들과 나의 땀내 나는 분투의
김혜순 압력밥솥 쌀밥
나희덕으로 무친 시금치 나물
문정희로 끓인 된장 찌개,

내 논문을 심사하러 모인 남성 교수들에게
아내와 엄마이면서 박사가 되려 논문을 써야 했던 만능 여성이
쓴
한 상 두둑 고봉의 밥을 먹인다
힘겹게 차린 6개월분의 밥상을 시식시킨다

-김명원 《박사논문》 전문-

출산율이 절벽으로 치닫는 이 위기의 시대에 그래도 이 시《박사논문》(김명원,『희망 바이러스』, 문예연구사, 2004.)에서 한국의 희망을 찾는다. 이 시가 탄생했을 때는 남성 중심의 사회였다. 그런 남성 중심의 사회에서 '일과 육아, 자아 성취'라는 3중의 치열한 삶을 살아가던 워킹맘들의 삶의 이야기가 녹아 있다. 그리고 사랑하는 아이와 남편, 가족을 위해 무엇이든 해 내야 하는, 아니 척척 해냈던 슈퍼 엄마들의 이야기도 녹아 있다. 그들은 자기를 탄생시키고 길러준 피붙이만 아니라 새롭게 꾸려진 가족(시집 식구)과도 후천적인 피붙이의 삶을 강하게 구축하며 살아가던 사람들이었다. 그들 대부분에게는 결혼이라는 이름으로 맺어진 질긴 인연을 아름답게 가꾸어 가던 능력이 있었다. 그것은 능력이라기보다는 전통적인 관습으로 내려오던 여성에게 주어진 숙명 같은 삶을 온몸으로 받아들이던 엄마들의 이야기다. 그 시대까지의 여성들은 결혼과 출산을 숙명으로 여겼다. 그래서 이 시대에는 출산율 0.7%대라는 시대적 고민 같은 건 상상도 못할 일이었다. 그래서 이 시에서 시대의 희망을 찾을 수 있다.

김명원[66] 시인은 박사가 되기 위해 치열하게 노력하였던 것 같다.

시《박사논문》에는 시인이 박사가 되기 위해 논문을 쓰는 일은 육아, 아내로서의 가사, 박사가 되는 일, 셋 중에서 가장 뒤로 밀려난 것이었다. 그러면서도 치열하게 박사논문을 쓰고 심사를 받아 박사가 되는 과정의 이야기를 수기처럼 전개하고 있다.

시는 총 8연의 장시에 속한다. 첫째 연에서 등장하는 나희덕, 김혜순, 문

---

66) 김명원 시인은 1959년 충남 천안에서 출생했다. 이화여대 약학과 및 성균관대 대학원 국문학과를 졸업했다. 문학박사이다. 1996년《詩文學》으로 등단했다. 시집으로『슬픔이 익어, 투명한 핏줄이 보일 때까지』와『달빛 손가락』이 있고 저서로는 김명원 시인 대답집『시인을 훔치다』등이 있다. 2002년 '노천명문학상' 2007년 '성균문학상', 2008년 제13회 '시와 시학 젊은시인상'을 수상했다. 현재 대전대학교 문예창작과 교수로 있으면서 '시문학의 이해' '시와 음악' 등의 강의를 하고 있다.

정희는 시인이 쓰는 박사학위 논문의 내용을 짐작하게 한다. 아마 당시 왕성한 활동을 하던, 젊은 여류 시인들의 작품을 분석하는 내용이었을 것이다. 시인은 그녀들의 시를 곰곰 분석하다가 "엄마, 배고파"라는 아들의 한마디에 박사논문 쓰던 것을 중단하고 아들을 위해 밥과 찌개를 끓이는 일에 매진한다. 확실히 박사논문은 엄마의 역할에 밀려났다. 그렇게 모성은 본능처럼 발동하였다.

그런 과정에서 혼돈이 닥친다. 그동안 골똘하게 분석하던 나희덕, 김혜순, 문정희의 시는 이내 방향감을 상실하고 만다. 그것은 이제 머릿속에 있지 않고 밥과 찌개 속으로 들어가 버렸다. 나희덕의 「뿌리」는 새 생명을 잉태하는 엄마의 위대함이다. 김혜순의 「또 하나의 타이타닉호」는 사랑의 미학과 위대함이다. 그리고 문정희의 「통 큰 여자」는 시대를 살아가는 강한 여자의 모습이다. 적어도 그 시대 여성들의 시의 주제는 대부분 시대적 정의(正義)와 모순척결(矛盾剔抉)과 같은 정치 사회적인 과제보다는 여성과 어머니, 가족으로서의 치열한 삶의 정서를 주로 소재로 다루었다. 그리고 그런 시를 쓰는 일조차 엄마와 아내, 주부라는 역할 앞에서는 "망연자실 방향을 잃고" 말았을 것이다. 그리고 시인이 그토록 애써 "긴밀히 연애하던" 박사논문의 소재들은 "정신없이 뛰어오르는 밥과 찌개 방울들"과 함께 "확,실,하,게, 증류"되고 말았을 것이다. 증류된다는 것은 공중으로 사라진다는 것이다. 그동안 애써 분석한 것들이 도루묵이 되어버렸다. 그래서 다음에 다시 시작해야 한다. 시인에게 이런 일이 얼마나 반복되었을까?

다음 연에서 그 이야기들은 다시 반복된다. 그녀들의 시 이야기들은 "참기름 속에서 섞이고" "감자전에 녹으며" "정체가 불명인 체" "나의 가열하게 감전되었던 활자들은 실종되고/ 낯선 저녁만 우,두,커,니, 남는다" 망연자실이다. 이제 여성에게 박사논문을 쓰는 일은 혼돈의 늪에 빠져 버렸다.

그런 혼돈은 하루 이틀 전개된 것이 아니다. 2개월, 4개월, 6개월이 지나도록 계속된다. 그래도 진창 논문을 쓰다가 "여보 밥 줘"라는 남편의 한마디에 박사논문을 쓰기 위해 그토록 "연애하듯 고요히 사색"하던 "나희덕, 김혜순, 문정희"의 시들은 다시금 혼돈 속으로 빠져들었다. 확실하게 아내의 역할이 박사논문보다 우선순위였다. 그렇게 여성에게서 자기 성취와 서정은 후 순위로 밀려나던 시대였다. 그런 혼돈을 수없이 경험하면서 시인은 줄기차게 박사논문을 포기하지 않고 써 나간다. 그런 과정에서 여성은 점점 슈퍼 맘이 되어갔다.

그렇게 각고의 끝에 논문을 완료하고 "심사받으러 간 날 심사장에 펼쳐진 논문"을 보니 머릿속에는 박사논문의 활자가 아닌 그동안 차린 "하얀 밥상"만이 둥둥 떠다녔다. 다 완성된 논문은 논문이 아니라 "하얀 밥상"으로 느껴지는 시인의 마음, 얼마나 힘들게 썼던가? 엄마와 아내의 역할 속에서 박사논문을 쓰는 일이 얼마나 힘들었던가? 시에서 그동안의 모든 일들은 "하얀 밥상"에 집약된다.

그렇게 힘들게 쓴 박사논문은 그동안 버무려 차려낸 "하얀 밥상"이다. 즉 시인이 쓴 박사논문은 "하얀 밥상"과 동일시된다. 박사논문은 엄마와 아내의 역할 속에서 탄생한 것이다. "하얀 밥상"은 그것을 힘주어 강조한 것이다. 어차피 '아들과 남편'이란 남성을 위해 분투하였고 그렇게 만들어진 밥상이다. 그런데 박사논문 심사위원은 모두 남성들뿐이다. 집안에서 아들과 남편도 남성이고 심사장의 심사위원들도 남성이다. 그 밥상을 평가해 줄 사람에 여성은 한 명도 없다. "하얀 밥상"을 시식하고 먹어줄 사람은 모두 남성이다. 어쩌면 그 하얀 밥상은 남성들을 위해, 남성들에게 평가받기 위해 차려진 것인지도 모른다. 여기 이 사회가 남성 중심의 사회임을 강조하고 있다.

그런 남성 중심의 사회에서 박사학위를 받고 자기 성취를 해냈으니 얼마나 대견하고 아름다운 일인가? 그것을 시인은 "아내와 엄마이면서 박사가 되려 논문을 써야 했던 만능 여성이 쓴/한 상 두둑 고봉의 밥을 먹인다"고 직설적으로 드러낸다. 스스로 억척스러운 엄마와 아내 즉 슈퍼 맘임을 드러낸다. 그러면서 그 시대에 자기 성취를 이루며 살아가던 모든 여성은 슈퍼 엄마이었음을 강조하고 있다.

"하얀 밥상"은 위대한 밥상이다. "하얀 밥상"은 분명 가족에 대한 사랑의 매개체이다. 여기서 '밥'은 주연이고 '된장찌개와 반찬'들은 조연이다. "하얀 밥상"은 세상의 모든 주연과 조연이 동원되어 연기한 위대한 작품이다. 사랑의 결정체다. 그 사랑의 첫 대상은 아들과 딸이다. 그리고 남편이며 가족이다. 그 속에서 나의 성취욕도 잉태하고 결국 완성된다. 그러니 얼마나 위대한 밥상인가?

엄마의 "하얀 밥상"이 있는 한 생명은 생명을 이어간다. 엄마라는 존재는 어떤 존재인가? 어미 새가 물고기를 잡아 물고 잘게 부수어 새끼 새에게 먹이는 것처럼, 자녀에게 온 정성을 바치는 존재이다. 그뿐 아니다. 남편과 가족을 위해 차리는 밥상이다. 그 밥상이 있는 한 자녀는 성장하고 가족은 건강하게 삶을 영위한다. 엄마와 아내는 자녀와 가족을 위해 "하얀 밥상"을 차리는 초인이다. 그래서 "하얀 밥상"은 생명의 밥상이다.

나아가 "하얀 밥상"은 사랑의 실천이고 희망을 만들고 이어가는 일이다. 희생과 정성이 깃들지 않은 사랑이 있을까? 만약 그런 사랑이 있다면 그것은 사이비 사랑이다. 사랑이 생명력을 이어가기 위해서는 누군가의 희생과 정성이 필요하다. "하얀 밥상"에는 사랑을 실천하고 희망을 심고 가꾸는 엄마의 희생과 정성이 담겨 있다. 그 엄마의 희생과 정성은 생명의 창조자로서의 희생과 정성이며 신의 사명을 수행하는 숭고함이다. 그 사랑과 희생이 있는 한 생명의 역사는 영속할 것이며 지구 또한 영속할 것이다.

일부의 예언가들과 과학자들은 지구 종말론을 내세우고, 또 기후 위기 등 현대의 모든 위기 속에서 미래에 대한 암담한 위기론을 내 세우지만, 지구 위의 모든 생명체가 종족 보존의 본능을 이어가고 발전시키는 한 지구는 멸망하지 않을 것이다. 거기에 특히 출산과 육아를 포기하지 않는 엄마들이 건재하는 한 지구는 존재가치가 영속할 것이다. 인간이 사라진 지구는 상상하기 힘들기 때문이다. 인간이 사라진 지구는 무슨 의미가 있으며 어떤 존재성을 가질 수 있을까? 여기에 출산과 육아라는 무상의 명령이 존재한다.

그런데 2020년대의 지금, 그 엄마의 사랑과 희생, "하얀 밥상"의 위대함이 심각한 위험에 빠져들고 있다. 많은 사람이 출산과 육아를 포기하거나 미루고 있기 때문이다. 0.7%라는 초저출산율은 이제 한국 사회의 미래를 걱정하는 첫 번째의 심각한 과제가 되었다. 왜 이렇게 되었을까? 여기에 국가 사회적인 심각한 문제가 존재한다.

깨어지는 모성 신화

전통사회의 모성은 항상 위대하였지만 제대로 된 대접을 받지 못했다. 여성에게 주어진 숙명으로 여겼다. 전통사회의 어머니와 아내들은 몸이 아파도 마음대로 자리에 드러누워 편히 쉴 수가 없었다. 어쩌면 그런 사고방식이 지금까지 이어져 오고 지금도 그런 숙명적인 사고방식이 지배하고 있는 것은 아닐까? 만약 그렇다면 문제가 크다. 지금의 시대는 전통사회처럼 여성의 역할이 고정화되어 있지 않기 때문이다.

전통사회의 모성은 신화에 의존하고 있었던 것 같다. 적어도 인류의 시작과 더불어 진행된 역사 속에서 원시 모계 사회를 탈피하고 나서부터 이어져 온 남성 중심 사회에서 모성은 신화에 바탕을 두어 왔다. 그런 모성 신화는 모든 국가의 건국 신화에서도 등장하듯 인류의 탄생과 발전의 원천이다.

그런데 그 모성은 본능일까? 사회문화적인 학습의 산물일까? 적어도 전통사회에서 모성은 본능으로만 취급해 왔던 것 같다. 여기에 신이 부여한 무상명령 즉 숙명이 더해졌다. 그래서 전통사회의 모성 신화는 숙명에 의한 본능이랄까? 그리고 그 모성은 위대하고 아름다운 희생적인 것이었으며, 그것을 강요하는 것이었다. 오로지 자녀와 가족을 위해 모든 희생을 감수하는 존재, 감수하여야 하는 존재로 규정되어 왔다. 특히 자녀의 출산과 양육에 있어서는 절대적인 이데올로기였다.

전통사회에서는 이 절대적인 이데올로기로서의 모성 신화가 지배해 왔다. 따라서 결혼, 출산, 양육이라는 생물학적인 기능은 여성에게 기본적으로 주어진 숙명적인 과제였다. 만약 그것을 거부하면 여성으로서의 존재성을 인정받기가 어려웠다. 따라서 이 성스러운 신화인 모성 신화는 여성을 사회적으로 억압하는 강한 이데올로기로도 작용하였다. 그러나 산업화와 도시화, 특히 고도산업사회가 되면서 이 모성 신화는 점차 여성들의 강한 반발과 함께 여성 해방과 권익을 가로막는 낡은 이데올로기로 인식하기에 이르렀다. 그리고 자본주의적 시장경제가 급속하게 발달하면서 모성 신화는 노동개념과 연계되어 여성에게 지어지는 무상노동이라는 개념과도 연계되었다. 그래서 이 시대에는 여성에게 모성 신화를 강요할 수도 없고 또한 강요해서도 안 되는 낡은 이데올로기로 전락하고 말았다.

출산율이 0.7%라는 지금의 시대에 모성 신화가 본능이냐, 사회문화적인 환경의 산물이냐의 논의가 중요한 것은 아니다. 다만 중요한 것은 그것이 본능이든, 천부적인 숙명이든, 사회문화적인 환경의 산물이든 강한 환경적인 저항을 받으면 퇴색되고 변질된다는 점이다. 본능의 영역도 생존의 위협에 직면하면 변질 왜곡되고 오로지 생존본능과 방어기제만 강하게 발달하기 쉽다.

현대 자본주의는 철저한 시장주의에 기반을 두고 있으며 그 시장주의는 자본적 환원이라는 계산 문화가 자리 잡고 있다. 여기에는 모든 것을 시장가치로 환원하려는 경향이 강하게 지배한다. 거기에 치열한 자본주의적 경쟁이 첨가되어 정글의 법칙이 강하게 지배하는 세상이 되었다. 그것은 자본주의가 낳은 병폐지만 이제 어쩔 수 없이 우린 그 모순과 병폐를 안고 살아갈 수밖에 없다. 중요한 것은 그 안에서 자기를 잃지 않고 지키고 발전시키는 개인의 역량이며 국가 사회의 총체적인 돌봄의 기능이다. 그런 가운데 인류 역사의 시작부터 이어져 온 모성 신화란 이데올로기가 위협받고 있는 것도 당연하다.

현대 사회의 많은 경우 모성 신화도 무상노동의 개념과 결합하면서 어쩌면 자본주의 사회에서의 삶과 행복 추구권을 위협하는 것으로 인식되기도 하였다. 그래서 모성 신화는 자본주의적 정글 속에서 여성뿐만 아니라 상당수의 남성까지도 생존을 위협하는 낡은 이데올로기로 취급하는 경향이 짙게 확산되어 왔다. 그것은 어쩌면 모성 신화를 사망으로 이끄는 일인지도 모른다. 그러나 인류의 발전과 영속을 위해 우린 새로운 형태의 모성 신화를 살려 내야 하지 않을까? 여기에 돌봄 문화의 중요성이 등장한다.

모성 신화 회생에 거는 기대, 돌봄 문화의 정착

이제 출산과 육아 등을 모성 신화를 통한 단순한 희생이나 숙명적 무상노동에 기댈 수 없다. 그래서도 안 된다. 그것은 고도 기술 문명사회와 경쟁 자본주의 사회의 강한 요구이기도 하다. 다시 논의해 보지만 모성 신화는 본능인가, 사회문화적 학습의 산물인가 의 논의에서 어느 쪽에 손을 들어주던, 중요한 것은 출산과 육아를 어떻게 조장함으로써 출생률을 높이고, 인류를 소멸 위기에서 구출할 것인가의 문제에 직결된다. 그것은 이제 개인의 문제가 아닌 국가·사회적인 문제이며 가치관을 포함한 철학적이고 문화적인 총체적 문제이기도 하다. 여기에 국가의 상당한 역량이 결혼, 출산, 육아를 위한 정책, 나아가 여성 스스로 모성 신화를 회복할 수 있도록 하는 정치, 사회·문화적인 돌봄의 확산과 정착이라는 과제가 도사린다.

어쩌면 지금 한국은 돌봄 구호의 시대다. 출산 돌봄, 영아 돌봄, 유아 돌봄, 노인 돌봄, 장애아 등 약자 돌봄 등 제반 측면에서 돌봄을 요구한다. 그러나 모든 측면에서 선진국은 그 돌봄 문화가 정착단계에 있지만 아직 한국은 정착되지 못하고 구호만 요란한 것 같다. 돌봄의 중요성은 외치는데 국가가 체계적인 돌본 정책을 수립하여 시행하지 못하다 보니 들판에 대순 돋듯 산만하게 전개되어 왔고 현재도 그렇게 전개될 뿐이다. 그러니 출산 장려 정책에 380조 원을 투자해 왔지만 밑 빠진 독에 물 붓기였다. 따라서 이제 총체적인 재점검과 새로운 접근이 필요하다.

전통적으로 출산과 육아 등 돌봄은 모성 본능에 의한 숙명적인 무상노동으로 인식되었고 그것은 자녀가 성장하여 그 은혜에 대한 갚음 즉 효도라는 윤리적 가치와 행동으로 보상이 주어졌다. 그것은 개인적이고 가족적인 윤리에 의한 것이었다. 그것은 시장가치로 환원하면 부모와 자식 간에 행해지는 무상돌봄이었다. 그 무상돌봄은 '상호 빚 갚음'이었다. 그러나 현대 고도 산업사회에서는 그것이 점점 실종되어 가고 사회적 집단적 양상으로 전환되고 있다. 이제 모성과 효도는 개인적 윤리의 측면을 넘어 사회문화적인 윤리의 작동을 요구하고 있다. 자본주의가 만연한 사회의 시장주의는 모성과 효도를 자본가치로 환산시켜 가는 시스템이 작동하고 있다. 거기에는 그 강력한 주체인 여성의 정치, 사회, 문화적 진출과 역량의 강화, 인권 의식의 확대 등이 크게 한몫하고 있으며, 특히 자본주의적 시장가치가 작용하고 있다. 따라서 이제 부모와 자식 간의 출산, 육아와 효도라는 쌍방 돌봄은 벌써 개인 윤리의 차원을 넘어섰는데 한국은 여태까지 정치, 사회, 문화적으로 개인 윤리에 의존해 왔고 의존하려 하고 있는 것 같다.

전통적으로 훌륭한 어머니는 모성을 이상화하므로 바깥일(사회활동과 사회적 영역의 일, 자기 성취 등) 일체를 버리고 오로지 가족 내에서 어머니와 아내란 이름으로 가족 돌봄과 가족 경제를 보살피는 당사자로서 개인의 희생과 함께 숙명적으로 빚진 돌봄 노동이 주어진 인물이었다. 그러나 고도산업사회에서는 훌륭한 어머니를 그렇게 규정지을 수가 없다. 고도산업사회는 모든 여성을 가정이란 울타리를 벗어나 정치, 사회, 문화적인 운동장으로 끌어냈기 때문이다. 그리고 이 고도산업사회는 그래야만 제대로 작동하고 살아갈 수 있는 사회가 된 것이다.

그런 가운데 성장한 좋은 어머니는 육아, 가사, 사회적인 일, 자기 성취라는 여러 가지 일을 동시에 수행해야 하는 사람으로 규정 지워졌다. 그리고 출산과 육아도 이제는 개인의 영역이 아니라 국가 사회적인 영역이 된 것이다. 이제 국가와 사회는 여성의 노동력을 요구하고 여성 또한 국가와 사회, 문화의 모든 측면에서 중요한 노동자로 자리매김했다. 그러기에 출산과 육아를 과거와 같은 숙명적인 무상노동으로 취급하는 것은 개인의 더 큰 노동 희생을 강요하며 정치, 사회, 문화적 노동 가치를 몽땅 빼앗아 버리는 것이다. 따라서 그것을 더 이상 무상노동의 숙명으로 이해되어선 안 된다.

만약 이 고도산업사회인 한국에서 지금도 출산과 육아를 숙명적 무상노동으로 당연시한다면 그것은 어머니가 출산과 육아로 인해 경제, 사회적인 활동을 중단할 때 유상노동의 경제적인 가치를 강제로 빼앗는 것이 된다. 따라서 어머니의 출산과 육아를 위한 사회경제적인 활동의 중단은 여성의 노동 가치를 제로(zero), 나아가 마이너스로 만드는 것이며, 일종의 노동 착취가 된다. 이에 자본시장의 계산 가치에 밝은 상당수의 여성과 나아가 남성들까지 그 착취에 저항하게 된다. 그리고 그것은 경제적인 가치를 넘어 개인의 행복 추구권까지 침해하는 것으로 인식되어 출산과 육아를 거부하는 강력한 문화적 현상을 만들어 내게 된다. 출산율 0.7% 이하라는 지금의 한국 사회가 바로 그러한 문제점을 노출한 것이다.

지금 고도산업사회의 모든 여성과 남성, 어머니와 자녀, 모두는 개인이지만 국가 사회적인 존재이다. 따라서 국가가 나서서 모두에게 돌봄을 실천하여야 한다. 특히 전통적으로 부모와 자녀 간에 출산, 육아와 효도라는 쌍방 돌봄을 결코 숙명적 무상노동으로 이해해서는 안 된다. 왜냐하면 그 모든 사람은 국가 사회의 정치, 경제 사회, 문화적인 일꾼이기 때문이며, 여기에는 경제적인 임금이라는 자본가치가 따르기 때문이다. 그래서 국가 사회는 경제, 사회, 문화적으로 총체적인 돌봄을 이행해야 한다. 거기에는 '임금'이라는 노동 가치에 대한 보상이 반드시 따라야 한다. 왜냐하면 전통적으로 비경제적 가치라 여겼던 무상노동으로서의 돌봄이 고도산업사회에서는 자본가치의 순환과 연결고리에 얽혀 있기 때문이다. 그래서 중요한 것은 국가와 사회가 정치와 정책적으로 전통적인 돌봄의 무상노동과 무정형의 경제적 활동을 국가, 사회적 차원으로 끌어내어 이해하고 실행하는 일이다.

출산과 육아를 숙명적인 무상노동으로 규정지어지던 전통사회에서 미혼자, 출산 기피자는 불능의 여자, 조상에 죄짓는 자 등 다양한 방식으로 나쁜 여자(나쁜 남편 등)로 당연하게 규정지어 왔으나 이제는 그럴 수 없는 사회가 되었다. 그리고 어느 한 측면에서 일어나는 여성 사회운동처럼 그것은 여성 비하이며 여성의 행복 추구권과 자기 결정권의 침해로 인식될 수도 있다. 따라서 그런 인식은 시대착오적인 인식이 되었다. 우리 사회의 정책 담당자들은 만약 그런 사고방식을 가지고 있다면 빨리 탈피하여야 한다. 이제는 결코 모성 신화에 숨겨진 희생 강요와 노동 착취라는 복합적 관계를 탈피하여야 한다. 따라서 출산과 육아를 포함한 여성의 노동을 신성시하는 사회문화적인 노력도 절대 필요하다.

이제 여성의 출산과 육아를 모성 신화와 무상노동에 의존한다면 그것은 국가와 사회가 수많은 어머니에게 빚을 지고 있는 것이 된다. 그것은 출산과 육아로 인한 사회, 경제적인 단절로 겪는 경제, 문화, 자기 성취의 단절에 대한 빚이다. 국가, 사회의 돌봄 기능의 체계적인 확대와 정착은 그 빚을 갚는 것이 된다. 중요한 것은 그 빚을 어떻게 환산하고 어떻게 갚으려 하는가의 문제이다.

한 명의 어린이는 국가 미래 비전이고 미래 자산의 기초이다. 출산과 육아를 책임지는 어머니에게는 그 국가 비전과 자산에 대한 대가를 지불해야 한다. 이러한 인식은 자본시장적 인식을 넘어 사회문화적인 인식과 함께 복합적인 인식 문화를 요구한다. 이제 정말 국가는 적극적인 차원에서 출산과 육아에 대한 돌봄을 총체적으로 책임지는 정책적 사회문화적인 노력을 기울여야 한다. 그것은 이 땅의 어머니들에게 베푸는 은전(恩典)이 아니라 일종의 빚 갚음이다. 이제 어머니들의 자녀 출산과 육아란 돌봄에도 적극적인 자원 투자의 형태로 인식되고 실행될 때 국가의 미래가 밝아질 수 있기 때문이다.

그리고 또 하나, 출산과 육아라는 돌봄 기능에는 가족을 더 이상 한 개인 단위의 집단으로만 인식하는 것으로부터 탈피하는 일이다. 이제 가족 또한 개인적 차원을 넘어선 사회적 차원의 존재 단위가 되었다. 가족은 가장 중요한 사회경제적인 핵심 단위 조직이 되었다. 건강한 가족이 국가와 사회에 건강한 노동력을 제공한다. 그래서 가족이야말로 가장 아름답고 핵심적인 조직이라는 국가 사회의 인식 전환이 필요하다. 부부를 중심으로 한 가족이 불안하고 해체 위기에 있으며, 노동력의 자본가치가 사회경제적인 자본가치를 도저히 따를 수 없을 때 출산과 육아는 포기하게 되기 때문이다. 예를 들어 급격하게 오른 집값과 물가 상승 등 생활비 급증은 출산을 포기하게 만든다. 그리고 부부가 자녀가 성인이 될 때까지 양육 비용을 감당할 자신이 없을 때도 출산을 포기하게 만든다. 그것은 지금 우리 사회에 만연해 있다. 어쩌면 출산을 포기하는 가장 중요한 요인이 되었는지도 모른다.

가족에게는 집이 필요하고 생계가 필요하기 때문이며, 부모에게 자녀의 양육은 적어도 자녀가 자립할 때까지의 돌봄이라는 중요한 사명과 의무가 주어져 있기 때문이다. 국가 사회는 이를 등한시해서는 안 된다. 적극적인 차원의 인식이 필요하다. 따라서 출산과 육아를 위한 돌봄 정책은 건강한 가족 문화의 형성이라는 돌봄 기능과 함께 복합적인 구조를 이루어야 한다. 따라서 국가는 가족의 건강한 삶을 위한 지원 대책도 필요하다. 그 하나로 주택 공급 정책의 대폭적인 수정과 지원 또한 절대적으로 필요하다. 그것 또한 돌봄 정책의 차원에서 접근하여야 한다.

모성 신화의 르네상스를 위하여

이제 국가는 정말 돌봄의 부재와 결핍, 왜곡이 초래할 위험을 감지하여야 한다. 그리고 돌봄의 확대재생산과 여성의 자아실현이 충돌하지 않는 사회

공동체를 만드는 일에 주력하여야 한다. 거기에는 여성에게 또 부부에게 국가 사회의 제대로 된 빚 갚음 의식과 그에 준하는 정책이 필요하다. 그렇게 될 때 돌봄공동체로서의 아름다운 가족 문화를 성공적으로 정착시킬 수 있을 것이다. 그것은 돌봄을 통한 모성 신화를 회생시키는 일이다.

모성 신화의 회생은 보수화나 퇴행이 아니다. 출산과 육아, 아름다운 가족 문화를 위한 르네상스다. 르네상스는 전통의 재발견이며 새로운 창조이다. 그처럼 고도산업사회에서의 모성 신화의 회생은 전통적인 가부장 사회의 모습을 탈피한 남녀평등이라는 다원적이고 탈 위계적이며 수평적인 가족 문화의 탄생이며 여성의 사회진출과 경제적 가치 실현, 나아가 자아실현을 충분히 가능하게 하는 새로운 창조로서의 모성 신화의 회생이다. 그런 모성 신화의 르네상스는 이 땅의 여성들이 가족이라는 아름다운 울타리에서 위안과 보상을 받으며, 경제적 자립뿐만 아니라 자아 성취를 가능하게 하는 사회로 발전시켜 나갈 것이다. 그때 여성들은 마음과 노동을 아낌없이 가족과 자녀에 쏟아부을 수 있는 신성을 발휘할 수 있을 것이다.

따라서 출산율 0.7% 이하인 지금의 한국 사회에서는 가장 중요한 기반인 가족공동체의 해체라는 위기의식에서부터 출발하여 단순한 출산장려금 지급의 범위를 넘어 고밀(高密)한 철학적 사고를 통해 정치, 사회, 문화적인 총체적 접근을 통한 모성 신화의 르네상스를 이룩해야 할 것이다. 그때만이 대한민국의 밝은 미래를 예측할 수 있을 것이다.

지금 우리는 숭고한 모성 신화를 회생시켜야 한다. 그 회생은 단순한 생명의 회생을 넘어 재창조로서의 회생이다. 그래서 모성 신화의 르네상스란 말로 설명한다. 우린 지금 그것을 바라고 있다. 그것은 전통사회처럼 신화적인 요소나 신에 의한 무상명령에 의존하는 개인 윤리가 되어서는 안 된다. 이제 모성 신화의 르네상스는 범국가적이며 사회적인 차원으로 인식되어야 한다. 국가가 모성 신화의 르네상스를 성공적으로 이끌려면 단순한 경제적 지원을 넘어 철학적인 사유와 분석을 포함한 총체적인 문화 혁신의 노력이 필요하다. 모성 신화의 르네상스는 자본만 요구하는 것이 아니기 때문이다.

김명원 시인의《박사논문》은 치열한 경쟁사회에서 억척스러운 엄마의 이야기를 통해 출산율 0.7% 이하라는 지금의 한국 사회에 모성 신화의 르네상스를 요구하는 단초를 열어주고 있는 것 같다. 또다시 엄마와 아내들은 가족을 위해 마음 놓고 "하얀 밥상"을 차릴 수 있어야 한다. 거기에는 경제적 가치를 넘어선 여성에 대한 전반적인 사회활동의 지원과 경력 단절의 위기를 극복하고 자기 성취를 이룩할 수 있는 사회적 시스템이 작동될 때 가능한 것일 것이다.

모성 신화의 르네상스를 위한 일에는 국가 사회적인 의무만 있는 것이 아니다. 이 땅을 살아가는 남녀 모두에게도 있다. 가족 내에서든 사회 속에서든 '밥'은 항상 사랑과 인간관계의 매개체이다. 시인은 박사논문을 쓰면서도 가족을 위해 "하얀 밥상"을 차렸다. 2020년대 지금 대한민국의 모든 여성이 기꺼이 가족을 구성하고 그 가족을 위해 "하얀 밥상"을 차릴 수 있을 때 그리고 여성뿐만 아니라 가족을 구성하는 모든 남성도 기꺼이 가족을 구성하고 그 "하얀 밥상"을 차리려 할 때 모성 신화의 르네상스는 더욱 가능하리라. 이 시를 통해 이 위기의 한국에서 현대화된 모성 신화의 르네상스를 기대해본다. 그 모성 신화가 회복될 때 이 땅의 모든 여성은 일을 통한 자기성취를 이루면서 자녀와 가족을 위해 사랑의 밥을 지을 수 있을 것이다.

폭력과 사고로 얼룩진 세상을 향한 고발과 치유의 메시지

01. 《용광로에 빠진 눈사람》, 생명의 불꽃으로 다시 피어나길

재난치고는 어린애가 길을 잃는 것만큼
인간성이라는 공통된 심성을 자극하는 것은 없다.
그네의 두 다리는 그렇게도 불안정하며 나약하다.
길은 그렇게도 험하고 낯설다
〈오 헨리〉

매사에 조심하라지만

우린 세상을 살아갈 때 늘 조심하라고 한다. 그 어떤 사고가 발생하면 사고 당사자의 부주의 탓으로 돌리는 경우가 많다. 그런데 그 책임을 항상 사고를 당한 사람의 부주의 탓으로만 돌릴 수 있을까? 적어도 인간이 책임을 개인에게 수없이 전가할 수 있었던 시절에는 그럴 수도 있었을 것이다. 어쩌면 "돌다리도 두드려 건너라"라는 말은 조심성에 대한 경구이지만 때로는 권력을 가진 자들이 하는 책임회피의 언어로 들릴 때도 있는 것 같다. 그런 점에서 세상은 무섭기도 하고 무책임하기도 하다. 그리고 그것이 수없이 재생산되고 있다는 것을 느낄 때 소름이 끼친다.

우리는 일상에서 세상을 믿고 살아간다. 일상에서 길을 걸을 때 적어도 매사에 돌다리를 두드리며 걷지 못한다. 인간은 매일 다니던 길에는 적어도 묵시적인 믿음의 관성이 작용한다. 그런데 그 믿음의 길이 하루아침에 갈라지고 무너져 내린다면 얼마나 황당할까? 그 길을 걷고 그 길 위에 있던 사람들이 죽음이란 블랙홀로 순식간에 빠져들어 간다면, 그것보다 더 황당한 일이 또 있을까? 그것이 지진이나 해일 등 자연적인 재난이 아니라 사람이 빚어낸 재난이라면 더욱 그럴 것이다. 거기에는 다산 정약용 선생이 집을 지으면서 이름을 여유당(與猶堂)이라 칭한 것은 '매사를 살얼음판 걷듯이 살라.'고 스스로 경계하였지만, 그런 말도 때로는 아무 소용이 없는 것 같다.

1994년 10월 21일 아침 7시 38분 성수대교가 무너졌다. 이른 아침 가족을 위한 희망을 안고 출근하던 아빠와 엄마가 다리에서 떨어져 죽고 압사되어 죽었다. 학구열에 불타던 학생들과 이제 막 직장 생활을 시작한 꽃다운 청춘이 피기도 전에 순식간에 죽음의 늪으로 빠져들었다. 이 사고로 승용차와 승합차, 버스가 다리 아래로 추락하고 32명의 사망자와 17명의 부상자가 발생했다. 다리 붕괴의 원인은 부실 공사와 안전 점검의 부실이었다. 그런데 꼭 반년 뒤 1995년 6월 29일 목요일 오후 7시 57분경 삼풍 백화점이 순식간에 무너졌다. 그때는 많은 사람이 퇴근하면서 몰려들었을 때였다. 이때 1,500여 명의 사상자가 발생했다. 이는 당시 기준으로 세계 건물 붕괴 사고 중에서 11번째로 큰 사고였다. 그 후에도 매년 사고는 끊임없이 발생하고 죄 없는 선량한 시민이 죽음의 문턱을 넘는다.

한참 전에 서울에서 열린 한 시민사회단체 행사에 참석했다. 그때, 고(故) 김용균 재단[67] 이사장인 김미숙 씨의 이야기를 듣는 시간이 있었다. 김용균

---

67) 김용균 재단은 2019년 10월 26일 서울시립미술관 지하홀에서 비정규직 철폐와 산업재해 방지, 차별 없는 일터 건설을 목표로 출범했다. 출범식에서는 죽음의 행렬을 끊어 내고 비정규직을 철폐해 차별 없는 일터를 만들어 내자고 외쳤다. 김용균 재단은 2018년 12월 충남 태안화력발전소에서 하청노동자 고 김용균 씨의 사망사고를 계기로 창립되었다. 그들은 "김용균의 죽음에 슬퍼하고 분노하고 추모하며 행동한 많은 시민이 모여 재단을 만들었다. 청년 비정규직 김용균 노동자의 죽음은 언제까지 노동자들의 목숨으로 기업 이윤을 남기게 할 것이냐"고 강한 메시지를 던졌다. 재단의

재단은 고 김용균 씨가 2018년 12월 태안화력발전소에서 운전설비를 점검하다가 사고로 숨진 사건을 계기로 출범했다.

김 이사장은 아들 김용균을 잃은 슬픔을 억제하면서 떨리는 음성으로 말을 이어갔다. 자기 아들 같은 청년들뿐 아니라 이 땅의 노동 약자들이 위험의 외주화에 내몰리지 않고, 산업재해가 없는 안전하고 차별 없는 일터를 만들어 모두가 동등하게 대접받으며 노동할 수 있는 세상을 만드는 데 함께 해 달라고 했다.

김 이사장의 음성은 나에게 강한 떨림으로 다가오면서 위험한 작업장에서 숨져간 사건들이 주마등처럼 스쳐 갔다. 그리고 위험의 외주화를 고발한 시《용광로에 빠진 눈사람》이 떠올랐다.

《용광로에 빠진 눈사람》, 시로 읊는 한 청년의 죽음

1

내가 용광로에 빠진 날

내 몸은 사라졌어

뜨거운 쇳물에 모두 녹아버렸지

뼈 한 조각 남지 않았지 물론

활동 목표는 위험의 외주화 근절, 산재 사고 예방·대응, 산재 피해 지원, 비정규직 철폐 그리고 김용균 추모사업과 함께 청년 노동자 권리보장사업과 차별 없는 일터를 위한 연대 활동이었다. 이 행사엔 산재피해가족네트워크 '다시는', 세월호 유가족, 스텔라데이지호 실종자 가족, 화섬식품노조 파리바게트지회, 민주노총 등이 참여했는데 이들은 '김용균 노동자의 뜻을 잇는 나의 선언'이란 손팻말을 들고 김용균 재단에 연대하겠다고 했다. 재단의 초대 이사장은 고 김용균 씨의 어머니 김미숙 씨(51)가 맡았다.

내 이름도 남지 않았지 물론
너는 내 이름도 기억 못하겠지만
가슴이 아파, 어머니께 머리카락 한 가닥 손가락 한 마디
남기지 못했으니까.
내 잘못은 이 세상에 나와 발을 헛딛었을 뿐
용광로에 빠진 눈사람이 되어버렸지

2
나는 너무 뜨거워서 이제 눈사람이 되었어.
내 몸은 다 녹아 내려서
당신의 밥 먹는 숟가락이 되었을까.
내가 일하던 공장은 철강공장
나는 당신 집의 젓가락이 되었을까.
내가 일하던 공장은 하얀 연기 하늘로 올라가는 철강공장
내 잘못은 이 세상에 나와 발을 헛딛었을 뿐.
내 심장의 용광로는 식어 버렸어.

3
꿈속에서 어머니 나는 내 손가락들을 세어봐요
당신이 내가 태어난 날 세어보던 그 손가락들을
나는 뼈까지 다 녹아서 사라졌으니까요.
어머니 당신과 함께 한 번만 더 숟가락을 쥐고 밥을 먹고 싶어
꿈속에서 너무 무서운데 공장에 출근하는 꿈을 꿔
꿈속에서 기계들이 눈사람들을 쇳물에 빠뜨리고 있어

눈사람은 쇳물로 들어가서 철강 제품이 되어 나와.

새벽에 일어나 새벽에 집으로 돌아가는 그 사람들은

사람이 녹아 있는 그 숟가락으로

밥을 먹고 국을 떠먹지.

어머니 당신의 용광로에서 나온 사람은

어제 숟가락이 되어 차갑게 부엌에서 뒤집어져 있어

누군가의 밥에 닿아 누군가의 눈물을 닿아

조금씩 나는 다시 녹아내릴 테니까.

나는 조금씩 발을 헛딛었을 테니까.

-김경주 《용광로에 빠진 눈사람》[68] 전문-

세상은 늘 모순투성이이다. 그 모순투성이의 세상을 보며 시인은 분노하고 시적 발화를 통해 절규하며 은유적 방식으로 세상을 고발한다. 그리고 미래의 정의로운 창을 열도록 묵시적인 독려를 가한다. 우린 시인의 그런 은유적 언어에 귀 기울여야 한다. 눈여겨 살피며 오늘을 성찰하고 내일을 위해 지금을 준비하고 나와 너, 모두의 책임 영역을 점검해야 한다. 그렇게 될 때 어제의 일을 오늘의 언어로 말하지만, 미래의 사명을 이야기하는 시인의 사명을 가슴으로 깨달을 수 있다. 적어도 김경주 시인의 시들에는 그런 것들이 많다. 특히 위의 시 《용광로에 빠진 눈사람》이 그렇다.

2010년 9월 7일 새벽 2시 충남 논산의 한 철강공장에서 계약직으로 일하

---

68) 김경주, 제이크 레빈, 김봉현, MC메타 『일인詩위』, 아토포스, 2018. 30~31쪽.

던 20대 청년이 용광로에 빠져 흔적도 없이 사라졌다. 사건이 일어난 후 전국에서 그의 안타까운 죽음을 애도하는 글이 인터넷에 올랐다. 정부와 정치인들은 위험의 외주화를 막겠다고 장담을 해왔지만, 비슷한 사고는 계속 이어졌다.

위의 시는 용광로에 빠져 흔적도 없이 사라진 청년의 이야기를 통해 이 사회에 위험의 외주화를 막는 불꽃을 피우자는 절규이다. 그런데 2018년에는 비슷하게도 태안의 한 화력 발전소에서 한 청년이 컨베이어벨트 속으로 사라졌다.

한국의 노동 현장은 척박한 안전사각지대가 너무 많다. 국회 환경노동위원회 더불어민주당 이용득 의원이 고용노동부로부터 받은 자료에 따르면, 2016~2018년 산재로 숨진 하청노동자는 2016년 355명, 2017년 344명, 2018년 312명으로 총 1,011명이었으며, 매년 300명 이상이 숨졌다. 2018년 산재로 숨진 전체 노동자 804명 중 하청 노동자 비율은 38.8%에 달했다.[69]

김용균 씨 사망 이후인 2019년 2월 현대제철 당진제철소에서, 6월 포스코 광양제철소에서 외주. 하청노동자가 작업 중 숨졌다. 2019년 9월 한 달간 언론에 보도된 산재 사망사고만 40여 명이다. 9월 20일에는 울산 현대중공업에서 작업하던 하청노동자가 절단 작업 중 김용균 씨와 비슷하게 몸이 끼이는 사고로 숨졌다. 경제협력개발기구(OECD) 산재사고 사망률 압도적 1위인 한국은 김용균 사망 이후에도 바뀔 기미가 보이지 않는다. 왜 그럴까? 척박한 노동 환경, 비정규직을 포함한 노동차별, 설마 하는 안일함, 기업과 정부 등의 무책임함 등 총체적인 시스템 문제가 아닐까?

위의 시(詩)는 랩과 유사하다. 우린 랩 같은 시를 통해 세상을 꼬집기도

69) 경향신문 2019.10.28.

하고, 억울한 자를 위한 기도를 올릴 수도 있으며, 구역질 나는 사람들에게 침을 뱉을 수도 있으며, 새로운 세상을 향한 불꽃을 피울 수도 있다. 그래서 그의 시와 랩은 세상의 모순을 고발하는 중얼거림의 시위이기도 하다.

위의 시에서 첫째 연은 내가 용광로에 빠진 날, 내 몸이 뜨거운 쇳물에 녹아 버려 순식간에 사라진 사건에 대한 고발이다. 사업주와 정치인들, 그리고 세상 사람들은 시간이 지나면 "내 이름도 기억 못하겠지만" "어머니에게 머리카락 한 가닥 손가락 한 마디 남기지 못했으니까" 가슴이 너무 아프다. 사람들은 머지않아 나의 이름조차 잊어버리고 그저 발을 헛디뎌 용광로에 빠져 죽은 청년이 있었다고, 그것을 순전히 내가 발을 헛디딘 탓이라고 말할 것이다. 그야말로 돌다리를 두드리며 건너지 못한 나의 탓이다. 그래서 더 슬프다.

둘째 연은 용광로에 빠진 사람의 몸이 쇳물과 같이 녹아 "당신의 밥 먹는 숟가락이 되었을까" "나는 당신 집의 젓가락이 되었을까"라고 하며, 무책임한 사업주들과 무감각한 세상 사람들을 향한 외침이다. 용광로에 빠져 쇳물이 된 나의 잘못은 철강공장에서 일한 죄, 그날 그 자리에서 그 일을 한 죄일 뿐이다.

그게 나의 잘못일까? 사업주와 정부, 그런 위험을 무감각하게 용인하는 기업과 사회시스템의 문제일까? 용광로에 빠진 나의 심장은 식어버렸지만, 나는 세상 사람들에게 그게 아니라고 말한다. 그러나 세상 사람들은 용광로에 빠진 청년의 몸이 녹아 있는 쇳물로 만든 숟가락과 젓가락으로 밥을 먹으면서 그것을 잊어버릴 것이다. 안타깝다.

셋째 연에서 용광로에 빠져 눈사람처럼 녹아 쇳물이 된 청년의 영혼은 꿈을 꾸고 어머니를 만난다. 사라진 내 손가락을 세어보는 어머니와 손가락으로 숟가락을 잡고 밥을 먹고 싶다. 공장에 출근하여 내가 숟가락이 되어 나오는 꿈을 꾸는데, 여전히 기계들은 눈사람들을 쇳물로 녹이고 숟가락과 젓가락을 만들어 낸다. 여전히 사람들은 아무렇지도 않게 사람이 녹아 있는 숟가락으로 밥과 국을 먹는다. 어머니라는 용광로에서 나온 나는 용광로에 녹아 숟가락이 되어 부엌에 차갑게 뒤집어져 있다가 "누군가의 밥에 닿아 누군가의 눈물을 닿아" 영혼까지 녹아내린다.

김경주 시인과 함께 포에트리 슬램 운동을 하는 제이크 레빈(Jake Levine) 역시 용광로에 빠져 쇳물이 된 청년의 이야기를《앞이나 뒤나, 거지 같은 위험한 일을 하다가 사고로 녹아 죽어버린 청년을 위해서》라는 시로 썼다.

제아크 레빈의 시는 '용광로에 빠져 죽은 청년의 독백'이다. "… 내 삶의 헐떡임/잊기 위해 나는 연소한다./공기 없어도/나를 연소시킨 사람들을 잊기 위해 나는 연소한다."[70] 이는 나의 연소는 잊기 위해 한다지만 잊어서는 안 되는 사람을 역설적으로 말한다. 바로 내가 연소 되도록 위험한 일을 시킨 자들과 그런 상황을 알고도 방치한 이 땅의 위정자들이다. 그들의 죄악은 잊을 수 없다. 그들은 지금이라도 "내가 타 없어지면서 내가 태워 없앤 소리"에 귀를 기울여야 한다. 타버린 자의 "내 삶의 헐떡임"을 들어야 한다. 절대로 못 들은 척 해서도 안 된다. 그들이 못 들은 체하면 들을 수 있도록 계속 외쳐야 한다. 그래서 나는 계속 헐떡이고 있다. 이것은 단순한 애도를 넘어선 세상을 향한 외침이다.

세상을 바꾸는 불꽃이기를

나는 이 시를 읽으며 용광로에 빠진 눈사람의 두 가지 절규를 보았다. 첫

70) 김경주 외, 앞의 책, 32쪽.

째는 불의와 부조리와 부당함에 무감각해진 우리 사회에 대한 고발이다. 우린 그런 큰 사고가 있으면 그때는 혀를 차다가 곧바로 잊고 일상으로 돌아간다. 어떤 악덕 기업주와 정치인, 그에 동조하는 자들은 개인의 부주의 탓으로 돌리는 경우가 태반이다. 그것은 엄청난 갑질이며 보이지 않는 폭력이다. 그런 위험한 사고는 대부분 시스템과 구조상의 문제이며 그것을 용인하는 정부와 정치인들의 문제이다. 또 안타깝게 여기면서도 잊어버리고 무감각한 대중의 문제이기도 하다.

둘째는 용광로에 빠진 눈사람은 뜨거운 쇳물에 흔적도 없이 녹아내렸지만, 위험의 외주화와 빈번한 산업재해 방지와 비정규직을 포함한 모든 노동약자들에게도 안전하고 차별 없는 일터를 만들어 달라는 외침의 불꽃을 지피고 있다. 그것은 정부와 기업, 무감각해진 사회시스템을 향한 시위의 불꽃이다. 그 불꽃이 세상을 바꾸는 불꽃이기를 바라고 있다.

원래 불꽃을 피우는 자는 개인이거나 소수이다. 그 소수의 불꽃에 대중이 동참할 때 그것은 불길이 되며 그 불길은 세상을 바꾼다. 존 스튜어트 밀(John Stuart Mill 1806~1873)은 『자유론』에서 그런 사람들을 '악마의 대변인'이라고 말한다.

악마의 대변인[71]은 다수를 향해 의도적으로 비판과 반론을 제기하는 사람이다. 밀은 인간답고 자유로운 건강한 사회를 만들기 위해서는 악마의 대변인의 '반론의 자유'가 존중되어야 한다고 말한다. 반론의 자유는 침묵하거나 절대다수를 향한 반론이다. 밀은 자유론에서 이렇게 말한다.

---

71) 악마의 대변인이란 다수파를 향해 의도적으로 비판과 반론을 제기하는 사람을 뜻한다. 여기서 '의도적'이라는 말은 원래 청개구리 기질이 있어 다수파의 의견에 반대한다는 뜻이 아니라, 의식적으로 이 같은 '역할'을 맡는다는 의미다(야마구치 슈 지음 김윤경 옮김 『철학은 어떻게 삶의 무기가 되는가』, 다산초당, 2019, 135쪽)

> 어떤 의견이 어떠한 반론에도 논박당하지 않는다는 이유로 옳다고 상정되는 경우와 당초에 비판을 허용하지 않을 목적으로 미리 옳다고 상정되는 경우는 상당히 큰 차이가 있다. 자신의 의견에 반박하고 반증할 자유를 완전히 인정해 주는 것이야말로 자신의 의견이 자신의 행동 지침으로서 옳다고 내세울 수 있는 절대적인 조건이다.[72]

세상에는 부조리하고 부당한데도 상식처럼 받아들여지는 것이 많다. 그래서 어떤 소수가 그것을 문제 삼아도 관심을 두지 않거나 오히려 문제 삼는 소수를 핍박한다. 그러나 세상은 늘 그런 소수의 반론에 의해 건강하게 발전해 왔다.

예를 들어 신분제 사회에서는 신분제가 당연한 상식이었다. 그러나 '신분제는 잘못된 것이다.'라고 말하는 소수에 동참하는 불꽃에 의해 신분제는 폐지되었다. 밀은 자유론에서 소크라테스나 예수가 당시에는 다수에 의해 처형되었지만, 세월이 흐른 후 그들이 남긴 사상과 신조는 광범위한 분야에서 진리로 받아들여지지는 즉 다수에 의해 악으로 취급되던 것이 세월을 견디면서 선이 되기도 한다고 했다. 진리는 항상 소수의 반론의 자유 때문에 빛나며 세상은 더욱 발전된다는 것이다. 반론의 자유는 세상을 건강하게 가꾸는 힘이다.

밀의 관점에서 보면, 엘리트 집단이 자기들의 이념과 행동의 법칙이란 틀에 갇혀버리면 매우 위험해진다. 그들은 자기들이 신념으로 믿는 것만이 진리로 받아들여 오판하게 되고 타인에게 엄청난 폭력을 가할 수도 있다. 그

72) 야마구치 슈 지음 김윤경 옮김 앞의 책 136쪽.

래서 아무리 지적 수준이 높은 사람이 모여도 동질적인 사람만 모이면 의사 결정의 질이 현저히 떨어지고 오판하게 된다는 것이다.

민주주의도 소수의 반론에 의해 발전해 왔다. 그러나 다수에 집중하는 민주주의가 소수의 의견을 무시할 때 위험에 빠진다. 대통령이 지지율에 매달리고 자기 정책과 철학만을 고집하면 오판하기 쉬우며, 민주주의가 다수에만 집중하다 보면 민주주의를 가장한 폭력이 될 수 있다.

악마의 대변인의 반론의 자유에 의해 한국 민주주의도 발전해 왔다. 이승만 독재와 3·15부정선거에 불꽃을 피운 김주열(1943년~1960년 3월 15일) 열사, 군사 독재 시절의 박종철(1965년 4월 1일 ~ 1987년 1월 14일) 열사, 이한열(1966년 8월 29일 ~ 1987년 7월 5일) 열사 등은 이 땅에 민주주의를 정착시키는 불꽃이었으며, 전태일(1948년 8월 26일 ~ 1970년 11월 13일) 열사는 인간다운 노동의 불꽃이 되었다.

작은 촛불이 모여 혁명을 이루었듯이 그 불꽃에 뜻을 모으면 세상을 바꾼다. 그 불꽃은 늘 개인이나 소수로부터 출발했음을 잊어서는 안 된다. 그래서 그들은 다른 각도에서 보면 순교자들이다.

순교란 종교적인 이념이나 정치적 이유로 죽임을 당하는 것만이 아니다. 세상의 부당함에 자의든 타의든, 사고든 자결이든, 죽은 자의 절규가 세상을 변화시키는 강한 힘이 될 때 그것은 순교가 된다. 그가 남긴 불꽃을 들불로 피워내는 길은 예수가 십자가에서 죽은 후 예수의 복음을 전하던 제자들처럼 남은 자들의 몫이다.

그 불꽃은 모순 속에서 모순에 대하여, 폭력 속에서 폭력에 대하여, 아무 소리도 지르지 못하는 많은 사람에게 용기와 성찰을 준다. 화력발전소에서 벨트에 끼어 가루가 된 청년도 불꽃으로 피어나고 있다.

우린 용광로에 빠져 눈사람이 된 청년, 화력발전소 벨트에 가루가 된 청년의 불꽃을 피워내야 한다. 그것은 남은 자들의 몫이며, 다수의 갑이 정의를 깨닫고 행동을 바꾸게 하는 힘이다. 이제까지의 무감각을 털고 일어나 불꽃을 피워냄으로써 아름다운 노동 현장을 만들어가는 일이다.

나아가 부정과 부패, 모순과 폭력을 녹여버리는 거룩한 불꽃으로 거듭나도록 하는 일이기도 하다. 시인의 시 《용광로에 빠진 눈사람》이 밀이 말하는 '악마의 대변인'이 되어 '반론의 자유'를 펼침으로 이 땅을 아름다운 노동 현장, 정의로운 세상으로 만들고자 하는 불꽃이길 바란다.

여기에 중요한 것이 하나 더 있다. 그것은 사고의 무감각으로부터 깨어나는 일이다. 이해인 수녀는 그의 시 《우리를 흔들어 깨우소서》에서 "한 주검을 애도하기도 전에/또 다른 주검이 보도되는 비극에도/적당히 무디어진 마음들이 부끄럽습니다/하늘에서, 땅에서, 강에서, 바다에서/불의의 사고로 목숨을 잃은/ 우리 가족과 이웃들을 굽어보소서"라고 하면서 사람들이 그런 무감각함으로부터 벗어나기를 기도한다.

사람들은 사고가 날 때마다 경악을 금치 못하다가 시간이 지나면서 어느새 잊어버리고 일상으로 돌아간다. 그런 사고는 기억 속에 남겨질 뿐 현실에서 우리를 각성시키지 않는다. 그래서 중요한 것이 사고의 무감각으로부터 깨어나는 일이다. 연일 반복적으로 이어지는 사고에 대하여 사용자나 위정자뿐 아니라 모든 국민의 깨어 있는 정신이 필요하다. 그 깨어 있는 정신은 그 사고를 빨리 잊지 않고 성찰하는 일이다. 그것은 사고를 당한 당사자를 위로하는 차원을 넘어 우리 스스로 기억하며 그 모순을 해결하려는 국민적 의지의 잠재적 표현이 있을 때 힘을 발휘할 수 있다. 정말 사고 없는 대한민국을 기도한다.

02. 《제초제》, 테러와 폭력 없는 세상을 꿈꾸며

폭력은 바로 삶을 부정(否定)하고 있다는 점에서
그것은 아직도 활기에 차고 무능해지지 않으려고 하는
사람의 욕구를 입증(立證)한다.
〈E. 프롬/인간의 마음〉

아직도 폭력이 일반화되어 가는 세상

폭력은 종식될 수 있는가? 폭력은 종식되어야 하는가? 그것은 매우 진지한 물음이다. 그러나 인간의 역사가 존재하는 한 인간의 무한한 욕망과 자유가 존재하고 충돌하는 한 폭력은 종식시키기가 어려운 것 같다. 신이 인간을 창조했다면 창조 과정에서 정말 큰 착오를 일으킨 것 같다. 인간에게 무한한 욕망과 자유를 선물로 주었다면, 그것에 대한 강한 통제의 끈은 놓지 말아야 했다. 그런데 그것만은 자유의지라는 개인의 영역에 맡겨버린 것이다. 그러니 엄청난 창조의 착오를 일으킨 것이 아닌가?

인간의 역사 이래 인간의 욕망과 자유의지는 늘 충돌해 왔다. 그리고 타인을 고려하지 않은 욕망과 자유의 충족은 왜곡된 신념과 분노로 또 다른 왜곡된 신념과 분노를 낳고, 그것은 타인을 향한 강력한 폭력과 테러로 발화해 왔다. 인류가 저질러 온 수많은 폭력과 테러가 그것을 말해 준다. 인류의 역사는 어쩌면 폭력과 테러의 역사이고 폭력과 테러와의 전쟁의 역사인지도 모른다. 그 폭력과 테러의 원인이 무엇이냐를 떠나서 폭력과 테러는 특정한 분노의 대상을 넘어 불특정 다수, 아니 선량한 시민의 고귀한 생명과 자유를 잔인하게 빼앗아 간다. 그러나 오늘날도 폭력과 테러는 곳곳에서 난무한다.

2019년부터 2022년 말까지 코로나19가 전국을 휩쓸었다. 코로나19 초기 하루가 무섭게 확진자는 늘어났다. 모두 두려움에 떨었다. 코로나19의 초기 인구 최대 밀집 지역인 서울을 공략하면 걷잡을 수 없이 확산할 수 있다는 우려가 컸으나 서울도 급속하게 공략되었고 전 세계를 공략하고 마비시켰다. 세계 모든 나라가 서로 간에 출입국을 금지하거나 제한했다. 심지어 코로나19 첫 발생지였던 중국에서까지 한국인이 홀대당하고 중국 정부까지 한국을 경계했다. 그러나 어찌 된 일인지 코로나19는 중국발 '우한 코로나'가 아니라 '코로나19'라 이름 지어졌다. 이는 어쩌면 테러의 발생과 원인에 대한 미규명하에 진행된 인류의 직무유기였는지 모른다. 여기엔 엄청난 정치적 힘과 폭력이 작용하고 있었는지 모른다. 그 당시 종일토록 날아드는 코로나19 확진자 소식은 사람들을 패닉(panic) 상태로 몰아넣었다. 어떤 재난이든 장기간 해결 기미가 보이지 않으면, 사람들은 두려움과 의심으로 삶의 역동성을 잃고 패닉 상태에 빠진다.

지금도 우린 코로나19에서 완전히 벗어나지 못했고, 한국은 정치 경제적으로 총체적인 위기이다. 따라서 정부에서는 국민에게 한 가지라도 확실하게 하여 믿음과 희망을 주어야 한다. 그것은 임진왜란으로 전국이 초토화되었을 때 절망에 빠진 조선 백성에게 희망을 준 이순신 장군의 승전보 같은 것이다. 그러나 코로나19 초기에는 승전보는커녕 마스크 공급까지 혼란을 거듭하여 불안과 불신은 가중되고 있었다. 그 후에도 두려움은 지속되었다. 그리고 그 두려움의 후유증은 항상 현재형으로 재생산된다.

세계보건기구(WHO)가 팬데믹(Pandemic)을 선언한 코로나19는 그 어떤 무장테러보다 무서운, 베트남 고엽제 이상의 과거의 페스트나 천연두처럼 인류에 대한 엄청난 테러 바이러스였다. 그 결과 세계는 마비되었고 그 후유증은 엄청났다.

그것만 아니다. 코로나19는 질병이란 바이러스에 의한 테러이지만 인간이 인간에게 자행한 폭력과 테러는 더 무섭고 치가 떨린다. 학교에 괴한이 들이닥쳐 총기를 난사하여 수많은 생명의 꽃이 일순간에 떨어졌다. 그런 일들은 수없이 반복되었고 전쟁터에서는 아이들까지 총알받이가 되어가고 있다. 그런 무서운 폭력과 테러를 오세영 시인은《제초제》에 비유했다. 제초제야말로 알고도 모르게 폭력에 물들어 생명을 마감하게 하는 것으로 코로나19보다 더 무서운 바이러스다. 우린 그것이 무척 무서운 줄 알면서도 일상에서 '폭력과 테러'란 제초제에 둔감해 있는지 모른다.

《제초제》, 그 폭력의 위험성

오직 한가지 미지칭이 있을 뿐
이념에는 고유명사가 없다.
논에 가득 자라나는 벼포기처럼
그러나 꽃밭의 따리아, 분꽃, 봉숭아, 백일홍....
사물이 자기의 이름을 갖는다는 건
비로소 하나의 존재가 되는 것 아니던가.
사랑을 잃은 자
이름을 부를 줄 모르는 법.

다만 하나에 속할 수 없다는 이유에서

꽃밭에 제초제를 뿌린다.

착한 마음씨의 제화공 로드리고.

성실하고 소심한 우체부 도밍고.

발랄하고 깜찍한 여대생 이사벨.

점잖고 말수 적은 회사원 페르난도.

아, 한순간에 사라진 아또차 역의 그

아름다운 고유명사들.

-오세영 《제초제》 전문-

오세영[73] 시인은 이 시의 시작 노트에 "2004년 4월 5일 스페인 마드리드 시의 아또차 역에서 열차 테러 사건이 발생. 사망자 196명, 부상자 1460명을 내는 대참사가 일어났다. 스페인 정부는 이 테러 조직을 바스크 분리주의자로 규정했으나 며칠 후 아랍 테러 조직인 알카에다는 범 아랍계 신문 알 쿠드스와 알 아라비를 통해 스페인의 이라크 파병에 대한 보복 차원에서

73) 오세영(吳世榮, 1942 ~)은 전라남도 영광군에서 출생하였다. 전북 전주에서 성장. 서울대학교 문리과대학 졸업, 동대학 문학박사. 현재 서울대 명예교수, 미국 버클리대 및 체코 찰스대 방문교수. 아이오아대학교 국제 창작프로그램 참여했다. 1965년 《현대문학》에 〈새벽〉이, 1966년 〈꽃 외〉가 추천되고, 1968년 〈잠깨는 추상〉이 추천 완료되면서 등단했다. 한국시인협회상, 녹원문학상, 소월시문학상, 정지용 문학상, 만해대상 등을 수상하였으며, 서울대 교수를 역임하였다. 시집으로 『시간의 뗏목』, 『봄은 전쟁처럼』, 『문열어라 하늘아』, 『무명연시』, 『사랑의 저쪽』, 『바람의 그림자』등이 있다. 학술서로 『20세기 한국시 연구』, 『상상력과 논리』, 『우상의 눈물』 등이 있으며. 소월시문학상, 정지용문학상, 만해상 문학부문 대상, 시협상, 김삿갓문학상, 공초문학상, 녹원문학상, 편운문학상, 불교문학상 등을 수상했다.

자신들이 저지른 사건이라고 주장하였다."라고 썼다.

이 시의 시작을 "오직 한가지 미지칭이 있을 뿐/이념에는 고유명사가 없다."고 한 것처럼 테러 이념에는 고유명사가 없고 미지칭만 있다. 정상적이지 않기에 익명으로 비합법적인 방법들을 동원한다. 그런데 테러 조직은 세상에 드러날 때 미지칭을 스스로 해제할 때도 있다. 마치 알카에다가 엄청난 테러를 자행하고 난 후 자신들의 소행임을 드러내듯이.

세상에 지칭되어 존재하는 모든 것들은 존재의 의미를 지닌다. 논에 가득 자라는 벼포기, 꽃밭의 따리아, 분꽃, 복숭아, 백일홍.. 그 모든 것들은 존재가치가 있기에 이름을 갖게 되었으며 이름을 가짐으로 또 존재를 확인한다. 공개된 이름과 공개된 활동은 그만큼 존재의 객관성과 정당성을 확보하기 때문이다.

이름을 부른다는 것은 존재를 받아들이고 인정한다는 것이다. 그러나 공개된 이름과 정당성을 갖지 못한 자는 온전한 '이름을 부를 줄 모르는 법'이다. 존재의 정당성을 확립하지 못한 탓이기에 그들은 이름을 숨기고 정당하지 못한 방법으로 세상에 제초제(테러)를 뿌린다. 그들은 사랑을 말하나 '사랑을 잃은 자'들이다. 사랑을 잃었기에 목적을 위해 숨은 이름과 방법을 동원한다. 그래서 자기를 숨기고 테러를 계속 자행한다.

아또차역의 그 엄청난 테러는 한순간에 "아름다운 고유명사들"을 지워버렸다. 고귀한 생명이 죽는 줄도 모르고, 아프다는 외침 한마디 못하고 죽어갔다. 그들은 "착한 마음씨의 제화공 로드리고. 성실하고 소심한 우체부 도밍고. 발랄하고 깜찍한 여대생 이사벨. 점잖고 말수 적은 회사원 페르난도."와 같은 선량하게 살아가는 우리 주변의 사람들이다. 그 안에는 당신과 나도 포함되어 있다.

시인은 그런 테러를 《제초제》에 비유했다. 우린 지금도 베트남 전쟁에서 미군이 사용한 고엽제의 위력과 후유증을 알고 있다. 베트남 여행을 하면서 고엽제 피해 실상을 눈 아프게 보았다. 수많은 사람이 죽었고 그 2세들 중엔 인간의 종(種)으로선 상상도 안 되는 기형아로 탄생하였고 그들은 지금도 아픔 속에 살아간다. 그런 점에서 미군의 고엽제 살포는 전쟁에서 사용한 그 어떤 포탄보다도 참혹한 테러였다.

월남전에 참전하였던 한 선배는 고엽제 피해자였다. 그의 귀한 딸은 고엽제 후유증 장애인으로 태어나 집안에서만 살아간다. 미군이 비행기로 고엽제를 뿌리자, 병사들 일부는 해충이 달려들지 못하게 한다면서 일부러 나가 맞기도 했단다. 월맹군 게릴라를 섬멸하기 위해 거대한 정글을 없애겠다고 뿌려 댄 고엽제의 위험을 사람들에게 알리지 않은 탓이다.

제초제의 살상력은 대단하다. 농사를 지으면서 제초제를 사용해 본 사람은 그 위력을 잘 안다. 잡초가 자라지 못하게 뿌리는 제초제는 날씨 좋은 날 아침에 뿌린다. 그래야 낮에 햇볕에 의해 잡초들은 제초제의 성분을 잘 흡수하여 말라죽기 때문이다. 그렇게 뿌려진 제초제의 위력은 이틀이면 확연하게 나타나고 일주일이나 열흘 후면 모두 말라 죽는다. 그런데 아침에 뿌리고 바로 비가 오면 비에 의해 약 성분이 씻겨져 위력은 반감된다. 그래도 제초제가 조금만이라도 묻은 식물은 상당한 시련을 겪거나 죽는다.

제초제를 뿌릴 때는 분무기 노즐에 갓을 씌우고 바람이 불지 않는 날, 농작물에 한 방울도 튀지 않게 조심하며 뿌린다. 만약 농작물에 한 방울이라고 날아가면 그 농작물은 말라 죽는다.

가끔 음독자살하는 사람들이 먹는 농약 대부분이 제초제다. 제초제는 극소량이라도 목구멍을 넘기고 조금만 지나면 혈액에 흡수되어 살 수가 없다. 조금이라도 넘긴 경우 흡수되기 전에 재빨리 온 내장과 혈액을 세척해야 하는데, 그것은 불가능하기에 목구멍을 넘긴 제초제는 결국 사람을 죽인다.

테러는 바로 제초제 같은 독약이다. 바이러스 테러도 마찬가지이다. 코로나 19 같은 바이러스는 제초제가 한 방울도 다른 곳으로 날아가지 않게 하여야 하듯이 숙주를 철저히 차단하고 죽여야 한다.

폭력과 테러의 특징

폭력과 테러에는 개인의 분노와 복수, 착란에 의한 것도 있지만 상당수는 신념화된 것들이 많다. 그들은 폭력과 테러를 나름대로 정당화하고 그들의 이성의 힘을 빌려 합리화한다. 제2차 세계대전을 일으킨 중심에 섰던 인물 중에 이탈리아 파시스트당의 무솔리니는 폭력을 "해방시켜 주는 폭력과 굴복시키는 폭력이 있다. '폭력이 도덕적인 것'이라고 하는 것은 폭력으로 말미암아 우리들이 48년 걸려서도 해결하지 못하는 것을 겨우 이틀 만에 해치웠기 때문"이라고 하면서 폭력을 정당화했다. 그의 폭력은 정치적으로 이론적으로 정당화된 신념이었다.

무솔리니는 니체의 폭력에 대한 철학적 사고를 왜곡적으로 받아들였다. 그는 세상에는 그들이 미처 알아차리기 전에 진실에 의해 무찔러 버려야 할 사람이 있다고 했다. 그리고 힘의 작용을 믿지 않는 것은 인력의 작용을 믿지 않는 것과 같다고 하면서 폭력을 행사했다. 그는 폭력은 도박처럼 모험성이 있거나 위험한 것이 아니라 마치 수술과 같은 것이어야 한다고 했다. 그러면서 이탈리아에서의 테러를 '민족적 질병을 위한 예방 조치'라고 규정했다. 하여 그는 의사가 전염병에 걸린 사람을 돌아다니지 못하도록 하듯이 특정한 개인들도 사회로부터 제거해야 한다고 했다. 이는 폭력이 이데올로기화 신념화된 것이었다. 이렇게 신념화된 폭력은 히틀러의 나치스와 일본의 군국주의에서도 나타났다. 그리하여 이들은 제2차 세계대전이라는 엄청난 전쟁을 일으켰고 수많은 사람을 전쟁으로 몰아넣었고 실험 도구로 삼았다.

폭력과 테러에는 폭탄테러 같은 무장테러 외에 무차별 비방이나 위협을 가하는 언어적 테러, 독가스를 활용한 테러, 금융자금 흐름을 막고 삶의 숨통을 조이는 테러, 코로나19 같은 바이러스 숙주를 확산시키는 무개념의 인간이 저지르는 테러 등 다양하게 있다. 특히, 특정 종교집단이 믿음이라는 이름으로 가하는 테러는 사람들의 영혼까지 저당 잡고 하는 테러다.

그 중 대표적인 것이 일본의 사이비 종교 및 테러 범죄 집단이었던 옴진리교 사건이다. 그들은 여러 번 끔찍한 테러를 자행했는데 잘 드러나지 않다가 1995년 3월 20일 지하철 3개 노선 5개 편성 전동차에 사린가스를 살포해 13명의 사망자와 무려 6,300명의 부상자 낸 도쿄지하철 사린가스 살포 사건으로 세상에 확연하게 드러났다. 이 사건 이후 일본 정부와 검찰은 20년이 넘도록 은밀하게 수사하여 단 한 명도 남김없이 체포하고 전향시켰다. 그런 일본 정부와 검찰을 보면서 '우리도 가능할까?'라는 생각을 해 보았다.

우리나라에서 과거에 이상한 종교집단인 오대양 사건이 있었다. 그 후에도 세월호와 관련된 구원파 사건 등 여러 차례 종교집단과 관련된 사건이 있었다. 그런 사건 이후 우린 과연 일본처럼 그들의 실체를 정확하게 파악하고 반사회적, 반 인간적인 면을 밝혀냈을까? 종교의 자유를 내세워 흐지부지 넘어갔을까?

코로나19 발생 초기 확진자가 8,000명에 달하고 17,940명이 검사를 진행했으며 67이 사망했다. 대구 경북에만 7,095명이 넘었다 (2020.3.13. 현재) 그리고 얼마 가지 않아 전국이 코로나19로 몸살을 앓았다. 그 파급 속도는 대단했다.

그런데 그 확산의 중심에는 신천지라는 종교집단도 있었다. 지금까지 밝혀진 바로는 그들의 실체가 상당히 은폐되어 있었다. 신천지에 의한 피해자 연대가 결성되어 교주를 고발하고 수사했지만, 어디까지 수사했는지 알 수 없다. 실체를 당당하게 드러내지 않는 모든 것은 정당성에 문제가 있다. 그런 점에서 신천지는 상당한 문제 종교집단이다. 난국에 처해 자기들을 숨기고 교묘하게 빠져나가려는 행위 또한 국민에 대한 테러이다.

코로나19로 전국이 위태로운데도 확진자로 밝혀진 신천지 교인들 상당수는 자기들이 신천지임과 동선을 숨겼다. 간접 테러였다. 그 외에도 확진자로 밝혀진 자들이 동선을 숨겨 방역에 실패하게 하고 불특정 다수에게 전염시키는 행위, 자가 격리된 자가 이탈하여 사람을 만나므로 전염시키는 행위 등 모두가 비의도적 간접 테러에 속한다. 그러나 그 모습이 테러와 닮은 꼴이었음에도 정부는 초기 파악과 대책에 실패했다.

폭력과 테러의 예방을 위하여

전쟁이든, 테러든, 전염병이든 모든 것에는 사전 징후가 있다. 그것을 빨리 알고 대비하는 것은 재난에 대비하는 첩경이다. 코로나19와 같은 전염병에 대한 대책도 전쟁에 대응하는 것과 같아야 했다. 그런데 코로나19 초기 대책에 대만은 거의 성공했는데, 우린 초기 예측과 방어에서 실패했다. 중국인 입국자에 대한 변수, 초기 확진자에 대한 동선과 경로 파악, 신천지 관련자라는 변수 등 다양한 경우의 수에 대한 초기 검토와 대책이 미흡했다. 그것을 안 후에도 한동안 우왕좌왕(右往左往)했다.

테러를 방지하고 피해를 최소화하는 길은 철저한 사전 정보 파악과 예방, 정부의 신속·정확한 대응, 국민의 절제되고 기민한 행동, 그리고 테러 집단의 일망타진이다. 과거의 페스트나 천연두처럼 감염 속도가 엄청난 코로나19도 마찬가지였다. 철저한 사전 정보와 경로 파악, 철저한 개인위생과 포괄적 방역, 정부의 일관성 있고 신속 정확한 대책, 절제되고 기민한 국민 행동, 그리고 백신 개발이었다. 창궐하는 전염병에 영구히 대처하는 길은 백신 외엔 방법이 없었다. 전염병 예방을 위한 백신 개발은 모든 바이러스 테러를 종식시킬 수 있는 최후의 전략과 무기에 해당한다. 그런데 코로나19 대책에 정부는 백신 개발에는 관심이 없는 듯 보였다. 18조 원을 요구하는 추경 예산에 백신 이야기는 안 보였기 때문이다, 일부 지방자치단체장이 주장하고 일부 여당 의원이 동의하는 재난 기본소득 51조 원에도 백신은 빠져 있었다.

무장 테러든, 독가스 테러든, 언어폭력과 괴롭힘 등의 테러든, 코로나19 같은 바이러스 테러든, 모든 테러는 지구상에서 사라져야 한다. 그러나 인간이 삶을 영위하고, 자연이 살아 숨 쉬는 한, 테러와 바이러스는 언제나 인류를 급습할 수 있다. 중요한 것은 철저한 사전 대비와 대응력을 기르는 일이며, 발생 시에 신속·정확한 대처이다. 그리고 완전히 그것들이 완전히 소멸될 때까지 잠시도 긴장의 끈을 놓지 않는 일이다. 산불 진화에서도 잔여 불씨가 무섭고, 테러 대책에도 잔여 세력이 무섭듯이 코로나19도 완전히 소멸할 때까지 안심은 금물이다.

모든 테러의 종식은 정부의 체계적인 대응과 국민의 지혜에 달려 있다. 정부는 이제라도 겸허한 마음으로 테러 종식을 위한 전문가의 의견에 귀 기울이면서 실제적인 대책을 세워 실행해야 한다. 감염병은 모든 감염경로와 가능성을 밝혀내고, 의도적인 것은 아니라지만 감염 확산의 상당한 기여자 역할을 하는 특정 종교집단은 실체를 파악하고 밝혀 선량한 사람들의 영혼을 기만하지 못하게 해야 한다. 《제초제》로 지칭되는 모든 테러가 이 땅에서 종식되기를 기도한다.

03. 한국 시단(詩壇)의 거성(居城)을 무너뜨린 시 한 편

모든 폭력은 싸우지 않고 상대를 굴복시킬 수는 있어도,
상대를 순종시킬 수는 없다.
〈L.N.톨스토이〉

우상이 되어버린 권위라는 야만

사람들은 살아가면서 본의 아니게 혹은 삶의 한 과정에서 어쩔 수 없이 그 어떤 우상에 빠지거나 얽매이는 경우가 있다. 그리고 때로는 그 우상에 의해 괴로움을 당하고 자신이 파괴됨을 느낄 때가 있다. 그러나 그 우상으로부터 탈피하기는 쉽지 않다. 왜냐하면 그 우상은 자신의 주변에서 자신의 그 어떤 삶의 일부를 지배하고 있기 때문이다. 그러나 반대로 어떤 이들은 스스로 우상의 세계로 들어가 그 우상에 맹종하는 경우가 있다. 스스로 우상에 맹종하는 경우 자신은 그 우상의 노예가 되어버린다. 그리고 그 우상에 의해 엄청난 상처를 받았음을 깨달을 때는 이미 너무 늦은 상태가 된다. 사이비 종교에 빠졌을 때처럼 말이다.

그런데 우상은 그 실체를 자세히 들여다보면 진실과 정의를 숨긴 허위의 권력이다. 그것이 실존하는 사람일 경우 그것은 정치 사회적인 구조적 모순

에서 발생하는 권능을 가진 권력이다. 그 우상이 된 권력은 합법적인 틀 안에서 발휘되기도 하고, 스스로 권위의 세계를 구축하기도 하지만, 그 모든 것들은 수직적인 구조의 틀 안에서 발생하는 폭력성을 지닌다. 수직적인 지위의 상하관계에서 인격적 존재론적으로는 동일하지만, 그 조직이 부여하는 힘과 능력은 엄청난 차이를 드러낸다. 그때 그 우상은 자기의 권능을 착각하고 추종자들을 농락하고 주변 인물들이 추종하도록 유도하는 야만적 마수를 드러낸다.

또 다른 경우 수직적 지위의 상하관계가 형성된 사회적인 구조적인 틀 안에서 사람들은 그 권위의 권좌에 오를 때까지는 각고의 노력을 한다. 그때는 늘 조심하고 자기보다 강한 권위에 굽신거리기도 하지만, 자기가 일련의 성취로 그 권위의 우상이 되고 나면, 스스로 그 권위에 도취하여 권위의 우상이란 울타리 안에 갇히기 쉽다. 그러면 추종자들에게 직·간접의 폭력을 행사하며 그것이 마치 사랑의 메시지인 것처럼(혹은 은덕을 베푸는 것처럼) 착각하게 된다. 그런 와중에도 일부는 그 우상에 빠져든다. 그렇게 될수록 우상은 존재론적으로 볼 때, '자기 있음'에만 빠져 추종자들의 '자기 있음'을 부정하고 단지 자기의 부속물로 착각하기 쉽다. 그때 우상은 관행화된 악마적 습관에 빠져든다. 사이비 종교의 교주들이 대체로 그렇다.

그렇게 하여 그 우상에 농락당하는 사람들이 많다. 그 농락당하는 사람들이 농락당하고 있음을 깨달을 때는 이미 많은 상처를 받고 난 후이다. 그리고 거기서 헤어나는 데는 상당한 용기가 필요하다. 그런데 인권 의식과 인간의 객관적 자기 인식이 발달하면서 그 용기는 더 탄력을 받게 된다. 그리고 그 우상의 횡포에 대항하는 용기를 가지게 되고 사회는 그것을 지지한다. 그렇게 되면 우상은 하루아침에 무너져 버린다.

한동안 나라를 휩쓸었던 미투운동은 인권 의식과 인간의 객관적 자기 인식의 결과이다. 그것은 수직적 지위의 상하관계에서 인격적, 존재론적인 동일성에 대한 자각인 동시에 우상의 허위에 대한 도전이며 폭로이기도 하다. 그것은 관계성을 바로 잡는 정상화 운동이며 진실과 정의를 향한 민주화운동이기도 하다. 민주화는 정치의 영역에서만 필요한 것이 아니라 일상생활의 영역에서도 필요하기 때문이다. 이런 자각들은 우상처럼 우리 사회를 주름잡던 유력 인사들을 하루아침에 무너뜨리는 효과를 발휘한다.

그런 자각들은 한때 우상처럼 세상을 주름잡던 사람을 하루아침에 추락시키는 사례가 많아졌다. 잘 나가던 정치인 안희정, 한국 시단의 거성(巨城)으로 인정받던 고은, 연극영화계를 주름잡았던 이윤택 등을 하루아침에 추락시킨 것도 이에 포함된다. 그것을 보면서 사람은 누구나 우상이 되면 우상의 권위와 권력을 이용한 악마가 될 수 있으며, 선한 자신과 악한 자신이란 내부적 모순이 갈등하고 있고, 그 악한 자신을 다스리지 않으면 언젠가는 무너진다는 사실을 깨닫는다.

무력은 짧은 시간에 인간을 지배하고 굴종시킬 수 있지만 영원하지는 못하다. "펜(文)은 칼(武)보다 강하다"는 말이 있듯이 유구한 역사를 통해 펜의 힘은 인간 의식을 지배하고 변화시키며 삶의 양식까지 바꾸어 왔다. 르네상스 운동의 정신적 안내자 역할을 했던 단테의 『신곡』과 세르반테스의 『돈키호테』 같은 문학은 중세 종교적 권위의 우상에 빠져있던 인간을 그 우상으로부터 구출하는 데 기여했다. 펜의 힘이라 할 수 있는 르네상스 운동은 그 누구도 도전하지 못했던 우상화된 중세 종교의 권위를 무너뜨렸다.

시인 고은(1933~)에 대한 김명원(1959~)의 표현을 빌리면, 그는 한국 문단에서 "문화 자치국의 절대 군주"였다.[74] 그를 절대 군주로 만들어 버린

---

74) 김명원 『시인을 훔치다』(김명원 시인 대담집) 지혜, 2014, 13쪽.

것은 그 자신의 노력이기도 했겠지만, 그를 무작정 추종하는 사람들 때문이기도 했다. 사람들은 그의 작품을 찬양하면서 그의 인격도 동시에 찬양하는 우를 범했기 때문이다. 그러나 사람들은 대부분 그 능력과 인격 사이의 괴리가 존재한다는 것을 읽어 내지 못한다.

김명원의 말처럼 시인 고은은 한국 시단(詩壇)에서 거성(巨城)의 지위를 누리며 그 위용을 자랑해 왔다. 그리고 사람들 상당수는 우상을 숭배하듯 그의 시를 찬양해 왔고 지위를 높여 왔다. 그러나 그는 최영미의 시 《괴물》 한편에 의해 속수무책으로 무너져 갔다.

한 편의 시, 한 편의 글이 사회적인 분위기와 맞아떨어지면 대단한 위력을 발휘한다. 시인 고은을 무너뜨린 시 《괴물》을 읽으면서 '한편의 시가 이토록 날카로운 비수가 될 수 있는가!' 하는 감탄을 느낀다. 시에 의하면 고은은 그의 내부에 존재하는 "괴물" 같은 관행화된 의식과 습관을 다스리지 못하고, 죄의식 없이 행동으로 표출시켰던 것이다.

이글의 제목에서 거성을 한자로 거성(巨星)이라 하지 않고 거성(巨城)이라 한 것은 고은 시인이 한국 시단에서 큰 성(城)을 쌓은 것은 사실이지만, 시적 언어와 정서가 거성(巨星)이라 부를 만큼은 아니라는 평소의 생각 때문이다.

시 《괴물》에서 고발하는 En 선생

최영미의 시 《괴물》은 서지현 검사의 검찰 내부의 성폭력 고발로 미투운동의 불을 지폈던 시기에 한국 문단에 미투운동의 불씨를 붙인 시이다. 이 시가 사회적 파문을 일으키며 논란이 되었을 때 최영미[75] 시인은 jtbc 뉴스룸에 출연하여 이 시에 관한 인터뷰를 하였다. 그녀가 이 시를 쓰게 된 계기는 2017년 겨울 황해문화사에서 페미니즘과 관련된 시를 써 달라는 부탁을 받고 고민하다가. '내가 이 문제를 건드리지 않으면 내가 작가가 아니다. 내가 정말 가장 중요한 한국 문단의 문제를 써야겠다고 생각했다. … 현실과 문학 작품은 별개다.'라고 했다.

이에 대해 고은 시인은 한 언론과의 인터뷰에서 '30년 전에 어느 출판사 송년회에서 여러 문인이 같이 있는 공개된 자리여서 술 먹으며 격려하느라 손목도 잡고 했던 것 같다. 그럴 의도는 없었지만, 오늘날 비추어 희롱으로 규정된다면 잘못했다고 생각한다. 뉘우친다.'고 했다. 그러나 이에 대해 최영미 시인은 '구차한 변명이다. 그는 상습범이다. 여러 차례, 너무나 많은 성추행과 성희롱을 목격했고, 내가 피해를 봤다. ... 권력을 쥔 남성 문인의 성적 요구를 거절하면 그들은 뒤에서 복수한다. 그들이 편집위원으로 있는 잡지가 있다. 요구를 거절한 여성 문인에겐 시 청탁을 하지 않고, 그의 시에 대해서 한 줄도 쓰지 않는다.'고 하면서 권력화된 문단의 문제를 지적했다. 이후 고은과 최영미의 공방은 이어졌고 고은은 문단에서 자취를 감추었다. 따라서 이 시는 시라기보다 고발장의 의미가 강한 것 같다.

'괴물'은 무엇인가? 사전적으로는 괴상하게 생긴 물건, 괴상한 사람이나 물건을 얕잡아 부르는 말이다. 상식을 벗어난 모습이나 언행을 하는 사람을

---

75) 최영미(1961~)시인은 서울대학교 서양사학과, 홍익대학교 대학원 미술사학과를 나왔다. 1992년 〈창작과 비평〉으로 문단에 데뷔했다. 첫 시집 《서른, 잔치는 끝났다》는 큰 반향을 일으켰다. 1992년 등단 이후 시와 소설, 에세이를 넘나들며 6권의 시집을 펴내고, 장편소설 《흉터와 무늬》, 《청동정원》을 출간했다. 2006년 제13회 이수문학상(시부문)을 수상했고, 2011.02 국회도서관 홍보대사로도 활동했다. 시집으로 『서른, 잔치는 끝났다』, 『꿈의 페달을 밟고』, 『돼지들에게』, 『도착하지 않은 삶』 등이 있다.

이르기도 한다. 2006년 7월 27일 개봉하여 2006년 9월 2일, 개봉 38일 만에 1,237만 8,366명의 관객을 동원하면서 '왕의 남자'를 제치고 역대 흥행 1위에 올랐던 영화 '괴물(怪物)' 역시 괴상하게 생겼다. 사실 봉준호 감독의 영화 '괴물'도 2000년에 발생한 주한미군 한강 독극물 무단 방류 사건을 동기로 기획 · 제작된 고발 영화다. 괴물은 출몰하여 행동하는 순간, 두려운 존재다.

알베르 카뮈가 '모든 문학은 시대성을 초월할 수 없다'고 한 것처럼 모든 문학은 시대를 고발한다. 특히 문학은 은유적 언어로 시대를 고발한다. 시인의 예리한 눈과 마음은 시대의 모순을 직시하고 그것을 시적 언어로 고발한다. 그런데 시 『괴물』은 상당히 직설적인 고발 시이다.

시 《괴물》에서 말하는 'En 선생은 삼십 년 선배, 100권의 시집, 몸집이 커진 괴물, 노털상(노벨상을 은유한 말) 후보' 등을 보면, 고은을 가리킨다는 것을 대뜸 알 수 있다. 2017년 2월 6일 시인 류근[76]이 자신의 페이스북에 올린 글에 최영미의 시 『괴물』의 당사자가 고은이라고 밝혔다. 그는 페이스북에 "몰랐다고? 놀랍고 지겹다. 60~70년대 공공연했던 고은 시인의 손버릇 몸버릇을 이제야 마치 처음 듣는 일이라는 듯 소스라치는 척하는 문인들과 언론의 반응이 놀랍다. (…) 눈앞에서 그의 만행을 지켜보고도 마치 그것을 한 대가(大家)의 천재성이 끼치는 성령의 손길인 듯 묵인 한 사람들도 있었다."고 한 것을 보면 분명 괴물은 고은이며 한국 문단의 고질적 권력 구조와

---

76) 류근 시인(1966~)은 경북 문경에서 태어나 충북 충주에서 자랐다. 중앙대학교 문예창작과를 졸업하고 동 대학원 박사과정에서 공부했다. 1992년 문화일보 신춘문예에 당선되어 시인으로 등단했으나 이후 작품 발표를 하지 않다가 등단 18년 만인 2010년, 『상처적 체질』(문학과지성사)을 첫 시집으로 출간했다. 대학 졸업 후 광고회사 등에서 일하다가 홀연 인도 여행을 하고 돌아와 강원도 횡성에서 고추 농사를 짓기도 했다. 대학 재학 중 쓴 노랫말 〈너무 아픈 사랑은 사랑이 아니었음을〉이 김광석에 의해 불렸다. 방송 《역사저널 그날》 (KBS, 2013년 ~ 2019년)에도 출연했다. 저서로 『함부로 사랑에 속아주는 버릇』, 『싸나희 순정』, 『사랑이 다시 내게 말을 거네』, 『상처적 체질』, 『어떻게든 이별』 등이 있다.

아부성을 드러내고 있다. 따라서 시 『괴물』은 고은 시인의 젊은 여자들을 상습적으로 만지는 못된 습관으로 그녀가 힘없고 연약했던 문단 초년생 시절에 당하여 가슴앓이했던 잠재적 분노가 미투운동이란 사회적 분위기에 편승하여 분출한 것이다.

"젊은 여자만 보면 만지는 En 선생 옆에 앉지 말라고 문단 초년생인 내게 K시인이 충고했지만, K의 충고를 깜박 잊고 En 옆에 앉았다가 동생에게 빌린 실크 정장 상의가 구겨졌다(괴물)"는 그녀는 문단 초년생이기에 앉을 수밖에 없었던 모순을 지녔다. 사실 문단 중년생들은 En과 일정한 거리를 두는 여유와 지위를 터득했다고 보아야 한다. 틈만 나면 젊은 여자를 만지작거리는 En에 대한 분노는 몇 년 뒤 어느 출판사 망년회 자리에서 폭발했다. 옆에 앉은 유부녀 편집자를 주무르는 En을 보고, "이 교활한 늙은이야!" 외쳤지만 감히 삼십년 선배를 들이받았기에 줄행랑을 칠 수밖에 없었다. 그때는 그게 유일한 항변의 수단이었을 것이다. '100권의 시집을 펴낸 En의 시는 똥물'이라는 것이다. 사실 고은은 하룻밤에도 수 편의 시를 쓸 수 있었다고 스스로 말하였다. 그러니 En은 수도꼭지를 틀면 물이 나오듯 시가 나온다는 것이다. 그리고 En이 없는 자리에서는 En을 씹어대지만, 정작 그 앞에서는 입을 다물어버리는 소설가 박 선생도 권력 앞에 비굴한 모습이었다. En은 그만큼 몸집이 커진 괴물이었기에 누구도 함부로 할 수 없었다.

류근이 "눈앞에서 그의 만행을 지켜보고도 마치 그것을 한 대가의 천재성이 끼치는 성령의 손길인 듯 묵인 한 사람들도 있었다."고 한 것처럼, 많은 이들이 권위의 우상에 빠져 있었다. 누가 한번 유명해지면 그가 말하는 욕설도 때로는 명언으로 포장되는 경우가 많았다. 문학도 마찬가지였다. 그 권위의 성을 쌓기가 어렵지 한번 쌓고 나면, 권위의 우상으로 대중을 농락할 수도 있다. 그녀가 보기에 En의 시를 읽으며 찬양하는 상당한 독자들도 "자기들이 먹는 물이 똥물인지도 모르는 불쌍한 대중들"이다. 두렵다. 만약 그가 노벨상을 받는다면 자신은 이 나라를 떠날 것이라 한다. 더러운 세상을 자신으로서는 어찌할 수 없기에 떠나는 것이다. 도피란 방어기제이다. 그러나 그녀는 시의 끝부분에서 "괴물을 키운 뒤에/어떻게 괴물을 잡아야 하나"고 하면서 우리 사회가 키운 괴물을 어떻게 잡아야 하느냐를 고민한다.

사실, 권력을 키우는 것은 권력자 자신의 능력도 있지만, 상당 부분 그 추종 세력과 대중이다. 거기엔 정치적 힘도 작용한다. 그리고 정치적 분위기도 한몫한다. 히틀러의 광기 어린 만행도 당시의 정치적 상황과 대중의 열광적인 지지가 한몫했다. 권력은 대중의 지지를 얻어 강해질수록 권력의 성(城)을 쌓고 즐기는 속성을 지닌다. 그리고 부패되어 가게 되어 있다. 시에서 En 선생이라 지칭하는 고은도 마찬가지였을 것이다. 자기의 잘못된 습관을 잘못된 줄도 모르고 즐겼으며, 일부 사람들은 그것을 그의 천재성이란 성령의 손길로 혹은 소탈함으로 미화했을지도 모른다. 그것은 내부에 존재하는 이중적 특성을 성찰하지 못하기 때문이다. 권력은 늘 자기 내부의 악마적 특성이 부패 되는 줄도 모르고 관행적으로 즐긴다.

여기서 이 글의 이해를 돕기 위해 고은 시인에 대해 좀 더 살펴보겠다. 고은이 누구일까? 김명원 시인의 시인과의 대담집 『시인을 훔치다』(김명원, 도서출판 지혜, 2014)에서 말한 것처럼, 그는 한국 문단에서 "문화자치국의 절대 군주"였다. 누구도 함부로 건드리지 못하는 거대한 성안의 성주(城主)가 되었다. 그런 성주를 최영미 시인은 용기 있게 고발한 것이다. 시인 김명원은 고은을 이렇게 평가한다.

> 설명이 필요 없는 시인이 있다. 해설이 오히려 사족이 되는 시인이 있다. 고은 시인이 그러하다. 그는 온 생애를 문학에 경주

하며 경이로운 문학사를 이룩했다. 그리고 접해 본 적 없는 기이한 기벽뿐만 아니라 인생 또한 특이하여 더욱이 그를 명성이 자자한 유명 문인으로 등극하게 하였다. 또한, 그는 전제주의하에서 민주주의를 향한 집필과 시위를 통해 온갖 연행과 구금, 고문과 구속 등을 당하며 행동하는 문인의 표본으로 상정하였고, 작품들 중 상당수는 독재정권으로부터 불온으로 낙인찍혔다. 해마다 노벨문학상 수상 소식이 전해질 때면 후보자로 거론될 만큼의 문학적 역량을 세계가 인정하기까지 그는 피 흘리는 고뇌의 생을 움켜쥐고 있었던 까닭이다.[77]

김명원은 "고은의 삶은 한 편의 드라마이다. 동족상잔의 후유증을 겪은 후 정신적 충격으로 자살시도, 교사로 재직, 출가 및 환속, 등단, 가택 구금, 남북정상회담 특별수행, 노벨상 거론 등 한 사람이 지고 가야 할 길을 그는 단숨에 걸어왔다."고 평하였고, 김현은 그를 '가면의 마술사'라고 하면서 "그 가면은 미지의 부인을 수없이 얻고 버린 자의 비애가 젖은 허무감과 동반하여 나타난다." "그는 나의 이해를 초월한 존재"라고 했다. 1986년 시작하여 25년간 집필하여 2010년 완간한 30권의 『만인보』는 그의 문학의 완결판이라고 한다. 시 4,000편에 등장인물이 5천 600여 명에 이르는 만인보의 대기획을 두고 최원식 교수는 "발자크는 빠리의 호적부와 경쟁하겠다고 했는데 『만인보』는 우리 호적부와 겨루는 것"이라 하였고 『뉴욕 리뷰 오브 북스 The New York Review of Books』sms "20세기 세계문학의 최대기획"이라 했으며, 프랑스 시 전문지 『포에지』 편집위원인 클로드 무샤르는 "또 하나의 방

77) 김명원, 앞의 책, 13쪽

대한 작품인 빅토르 위고의 '세계의 전설'을 생각하게 한다."고 했다. 스웨덴에서는 2005년에 올해의 책으로 선정되었는데 스웨덴에서 외국 번역본 특히 시집이 '올해의 책'으로 선정된 것은 처음이었다고 한다.[78] 이쯤 되면 그의 문학적 위치가 어느 정도인지 감히 짐작할 수 있다.

그런 대단한 성주(城主)가 하루아침에 추락하였다. 그에게는 독보적인 문학 열정 뒤에 숨겨진 관행화된 악마적 습관이 있었기 때문이었다. 그는 '젊은 여자를 마구 만짐'에 대하여 죄의식을 느끼지 못하고, 즐겼던 모양이다.

사람에게는 누구나 내면에 '착한 나'와 '악한 나'라는 두 가지의 '나'가 존재한다. 이 특성을 정신분석학적으로 양가적 감정이라 한다. 두 존재는 늘 내부에서 싸우며 외적 동기를 만나면 표출되기도 한다. 자의식과 내면적 성찰이 강한 사람은 '악한 나'의 표출을 누르고 '착한 나'가 표출되도록 하지만, 사람이 권력의 성안, 권좌에 있으면 그 악한 감정이 악한 것인 줄도 모르고 표출하도록 하고 악한 행위를 즐기게 될 가능성이 크다는 것이다. 어쩌면 고은의 그 만지는 행위가 그런 것이었다. 그런데 미투운동은 다음 몇 가지 점에서 매우 중요한 사회의식 변혁 운동이다.

미투운동의 올바른 이해를 위하여

첫째, 미투운동은 비정상의 정상화 운동이다. 우리 사회를 휩쓸고 간 미투운동은 혁명의 물결이었다. 촛불혁명으로 촉발된 각종 억눌림과 비정상의 정상회복 운동은 곳곳에서 나타났다. 이를테면 적폐 청산, 갑질 반대 운

---

78) 김명원 앞의 책 27쪽

동, 미투운동 등은 비정상의 정상화 운동이며, 억눌렸던 감정이 출구를 찾아 표출된 것이다. 이런 운동은 사회적 관행으로 용인되었던 행동과 사고에 대한 삐딱선이다. 그 삐딱선은 기존의 모순에 대한 부정의 연속을 통해 새로운 질서를 구축해 가는 것으로 매우 중요하다. 이를테면 관행의 파괴와 새로운 관계 질서의 구축이다.

그런데 안타깝다. 원래 사회의식과 제도 등 총체적인 변혁과 발전은 부정(否定)의 연속을 통해 새로운 질서를 창조해 가는 합(合의) 세계를 도출해야 한다. 정반합(正反合)의 변증법적 법칙이다. 그런데 정(正)에 대한 반(反)은 있었는데 합(合)이 보이지 않는다. 합은 새로운 이념과 행동으로의 전환적 창조인데 그것들이 쓰나미처럼 스쳐 갔을 뿐, 합으로의 이행 전에 수면에 가라앉은 것 같다. 미투운동은 혁명의 첫 단추에 불과하다. 운동이 혁명으로 성공하려면 새로운 옷을 만들어 입고 모든 단추를 끼우고 의관을 갖추어야 완성되는데 그렇지 못한 것 같다. 그래서 혁명은 혁명 이후에 그 이념과 정신의 확립을 향한 합리적 노력이 더 중요하다. 그렇지 않으면 혁명은 쓰나미 같은 물결에 지나지 않을 수 있다. 그런데 우리 사회를 휩쓸고 간 그 운동들이 제대로 정립되기도 전에 방향을 잃고 방황하거나 침전된 것 같다. 그것은 미숙아를 그대로 두는 일이다.

둘째, 미투운동은 여성으로서의 자기 혁명 운동이다. 미투운동의 고발자는 여성으로서 당한 것에 대한 수치심으로부터의 해방선언이다. 여기에는 두 가지의 요인이 강하게 작용한다. 하나는 최영미 시인의《괴물》처럼 사회적 분위기의 성숙이다. 오랫동안 간직했던 분노가 미투운동이란 사회적 분위기에 편승하여 표출된 것이다. 또 하나 중요한 것은 고발자 스스로 수치심의 멍에로부터 탈피하는 용기이다. 고발자들은 수치심을 딛고 서는 내적 동기인 고발자의 용기를 지닌 사람들이다. 그들은 자기의 수치심의 껍질을 벗기는 자기 혁명의 아픔을 겪은 사람일 수도 있다.

셋째, 미투운동은 여성의 성적 자기 결정권의 확보이다. 촛불혁명, 갑질 반대 운동 등과 함께 우리 사회의 문명 의식과 민주 의식의 성숙을 말해 준다. 문명과 민주 의식의 발달은 자유와 평등 특히 인권 의식의 성장을 가져왔다. 인권 의식의 성장은 스스로 인간적 대접을 받기 위해 부당한 대우에 항거하도록 했다. 그런 점에서 미투운동은 여성으로서의 자기 몸과 성에 대한 자기 결정권의 확보 운동의 하나이다. 자기 몸을 만지고 성적 행위를 함에 자기 의사에 반하는 것은 허용하지 않는다는 것이다. 성적 자기 결정권은 여성으로서의 정체성 확립에도 매우 중요한 역할을 한다. 여성이 사랑을 위해서나 어떤 이유에서나 자기 의사에 의해 성적 자기 결정 없이는 몸 만짐의 허용과 성적 행위는 용납할 수 없다는 것이다.

넷째, 미투운동은 여자들에게 관습적으로 씌워진 강요된 수치심의 해방 운동이다. 전통적으로 여자들은 성폭력을 당했더라도 하소연할 데가 없었다. 세상은 그것을 용납하지 않았다. 오히려 여자가 몸가짐을 잘못해서, 오죽하면, 뭐 잘했다고, 창피하지도 않나, 정조를 잃은 여자란 낙인 등으로 강요된 수치심은 피해 여성을 더욱 가혹하게 '피해의 우리' 안에 가두었으며, 또 다른 피해를 용인하게 했다. 가해자들에겐 죄의식 없이 만지는 행위나 희롱을 재미 삼아 할 수 있는 일로 인식되었다.

그런 사회에서 여자는 도시 안에 세워진 거대한 성안의 이방인이다. 하나의 거대한 성이 구축되면, 성의 권위 안에서 많은 사람의 의식은 그 성주의 사고와 행동을 맹목적으로 지지하며 스스로 장님이 되어가는 모순을 보인다. 그래서 여성에 대한 성폭력과 희롱도 용인되며 유머나 해학으로 치부되는 경우가 허다하다. 그 안에서 낯선 여자, 신인은 이방인이 된다. 이방인이 도시인으로 편승되기 위해서는 성과 성주의 규칙과 관습, 의식에 동화되어야 한다. 거기에는 일종의 잠재적 폭력이 존재한다.

전통적으로 여성들은 남성의 성적 발언과 희롱을 용인하고, 이해하며, 받아들이는 것을 통 큰 여자, 이해심 많은 여자, 관계성이 좋은 여자 등으로 정당화되어 있었다. 그것은 여성 성희롱에 대한 문화적 정당성의 확보였다. 그런데 일부 여성도 그것을 소탈함과 대담성으로 여겼으니 여성들도 한몫했다. 그런데 미투운동이 수면에 가라앉았다는 것은 전통적으로 잘못된 의식과 관행의 파괴와 동시에 새로운 패러다임의 구축과 문화적 정당성을 창조하여야 하는데 채 창조되기도 전에 수면에 가라앉은 느낌이 든다는 것이다.

시인은 관습적 전형(典型)을 파괴하므로 새로운 패러다임을 구축하는 시대정신을 가진 자라 여긴다. 그런데 고은이 여성을 만짐을 관행처럼 여기며 아무 죄의식 없이 즐기며 시를 썼다는 것은 시인의 '관습적 전형의 파괴'와 '관습적 전형의 즐김'이란 자기모순의 표출이다.

미투운동이 사라질 세상을 그리며

모든 존재하는 것은 권력화되면 거대한 성을 쌓고 그 안에서 부패 되는 자기모순을 지니고 있다. 그 자기모순을 스스로 정화하지 않으면 언젠가는 그 모순에 의해 무너진다. 고은이나 안희정 전 충남지사 등도 그런 예이다. 모든 국가나 개인도 자기 안의 모순을 지니고 있다. 강성했던 국가나 영향력 있던 사람이 한순간에 무너지는 것은 결코 한순간의 일이 아니라 오랫동안 내부의 모순과 갈등이 쌓인 결과이다. 특히 내부의 악마적인 요소를 발견하고 다스리지 못하고 분열을 이룬 탓이다.

심리학적으로 보면, 모든 인간은 내면에 괴물 하나를 간직하고 있다. 그것이 관행적으로 용인되고 즐기면서 외부로 표출되지 않도록 하는 것은 자기 몫이다. 작은 구멍 하나가 거대한 둑을 무너뜨리듯이 내 안에 있는 악마적인 괴물은 자신을 무너뜨린다. 고은은 그것을 단속하고 다스리지 못했던 것 같다.

한 국가의 멸망엔 최종적으로 내부의 적이 빗장을 열어 주었듯이 한 개인의 추락도 내부의 적이 빗장을 열어 준다. 어쨌든 아무리 거대한 성도 계기를 만나면 그 자체의 모순에 의해 무너질 수 있다. 고은이란 '거대한 문학적 성주(?)'가 한 편의 시로 인해 무너지는 것을 보면서 사람들이 자기 안의 양가적 감정과 자기 안의 괴물을 성찰하고 다스리는 기회가 되면 좋겠다는 생각을 가진다. 미투운동이 수치심의 해방과 분노의 표출을 넘어 우리 사회의 새로운 남녀관계와 성적 관계의 패러다임을 창조하는 계기로 발전되었으면 하는 바람도 가진다.

04. 《스토커 2》, 편집된 욕망 채우기의 폭력

오늘날 사람들은 기계적인 것, 강력한 기계,
생명이 없는 것에 이끌리고 있으며
따라서 점점 더 파괴를 향해서 전진하고 있다.
〈에리히 프롬 『소유냐 삶이냐』〉

폭력의 은밀성과 공포감

폭력은 직접적으로 강하게 자행되는 경우가 대부분이지만 때로는 은밀하면서도 공포스럽게 자행되는 경우도 많다. 그리고 그것들이 복합적으로 작용하기도 한다. 인간에게 폭력을 가하는 공포의 대상들은 매우 다양하다. 홉스[79]는 인간에게 폭력을 가하는 공포의 대상들에는 거친 자연, 이기심으로 가득 찬 개인들, 정복자, 분파주의자들, 교회, 타락한 정치인들, 전제군주, 부패한 국가 등이 있다[80]고 했다.

폭력은 폭력을 낳는다. 공포로부터 자유로워지기 위해서는 공포의 대상

---

79) 홉스(Thomas Hobbes, 1588년 4월 5일 ~ 1679년 12월 4일) 잉글랜드 왕국의 정치철학자이자 최초의 민주적 사회계약론자, 『리바이어던』으로 유명하다.

80) 김용환, 인간의 자연적인 조건으로서의 폭력과 사회계약론적 해법-홉스의 힘의 정치철학:폭력과 통제, 장욱 외 공저 『폭력에 대한 철학적 성찰』, 철학과 현실사, 2006, 171쪽.

을 제거하거나 아니면 통제가 가능한 것으로 만들어야 한다.[81] 폭력은 어떤 것이든 정당화될 수 없다. 따라서 인간이 지혜롭다면 폭력을 미리 막는 시스템을 만들어야 한다. 만약 그렇지 않으면 인간은 폭력에 무방비 상태에 빠지게 된다. 그렇게 되면 세상은 투쟁의 장이 되고 인간성을 처참하게 파멸된다. 따라서 폭력을 제거하기 위해서는 자연의 폭력을 통제가 가능한 것으로 만든 근대 과학의 새로운 이론만큼이나 정교한 근대 정치이론이 필요하다.[82] 이러한 정교한 정치이론은 일상생활 구석구석에 이르기까지 적용되어야 한다. 그래야 스토커 같은 은밀하면서도 자연스러운 것 같은 일상의 폭력을 제거할 수 있다. 정치인들과 국가는 이제 세심한 영역에서 인간의 삶과 폭력성에 이르기까지 배려와 통제의 눈길을 보내야 한다.

2021년 3월 23일 한 청년이 서울 노원구에서 자신이 스토킹하던 여성의 집에 침입해 어머니와 여동생 등 세 모녀를 처참하게 살해했다. 그는 2020년 6월 대구의 한 고시원에서 발신 번호 제한 서비스를 이용해 피해자(당시 18세)에게 전화를 걸어 신음소리를 내는 등 추행을 했으며, 이후에도 피해자에게 전화를 걸어 비슷한 음성을 보냈다고 한다. 그러나 서울중앙지법은 그에게 성폭력처벌법 위반(통신매체 이용 음란) 혐의로 벌금 200만 원의 약식명령을 선고했다. 그로부터 13일 뒤에 그는 세 모녀를 살해했다. 그러나 범행 당시만 해도 그를 감금하거나 처벌할 뚜렷한 법적 근거가 미약했다. 이 세 모녀가 살해된 다음날 국회는 스토킹 범죄 처벌에 관한 법률을 통과시켰다. 스토킹 범죄 처벌에 관한 법률은 1999년 처음 발의된 이후 2021년 2월까지 총 21회나 발의되었지만 지지부진하다가 통과된 것이다. 사람들은 진작에 통과되었으면 그 세 모녀가 살해되는 비극은 막을 수 있었을 것이라

81) 김용환 외, 앞의 책. 171쪽.
82) 김용환 외, 앞의 책, 171쪽.

고 아쉬워하며 국회의원들의 정쟁과 직무유기를 질타했다.

스토킹 범죄는 과거에도 있었지만, 문명사회로 올수록 각종 문명 매체가 가져다준 인간의 말초적 욕망을 자극하는 선정성과 접근의 다양성, 은밀성 등에 의해 더욱 늘어나고 잔악해졌다. 그러나 사람들은 그러한 문명의 그림자를 걱정하면서도 문명의 유혹을 즐기며 그에 대한 대책에는 관심이 적었다. 현대의 스토킹 범죄는 문명의 그림자에 가려진 병리 현상의 한 종류이며 폭력이다.

스토킹 같은 폭력은 인간을 내부적으로 공포에 빠지게 하는 중대 폭력이다. 문명화된 한국 사회에서 이러한 폭력이 작동하고 있다는 것은 그런 폭력에 대한 방지 시스템이 제대로 작동하지 못하고 있었다는 증거이기도 하다. 이제 국가와 정치인들은 스토커 범죄가 갖는 다양성, 은밀성만큼이나 통제 시스템을 다양하고 은밀하게 만들어가야 한다. 신미균의 시 《스토커 2》는 '사랑'이란 이름으로 자행되는 욕망의 집착과 자기중심적인 인식 오류에서 자행하는 편집된 욕망 채우기의 폭력이 곧 스토킹임을 말하고 있다. 그리고 이에 대한 경각심을 불러일으키고 있다.

《스토커 2》와 스토커 폭력성의 특성

놀이터에서 한 아이가
새끼 고양이 배고플까 봐
그런다면서
입을 억지로 벌리고
자기가 먹던

땅콩버터를 먹인다.

재미있게 놀아 준다고
고양이 목을 잡고
뱅뱅 돌린다

축 늘어진 고양이를
사랑한다고
자꾸 뽀뽀를 한다

추울까 봐
자기 모자 속에 넣어
꼭꼭 싸매 준다

싸맨 고양이를
집에 데리고 간다고
가방 속에 넣는다

-신미균 《스토커 2》 전문-

대수롭지 않게 넘겨버릴 것 같은 이야기다. 하지만 그 안에는 비극이 존재한다. 나만의 일방적인 생각과 행동의 끝은 어디일까? 그런 일방적인 생각과 행위는 어떤 결과를 초래할까? 이 시를 읽으며 사람들의 생각과 행동의 일방통행과 자기 중심성의 폐해를 생각해 본다. 아울러 사람 간의 연대 의식이 희박해지고 있는 문명사회에서 자기중심적인 소외와 유혹 문화의 그늘을 보는 것 같다.

시에서 '한 아이'는 자기중심적인 소외와 유혹문화에 빠진 현대의 숱한 사람들이다. 시는 그런 사람들의 행위를 사실적으로 진술해 갔다. 시에는 시인의 내밀한 관찰력과 내면의 사고가 숨어 있다. 그리고 스토커들의 폭력적 행동의 단계를 드러내고 있다. 스토커들은 처음에는 사랑이란 이름으로 접근하고 행동하지만, 결국에는 폭력으로 상대에게 돌이킬 수 없는 치명상을 입히는 경우가 허다하다.

제1연에서 "새끼 고양이 배고플까 봐 입을 억지로 벌리고 자기가 먹던 땅콩버터를 먹이는" 아이의 행동을 대수롭지 않게 여길 수 있다. 그러나 그 행위의 근원과 그것이 미칠 영향을 생각해 보면 심각하다. 아이가 "배고플까 봐 걱정하는 고양이"는 그것이 고통의 시작이다. 그런데 우리 주변에서 어린아이가 장난감 인형을 가지고 노는 행위에서 실제로 아이가 인형에게 강제로 음식을 먹이는 행위를 관찰할 수 있다. 아이는 자기중심적인 생각에 빠져 인형을 사랑하고 있다고 착각하고 있는지 모른다. 그러나 어른들은 그 아이의 행위를 대수롭지 않게 넘긴다. 만약에 대상이 고양이(인형)가 아니라 사람이라고 하면 매우 심각해진다. 아이에게 왜 그렇게 먹이려고 하느냐고 물으면 아이는 계속 고양이가 배고플까 봐 그런다고 할 것이다.

제2연에서 아이의 행동은 폭력으로 이어진다. 아이는 "고양이 목을 잡고 뱅뱅 돌리며" 재미있어 할 것이다. 그리고 고양이에게도 "재미있지?"하고 물을 수 있다. 그러나 고양이는 점점 고통 속으로 빠져든다. 이런 행위는 초·중학생들에게서 일어나는 학교폭력에서 수없이 나타난다. 친구를 사랑한다면서 헤드록을 하고 빙빙 돌리고 괴롭힌다. 문제가 되면 놀다가 장난으로 그랬다고 항변한다. 어떤 어른들은 '아이들이 놀다 보면 그럴 수 있지'하고 두둔한다. 이 또한 인식과 행동의 오류에서 발생하는 폭력적임을 모르고 있기 때문이다.

제3연에서 "축 늘어진 고양이를 사랑한다고 자꾸 뽀뽀를 하는" 아이는 나만의 사랑에 빠져있다. 고양이를 뱅뱅 돌리고 나니 자신도 힘들고 고양이도 힘들 것이다. 그래도 '널 사랑해' 하면서 계속 뽀뽀를 해댄다. 그러나 고양이에게서 그 뽀뽀는 또 다른 고통의 연속임을 아이는 모르고 있다. 모르고 있는 것이 아니라 아예 느끼지 못하고 있다. 그 행위는 제4연의 "추울까 봐 자기 모자 속에 넣어 꼭꼭 싸매 주는" 행위로 이어진다. 그 왜곡된 인식에 기반을 둔 행위는 더욱 심화된다. 그리고 그 일방적인 행위는 제5연의 "싸맨 고양이를 집에 데리고 간다고 가방 속에 넣는" 행위에서 절정에 이른다. 고양이는 가방 속에서 질식해 버릴 것이다. 그러나 아이는 그것을 '너를 사랑해서야'라고 말할 수 있다. 아이의 그 행동은 결핍된 욕망의 투사에 불과하다.

아이는 왜 이런 행동을 사랑이라고 정당화할까? 우선 아이는 사랑의 결핍 속에 심심하다. 그 심심함이 고양이에게 사랑이란 이름으로 투사되는 폭력을 유발한다. 그러나 아이는 폭력을 인지하지 못한다. 아이의 그런 행동에서 소외를 읽는다. 둘째, 아이는 고양이를 소유물로 생각한다. 고양이는 돈으로 사고 자기가 기르고 가지고 노는 장난감의 일종이다. 그래서 자기 마음대로 할 수 있다. 고양이는 결핍된 욕망 충족의 수단이 되어버렸다. 여기서 자본주의적 유희 문화의 그늘을 읽는다. 셋째 사물과 대상의 존재와 관계의 인식 오류에서 발생한 행동의 왜곡 현상이다. 아이는 모든 존재를 자기 스트레스 해소와 욕망 충족의 수단으로 여길 수 있다. 아이는 자기의 행동이 치명적인 폭력임을 모르고 있다,

스토커들은 아이와 같이 이 모든 특성을 복합적으로 지니고 있다. 그래서

스토킹은 인간의 왜곡된 욕망의 집착에서 오는 폭력이다. 그들은 그런 행위의 결과가 상대는 물론 자신도 파멸에 이르게 한다는 것을 인식하지 못하거나 인식하고 있더라도 절제하지 못한다. 스토커들에게는 나는 존재하지만 너는 존재하지 않기 때문에 그들은 존재론적 인식 오류에 빠진 사람들이다.

삼라만상의 모든 존재는 존재가치와 이유를 가진 개별자이다. 개별자로서 인간의 존재성은 천부적이다. 그래서 인간은 각자의 존재성을 인정하고 존중하면서 살아가야 한다. 그것이 곧 타자의 존중만이 아니라 자기의 존중을 실천하는 길이다. 그럼에도 존재에 대한 왜곡된 인식은 타자의 존재를 부정하고 나만의 존재 욕망을 채우려는 존재론적 오류에 빠질 수 있다. 그것이 심하면 각종 범죄를 일으키게 된다.

시에서 한 아이는 자기의 개별적 존재성의 혼란을 겪으며, 고양이의 개별적 존재성을 인식하지 못하고 있다. 만약 고양이의 개별적 존재성을 인식하고 있다면 아이는 고양이가 처할 고통을 인식하고 사랑이란 이름으로 일방적인 행동을 하지 않았을 것이다. 스토커들은 그런 존재 인식의 오류에 빠져 있다. 그래서 나는 보이고 너는 보이지 않으며 나의 욕망을 위해 너는 희생될 수 있는 개체가 된다. 그들은 공동체 속에 사는 인간이 서로의 존재를 인정하고 감정의 교류를 통해 존중하고 절제하여야 한다는 것을 모르는 자기 욕망의 노예가 된 사람들이다.

스토커들의 행위는 사랑이 아니라 욕망의 왜곡된 분출이다. 사랑은 상대의 존재(있음)를 인정하고 다가가는 감정의 교류 상태이다. 여기에는 개별자로서 존재하는 모든 존재 간에는 '여백'이 있듯이 사랑에도 '여백'이 있으며, 또 있어야 한다. 그것은 나무들이 각자 서 있으며 숲을 이루고 서로 바람과 속삭임을 보내는 것과 같다. 그런 가운데 나무는 성장하고 꽃을 피우며 열매를 맺는다. 인간사회의 존재와 사랑의 방식도 이와 같다. 사랑에는 반드시 '여백'이 있어야 한다. 여백이 없는 사랑은 일방통행이며 구속이다. 그건 사랑이 아니라 욕망에 불과하다.

스토커들의 행위가 사랑이 될 수 없음은 사랑이 가진 '기다림의 여백' 때문이다. 사랑에는 '기다림의 여백'이 있어야 한다. 사랑은 내가 상대에게 사랑하는 감정을 보냈을 때 상대로부터 사랑의 감정이 오기를 기다리는 '시간과 공간의 여백'을 두는 것이다. 그리고 그 여백 속에서 둘의 감정의 교류가 일어날 때 비로소 사랑은 싹트고 성숙에 이른다. 사랑하는 사람을 기다려주지 못하는 것은 사랑이 아니라 욕망 때문이다. 사랑은 기다림의 여백을 두고 인내하고 포용하는 심리 작용 안에서만 자랄 수 있는 감정이기 때문이다. 그러나 스토커들에겐 그런 '기다림의 시간과 공간의 여백'이 없다. 그들에겐 욕망 충족의 초조함만 있다.

사랑에도 초조함은 존재한다. 가령 카페에서 사랑하는 사람을 기다릴 때 출입문을 자주 쳐다보거나 입이 말라 물을 자주 마시거나 시계를 자주 보는 행위는 초조함의 발로이다. 그러나 사랑의 감정에 충실한 사람은 기다려주고 인내하고 사랑하는 사람을 포용해 준다. 그러나 스토커들이 가진 초조함은 욕망을 채우지 못하는 초조함이다. 그러기에 거기에는 '기다림과 인내와 포용의 여백'이 없고 일방적인 소유의 욕망만 있을 뿐이다.

짝사랑과 스토커의 행위는 근원부터 다르다. 짝사랑은 상대를 향한 나만의 사랑이다. 상대는 그 사랑을 모르거나 반응하지 않는다. 짝사랑에는 순수함과 여백이 있다. 그래서 짝사랑을 하는 사람은 김소월의 시《먼 후일》에서처럼 끝없는 기다림이 있다. 짝사랑의 행위는 능동적이 아니라 수동적이며 공격적이 아니라 수용적이다. 짝사랑에는 상대가 반응해 오지 않으면 자기의 사랑이 부족함을 자책하며 가슴앓이를 한다. 그것이 상사병이다. 진짜 짝사랑은 결코 상대에게 위해(危害)를 가하는 것이 아니라, 김소월이

《진달래꽃》에서 읊은 것처럼 가는 님(반응없는 님)에게 '진달래꽃을 한 아름 뿌려주는 것' 배려이다. 짝사랑에는 기다림과 절제와 포용의 여백이 존재한다. 그러나 스토커에게는 욕망만 있고 기다림과 절제가 없어 공격성이 발휘된다. 사랑은 욕망의 공격성에는 절대 뿌리 내리지 못한다.

스토커들의 행위는 욕망을 향한 독점욕과 질투심, 초조함이 융합되어 나타나는 소유욕의 집착에 기반을 두고 있다. 그리고 그 집착은 쾌락을 향한 폭력적 행위로 표출된다. 현대사회에서 스토커들이 늘어나는 것은 무한한 욕망과 유희를 조장하는 자본주의의 유혹의 문화 때문이기도 하다. 욕망은 충족하면 할수록 늘어나는 속성이 있다. 특히 말초적이고 본능적인 쾌락 욕망은 그런 속성이 더 강하다. 그리고 그 욕망의 지향은 지향하는 만큼 결핍을 가져오기 때문에 욕망에 목마르게 된다. 그래서 마약과 퇴폐적 성행위에 빠진 사람들은 그 유혹에서 벗어나지 못한다. 현대문명은 다양한 매체를 통해 그것을 조장하고 은밀하게 만든다.

욕망의 늪에 빠진 인간과 사회를 향한 존재론적 성찰

에리히 프롬(Erich Fromm 1900~1980)에 의하면[83], 현대 자본주의 문명은 인간을 〈영혼을 위한 이익〉이 아니라 〈소유를 위한 이익〉에 집중하도록 조장해 왔으며 더 많은 소유, 더 많은 욕망의 추구와 쾌락을 조장해 왔다. 자본주의적인 〈소유를 위한 이익〉을 위한 함의는 인간을 소유를 통한 자기만족과 쾌락에 충실한 존재로 변모시켜 왔다. 그래서 인간은 쾌락, 일, 윤리의

83) 에리히 프롬 저, 김진홍 역『소유냐 삶이냐』홍익신서, 1978.

모순적인 조합에서 살며 항상 자기중심적인 욕망에 우선한다. 그래야 자본주의가 발전하고 자유가 극대화된다고 보기 때문이다. 그래서 사람들은 존재가 아니라 소유에 집중하게 된다.

이런 자본주의적 소유방식은 공유(共有)가 아니라 소유(所有)가 나를 존재하게 하며 만사를 내 뜻대로 할 수 있게 해주며, 내게 쾌락을 준다고 믿게 만들었다. "이제 목표는 존재가 아니라 소유가 되었다. 내 목표가 소유라면 나는 더욱 많이 〈소유할수록〉 더욱 그 〈존재〉가 확실해지므로 나는 탐욕스러워질 수밖에 없다. 나는 모든 다른 사람들에 대해 적대감을 느낄 수밖에 없다. 내 고객은 속여야 하며 경쟁자를 없애야 하고 노동자를 착취해야 한다. 나는 결코 만족할 수 없다. 내 소망에는 끝이 없기 때문이다."[84] 그런 자본주의적인 소유의 욕망은 폭력과 투쟁을 유발하며 엄청난 유혹 문화를 조장한다.

자본주의적 유혹 문화는 소유와 쾌락의 추구라는 욕망이 자유의 추구라는 이름과 함께 발전해 왔다. 그 유혹 문화 속에서 수많은 사람은 상품으로 전락하기도 하였고, 소유를 향한 집념으로 스스로 상품이 되기도 했다. 그런 유혹 문화는 성적 유희와 쾌락을 조장하고 그 안에 폭력성을 내재하게 만들었으며 때로는 그 폭력성을 자유라는 이름으로 정당화하게도 했다. 그래서 그 폭력성은 항상 자본주의적 유혹문화의 사회·문화적 맥락의 은밀한 내면에 매복해 있다. 그리고 자유는 유혹과 범죄 사이에서 춤추게 되었다. 그런 가운에 욕망은 한없이 발동한다.

유혹 문화에 빠진 스토커들은 성장 과정부터 정상적인 사랑이 결핍된 사람들이다. 안타까운 것은 그들은 사랑의 결핍과 소외를 정상적인 사랑으로

84) 에리히 프롬 저, 앞의 책. 22쪽~23쪽.

발전시키지 못하고 결핍된 욕망의 충족에 매진한다. 스토커들은 채우지 못한 욕망을 성적인 욕망에 기반을 둔 유혹의 문화로 채우려 한다. 그들은 계속하여 성적 유혹 문화를 탐닉하며 더 많은 결핍을 경험하며 그것을 채우기 위해 폭력을 택한다. 스토커들은 그런 심리상태가 고착되었기에 치유가 어렵다. 그래서 그들에 대한 감시와 법적 대책, 치유의 노력이 필요하다.

신미균의 시 《스토커 2》를 읽으며 욕망의 늪에 빠진 자본주의 유혹 문화의 병폐를 성찰한다. 그리고 토마스 하디의 소설 『테스(Tess of D'Urbevilles)』[85]를 떠 올렸다. 가진 자의 아들 알렉은 자신의 집에 일하러 온 테스를 유혹하여 욕망을 채우고 임신시킨다. 무책임한 알렉은 테스를 욕망 충족의

---

85) 『테스(Tess of D'Urbevilles)』는 영국의 시인이자 소설가인 토마스 하디(Thomas Hardy, 1840~1928)의 소설이다. '한 순결한 여인에 대한 진실한 묘사'라는 부제처럼 뺨에서는 12세 소녀의 모습이 보이고 9세 어린아이 같은 눈빛이 반짝거리는 활발하고 아름다우며 여성스러움을 지닌 청순한 시골 소녀 테스는 사회의 부조리와 가혹한 운명에 희롱당하다가 스스로 자기 운명을 향해 도전한 것이 살인이었다. 자기 인생과 사랑을 지키려다 결국 살인자가 되어 교수대에서 처형된다. 영국 남부의 작은 마을 웨식스에 사는 가난한 행상 잭 더버필드의 맏딸인 테스는 청순하고 아름다운 소녀였다. 아버지는 자신이 옛날 기사 집안의 핏줄인 더버빌 가문의 직계라는 것을 자랑하며 일을 하지 않고 술에 빠져 방탕한 생활을 했다. 가난한 집안에 자식은 많았고 집안은 더욱 곤궁해져 갔다. 청순한 테스는 자기와 가족의 생계를 위해 같은 조상의 성을 가진 친척집(가짜 친척)으로 일을 하러 가서 그 집 아들인 알렉에게 유린당하여 임신한 채 집으로 돌아온다. 태어난 아이는 얼마 가지 않아 죽는다. 삶에 집착한 테스는 다시 젖 짜는 일을 하다가 목사의 아들인 엔젤 클레어를 만나 서로 사랑하고 결혼을 한다. 하지만 첫날 밤에 과거 알렉과 있었던 불행한 사실을 고백하자 클레어는 테스의 불행을 받아들이지 못하고 브라질로 떠난다. 그러나 테스는 살기 위해 안간힘을 쓰면서 남편이 돌아오기를 기다린다. 테스의 호소에도 불구하고 클레어는 돌아오지 않고 가난한 친정 식구들을 위해 알렉의 정부가 된다. 알렉은 테스를 자기의 성적 욕구를 채우는 도구로만 취급한다. 한참의 세월이 흐른 후에 남편인 클레어가 돌아왔다. 남편을 보자 그동안 쌓였던 슬픔과 분노가 복받쳐 알렉을 죽인다. 그리고 남편과 도망을 간다. 모처럼 사랑을 되찾아 행복한 생활을 꿈꾸었으나 곧 체포되어 교수대에서 사형을 당한다. 이 소설은 당시 빅토리아 시대의 도덕적 관습과 맞지 않아 많은 논란과 비평을 받았지만, 그의 사후에 걸작으로 평가받아왔다. 어느 시대나 부조리와 가진 자의 횡포가 있다. 가진 자는 돈에만 국한되는 것은 아니다. 지금도 그 부조리에 대한 비판과 저항의 소리는 있지만, 부조리는 양상을 달리하여 계속 재생산되고 그에 대한 저항 또한 계속 진행된다. 진정 부조리가 없는 세상, 가진 자의 횡보가 없는 세상은 올 수 있을까?

대상인 정부로만 취급하게 된다. 남편을 만나 행복한 삶을 꿈꾸던 테스는 분노에 알렉을 죽이고 체포되어 교수대에 오른다. 테스는 사회편견과 소유욕에 농락당하는 죄 없고 청순한 여자의 전형이다. 그러나 세상은 그 죄 없던 청순한 여자를 살인자로 규정하고 처형한다. 사람들이 소유와 욕망의 노예가 되어 있는 한 지금도 수많은 〈테스의 비극〉이 탄생할 수 있다. 스토커는 정체성이 해체된 자이며 타인의 정체성까지 파멸시킨다. 테스는 알렉에 의해 정체성이 파멸되었다. 그들은 욕망을 충족하기 위해 사랑이란 가면을 쓰고 타인에게 다가가 욕망을 채우며 타인을 파멸시킨다. 시에서 아이에게 고양이는 소유물이다. 그러기에 아이의 행위는 스토커들처럼, 알렉이 테스를 대하는 것처럼 일방적인 폭력이다.

그런데 기이한 것은 우리는 그런 유혹 문화와 왜곡된 자본주의적 소유욕에 둔감하고 심지어 거기에 빠져있다는 것이다. 우린 〈존재의 방식〉이 아니라 〈소유의 방식〉에, 〈영혼과 삶의 방식〉이 아니라 〈이익을 위한 방식〉에 익숙해져 있다. 경찰청 통계에 의하면, 2020년 한해 스토킹 범죄는 4,515건이었지만 488건만 처벌을 받았다. 그나마도 스토킹 처벌법이 없어 모두 경범죄 처벌법으로 처리됐다.[86] 그래서일까? 사람들은 스토커 폭력성에 그리 민감하지 않았다.

다양한 매체가 발달한 현대사회에서 스토커를 남녀 간의 성적 유혹과 폭력의 관계에서만 한정할 수 있을까? 자기가 싫어하는 연예인에게 계속 악성 댓글과 문자를 보내는 행위는 스토킹이 아닐까? 자기와 견해를 달리하는 정치인에게 문자폭탄을 날리며 비난하는 행위는 스토킹이 아닐까? 우린 표현의 자유라는 이름으로 자행되는 스토킹에 너무 익숙해져 있는 것은 아닐까?

---

86) 동아일보 2021.4.10.

그래서 정치인들은 무려 20년간이나 스토킹 범죄의 처벌법에 무감각했을까? 우리 속에 깊이 뿌리 내린 자본주의적 소유욕과 유혹 문화와 그것들에 무감각해진 우리의 의식구조와 일상에 대한 총체적인 성찰이 필요할 때이다. 스토커 없는 세상을 꿈꾼다. 가능할까?

05. 천하평국(天下平國)의 꿈은 한(恨)이 되어

죄는 인간성의 황폐이며,
우리가 가지고 있는 가장 고귀한 것을 낭비하고 있는 것입니다.
일시적으로 우리는 죄에 의해 성공을 거두었다고 생각하더라도
인간성은 황폐해지는 것입니다.
〈요한 바오로 2세〉

남이섬의 낭만에 숨겨진 아픔

마키아벨리[87]는 "역사가 가리키고 있는 바에 의하면, 모든 음모는 상류 계급이나 간신들에 의해 계획되고 있다."고 하였다. 그렇게 계획되어 자행된 음모는 죄 없는 사람에게 매우 치명적인 정치적 폭력을 가하고 심한 경우 목숨을 앗아 간다. 따라서 그 어떤 폭력보다 치밀하고 교활한 폭력에 속한다. 그래서 마키아벨리는 "음모를 방지하기 위해 여론의 공격을 당하지 않도록 해야 한다."고 했다. 하지만 음모를 꾸미는 자들은 이미 상대를 죽이고 곤경에 빠뜨리기로 작정한 이상 그 여론을 계속해서 조작하여 나간다. 그 조작된 여론은 사회적 분위기에 편승하여 더 위세가 강한 칼이 될 수도 있고 의사결정권자의 심리적 정황에 따라 다양한 형태로 옷을 갈아입게 된다.

---

87) 마키아벨리(Niccolò Machiavelli 1469~1527) 이탈리아의 통일과 번영을 꿈꾸며 새로운 정치사상을 모색한 정치사상가이다. 『군주론』으로 유명하다.

그리고 대단한 위력을 가진 폭력의 칼을 휘두르게 한다. 조선시대 남이 장군이 음모로 조작된 여론에 의해 처참하게 희생당했다.

남이섬을 다녀왔다. 가는 길에 자라섬의 구절초 그윽한 향기도 맡았으며 북한강 물결을 일구는 바람 소리도 들었다. 남이섬으로 가는 선착장에 도착하였을 때는 관광객들에게 밀려 배를 탔다. 남이섬엔 여전히 외국인들도 많았다. 외국인들은 중국인들과 동남아인들이 주를 이루는 것 같았다. 한일 무역 갈등의 여파인지 일본인 관광객들은 그리 보이지 않았다.

나는 남이섬에 이번으로 다섯 번째 다녀왔다. 젊은 시절 아내와 다녀왔고, 친구들과도 다녀왔으며, 이순을 바라보는 나이의 결혼기념일(1월 1일)에 아내와 겨울 연가의 자취를 보러 다녀오기도 했다. 그 한겨울에는 소년·소녀처럼 모닥불가에 앉아 말없이 서로를 바라보기도 했다. 그때는 일본인 관광객을 의식한 탓인지 왜색이 짙어 보여 마음이 많이 상했었다. 남이섬의 모습은 갈 때마다 조금씩 다르게 채색되고 있었다.

관광객들은 배에서 내리자마자 남이섬의 아름다움에 취하여 연신 카메라 앞에서 포즈를 취하고 있었다. 모두 풍경에 취해 낭만에 빠져 있었다. 그들은 남이섬의 역사와 남이섬에 얽힌 남이 장군의 기구한 운명 따위는 상관이 없는 듯하다. 나는 남이장군 묘 앞에서 한참 상념에 잠겼다. '죄는 지은 것이지 만들어져서는 안 된다.' 그날 읽은 남이 장군의 시는 이 말과 함께 전보다 더 가슴을 파고들었다.

애국충정 넘치는 대장부의 기개가 담긴 시의 한 구절이 훗날 자신을 죽음으로 엮는 덫이 될 줄 알았으랴. 남이 장군은 20대에 천하평국(天下平國)의 애국충정을 안고 기개 넘치는 삶을 살았으나, 간신 유자광의 모함으로 죽임을 당하고 그의 원혼은 "한"이 되어 한강을 떠돌게 되었다고 한다. 누구도 후환(後患)이 두려워 그 시신을 거두지 않았는데 어떤 범부(凡夫)가 용기를 내어 한밤중에 남이섬에 거두었다고 전한다. 그 이후로 그 섬을 남이섬이라 불렀다고 전한다. 남이섬의 낭만 뒤에는 음모에 의해 희생된 남이 장군의 슬픈 사연이 숨어 있다.

남이 장군을 죽음으로 몰고 간 시

백두산의 돌은 칼을 갈아서 없애 버리고
두만강의 물은 말을 먹여 없애 버리겠노라.
남자로 태어나 나이 이십에 천하를 평정하지 못하면
후세에 누가 대장부라 하겠는가?

白頭山石磨刀盡(백두산석마도진)
豆滿江水飮馬無(두만강수음마무)
男兒二十未平國(남아이십미평국)
後世誰稱大丈夫(후세수칭대장부)

-남이(1441~1468)-

"백두산의 돌은 칼을 갈아서 없애고/두만강의 물은 말에게 먹여 없애 버리겠다."는 데는 장수의 결의와 기개가 넘친다. 장수는 칼을 벼리고 말을 달려 종횡무진 전장을 누빌 때 그 기상이 크게 드러난다. 야인들이 북방을 괴롭히고 그것을 평정한 장수의 기개가 넘친다. "남자로 태어나 나이 이십에

천하를 평정하지 못하면 후세에 누가 대장부라 하겠는가?" 지나칠 정도로 적나라하게 야망을 드러냈다. 이 대목은 천하를 호령하는 자가 되겠다는 것으로 오해할 수도 있겠다. 이 정제되지 않은 야망의 표현이 자신을 죽음으로 옭아매게 되는 도구가 되었다.

이 시는 어릴 적 아버지께 수없이 들어서 가슴 깊게 새겨져 있었다. 아버지는 틈날 때마다 이 시를 읊조리며 '남자는 기개가 있어야 한다. 그러나 때로는 그 기개를 감출 줄도 알아야 한다. 기개와 절제는 한 몸이어야 한다.'고 말씀하셨다.

남이의 일대기를 보면, 지나친 기개와 남자다운 호연지기, 직설적인 화법과 장수의 순진함이 자신을 죽음으로 몰아간 것으로 판단된다. 남이는 마음에 이는 것을 참지 못하고 표현하는 습관이 있었던 것 같다. 그것은 기개를 넘어서 타인의 경계 대상이 되기도 했다.

> 남이도 절규하고 싶은 강렬한 감동의 소용돌이를 간신히 잠재우고 있었다. 북으로는 만주벌판을 우러르고 남으로는 한반도를 굽어보는 거대한 이 산악은 지난날 우리 국토의 한복판에 위치하고 있었을 것이다. 남이는 몸을 날려 호숫가 벼랑 위로 올라갔다. 그리고 소리 높이 읊조렸다.
>
> 白頭山石磨刀盡(백두산석마도진)이요-〈중략〉- 後世誰稱大丈夫(후세수칭대장부)리오
>
> "男兒二十未平國(남아이십미평국)이면, 後世誰稱大丈夫(후세수칭대장부)라"
>
> 야인들은 자기네들의 절규에만 열중하고 있기 때문인지 누구하나 남이의 목소리엔 귀를 기울이지 않는 듯했다. 그러나 그늘

진 곳에 몸을 죽긴 채 남이의 시구를 곱씹는 자가 있었다. 유자광이었다. 유자광은 남이가 서 있는 벼랑 위에서 십여 보 아래 떨어진 바위 뒤에 숨어 엿듣고 있었던 것이다.

"男兒二十未平國(남아이십미평국)이라?"

또 곱씹다가 그만 재채기를 터뜨렸다. 유자광은 재빨리 손바닥으로 입을 막았지만 늦었다.[88]

남이와 유자광의 기구한 인연을 예고하는 장면이다. 소설에 의하면, 남이는 세조의 명을 받아 야인들을 살피러 북방으로 떠났다. 그리고 한명회와 신숙주의 추천으로 유자광이 비밀리에 파견되었다. 유자광은 떠날 때부터 한명회와 신숙주의 사주를 받았다. 남이는 북방의 사정을 살피고 북방 안정을 위한 방법을 찾는 것이 목적이었지만, 유자광에겐 남이의 일거수일투족을 살피는 다른 임무가 있었다.

그것은 세조가 부여한 임무가 아니라 한명회가 부여한 임무였다. 남이는 북방에 도착하여 이시애를 만나고 이시애의 북방 홀대에 대한 불만과 북방은 북방의 사정을 잘 아는 북방인이 다스려야 한다는 의견에 공감한다. 돌아와 세조에게 보고할 때 남이는 그런 내용을 그대로 보고하였다. 그 자리에는 한명회와 신숙주가 있었다. 그러나 다음날 유자광은 한명회와 신숙주가 이미 신숙주의 아들 신민을 함길도 관찰사로 내정해 놓은 사실을 알고 겉으로 드러난 야인들의 모습보다는 그 이면을 살펴야 한다면서 이시애 등을 경계해야 한다고 사실과 다르게 보고하였다. 그후 북방인을 홀대하는 인사정책이 한명회와 신숙주 등의 농간에 의한 것이라고 불만을 틀어 놓는 이

88) 방기환『소설 남이 장군』도서출판 다솔, 1993. 30-31쪽.

시애를 반란 세력으로 몰아가는 과정에서 남이를 엮고자 했으나 세조는 남이를 두둔했기 때문에 실패했다.

여기서 남이와 유자광의 출생과 신분에 대하여 잠깐 살펴보자. 남이(1441, 세종23년~1468 예종 즉위년)는 본관이 의령으로 태종의 딸인 정선공주(세조의 고모)를 할머니로 두었지만, 아버지가 일찍 죽어 할아버지와 홀어머니 슬하에서 자랐다. 할아버지는 남이를 아끼고 사랑하며 키웠다. 그런 가계의 덕으로 남이는 문관으로 진출하는 데도 모자랄 것이 없었지만, 무예에 재주와 뜻이 강해 17세에 무과에 장원 급제하여 일찍부터 능력을 발휘하였다. 그런 남이였기에 세조 역시 매우 아꼈다.

유자광(?~1512 중종 7년)은 조선의 유력한 가문인 유두명의 손자였다. 아버지 유구는 1439년(세종21년) 경주부윤을 지냈다. 그는 유구와 그 집안 노비인 어머니 나주최씨 사이에서 태어난 서얼이었다. 유구는 경주부윤을 할 때 백성을 함부로 때려죽여 파직당했다. 그러나 집안은 넉넉했으며 그에겐 도승지, 호조 참판, 대사헌 등 승승장구하는 벼슬을 한 적자인 형 유자환이 있었으나, 갑자기 병사하여 집안의 살림이 거의 그의 손에 좌지우지되었다. 그는 어릴 때 서얼이란 신분에 울분을 품고 방황했으나 출세를 위해 사서삼경 등 독서에 매진했다. 그의 모든 배움과 독서는 뒷날 출세를 위한 권모술수에 이용되었다. 그는 조선 역사상 임사홍, 김자점 등과 함께 최고의 간신으로 기록된다.

이시애(?~1467 세조13년)의 난 때 남이는 구성군 이준이 이끄는 4도 병마도총사 휘하의 대장이 되어 난을 평정하는 데 혁혁한 공을 세워 전쟁 중에 장군이 되었다. 그때 나이 27세였다. 남이는 이때부터 명장으로 이름을 크게 떨친다. 그 후 남이는 행부호군(行副護軍)을 거쳐 정4품 행호군(行護軍)에 임명되었고, 뒷날 적개 1등 공신과 의산군에 책봉되었다. 그리고 공조판서를 거쳐 1468년에는 오위도총관을 겸임하며 그의 나이 28세에 병조판서에 이른다. 그러나 세조가 승하하고 예종이 즉위하자 남이의 승승장구와 신진 세력의 득세를 경계한 한명회와 신숙주 등의 이간과 모략으로 남이는 강순, 문효량, 최원, 조영달 등과 함께 역모의 죄를 쓰고 능지처참과 멸문지화를 당했다.

남이와 유자광은 기구한 운명 탓인지 전장에도 함께 나가고 관직 생활도 함께 했지만, 유자광은 늘 남이의 그늘에 가려져 있었다. 유자광은 출세를 위해 한명회와 신숙주에게 붙어 모함과 특유한 언변으로 세조의 큰 환심까지 샀다. 유자광은 남이를 무너뜨리는 일이 쉽지 않자 온갖 추잡한 행위를 다하였다. 방기환의 소설 속에 묘사된 유자광의 남이 모함 작전을 보면, 유자광은 아이 가지기를 간구하는 남이의 소실인 이 씨를 그의 애첩 기생 산홍을 이용하여 암자로 불러 내여 겁탈하고 임신을 하게 한다. 남이의 소실 이 씨가 유자광의 말을 잘 듣지 않자 산홍을 이용하여 광릉 숲으로 불러 다시 성폭력을 가하고 그것을 미끼로 이 씨의 몸종으로 첩자를 심어 남이의 일거수일투족을 캐낸다. 그러한 일련의 간계가 세조 때에는 효험이 없었지만 예종이 즉위하자 유자광은 신구 세력의 갈등 속에서 구세력인 한명회와 신숙주의 편에 서서 신진 세력으로 출세 가도를 달리는 남이 등을 철저하게 모함하였다.

예종 즉위 원년 한명회 신숙주 등 원상(院相)세력에 의해 구성군, 강순 등 이시애의 난을 평정한 공으로 등장한 신진 세력이 제거될 때 형조판서 강희맹이 지중추부사 한계희에게 남이의 사람됨이 군사를 장악하기에 적당하지 않다고 한 것을 한계희가 예종에게 아뢰어 남이는 병조판서에서 해직되고 겸사복장(兼司僕將)으로 강등된다. 이로써 남이는 불만 세력으로 분류되었다.

그후 남이가 궁궐 안에서 숙직을 하던 중 혜성이 나타났다. 남이는 이를 보고 "혜성이 나타남은 묵은 것을 없애고, 새것을 나타나게 하려는 징조다."라고 말했는데 이를 엿들은 병조참지(兵曹參知) 유자광이 역모를 도모했다고 모함했다. 이때 유자광은 남이가 백두산에서 읊은 시의 "男兒二十未平國(남아이십미평국)이면 後世誰稱大丈夫(후세수칭대장부)리오"의 男兒二十未平國(남아이십미평국)을 男兒二十未得國(남아이십미득국)으로 조작하여 아뢰으로써 남이는 체포되어 국문을 당하게 되었다.

남이는 국문의 과정에서 처음에는 죄가 없음을 항변하였으나 모진 고문을 못 이겨 정신이 혼미해진 상태에서 역모에 가담했음을 자백하기에 이르렀다. 이로써 남이는 일찍부터 역모를 도모한 인물로 단정되고 능지처참(凌遲處斬)과 멸문지화(滅門之禍)를 당했다.

유자광은 모함으로 출세 가도를 달려 공신에 이르기까지 했으나 중종 때 반정공신이었던 박원종과 노공필을 모함하여 죽이려다 도리어 무오사화와 갑자사화까지 일으킨 죄인으로 분류되어 공신록에서 삭제되고 파직되어 유배형에 처해졌다가 1512년(중종 7년) 6월 73세의 나이로 유배지에서 죽었다. 남이는 1818년(순조 18년)이 되어서야 후손인 남공철의 주청으로 남이와 함께 역모의 죄로 죽은 강순 등과 함께 관작이 복구되었다. 이때 남이에게 충무공(忠武公)이란 시호가 내려졌다.

역모의 죄로 능지처참과 멸문지화를 당한 남이의 시신은 누군가 수습하여 지금의 남이섬에 묘를 썼다고 전해 왔기에 남이섬이라 부르게 되었다 한다. 원래 남이 장군의 무덤은 초라한 돌무덤이었는데 이를 모르고 남이섬의 돌을 집으로 가져가면 그 집안에 우환이 생겼다는 전설까지 있을 정도로 남이섬에는 남이 장군의 원혼이 서린 곳이었다 한다. 그러나 1966년 경춘관광개발공사가 종합 휴양지로 개발할 때 남이 장군의 돌무덤을 손질하여 지금의 남이장군 묘로 가꾼 후 그런 일이 없어졌다고 고 한다. 지금은 남이 장군의 슬픔과 한을 담은 남이섬은 그 사연은 뒤로하고 연인들과 관광객들이 찾는 대한민국의 관광 명소가 되었다.

복비(腹誹) 없는 정의로운 세상을 위해

죄 없는 사람에게 죄를 만들어 뒤집어씌우고 고통과 죽임을 가하는 것만큼 비열한 폭력은 없다. 그러나 그런 일은 옛날 군주시대만 아니라 오늘날도 사라지지 않고 있다. 영화 [변호인], [재심] 등이 수많은 관객의 가슴을 울린 이유는 무엇일까?

복비(腹誹)란 말이 있다, 이는 중국 한무제 때 장탕의 고사로 정치적으로 반대파나 못마땅한 사람을 척결하기 위해 겉으로는 뚜렷한 잘못이 드러나지 않지만, 속으로는 흑심을 품었거나 반대한다는 죄를 씌워 죽이는 것을 말한다.[89]

---

89) 중국 한무제 때 장탕(張湯)이란 사람이 고심한 끝에 '백록피폐(白鹿皮弊)'라는 돈을 제조했다. 이때 대사농(大司農) 안이(顏異)가 그 돈이 실제의 가치보다 함량이 떨어진다며 장탕의 일을 못마땅해했다. 이 일을 안 한무제도 장탕을 못마땅하게 여겼다. 장탕과 안이는 평소에도 알력이 심했는데, 장탕은 이에 앙심을 품고 안이에게 보복을 결심했다. 어느 날 안이가 다른 대신들과 한담을 하는 중 다른 대신이 황제가 내린 칙서가 적당하지 못하다고 말했는데, 안이는 대신들의 말에 동의를 하지 않고 오히려 그렇지 않다고 반박했지만, 장탕은 이를 빌미로 '안이가 비록 겉으로는 황제의 칙서가 잘못이 없다고 했지만, 내심으로는 다른 사람과 같으며, 겉으로는 말하지 않았지만, 속으로는 황제의 칙서에 반대한 죄가 크니 죽어 마땅하다'고 황제에게 안이를 척살하도록 간했다. 한무제는 장탕의 말을 듣고 안이가 자신의 적폐라 여기고 척살했다. [좌전]에 "한 사람을 척결하는 데 이유가 없어 근심할 일은 없다. 예로부터 한 사람을 죽음으로 몰아넣고자 한다면 그에 합당은 이유를 찾는 것은 어렵지 않다."는 말이 있다. 가끔은 죄가 없거나 크지 않은 사람을 온갖 이유를 동원해 중죄인으로 다스리는 경우가 많았는데 이때부터 복비라는 말이 유행했다.

세상에는 정치적인 이유로, 수사상의 강압과 조작으로 억울하게 죄인이 되어 고초를 겪은 이가 많다. 살인자로 복역 중인 이춘재가 화성 연쇄 살인 사건에 대한 자백으로 세상이 술렁거리기도 했다.

죄는 지은 것이지 만들어지는 것이어서는 안 된다. 수사는 사실에 근거를 두고 철저하게 죄를 가려야 하며, 수사 실적을 위해 강압이나 성급한 단정을 지어서는 더욱 안 된다. 억울한 청춘의 삶과 생명은 그 무엇으로도 보상할 수 없기 때문이다.

죄가 만들어지지 않고 지은 죄는 제대로 규명하여 단죄하는 정의롭고 인간다운 사회를 꿈꾸어 본다. 남이 장군의 시를 읽으며 앞으로는 이 세상에 억울한 원혼이 나타나지 않기를 기도해 본다.

06. 사랑과 섹스에 비밀과 사유가 필요한 이유

영혼은 보드라운 가면으로 꽃향기 마시며
나의 애인은 그 가슴에 무슨 비밀을 태우고 있을까
〈p. 발레리/잠자는 아가씨〉

비밀이어야 할 사랑을 폭로하는 폭력

"사랑은 눈으로 보지 않고 마음으로 본다. 그러므로 그림에 그린 큐피드는 날개를 가지고 있지만, 맹목으로서의 사랑의 신의 마음에는 분별이 전혀 없고, 날개가 있으나 눈이 없는 것은 성급하고 저돌적인 증거다. 그리고 선택이 언제나 틀리기 쉬우므로 사랑의 신은 아니라고 한다.(셰익스피어/한여름밤의 꿈)"

마음으로 보지 않는 사랑은 분별을 잃기 쉬우며, 사랑에는 항상 비밀이 존재한다. 따라서 사랑과 섹스는 그 당사자를 제외한, 당사자의 자발적인 허락이 없는 한, 그 누구에 의해서도 폭로되어서는 안 된다. 그것은 가장 개인적인 영역의 인권이며 권리이기 때문이다. 따라서 그 비밀은 반드시 지켜져야 한다.

적어도 사랑에 대한 책임과 사유를 간직한 사람들이라면 스스로 그 비밀을 지킬 줄 알고 지켜내야 하며, 설령 제삼자가 어떤 누군가의 그것을 알았다고 하더라도 지켜 줄 도덕적 의무가 있다. 그 의무는 미덕을 존중하는 인간에게 주어진 무상명령이기도 하다. 그러나 그토록 비밀이어야 할 사랑과 섹스를 제삼자가 의도적으로 폭로하는 일은 엄청난 폭력이며 무상 명령에 대한 반란이다. 그리고 제삼자가 아니라 그 사랑의 당사자 중 어느 한쪽이 상대의 허락을 득하지 않은 상태에서 폭로하는 것도 상대에 대한 같은 맥락의 폭력일 수밖에 없다. 왜냐하면 앞에서도 말했듯이 사랑과 섹스는 그 당사자의 자유의지를 넘어서서는 그 누구도 침범하지 못해야 하며 침범해서는 안 되는 비밀이기 때문이다.

사람들은 왜 사랑과 섹스를 쉽게 폭로할까? 거기에는 자신의 자유의지에 대한 부주의도 있지만 그것보다 훨씬 더 큰 이유가 있다. 바로 왜곡된 욕망이 발동하였기 때문이다. 가령 서로 사랑하여 사랑과 섹스를 나눈 당사자들이 호기심으로 함께 동영상을 찍었다고 하자. 그것 또한 자기들 스스로 한도를 넘어선 욕망의 늪에 빠진 것이다. 비록 합의라 하지만 거기에는 그 두 당사자의 왜곡된 쾌락을 향한 욕망이 도사리고 있다. 그리고 그 욕망은 어느 일방의 사랑이 식어가거나 사랑에 집착될 때 폭력의 도구로 전락할 수 있다. 이때 그것을 폭로하는 자에게는 상대에 대한 지나친 소유욕과 위협이 작동한 것이다. 그리고 그것은 사랑 안에 기본적으로 내재 된 상대의 존재에 대한 배려를 포기한 것이 된다.

우리는 욕망 과잉과 자본 만능의 시대에 살고 있다. 그리고 인터넷과 SNS 등의 발달로 온갖 동영상이 난무하는 시대에 살고 있다. 그런 과정에 인간의 말초 신경을 자극하는 온갖 영상물들이 판을 친다. 여기에는 현대인이 사유 없이 집중하는 왜곡된 욕망 과잉과 돈이 작동한다. 여기에 인간의 가장 은밀하면서도 자극적인 욕망을 발동시켜 더 자극적인 쾌락을 추구하고 돈을 벌고자 하는 가장 비인간적인 행위가 작동한다.

그런데 하물며 타인에 대한 은밀한 사랑을 제삼자가 당사자의 허락도 없이 폭로하는 것은 왜곡된 욕망 외에 다른 그 무엇도 작동하지 않은 폭력이 된다. 왜곡된 욕망은 소유의 욕망과 권력과 자본에 대한 욕망 등이 복합적으로 작용한다. 특히 상대가 사랑을 원치도 않는데 사랑한다면서 끊임없이 쫓아다니고 괴롭히는 스토커 행위에는 사랑이 아닌 욕망만 자리 잡은 행위에 불과하다. 모든 사랑은 언제나 당사자의 합의와 배려에 의한 비밀이 내재한 것이어야 하기 때문이며 그것이 지켜질 때 사랑은 꽃을 피울 수 있기 때문이다.

어느 연예인의 성관계 동영상을 여성 몰래 찍어 단톡방에 올려 유포하여 그 여성의 사회활동을 망가뜨리는 일이 가끔 세상을 시끄럽게 하기도 했다. 제삼자가 특정인의 섹스 장면을 촬영하여 유포하는 일도 종종 발생했다. 비록 그 섹스의 장면은 아닐지라도 여성의 몸과 은밀한 부분을 몰래 촬영하여 유포하므로 세상의 물의를 일으키는 경우도 많다. 이 모든 것들은 폭력의 영역에 속한다. 한동안 우리 사회를 떠들썩하게 하였던 'N번방' 사건은 아동을 대상으로 하였다는 점에서 더 잔인한 폭력이었다.

이런 일련의 사건들에는 항상 소유욕과 돈, 폭력적 권력의지 등이 작용하였기에 그 무엇보다도 비열하고 잔인한 폭력이다. 인간의 몸은 남성이건 여성이건 비밀이 지켜져야 한다. 특히 그 은밀한 부분은 말할 것도 없다. 그 누구도 남성이건 여성이건 그 자신의 허락 없이 그 몸의 일부를 공개하는 일은 폭력이다. 설령 당사자인 자신의 허락에 의한 이를테면 자유의지에 의한 것이라 하더라도 풍습에 지나치게 위배하면 그것 또한 세상을 향한 간접 폭력이 된다.

모든 인간은 사랑과 섹스를 원하고 거기서 온갖 즐거움과 안정과 창조의 신비를 느낀다. 사랑과 섹스가 그렇게 되는 데는 그 사랑과 섹스 안에 절제와 배려의 미덕이 작동하기 때문이다. 그것은 가장 감정적일 듯한 그 사랑과 섹스에도 이성적 성찰이 필요하다는 것을 말해 준다.

이렇게 사랑과 섹스라는 영역에서 왜곡되어 유포되는 온갖 매체들이 세상을 시끄럽게 하는 현실에서 우리는 사랑과 섹스에 대하여 새롭게 성찰하게 하는 계기를 가져야 한다. 감정의 영역이라는 사랑도 성찰을 통한 배려와 절제가 없다면 한갓 욕망의 노예가 될 뿐이라는 점이다. 박정대의 시 〈그 깃발, 서럽게 펄럭이는〉은 추억의 공간에 깃든 사랑과 섹스의 세계를 은유하면서 그에 대한 은밀함과 미안함을 성찰하는 것으로 이해된다.

《그 깃발, 서럽게 펄럭이는》에 깃든 사랑, 섹스, 사유

기억의 동편 기슭에서
그녀가 빨래를 널고 있네. 하얀 빤스 한 장
기억의 빨랫줄에 걸려 함께 허공에서 펄럭이는 낡은 집 한 채
조심성없는 바람은 창문을 흔들고 가네. 그 옥탑방

사랑을 하기엔 다소 좁았어도 그 위로 펼쳐진 여름이
외상장부처럼 펄럭이던 눈부신 하늘이, 외려 맑아서
우리는 삶에,
아름다운 그녀에게 즐겁게 외상지며 살았었는데

내가 외상졌던 그녀의 입술
해변처럼 부드러웠던 그녀의 허리
걸어 들어갈수록 자꾸만 길을 잃던 그녀의 검은 숲 속
그녀의 숲 속에서 길을 잃던 밤이면
달빛은 활처럼 내 온몸으로 쏟아지고
그녀의 목소리는 리라 목소리처럼 이름답게 들려 왔건만
내가 외상졌던 그 세월은 어느 시간의 뒷골목에
그녀를 한 잎의 여자로 감춰두고 있는지

옥타비오 빠스를 읽다가 문득 서러워지는 행간의 오후
조심성 없는 바람은 기억의 책갈피를 마구 펼쳐 놓는데
네 아무리 바람 불어간들 이제는 가 닿을 수 없는, 오 옥탑 위의
옥탑 위의 빤스, 서럽게 펄럭이는
우리들 청춘의 아득한 깃발

그리하여 다시 서러운 건
물결처럼 밀려오는 서러움 같은 건
외상처럼 사랑을 구걸하던 청춘도 빛바래어
이제는 사람들 모두 돌아간 기억의 해변에서
이리저리 밀리는 물결 위의 희미한 빛으로만 떠돈다는 것
떠도는 빛으로만 남아 있다는 것

-박정대 《그 깃발, 서럽게 펄럭이는》 전문-

이 시는 『현대시』(2003, 6월호)에 실렸으며 박정대[90] 시인의 시집 『아무르 기타』에 실린 시이다. 시인은 '옥타비오 빠스'[91]를 읽다가 기억의 동편을 더듬는다. 추억의 공간에 사랑을 나누었던 여인과 그때의 풍경을 떠올린다. 낡은 이웃집 옥탑방의 여인이 빨래를 널어놓았는데 조심성 없는 바람이 유독 그 한 장의 빤스를 흔들었는가 보다. 그때 시적 화자의 마음도 흔들렸을 테고. 빤스가 준 연정은 분명 섹스 욕구이며, 그 섹스 욕구가 사랑의 욕망으로 진화되었을 것이다.

누가 먼저 인연의 손을 내밀었는지는 모르지만, 비좁은 옥탑방에서 사랑을 나누며 남자는 여자의 숨결 속에서 살다시피 했다. 입술을 탐닉하고 해변처럼 부드러운 허리를 감으며, 깊은 흐느낌으로 하나가 된다. 남자가 여자의 "검은 숲속"으로 걸어가면, 여인은 온몸으로 받아들이며 "리라 소리처럼 아름답게" 흐느낀다. 여인은 조건도 없이 남자를 받아들였다. 그 사랑은 외상이었다. 남자는 그 사랑을 기억의 동편 기슭에 감춰두고 있었는데 옥타비오 빠스를 읽으며 회상되고 말았다. 뜨거우면서도 순수했던 사랑, 그러나 옥탑 위의 빤스도 그 입술도 청춘도 추억일 뿐이다. 사랑의 외상값을 갚을 길도 없다. 그래서 서럽다고 시를 마무리한다.

---

90) 박정대(1965~) 시인은 강원특별자치도 정선 출생이다. 1990년 〈문학사상〉으로 등단했다. 시집으로는 『단편들』, 『내 청춘의 격렬비열도엔 아직도 음악 같은 눈이 내리지』, 『아무르 기타』, 『사랑과 열병의 화학적 근원』, 『삶이라는 직업』, 『모든 가능성의 거리』, 『체 게바라 만세』, 『그녀에서 영원까지』, 『불란서 고아의 지도』 『라흐 뒤 프루콩 드 네주 말하자면 눈송이의 예술』 등이 있다. 김달진문학상, 소월시문학상, 대산문학상을 수상했다. 영화 『베르네 공작과 다락방 친구들』 『세잔의 산, 세잔의 숲』 『코케인 무한의 창가에서』 등의 각본을 쓰고 감독도 했다. 그룹 '인터내셔널 포에트리 급진 오랑캐' 멤버로 활동하고 있다. 어디에도 결속되고자 하지 않는 방랑자 혹은 망명자처럼 자신을 숨기며. 다른 언어 속에, 흐르는 노래 속에, 감상한 영화 속에 시를 숨기듯. 숨는 동시에 존재감을 드러내는 시인으로 알려져 있다.

91) 옥타비오 빠스(Paz, Octavio, 1914.3.13.~1998.4.19., 멕시코의 시인, 비평가. 1990년 노벨문학상을 수상했다.

시인은 그 갚을 길 없는 서러운 사랑을 이렇게 표현한다. "그리하여 다시 서러운 건/물결처럼 밀려오는 서러움 같은 건/외상처럼 사랑을 구걸하던 청춘도 빛바래어/이제는 사람들 모두 돌아간 기억의 해변에서 /이리저리 밀리는 물결 위의 희미한 빛으로만 떠돈다는 것/떠도는 빛으로만 남아 있다는 것" 그것은 깊은 기억의 잠재의식에 간직된 일종의 잔잔한 트라우마와 같은 것이다.

어쩌면 사랑은 근원적 충동이며 섹스 욕망이다. 옛날에는 사랑해야 섹스를 허락하는 것으로 여겼지만, 요즈음은 사랑보다는 섹스를 위한 만남이 많은 듯하다. 전통적으로는 사랑의 합일점에 섹스가 있었다. 결혼은 섹스의 법적인 허가임과 동시에 섹스 자유의 구속이다. 사랑하는 사람과는 언제나 섹스할 자유가 주어지지만, 다른 사람과는 섹스가 금지되는 섹스 자유의 구속이라는 말이다. 만약 허락되지 않은 상대와 섹스를 하면 사랑의 파멸을 가져온다. 결혼은 한편으로 사랑과 섹스에 대한 쌍방 구속의 언약이다.

섹스를 욕망의 노예로 볼일이 아니라면, 관점에 따라 남녀가 성숙해지는 계기로 볼 수도 있을 것 같다. 전통적으로 일본에서는 요바이(夜這い)란 풍속이 있었다. 옛날 일본 총각들은 한밤중에 평소 점찍어 두었던 처녀의 집에 몰래 들어가 하룻밤을 즐긴다. 결혼을 염두에 둔 여자도, 업소 여자도 아닌 일반 가정의 처녀다. 돈을 주지도 않는다. 단 남의 눈을 피해 은밀히 진행하여야 하며 여자도 그것을 받아들인다. 여자 부모가 인기척을 알아도 모르는 척했다. 부모들은 딸을 요바이하는 총각이 없으면 '내 딸이 매력이 없는가'하고 걱정했다고 한다. 결혼한 남녀는 순결을 기대하지도 않았고, 요바이(夜這い)한 사실을 일체 발설하지도 않았다. 만약 발설하면 이혼감이었다. 일본 남녀들은 그것을 성숙의 과정으로 여겼다. 그러나 이 풍속은 에도막부 시대에 유교 이념을 받아들이면서 사라졌다고 한다. 일본의 이 '요바이 풍

습'에도 사랑과 섹스는 비밀이라는 암묵적 규칙이 작동하였던 것이다.

희소한 것은 신비스럽다. 옛날엔 남녀가 만나 사랑을 나눌 시간과 공간도 부족했다. 그래서 사랑과 섹스는 신비스러웠다. 섹스가 욕망이 아니라 동경일 때, 자유가 아니라 금기일 때, 풍요가 아니라 가난일 때, 희소가치가 있어 신비스럽다. 그러나 문명사회에선 시간과 공간이 풍부하여 신비함보다는 욕망의 충족과 유희로 이어지는 경향이 강한 것 같다.

문명은 사랑의 방식에도 혁명을 가져왔다. 문명은 인간에게 성의 개방과 성적인 유희를 더욱 가능하게 했다. 연애의 자유와 곳곳에 있는 숙박업소 등은 사랑을 자유롭게 할 수 있는 공간을 제공했다. 그러나 그 폐해도 막대하다. 사랑의 자유는 불륜을 양산하고, 또 다른 불안과 구속을 만들어 냈다. 남의 사랑을 몰래 훔쳐보기를 넘어 몰래카메라를 이용하여 디지털 세계에 마구 퍼트리는 파렴치함이 발생했다.

몰래카메라는 분명 디지털 문명의 야만이다. 과거에도 사랑 훔쳐보기는 있었다. 신혼부부가 첫날밤을 치를 때 동네 처녀들이 신혼 방문에 구멍을 내고 떼를 지어 훔쳐보는 풍습이다. 그것은 허락받은 훔쳐보기이며, 그날 밤으로 한정되는 일종의 성교육이었다. 그런데 문명화되면서 몰카로 남의 사랑을 훔쳐 온 세상에 퍼트리며, 상업화하고 유희로 즐기는 야만이 생겼다. 남의 사랑을 몰래 촬영한 영상이 디지털 세계에 가면 날개가 달려 급속도로 퍼져 남의 인격을 파멸한다.

경찰청 통계에 의하면, 몰래카메라 범죄는 2016년 기준 5185건으로 2011년 1523건에 비해 5년간 3배 이상 늘었다. 해가 갈수록 늘어난다. 사랑도 두려운 세상이다.

몰래카메라의 두려움은 사랑을 마음대로 나누지 못하고 불안해하는 사람들을 '데이트 유목민'으로 만들었다. 데이트 유목인은 자기들의 섹스 장면이 언제 찍힐지 모르는 불안감에 폐건물, 계단, 창고, 고급 호텔, 친구 자취방 등 안전한 곳을 찾아다닌다. 그래서 자취방을 친구에게 일정 기간 임대하는 젊은이들도 있다고 한다. 그들은 데이트할 공간이 없어 강둑, 산소 등을 찾아다니던 전통적 '데이트 유목민'과는 차원이 다르다.

다시 위의 시 《그 깃발 서럽게 펄럭이는》으로 돌아가면, 시인은 "외상처럼 사랑을 구걸하던 청춘도 빛바래어 이제는 사람들 돌아간 기억의 해변에서" 옛사랑의 추억을 사유하고 있다. 당시 사회에서 금기시되었을 낯선 남자를 자기 방에 들여 사랑을 허락한 여인 대한 고마움, 이제는 결혼하여 그 연인에게 돌아갈 수 없는 숙명, 이 모든 것들이 기억의 동편에서 솟아남은 사실 조건 없이 사랑을 준 여인에 대한 미안함과 다시 찾고 싶은 그 진한 사랑의 사유일 것이다. 그래서 상상 속의 그 깃발(빤스 한 장)은 더욱 서럽게 펄럭이는 것이다.

사유와 성찰이 필요한 사랑과 섹스

사랑과 섹스, 쾌락과 유희에도 사유가 필요하다. 사유는 자신의 사고와 행위가 타인에게 어떤 영향을 주며 사회적으로 어떤 상태에 놓여 있는가를 점검할 줄 아는 자기 성찰이다. 사유가 있어야 상대를 존중하고 진정으로 사랑하고 절제된 쾌락과 유희가 있게 된다. 절제는 정열적인 사랑에 존중의 미덕을 씌운 것이다. 적어도 시인의 사랑에는 사유가 깃들여 있다. 그러나 섹스가 중심이 된 현대의 사랑은 사유가 빠진 쾌락과 유희만 있는 경우가 많은 것 같다. 문명은 사유보다는 감각과 쾌락과 욕망을 우선하는 경향으로 길들이고 있다.

몰래카메라로 남의 사랑을 훔쳐 디지털 세계로 날려 보내는 사람들에겐 사유란 전혀 찾아볼 수 없다. 사유 없는 인간은 수많은 유태인을 학살했던 히틀러의 충직한 부하 아이히만처럼, 자신에겐 성실할지 몰라도 많은 타인에게 상처를 줄 때가 많다. 사실 자신의 삶과 행위에 대한 '무 사유' 즉 '사유의 결핍' 상태에 이르면, 그의 삶은 묵시적으로 타인에게 엄청난 상처를 줄 때가 있다. 사유(자기 성찰) 없는 인간 또한 문명이 양산한 야만의 일종일 것이다.

몰래카메라로 남의 사랑 퍼 나르기를 즐겨하는 자들은 그 행위가 인간을 어떻게 파멸하고 어떤 범죄에 이르는가를 사유하지 못하는 자들이다. 분명히 사랑과 섹스에도 사유가 필요하다, 그래야 존중과 인격이 살아 숨 쉬는 사랑을 지속할 수 있다.

시 《그 깃발, 서럽게 펄럭이는》은 우리에게 사랑을 사유할 것을 권하는 것 같다. 욕망에도 사랑에도 인간의 그 모든 감정과 유희에도 사유가 깃들여야 한다. 그래야 고귀한 인간성을 파괴하지 않으며 숭고한 사랑을 나눌 수 있다. 분명한 것은 사랑과 섹스는 비밀이며 그에 대한 사유와 성찰은 그 사랑과 섹스를 더욱 아름답게 하는 것이 된다.

07. 갑질하는 을의 횡포를 꾸짖는 《자정의 심의》

강자의 쾌락은 빈자(貧者)의 눈물이 된다
(The pleasures of the mighty are the tears of the poor)
〈영국 속담〉

갑질이 난무하는 세상

육군 대장의 공관병 갑질, 대한항공 땅콩 회유 사건 등 갑질 사건이 한동안 많은 이들을 분노하게 했다. 갑질이란 자본, 지위, 권력 등 어떤 것이든 우위에 있는 사람이 하위에 있는 사람을 마음대로 부려 먹고 못살게 구는 행위를 의미한다. 그런데 그 갑질을 자행하는 자들은 겉으로 드러낸 제도적 우위에 있는 사람만 하는 것이 아니다. 약자가 약자를 괴롭히고, 배고픈 자가 배고픈 자를 괴롭히는 일들은 옛날부터 지금까지 이어져 왔다. 지금 골칫거리가 된 학교 폭력이나 집단 따돌림, 괴롭힘 등도 일종이 갑질이다. 갑질은 약자의 삶을 짓밟는 것이기도 하지만 최종적으로 함께 몰락하게도 한다.

노동 현장에서도 갑질은 나타난다. 먼저 입사한 선배가 후배에게, 유리한 보직과 지위에 있는 사람이 불리한 보직과 지위에 있는 사람에게 갑질을 하는 경우는 허다하다. 한참 전 경남 양산시 동면 사송신도시 아파트 건설 현장에서 크레인 기사들을 중심으로 한국노총 노동자들이 민주노총 노동자들을 향해 "다른 노조이거나 비조합원들의 생존권까지 짓밟는 민노총은 노동현장에서 갑질과 반노동적인 행위를 즉각 중단하라."면서 시위를 벌인 일이 있었다. 노동자는 사용자와의 관계에서 스스로 을(乙)이라고 했다. 그러나 개별적인 을이 노동단체를 만들어 뭉치면 엄청난 힘을 가진 갑이 되기도 한다. 그리고 그 을이 또 다른 을에게 갑질을 하는 경우도 많다.

역사적으로 보면 어느 사회나 갑질은 존재해 왔다. 과거 신분제 사회에서는 상위의 신분에 있는 자들이 하위의 신분에 있는 자들에게 공공연한 갑질이 허용되었다. 조선 말기 사회는 지위와 권세를 가진 자들이 가난한 서민들을 엄청나게 수탈하는 시대였다. 그러니 사회는 혼란스러웠고 강자는 늘 약자를 수탈하는 구조였다. 우리나라 최초의 한글 소설 허균[92]의 『홍길동전』은 그런 불공정한 갑질 사회에 대한 저항소설이었다.

1894년 일어난 동학 농민전쟁의 발단도 고부군수 조병갑의 가혹한 수탈로 인해 발생한 것이었는데 나중에는 힘을 가진 일본에 의해 처참하게 을이 희생된 사건이었다. 이로 인해 일본은 조선 지배의 교두보를 확보하고 영구지배를 꿈꾸는 기틀을 마련했다.

고종 19년 1882년에 일어난 임오군란 역시 기득권자들의 갑질에 반기를 든 사건이었다. 당시 무위영 소속 군인들은 13개월 치나 녹봉을 받지 못했다. 그들이 동요하자 6월 5일 우선 1개월 치 녹봉을 선혜청 도봉소에서 지급받았다. 조정에서는 6월에 도착한 전라도 세곡을 녹봉으로 주기로 한 것이

92) 허균(許筠, 1569년 ~ 12월 10일 1618년)은 조선의 문신이다. 본관은 양천(陽川). 자는 단보(端甫), 호는 교산(蛟山) · 학산(鶴山) · 성소(惺所) · 백월거사(白月居士)이다. 벼슬이 좌참찬에 이르렀다. 소설 『홍길동전』의 작가이다. 강변칠우 사건으로 역점의 누명을 쓰고 처형당했으며 조선이 망할 때까지 복권되지 못했다.

었다. 그러나 그들이 녹봉으로 받은 쌀은 절반이 겨와 모래였다. 산혜청 관리들이 착복하고 겨와 모래를 보충하여 무게를 채웠던 것이었다. 그러나 당시 일본 군관에 의해 교육받던 신식군인인 별기군은 좋은 대접을 받고 있었다. 이런 차별과 탈취에 반기를 들고 일어난 사건이 임오군란이었다. 그리고 일제가 조선을 지배하면서 엄청난 수탈을 하고 조선인들을 전장이나 근로 현장에 강제로 끌고 간 것도 갑질이다.

이러한 모든 갑질은 불공정한 사회구조에서 발생하는 총체적인 폭력에 속한다. 갑질은 강자가 약자에게 가하는 직·간접의 폭력이며 횡포이기 때문이다. 그리고 그 과정에서 강자는 쾌락을 누리고 약자는 신음하게 된다.

'인간은 정말 갑질 없는 평등한 공생의 삶을 살 수 없는 존재인가?' 하는 의문을 가져본다. 샤를 보들레르의 시 《자정의 심의》는 오랜 세월이 흐른 지금도 부당한 권력이 마치 합당한 권력인 것처럼 행세하며 약자들에게 갑질하는 행태를 고발한 것으로 이해된다.

빌라도가 예수에게 저지른 갑질 《자정의 심의》

자정을 치는 괘종은
빈정거리며 우리에게 권한다
지나간 날을 어떻게
보냈나 회상하라고

오늘은 숙명적인 날
금요일에 열사흘, 우리는

빤히 알고 있으면서도
이단자의 생활을 보냈다

우리는 예수를 모욕하였다
세상에도 엄연한 신을!
그 어느 괴물 같은 '백만장자'의
식탁에 앉은 식객과 같이
짐승 같은 작자의 비위를 맞춘답시고
실로 '악마'의 앞잡이답게
우리가 사랑하는 것에는 욕을 보이고
우리를 냉대하는 것에는 알랑거리고,

비굴한 망나니처럼, 억울하게 멸시받는 약자를 슬프게 하고
황소의 이마를 가진 '어리석음'에
저 엄청난 '어리석음'에 예배를 하고
경건한 마음에 넘쳐
바보 같은 '물질'에 입을 맞추고
창백한 빛을 축복하였다

끝으로 우리는 영광 속에서
현깃증을 가라앉히기 위해
'리라'의 자랑스러운 사제
서글픈 것들에서 도취를
끌어냄이 영광인 우리는

기갈 없이 마시고 먹었다!......
어서 등불을 끄자
어둠 속에 이 몸을 감추기 위해!

-샤를 피에르 보들레르 《자정의 심의》 전문-

"작가는 세상의 적이다."고 말했던 보들레르[93]가 생존 시에는 빛을 보지 못했던 시집 『악의 꽃』은 뒷날 엄청난 찬사를 받으며 보들레르를 계속 재탄생시킨다. 『악의 꽃』은 낭만주의를 넘어 상징주의를 품었으며, 현대 시의 초석을 다졌고 이전의 시가 표현하지 못했던 인간의 심연을 다루었으며, 공감각을 이용해 독자의 감각자극을 극대화하는 욕망의 시를 썼다는 평가를 받는다. 프랑스의 시인이자 비평가인 폴 발레리(Paul Valéry 1871~1945.)는 보들레르를 "프랑스어의 국경을 넘은 최초의 시인"이라고 평했고, T. S. 엘리엇(Thomas. Stearns. Eliot 1888~1965) 역시 "난 영어를 쓰는 미국의 시인이지만, 보들레르의 예술세계 안에서 시를 배웠다."고 하면서 극찬했다.

그러나 보들레르의 시집 『악의 꽃』은 출판 당시에는 수난을 겪었다. 1857년 시집 『악의 꽃』 제1판이 출간되자 법원은 미풍양속 훼손을 이유로 벌금형과 함께 시 여섯 편의 삭제를 선고했다. 그러나 그는 멈추지 않고 계속 시를 썼고 관능적 욕망과 육체적 쾌락에서 '아름다움'을 찾았다. 그의 시집 『악의 꽃』은 거대한 고통이자 공포였던 '아름다움'에서 벗어나 실제적인 '아름다움'을 찾아 헤맸던 보들레르의 생애처럼 유혹과 파멸, 금기와 호기심, 현

93) 샤를 보들레르 (Charles. Baudelaire 1821 ~1867) 는 프랑스의 파리에서 태어나고 자란 프랑스의 비평가이자 시인이다. 시집『악의 꽃』으로 유명하다.

재와 영원의 극복할 수 없는 간격과 갈등으로 가득 차 있다. 어쩌면 보들레르는 자신의 말처럼 '세상의 적'이었는지 모른다.

위의 시《자정의 심의》는 예수의 고발과 심문, 그리고 십자가에 못 박히는 사건의 성찰을 통해 현대의 정치와 권력의 모순을 고발하고 있다. 어쩌면 모든 삶의 역사는 비굴한 것이었는지 모른다. 그런 비굴한 삶의 역사를 성찰하여야 정당한 삶의 역사를 쓸 수 있다.

시의 이해를 위해 마태복음(26장~28장) 등 성경의 여러 기록에 나타난 예수 재판의 역사를 살펴본다. 당시 이스라엘은 로마의 식민지였으며 군중 폭동이 염려되는 사회 분위기에서 빌라도의 가장 큰 고민은 군중들의 마음을 어떻게 달래느냐에 있었다. 예수의 죄목은 사람들을 사교에 빠뜨리고 대중 폭동을 선동하였다는 것, 사람들에게 로마(시저)에 바칠 세금을 바치지 못하게 하였다는 점, 자칭 유대인의 왕이라 부르고 새로운 왕국을 건설하려 했다는 것이다. 예수는 가롯 유다를 돈으로 매수한 대제사장들과 이스라엘 군중들에 의해 은밀하게 체포되었고 목요일 자정 무렵부터 금요일 새벽 3시경까지 심문을 당했다.

예수에 대한 유대인의 재판은 ① 전임 대제사장인 안나스의 비공식적인 예비 심문 ② 대제사장인 가야바와 산해드린의 심문 ③ 산해드린의 심문과 빌라도의 최종 판결의 순서로 진행되었으며 유월절 사면(赦免)의 대상에도 포함하여 명목상으로는 절차상 어긋남이 없는 듯 보인다.

금요일 아침 빌라도는 증거에 입각한 죄의 규명과 판결이 아니라 철저하게 군중들의 의사에 맡겼으며 군중들에 의해 십자가 처형이란 방법을 택했다. 이 모든 것은 정치적으로 조작되었으며, 절차도 합법적이지 못했다. 예수 처형에 앞장선 사람들도 이스라엘 제사장들과 군중들이었으며, 그들은 동족인 예수를 십자가에 못 박아 죽이는 악랄한 처형에 앞장섰다. 갑(甲)과을(乙)의 관계에서 을(乙)이 다른 을(乙)을 악랄하게 죽인 것이다. 이 재판에 참여한 모든 자, 특히 을(乙)은 비겁함마저 모르는 성찰 없는 자들이었다.

일반적으로 자정을 알리는 괘종은 잠자리에 들라는 신호로 받아들이지만, 시인에게는 강렬한 성찰의 종소리로 느껴진다. 제1연의 '자정을 치는 괘종이 지나간 날을 어떻게 보냈나 회상하라고 빈정거리며 우리에게 권한' 이유는 무엇일까? 예수는 자정 무렵에 체포되어 다음 날 아침까지 심문을 받고 정의보다는 편견에 빠졌던 군중과 자리에 연연했던 빌라도에 의해 십자가에 못 박혀 죽는다. 예수의 체포와 십자가 처형의 역사는 당시 부패한 제사장들과 로마의 식민 지배를 받고 있던 동족인 유대인들, 돈에 눈이 어두웠던 제자 가롯 유다의 고발로 조작된 것이었다. 예수의 체포와 재판이 열린 그 '자정의 심의'는 매우 불공정하며 죄 없는 사람에게 죄를 덮어씌우는 과정이었다. 그런데 우린 지금도 그런 비굴한 재판에 동참하면서 살아가고 있는지 모른다.

어쩌면 시인의 말대로 우린 정의와 진리 앞에 '이단자'로 살고 있는지 모른다. 그래서 시인은 "오늘은 숙명적인 날, 금요일에 열사흘, 우리는, 빤히 알고 있으면서도, 이단자의 생활을 보냈다."고 성찰한다. 예수는 체포되어 밤을 새워 심문을 받고 금요일 아침에 빌라도 앞에서 최종 심문을 받았다. 심문의 현장에는 모두 예수를 처형하고자 하는 제사장들과 군중들뿐이었다. 제자 베드로가 먼발치에서 지켜보았으나 그도 죽음이 두려워 예수를 '모른다.'고 했다. 모두 예수를 배반한 이단자들이었다. 오늘을 사는 우리도 진리와 정의보다는 비굴한 삶의 편에 서서 죄 없는 사람에게 죄를 씌우거나, 죄가 아님을 알면서도 비굴하게 침묵하는 이단자가 아닌지 모른다.

우린 어떤 이유로든 삶을 핑계로 진리와 정의를 모욕하였는지 모른다. 제3연에서 "우리는 예수를 모욕하였다/세상에도 엄연한 신을!"에서 예수는 하나님의 독생자이며 진리이자 천명(天命)이다. 그래서 예수에 대한 모욕은 진리와 정의, 천명에 대한 모욕이며 배반이다. "그 어느 괴물 같은 '백만장자'의/식탁에 앉은 식객과 같이/짐승 같은 작자의 비위를 맞춘답시고/실로 '악마'의 앞잡이답게/우리가 사랑하는 것에는 욕을 보이고/우리를 냉대하는 것에는 알랑거리고" 살아가는 삶은 치사하고 비굴하다. 여기서 백만장자는 빌라도일 것이고, 로마의 권력일 것이고, 오늘날에는 비굴한 자본과 권력을 가진 자들일 것이다. '식탁에 앉은 식객'은 그 주변을 맴돌며 굽신거려 알량한 권력과 부를 얻어 살아가는 비굴한 자들일 것이다. 그들은 그 짐승 같은 자들의 비위를 맞춘답시고 악마의 앞잡이가 되어 정의를 배반하고 불의의 편에 서서 알랑거릴 것이다.

정의를 배반하며 불의의 편에 서서 살아가는 자들은 예수를 고발하고 사형에 처할 것을 주창하는 유대 군중과 대제사장들, 그것을 원하는 재판관들이다. 그들은 자기의 행위가 어떤 의미인지도 모르는 "비굴한 망나니처럼" 억울하게 멸시받는 약자를 슬프게 하는 칼을 휘두르며, 아무것에나 들이받는 "황소의 이마를 가진 저 엄청난 '어리석음'에 예배를 하고"도 잘못을 깨닫기보다는 오히려 잘했다고 "경건한 마음에 넘쳐" "바보 같은 '물질'에 입을 맞추고" "창백한 빛을 축복"한 전혀 성찰을 모르는 어리석은 자들이다. 그런데도 그동안 "영광 속에서, 현기증을 가라앉히기 위해, '리라'의 자랑스러운 사제, 서글픈 것들에서 도취를 끌어냄이 영광처럼 기갈 없이 마시고 먹었다"고 했다. 그런데 우린 지금도 그런 삶을 성찰 없이 살아가고 있다. 부끄럽고 두렵다. 그래서 시인은 "어둠 속에 이 몸을 감추기 위해 어서 등불을 끄자"고 한다. 죄를 성찰하지 못하고 반복하는 시대와 그 시대의 인간들, 성찰하지 못하는 너무나 부끄러운 군상들인지 모른다.

성찰할 줄 아는 권력은 없을까?

성찰할 줄 아는 권력은 없을까? 이 시는 오래된 과거의 사건을 통해 현재를 성찰하고 미래를 다짐하게 한다. 불의가 정의를 딛고 서는 세상, 불합리가 합리를 짓밟는 세상, 힘으로 소수의 정의를 압제하는 세상, 정의와 진리로 성찰하지 못하는 다수의 군중에 의해 의사결정이나 세상이 지배되는 세상은 끝내야 하지만, 지금도 권력에 아부하며 알랑거리고, 약자들이면서도 권력과 지위를 가지면 영혼 없이 저보다 못한 약자를 짓밟는 사람들은 넘쳐난다.

성경의 "용서할 줄 모르는 종의 비유"(마태복음 18장 21~36절)에 만 달란트를 빚진 자의 사정을 들어 주인이 용서해 주었더니, 돌아가서는 자기에게 백 데나리온을 빚진 자에게 가혹하게 하는 장면이 나온다. 1983년 작가 윤흥길[94]에게 제3회 현대문학상을 안겨준 소설 『완장』[95]에서 마을 한량

94) 윤흥길(尹興吉1942 ~)은 전북특별자치도 정읍에서 출생한 소설가이다. 원광대학교 국어국문학과를 졸업하고 숭신여자중고등학교 교사로 재직하기도 했다. 일조각 편집위원으로 활동했으며, 1968년 〈한국일보〉에 「회색 면류관의 계절」로 등단했다. 1973년 「장마」를 통해 문단의 주목을 받았다. 제10회 박경리문학상, 제14회 현대불교문학상, 한국문학작가상, 한국창작문학상, 현대문학상 등을 받았으며, 대한민국예술원 회원(2016.07~)이다. 주요 작품으로는 『회색면류관의 계절』 『황혼의 집』 『지친 날개로』 『장마』 『청(氷淸)과 심홍(深紅)』 『묵시의 바다』 『완장』 등이 있으며 50편이 넘는 소설을 썼다.

95) 윤흥길의 장편소설이다. 종술은 아내가 바람이 나 떠난 후 어린 딸과 함께 사는데 성실하지 못하고 한량으로 살아간다. 부동산 투기로 졸부가 된 최 사장은 널금저수지 사용권을 획득하고 양어장을 만든다. 그는 저수지 감시를 이곡리 한량 임종술에게 일임한다. 얼떨결에 완장을 두른 종술은 이전과는 다른 사람이 되어 마을 사람들 위에 군림하는 것은 물론이고 완장의 힘만 믿고 안하무인으로 온갖 행패를 부리다 초등학생 동창 부자까지 폭행한다. 종술의 어머니 운암댁은 죽은 남편을 떠 올리며 종술의 완장에 대한 두려움을 가지고 종술을 걱정한다. 결국 종술의 행패는 극에 달하고 주민의 원성이 커지자, 최사장은 종술에게서 저수지 감시원의 자리를 빼앗는다. 종술은 방황하다가 부월의 설득으로 함께 마을을 떠난다. 이 소설의 시대적 배경은 1970년~1980년이며 권위주의 시대의 권력의 허상을 고발하고 있다. 이 소설에 대해 윤흥길은 이렇게 말한다. "작가인 나를 일개 미물

으로 살다가 땅 투기로 부자가 된 최 사장이 사들인 유명한 낚시터인 김제 백산저수지의 감독관이 된 임종술은 최 사장이 채워준 저수지 관리인 완장을 차고 사람들에게 온갖 행패를 부린다. 조지 오웰[96]의 『동물농장(Animal Farm)』[97](1945) 역시 그런 권력과 권력 주변의 속성을 해학적으로 풍자하고 있다. 모두 갑질하는 을의 이야기이다. 을이 완장을 차면 갑을 넘어서는 갑질을 할 수 있음을 경고 풍자한 것이다.

맹자의 성선설과 순자의 성악설이 모두 인간의 본성을 설명하면서 서로 배려하는 이상적인 사회건설을 꿈꾸었지만, 지배욕과 권력은 강자에게는 약하지만, 약자에겐 강한 속성이 있는 것 같다. 누구나 지위와 권력을 가지면 그 힘을 발휘하게 되는데 '용서할 줄 모르는 종의 비유'나 '완장', '동물농장'에서처럼 오히려 약자의 지위에 있는 자들이 권력에 알랑거려 권력을 얻어 갑의 위치가 되면 함께 있던 약자들을 더 괴롭히는 이른바 이완용과 같은 극단적 친일파같이 될지도 모른다.

그 옛날 예수를 십자가에 못 박히게 한 자들도 그 시대의 약자인 로마 식

같은 존재로 전락시킨 거대 권력에 효과적으로 보복하는 길은 역시 작가의 펜을 무기 삼아 권력 그 자체를 우스꽝스럽기 짝이 없는 물건으로 희화화함으로써 실컷 야유하는 그 방법밖에 없었다."

96) 조지 오웰(George Orwell, 1903 ~ 1950) 영국의 소설가이다. 본명은 에릭 아서 블레어 (Eric Arthur Blair)이다. 오웰의 아버지가 영국령 인도행정부 아편국 소속이었기 때문에 근무지인 인도 북동부 모티하리(Motihari)에서 1903년 6월 25일 태어났다. 하지만 인도에서 태어난지 1년이 채 되지 않아 영국으로 건너갔다. 1922년 인도 제국 경찰로 근무하다가 1927년 귀국했다. 1933년 첫번째 작품 《파리와 런던의 바닥생활 Down and Out in Paris and London》을 출간한 후 《버마의 나날 Burmese Days》《그 엽란을 날게 하라 Keep the Aspidistra Flying》《위건 부두로 가는 길 The Road to Wigan Pier》《카탈로니아 찬가 Homage to Catalonia》《숨 쉬러 올라오기 Coming up for Air》 등을 출간했고, 영국 BBC에 입사. 2년 간 라디오 프로그램 제작하기도 했다. 1945년 《동물 농장 Animal Farm》과 1949년 《1984년 Nineteen Eighty Four》을 출간하여 세계적인 관심을 끌었다. 1950년 1월 21일 런던에서 갑작스런 각혈 후 사망했다.

97) 1945년에 발간된 러시아 혁명과 스탈린의 배신에 바탕을 둔 정치우화 소설이다. 이 소설로 인해 더 유명해졌다.

민지인인 유대인들이었듯이 지금도 그런 현상은 끊임없이 반복되고 있다. 정치적 약자들이 정권을 잡으면 더 가혹하게 이전 정권을 단죄하는 사화와 당쟁으로 얼룩진 아픈 역사를 가진 우리는 아직도 권위주의 시대에 사는 것 같다. 끝없는 정쟁과 보복이 연속되는 세상, 국회의원이 되기 전에는 개처럼 굽신거리다가 국회의원이 되고 나면 고개를 숙일지 모르고 자기들의 이권은 모두 챙기는 파렴치함, 권력의 주변에서 호가호위(狐假虎威)하는 사람들은 지금도 많은 것 같다. 그처럼 약자들이 권력을 가지면 더 심하게 권력을 행사하고 심지어는 엄청난 독재를 감행하며 그 지위와 권력을 영구히 독점하려 들게 된다.

진리와 정의 안에서 배려와 상생의 삶을 영위하기 위해서는 갑질은 사라져야 한다. 특히 무고한 사람을 정치적인 이유로 죄를 씌워 처벌하는 일은 더욱 없어져야 한다. 모든 지위와 권력이 부패하고 횡포를 일삼는 것은 성찰이 없기 때문이다. 자기의 권력이 타인에게 어떤 영향을 미치고 어떤 고통을 주고 있으며 얼마나 불합리한가에 대한 내적 성찰이 있다면 지위와 권력은 진리와 정의 앞에 당당히 설 수 있을 것이다.

위의 시 《자정의 심의》는 권력을 가진 자들에게, 을이면서도 알량한 권력에 아부하여 지위를 얻고 그것을 누리며 행패를 부리는 자들에게, 알량한 갑이 된 후 을이었던 시절에 함께 했던 많은 동료에게 더욱 강하게 거들먹거리는 자들에게 제발 성찰하는 삶을 살라고 경고하는 것 같다. 세상의 모든 권력이 스스로 내면을 성찰하므로 진리와 정의, 배려와 상생의 길로 가기를 바란다.

08. 《진달래꽃》, 사랑과 이별에 대한 치유의 메시지

나의 혼이여, 너는 장기간 불잡힌 몸이었으며,
이제야 너의 감옥에서 떠나
이 육체의 장애에서 벗어나는 시기를 만났다.
기쁨과 용기를 갖고 이 이별을 견뎌라.
〈*R. 데카르트*〉

이별이란 숙명적 명제 앞에서

엊그제 친구가 산행 중에 만개한 진달래꽃을 찍어 카톡으로 보내왔다. 사진 속의 진달래꽃은 화려하게 군락을 이룬 것이 아니라, 나무들 사이로 드문드문 낙엽을 비집고 피어난 꽃이었다. 드문드문 핀 꽃의 모습은 한가하지만, 외롭게도 보였다. 군락을 이룬 꽃들은 화려한 환희를 주지만, 고요한 느낌을 주지는 못하는 것 같다.

왜 그런 꽃, 이를테면 군락을 이룬 진달래꽃을 찍어 보낸 것이 아니라, 나무들 사이로 외롭게 피어난 꽃을 찍어 보낸 것일까? 자기의 외로움의 표현일까? 나이 든다는 것은 사람들이 주변에서 멀어져 가고, 삶은 고독해 가는 길인지도 모른다. 젊음이 한창 일할 때는 북적이는 사람 틈에서 군락을 이룬 진달래꽃처럼 화려했을 테지만, 이제는 나이가 들어 직장에서 은퇴하니 주변에 북적이는 사람이 없다. 그 친구의 유일한 낙(樂)은 아침 먹고 홀로라도 산행하는 것인지도 모른다. 나이가 들면서 느끼는 삶은 점차 새로운 만남보다는 만남을 이루었던 사람과의 이별이 진행되고 있는 것 같다. 어쨌든 나이가 든다는 것, 그리고 삶은 이별 연습이란 생각을 지울 수 없다.

그날부터 나는 며칠간 김소월의 시집을 꺼내 읽었다. 특히 〈진달래꽃〉을 읽으며 사랑과 이별, 고독, 이별의 승화, 새로운 삶의 여정 등 다양한 생각을 했다. 사랑도 어쩌면 이별 연습이란 생각이 든다. 언젠가는 사랑하는 사람과 헤어져야 하는 것이 삶이란 운명에 주어진 숙명인 듯하다. 다만 그 이별이 어떤 상황에서 어떤 형태로 주어지느냐에 따라 다르겠지만, 이별은 숙명이기에 받아들일 준비가 되어 있어야 할 것 같다.

시간이 흐른다는 것은 만남을 이루는 것이기도 하지만, 다른 한편으로는 이별을 기다리고 준비하는 것인지도 모른다. 그런데 사람들은 그 이별을 견디지 못하고 자연스럽게 받아들이지 못하고 때로는 그 이별에 분노한다. 이별이 만남과 사랑을 함께 가져다주는 운명적 주제라면 우린 이별을 승화할 줄 알아야 하지 않을까? 그런 점에서 김소월의 《진달래꽃》은 우리에게 이별은 분노하는 것이 아니라 승화하는 것이라는 숙명적 명제를 말해 주는 것 같다. 그런 점에서 우리는 누구나 이별이란 숙명적 명제 앞에 서 있다.

《진달래꽃》에 나타난 이별의 원형

나 보기가 역겨워
가실 때에는
말없이 고이 보내 드리우리다

영변(寧邊)에 약산(藥山)
진달래꽃
아름따다 가실 길에 뿌리우리다

가시는 걸음걸음
놓인 그 꽃을
사뿐히 즈려밟고 가시옵소서

나 보기가 역겨워
가실 때에는
죽어도 아니 눈물 흘리우리다

-김소월 〈진달래꽃〉 전문-

사랑하는 사람과의 이별 노래다. 그런데 떠나는 사람에게 가지 말라고 애원하지도 붙잡지도 않고 고이 보내 드린단다. 진달래꽃길도 만들어 드린단다. 웬 뚱딴지같은 소리인가? 그런데 김소월[98]은 그런 식의 이별을 노래하

98) 김소월(金素月, 1902년 ~1934년)은 1902년 평안북도 구성군 서산면 왕인리의 외가에서 태어났다. 남산학교(南山學校)를 거쳐 오산학교(五山學校) 중학부에 다니던 중 3·1운동이 일어나 학교가 폐교되자 배재고등보통학교에 편입하여 졸업했다. 오산학교 시절에 조만식(曺晩植)을 교장으로 서춘(徐椿)·이돈화(李敦化)·김억(金億)을 스승으로 모시고 시를 배웠다. 1920년 『창조(創造)』에 시 「낭인(浪人)의 봄」·「야(夜)의 우적(雨滴)」·「오과(午過)의 읍(泣)」·「그리워」·「춘강(春崗)」 등을 발표하면서 본격적인 시작 활동을 하였다. 1923년 일본 도쿄상과대학 전문부에 입학하였으나 9월 관동대진재(關東大震災)로 중퇴하고 귀국하였다. 『창조』, 『개벽』 등에 시를 발표했고, 김억과 함께 『영대』 동인으로 활동했다. 1925년에 시집 『진달래꽃』을 내고, 시론 「시혼」을 『개벽』에 발표하면서

고 있다. 김소월 시의 전문가들은 시 《진달래꽃》을 체념의 시, 승화된 이별, 역설의 미학 등으로 해석하기도 한다. 어쨌든 이 시는 모든 이의 이별의 원형을 완전히 깨뜨렸다. 그래서 충격이다. 여기서는 이 시가 가진 심상을 깊이 논하고 싶지 않다. 다만 이별의 원형과 정서, 이별에 나타나는 행위를 생각해 볼 뿐이다.

전통사회에서의 이별은 주로 남성이 여성에게 하는 것이었다. 자신에게 사랑을 준 남성이 갑자기 이별을 통보해 오거나 말없이 떠나 버릴 때, 여인의 가슴은 찢어지고 깊은 상실의 세계에 빠져들게 된다. 가지 말라고 소맷자락을 붙잡고, 치맛자락에 기약이라도 해 달라고 애원할 것이다. 수많은 밤, 떠나간 님을 그리다가 상사병이라도 얻어 님이 마음을 돌려 돌아오게 만들려는 심사도 있다. 또 〈아리랑〉과 같이 '나를 두고 가시는 님을 원망하며 가는 길에 발병이라도 나서' 가지 못하고 돌아오기를 악수 고대하는 원망의 모습도 있다. 그런데 소월은 그런 전통적 이별의 원형을 뛰어넘은, 아니 확 뒤집어 버린 이별의 새로운 원형을 만들어 냈다.

이 시를 쓴 시기가 1900년대 초반인 전통사회인데도, 전통적 이별의 원형을 완전히 깨뜨린다. 이 시의 풍조로 보면, 이별을 당하는 사람이 여성이 아니라 남성처럼 여겨진다. 사실 소월은 어린 날에 할아버지에 의해 강제로 결혼하는 바람에 사랑하던 옛 여인과 결혼하지 못한 아픔을 늘 간직하고 있었다고 한다. 그것은 자신이 여성에게 가한 이별일 텐데 소월은 그 아픔을 자신의 아픔으로 여겼던 것 같다. 그래서일까? 이별을 대하는 모습이 이상

시작 활동이 절정에 이르렀다. 1934년 자살했다. 1981년 예술분야에서 대한민국 최고인 금관문화훈장이 추서되었다. 시비가 서울 남산에 세워져 있다. 저서로 생전에 출간한 『진달래꽃』 외에 사후에 김억이 엮은 『소월시초(素月詩抄)』(1939), 하동호(河東鎬) · 백순재(白淳在) 공편의 『못잊을 그사람』(1966)이 있다. 의 시는 전통적인 한의 정서를 민요적 율조로 표출했다는 점에서 주목되며, 한국 시단의 이정표 구실을 한 것으로 평가된다.

하다. 떠나는 님에게 매달리고 기약을 다짐받으려고 안간힘을 쓰는 것이 아니라 '나보기가 역겨워 가실 때에는 말없이 고이 보내드리'겠다는 것이다. 그뿐 아니다. '영변 약산의 진달래꽃을 한 아름 꺾어다 가시는 길에 뿌려 꽃길을 만들어 드리겠으니' '가시는 걸음걸음 즈려밟고 가시'라는 것이다. 거기다가 한술 더 뜬다. 이별 때 모두가 흘리는 그 눈물은 아예 흘리지도 않겠다는 결심까지 보인다. 평범한 상황에서 이해할 수 없는 '이별 받아들임'이다.

왜 그랬을까? 님을 절대 보내고 싶지 않았다. 아니 보낼 수 없다. 보내고 나면 나는 살 수가 없다. 그래서 다른 방법을 모색하였는지 모른다. 떠나려는 님에게 매달리고 원망하기보다 차라리 '애원하지 않을 테니 편안히 잘 가라' 하면 마음을 고쳐먹고 떠나지 못할 것이라는 심사였을까? 위선이라도 좋다. 어쩌면 내면에는 '내가 이렇게 모든 슬픔을 삼키고 애원하는데, 가기는 어디를 가시려는 것입니까? 절대 가지 못합니다. 내가 가시는 길을 확 막아버릴 것입니다.' 뭐 이런 마음이 숨겨져 있지 않을까? 이별의 슬픔, 공포, 불안, 잠 못 이룸, 원망, 분노 등을 모두 숨긴 역설이 강하게 녹아 있다. 이 시를 읽다 보면, 이별을 대하는 사람의 애절함이 어떻게 숨겨지고, 아픈 심연에서 녹아 재생되어 더욱 강한 숨결로 살아나는가를 강하게 느낀다. 소월은 이별에 대한 새로운 메커니즘을 창조한 것이다. 현대 문명사회를 사는 우린 이별을 어떻게 받아들여야 하는지 다시 생각해 보아야 할 것이다.

이별의 폭력성에 대한 치유의 메세지

최근 언론에 자주 등장하는 데이트 폭력도 이별에 대한 대응 모습의 하나다. 사랑하던 사람이 이별 통보를 할 때, 그 분노를 못 이겨 폭력을 행사하는 것이다. 흔히 데이트 폭력은 미혼의 연인 사이에서 발생하는 폭력이나 위협을 말하지만, 최근에는 기혼의 남녀 사이에서도 나타난다고 한다.

경찰청 통계에 의하면, 데이트 폭력은 연인이란 친밀관계로 인해 지속적이며 반복적으로 발생하고 재범률도 76% 이상이 된다고 한다. 성적폭력, 감시, 통제, 폭언, 협박, 상해, 갈취, 감금, 납치, 살인미수, 살인 등 다양한 형태로 나타나는데, 2015년 신고 접수된 것만 하더라도 7,692건에 달한다고 한다. 하루 평균 21건 이상인 셈이다. 그런데 그런 폭력은 해가 갈수록 늘어난다. 한국뿐 아니라 미국 등지에서도 많이 나타난다고 한다. 문명사회에서의 왜곡된 사랑과 이별 모습이다. 날이 갈수록 문제가 되어 국회에서 데이트 폭력 방지법이 논의되고 있다. 이제 모든 것을 법률로 풀어야 하는 슬픈 시대가 된 것 같다. 문명사회가 그만큼 각박해지고 감정적으로 변해 가고 있다는 증거가 아닐까?

전통사회에서는 사랑도 쉽지 않았다. 여성의 외부 활동이 힘들었고, 연락도 쉽지 않아 애를 태우기도 했고, 우여곡절 끝에 만나면 애절함 속에 주저하다가 손만 잡아도 가슴이 뛰었다. 정조의 관념이 강해 남자도 여자를 함부로 대할 수 없었다. 특히 성적인 행위에는 강한 책임감이 수반되었다. 자신이 사랑한 여인을 끝까지 책임져야 한다는 책임감은 행위의 절제를 가져오게 했다. 여인은 정조의 관념이 강하기에 남자에게 몸을 맡기는 일은 삶을 맡기는 것이기도 했다. 그러니 여인에게 사랑은 삶의 전부를 거는 행위였을 것이다.

그러나 문명화가 되면서 이런 것들은 소멸의 길을 걸어왔다, 문명은 인간에게 남녀의 평등과 자유의 증대, 특히 성적인 자유를 선물했다. 교통통신과 숙박 시절 등의 발달은 사랑의 시간과 장소, 사랑의 방식을 자유롭게 변화시켰다. 이제는 순결이니 책임이니 하는 따위는 골동품이 되어버렸다. 사랑은 마음으로 애절하게 그리워하는 것이 아니라 몸으로 만나는 일이며, 이별은 가슴 아픈 슬픔이 아니라 욕망의 식어감이기도 할 것이다. 어쩌면 이 문명사회에서 사랑은 욕망의 자유로운 충족인지도 모른다. 여성이 주도하는 이별도 많다. 어쩌면 이별을 여성이 주도하고 있는 세상인지도 모른다. 문명이 가져다 준 자유 영혼의 추구가 순수한 사랑의 혼마저 왜곡시켜왔는지 모른다.

진정한 사랑은 상대에 대한 존중에 기반을 둔다. 그래서 상대를 소중하게 여기고 차마 다치지나 않을까 걱정하며 보살피고 위로한다. 그러나 육체와 돈이 우선이 된 사랑은 욕망의 합의인지도 모른다. 돈과 욕망은 대부분 소유와 유희에 기반을 둔다. 그것은 상대 중심이 아니라 자기중심적이다. 아마 오늘날 그토록 사랑한다던 사람과 결혼하여 이런저런 이유로 이혼이 급격히 늘어나는 경우도 사랑이 상대 중심이 아니라 자기중심적이기 때문이란 생각이 든다.

전통적 이별은 가슴앓이이다. 이별을 당하면 상대를 원망하면서도 화살을 자기에게로 향하는 경우가 많았다. 그 가슴앓이를 견디지 못해 상사병을 얻고 심지어는 자살까지도 하는 경우가 있었다. 바로 자학이다. 상대를 해치는 일은 있을 수 없었다. 떠나는 상대에게 복을 빌어주기도 했다. 사랑은 소유가 아니라 존중이기에 그렇다.

그런데 요즈음 이별은 원망의 표출이다. 나는 너에게 잘했는데 너는 왜 그 모양이냐. 그동안 주었던 선물 다 돌려받고, 안 되면 내놓으라고 윽박지르고, 성적인 학대를 하기도 한다. 그런 사랑에는 현대 문명의 특징인 거래와 소유와 욕망의 충족이 도사리고 있을 것이다. 사랑이 물질과 소유와 욕망에 뿌리내렸기 때문일 것이다. 그래서 이별에 대한 가슴앓이가 아니라, 손해 배상을 청구하듯 분노의 표출로 상대에게 폭력을 가하는 것이다. 문명은 성적인 자유를 주었지만, 소유와 욕망에 기반을 둔 왜곡된 사랑을 많이 양산한 것 같다.

문명사회에서 사람들이 사랑의 왜곡과 폭력적 이별을 행사하는 것은 성장 과정에서 모든 것을 물질, 성적 자유, 소유와 욕망, 원망과 분노 등 자기중심성 속에 가두어 타자를 상실하고 존중과 승화의 정서를 익히지 못한 탓일 것이다. 또 정서를 깨우는 서정적인 시를 내면으로 읽지 못한 탓일 것이다. 서정적인 시는 문명이 뿌린 야만성을 순화시키는 힘이 된다.

김소월의 《진달래꽃》을 읽으며 사람들이 이별의 역설적 승화와 함께 진정한 사랑과 이별은 상대 존중에 있음을 깨달았으면 좋겠다. 그러면 문명은 야만의 탈을 벗어 던지고 인간적 모습으로 다가올 것이라 여겨진다. 김소월의 《진달래꽃》은 현대인에게 왜곡된 사랑과 이별에 대한 치유의 메시지라 여겨진다.

09. 《인다라의 구슬》, 참된 '나'를 찾아 '우리'로 거듭나길

인간이 이 세상에서 사는 것은
별이 하늘에 있는 것과 같은 거예요.
별들은 저마다 신에 의하여 규정된 궤도에서 서로 만나고
또 헤어져야만 하는 존재예요. 그것을 거부하는 것은
무모한 것이든가 아니면 세상의 모든 질서를 파괴하는 것이에요
〈F.M.뮐러/독일인의 사랑〉

너를 살해하는 세상에서

이웃과 화합하지 못하고 갈등을 겪는 일이 비일비재하다. 줄에 매달려 고층 아파트 도색작업을 하면서 핸드폰 음악을 크게 틀어 낮잠을 방해했다고 옥상에 올라가 도끼로 밧줄을 잘라 떨어져 죽게 만든 사건이 큰 충격이었는데, 2019년 5월 4일 오후 10시 40분경 세종시 고운동의 한 아파트에서 일어난 층간소음 관련 살인미수 사건은 그간의 층간소음 관련 사건과는 달라 또 다른 충격이었다. 가해자 A씨의 범행 동기가 '평소 층간소음으로 피해를 봐 벌인 일이다.'고 했지만, 대체로 층간소음 갈등은 아래층에 사는 사람이 위층에 있는 사람에게 가하는 것이 일반적인데, 피해자 B씨는 14층에 살고 가해자 A씨는 15층에 살고 있어 상식적으로 납득이 가지 않기 때문이다.

사건 당시 보도를 보면, 경찰 조사에서 가해자 A씨는 "아래층에 사는 B씨가 평소 문을 크게 닫는 소리가 들려 계단에서 B씨를 기다리다 범행을 저질

렀다."고 자백했다. 피해자 B씨의 가족은 "일반 가정집이 아닌 회사에서 제공한 사택으로 일주일에 2~3차례만 이용했으며 집안 내부에 층간소음을 유발할 만한 어떤 것도 없었다."며 억울함을 호소했고 주민들도 납득이 가지 않는다고 했다고 했다. B씨는 A씨에게 흉기로 수차례 가격당해 당시 의식을 잃고 중태에 빠졌지만, 회복중인 것으로 알려졌다.

이런 험악한 모습은 굳이 상식을 잃어버린 '묻지마' 범죄를 넘어선다. 정치인들의 상대방 무작정 헐뜯기는 국민으로 번져 국민 일부도 편을 지어 대치하고 삿대질을 해댄다. 마치 너와 나는 전혀 인연이 없는 적처럼 대한다. 세상이 이토록 험악해진 중심에는 아무래도 혼탁한 정치 현실이 도사리고 있는 듯하다. 여야의 대치 정국(政局)은 한 치 앞도 내다보기 어려운 것 같다. 정치의 기본인 세상의 풍속을 정화하고 바로 서게 하려면 정치인들이 서로 화합하고 인연으로 상식과 정의를 바로 세워 국민의 삶을 윤택하게 하는 일인데 그것보다는 정권 욕심에 눈이 어두우니 인연보다는 적대감으로 표출되는 것 같다.

나는 이런 일련의 사건들과 정치적 행태를 보면서 많은 사람이 '참된 나'를 잃어버리고 내 안에 '너'를 두지 못하고 살해하며, '적대적인 감옥' 안에 갇혀가고 있다는 생각을 한다. 인간 세상은 시인 박노해(1957~)가 《인다라의 구슬》에서 읊은 것처럼 수많은 인연의 끈으로 연결되어 있는데 말이다.

《인다라의 구슬》, 끝없는 인연으로 맺어진 우리

박노해 시인의 《인다라의 구슬[99]》을 읽어 보자. 시가 좀 길지만 읽으면서

99) 박노해 『사람만이 희망이다』 느린걸음, 2018, 22쪽. '인다라의 구슬'은 주5)에서 설명한 '인드라의 구슬'이란 말과 혼돈되었다. 둘은 같은 의미로 쓰이지만 일반적으로는 '인드라의 구슬'이라고 쓴다.

시에서 말하고자 하는 인연의 소중함을 느껴 보자.

인다라의 하늘에는 구슬로 된 그물이 걸려 있는데, 구슬 하나하나는 다른 구슬 모두를 비추고 있어 어떤 구슬 하나라도 소리를 내면 그물에 달린 다른 구슬 모두에 그 울림이 연달아 퍼진다 한다 - 화엄경-

작은 연어 한 마리도 한 생을 돌아오면서 안답니다
작은 철새 한 마리도 창공을 넘어오면서 안답니다.
지구가 끝도 없이 크고 무한정한 게 아니라는 것을
한 바퀴 크게 돌고 보면 이리도 작고 여린
푸른 별 하나에 지나지 않는다는 것을

지구 마을 저편에서 그대가 울면 내가 웁니다
누군가 등불 켜면 내 앞길도 환해집니다
내가 많이 갖고 쓰면 저리 굶주려 쓰러지고
나 하나 바로 살면 시든 희망이 살아납니다

인생이 참 마음대로 되지 않습니다
세상이 참 생각대로 되지 않습니다
한때는 씩씩했는데. 자신만만했는데.
내가 이리 작아져 보잘 것 없습니다

위의 시에서 시인 박노해는 '인다라의 구슬'이라 하였기에 이 글에서만 '인다라의 구슬'이라 사용하였다.

아닙니다
내가 작은 게 아니라 큰 세상을 알게 된 것입니다
세상의 관계 그물이 이다지도 복잡 미묘하고 광대한 것을
알게 된 것입니다. 세상도 인생도 나도
생동하는 우주 그물에 이어진 작으나 큰 존재입니다

지금은 '개인의 시대'라고 합니다
우주 기운으로 태어나 우주만큼 소중한 한 생명.
한 인간이 먼저. 내가 먼저입니다
국가와 민족을 위해서 내 한 몸 바치는 것을 미덕으로 교육받아 온
'개인 없는 우리'에서
자유롭게 독립하여 주체적인 개인들의 연대-
'개인 있는 우리'가 되어야 합니다

그리고 지금은 '정보화 시대'라고 합니다
세계 구석구석을 연결하는 거대한 정보 네트워크가
구슬처럼 빛나는 개개인을 하나로 엮어가고 있습니다.
우리는 모두 인다라의 구슬처럼
지구 마을의 큰 울림을 만들어가는 주체입니다

새벽 찬물로 얼굴 씻고 서툰 붓글씨로 내 마음에 씁니다
오늘부터 내가 먼저!
〈하략〉

-박노해 《인다라의 구슬》 부분-

이 시는 모두가 '관계의 끈'으로 연결된 세상에서 '나는 누구이며 어떻게 존재해야 하는가?'를 깊이 생각하게 한다. 박노해[100]의 본명은 박기평이다. 박노해라는 이름은 '박해받는 노동자 해방'에서 따온 것이라 한다. 그가 1984년 시집『노동의 새벽』을 발표하자, 그의 시는 노동운동가들의 '뜨거운 심장'이 되었다. 그는 시를 발표하고 노동운동을 하면서 자신을 숨겼기에 '얼굴 없는 시인'으로 알려졌다. 그러나 1991년 3월 10일 국가안전기획부에 체포되어 고문을 당했고, 백태웅 등과 함께 '사노맹 사건'의 핵심 인물로 지목되어 사형 선고를 받았으나 무기징역으로 감형되어 7년간 수감 생활을 했다. 1998년 광복절 특사로 출소하기 전해인 1997년 시 · 산문집『사람만이 희망이다』를 펴냄으로써, 시와 정신세계의 새로운 지평을 열었다. 그러나 노동운동의 격렬함만을 추구하는 사람들은 그를 변절자라 하기도 했다. 그의 시집『사람만이 희망이다』에는《인다라의 구슬》처럼 과거에 그가 노동운동가로 부르짖었던 투쟁과 혁명성이 아닌, '참된 나'의 발견과 '조화와 화합

---

100) 박노해(朴勞解, 1957년 -)의 본명은 박기평(朴基平)이다. 그는 대한민국의 시인이며 노동운동가였고, 사진작가이다. 전라남도 함평에서 태어나 보성군 벌교읍 농가에서 자랐다. 어린 시절, 독립운동과 진보 운동에 참여했으며, 판소리 가수였던 아버지와 독실한 천주교 신자였던 어머니에게 큰 영향을 받은 것으로 알려진다. 16세부터 서울에서 낮에는 일하고 밤에는 선린상고에서 공부했다. 건설, 섬유, 화학, 금속, 물류 분야에서 두루 일하면서 노동운동을 시작했다. 1984년 27살에 쓴 첫 시집《노동의 새벽》은 큰 반향을 일으켰으며 노동운동의 정신적 지주가 되었다. 이 책은 당시 금서였지만 100만 부 이상 팔렸다. 이때부터 '얼굴 없는 시인'으로 알려지기도 했다. 1991년 사형을 구형받고 환히 웃는 모습은 사람들에게 강렬한 인상을 주었다. 무기수로 감옥 독방에 갇혀서도 독서와 집필을 이어갔다. 복역 7년 6개월 만에 석방된 후 민주화운동 유공자로 복권되었으나 국가보상금을 거부했다. 그 후 지금까지 20여 이상 세계 곳곳 가난과 분쟁의 땅에서 평화 활동을 펼치며 현장의 진실을 사진과 시로 기록해 오고 있다. 시집으로『노동의 새벽』『겨울꽃이 핀다』『참된 시작』,『사람만이 희망이다』 등이 있으며,『그러니 그대 사라지지 말아라』『너의 하늘을 보아라』 등이 있으며, 2024년 2월 생애 첫 자전수필《눈물꽃 소년》을 출간했다. 2000년부터 지금까지 박노해는 "과거를 팔아 오늘을 살지 않겠다"〈경계〉를 실천하며 비영리 사회운동단체《나눔문화》를 설립하고 반전평화운동에 전념하고 있다.

의 공동체'를 호소하고 있다. 과거의 시가 투사의 얼굴이었다면 『사람만이 희망이다』 특히 《인다라의 구슬》은 구도자의 얼굴이다.

모든 인간의 사유와 삶은 유동성이 있어 진화의 과정을 겪으며 성숙한다. 다만 그 축은 지켜질 것이다. 축은 본질이고 정체성이다. 유동성은 본질의 발현이다. 오적(五賊)이란 시로 박정희 군사 쿠데타 정권에 155mm 자주포를 쏘았던 김지하 시인이 뒷날 생명을 노래하는 생명 시인으로 거듭났듯이, 박노해의 구도자적인 삶의 인식은 시(詩)〈경계-과거를 팔아 오늘을 살지 말 것, 현실이 미래를 잡아먹지 말 것, 미래를 말하며 과거를 묻어버리지 말 것, 미래를 내세워 오늘 할 일을 흐리지 말 것〉에 잘 나타나듯이 인간적인 바른 삶의 길이었을 것이다. 시대가 변하여 그는 '민주화 운동의 선구자'로 사면 복권되었지만, "과거를 팔아 오늘을 살지 않겠다."면서 새로운 길을 떠났다. 지구촌 곳곳, 분쟁과 가난의 현장을 찾아가면서 사랑과 희망의 메시지를 전한다. 그의 사유와 삶은 유동성과 진화의 과정을 겪으며 새로운 자기 정체성을 확립해 가고 있는 것 같다.

그의 시 《인다라의 구슬》로 돌아가 본다. 〈화엄경〉에서 말하는 인다라의 그물에는 씨줄과 날줄이 만나는 지점에 구슬이 달려 있단다. 그물은 삼라만상 우주이며, 인간 세상이다. 모두 '관계의 끈'인 인연으로 맺어진 것이다. 시인이 시의 앞에서 "인다라의 하늘에는 구슬로 된 그물이 걸려 있는데, 구슬 하나하나는 다른 구슬 모두를 비추고 있어 어떤 구슬 하나라도 소리를 내면 그물에 달린 다른 구슬 모두에 그 울림이 연달아 퍼진다 한다"고 전제한 것도 그런 이유 때문일 것이다.

'작은 연어 한 마리도 한 생을 돌아오면서, 작은 철새 한 마리도 창공을 넘어오면서, 지구를 한 바퀴 크게 돌고 나면, 무한이라 생각했던 지구도 푸른 별 하나에 지나지 않는다는 것을 알게 된다'고 한 것처럼, 세월의 풍파를 겪으면서 삶은 '나와 너, 우리'라는 인연으로 얽혀진 '좁은 동네'라는 것을 알게 된다. 그래서 '지구 마을 저편의 울음도 나의 울음이 되고, 누군가의 등불이 나에게 빛'이 되기도 한다. 그러니 '내가 바로 사는 것은 남에게는 시든 희망을 살리는 힘'이 된다. 그런데 말이다. 마음대로 될 것 같았던 인생이 마음대로 되지 않고 세상도 뜻대로 되지 않는다, 한때는 세상의 중심처럼 씩씩하고 용감했지만, 지금 보니 세상은 참으로 크며 그 안에 나 또한 '작으나 큰 존재'라는 것을 깨닫게 된다. 새로운 자아의 성찰과 발견, 즉 폭풍우가 지난 후 파릇파릇 돋아나는 새싹처럼 삶에 대한 깊은 깨달음이며 희망이라 여겨진다.

개인은 '우주 기운으로 태어났기에 우주만큼 소중한 한 생명'이다. 고도로 정보화된 문명은 인간의 개인성을 확대시켰다. 그래서 시인은 과거에는 국가와 민족을 항상 우위에 둔 '개인 없는 우리'의 시대였지만, 이제는 개개인이 '자유롭게 독립하여 주체적인 개인들의 연대'를 즉 '개인 있는 우리'의 시대를 만들어야 한다고 역설한다. 개개인은 《인다라의 구슬》처럼 서로에게 소중한 존재로 지구의 큰 울림이 되는 '우리'로 살아가기를 바란다. 그 일을 '내가 먼저 시작해야 한다'고 한다. 여기서 시인은 끊임없이 '참된 나'를 찾아가고 있다. 시인이 말하는 "참된 나(우주의 기운을 받은 소중한 생명)"는 '너'의 존재를 인정하고 '너'를 내 안에 받아들이며, '우리'라는 공동체 안에서 서로 아름다운 감정을 나눌 수 있는 존재이다. '참된 나'는 결코 '나'를 세우기 위해 '너'를 무너뜨리지 않으며, '나'를 '우리' 속에 함몰시키지도 않는다. 단지 빛나는 구슬처럼 '우리' 속에서 조화롭게 어울릴 뿐이다.

이를 위해 시인은 "오늘부터 내가 먼저!/내가 먼저 인사하기/내가 먼저 달라지기/내가 먼저 정직하기/내가 먼저 실행하기/내가 먼저 벽 허물기/내가 먼저 돕고 살기/내가 먼저 손 내밀기/내가 먼저 연대하기/무조건 내가 먼저/속아도 내가 먼저/말없이 내가 먼저/끝까지 내가 먼저" 등 실천 사항을 나열한다. 그리고 "새벽 찬물로 얼굴 씻고 서툰 붓글씨로 내 마음에 씁니다" 라고 다짐한다. 세상 모든 사람이 시인처럼 내가 먼저를 다짐한다면 세상은 참된 '우리'로 나아갈 수 있을 것이다.

그런데 세상은 그렇지 못한 것 같다. 문명의 시대에 우린 자유와 평등, 인권이라는 이름으로 개인성을 신장시켜 왔다. 문명은 물리적인 시간과 공간을 확대시켰지만, 정신적인 시간과 공간을 확대시켰는지는 의문이다. 개인이 소중한 만큼 타인도 존중하며, '나와 너'는 아름다운 '우리'로 발전되어야 하는데, 문명 속의 '나'는 내 안의 '타자'를 살해하는 것 같다. 갈수록 각박해지고 인심은 사나워진다. 공동체 속의 '우리'를 잃어가고 있다.

인간이 《인다라의 구슬》처럼 얽혀 산다는 것은 소통을 통한 '이해와 협력의 삶'을 말한다. 소통은 문명의 위대한 산물이다. 전통사회에서의 소통은 주로 얼굴을 대하거나 편지 등으로 하였지만, 문명은 얼굴을 대하지 않더라고 소통을 가능하게 했다. 그러나 전통사회에선 마을 전체가 '우리'였다. 모든 것을 이웃과 나눌 줄 알았고 협력하면서 살았다. 어지간한 정도는 서로 이해하고 감쌌다. 한계는 있었지만, 거기에는 '정서적 소통'이 있었다. 그러나 현대는 문명의 특산물인 아파트를 생각해 보면, 많은 사람이 밀집해 사는데도 '나'만 존재하지 '너'와 '우리'는 존재하지 않는다. 물론 '정서적 소통'도 사라졌다.

문명사회의 소통은 상당수가 '나 홀로 소통'이다. 옆집, 윗집에 누가 사는지 알려고 하기보다는 숨기고 무관심하다. 거기다가 조금만 불편해도 참지 못하고 화를 발산하는 경우가 많다. 층간소음 갈등은 그 대표적인 예이다. 물리적으로는 이웃이지만, 마음으로는 결코 이웃이 아니다. 이제 가까이 산다고 이웃이 될 수 없다. '정 없는 이웃'이랄까? 문명이 가져다준 또 다른 이웃의 의미이다. 이것은 개인을 지나치게 강조한 나머지 강한 방어기제로 내 안에 너를 두지 못하는 왜곡된 개인성의 발현이다. 그러니 나를 귀찮게 하는 것은 용납할 수 없다. 그렇기에 줄에 매달려 도색작업 중 무료함을 달래려고 틀어 놓은 핸드폰 음악이 시끄럽다고 옥상에 올라가 밧줄을 도끼로 잘라 떨어져 죽게 만드는 파렴치 범죄도 저지르는 것 아닐까?

너를 살해하는 한국 사회의 모습

내 안에 너를 두지 못하는 것은 학교에서도 심각하게 나타난다. 바로 학교폭력과 집단 따돌림 등이다. 그것 역시 '왜곡된 개인성'의 표출이다. 어릴 때부터 '나만 소중한 존재'로 여겨오다 보니 성장하여서도 자기밖에 모르는 것이다. 따라서 자기의 기분에 맞지 않으면 타인을 배척한다. 거기에도 소통이 부재하고 있다. 내 안에 너를 둘 수 있는 '참된 나'를 갖지 못한 탓이다.

지구촌이 하나 된 세상에서 '참된 나'를 갖지 못하여 '내 안의 너'를 살해하는 모습은 한국 정치에서 심각하게 나타난다. 모든 정치는 '협상의 법칙' 위에 존재하여야 건강해진다. 그 협상의 법칙에는 소통을 통한 양보와 타협이 필수적이다. 박노해가 〈인다라의 구슬〉 말미에서 실천을 강조했듯이, '내가 너에게 먼저 다가가는 미덕'이 전제되는 일이다. 민주주의는 '나'만 소중한 것이 아니라 '너'도 소중하며, 개개인이 빛나는 '우리'을 인식하는 가운데 만들어지는 공동체 정신이다. 따라서 국민의 자유와 행복, 번영은 그 어떤 절대적인 이념도 초월해야 한다.

만약 정치가 진보와 보수의 이념의 틀과 정권 획득의 욕망에만 갇히면 그 안에 가장 소중한 국민은 사라진다. 또한 자기 진영의 이념과 도덕적 틀에 갇히고 권력화되면, 배타성의 성을 쌓게 된다. 그러면 파시즘으로 변한다. 그리고 도덕과 정의는 권력에 종속되어 비참한 사회가 된다. 그런데 한국의 정치는 '나'만 존재하기 위하여 '너'를 무너뜨리며 '우리' 안에 '나'를 함몰시키고 있다. 정의를 내세우며 정의를 무너뜨리는 모순 안에 있다. 국민인 '우리'를 위한다는 명목으로 나의 존재만 구축하려 하는 모순을 저지르고 있다.

한국의 정치인들과 정당을 보면, 개인의 중요성을 강조하면서도 진정한 개인은 없다. 자기 당의 이익과 정책을 위해 다른 당과의 협상보다는 무조건 굴복시키려는 정치를 한다. 또한 서로 철저한 방어기제에 의한 공성(攻城)을 쌓고 비난하면서 공성전(攻城戰)을 벌이고 있다. 공격과 방어의 연속이다. 정당이나 권력이 참된 정당과 권력으로 태어나기 위해서는 당 소속 의원들이나 관련 정치인 개개인이 구슬처럼 빛나며 각자의 소리를 냄으로써, 오케스트라처럼 하모니를 이룰 수 있어야 한다. 그러나 한국 정치는 나를 세우기 위해 너를 파괴하며 나를 지키기 위해 너를 공격하는 대립 정치만 보여 준다. 여당의 선거법 처리를 위한 패스트트랙의 강행이나 야당의 지속적인 장외 투쟁이 그것을 말해 준다.

원래 민주정치는 시인이 말했듯이 개인의 자유와 평등을 중심에 두고, 자유롭게 독립된 주체 위에 세워진 '개인 있는 우리'의 정치여야 한다. 그런데 한국의 정치인에게는 개인보다는 정당만 있는 것 같다. 일단 당론으로 정해지면 정치인 개인은 그 안에 함몰되고 반대 목소리를 일체 내지 못하며(스스로 포기) 권력의 중심에 모두가 집결하여 구호를 외치는 동원군이 되어버린다. 이런 점에서 한국의 정치와 정당은 민주적이라기보다는 파시즘적이다. 한 개인의 정치적 신념과 철학은 '개인 있는 우리'가 아닌 '정당'이라는 닭장 같은 '우리' 안에 갇혀버려 NO(아니오)를 한마디도 못하게 되어 있는 구조적 모순을 안고 있다. 이는 개인의 정치적 양심을 스스로 버리는 일이기도 하다. 이렇다 보니 한국 정치는 투쟁의 연속이다. 거기에는 국민이란 가장 소중한 '우리'보다는 정당의 이익이라는 '치졸한 나'만 존재한다.

인연으로 맺어진 세상, '참된 나'를 찾기를 바라며

박노해의 시 《인다라의 구슬》은 인연의 끈으로 얽힌 세상에서 나는 어떤 존재이며 어떻게 존재해야 하는 것인가에 대한 진지한 물음이다. 첨단 문명의 정보화 사회는 소중한 개별 존재들의 연합과 융합으로써 창조된 것이다. 그래서 연합과 융합을 창조의 근원이라고 강조한다. 연합과 융합은 인간으로 말하면, 소중한 개개인인 '나'와 타자인 '너'가 연합하여 아름다운 '우리'를 만들어 가는 것이다. 그래서 연합과 융합은 창조와 발전의 원천이다. 여기엔 반드시 소통이 존재해야 한다. 그런데 수많은 사람이 '내' 안에 '너'를 두지 못하고 '우리'를 파괴하며, 때로는 나와 너를 닭장 같은 '우리' 속에 가둬 버린다. 왜 그럴까? 많은 사람이 '참된 나'를 발견하지 못한 탓이라 여겨진다.

《인다라의 구슬》을 읽으며 한국인과 한국 정치에 또 희망을 걸어본다. 박노해 시인이 바랐던 "우주 기운으로 태어나 우주만큼 소중한 생명"인 '나'가 타자인 '너'를 받아들임으로 "자유롭게 독립하여 주체적인 개인들의 연대"인 '개인 있는 우리'를 만들어, "사람만이 희망"인 세상을 만드는 주체적인 개인, 주체적인 정치로 거듭나기를 간절히 바란다. 개개인이 '참된 나'를 발견하기를 바란다.

아프고 뜨거웠던 역사 앞에서의 성찰

01. 《껍데기는 가라》, 알맹이만 남아라

혁명은 창조되는 것이 아니라 발생하는 것이다.
혁명은 참나무와 같이 자연히 자란다.
그 뿌리는 훨씬 옛날에 있다.
〈W. 필립스/노예제도 반대 협회에서의 연설〉

4·19 혁명일을 앞두고

함석헌은 그의 글 〈자아개조(自我改造)〉라는 글에서 혁명은 악과 싸우는 일이라고 하면서 이렇게 말했다.

> 모든 혁명은 어떤 의미로는 다 성공할 수 있다. 혁명을 해서 하기 전 모양에 되돌아간 일은 없으니 다 성공한 것이라 할 수 있다. 무슨 결과를 얻었다기보다 혁명하려고 한 그 일, 혁명운동 그 자체가 곧 혁명이다. 그 의미에서는 모든 혁명은 다 성공이다. 그러나 보다 깊은 의미에서는 모든 혁명은 다 실패다. 이날까지 무수한 혁명을 했어도 혁명이 끊기지 않고 이 앞으로도 혁명이 계속될 것만은 사실이니 그 일 자체가 모든 혁명은 실패임을 증명하는 것이다. 그것은 성질상 그럴 수밖에 없다. 왜 그런

가? 혁명은 악과 싸우는 일이기 때문이다.

어쩌면 혁명은 악이 존재하는 한 늘 진행형이다. 긴 전쟁과 전염병의 유행은 인간의 생활양식과 풍속까지도 변화시킨다. 그것이 할퀴고 간 뒤에 다가오는 삶의 어려움은 혁명적 변화를 요구하기도 한다.

코로나19가 쓰나미처럼 세계 경제와 인류의 삶을 휩쓸어 갔다. 그 여파로 사람들의 의식과 생활양식이 상당히 변화되었다. 실업은 증가하고 소상공인의 삶은 점점 피폐해졌다. 일자리는 줄어들고 기업은 어려워졌으며, 빈부의 격차는 심해졌다. 그런 가운데도 국민의 사회적 거리 두기와 마스크 쓰기는 다른 나라에 비해 빨리 정착되어 모범적인 국민의 모습을 보여주었다. 위기 극복에 강한 한국인의 모습을 보여 주었다.

그런 가운데 제21대 국회의원을 뽑는 4.15 총선을 성공리에 마치고 승자의 축배와 패자의 혼돈이 겹쳤었다. 코로나19가 창궐하는 가운데 치러진 제21대 국회의원 선거인 4.15 총선에서도 국민은 성숙하고 침착한 모습을 보여 주었다. 참여율 20%의 사전투표도 성공리에 끝났고, 선거 당일도 모두 침착하게 사회적 거리 두기를 하면서 성공적으로 투표를 마쳤다. 우려와는 달리 66.2%라는 다소 높은 투표율로 국민의 주권 의식을 잘 보여 주었다.

제21대 국회의원을 뽑는 4.15 총선의 결과는 더불어민주당의 압승으로 300석 중 180석을 차지하는 거대 정당을 탄생시켰다. 마음만 먹으면 무엇이든 해낼 수 있었다. 그래서 민주주의를 마비시킬 수 있는 위험도 있었다. 그러나 압승한 더불어민주당은 박빙으로 당선된 자가 근 30%대에 이르는 것도 잊지 말아야 했다. 또한 패배한 야당(국민의 힘)은 국민의 준엄한 명령을 인식하고 민주주의를 지키기 위해 뼈를 깎는 성찰을 해야 했다. 그러나 그들은 국민의 예상과는 달랐다. 더불어민주당은 예상한 바대로 입법 독주를 감행했으며 국민의 힘은 내부 단합도 채 이루지 못하고 우왕좌왕하면서 제 갈 길을 찾지 못했다. 양당 모두 혁명적 변화가 필요한 시점에 기득권 유지에만 집중했다. 이를 지켜본 국민은 제22대 국회의원 선거에서 변화를 보여줄 것으로 기대했다. 하지만 윤석열 정부에 실망한 국민은 더불어민주당에 더 강한 힘을 보태 주었다. 혁명적 변화를 이루지 못한 국민의 힘은 참패를 겪고도 허우적대고 있다.

지금 한국 정치는 혁명적 변화를 요구하고 있다. 그 혁명적 변화에는 자기 살을 까는 자기혁신의 작업이 요구된다. 그것은 함석헌의 말처럼 악과 끊임없이 싸우는 길이다. 우선은 자기 자신의 내부에 간직한 악과 싸우는 길이며 나아가 외부의 악과 싸우는 길이다. 그러나 현실 정치에서 한국의 두 정당은 악과의 싸움보다는 기득권 유지에만 몰입하고 있다. 기대했던 혁명은 기미도 보이지 않는다. 따라서 정치적 악은 난무하고 국민은 혼란스럽다.

4·19 혁명은 3·1운동과 함께 세계사에서도 유래를 찾기 힘든 민족자주와 민주주의와 인권을 향한 우리 민족의 순수한 혁명정신의 발현이었다. 그 혁명정신은 바로 악과의 투쟁이란 대의명분을 가지고 있다. 4·19 혁명일을 앞두고 숭고한 혁명정신을 생각했다. 그리고 지금이야말로 온 국민과 위정자들이 4·19 혁명정신을 깊이 가슴에 되새겨야 할 시점이라는 생각했다. 그런 숭고한 혁명정신을 생각하면서 가슴 찡하게 떠오르는 시가 있었다. 신동엽의 《껍데기는 가라》였다.

이제 정말 《껍데기는 가라》

껍데기는 가라.

사월도 알맹이만 남고
껍데기는 가라.

껍데기는 가라.
동학년(東學年) 곰나루의, 그 아우성만 살고
껍데기는 가라.

그리하여, 다시
껍데기는 가라.
이곳에선, 두 가슴과 그곳까지 내논
아사달 아사녀가
중립의 초례청 앞에 서서
부끄럼 빛내며
맞절할지니

껍데기는 가라.
한라에서 백두까지
향그러운 흙가슴만 남고
그, 모오든 쇠붙이는 가라.

-신동엽[101] 《껍데기는 가라》 전문-

---

101) 신동엽(申東曄, 1930년 8월 18일~1969년 4월 7일)은 충청남도 부여 출생으로 호는 석림(石林)이다. 1959년 조선일보 신춘문예에 《이야기하는 쟁기꾼의 대지》가 당선되면서 본격적인 작품 활동을 시작하였다. 그의 인생은 가난과 질병으로 얼룩져 있었다. 1960년 《학생혁명시집》을 집

이 시는 당시『52인 시집』(신구문화사, 1967)에 실려 널리 알려졌다. 모든 문학 작품은 '그 시대성을 반영한다.'는 알베르 카뮈의 말처럼 이 작품은 당시의 아픔과 소망을 반영하고 있다. 4·19 혁명의 불꽃은 5·16 군사정변[102]에 의해 꺼지고 민주주의에 대한 열망은 아득한 기억으로 잠재워지고, 진리와 인간다움보다는 권력과 통제의 길로 들어서고 분단은 고착되어 통일의 길은 묘연해지고 있었다. 이때 시인은 세상의 어지러움이 모두 껍데기에 천착하기 때문이라고 인식하고 모든《껍데기는 가라》고 외쳤다.

시인은 시의 연마다《껍데기는 가라》고 반복하여 강조한다. 시인이 그토록 가라고 외친 '껍데기'는 무엇일까? '껍데기'는 '알맹이'에 배치되는 것으로 시에선 '쇠붙이'란 용어로 함축된 폭력이다. 그것은 권력, 허위, 가식, 외세, 반민주, 반평화, 가짜, 전쟁, 무기, 등이며 특히 민주를 가장한 독재, 국민을 위하고 나라의 발전을 위한다는 정권의 권력욕, 질서를 가장한 자유의 짓밟음 등이라고 할 수 있을 것이다.

껍데기가 있으면 알맹이가 있다. '알맹이'는 시인이 갈망하는 대상이다. 시에 표현된 직접적인 알맹이는 4월의 알맹이, 동학년 곰나루의 아우성, 중립의 초례정 앞에 서서 맞절하는 아사달 아사녀, 향그러운 흙 가슴 등이다. 그것은 내면에 품은 진정한 민주주의, 평화와 자유, 외세 없는 자주, 전쟁 없는 통일 등 순수한 정신, 진실한 세상, 본질적인 것, 토속적인 것 등이라 할

필하며 4·19 혁명에 온몸으로 뛰어들었다. 그래서 신동엽을 가리켜 '4·19 시인'으로 평가하는 문인들이 많다. 1964년 건국대 대학원 국문과를 졸업했다. 1963년 시집《아사녀》를 출간하고 1967년 장편서사시《금강》을 발표했다. 1969년 4월 7일 간암이 악화되어 40세의 젊은 나이에 사망했다. 작품집으로『아사녀』『꽃같이 그대 쓰러진』『누가하늘을보았다하는가: 신동엽詩選集』『금강』『껍데기는 가라: 신 동엽 시선』등이 있다.

102) 5·16이란 말은 5·16 혁명, 5·16 쿠데타, 5·16 군사정변 등 용어가 다양하며 역사적 평가에 대한 진보와 보수진영 간의 입장 차이가 크다. 따라서 여기서는 '5·16 군사정변'이라는 용어로 통일한다.

수 있다. 시인이 말하는 '껍데기'와 '알맹이'에는 시대적 아픔과 미래의 소망이 담겨 있다.

시인은 시의 시작부터 "껍데기는 가라. 4월도 알맹이만 남고 껍데기는 가라."고 외친다. 시인은 왜 시의 시작을 4월의 알맹이로부터 출발했을까? 여기에 참된 민주주의에 대한 시인의 간절한 소망이 집약되어 있다. 4월의 알맹이는 4·19 혁명정신이다. 4·19 혁명정신은 민중들의 민권 수호와 외세 배격 정신이며 자주 통일의 정신이다. 그러나 그 4월의 알맹이는 씨앗으로 발아되어 큰 나무로 성장하지 못한 채 5·16 군사정변에 의해 다시 혼돈 속으로 빠져들었다.

2연은 1연을 뒷받침한다. "동학년(東學年) 곰나루의, 그 아우성만 살고"는 동학혁명 때 우금치 전투의 슬픈 피가 흘러내려 물든 곰나루의 절규이다. 동학혁명은 1894년에 일어난 반봉건, 반외세, 반부패의 민족, 민권 중심의 민중봉기이다. 그 민중의 민권 정신이 곧 알맹이다. 그 동학혁명의 정신이 4·19혁명 정신으로 이어졌다고 본다. 백낙청도 이 알맹이에 대해 "4·19에서 진짜 알맹이에 해당하는 것은 민중들이 외세를 배격하고 민중의 해방을 위해서 심지어 무기까지 들고 일어섰던 동학년의 곰나루의 그 아우성, 이것이 4·19에서 우리가 진정으로 살려야 할 알맹이"[103]라고 말한다.

3연과 4연은 시인이 바라던 세상을 드러낸다. "그리하여, 다시 껍데기는 가라."고 했을 때 그 껍데기는 분단의 원흉인 외세와 이념 대립적인 분단 체제일 것이다. 시에서 '이곳'은 한반도를 '두 가슴'은 허위의식과 껍데기에 가려진 정치와 남북분단을, '그곳까지 내 논'은 사람의 가장 은밀하고 중요한 부위를 드러내 놓은 상태로 모든 부끄러움과 가식을 벗어던진 순수한 마음

103) 장석주 『한국문학 탐험3』 시공사, 2000.

그대로 알맹이만 남아 있는 것을 강조한 것이다. 초례청은 각기 다른 남녀가 혼례를 치르므로 하나가 되어 서로를 존중하며 새로운 가정을 이루는 출발점이다. 그래서 '중립의 초례청'은 정쟁과 이념과 체제를 초월한 순수한 민족 화합과 통일을 의미할 것이다. 모든 껍데기를 벗어던진 원래 순수했던 '아사달과 아사녀'는 신라의 무영탑에 얽힌 이야기의 주인공이며 순수한 우리 민족을 상징하는 것이라 여겨진다.

모든 허위의식과 거짓을 버리고 진실 앞에 당당히 설 때, 겉으로는 초라하게 보일지언정 매우 빛나게 된다. 아사달은 백제 석공으로 사랑하는 아내 아사녀를 두고 신라로 떠나며 꼭 돌아오리라 맹세한 남자이다. 아사녀는 돌아오지 않는 아사달을 애타게 그리다 연못에 빠져 죽은 사랑의 화신이다. 그러나 여기서는 "중립의 초례청 앞에 서서/부끄럼 빛내며/맞절"하며 혼례를 치르는 주인공이다. '부끄럼 빛내며/맞절'하는 그들은 발가벗어 부끄러운 상태이지만 너무도 떳떳한 상태이기에 빛나는 몸이다. 시인은 여기서 정치인은 부끄러움과 허울을 벗고 마주하여 화합의 길로 가기를 바라며, 남북한 역시 이념과 체제를 버리고 순수한 민족통일의 길을 걷기를 바라는 본질적 소망을 담았다고 여겨진다.

마지막 연의 "한라에서 백두까지"는 통일된 한반도 전체를, '향그러운 흙가슴'은 부정한 외세나 부당한 정권이 없는 순수함만 남은 한반도 전체(우리 민족)를 '그, 모오든 쇠붙이'는 평화와 안정을 깨트리는 부정한 정권과 외세의 총체적인 폭력인 껍데기일 것이다. 그래서 '한라에서 백두까지/ 향그러운 흙가슴만 남고/그, 모오든 쇠붙이는 가라.'고 했을 때 안정된 국민의 삶과 통일된 조국의 순수한 민족, 민주의 삶을 위하여 폭력적인 모든 부당한 권력은 사라져야 한다는 것이다.

이 시는 60년대의 한국 상황에서 쓰였지만, 늘 현재 진행형으로 현실을 응시하게 하면서 올곧은 내일을 그려보게 한다. 해방 후 지금까지 한국은 정치적 대립과 권력의 허위의식인 껍데기에 의해 국민과 민족의 순수한 소망이 유린당한 적이 많았다. 어떤 의미에서 보면 정치는 항상 폭력을 수반한다. 정치의 외연엔 항상 권력이 있으며 권력은 타인을 지배하고 계속 집권하려는 야만을 수반하기 때문이다. 그래서 그들은 정권에 반하는 세력은 개인이든 집단이건 정의란 이름으로 억압하려 든다. 그 과정에서 직접적이든 간접적이든 폭력은 발생하게 된다.

역사적으로 보면 모든 사건에는 인과관계가 있다. 문재인 정부도 박근혜 최순실의 국정농단이란 원인에 의한 촛불정신의 기초 위에 섰다. 촛불정신은 3·1 만세운동의 정신과 4·19 혁명정신의 연장으로 해석한다. 문재인 정부도 촛불정신이란 숭고한 국민의 명령을 받들겠다고 장담하였다. 그래서 문재인 정부가 들어설 때 유독 3·1 만세운동의 정신과 4·19 혁명정신을 강조한 것이 강렬한 국민(민중)의 여망을 실현하려 한다는 의지로 들렸다. 그러나 지금은 그 촛불정신이 어디로 갔는지 궁금하다. 문재인 정부는 정권욕이란 껍데기로 인해 점차 촛불정신을 훼손해 왔음을 부정할 수 없기 때문이다.

퇴색되지 않는 혁명정신의 계승을 위하여

역사상 수많은 혁명이 그랬듯이 시간이 지나면서 혁명의 정신과 본질은 사라지고 껍데기인 정권욕에 의해 혁명의 본질은 왜곡되고 혁명은 미완의 상태에서 허우적거리게 된다. 동학혁명을 보면 구한말 열강이 침탈해 올 때 조선은 분열과 혼란이 극에 달하였고 조정은 무능하기 이를 데 없었다. 동학혁명은 일본이 조선을 침탈할 것을 분명하게 알고 그들을 물리치고자 하는 간절한 소망과 부정부패의 청산을 통한 평등하고 인간다운 민중의 삶을 꿈꾼 혁명이었다. 그러나 권력에 눈이 먼 껍데기 조정은 외세를 끌어들여 그들과 합세하여 그 소망을 처참하게 짓밟아 버렸다. 껍데기가 알맹이를 짓밟은 것이다.

우리 역사상 가장 강렬했던 민중운동인 3·1 만세운동은 세계를 놀라게 하였고 민족이 하나로 뭉쳐 민족의 자주독립 의지를 드러낸 쾌거였다. 그리고 독립의 가능성을 믿은 민족 지도자들은 임시정부를 출범시켰다. 그러나 곳곳에서 출범한 임시정부는 각기 다른 이념과 독립 투쟁 방식으로 분열과 혼란을 겪었다. 다행히 상해임시정부로 통합되었지만, 분열은 계속되었고, 일제의 교묘한 폭압은 더해 갔다. 그래서 수많은 지식인과 민중들이 좌절하고 자포자기 상태에 빠졌고 시간이 흐를수록 민족 지도자들은 3·1만세운동 정신은 뒤로하고 이념과 권력, 방법적 노선에 집착하였다. 그것이 외세에 의한 해방과 남북의 이념적 분단 요인을 가져온 원인이기도 하였다. 3·1 만세운동의 정신 그 알맹이는 침전되고 권력과 노선이란 껍데기만 춤춘 결과였다.

분단은 6·25 전쟁이란 처참한 희생을 치르게 하였고 3·15 부정선거를 기점으로 폭발한 4·19 혁명은 부정부패의 척결과 외세 배격을 통한 진정한 민주주의와 자유를 향한 거대한 민중 항거였다. 그러나 그 결과로 탄생한 정권은 신구 세력 간의 갈등과 다툼으로 무능했고 혼란이 계속되어 5·16 군사정변을 초래했다.

여기서 우리는 박정희의 5·16 군사정변 세력이 불과 3,000명도 안 되는 병력으로 권력을 장악하였다는 점이 궁금하게 여길 필요가 있다. 군부가 들고 일어나자, 당시 국정통솔권이 있던 내각 수반인 장면은 수녀원에 숨어버렸고, 윤보선 대통령과 장도영 장군 등 주요 인사들은 박정희의 군부 봉기의 음모를 눈치챘으나 아무런 조치도 취하지 않았다고 한다. 특히 윤보선은 1961년 5월 17일 아침 11시 주한 유엔군 사령관 매그루더와 주한 미국 대리대사 마셜 그린(59년~61년)이 자신을 찾아왔을 때, 그들에게 '국민의 현 정부에 대한 불만과 환멸은 광범위하게 퍼졌으며 국민은 더 이상 장면 내각의 약속을 믿지 않았다. 헌법은 고통을 충분히 줄이지 못했고, 약속한 실업 문제는 해결하지 못했다.'고 하면서 5·16 군사정변을 수동적으로 지지하는 것 같았으며, '5·16 군사정변으로 장면 내각이 무너졌을 때 만세를 부른 사람도 많았다'는 증언도 있었다고 한다.[104] 이는 당시 정국이 얼마나 엉망이었는가를 말해 준다.

박정희 5·16 군사정변 세력도 마찬가지이다. 그들의 말대로 민주주의와 국권을 지키고 국가의 중흥 발전을 위한다고 하였지만, 뒷날 3선 개헌과 유신 헌법을 통한 1인 영구 집권을 모색하면서 국민의 자유와 권리를 탄압한 것은 역시 민주 수호와 국민의 삶이란 알맹이보다는 껍데기인 권력욕에 빠져 있었기 때문이다. 박정희 정권의 지지자들은 혁명론을 부르짖지만, 비판자들이 쿠데타와 독재 세력으로 정통성의 시비를 거는 것은 바로 그 때문일 것이다.

모든 혁명이 퇴색되는 것은 관습적 혁명론과 낭만적 혁명론에 빠지기 때문이며 혁명의 본질에 대한 성찰이 없기 때문이다. 관습적 혁명론은 단시간에 구체제를 척결하고 신체제로의 전환을 바라는 인식으로 엄청난 희생과 반발을 초래한다. 낭만적 혁명론은 혁명의 신체제에 대한 비전과 상상이 구체적이지 못한 상태에서 혁명성만 내세우며 새로움에 기대만 거는 태

104) 박태균〈윤보선, 꺾이지 않는 그러나 시류에 흔들리는 야당의 지도자〉『한국사 인물 열전3』 돌베개, 2008, 375쪽~378쪽.

도이다. 이것은 선언만 강하고 실제는 부족하여 점차 그 힘을 잃어가게 된다. 3·1 만세운동 정신과 4·19 혁명정신의 계승이라고 해석되는 촛불정신을 내세운 문재인 정권 역시 시간이 흐르면서 그 관습성과 낭만성을 동시에 간직하면서 비전을 제대로 발휘하지 못하고 정권 지키기에 몰입한 나머지 혁명성은 사라지고 정쟁만 남긴 것 아닌지 궁금하다. 그래서 모든 혁명에는 혁명의 본질에 대한 진지한 성찰과 자기희생이 필요하다.

지금도 3·1 만세운동 정신, 4·19 혁명정신, 촛불정신 등 순수한 혁명정신은 미완의 상태로 침전되어 있다고 여겨진다. 그러나 그것은 또 기회가 되면 혁명정신으로 살아날 것이다. 모든 혁명정신이 그 소명을 이루어 성공하기 위해서는 충분한 시간이 필요하며, 특히 지속적인 성찰에 의한 포용과 결집이라는 통합력과 철저한 자기희생이 뒤따라야만 한다. 만약 그렇지 않으면 혁명의 본질은 사라지고 권력의 쇠붙이나 정쟁만 남게 되어 또 다른 분열을 초래하게 된다.

신동엽의 《껍데기는 가라》는 미완 되고 뒤틀어진 혁명정신의 회복을 갈구한다. 그래서 집권욕에 빠진 정권과 권력은 가고 자유와 평화, 민생과 인권의 정의롭고 평화로운 알맹이만 남을 것을 소망한다. 그 몫은 정부와 정치인의 몫만 아니라 국민의 몫이기도 하다.

제21대에 이어 제22대 국회의원 선거에서도 180석을 넘기는 압도적인 의석을 차지한 거대 정당인 더불어민주당이 정권욕이란 껍데기를 버리고 민생과 국가 발전, 진정한 민주주의의 실현을 위해 승자로서 그들이 그동안 내세운 촛불정신의 본질에 충실하길 바란다. 그들이 진정한 승자의 길을 걸으려면 혁명의 관습성과 낭만성에 빠지지 말고 승자로서의 역사적 정체성을 살리면서 관용과 포용의 정치를 하여야 한다. 지금도 산적한 국가적 위기 극복의 과제를 앞두고, 정치지도자들이 진짜 알맹이를 위해 껍데기를 버리는 용기 있는 합리적인 정치를 하길 바란다. 국민도 냉철한 가슴과 치우치지 않는 눈으로 우리의 알맹이를 지킬 수 있기를 바란다.

다시 시대를 성찰하면서 외친다. "이제 정말 《껍데기는 가라》. 그리고 그 본질만 남아라."

02. 《푸른 하늘을》, 자유를 향한 고독한 절규

혁명이라는 관념은
좌익이라는 관념과 마찬가지로 사라지지 않을 것이다.
이것도 역시 노스탈지아(nostalgia)의 표현이며,
사회가 불완전한 상태에서 빠져나오지 않고
인간에게 그것을 개혁하려는 열망이 있는 한 계속될 것이다.
〈R. 아롱〉

4월 19일 새벽에

우리가 맞는 하루하루는 모두 의미 있는 날들이며 오늘과 내일을 위해 성찰해야 하는 날들이다. 역사 속의 하루하루는 창조와 성취에 대한 찬양의 날들이기도 하지만, 자유롭고 풍요로운 세상을 만들기 위해 싸워 온 사람들의 고통과 희생의 날들이기도 하다. 우린 그런 역사 속의 하루하루에 담긴 의미를 새기고 성찰함으로써 오늘을 더욱 진지하게 살아갈 수 있으며, 더 풍요롭고 자유롭고 정의로운 내일을 창조하기 위해 노력할 수 있다. 그런 점에서 역사 속의 하루하루는 성찰과 다짐으로 받아들여야 하는 날들이기도 하다.

군부 쿠데타로 민주주의와 인권이 처참하게 짓밟힌 미얀마 사태는 남의 일이 아니다. 상황과 정도의 차이는 있지만, 과거 우리가 겪은 일을 지금 미얀마 국민이 겪고 있다. 지금 미얀마 군경은 사람 그림자만 봐도 총질을 해대며 박격포까지 동원하여 진압하는 야만을 저지르고 있다. 이런 군경의 만

행에 4월 8일 하루에도 82명이 숨졌다. 군경의 이런 만행에 미얀마 국민은 '집단학살 같았다.'며 분노하고 있다. 미얀마는 쿠데타 발발 후 4월 8일까지 최소 701명이 사망했다. 그러나 군부는 군인 살해 혐의로 시위대 19명에게 사형선고를 했다.[105] 모든 쿠데타 세력이 그렇듯이 시위대에겐 잔인하고 진압 세력에겐 관대하다.

미얀마 사태는 한 치 앞을 내다볼 수 없는 안개 속이다. 민주주의와 정의 수호라는 야만의 탈을 쓰고 민주주의와 정의를 짓밟고 있는 군부의 만행에 맞선 미얀마 국민의 민주주의와 자유를 향한 고독한 투쟁 소식에는 피의 냄새가 흥건히 배어 있다. 역사상 민주주의와 자유의 쟁취를 위한 모든 투쟁은 고독했으며 피의 냄새가 났듯이 말이다. 미얀마 군부의 만행과 국민의 투쟁은 언제까지 갈 것인가? 미얀마 국민은 고독한 싸움을 승리로 이끌 수 있을까?

민주와 자유를 쟁취하기 위해 싸운 인류의 역사를 더듬어 본다. 그 민주와 자유의 쟁취 역사엔 항상 고독한 투쟁과 피의 냄새가 배어 있다. 지금 우리가 누리는 민주와 자유, 평등과 정의, 풍요와 아름다움도 고독한 피의 냄새 위에 서 있음을 우린 잊고 사는지 모른다.

4월, 그것도 4·19 혁명일의 새벽엔 3시에 잠이 깨었다. 몸을 깨우고 책꽂이에서 누렇게 빛바랜 시집 한 권을 꺼냈다. 김수영의 『거대한 뿌리』[106]였다. 그리고 이틀 동안 자유를 파괴하는 것들에게 분노를 느끼며 투쟁하듯이 자유를 갈망한 시인의 절규를 읽었다. 그의 많은 시 중에서 특히 자유를 향한 고독한 절규를 담은 시 《푸른 하늘을》을 몇 번이고 읽었다. 대학 시절 이 시를 읽었을 때와는 다른 맛이었다. 시는 읽을 때마다 맛을 달리한다. 그것이 시의 위대함이리라.

---

105) 동아일보 2021.4.8.

106) 김수영, 『거대한 뿌리』, 민음사, 1974.

자유를 향한 고독한 절규

푸른 하늘을 제압하는
노고지리가 자유로왔다고
부러워하던
어느 시인의 말은 수정되어야 한다

자유를 위해서
비상하여 본 일이 있는
사람이면 알지
노고지리가
무엇을 보고
노래하는가를
어째서 자유에는
피의 냄새가 섞여있는가를
혁명은
왜 고독한 것인가를

혁명은
왜 고독해야 하는 것인가를

-김수영[107]의 《푸른 하늘을》 전문-

---

107) 김수영(1921~1968)은 1921년 11월 27일 서울에서 지주였던 아버지 김태욱(金泰旭)과 어머니 안형순(安亨順) 사이의 장남으로 태어났다. 비교적 유복한 집안에서 자라 유치원과 서당을 거쳐

시는 자유에 대한 예찬이 아니라 자유를 얻기 위한 투쟁과 의지를 담고 있다. 이 시는 전국이 4·19혁명의 물결로 뒤덮었던 1960년 6월 25일 쓴 것으로 알려져 있다. 시를 이해하기 위해 우리는 '4·19혁명'이라는 역사적 사건을 돌아보아야 한다.

모든 권력의 속성은 오래가면 부패하기 마련이고, 한번 잡으면 놓기 싫어한다. 해방과 함께 민주주의를 표방하며 1948년 들어선 이승만 정권은 발췌개헌, 사사오입 개헌 등 불법적인 개헌을 통해 12년간 장기 집권했다. 이승만은 그들을 찬양하는 세력에 의해 눈과 귀가 가려지고, 마음도 갇혀 버렸다. 민주주의와 자유를 바라는 국민은 그들에게 등으로 돌리기 시작했다.

1960년 3월 15일 제4대 정·부통령을 선출하는 선거가 치러졌다. 선거는 당시 집권당인 자유당에 불리했다. 이를 감지한 자유당은 전국적으로 반공개 투표, 야당 참관인 축출, 투표함 바꿔치기, 투표수 조작 등 온갖 비겁한 수법을 총동원하여 부정선거를 자행했다. 이른바 '3·15 부정선거'였다. 이

8살이 되던 해 어의동공립보통학교(현 서울효제초등학교)에 입학했다. 6학년 때 급성 장티푸스와 폐렴과 늑막염을 앓아 중학 입시에 실패하고 선린상업학교 전수과에 입학했다. 선린상업학교를 졸업하고 일본의 도쿄상과대학 예과에 입학했다. 그러나 학업을 포기하고 연극에 몰두했다. 1943년 학병 징집을 피해 귀국하여 가족들과 함께 만주 지린성으로 이주했다가 8.15 광복과 함께 귀국했다. 해방 후 연극에 관심을 접고 시를 쓰게 된다. 1945년 11월 연희전문학교 영문과에 편입했지만, 등록금 마련이 어려워 중퇴했다. 1946년부터 연극에서 문학으로 전향하여 본격적으로 시 창작을 시작하였다. 1946년 예술부락에 〈묘정(廟庭)의 노래〉를 발표하면서 등단한 후 김경린, 박인환과 함께 시집 《새로운 도시와 시민들의 합창》을 발표하여 주목을 끌었다. 6·25 전쟁 때 서울을 점령한 북한군에 의용군으로 징집되었으나 탈출했다. 하지만 인천상륙작전으로 서울을 수복하고 패잔병 추적에 나선 경찰에 체포되어 부산의 거제 포로수용소로 압송되었다. 1958년 제1회 한국시인협회상을 받았다. 김수영이 시대와 예술가, 혹은 지식인의 참여라는 문제에 본격적인 관심을 갖고 활동하게 된 것은 4·19 혁명 이후의 일이었다. 1966년 연세대 영문과에서 특강을 하게 되었다. 1968년 6월 15일 문우들과 가졌던 술자리에서 귀가하던 중 가로등이 없는 어두운 길에서 시인을 발견하지 못한 버스에 치여 숨졌다. 1959년 시집 『달나라의 장난』을 간행했다. 유고 시선집인 『거대한 뿌리』(1974)와 산문 선집 『시여, 침을 뱉어라』(1975)가 있고, 시와 산문을 모은 전 2권의 『김수영 전집』(1981, 개정판 2003)이 간행되었다.

에 전국의 학생과 국민은 분기했다.

시위의 불길은 마산에서부터 강하게 솟아올랐다. 학생과 시민들은 부정 선거를 규탄하며 격렬한 시위를 벌였고 정부는 총격과 폭력으로 진압에 나섰다. 사상자가 다수 발생하고 진압 세력은 무고한 학생과 시민들을 공산당으로 몰아 무자비하게 고문했다.

1차 마산 시위는 3월 15일 있었다. 이때 실종되었던 고등학생 김주열 군이 4월 11일 눈에 최루탄이 박힌 참혹한 시체로 발견되었다. 이에 분노한 학생과 시민들의 시위는 2차 시위로 이어졌고 전국으로 확대되었다. 4월 18일에는 고려대학교 학생 3천여 명이 "진정한 민주 이념의 쟁취를 위하여 봉화를 높이 들자!"는 선언문을 낭독하며 국회의사당까지 진출했다. 그러나 시위를 끝내고 학교로 돌아가던 학생들이 괴청년들의 습격을 받아 상당수가 큰 부상을 당했다. 괴청년들은 정권이 동원한 정치 깡패들, 일종의 홍위병들이었다.

학생과 국민은 더욱 분노하였으며 다음 날인 4월 19일 총궐기하여 '이승만 하야와 독재정권 타도'를 외치며 거리로 나왔다. 그러나 이승만 정권은 경찰의 강제 진압이 어려워지자, 비상계엄령을 선포하여 강제 진압에 나섰다. 학생과 시민들의 희생은 늘어갔다. 하지만 분노한 학생과 국민의 시위는 더 거세져 갔다. 4월 25일 이승만 정권의 만행에 분노한 서울 시내 대학 교수단 300여 명이 선언문을 채택하였고 이에 고무된 학생과 시민들은 정권의 무력 진압에 굽히지 않고 투쟁의 강도를 높혔다. 이 과정에서 총칼로 진압하던 경찰과 군인의 이탈까지 생기면서 정권의 폭주가 어려워지자, 4월 26일 이승만은 하야를 발표하였고 시위는 수그러들기 시작했다. 이승만이 하야를 발표하기 2일 전에 외무부 장관으로 임면된 허정은 과도정부의 수반이 되었다. 이러한 우리의 4·19혁명에는 피의 냄새가 진하게 흥건하게 배어 있다.

시(詩)로 돌아가 보자. 시는 총 4연으로 이루어진 자유시이다. 매우 의지적이다. 제1연에서 화자가 말하는 시간적 배경은 봄, 그것도 4월이다. 봄에는 노고지리가 푸른 하늘을 날며 즐겁게 노래한다. 노고지리는 종다리(영어: Eurasian skylark)과에 속하며 우리나라, 중국, 일본 등에서 볼 수 있는 텃새다. 종달새라고 부르기도 한다. 예로부터 많은 선비와 시인들은 봄에 노고지리를 소재로 시를 읊어 왔다. 노고지리는 겨울 추위로부터의 해방과 희망의 봄을 알리는 새로 규정지어진다.

시인은 제1연에서 "푸른 하늘을 제압하는/노고지리가 자유로왔다고/부러워하던/어느 시인의 말은 수정되어야 한다"는 선언으로 출발한다. 봄에 노고지리는 푸른 하늘을 날며 자유롭게 노래한다. 앞에서 말했듯이 많은 시인과 선비들은 그런 노고지리의 자유로움을 부러워하며 찬양했다. 시에서 "푸른 하늘"은 노고지리나 인간이 갈망하는 자유의 공간이다. 그러나 그 자유공간을 얻고 누리는 과정은 다르다.

위의 구절에서 "제압하는"과 "부러워하던"을 살펴보자. 제압한다는 것은 모든 것을 자기 것처럼 마음껏 즐기고 활용한다는 것이다. 타자가 개입할 여지가 없으며 타자의 개입을 의식하지도 않는다. 그런 점에서 노고지리의 자유공간인 푸른 하늘은 노고지리의 전유물로서의 공간이다. 그러니 인간이 볼 때 얼마나 부러운가? 과거의 많은 시인은 그것을 부러워했다. 그러나 시인이 부러워한 것은 차원이 다르다. 우리가 제압하며 노래해야 하는 자유공간(푸른 하늘)은 고독한 투쟁을 통해 쟁취해야 하는 공간이기 때문이다.

위의 구절에서 "부러워하던 어느 시인"은 누구일까? 그는 아마 자유를 노래했던 프랑스의 시인 엘뤼아르를 지칭하는지도 모른다.[108] 엘뤼아르는 그

---

108) 오생근 엮음, 옮김, 해설 『시의 힘으로 나는 다시 시작한다』 문학판, 2020. 엘뤼아르(Paul Eluard, 1895~1952)는 프랑스의 시인이다. 본명은 Eugéne Grindel. 제1차 대전에 참전하여 싸우면서 처

의 시 〈자유〉에서 그가 얻은 자유를 찬양했다. 그에게 자유 그 자체는 기쁨이었다. 그러나 여기서 굳이 어느 시인의 자유를 엘뤼아르의 자유로 한정할 필요는 없다. 역사상 수많은 시인과 선비는 노고지리와 같은 자유를 부러워하며 노래했다. 그러나 김수영이 말하는 자유는 엘뤼아르처럼 자유 그것 자체를 그것 자체로 노래하지 않는다. 그는 자유를 시적. 정치적 이상으로 생각하고 그것의 실현을 불가능하게 하는 모든 것들에 대해 분노하고 규탄한다.[109] 그런 점에서 김수영이 말하는 자유는 과거 시인들이 말하는 자유처럼 예찬하고 부러워하는 자유가 아니라 쟁취하는 자유, 쟁취해야 하는 자유이다.

제2연에서 시인이 말하는 자유는 더 분명해진다. 노고지리의 자유는 투쟁과 희생을 치르지 않은 봄의 도래와 함께 누리는 피상적이고 낭만성 있는 자유지만, 인간이 누리는 자유는 투쟁과 희생을 통해 쟁취하는 자유이다. 인간에게는 그런 자유만이 진정한 자유가 된다. 여기서 주목할 것은 우선 "자유를 위해서/비상하여 본 일이 있는/사람이면 알지"이다. '자유를 위해 비상하는 일'은 자유를 얻기 위한 투쟁을 의미한다. 여기서 "비상"은 노고지리의 비상이 아니다. 자유라는 목표를 얻기 위해 투쟁하는 인간의 고독한 비상이다. 그렇기에 그런 비상을 경험해 보지 않은 사람(실천해 보지 않은 사람, 투쟁해 보지 않은 사람)은 자유의 의미를 제대로 모른다. 진정한 의미의 자유는 그런 비상을 경험한 사람만이 알 수 있다는 것이다.

자유를 위해서 투쟁하여 본 사람만이 알 수 있는 것은 무엇일까? 그것은

녀 시집 《의무와 불안(1917)》을 내고 전후에 다다이즘과 쉬르리얼리즘을 제창하면서 1936년까지 적극적 추진자로 활약했다. 명랑하면서도 정열적인 시풍으로 국민적 인기를 모았다. 제2차 대전 때 레지스탕스에 가담하여 지하 출판을 지도하였으며 1942년 프랑스 공산당에 입당하였다.

109) 김현, 《자유와 꿈, 김수영의 시 세계》, 김수영 시선집 『거대한 뿌리』, 민음사, 1974, 8쪽.

바로 다음에 이어지는 네 가지이다. 여기서 "알지"라고 하는 그 '안다'는 것은 그저 단순 지식으로 아는 것이 아니다. 본질을 인식하고 그에 담겨 있는 사연을 이해하는 것이다. 그렇기에 "비상하여 본 일이 있는 사람"(투쟁하여 본 사람)과 그렇지 않은 사람과는 자유를 바라보는 시각과 자유란 본질에 대해 아는 것에 차이가 난다.

"비상하여 본 일이 있는 사람"(투쟁하여 본 사람)이 아는 첫 번째는 "노고지리가/무엇을 보고/노래하는가"이다. 노고지리가 보고 있는 푸른 하늘은 시인이 보는(보고 싶은) 그것과는 다른 것이다. 앞에서도 말했듯이 노고지리가 보는 푸른 하늘(자유공간)은 주어진 공간이다. 그러나 인간이 누려야 할 푸른 하늘(자유공간)은 투쟁으로 쟁취한 공간이다. 다시 말해서 주어진 자유 공간은 낭만적으로 보이지만 피상적 자유공간이다. 인간의 자유공간은 혁명을 통해 쟁취해야 하는 자유공간이며 그것이야말로 진정한 자유 공간이 된다. 시인은 노고지리의 자유공간이 아니라 인간의 자유공간을 원하는 것이다.

여기서 '본다'는 의미를 새겨보자. 시인에게서 '본다'는 것은 단순히 '바라봄'이나 정서적 감성이 아니다. 세상에 대한 관찰과 이해를 통한 본질 인식이며 정의의 눈으로 바라본다는 것이다. 그것은 '바로 본다'는 것이며 '바로 본다'는 것은 본질의 세계를 본다는 것이다.

"비상하여 본 일이 있는 사람"(투쟁하여 본 사람)이 아는 두 번째는 "어째서 자유에는/피의 냄새가 섞여있는가를" 아는 것이다. 노고지리가 자유롭게 제압하는 자유공간(푸른 하늘)처럼 우리가 마음껏 제압하는 자유공간을 얻기 위해서는 고독한 투쟁과 희생이 따른다는 것을 안다는 것이다. 권력은 민중의 자유 억압을 통해 영구 집권을 획책하며 그들의 정치·사회적 모든 이익을 점유하고 있다. 그들은 그것을 지키기 위해 민중이 갈망하는 자유를 짓밟고 유린한다. 그렇기에 민중은 자유를 얻고 세상을 완전한 자유 공간으로 만들기 위해 투쟁해야 한다. 그 투쟁에는 희생이 따르며 희생이 따르기에 피의 냄새가 난다. 자유의 쟁취는 그 '피'의 댓가이다. 투쟁하여 본 사람은 누구나 그것을 알 수 있다.

"비상하여 본 일이 있는 사람"(투쟁하여 본 사람)이 아는 세 번째는 "혁명은/왜 고독한 것인가를" 아는 것이다. 혁명은 자유를 향한 투쟁을 의미한다. 혁명은 성공하지 못할 때도 있다. 비록 성공했다 하더라도 금세 무너질 수 있다. 그렇기에 혁명은 불안전하다. 그리고 혁명에는 늘 희생이 따르기에 고독하다. 모두가 함께 혁명의 대열에 섰지만, 희생의 길은 외롭다. 비록 그 희생을 추모하고 기리지만 희생자가 가는 길은 외로울 뿐이다. 그렇기에 '피의 냄새가 섞여 있는' 혁명에는 고독이 필연적으로 수반되게 마련이다.

"비상하여 본 일이 있는 사람"(투쟁하여 본 사람)이 아는 네 번째는 제4연의 "혁명은/왜 고독해야 하는 것인가를"아는 것이다. 이것은 혁명의 고독성에 대한 반복을 통해 강조한 것이며, 혁명이 지닌 고독성을 당위로 받아들여야 한다는 것이다. 앞에서 혁명은 고독한 투쟁이며 피의 냄새가 나는 희생이 따르고 실패할 가능성이 크며 설령 성공했다 하더라도 금세 무너질 수 있다고 했다. 그렇기에 그 혁명은 더욱 고독해야 한다. 만약 혁명이 고독성을 가지지 않으면, 그 고독성을 당위로 받아들여 체화하지 않으면 혁명은 실패로 돌아갈 가능성이 크다. 따라서 혁명의 성공을 위해서는 혁명에 수반되는 고통과 불안, 승리의 기쁨까지 일체의 감정적 동요를 배제하고 혁명의 좌절도 감내할 수 있는 용기가 절대 필요하다. 만약 그것들에 동요되면 혁명은 실패하게 되며 좌절은 더욱 커진다. 그래서 혁명은 고독해야 하는 당위성을 지니고 있다.

이렇게 시는 자유를 쟁취하기 위한 투쟁 의지를 절규하듯 호소한다. 그 투쟁 의지에는 자유를 억압하는 외부 권력과의 투쟁만이 아니라 투쟁에 수반되는 고통과 불안, 실패에 대한 두려움, 승리의 기쁨에 이르기까지 모든 감정적 동요를 고독하게 이겨 내야 하는 내면과의 투쟁 의지도 포함된다. 그리고 혁명에 수반되는 피(희생)를 감내하는 용기와 결의가 있어야 한다.

혁명의 고독성

역사상 모든 혁명에는 고독한 피의 냄새가 난다. 혁명에는 혁명 세력과 반혁명 세력의 대립이 존재한다. 특히 혁명 세력이 민중일 때 그 피의 냄새는 더 진하다. 반혁명 세력은 항상 무력으로 진압하려 하기 때문이다. 또한, 혁명 세력 내부의 갈등과 다툼도 피로 이어질 수 있다.

로마공화정을 이룩한 브루투스(Marcus Junius Brutus B.C85~B.C42)의 혁명에도 반혁명 세력의 피가 있었다. 브루투스는 혁명의 성공을 위해 친아들까지 처형해야 하는 비참함을 겪게 된다. 현대적인 의미의 혁명(revolution)과는 다르지만, 하늘의 뜻(백성의 뜻)에 충실한 덕 있는 사람은 왕위에 오르고 하늘의 뜻을 거스르는 사람은 왕위를 잃게 된다는 역성혁명에도 피가 수반되었다.

예를 들어 역성혁명을 제창한 맹자(孟子 B.C371년경~B.C289년경)가 인정한 중국 고대의 하(夏)나라 폭군 걸왕(傑王)을 폐하고 왕위에 오른 은(殷)나라 탕왕(湯王)이나 은(殷)나라 폭군 주왕(紂王)을 폐하고 주(周)나라를 세운 무왕(武王)의 역성혁명도 피를 흘렸으며 세종이 용비어천가로 칭송한 태조 이성계의 역성혁명도 피가 낭자했다. 비록 역성혁명이 맹자가 설파한 선양혁명(禪讓革命)이라 해도 정적을 제거해야 했다.

한국현대사에서 4·19를 이어 광주 항쟁, 6월항쟁 등 민주주의와 자유의 쟁취 과정도 그랬다. 그래서 혁명에는 항상 피가 수반되며 고독하다. 특히 민중 혁명은 외로운 투쟁의 과정이다.

김수영의 시를 읽다 보면 그의 시 정신은 정서나 감정의 언어적 표현을 넘어 세계를 관찰하고 인식하는 하나의 정신 작용으로 작동하는 것을 본다. 그래서 그는 1960년대의 중요한 문제였던 민주와 자유의 쟁취를 위한 혁명에 깊은 관심을 가질 수밖에 없었던 것 같다. 그 당시 시인이 가진 시 정신의 초점은 감상이나 향수를 넘어 시대의 인식이며 불의에 대한 분노이며 자유를 쟁취하기 위한 고독한 투쟁에 있는 것 같다.

혁명정신은 지금도 진행형이다. 혁명정신은 동구권 사회주의가 무너졌을 때 하이데거(Martin Heidegger 1889~1976)가 '사회주의는 종식된 것이 아니라 침전되었을 뿐'이라 했듯이 수면 아래서 숨 쉬고 있을 뿐이다. 권력이 독선과 장기 집권을 자행하며 민중의 자유를 억압하고, 부정과 불의를 저지르는 것이 한계에 이르면 언제나 수면 위로 올라 분노할 수 있다.

미얀마 국민의 분노도 그런 혁명정신의 발휘라 할 수 있다. 그들의 분노와 고독한 투쟁이 승리할 수 있기를 기도한다. 그리고 우리의 위정자들도 민중의 잠재된 혁명정신을 존중하며 겸허할 수 있기를 바란다. 위정자와 국민 모두 김수영이 말했듯이 혁명정신은 고독하고 고독해야 한다는 것을 새삼 깨닫기를 바란다. 김수영은 지금도 이 땅의 민중들이 진정한 민주와 자유를 향한 혁명정신으로 깨어 있기를 바란다. 그 '깨어 있음'은 반혁명세력에게만 아니라 편견과 아집에서 벗어나 자기 자신에게도 엄격한 고독한 투쟁이 필요함을 깨닫는 것이기도 하다. 그때 우린 비로소 《푸른 하늘을》 자유롭게 비상할 수 있으리라.

맹자(孟子)의 혁성혁명론(易姓革命論)으로 본 혁명의 정당성

맹자는 역성혁명을 정당화했다. 역성(易姓)이란 말은 성(姓)씨를 바꾸는 것이며 혁명(革命)이란 말은 천명(天命)이 바꾸는 것이다. 고대 중국의 정치사상에 의하면 왕(군주)은 하늘이 내린 사람이다. 그래서 중국에서는 천자(天子)[110]라 한다. 천자가 인의(仁義)의 덕(德)을 갖지 못하고 잔악(殘惡)하면 하늘이 노하여 천자를 바꾼다는 것이다. 그런데 그 천심(天心=하늘의 마음)은 곧 민심(民心)에 기반을 두고 있다고 보았으니 민본사상(民本思想)의 기초를 이룬다.

그래서 중국과 우리나라의 왕도정치(王道政治)는 곧 민본사상에 기반을 둔 민본정치를 말한다. 왕(천자)이 이 민본사상을 외면하고 백성의 삶을 곤궁하게 하고 도탄에 빠지게 하며 인의를 버리면 그 왕을 바꾸게 된다는 것이다. 그런데 역성혁명은 단순히 왕(천자)을 바꾸는 것이 아니라 그 왕조는 나라를 다스릴 자격이 없으니 왕조 자체를 바꾼다는 의미이다. 그래서 역성혁명은 성씨(왕조) 자체를 바꾸는 혁명을 말한다.

맹자는 그 예로 중국 고대의 하(夏)나라 폭군 걸왕(傑王)을 폐하고 왕위에 오른 은(殷)나라 탕왕(湯王)이나 은(殷)나라 폭군 주왕(紂王)을 폐하고 주(周)나라를 세운 무왕(武王)을 들어 그 혁명을 정당화했다. 세종은 용비어천가에서 태조 이성계가 고려를 뒤엎고 조선을 일으킨 것을 역성혁명이라 칭송했다.

역성혁명의 방법으로 평화적인 방법이 있는데 이를 선양(禪讓)이라 한다.

---

110) 고대 중국에서 천자와 제후는 구분되었다. 천자는 나라 전체를 통치하는 최고 권력자이고 왕은 천자가 일정한 땅을 나누어 주고 다스리게 한 제후를 말한다. 진시황 이후 천자는 황제라 칭하고 제후는 왕으로 칭했다.

이는 평화롭게 왕조를 다른 왕조에 이양하는 것을 말한다. 나라를 바치는 것이다. 경순왕이 왕건에게 신라를 바친 것은 선양에 해당한다. 반면에 왕조가 인의의 덕을 잃고 포악무도하여 백성의 삶을 피폐하게 만들어 하늘의 뜻을 저버리면 무력으로 그 왕조를 치고 새로운 왕조를 여는 것을 방벌(放伐)이라 했다. 맹자가 말한 탕왕이나 주왕의 혁명은 방벌(放伐)에 의한 역성혁명이다.

역성혁명과 반정은 다르다. 반정은 조선시대에 연산군을 몰아내고 왕위에 오른 중종반정(中宗反正)이나 광해군을 몰아내고 왕위에 오른 인조반정(仁祖反正)같이 왕조 자체는 바꾸지 않고 신하들이 공모하여 그 성씨의 왕족 중에서 왕을 선택하여 새로운 왕으로 바꾸는 것을 말한다. 이것 또한 역성혁명사상에 기반을 두고 정당화되었다. 왜냐하면 왕이 인의의 덕을 잃고 백성의 삶을 피폐하게 하여 하늘의 명에 따라 신하들이 백성들의 지지를 받아 왕을 바꾼 것으로 해석했기 때문이다. 그러나 세조가 단종을 폐하고 왕위에 오른 것과는 다르다. 이는 선양도 혁명도 아닌 쿠데타 즉 무력에 의한 왕위 찬탈이었다.

맹자가 말한 역성혁명에 관한 내용의 일부를 소개한다.[111]

> 제나라의 선왕(宣王)이 맹자에게 물었다. "과인이 듣기로는, '탕(湯)은 걸(桀)을 몰아내고, 무왕은 주(紂)를 쳐내었다'고 하던데, 이것이 사실입니까?" 맹자가 답했다. "전해오는 기록(옛 책)에 그런 이야기가 있습니다.[112]"

111) 성백효 저『맹자 집주 人』,『맹자집주 天』한국인문고전연구소, 2014.

112) 齊宣王(제선왕) 問曰(문왈) 湯(탕) 放桀(방벌) 武王(무왕) 伐紂(벌주) 有諸(유제) 孟子對曰(맹자대

왕이 말했다. “신하 된 자가 그 임금을 시해한 것이 도리에 맞는 일이겠습니까?” 맹자가 대답했다. “인(仁)을 해치는 자를 ‘해롭다(적賊)’라 말하고, 의(義)를 해치는 자를 ‘잔인하다(잔殘)’라 하니, 잔인하고 해로운 사람은 ‘일개 보통사람(一夫)’에 불과합니다. 무왕께서 ‘일개 보통사람에 불과한 주(紂)를 죽였다’는 말은 들었어도, ‘임금을 시해(弑君)하였다’는 말은 아직 들어 본 적이 없었습니다.[113]”

제선왕이 경에 대해 물었다. 맹자가 대답했다. 왕은 어느 경(卿)을 물으시는 것입니까? 왕이 답하길, 경이 다릅니까? 맹자가 답했다. 다릅니다. 귀척(貴戚)의 경이 있고, 이성(異姓)의 경이 있습니다. 왕이 말했다. 귀척의 경에 대해 묻기를 청합니다. 맹자가 답했다. 군주가 대과(大過)가 있으면 간(諫)하고 이를 반복하여도 듣지 않으면 임금의 자리를 바꿉니다. 왕의 얼굴색이 발연히 변하자, 맹자가 말하길, 왕께서는 이상하게 생각하지 마십시오. 왕께서 신에게 묻기에 신이 감히 바른 대답을 하지 않을 수 없었습니다. 왕의 얼굴색이 바로 된 후에, 이성의 경에 대해 물었다. 맹자가 답하길, 군주에게 잘못이 있으면 간하데 반복하여 간하여도 듣지 않으면 떠나간다.[114]

왈) 於傳(어전) 有之(유지)” 《맹자》〈양혜왕장구 하(下)8-1〉

113) 曰(왈) 臣殺其君(신살기군) 可乎(가호) 《맹자》〈양혜왕장구 하(下)8-2〉 曰(왈) 賊仁者(적인자) 謂之賊(위지적) 賊義者(적의자) 謂之殘(위지잔) 殘賊之人(잔적지인) 謂之一夫(위지일부) 聞誅一夫紂矣(문주일부주의) 未聞弑君也(미문살군야) 《맹자》〈양혜왕장구 하(下)8-3〉

114) 齊宣王(제선왕) 問卿(문경) 孟子曰 王何卿之問也(왕가경지문야) 王曰(왕왈) 卿不同乎(경부동호) 曰(왈) 不同(부동) 有貴戚之卿(유귀척지경) 有異姓之卿(유이상지경) 王曰(왕왈) 請問貴戚之卿(청

위의 이야기는 귀척의 경이 역성을 하는 이유에 대해 말한 것이다. 이에 대하여 맹자 집주에 이렇게 해석했다.

> 대과는 크게 나라를 망치는 것을 말한다. 역위는 군주의 직위를 바꾸어 친척 가운데 어진 이로 다시 군주의 자리에 세우는 것이다. 이것은 군주와 더불어 어버이의 은혜(親親)가 있으니 큰 잘못에 대해 간하여도, 이것을 듣지 않는다고 떠나지 못하는 의리는 종묘를 중히 여기기 때문에, 차마 앉아서 그 나라가 망하는 것을 보지 못하기 때문이다. 따라서 부득이 이에 이른 것이다.[115]

여기서 귀척은 군주의 인척을 말한다. 따라서 귀척의 경이란 군주와 조상을 같이 하는 동성의 경이다. 이런 동성의 경은 부모가 세운 나라를 망하도록 앉아서 볼 수 없기 때문에 군주가 큰 잘 못을 행하고 이를 반복하여 간하여도 듣지 않을 때는 임금을 바꾼다는 것이다.

이성의 경이 간하는 것을 듣지 않을 때 그 군주를 떠나가는 이유에 대한 맹자 집주에 이렇게 설명하고 있다.

문귀척지경) 曰(왈) 君有大過則諫反覆之而不聽(군유대과즉간반복지이불청) 則易位(즉역위) (《맹자》〈만장장구 하(下)9-1〉) 王勃然變乎色(왕발연변호색)(《맹자》〈만장장구 하(下)9-2〉) 曰王勿異也(왈왕물이야) 王問臣(왕문왈) 臣不敢不以正對(신불감불이정대) 〈만장장구 하(下)9-3〉) 王色定然後(왕색정연후) 請問異姓之卿(청문이성지경) 曰(왈) 君有過則諫反覆之而不聽(군유과즉간반복지이불청) 則去(즉거)(《맹자》〈만장장구 하(下)9-4〉

115) 大過(대과) 謂足以亡其國者(위족이망기국자) 易位(역위) 易君之位(역군지위) 更立(갱립) 親戚之賢者(친척지현자) 蓋與君有親親之恩(개여군유친친지은) 無可去之義(무가거지의) 以宗廟為重(이종묘위중) 不忍坐視其亡(불인좌시기망)故不得以而至於此也(고부득이이자어차야)(《맹자》〈만장장구하(下)9-1〉

> 임금과 신하는 의리로 합하였다. 의리가 같지 않으면 떠나간다. 이 장은 다음의 것을 말한다. 대신의 의리는 친소에 따라 다르다. 바른 도리를 지키고 권도를 행하는 것은 각자 차이가 있다. 귀척의 경은 작은 과실에 간하지 않는 것은 아니나, 단 반드시 큰 잘못을 간하여도 듣지 않을 때 비로소 군주의 자리를 바꿀 수 있다. 이성의 경은 큰 과실에 대해 간하지 않는 것은 아니다. 비록 작은 잘못을 간하여도 이미 듣지 않을 때 떠나갈 수 있다.[116]

맹자가 귀척의 경과 이성의 경의 차이를 설명하고 있다. 즉 귀척의 경은 군주가 큰 잘못에 대해 간하여도 듣지 않을 때 자리를 폐위시킬 수 있다고 설명한다. 대신 이성의 경은 작은 잘못에 대해 간하여도 이미 듣지 않을 때 떠나갈 수 있기 때문에 큰 잘못을 간할 때까지 꼭 있을 필요가 없다는 것이다.

맹자의 이런 귀척의 경과 이성의 경의 역할 차이는 군주제의 국가에서 귀척의 경은 군주의 후손이다. 국가가 망하는 것은 그 조상의 업적이 망하는 것이므로 귀척의 경은 조상이 세운 국가가 망하지 않도록 군주를 바꾸는 것이다. 그러나 이성의 신하는 군주가 큰 잘못을 하였을 때 간하여도 듣지 않으면 떠나가면 그만이다. 왜냐하면 군주와 신하는 의리로서 맺어졌기 때문에 의리에 맞지 않으면 언제라도 떠나갈 수 있기 때문이다.

맹자는 이렇게 설명하며 군주가 덕이 사라지고 의리를 망각하여 백성을 함부로 대하므로 천리(天理-하늘의 이치, 백성을 덕과 의리로 대하여야 함)

---

116) 君臣義合(군신합의) 不合則去(불합즉거) 此章(차장) 言大臣之義(언대신지의) 親疎不同(친소부동) 守經行權(수경행권) 各有其分(각유기분) 貴戚之卿(귀척지경) 小過非不諫也(소과비불간야) 但必大過而不聽(단필대과이불청) 乃可易位(내가역위) 異姓之卿(이성지경) 大過非不諫也(대과비불청야) 雖小過而不聽已(수소과이불청이) 可去矣(가거의)(《맹자》〈만장장구 하(下)9-4〉

를 거역하였을 때 역성혁명이 일어날 수밖에 없으며 그것은 곧 하늘의 뜻이라고 하였다. 맹자는 이렇게 역성혁명을 정당화하였다. 오늘날도 지도자가 국민에 대한 덕을 실천하지 않고 의리를 지키지 않으면 국민은 그 지도자를 바꾸는 역성혁명은 일어날 수밖에 없으며 그것은 정당한 것이다.

03. 《민간인》, 지금도 알 수 없는 그 깊이

치료는 세월이 해결할 문제이지만
때로는 기회가 해결할 문제이기도 하다.
〈히포크라테스〉

알 수 없는 그들의 속내

새해 벽두부터 내린 눈은 세상 덮기를 반복했다. 지저분한 것도 덮고 깨끗한 것도 덮고 자라나는 것도 덮고 죽은 것도 덮었다. 진실도 덮고 거짓도 덮었다. 눈이 덮어버린 세상은 잠시 멈추었다. 그리고 세상을 침묵하게 했다. 눈은 침묵의 언어로 무수한 말을 하고 있었다. 세상이 평화로웠다. 그러나 해가 뜨면서 눈에 가려졌던 것들이 원래의 모습을 드러냈다.

자연은 그렇게 눈이 세상을 덮고 해가 세상을 드러나게 하는 것처럼 숨김과 드러냄의 은폐 게임을 반복하면서 세상을 아름답게 하는데, 인간사에서는 가려진 것들을 드러내기가 쉽지 않다. 드러났다고 해도 뭐가 진실인지 분간하기 어렵다. 그리고 은폐된 진실을 찾아 세상에 밝히기까지는 수많은 세월이 흘러야 하고 지독한 노력이 필요하기도 하다. 어떨 때는 그 진실이 영원히 묻히기도 한다. 사람의 마음과 행위의 깊이를 헤아리기 어려운 까닭이다.

2020년 9월 서해상에서 근무 중이던 공무원이 실종되어 북한군에 의한 피살된 사건에 대한 진실은 아직 밝혀지지도 않았고 정부에서는 밝히고자 하는 노력도 부족한 것 같았다. 그런 가운데 유족들은 가슴이 타들어 갔다. 잘못하면 그 후손은 월북자 자손으로 남을 수도 있다. 그들을 진실의 문으로 안내할 햇빛은 언제 비칠까?

전쟁 광기에 독한 말만 쏟아 내던 김정은은 문 대통령과의 정상회담, 미국 트럼프 대통령과의 정상회담으로 순한 양으로 변하는가 했더니 하노이 회담 결렬 이후 다시 늑대의 기질로 되돌아갔다. 2019년 6월에는 우리 돈을 들인 개성공단에 있는 남북공동연락사무소를 폭탄으로 폭파하였다. 통일부는 남북공동연락사무소 폭파 피해액을 102억으로 추산하였지만, 우리 정부는 딱히 뭐라 하지도 못했다.

북한은 노동당 제8차 대회에서 김정은 국무위원장은 "핵보유국 지위로 적대 세력 위협이 종식될 때까지 군사적 힘을 지속적으로 강화해 나갈 것"이며 "핵 선제 보복 타격 능력을 고도화하기 위해 1만 5000km 사정권 표적에 대한 명중률을 높이겠다."면서 "핵잠수함-극초음속 미사일 개발 중"이라고 밝혔다. 이는 핵무기 개발과 군사력 증강에 모든 역량을 집중하겠다는 의지의 표현이었다. 남북이 평화를 약속하며 군사분계선에 있는 초소까지 철거한 것은 한 갓 "평화의 쑈"였을까? 남북대화와 핵 없는 한반도를 천명한 것이 엊그제 같은데 그 말은 이제 박물관에나 보관해야 할 것 같다. 그런데 문재인 대통령은 신년사에서 핵 없는 한반도를 말하면서 평화와 화합, 대화를 위해 노력을 다하겠다고 했다. 기자회견에서는 "김정은 위원장의 비핵화 의지를 굳게 믿는다."고 했다.

우린 북한 김정은뿐 아니라 문재인 대통령의 속내도 알 수가 없다. 분단 70년을 이어온 지금까지 북한 정권의 속내는 더욱 알 수 없다. 제대로 알려고 하지도 않았던 것 같다. 우리가 진정으로 북한을 대화의 상대로 생각하고 통일된 나라에서 함께 살아가야 할 상대로 본다면 그들에 대하여 깊이 그리고 정확하게 알아야 할 것 아닐까?

우리 정부나 김정은의 속내나 그 깊이를 민간인들은 정말 알 길이 없다. 김종삼의 시《민간인(民間人)》을 읽으며 그 알 수 없이 깊은 아픔을 생각해 본다.

《민간인》, 알 수 없는 그 깊이

1947년 봄
심야(深夜)
황해도 해주(海州)의 바다
이남(以南)과 이북(以北)의 경계선 용당포(浦)

사공은 조심조심 노를 저어가고 있었다
울음을 터트린 영아(嬰兒)를 삼킨 곳
스무 몇 해나 지나서도 누구나 그 수심(水深)을 모른다.

-김종삼《민간인(民間人)》전문-

김종삼[117] 시인이 1971년[현대시학]에서 작품상을 받게 한 시이다. 분단

117) 김종삼(1921-1984)은 황해도 은율 출생이다. 평양 광성보통학교를 졸업하고 1934년 다니던 중학교를 중퇴하고 일본으로 가 일본 도요시마상업학교를 졸업했다. 광복 후 유치진(柳致眞)을 개

이후 70년이 넘는 세월이 흘렀다. 그동안 얼마나 많은 사건이 있었고, 얼마나 많은 사람이 가슴을 조였는가? 이 시는 분단과 6·25 전쟁의 비극을 몸소 겪은 사람들의 이야기이다. 그러나 전쟁의 포화와 같은 비극적 현상은 전혀 겉으로 드러나지 않는다. 제목의 '민간인'이란 말은 공무원이나 군인 등과 차별화되는 그저 평범한 보통 사람이다. 그런데 시에서는 그 보통 사람인 민간인에게 일어난 일이 민족의 아픔이 되었다. 분단과 전쟁은 국가적인 일이지만, 그 안에서 살아가는 민간인에게는 죽고 사는 처참한 일이 된다. 그리고 그 사건 속에 숨겨진 일들은 오랜 세월 민간인으로서는 밝혀낼 수 없는 비밀 같은 것이 되기도 한다.

총 2연으로 이루어진 시는 제1연에서 구체적인 시간과 공간을 제시하고 제2연에서는 그 시간과 장소에서 일어난 사건을 이야기한다. 그 시간과 공간은 목숨이 위태로운 매우 긴박한 시간과 공간이다. 시는 영화의 한 장면처럼 한순간에 일어난 사건을 간결한 어조로 말하고 있다. 사건이 일어난 시간은 1947년 봄, 심야이다.

여기서 봄이란 계절과 심야란 시간에 주목해 보면 1947년 봄은 북한 정권이 들어서면서 지주를 처단하고 토지를 몰수하고 종교를 탄압하기 시작했다. 내 집과 내 토지를 가지고 자유롭게 살고자 하는 사람들에게는 지옥으로 변하고 있었다. 씨를 뿌리고자 했으나 내 땅에 씨를 뿌릴 수가 없었다.

인적으로 가르쳤고, 극예술협회 연출부에서 음악 효과를 맡아보았다. 6·25전쟁 때 피난지인 대구에서 시를 발표하기 시작했고, 서울로 귀환한 후 군사다이제스트사 기자, 국방부 정훈국 방송실의 상임연출자로 10여 년간 근무하다가 1963년부터 동아방송국 제작부에서 근무했다. 1951년 시 「돌각담」을 발표한 뒤 시작에 전념했고, 1957년에는 전봉건(全鳳健)·김광림(金光林) 등 3인 공동시집 『전쟁(戰爭)과 음악(音樂)과 희망(希望)과』를 발간했다. 1969년 한국시인협회 후원으로 첫 개인 시집 『십이음계(十二音階)』를 발간했다. 시집으로 『시인학교(詩人學校)』 『북치는 소년』 『누군가 나에게 물었다』 등이 있으며, 사후인 1989년에 『김종삼전집』이 간행되었다. 1971년에는 시 「민간인(民間人)」으로 현대시학상을 수상했다.

이를 못 이긴 사람들은 고향과 재산을 두고 이남으로 향했다. 감시는 날이 갈수록 심해지고 잘못 걸리면 반동분자로 처형을 당한다. 그러니 심야에 움직일 수밖에 없었다.

사람들은 공산 정권을 피해 한밤중에 남쪽으로 피난을 해 왔다. 피난 할 수 있는 길은 바닷길밖에 없었다. 육로는 이미 통제되어 거의 불가능했다. 월남을 결심한 사람들은 가족을 데리고 황해도 해주의 어느 나루에서 이남으로 향하는 배를 탔다. 그 일행에는 어린아이도 있었다. 어둠은 짙게 깔렸다. 북한군 순시선이 오고 간다. 발각되면 현장에서 총살되거나 다시 끌려가 죽거나 온갖 고초를 당한다. 모두가 숨을 죽여야 하고 은밀하게 행동해야 한다. 사공은 조심조심 노를 저어 갔다. 그런데 황해도 해주 앞바다 이남(以南)과 이북(以北)의 경계선 용당포(浦)쯤 왔을까? 함께 오던 어느 가족의 젖먹이 어린아이가 울음을 터트렸다. 아이의 울음소리는 죽음을 부르는 소리였다. 죽음이 엄습해 왔다. 그러나 아이는 계속 울고 있었다.

어찌해야 할까? 아이의 부모에게 천벌 같은 결정의 순간이 다가왔다. 순간적으로 부모는 아이를 황해도 해주 앞바다 이남(以南)과 이북(以北)의 경계선 용당포(浦) 바닷물에 내 던졌다. 그리고 울음조차 내지 못하고 가슴만 쥐어뜯었다. 바다에는 아이는 간 곳 없고 검은 파도만 넘실대는데, 부모는 넋을 잃고 사공에게 자신을 맡겼을 뿐이리라. 그 장소, 용당포는 시의 절정을 이루는 한 맺힌 비정하고 비극적인 사건의 발생 장소이다.

시는 마지막 행의 "스무 몇 해나 지나서도 누구나 그 수심(水深)을 모른다."에 집중된다. 피난 온 가족들은 이남 어디에 터를 잡고 스무 몇 해가 지나도록 살아오고 있다. 그러나 그 1947년의 봄, 심야에 용당포에서 있었던 일은 잊을 수가 없다. 1947년 봄과 용당포는 기억하기조차 끔찍한 강력한 트라우마가 되었고, 상처의 피는 지금도 흐른다. 상처는 용당포 수심(水深)

처럼 깊이 가슴에 수심(愁心)으로 남아 세월과 함께 깊어간다.

"스무 몇 해나 지나서도"는 단순한 숫자상의 시간이 아니다. 스무 해가 아니라 100해가 지나도 생존하고 있는 한 잊지 못할 일이다. "누구나 그 수심(水深)을 모른다."는 것은 그 용당포의 바다 깊이를 아무도 모른다는 것이지만, 시에서의 용당포의 수심(水深)은 사람들의 마음에 새겨진 상처의 깊이이며 그 깊이가 너무나 커 알 수 없다는 것이다. 그리고 이 시에 깃든 상처는 황해도 해주 운율 출신이지만 일본 유학, 분단, 6·25와 피난 생활로 겪은 고통, 그리고 잃어버린 사람과 고향을 그리워하면서 평생 술과 음악을 벗 삼아 살았던 시인의 가슴 깊이 새겨진 상처와 무관하지 않은 것 같다.

예로부터 '부모가 죽으면 산에다 묻지만, 자식이 죽으면 가슴에 묻는다.'고 했다. 아이를 바닷물에 던진 어머니는 죄책감을 가슴에 안고 밤마다 가슴을 움켜 뜯으며 살아간다. 그런데 이 일은 단순한 그 한 사건만 아니라 당시 월남한 수많은 사람이 자녀를 잃고 아내를 잃고 부모를 잃었던 사건의 대명사이다. 피난 대열에서 살기 위해, 함께 있는 사람들을 살리기 위해 부모가 자식의 손을 놓은 사람들이 얼마나 많았으며, 피난 대열의 아비규환에서 뿔뿔이 흩어지고, 서로를 잃어버린 사람들은 또 얼마나 많았던가? 일천만 이상의 관객을 동원하여 눈물을 흘리게 한 영화 〈국제시장〉은 그 아비규환을 잘 보여주었다. 지금도 1983년 이산가족찾기 때 설운도가 불렀던 노래 [잃어버린 30년]은 눈시울을 젖게 만든다.

다시 시의 '지금도 알 수 없는 그 수심(水深)'으로 돌아가 보자. 그 수심은 단순한 물리적인 수심이 아니다. 자식을 바닷물에 던진 부모의 곪아 터진 '상처 깊은 수심(愁心)'이며, 민족 분단이 초래한 비극의 깊이이다. 나아가 지금도 알 수 없는 북한 정권의 숨겨진 속내의 깊이이기도 하다. 아이의 시신을 찾고 위령제라도 지내려면 수심을 알아야 한다. 상처를 치유하려면 마음 깊은 곳에 자리 잡은 상처의 깊이를 알아야 한다, 남북문제를 풀려면 북한 정권을 속속들이 알아야 한다, 그러나 지금 우린 얼마나 알고 있는가? 알려고 하고 있는가?

지금도 남아 있는 그 상처의 깊이

우린 아직 이산가족들의 가슴에 새겨진 상처의 깊이를 제대로 알지 못한다. 아직 분단이 준 민족적 상처의 깊이를 다 알지 못한다. 정치인들은 정치적 계산으로 이러쿵저러쿵 말하지만, 분단과 전쟁으로 인해 '수많은 용당포'에 아이를 던진 《민간인》들의 마음에 새겨진 깊은 상처는 더더욱 모른다. 그리고 정치인들은 정치적 계산으로 때로는 그 상처의 깊이를 알려고 하지도 않는다. 그런 가운데 연평도 포격, 천안함 피격 등과 같은 사건은 계속 일어났고, 서해상에서 업무 중이던 공무원의 북한군에 의한 피살과 같은 상처도 계속된다. 그리고 그 진실은 묻히고 상처만 깊게 남는다.

늘 입으로 나라와 국민을 위한다고 떠드는 정치인들의 진정성은 어디까지일까? 현대그룹의 고 정주영 회장이 6·25 전쟁통에 《민간인》으로 부산에 피난 가서 겪었던 다음 이야기는 지금도 그 진정성을 의심하게 한다.

> "할 일 없이 쏘아 다니다가 어느 날 '정치가들을 만나면 무슨 신통한 새 소식이라도 들을 수 있겠지' 하여 민주당 사무실에 들렀다. 7월이었다. 사무실에 들어가 보니 전쟁터에서는 하루에도 무수한 젊은 목숨들이 쓰러져가고 있는데, 정치를 한다는 사람들은 웃통을 벗고 맥주를 마시면서 전쟁은 남의 일인 듯 한가하

게 바둑을 두고 있었다. 그 광경을 보는 순간 피가 거꾸로 도는 것 같았다."[118]

그런데 앞에서 말했듯이 그 상처는 《민간인》 하나만의 상처가 아니다. 이 땅 남북한 전체에 사는 《민간인》의 상처다. 상처의 치유를 위해서는 상처의 깊이와 정도를 알아야 한다. 《민간인》의 상처만 아니라 용당포 바다보다 깊게 감춰진 북한 정권의 속내도 알아야 한다. 그것을 제대로 알고 제대로 대처하는 것이 상처를 치유하고 평화와 통일로 가는 길이 아닐까?

문제의 해결을 위해선 문제의 원인과 정도(깊이와 넓이)를 알아야 한다. 상대와 갈등을 겪고 있을 때는 상대를 알고 자신을 알아야 그에 맞는 대응책이 나오고 상대를 평화의 식탁으로 끌어올 수 있다. 손자병법(지형편)에서도 "적을 알고 나를 알아야 승리는 위태롭지 않으며 하늘을 알고 땅을 알면 승리는 곧 올 것이다(知彼知己, 勝乃不殆, 地天知地, 勝乃可全)"고 했다.

아직도 《민간인》들의 상처는 치유되지 않았고 깊이도 모르는데 서해 공무원 피살, 천안함 피격 같은 상처는 계속 생겨난다. 앞으로 또 얼마나 생겨날까? 그런데 안타까워라. 정말 아직도 《민간인》들은 그 상처의 깊이와 상처에 숨은 비밀의 깊이도 알 수 없는데, 핵무장을 천명한 김정은의 비핵화 의지를 믿는다는 대통령의 속내도 알 수 없고, 북한 정권의 음흉한 그 깊은 속내는 더더욱 알 수 없다. 알려고도 하지 않는 것 같다. 알려고 하면 '특등머저리', '기괴한 족족'이 될까 두려운 걸까? 정말 그 깊이는 얼마나 될까? 이 땅에 태어난 우리 《민간인》들은 지금도 그 깊이를 알 수 없다. 그러나 알고 싶다.

---

118) 정주영 『이 땅에 태어나서』, 2020. 솔, 60쪽.

04. '내용 없는 아름다움'은 이제 그만

현존재의 본질은 실존에 있다.
〈M. 하이데거/존재와 시간〉

화려한 쇼의 뒤에 남은 것

2016년 『불구가 된 미국(Crippled America)』[119]을 치유하겠다고 불쑥 나타난 대통령 후보자 도널드 트럼프는 세상의 관심을 크게 끌었다. 그는 자신감 넘치는 어조로 '미국을 위대한 나라라는 명제, 자유와 비자유 세계의 리더라는 명제'로 회복하겠다고 장담했다. 그때 난 트럼프에 대해 잘 알지 못하여 그의 책 『거래의 기술(The Art of the Deal』[120]과 위의 책 두 권을 읽었다.

『거래의 기술』은 도널드 트럼프를 유명인으로 만든 장사 기술을 담은 고전이었다. 『절름발이가 된 미국(Crippled America)』은 그가 대통령에 출마하면서 쓴 책으로 그의 정치적 아젠다 17항목에 대한 거친 설명이었다. 책

119) 도널드 트럼프 지음, 김태훈 옮김, 『불구가 된 미국(Crippled America)』 이레미디어, 2016.
120) 도널드 트럼프 지음, 이재호 옮김, 『거래의 기술(The Art of the Deal』 살림. 2016.

을 읽으며 나는 트럼프에 대하여 기대와 함께 어떤 부분은 고개를 끄덕이기도 하고 어떤 부분은 '이거 아닌데?' 하기도 했다. 그리고 이제까지 16권이 넘는 책을 써냈고 그 책들을 베스트셀러 반열에 올렸던 저술가 트럼프에게 경의를 표하기도 했다. 과연 그의 주장을 미국인들은 얼마나 믿어주었을까? 미국인들은 곡예사가 줄을 타듯 하는 트럼프를 선택했다.

미국의 제45대 대통령 트럼프의 취임식은 지지자들의 열광과 반대자들의 시위 속에서도 성대하게 치러졌다. 이날 트럼프는 성경에 손을 얹고 존 로버츠 대법원장 앞에서 엄숙하게 선서했다. 그리고 무도회를 펼쳤다. 트럼프의 취임식은 갑부답게 역대 어느 대통령보다 화려했다. 세계는 기대와 우려 속에 이를 지켜보았다.

트럼프 대통령의 행보는 출발부터 좌충우돌이었으며 미국인들을 둘로 갈라놓기 시작했다. 특히 멕시코 장벽은 많은 난관을 겪으며 강행하기도 했다. 모든 일이 거래하는 것 같았다. 달면 받아들이고 쓰면 배척했다. 트럼프는 외교에서도 좌충우돌하였으며, 유럽 우방과의 관계도 흔들리게 했다. 미국을 천상천하 유아독존의 국가로 만들어갔다.

그런 트럼프에게서 특히 주목할 것은 북미회담이었다. 초기에는 못 잡아먹어 한 맺힌 것처럼 헐뜯던 관계가 한순간에 바뀌었다. 김정은을 "내 친구"라며 치켜세우고 판문점에서 만났다. 그리고 세계의 관심이 집중된 가운데 하노이에서 다시 만났다. 그러나 하노이 회담에서 트럼프는 회담 중간에 돌연 귀국해 버렸다. 그리고 퇴임 때까지 북미회담은 진전을 보지 못했다. 화려했던 트럼프와 김정은의 회담은 한갓 '쇼'에 불과했던 것 같다.

트럼프는 선거에서 지자 온갖 의혹으로 지저분을 떨다가 퇴임했다. 2021년 1월 20일(미국 현지 시각) 20분가량의 동영상 퇴임 연설에서 대부분을 재임 기간의 치적을 자랑하는 데 소모했다. 그러나 퇴임하자마자 곳곳에서 외면당하는 신세가 되었다. 화려한 취임과 자기 자랑의 연기자는 떠났다. 트럼프의 화려함에는 내용 없는 아름다움만 존재하는 것 같았다. 화려한 쇼의 뒤에 남긴 것은 허탈감이 아닐까?

이 모습을 보며 나는 1960년대 말 물밀듯이 밀려오는 서구 문명과 개발, 난무하는 정치 구호를 보고 서민에게는 "내용 없는 아름다움"이라고 꼬집었던 김종삼의 시 《북치는 소년》을 떠올렸다.

《북치는 소년》 그 실존의 공허함

내용 없는 아름다움처럼

가난한 아이에게 온
서양 나라에서 온
아름다운 크리스마스 카드처럼

어린 양(羊)들의 등성이에 반짝이는
진눈깨비처럼

-김종삼 《북치는 소년》 전문-

시는 3연으로 이루어졌다. 평면적인 것 같지만 상당한 입체성을 지니고 있다. 시는 김종삼의 다른 시에서 보여주는 것처럼 어떤 '결정적 순간' '결정적 장면'을 한마디 툭 던져 놓은 것 같지만, 이면에 많은 이야기를 담고 있다.

시가 있는 공간은 눈 오는 풍경이다. 시기적으로는 눈 오는 크리스마스 무렵이었을 것이다. 크리스마스를 앞둔 눈 오는 날, 크리스마스카드가 날아왔다. 카드에는 '북치는 소년'과 '등성이에 진눈깨비가 내리는데 햇빛에 반짝이는 양들의 모습'이 그려져 있었을 것이다. 그리고 초원의 목가적인 모습이 배경이었을 것이다. 언 듯 보기엔 아름답고 가슴 설레게 하는 이국적인 풍경이었을 것이다.

그러나 시는 제1연에서 대뜸 그 아름다움을 "내용 없는 아름다움처럼"이라고 선언한다. 그래서 이 시는 내용 없는 아름다움을 꼬집으며, 내용 있는 아름다움을 갈구하는 마음을 드러내고 있다. 사람들이 아름답다고 찬양하는 것들이 시인에게 내용 없는 아름다움으로 비치는 사연은 무엇일까?

그것은 제2연의 "가난한 아이에게 온/서양 나라에서 온/아름다운 크리스마스카드처럼"에서 알 수 있다. 상상해 보자. 눈 오는 날, 가난한 아이에게 크리스마스카드가 날아왔다. 카드에는 당시 서양 나라에서나 볼 수 있는 《북치는 소년》이 화려하게 그려져 있다. 그러나 아이는 그 화려한 모습의 서양 나라를 가본 적이 없다. 그 화려한 모습의 《북치는 소년》은 동화 속에서만 볼 수 있는 딴 세상의 아이이다. 격세지감을 느낀다. 한마디로 그림의 떡일 뿐이다. 그렇기에 아이에게 그 카드는 내용 없는 아름다움일 뿐이다.

시의 주제는 제3연의 "어린 양(羊)들의 등성이에 반짝이는/진눈깨비처럼"에서 내용 없는 아름다움을 더욱 구체화한다. 그 상황을 상상해 보자. 겨울날 어린 양(羊)들의 등성이에 진눈깨비가 내리고 있었다. 등성이에 내린 진눈깨비는 내리면서 녹고 있었다. 몇 발짝 떨어져서 보니 진눈깨비 내린 어린 양의 등성이가 옅은 겨울 햇빛에 반짝거리고 있었다. 햇빛에 반짝거리는 등성이의 진눈깨비는 그것을 바라보는 사람에게는 아름답게 보이지만, 어린 양에게는 전혀 쓸모없는 귀찮은 존재이다. '내용 없는 아름다움'이다.

이 시는 김종삼의 초기 대표작으로 꼽힌다. 그러나 "처럼"으로 끝나는 3개의 연에서 그 비교 대상이 생략되어 완전한 문장을 이루지 못하기 때문에 쓰다가 만 것처럼 보인다. 그래서 자세히 살펴보아야 한다. 시인의 시상을 이해하기 위해서 "처럼"의 끝에 제목인 "북치는 소년"을 덧붙여 보자. 그러면 의미는 새롭게 다가온다.

다시 감상해 본다. "내용 없는 아름다움처럼" 북치는 소년, "가난한 아이에게 온/서양 나라에서 온/아름다운 크리스마스카드처럼" 북치는 소년, "어린 양(羊)들의 등성이에 반짝이는/진눈깨비처럼" 북치는 소년. 이렇게 읽고 나니 의미가 선명하게 다가온다. 시의 속살에 상당히 많은 말을 숨기고 있다. 그래서 이 시에서 "처럼"은 시를 살려 내는 중요한 어구이다. 그리고 이 시의 소재인 '북치는 소년' '양 떼' '진눈깨비'는 그 시절엔 매우 이국적인 풍경이다. 그렇기에 시인에게는 낯선 아름다움이며 무의미한 존재일 뿐이다.

이 시는 원래 김종삼의 시집『십이음계』, 1969, 삼애사)에 실린 것이라고 전한다. 김종삼의 시에는 아이가 가끔 등장한다. 그의 시에 등장하는 아이는 가난하고 상처받은 아이의 모습이 많다. 6·25 전쟁과 가난, 이 땅에 버려진 수많은 전쟁고아는 그에게 아픔의 존재로 다가왔을 것 같다. 그리고 그 또한 넉넉하지 못했으며 평생을 그 어떤 트라우마로 인해 술로 살았다.

다시 그 시대로 되돌아가 보자. 6·25 전쟁이 끝나고, 파괴와 굶주림의 아비규환 속에서 4·19가 일어났고 5·16이 일어났다. 정치인들과 권력자들은 장밋빛 미래를 내세우며 국민을 현혹하지만, 사람들은 가난에 시달리고 있다. 그런데 서양 문물은 물밀듯이 밀려 들어와 사람들의 마음을 설레게 하지만 아프게도 한다. 서양 나라는 잘사는 나라, 귀족적인 모습으로 보이지만 우리와는 거리가 먼 동화 속 나라이다. 그런 환경에서 정치인들이 내세우는 장밋빛 구호는 "내용 없는 아름다움"일 수밖에 없다.

다시 시로 돌아가 시의 중심의미를 이루는 "내용 없는 아름다움"과 "북치는 소년"을 살펴보자. "내용 없는 아름다움"이란 무엇을 의미할까? 단순하게 보면 겉은 화려하고 속은 형편없는 것, 말은 청산유수지만 알맹이 없는 공허한 말, 시작은 화려하지만, 끝은 알 수 없는 것, 선언은 멋지지만, 결과는 초라한 것 등 다양하게 말할 수 있을 것이다. 그러나 더 나아가면 실존 없는 존재성을 꼬집고 있다고 여겨진다.

우선 실존의 측면에서 살펴보자. 실존이란 철학적 사유를 동원하지 않더라도 말하는 것만큼 거기 그렇게 존재하는 것을 말한다. 겉과 내용이 함께 존재하며, 현존재의 실상을 가지고 있어야 한다. 말과 행동의 일치, 사상과 삶의 일치를 향해 노력할 때 실존은 더욱 빛난다. 그러나 세상은 허위의식으로 가득하다. 허위의식으로 물든 세상에선 진정한 실존을 찾기 어렵다. 그래서 '내용 없는 아름다움'은 허위의식으로 가득한 실존 없는 세상을 꼬집는다고 하겠다.

나는 얼마 전에 헌 집을 사서 수리를 한 후 이사를 했다. 내가 살고 싶었던 아파트의 일층 집이 나와서 사기로 했다. 그 집은 주인이 월세를 놓고 있었다. 사전에 집을 보기 위해 부동산중개인의 안내를 받으며 갔더니 집안은 완전히 쓰레기장이었다. 온전한 곳이 없었다. 그런데 방안에는 명품 옷들과 골프채가 가득했다. 얼굴 한번 보지 못한 그분에게는 미안하지만, 세입자는 이혼녀로 딸들과 함께 살았다고 한다. 아마 그녀는 밖에서 생활할 때는 명품 옷과 골프채로 화려하였을 것 같았다. 그들은 내가 이사를 한 후 1년 가까이 주민등록도 옮기지 않았고 자동차세 체납고지서가 계속 날아왔다. 밖에서 본 그녀의 아름다움은 전혀 내용 없는 것이었을 것이다. 그런 삶에서 부표 위에 떠 있는 것 같은 허위의식 속의 존재 같은 삶을 떠 올렸다. 밖에서의 화려함은 '내용 없는 아름다움'일 뿐이다.

인간은 실존을 깨닫고 실존의 상황을 가질 때 비로소 안정된 생활과 자존감으로 살아갈 수 있다. 그런데 그 실존을 위협하는 것은 외부의 환경과 불합리와 부정도 있지만, 내부의 불합리와 부정이 더 크게 작용한다. 특히 내부의 불합리와 부정은 자신을 더욱 고독하게 만들고 실존을 흔들게 된다.

힘들게 살아가는 사람들은 "살아 있지만 사는 게 아니야."라고 말하기도 한다. 이 말에는 실존 문제가 도사린다. 이 말을 "존재하지만 존재하는 게 아니야."로 바꾸면 의미는 더욱 선명해진다. 그것은 존재의 의미를 느끼지 못하고 산다는 것이다. 존재의 의미는 무엇일까? 삶의 만족감과 행복감이리라. 그것은 삶에서 주어지는 내용 있는 아름다움이리라. 그러나 위의 말에는 살아 있지만, 존재의 의미를 느끼지 못하는 내용 없는 아름다움의 삶이란 의미이다.

정치 사회적으로 실존을 흔드는 것 중 하나는 계층 간의 위화감과 그로 인해 다가오는 패배감과 고독감이다. 빈부의 격차가 지나치게 심하면 하층민들은 존재의 의미를 상실하기 쉽다. 그래서 세상을 한탄하고 불만 가득하게 지내다가 분노를 표출하기도 한다. 삶과 인간관계 그리고 욕망 좌절과 실패는 고독을 심화시키고 실존 의식을 극도로 떨어뜨린다. 그것이 지나치면 삶을 위험에 빠뜨리기도 한다. 그런 가운데 정치인들이 내세우는 화려한 구호는 '내용 없는 아름다움'일 뿐이다.

시에서 말하는 "내용 없는 아름다움"을 오늘의 정치 사회적인 여러 상황에 비추어 보면 씁쓸해진다. 정치인들이 출마할 때 공약(公約)은 참으로 화려하다. 그러나 그 공약(公約)은 상당수가 공약(空約)이 된다. 트럼프의 화려한 취임은 분열된 미국과 초라한 퇴임을 불러왔다. 박근혜 전 대통령 역시 취임식 때 화려한 한복차림으로 등장하여 통일 대박을 꿈꾸며 잘 가는 것 같았으나 국정농단으로 초라하게 끝이 났다. 내용 없는 아름다움이었다.

현재도 마찬가지이다. 집값을 잡겠다고 호언장담을 하면서 20차례 이상 부동산 대책과 정부 여당의 밀어붙이기식의 부동산 3법 통과에도 불구하고 서울 집값은 잡히지 않고 전국의 집값은 들썩였다. 화려한 대책 뒤에 있는 그늘이 너무도 크게 드리워지는 것 같다. 돈 없고 집 없는 서민들에겐 내용 없는 아름다움(대책)일 것이다.

남녀평등과 여성의 사회적 지위 향상을 부르짖으며 1997년부터 부모의 성 함께 쓰기 운동을 시작하여 스스로 남윤인순이라는 이름으로 한국 여성 운동의 대모(大母)로 이름을 날렸던 국회 남인순 의원이 박원순 서울시장 성추행 피소 사건 때 '피해자'를 '피해 호소인'이라고 하여 여론의 몰매를 맞자 사과했지만 시원하지 않다. 그녀의 과거 화려했던 빛의 그늘은 지금 너무도 크게 보인다. 진심 없는 사과는 용서와 화해는커녕 의혹과 분노를 증대시킬 수 있다.

얼마 전에는 서울시장 보궐선거 출마자들의 말들이 입에 오르내렸다. 한 후보가 서울의 오래된 아파트에 가서 녹물 나오는 불편함 등 주거 문제와 집값 문제를 해결하겠다고 하자 다른 한 후보는 "23억짜리 녹물 말고 23만 반지하 눈물 보라."고 일격을 가했다. 그러나 세월이 흐르면 모두 아름다운 말들에 지나지 않을 공산은 크다. 23만 반지하의 눈물은 그들에게 집과 일터를 모두 제공하지 않는 한 그림의 떡일 수 있다. 그것은 서민을 위한다고 분양한 동탄 신도시 행복 주택에 입주하여 보니 임대료와 관리비가 너무 비싸서 살기 어렵다고 하는 것과 같다. 역시 내용 없는 아름다움이 될 수 있다.

내용 있는 아름다운 세상을 바라며

이런 일련의 일들은 옛말에 '소문나 잔치 먹을 것 없다'는 말과 같이 겉으로는 화려하게 미화되지만, 뒷모습은 어딘가 초라하게 보인다. 정치인과 정치적 지향성을 가진 사람들의 본태성이 자기 자랑이지만 면밀하게 따지고 보면 자랑만큼이나 숨겨진 그늘도 많은 것 같다.

그러면 "북치는 소년"은 누구를 의미할까? 우린 그것을 현실적으로 모든 대상자에게 적용할 수 있을 것 같다. 대통령도 국민이 보기엔 《북치는 소년》이 될 수 있고, 서울을 구하겠다고 나온 서울시장 후보들 모두 《북치는 소년》이 될 수 있다. 그리고 사회 곳곳에서 정의를 부르짖고 인권을 내세우던 운동가들도 《북치는 소년》이 될 수 있다. 그리고 그것을 바라보며 내용 없는 아름다움을 아쉬워하는 사람들은 국민일 수 있다. 그런데 그 《북치는 소년》은 역시 아직도 우리와는 거리가 먼 이국땅에서 북만 치고 있는지 모른다. 서민들에게 실질적으로 다가갈 수 있는 말과 행동, 실사구시의 세상이 아쉽다.

시는 전체적으로 고도의 비약적인 어구를 연결하여 《북치는 소년》이 내는 북소리의 음향 효과처럼 이면에 숨겨진 "내용 없는 아름다움"을 꼬집는다. 시를 이렇게 음향 효과 처리하듯 한 것은 아마 평생 음악을 사랑하였던 김종삼의 삶과도 무관하지 않은 것 같다. 시는 결국, 이 사회에 만연하는 허위의식과 허풍, 나아가 정치 사회적으로 전개되는 엄청난 위선과 자기기만을 꼬집으며 실사구시의 세상, 진심이 깃든 세상을 원하고 있는지 모른다.

우린 지금 수많은 《북치는 소년》들의 "내용 없는 아름다움"에 질려 있는 것 같다. 이제는 내용 있는 아름다움을 갈구한다. 진심이 깃든 말과 행동을 원한다. 입으로만 외치는 정의와 공정이 아니라 실제 모든 영역에서 정의와 공정이 살아 숨 쉬길 바란다. 실사구시의 정치가 기다려진다. 실사구시의 세상이 오길 바란다. 화려한 구호가 아닌 진정으로 서민들의 삶을 개선하고 즐거움을 줄 수 있는 북소리를 듣고 싶다. 이 땅의 많은 《북치는 소년》들에게 '내용 없는 아름다움은 이제 그만'이라고 말하고 싶다. 《북치는 소년》들이 북소리를 요란하게 내는 데만 몰두하면 그 소리에 질리고 그 그늘에 가려져 허탈해하는 사람들은 더욱 늘어나게 되어 있음을 알았으면 좋겠다. 그리고 우리 국민도 이제는 내용 없이 북만 치는 《북치는 소년》에게 박수를 보내는 일은 그만두었으면 좋겠다. 이를 위해 우린 관객이 아니라 당사자가 되어봐야 하고, 배우가 아니라 관객도 되어봐야 한다. 나만의 눈이 아닌 너의 눈으로 세상을 볼 줄도 알아야 한다.

05. 지금은《묵화(墨畫)》같은 위로가 필요할 때

사소한 일이 우리들을 위로하여 준다.
마치 사소한 일이 우리들을 괴롭히는 것처럼
〈B. 파스칼/팡세〉

적막함이 감도는 세상

연말이지만 전국을 덮친 코로나19로 정부는 사회적 거리 두기의 단계를 높였고, 사람들은 전국에서 발생하는 확진자로 두려움과 경계심이 가득하다. 계속된 '사회적 거리 두기'는 이웃과의 소통을 단절시켜 왔고 '연말의 나눔'까지 '거리 두기'를 하게 했다. 한산한 거리에 자선냄비도 사라졌다. 보신각 종소리도 듣지 못한다. 과거 북적이던 연말연시와 새해맞이는 묵화(墨畫)처럼 적막함으로 채색되고 있다. 사회적 거리 두기는 새해에도 계속되고 내년 연말까지 갈지도 모른다는 불안감은 여전하다.

얼마 전에 서울 서초구 방배동의 한 다세대주택에서 60대 여성이 숨진 지 반년 만에 발견됐다. 숨진 여인에게는 발달장애가 있는 30대의 아들이 있었다. 아들은 숨진 어머니 곁을 지키다가 전기와 가스가 끊기자 집을 나왔다. 노숙을 하던 몇 달 만에 자신을 돌봐 준 복지사에게 어머니의 죽음을 말했다. 발견된 어머니의 시신은 얇은 이불이 머리까지 덮고 있었다. 아들은 '파리가 들어가는 것을 막기 위해서'였다고 했다. 이 우울한 소식은 우리 사회의 복지 사각지대의 문제만 아니라 이웃과의 소통이 단절된 적막한 세상의 모습을 보여 준다.

그런 가운데 사진 한 장이 소셜미디어를 통해 알려지면서 사람들의 심금을 울렸다. 2020년 11월 26일 미국 텍사스주 휴스턴의 유나이티드 메모리얼 의료센터에서 의사 조지 버론 씨가 전신 방호복을 입은 채 코로나19 환자를 안아 주고 있는 장면이었다. 그 노인 환자는 추수감사절 기간에 치료를 받느라 가족을 만나지 못해 "아내를 만나고 싶다."며 울고 있었다. 이를 본 의사 버론 씨는 방호복 차림으로 노인을 따뜻하게 안아 주며 위로했다. 이 광경을 본 나카무라 씨는 사진을 찍어 페이스북에 올리면서 "이 아름다운 순간을 목격할 수 있어 감사하고 연휴 기간에도 최선을 다하는 모든 의료진에게 또 감사한다."고 썼다. 버론 씨는 "이렇게 할 수밖에 없었어요." "그가 힘들어하는 것이 함께 슬퍼 서로를 안아줬어요. 모든 환자들이 비슷한 어려움을 겪고 있어요."라고 말했다고 한다. 버론 씨는 올해 3월부터 268일간을 쉬지 않고 근무하여 피로에 지쳐 있었지만 지금도 휴식 권유를 뿌리치고 환자를 돌보고 있다고 한다.[121] 적막한 세상에서 한 폭의 밝은 수채화를 보는 느낌이었다.

이렇게 모두가 힘든 세상, 한산한 거리, 이웃과의 소통도 단절되고, 서로 경계하는 적막함이 감도는 아픈 세상에서 유독 김종삼의 시 《묵화(墨畵)》가 떠오르는 것은 우연이 아닌 듯하다.

---

121) 동아일보 2020.12.14.

《묵화(墨畵)》가 우리에게 전하고자 한 것

물먹는 소 목덜미에

할머니 손이 얹혀졌다.

이 하루도

함께 지났다고,

서로 발잔등이 부었다고,

서로 적막하다고.

-김종삼 《묵화(墨畵)》전문-

이 시는 1969년 김종삼의 시집『십이음계』에 처음 실렸다고 한다. 1969년이면 우리나라는 먹고 살기도 힘들었던 때였다. 아직 공업화와 도시화가 진행되지 않은 전통적인 농업사회이기도 했다. 그런데 이 시는 도시화와 고도 산업화로 물든 50년이 지난 지금도 우리의 마음을 울리고 있다.

시는 단 한 연으로 이루어져 있다. 매우 짧다. 그러나 시는 우리에게 매우 많은 언어를 전한다. 제목이 묵화(墨畵)지만 내용 어디에도 묵화(墨畵)라는 말은 나오지 않는다. 시 전체가 한 폭의 묵화(墨畵)이기 때문이다.

묵화(墨畵)는 묵과 붓만으로 화선지 위에다 그린 그림이다. 묵화는 유화로 그린 추상화처럼 화려하지도 난해하지도 않다. 추사 김정희의 《세한도》처럼 단순하면서도 담백하다. 그러나 그 속에는 많은 이야기를 간직하고 있다. 때로는 처절한 삶의 고뇌가 담겨 있기도 하다. 그런 묵화에는 평화와 안녕이라는 강한 염원도 숨어 있다. 김종삼의 시 《묵화(墨畵)》도 그렇다.

시의 장소는 소가 물을 먹고 있는 외양간이다. 외양간은 가장 서민적이고 농촌적이며 고단한 삶의 휴식을 취하는 곳이다. 높은 곳이 아니라 낮은 곳이다. 그러나 예수가 외양간에서 탄생하였듯이 삶이 탄생하고 사랑을 이어가는 장소이며 평화가 깃드는 곳이기도 하다. 그 외양간은 바로 힘겹게 살아가는 우리 서민들의 휴식 공간의 상징이기도 하다.

외양간마저도 없는 소들은 밖에서 자야 한다. 집이 없는 서민들도 밖에서 자야 한다. 집이 있다지만 단칸 지하 쪽방에 쪼그리고 자야 하는 사람들에겐 그 집이 포근한 잠자리가 못되기에 밖에 있는 소와 같다. 거리의 노숙자도 외양간 없이 밤이슬과 찬 서리를 맞아야 하는 소와 다름없다. 그러나 좁지만 자기 외양간이라도 있는 소들은 다행이듯이 자기 집이 있는 서민들도 다행이다. 지금도 이 땅의 수많은 낮은 곳의 사람들이 제대로 된 보금자리 하나 없이 저녁 휴식을 청한다.

다시 외양간의 풍경을 그려 본다. 옛날 우리 시골의 외양간은 안쪽에 소의 잠자리가 있고 그 앞쪽에 여물통이 있었다. 그리고 그 곁에는 소죽을 끓이는 가마솥이 걸려져 있었다. 그 옛날 우리 할아버지, 할머니, 아버지, 어머니들은 이른 새벽에 식구들의 아침밥을 짓는 것 이상으로 정성스럽게 소죽을 끓였다. 소는 소중한 가족이었고 삶의 동반자였기 때문이었다.

시의 시간은 해가 지고 어둠이 밀려온 저녁이다. 저녁은 고단한 시간이다. 온종일 일을 했으니 고단할 수밖에 없다. 그러나 저녁은 비로소 먹고 마시며 휴식을 취할 수 있는 평화의 시간이기도 하다. 어둠도 마찬가지이다. 어둠이 있기에 삼라만상은 휴식을 취할 수 있다. 인간도 어둠이 있기에 휴식을 취하며 세상으로부터 독립되어 사색할 수 있다. 어둠이 있기에 삶을 성찰할 수 있으며 내일을 꿈꿀 수 있다. 어둠의 긍정적 의미는 휴식을 넘어 나만의 독립된 시간과 공간이다. 무간섭의 시간이며 꿈을 꿀 수 있는 안식과 평화의 시공간이다. 그래서 저녁이란 시간 설정은 고단한 서민의 삶에 매우 중요한 의미를 준다.

시에서 "물 먹는 소 목덜미에/할머니의 손이 얹혀졌다"라는 표현은 과거형이지만, 상황은 현재형이다. 지금 휴식하고 위로하고 충전하지 않으면 내일을 기약할 수 없다. 하루하루를 힘겹게 사는 서민들에게 '할머니의 손이 소의 목덜미에 얹혀지는 시간'은 비로소 휴식하며 서로 위안을 주고받는 출발점으로서의 현재형이다. 지나간 시간도 고단하였지만, 내일도 고단한 시간이 올 것이기 때문에 현재는 휴식해야 하고 함께 위로해야 한다.

다시 시로 돌아가 소와 할머니에 대해 생각해 보자. "물 먹는 소 목덜미에/할머니의 손이 얹혀졌다" 우리 전통사회에서 소는 노동의 상징이자, 소중한 가족이자. 가장 큰 재산이었다. 소가 없으면 밭을 갈고 짐을 나를 수 없었다. 소는 종일 서서 주인과 함께 힘겹게 일을 하였다. 잠시 물을 먹을 시간도 부족하였다. 때로는 멍에를 씌워 먹는 것을 박탈당하기도 했다. 그러나 소는 순박했다. 주인에게 순응하며 주인과 동고동락했다. 고단하지만 불평하지 않았다.

할머니 역시 전통사회에서 노동의 상징이었다. 고관대작, 부잣집의 할머니는 그렇지 않겠지만 가난한 서민의 할머니는 평생 노동을 해 왔고 앞으로도 해야 한다. 젊은 날 시집와서 아들딸 낳고, 시아버지 시어미니 모시며 모든 가사를 도맡았다. 가사뿐만 아니라 밭일도 해야 했다. 그렇게 살다 보니 등이 굽은 할머니가 되었다. 그래도 아직 할 일이 남았다. 자식들도 넉넉하지 못하다. 일을 해야지 삶을 꾸려갈 수 있다. 지금도 이 땅에 그런 할머니는 넘쳐 난다. 그래서 시에서 말하는 소와 할머니는 오늘을 사는 우리의 모습이기도 하다.

산다는 것은 주어진 생명에 대한 의무의 실천이기도 하지만, 그 실천의 길은 고단함을 딛고 서 있는 길이기도 하다. 그런 점에서 세상은 짊어지고 살아가야 할 삶의 무게이다. 그러기에 참고 견딜 수밖에 없다. 소와 할머니는 참고 견디는 인내의 상징이다. '황소걸음이 천리길을 간다'는 속담처럼 소와 할머니는 오랜 세월을 참아가며 노동해 온 삶의 궤적을 지니고 있다. 지금도 수많은 사람이 소와 할머니와 같은 삶의 길을 걷고 있다. 살아 있다는 의무를 다하기 위해 고단함을 이겨 내며 종일 노동한다. 그것은 운명이요 업(業)인지 모른다.

시는 마치 결정적인 순간을 크로키 하듯이 "물 먹는 소 목덜미에/할머니의 손이 얹혀졌다"는 한순간을 크로키 함으로써 전체를 이룬다. 나머지는 서술일 뿐이다. 그래서 "물 먹는 소 목덜미에/할머니의 손이 얹혀지는" 순간은 소와 할머니가 일심동체(一心同體)가 되는 결정적인 순간이다. 종일토록 함께 일했고, 수많은 세월을 함께했기에 일심동체일 수밖에 없다. 서로는 마음의 교감이 이루어져 하나가 되었다.

소와 할머니의 일과를 상상해 보자. 소는 종일 써레나 쟁기를 끌었고 집에 돌아올 때는 짐을 가득 실은 마차를 끌었을 것이다. 멍에가 씌어 있어 먹지도 못했을 것이다. 그런 소의 목덜미에는 굳은살이 뭉쳤을 것이다. 소를 몰고 일을 한 사람은 할아버지였을 것이다. 할머니는 할아버지와 소가 일하는 밭을 오가며 뒤를 돌보기도 했을 것이고, 종일 쪼그리고 호미로 밭을 맸을 것이다. 그런 할머니의 주름은 소의 목덜미에 굳은살만큼이나 겹겹이 쌓였을 것이다. 그리고 집에 돌아와 외양간에 들어간 소에게 할머니는 저녁 쌀을 씻고 난 쌀뜨물을 섞은 물을 먹이고 있었을 것이다. 그리고 지친 할머니는 손을 소의 목덜미에 기대듯 얹고 쓰다듬으며 토닥거렸을 것이다. 그 순간 시인의 눈은 소와 할머니의 부은 발잔등에 꽂혔을 것이다. 그리고 둘의 교감을 읽어냈을 것이다,

할머니가 소를 토닥이면서 말한다. "오늘 하루도 우리 함께 잘 지냈구나." 소가 대답한다. "그래요. 우리 함께 잘 지냈지요." 할머니가 다시 말한다. "오늘 하루 고생 많았네. 참 수고했어." 소가 대답을 한다. "그래요. 참 힘들었어요. 할머니도 힘들었지요? 이제는 좀 쉬세요." 또 할머니가 다시 말을 잇는다. "그런데 너 발잔등이 부었구나." 소가 응답을 한다. "그러네요. 할머니 발잔등도 부었네요."

소와 할머니는 이렇게 서로의 마음을 나눈다. 그런 할머니에게 소는 짐승이 아니다. 일군도 아니다. 소중한 가족이다. 소에게도 할머니는 삶의 동반자이다. 소와 할머니는 동시에 말한다. "세상이 왜 이리 적막하지요." 그토록 힘들었던 소와 할머니의 세상은 저녁이 되니 고요하고 쓸쓸하다. 그래서 서로 위로의 시간을 가질 수밖에 없다. 그 적막함은 아침 동이 틀 때까지 이어질 것이다.

소와 할머니는 노동과 힘겨운 삶으로 주름이 겹쳐 있지만 강한 유대관계로 맺어진 사람들의 모습이다. 비록 삶이 힘들어 지쳐 있지만 서로 간에 진한 위로와 돌봄이 오고 가는 아름다운 관계이다. 삶에 찌들고 지쳐 있는 사람들도 서로 위로하고 돌봄이 오고 갈 수 있다면 누구나 아름다운 관계가 될 것이다. 그리고 그 고단한 저녁은 적막하지만, 안식과 평화가 깃드는 저녁이 되고 아침 햇살을 반갑게 맞이하게 할 것이다.

'위로'의 유대관계가 필요한 우리

그런데 안타깝게도 지금 세상은 참 각박해졌다. 양극화는 더욱 심해지고 코로나19는 삶을 더욱 피폐하게 만들고 있다. 거리 두기와 영업정지는 코로나19를 이기는 것을 넘어 삶의 기반을 무너뜨리기도 한다. 그러나 이웃 간에 삶의 교감과 위로보다는 소통이 단절되고 서로가 겪은 아픔과 고통도 나의 것이라기보다는 그저 너의 것이며 너에게 스쳐 간 것이 되고 마는 것 같다. 그리고 우린 또 무엇인가의 불안감 속에서 하루하루를 살아간다. 나도 그런 분위기에 물들고 있는 것 같아 소스라친다.

정영수 단편소설 〈무사하고 안녕한 현대에서의 삶〉[122]에서 주인공인 '나'는 늘 불길한 일이 일어날 것 같은 불안감으로 하루하루를 살아간다. 그런데 불길한 일이 실제로 일어났다. '나'는 결혼을 앞두고 여자친구와 오랜 친구인 유정의 집에 놀러 갔다. 유정은 얼마 전에 아기를 낳았다. 작고 예쁜 아기가 신기해 감탄사를 연발하던 '나'에게 유정은 아기를 한번 안아 보라고 했다. '나'는 불안감에 아니라고 했지만, 유정이 계속 괜찮다고 하여 받아 안았는데 '나'의 손가락 사이로 담요가 미끄러지는 바람에 아기가 방바닥에 떨어져 질식했다. 아기는 병원에서 뇌 손상 가능성의 진단을 받았다. '나'는 어쩔 줄 몰라 안절부절못하는데 유정은 '너의 잘못이 아니고 단순한 사고였다.'고 위로한다. 그러나 '나'는 그것이 마음에 걸려 여자 친구가 웨딩드레스를 입고 좋아할 때도 '애가 아파 누워있는데 무슨 웃음이냐'며 구박했다. 여자 친구가 '그럴 거면 가서 제대로 사과하라.'고 다그치는 바람에 '나'는 유정에게 가서 계속 사과하지만, 유정은 '제발 이제 사과하지 말라.'고 한다. 일상으로 돌아온 '나'는 시간이 흐르면서 아기를 떨어뜨린 사건에 대한 죄책감을 점차 잊어갔다. 그리고 아기가 그렇게 된 것은 그저 '내가 겪은 일'일 뿐이라고 생각해 버린다. '나'는 죄책감에서 점점 멀어져갔고 '나 중심주의'로 빠져들어 갔다.

---

122) 정영수 『내일의 연인들』, 문학동네, 2020

우리가 '거리 두기'의 연속에서 힘겨운 시간을 보내고 있는 과정에서 이웃에 무관심한 것은 당연하며 나만 코로나에 안 걸리면 된다는 생각이 짙어진 것 같다. 이웃의 파산이나 굶주림도 나의 일이 아니라 코로나가 '덮치고 간 사건'일 뿐이라 여기는 것 같다. 전쟁이나 큰 사건이 계속되고 심각해질수록 사람들 간의 유대관계는 약화 되고 이전투구하기 쉽다. 코로나 초기에 마스크 사재기를 하였듯이, 또 미국 등지에서는 음식물 등 생활용품 사재기로 사투를 벌였듯이 어떤 재난이 발생하였을 때 그것은 그저 '사람들이 겪은 일'이며 '나와 상관없는 일'이 될까 두렵다.

그런데 실제로 안타까운 일들이 벌어졌다. 코로나19로 국민의 삶은 피폐해 질대로 피폐해지고 집값은 하늘 높은 줄 모르고 오르는데 정치권은 국민의 부은 발잔등을 보고 진심어린 위로는커녕, 재난지원금이란 돈 몇 푼 주고 서로 기득권 싸움에만 정신이 없었다. 공수처에 사활을 걸고 법률안은 홍수 쏟아지듯 통과시켜 쏟아냈다. 무기력한 야당은 뚜렷한 대안도 없이 비난만 하고 있었다.

정치인들은 늘 전 국민의 유대강화보다는 내 편과의 유대강화에만 여념이 없는 것 같다. 이 적막한 연말연시와 새해맞이에서 서로에게 손을 얹고 서로 발잔등이 부었다고, 서로 적막하다고 위로하는 모습은 찾아볼 수 없다. 그저 정영수 소설 《무사하고 안녕한 현대에서의 삶》에서처럼 '나와 상관없는 일' '내가 단순히 겪은 일'로 치부하는 것 같아 마음 아프다. 어쩌면 나도 점차 그렇게 되어가고 있는 것 같다.

그래서 김종삼의 시 《묵화(墨畵)》가 더욱 마음에 울림을 준다. 가난하고 힘들어 지칠대로 지쳐 있지만, 서로 쓰다듬으며 동반 위로를 할 수 있는 마음은 어디에 있을까? 어디서 찾아야 할까? 이 땅의 정치인들에겐 그런 마음이 있을까? 그래도 이 어려운 시기에 '전주의 얼굴 없는 천사'와 '대구의 키다리 아저씨'의 소식은 얼어붙는 마음을 녹여 준다. 위에 있는 높은 분들부터 그랬으면 좋겠다.

이 어려운 시기에 대통령부터 서민에 이르기까지, 특히 정치인들부터 솔선하여, 할머니가 소의 목덜미에 손을 얹었듯이, 서로에게 손을 얹고 이 하루도 함께 잘 견뎠다고, 서로 발잔등이 부었다고, 서로 적막하다고 위로할 수 있었으면 좋겠다. 의사 조지 버론씨가 "아내가 보고 싶다."고 우는 노인을 감싸며 안아 주듯이 서로를 감싸며 안아 줄 수 있으면 좋겠다.

그것은 한정원 시인이 "나의 우월함을 드러내는 연민이 아니라, 서로에게 원하는 것이 있어 바치는 아부가 아니라, 나에게도 있고 타인에게도 있는 외로움의 가능성을 보살피려는 마음이 있어 우리는 작은 원을 그렸다."[123] 고 한 것처럼 우리의 작은 원을 그리고 넓혀 가는 일이 되리라. 정말 지금은 그 어떤 것보다 《묵화(墨畵)》 같은 적막함 속의 위로가 필요할 때가 아닌가?

---

123) 한정원 『시와 산책』, 시간의 흐름, 2020, 41쪽.

06. 《심인》, 돌아오라 가족 품으로

삭막한 세상에 '가족적'이란 말처럼 정다운 것이 없다.
타인들끼리지만 형이요, 아우요, 어머니요, 아들이라면
그보다 더 따뜻하고 아름다운 일이 어디 있겠는가?
잘못이 있어도 서운함이 있어도, 한 울타리 안에서 한 핏줄을 나눈
가족끼리는 모든 것이 애정의 이름으로 용서된다.
즐거운 일이 있으면 같이 즐기고
슬픈 일이 있으면 같이 슬픔을 나누는 것이 가족의 "모랄"이다.
〈이어령 『차 한잔의 사상』, 문학사상사, 2003〉

가족을 기다리는 사람들

뜨거운 6월이다. 기온이 30도 이상까지 오른다. 6월이 뜨겁다는 것은 태양의 열기보다 우리 현대사에서 총성과 포화가 전 국토를 뒤흔들었던 비극 때문이다. 그 총성과 포화는 사랑하는 남편과 아들을 전쟁에 빼앗기고, 피난 대열에서 사랑하는 부모님과 아내와 딸을 잃은 슬픔이 작열하는 태양보다 더 뜨겁게 타고 있었기 때문이다. 그런데 우린 그것을 잊어가고 있다.

우리 현대사에서 3월부터 6월로 이어지는 봄은 뜨거운 달들이다. 3월은 3·15부정선거에 항거하는 민중들이 민주주의를 열망하는 뜨거운 불꽃을 지피기 시작했고 그 열망은 4월의 혁명으로 이어졌다. 전 국민이 거리를 메웠고 자유와 정의를 외치는 불꽃은 뜨거웠다. 시위대에 총칼로 대응했던 당시 정권의 야만도 민주주의를 향한 뜨거운 열정은 이기지 못했다. 그때도 가족 품으로 돌아오지 못한 청춘이 많았다.

4월은 세월호에 꿈을 실었던 꽃다운 아이들이 바다에 수장되어 돌아오지 못한 달이기도 하다. 아직 돌아오지 못하는 아이들을 기다리는 부모와 가족들의 타는 가슴은 6월의 태양보다 뜨거울 것이다. 부모와 가족들에게 시간은 아직도 그날에 멈추어 있을 것이다.

5월은 꽃피는 산과 들로 나들이 가는 가정의 달이기도 하지만 1980년대의 5월은 뜨거웠다. 5.18 광주항쟁, 그 피의 역사 속에서 사랑하는 가족을 잃은 사람들이 또 얼마나 많은가?

6·25 전쟁으로 뜨거웠던 6월은 또 6월 항쟁으로 뜨거웠던 달이기도 하다. 1979년 12·12사태로 정권을 잡은 전두환 군사정권은 장기집권을 꾀하며 국민의 민주화 열망을 탄압했다. 1987년 1월 '박종철 고문치사 사건'을 계기로 거리 시위가 격해지자 그해 4월 '4·13 호헌조치'를 발표하며 장기집권을 밀어붙이려 했지만, 전국적인 시위에 당시 민주정의당 대통령 후보 노태우는 직선제 개헌과 평화적 정부 이양을 주요 내용으로 하는 6·29선언을 발표했다. 비로소 이 땅에 본격적인 민주주의가 뿌리내리기 시작했다.

이런 뜨거운 역사 현장에서 아들과 딸, 아버지와 어머니 등 사랑하는 가족을 잃고 헤어진 사람들이 부지기수다. 그런데 민주주의가 성숙하고 자유와 평화를 구가하는 지금도 가족을 잃은 사람들이 무수히 생겨나고 있다. 삶이 궁핍하여, 인생에 실패하여, 실직하여, 마땅한 일자리를 구하지 못해 집을 나가 돌아오지 않은 사람들은 또 얼마나 많은가? 갖은 사고로 이러저러한 사연으로 또 각종 범죄에 의해 돌아오지 못하는 아이들과 어른들은 얼마나 많은가? 아직도 미궁에 빠진 '개구리 소년'의 이야기는 우리 가슴을 아프게 한다. 우린 지금 가족을 잃은 사람들, 어느날 갑자기 사라진 가족을 애타게 기다리는 사람들의 마음을 헤아릴 줄 알아야 한다. 특히 민주와 복지를 외치는 정치인과 정부라면 말이다.

사랑하는 가족을 기다리는 마음을 담은 시 한 편을 읽는다. 황지우의 《심인》이다.

돌아오라 가족 품으로

김종수 80년 5월 이후 가출
소식 두절 11월 3일 입대 영장 나왔음
귀가 요 아는 분 연락 바람 누나
829-1551

이광필 광필아 모든 것을 묻지 않겠다
돌아와서 이야기하자
어머니가 위독하시다

조순혜 21세 아버지가
기다리니 집으로 속히 돌아오라
내가 잘못했다

나는 쭈그리고 앉아
똥을 눈다

-황지우[124] 《심인》 전문-

124) 황지우(黃芝雨, 1952 ~)는 시인이자 미술평론가다. 본명은 황재우다. 1952년 해남군 북일면 신월리 배다리에서 태어났다. 1955년 광주로 이사를 가게 되어 광주중앙초등학교를 나왔다. 중학

나는 황지우의 시 《심인》[125]을 읽으며 나는 '아, 이런 것도 시가 될 수 있구나!' 하는 강한 인상을 받았다. 그리고 한참 후 나희덕 시인의 현대 시 강의 『한 접시의 시』(나희덕의 현대시 강의, 창비, 2019.)를 읽으며 황지우 시인은 시 형식의 파괴자이며 새로운 창조자라는 것도 알았다.

시는 상당히 담담하다. 화자는 가족을 애타게 기다리는 사람들의 사연을 남의 일 보듯 하는 것 같다. 그런데 오히려 그것이 지금 세상 사람들의 마음을 더 잘 표현하는 것 같다. 가족을 잃어버린 사람들의 마음은 겨울밤 화로처럼 타들어 가지만 다른 사람들은 그저 신문 광고란을 대충 보며 혀를 찰 정도인 것 같다. 아니 아예 그 광고란을 보지 않는 사람도 많을 것이다. 그런데 그런 태도는 일반 대중뿐만 아니라 정부와 수사기관을 포함한 행정기관도 마찬가지인 것 같다. 당사자들의 애타는 마음엔 무관심하다.

그런데 시가 이상하다. 서정시의 문법에 어울리지 않는다. 찾는 사람의 이름은 고딕으로 썼다. 시에는 시인의 직접적인 서정이 드러나지 않는다. 이런 것도 시일까? 시 형식이 파격적이다. 그냥 신문에 나온 광고를 옮겨 놓고 화자는 똥을 누며 그 신문 광고란을 보고 있다. 남의 절박한 일을 강 건너 불 보듯 한다. 그러나 그렇기에 우리에게 전하는 메시지가 더 크다. 시의 이

교 시절 정음사에서 나온 세계문학전집을 읽은 것이 계기가 되어 문학에 관심을 두기 시작했다고 한다. 서울대학교 미학과를 졸업하고 서강대학교 대학원 철학과에서 석사학위를 받았으며 홍익대학교 대학원 미학과에서 박사과정을 수료했다. 1980년 《중앙일보》 신춘문예에 입선하고 《문학과지성》에 시를 발표하며 등단했다. 한신대학교 문예창작학과 교수를 거쳐 현재 한국예술종합학교 연극원 극작과 교수로 재직 중이다. 시집으로 『새들도 세상을 뜨는구나』『겨울-나무로부터 봄-나무에로』『나는 너다』『게 눈속의 연꽃』『저물면서 빛나는 바다』『어느 날 나는 흐린주점에 앉아 있을 거다』『오월의 신부』 등이 있고, 제3회 김수영문학상(1983) 제36회 현대문학상(1991) 제8회 소월시문학상(1993) 제1회 백석문학상 및 제7회 대산문학상(1999)을 수상했고 옥관문화훈장(2006)을 받았다.

125) 황지우, 『새들도 세상을 뜨는구나』 문학과 지성사, 1983.

면을 보면 사랑하는 가족을 기다리는 상황과 사연이 풍긴다. 그런데 사람들은 시의 화자가 똥을 누면서 광고란을 읽듯이 담담할 뿐이다.

시는 그 형식과 내용에 있어서 시대 상황과 처한 서정을 표현하며 때로는 시대를 고발하고 때로는 시대를 초월하기도 한다. 시인은 이를 위해 나름의 형식을 찾는다. 특히 황지우의 시가 그런 것 같다. 시의 제목을 보자. 《심인》이다. 심인을 한자로 쓰면 찾을 심(尋) 사람인(人)이다. 사람을 찾는다는 뜻이다. 누구를 찾는가? 가족을 찾고 있다. 지금도 집을 나갔거나 잃어버린 가족을 애타게 찾는 사람이 많지만 1980년대에는 더 절박했던 것 같다. 아니 그것은 그 이전에도 절박했을 것이며 앞으로도 그럴 것이다. 다만 찾는 방법이 다를 뿐이다.

이 시는 1980년대 발표된 시이다. 따라서 그 시대 상황을 유추하면서 감상해야 한다. 사람을 찾는 일은 요즈음은 인터넷과 방송 매체 등이 발달해서 신문에 거의 나오지 않지만, 그때는 신문에 상당히 많이 나왔다. 그때 신문 하단에는 사람을 찾는 한 줄 광고가 빼곡했다. 신문에는 실종자의 이름, 간단한 신상 명세, 그리고 돌아오라는 말과 사연이 한 줄 정도 있고 연락처가 적혀 있었다. 가끔 얼굴도 실렸었는데 모두 우울했던 것 같다.

찾는 사람들은 저마다의 집을 나간 사연이 있다. 이 시에는 찾는 세 사람을 통해 각자 집을 나간 사연, 실종된 사연의 다양성을 설명하고 있다. 제1연의 김종수의 사연을 보면, 시기적으로 80년 5월 가출이다. 혹시 광주 항쟁에 연류된 것은 아닐까? 그렇다면 군부에 연행된 것일까? 혼란한 세상을 피해 어디론가 숨어 버린 것일까? 김종수가 실종된 사연은 알 수 없다. 다만 추측할 뿐이다. 기다리는 사람은 누나이다. 이를 보면 김종수는 누나와 같이 살았다. 부모님은 안 계실 수 있다. 부모님이 안 계신 사연은 모르겠으나 누나가 군대 소집 영장이 나왔으니 돌아오라는 사연을 담은 것을 보면 살기가 넉넉하지 않음을 알 수 있다.

제2연에서 "어머니가 위독하시다."로 보아 광필이를 기다리는 당사자는 광필이의 형인 듯하다. 광필이는 "모든 것을 묻지 않겠다. 돌아와서 이야기하자"는 것으로 보아 큰 잘못을 저지르고 형에게 혼이 난 후 집을 나간 모양이다. 시에는 형제간의 갈등이 배어 있다. 그런데 형이 광필이를 찾는 이유는 어머니가 위독하기 때문이다. 광필이 어머니는 광필이가 집을 나가고 화병을 앓았는지, 연로하여 병을 앓았는지 드러나지 않는다. 그러나 시의 맥락으로 보아 어머니는 형제간의 갈등과 광필이의 가출로 화병을 얻은 것 같다. 아버지는 등장하지 않는다. 어머니가 두 아들을 키워 온 모양이다. 역시 서민의 느낌이 풍긴다. 광필이와 형을 이어 주는 것은 어머니이다.

제3연에서 조순혜는 아버지와 싸우고 가출한 것 같다. "아버지가 기다리니 집으로 속히 돌아오라"라는 것으로 보아 조순혜를 애타게 기다리는 사람은 아버지이다. 조순혜는 아버지와 둘이 살던지 가족과 살더라도 아버지와의 사연이 깊은 것 같다. 아버지가 잘못한 모양이다. "내가 잘못했다."라는 표현에는 사과와 용서가 담겨 있다. 딸을 기다리는 아버지의 마음은 그 말에 흥건히 배어 있다.

시에서 찾는 세 사람의 가출과 실종의 사연은 국가와 사회적 격동으로 인한 사연과 가족과의 갈등으로 인한 가출로 구분된다. 그런데 가출과 실종의 사연은 그 외에도 무수히 많다. 시에는 다만 세 사람의 가출을 통해 실종자의 다양한 사연을 암묵적으로 설명하고 있을 뿐이다.

제1연에서 제3연으로 이어지는 사람을 찾는 주체에 따라 깊이와 결이 다르다. 제1연에서 김종수를 찾는 누나는 김종수를 보고 싶어서라기보다 입대 영장이 나왔기 때문이다. 이면에는 그저 누나가 기다린다고 하면 오지 않을 것 같기도 하다. 당시에 입대 영장이 나왔을 때 입대하지 않으면 군 기피자가 되어 전과자가 된다. 그래서 입대 영장이 나오면 반드시 입대해야 한다. 그때는 입대하는 사람은 군 복무를 무사히 마치고 돌아오라는 가족과 친지들의 환송을 받는다. 그러나 김종수는 누나의 환송 외에는 받지 못할 것 같다. 누나가 김종수를 찾는 마음의 애절함이 크게 드러나지 않는다. 누나의 생활도 궁핍한 것 같다.

제2연에서 광필이를 찾는 형의 마음이 드러난다. 그런데 아직도 형의 마음은 다 풀리지 않은 것 같다. 그냥 지난 일을 따져 묻지 않겠다는 것뿐이다. 형의 마음으로는 돌아오지 않을 것 같다. '어머니가 위독하시다'는 말에는 어머니가 광필이를 기다리는 애타는 심정이 담겨 있다.

제3연에서 조순혜를 기다리는 아버지의 마음은 타들어 간다. 그러기에 딸에게 "내가 잘못했다."고 사과까지 한다. 집 나간 사람을 기다리는 가족의 마음이 누나나 형의 마음은 어머니와 아버지에 비하면 결과 깊이가 얕다. 시에는 가족관계에 따라 애착 정도가 다름을 암묵적으로 드러내고 있다. 그 누구의 마음도 자식을 기다리는 부모의 마음만 하겠는가?

어쨌든 제1연에서 제3연까지 가족을 찾는 사람들의 마음은 간절하다. 그러나 제4연에서 신문을 통해 이를 읽는 화자의 마음은 담담하다. 그러기에 "나는 쭈그리고 앉아 똥을 눈다." 지금은 거의 다 수세식 화장실에서 변을 보기에 이해가 잘 안 될 수 있지만, 그때는 대부분 재래식 화장실(통시)에서 볼일을 봤다. 볼일을 볼 때 신문지를 들고 들어가는 이유는 볼일을 보면서 읽다가 볼일을 다 보고 난 후에 꼬기꼬기하여 뒤를 닦기 위함이기도 하다. 그러니 똥을 누면서 보는 신문은 똥 누는 데 심심함을 해소하고 뒤처리를 위한 수단이다. 거기서 읽는 《심인》란은 볼일을 보는 화자에게는 남의 일일 뿐이다.

아직도 돌아오지 못하는 가족은 많은데

첨단 문명을 자랑하는 지금도 실종자는 넘쳐 난다. 다만 사회적으로 일반 대중에게 심각하게 받아들여지지 않을 뿐이다. 그런데 지금의 실종자들은 사고로 인한 것도 많지만 개인적인 파산, 실직과 비관, 이혼과 가족관계의 파괴, 질병 등 척박한 세상에서 삶의 벼랑 끝까지 몰려 사라진 사람들이 무수히 많다. 문명사회에서 노숙자가 늘어나고 스마트폰 보급률이 근 100%에 가까운 시대에 찾을 길 없는 가족이 많다. 지난 10년간 대법원 홈페이지에 게재된 실종 선고자가 무려 6,000여 명이 넘는다. 실종자들의 유형도 다양하다. 어떤 이는 대학교수였던 적이 있고 어떤 이는 대기업의 임원도 했다. 그러나 그들은 가족을 떠나 홀연히 사라졌다. 지금도 고시텔에서 삶을 전전하는 사람들이 얼마나 많은가? 어쩌면 그들도 가족 품으로 돌아가지 못하는 사람들일 것이다.

실종자들은 남겨진 가족 특히 어머니에게는 깊은 상처로 남는다. 어머니들은 하루에도 몇 번씩 '살아 있을까? 내가 잘못한 걸까? 어디서 몸 성히 밥은 먹고 있을까?' 하는 마음으로 하루하루를 보낼 것이다. 어머니에게 그런 마음이 길을 걸을 때도, 밥을 먹을 때도, 잠을 잘 때도 한탄과 함께 불쑥불쑥 솟구칠 것이다. 사라진 가족은 남은 가족에게는 깊은 상처로 남는다.

차라리 죽었다면 슬픔은 크지만, 그 슬픔은 시간이 흐르면 묻히게 된다. 그러나 생사를 알 수 없을 때, 세월호 사고처럼 바다에 수장되어 시신조차 찾지 못하였을 때, 온갖 의문과 상상을 하게 된다. 사회적으로도 그 상상과 추측은 꼬리를 물고 유언비어를 탄생시킨다. 얼마 전 한강에서 친구와 술을 마시고 실종되었다가 숨진 채 발견된 의대생의 사인을 두고 온갖 추측과 억측이 난무한 것도 그런 맥락이다. 죽은 자는 말이 없고 실종자는 증언할 수 없기에 남은 자들의 상상이 세상을 뒤덮는다. 그 가운데 부모의 마음은 어떠할까?

세월호 사건에서 시신을 찾지 못한 아이들은 영원한 실종자들이다. 6·25 전쟁으로 죽은 자들이 얼마나 많으며 실종자들은 또 얼마나 많은가? 지금도 '개구리 소년'의 사건은 오리무중이다. 지금도 실종 아동이 넘쳐난다. 충청 지역만 하더라도 지난해(2020년) 하루 3.7명꼴의 아동이 실종 신고되었다. 경찰청에 따르면 지난해(2020년) 한 해 대전 503명, 세종 130명, 충남 731명의 아동이 실종 신고가 되었다.[126] 정부는 2007년부터 실종 아동의 날 행사를 진행해 왔고 2020년부터는 '실종 아동 등의 보호 및 지원에 관한 법률'의 개정에 따라 실종 아동의 날을 법정 기념일로 지정하고 실종 아동 주간을 운영해 오면서 다각적인 캠페인을 벌여오고 있으나 일반인들에게는 크게 와 닿지 않는다.

지금도 남북 이산가족 찾기 생방송 때 부모 형제를 만나 울부짖던 모습이 생생하다. 설운도의 노래 〈잃어버린 30년〉은 우리 민족의 아픈 역사와 가족을 찾는 애절함을 전해 준다. 영화 〈국제시장〉을 눈물 흘리지 않고 볼 수 없었던 이유는 바로 그 애절하고 절박한 가족애 때문이리라. 세월호 사고가 난 후 충혈된 눈으로 바다를 보며 밤을 새우던 부모들의 모습이 떠오른다. 누가 뭐래도 실종된 가족, 집 나간 자식, 전쟁터에 나간 가족을 기다리는 마음이 부모의 마음만 하겠는가? 하근찬[127]의 단편소설 『수난이대』에는 그런

---

126) 중도일보, 2021.5.25.

127) 하근찬(1931~2007)은 1931년 10월 21일 경북 영천에서 태어나 1945년부터 전주사범학교에 다니던 중 교원 시험에 합격하여 학교를 그만두고 초등학교 교사로 몇 년간 근무하다가 1954년 동아대학교 공학부 토목과에 입학했다. 1955년 소설 〈혈육〉이 「신태양」 주최 전국학생문예작품 모집에 당선되었다. 1957년 단편소설 『수난이대』가 한국일보 신춘문예에 당선되었고 단편 〈낙뢰〉를 신태양에 발표한 후 동아대학교를 중퇴하고 군에 입대하였으나 1958년 의병제대했다.

부모의 마음이 잘 드러난다.

"진수가 돌아온다. 진수가 살아서 돌아온다. 아무개는 전사했다는 통지가 왔고, 아무개는 죽었는지 살았는지 통 소식이 없는데, 우리 진수는 살아서 오늘 돌아오는 것이다. 생각할수록 어깻바람이 날 일이다. 그래 그런지 몰라도 박만도는 여느 때 같으면 아무래도 한두 군데 쉬어야 넘어설 수 있는 용머리재를 단숨에 올라채고 만 것이다. 가슴이 펄덕거리고 허벅지가 뻐근했다. 그러나 고갯마루에서도 쉴 생각을 하지 않았다. 들 건너 멀리 바라보이는 정거장에서 연기가 물씬물씬 피어오르며 기적소리가 들려왔기 때문이다. 아들이 타고 내려올 기차는 점심때가 가까워야 도착한다는 것을 모르는 바 아니다. 해가 이제 겨우 산등성이 위로 한뼘 가량 떠 올랐으니 오정이 되려면 아직 차례가 먼 것이다. 그러나 그는 공연히 마음이 바빴다. 까짓것, 잠시 쉬면 머할꺼고, 손가락으로 한쪽 콧구멍을 찍 누르면서 팽! 마른 코를 풀어 던졌다. 그리고 휘청휘청 고갯길을 내려가는 것이다."[128]

1958년 단편 〈나룻배 이야기〉 〈흰 종이수염〉을 발표하면서 본격적인 작가의 길에 들어섰다. 그 후 단편소설〈이지러진 집〉 〈분〉 〈나무열매〉 〈산울림〉 〈낙도〉 〈족제비〉 〈왕릉과 주둔군〉 등을 매년 썼으며 1970년 〈족제비〉로 제7회 한국문학상을 받았다. 그후 조연현문학상, 유주현문학상 등을 수상하였으며 1998년에는 보관문화훈장을 받았다. 주연소설 〈여제자〉가 〈내 마음의 풍금〉으로 영화화되기도 했다. 1970년 한국일보에 장편 〈야호〉를 연재했으며 1995년 장편 〈제국의 칼〉을 출간했다. 그는 전쟁을 비롯한 역사적 상황에 관련된 수난의 아픔과 인간적 진실을 그려 내었다는 평가를 받아 왔다. 2007년 11월 25일 타계했다.

128) 하근찬, 김경원 엮음『수난이대』사피엔스, 2012. 12쪽~13쪽.

하근찬의 소설『수난이대』이야기를 좀 더 살펴보자. 이 소설은 1957년 한국일보 신춘문예에 당선된 단편소설로 하근찬을 문학가(소설가)로 살아가게 한 작품이다.

아버지 박만도는 일제 강점기에 남양군도에 징용으로 끌려가 연합군의 비행기 폭격이 잦은 가운데 산속에 비행기 격납고를 만드는 일에 동원된다. 그날 하필 다이너마이트 설치 담당이 되어 설치하고 나오는데 연합군의 기습 공습이 있자 당황하여 다시 굴속으로 뛰어 들어가 숨었지만, 폭발한 다이너마이트 파편에 한쪽 팔을 잃는다. 아들 박진수는 6·25 전쟁 참전하여 수류탄 파편에 한쪽 다리를 잃고 돌아온다. 아버지와 아들 즉 이대가 겪는 수난을 사실적으로 표현하여 엎친데 겹친 격으로 겪는 한 가족의 수난사를 통해 민족의 수난사를 그려 내고 있다.

박만도는 아들이 전쟁터에서 살아 돌아온다는 소식에 단걸음에 역전에 나가지만, 한쪽 다리가 없는 아들을 보고 허탈함을 눈물로 삼키면서 살아갈 길을 막막해하는 아들에게 살아갈 용기를 준다. 역에서 만난 불구의 아들을 처음에는 허탈함에 냉냉하게 대하는 듯했으나 주막에서 국수를 먹이고 외나무다리를 건널 때 아들을 업고 건너는 따뜻한 부성애와 장성한 아들이 아버지의 등에 업혀 팔로 목을 감아 안는 아련한 가족애를 본다. 그리고 그들 두 부자의 다음과 같은 독백으로 소설을 끝내는 장면에서 수난 속에서도 다짐하는 새로운 삶의 의지를 느끼게 한다.

> "만도는 아랫배에 힘을 주며 끙! 하고 일어났다. 아랫도리가 약간 후들거렸으나 걸어갈 만은 하였다. 외나무다리 위로 조심조심 발을 내디디며 만도는 속으로 '인제 새파랗게 젊은 놈이 벌써 이게 무슨 꼴이고. 세상을 잘못 타고 나서 진수 니 신세도 참

똥이다 똥.' 이런 소리를 주워섬겼고, 아부지의 등에 업힌 진수는 곧장 미안스러운 얼굴을 하며 '나꺼정 이렇게 되다니 아부지도 참 복도 더럽게 없지, 차라리 내가 죽어버렸더라면 나았을 낀데…' 하고 중얼거렸다. 만도는 아직 술기가 약간 있었으나, 용케 몸을 가누며, 아들을 업고, 외나무다리를 무사히 건너가는 것이었다. 눈앞에 우뚝 솟은 용머리재가 이 광경을 가만히 지켜보고 있었다."[129]

《심인》, 6월에 이 시가 가슴에 와닿는 것은 할머니 생각 때문에 더하다. 할머니는 나를 무척 사랑하셨다. 그런데 내가 중학교 다닐 때 돌아가셨다. 할머니는 돌아가신 후에도 눈을 감지 못하셨다. 할머니의 6월은 뜬 눈의 낮과 밤이었다. 막내아들이 6·25 전쟁에 참전하여 북진하다가 전사했다. 하지만 시신을 찾지 못하여 행방불명 처리되었다. 할머니는 혹시나 아들이 살아 돌아오지나 않을까 하는 마음으로 평생을 기다렸다. 나의 작은 아버지는 할머니에게 간절한 기다림의 불꽃이었다. 돌아가신 후에도 눈을 뜨고 계신 할머니의 눈을 손으로 쓸어 감겨주시며 아버지가 말씀하셨다. "어머니 이제 눈을 감으시고 저승에서 꼭 희우 만나세요" 난 그 생각만 하면 가슴이 먹먹해 온다.

첨단 과학의 시대에 실종자들을 조기에 찾아 가족 품으로 돌려보낼 수 있는 첨단 시스템의 구축은 어려울까? 정부나 정치인들은 실종자 찾는 일과 실종자 가족의 마음을 헤아리고 있을까? 시에서처럼 신문 광고란을 보듯 하지는 않을까? 실종 아동을 찾는 일에 일반 대중이 적극 동참하게 하는 방법

129) 하근찬 앞의 책, 33쪽~35쪽.

은 없을까? 특히 복지국가를 지향하는 시대에 실종자들이 발생하지 않도록 하는 사회복지 시스템을 구축할 수 없을까? 그게 돈만으로 될까? 지금도 실종자들의 가족은 외치고 있다. "돌아오라, 가족 품으로!" "돌아오라 엄마 품으로!"

07. 다시 그 뜨거웠던 《역사 앞에서》

역사는 과거의 사람들을 평가함으로써
사람들로 하여금 미래를 판단하게 한다
〈T. 제퍼슨〉

뜨거운 역사 앞에 숙연해야 함에도

여름 기온이 30도를 훌쩍 넘었다. 역사적으로 우리의 봄과 여름은 낭만적이지 못한 뜨거운 날들이었다. 3월은 3·15 부정선거가 4월은 4·19혁명이 있었다. 5월은 5·16 군사정변과 5·18 광주 민주항쟁이 있었고, 임진왜란이 발발했다. 6월엔 지금은 6·10 민주항쟁에 무게를 싣고 있지만, 6·25라는 동족상잔의 비극은 현대사에 가장 뜨겁고 처참한 사건이었다. 7월은 최초의 헌법이 공표된 제헌절이 있고 8월은 8.15해방과 8.29일 경술국치일이 있다. 이처럼 우리가 걸어온 역사는 여름만큼이나 뜨거웠다.

이런 뜨거웠던 《역사 앞에서》 일본인 위안부 문제를 해결하겠다고 나선 〈정대협〉의 윤미향 사건이 논쟁거리가 되었다. 윤미향 사건은 정치적 논쟁 사항이 아닌데도 정치적 논쟁으로 세상을 어지럽게 한다. 정대협의 존재도 일제 치하에서 처참하게 희생된 분들의 아픈 역사 앞에 숙연해야 한다. 그런데 현실 정치에서 그렇지 못하다. 안타깝다.

한국현대사에서 특히 봄과 여름에 일어난 사건이 유독 뜨겁다. 특히 역대 정권에서 역사 바로잡기란 명목하에 진행된 역사 논쟁의 중심에 봄과 여름에 일어난 사건이 존재한다. 내가 굳이 봄과 여름에 일어난 우리 현대사에 주목하는 것은 그 봄과 여름이 뜨거웠던 만큼, 그때 일어난 역사 자체가 뜨거웠고, 역사 논쟁도 뜨겁기 때문이다. “오래 전의 역사란 세월의 경과로써 어두워졌으므로, 진실을 알아내기란 여간 어려운 일이 아니다. 그리고 그 시대와 명사들에 대한 아첨으로 흔히 사실이 흐려지기 때문이다(플루타르크/영웅전)” 그래서 역사는 항상 논쟁의 중심에 서 있다. 특히 역사가 정치적 이해관계와 맞물릴 때 그 진실의 옷을 입기 어렵다.

그러나 우린 역사 앞에 겸허해야 한다. 역사 해석은 각자의 몫이라지만, 역사는 정치나 정파적 목적으로 예단해서는 안 된다. 뜨거운 폭염하에 일어난 역사와 역사 논쟁 앞에서 겸허한 마음으로 함께 읽고 싶은 시가 있다. 박노해의《역사 앞에서》이다.

《역사 앞에서》 삶과 역사 되돌아보기

역사를 공부하면 할수록 그 엄정함에
자세를 가다듬곤 합니다
역사 앞에서는 그 사람과 집단의
처음이 나중을 결정하는 것이 아니라
나중이 처음을 결정한다는 것입니다

일제하에서 친일을 하다가 뉘우치고
독립운동으로 생을 마감한 사람은 용서받을 수 있지만
한평생을 독립운동에 몸 바치다가
막바지에 친일한 사람은 영영 용서받을 길이 없습니다

역사는 무서운 것입니다
당신의 사정이 어떠하든
역사는 우리의 죽음 이후까지를 시퍼렇게 기록합니다
오늘 현실의 승리자가 되었다고 함부로 살지 마십시오
오늘 현실의 패배자가 되었다고 함부로 걷지 마십시오

역사는 무서운 것입니다
우리가 앞으로 어떻게 살다 죽는가가 더 중요합니다
처음이 나중을 결정하는 것이 아니라
나중이 처음을 결정한다는 것을 잊지 마십시오

–박노해 《역사 앞에서》[130]–

이 시를 읽으며 역사 앞에 겸허해져야 한다는 것을 배운다. 그리고 이제까지의 삶보다 더 중요한 것이 남은 삶이란 것도 마음에 새긴다. "역사를 공부하면 할수록 그 엄정함에/자세를 가다듬곤 합니다"라고 시인이 말했듯이,

130) 박노해, 앞의 책, 132쪽.

나도 역사를 공부할수록 그 엄정함에 자세를 가다듬곤 한다. '벼 이삭은 익어야 고개를 숙인다'고 하듯이 역사를 공부할수록 역사를 함부로 말하지 못할 것 같다. 그러나 정치적 이해관계에 따라 역사를 아전인수로 논하는 것 같아 안타깝다.

"역사 앞에서는 그 사람과 집단의/처음이 나중을 결정하는 것이 아니라/나중이 처음을 결정한다는 것입니다" 시인의 역사 이해는 평범하면서도 탁월하다. 역사를 논하는 사람들이 마음에 새겨야 하는 문구이다. 이 문구를 자기 역사를 아름답게 마무리하기 위해서는 끝맺음을 잘해야 한다는 충고로도 받아들인다. 역사에 대한 논쟁과 평가는 늘 엄정하며 그 중심에는 나중이 처음을 결정하는 속성이 있기 때문이다. 이런 역사 이해의 속성은 옳은 걸까? 한 인간이나 한 사건의 시작과 과정, 끝을 모두 살피고 평가해야 하는 것 아닐까?

제2연에서는 제1연의 주장을 구체적으로 밝힌다. "일제 치하에서 친일을 하다가 뉘우치고/독립운동으로 생을 마감한 사람은 용서받을 수 있지만/한평생을 독립운동에 몸 바치다가/막바지에 친일한 사람은 영영 용서받을 길이 없습니다" 지금까지 이어지는 친일 논쟁도 이 범주에 있는 것 같다.

육당 최남선은 독립선언서를 기초할 정도로 학식이 뛰어났고 애국심이 있었다. 그러나 그는 뒷날 친일을 했기에 그의 모든 삶과 글은 가치를 잃었다. 시인 서정주 역시 우리 근현대사에서 대표적인 시인이지만, 뒷날 친일의 행적 때문에 오명을 벗어날 수 없다. 애국가를 작곡한 안익태 역시 친일의 흔적이 있다고 하여 애국가를 바꾸어야 한다는 논쟁이 세상을 들끓게 했다. 춘원 이광수 역시 그 범주를 벗어나지 못한다.

민주투사로 기록된 윤보선(1897~1990)의 생애는 혼란스럽다.[131] 윤보선은 임시정부의 최연소 의정원 의원이자 4·19혁명 이후 민주당 정부에서 대통령을 역임했다. 그의 아버지 윤치소(尹致昭, 1871~1944)는 개화파의 거두이자 친일로 유명한 尹致昊(1865~1945)의 사촌 동생으로 아산의 만석꾼이었다. 조선 선조 때 정승을 지낸 윤두수, 윤근수 형제의 후손이다. 그의 아버지는 동학농민군이 일어나자 이에 대항하고자 창의군을 조직·후원하였다. 윤치호는 친일했으나 윤치소는 일제 강점기 사업가로서 명망이 있었으며 친일의 행적은 뚜렷하지 않다. 윤보선의 가계는 조선 전체 그리고 구한말을 이어 현대사에까지 대단한 부와 세력을 지닌 집안이었다. 일제 강점기에도 그 명성은 떨어지지 않았다. 그 비결은 무엇이었을까?

윤보선과 그의 가문에 대한 평가는 빛과 그림자가 교차한다. 한국 근현대사에서 중요한 구실을 한 인물이었다는 평가와 친일파 가문이라는 비판이 교차한다. 정통 야당을 고수하며 독재정권에 반대하며 민주화 운동을 주도했던 인물과 한국의 민주주의를 지켜내지 못하고 군부에 정권을 넘겨준 비겁한 인물로 그려진다.

일본 유학 생활을 중도에 그만두고 귀국한 윤보선은 20세가 되던 1917년 여운형과 함께 상해로 갔다. 상해에서 그는 일본에 머물던 동생을 통해 임시정부의 정치자금을 조달했고 임시정부의 최연소 의정원 의원이 되었다. 그러나 22세가 되던 해에 당숙인 윤치왕의 주선으로 영국으로 건너가 영문학과 고고학을 공부하였고 유럽 여행을 했다. 귀국한 윤보선은 23년 동안 서울과 아산, 미니골프장까지 갖춘 함경남도 안변군에 있는 별장에 머물면서 귀족적인 은둔 생활을 했다. 그리고 8.15 광복과 함께 현실 정치에 뛰

131) 이하 윤보선에 대한 이야기는 박태균의 "꺾이지 않는, 그러나 시류에 흔들리는 야당 지도자"(『한국사 인물 열전 3』, 돌베개)를 참고한 것임.

어들었다. 그는 초기 우익 정치 세력의 중심 역할을 하면서 미군정의 '여당'으로 평가받았던 '한국민주당'에 적극적으로 참여했다. 미군이 진주하자 곧바로 우익세력과 손을 잡고 한국민주당을 창당했다. 그리고 미군정청 농산국 고문으로 임명되어 활동했고, 이승만 정권 시절 「민중일보」를 운영하면서 이승만을 옹호했다. 그러나 이승만과의 관계가 정치적인 기 싸움으로 좋지 않았다, 그래도 이승만이 제헌국회 의장이 되자 잠시 비서로 활동했고, 1948년 12월 서울시장에 취임했다.

1954년 제3대 총선에서 압도적으로 국회의원(종로 갑구)에 당선되었으나 주요한 박순천 등과는 앙숙이었다. 후에 그는 한국민주당 출신 구파의 핵심 지도자로 이승만과 대립했다. 이때부터 그는 독재정권에 맞서는 민주화투쟁 지도자의 한 사람이자 정통 보수 야당 지도자로 자리매김했으며, 민주당 내부의 신구파 간의 진흙탕 싸움의 중심에 선 정치꾼이 되었다. 4·19혁명으로 이승만 정권이 무너지고 실시된 7.29 총선에서 민주당이 압승을 거두자, 구파의 핵심 지도자로 내각책임제의 대통령이 되었다. 그러나 총리인 장면과 관계가 좋지 않았다.

특히 주목할 것은 박정희가 5·16 군사정변을 일으켰을 때였다. 어쩌면 당시 대통령 윤보선은 갈등 관계에 있는 장면을 제거하기 위해 박정희의 군사정변을 묵인하였는지 모른다. 군사정변이 일어난 다음 날인 1961년 5월 17일 아침 11시 유엔군 사령관 매그루더와 미국 대리대사 그린이 윤보선을 찾아갔을 때 윤보선은 '국민들은 더이상 장면 내각을 믿지 않으며 헌법은 고통을 줄이지 못했고, 약속한 실업 문제는 실패했다. 부패가 매우 심각하며, 중석 수출 스캔들에 고위직들이 개입되어 있다. 이런 문제를 해결하기 위해 초당적인 거국내각이 필요하다.'는 식으로 말했다. 이러한 대통령의 미묘한 생각이 작용했는지 박정희는 불과 3,000여 명의 병력으로 군사정변에 성공할 수 있었다.

박정희의 민정 이양과 함께 선거전에 돌입했다. 윤보선은 민정당 단일후보로 출마했지만, 구민주당 세력은 사분오열되어 15만 표 차이로 박정희에게 패배했다. 1965년에는 한일협정반대 투쟁으로 결집하여 신민당 후보로 다시 한번 대통령에 출마했으나 이때는 100만 표 차이로 패배했다. 그 이후 그는 야당 지도자가 되어 박정희 정권에 맞서는 길을 걷게 되었다. 이러한 윤보선의 생애와 행적을 두고 한쪽으로 명확하게 평가하기는 어렵다.

조선시대로 가 보자. 조선의 역사는 중흥의 시대도 있었으나 사화와 당쟁의 역사였다. 조선 건국 자체도 세종이 용비어천가에서 역성 역명이라 칭송하였지만, 다른 각도에서 보면 고려왕조를 무너뜨리고 권력을 잡은 군사 쿠데타였다. 사화와 당쟁의 역사라는 것도 일제와 식민사학자들이 한국인의 역사의식을 비하하기 위해 부각시켰다는 비판도 있으나, 실제 그토록 엄청난 선비들이 요즈음 말하는 적폐 청산이란 이름으로 처형당한 일은 어느 왕조에도 없었다. 그 보복과 처형의 역사는 조선 중기 연산군 때부터 시작되어 사화를 넘어 후기의 기독교 박해까지 이어졌다. 얼마나 많은 무고한 생명이 희생되었는가?

성종이 죽고 연산군이 집권한 4년 후 무오사화(1498년)가 일어나 한창 중앙 정계에서 능력을 발휘하려 했던 사림(士林)들이 처참하게 죽었다. 이때 김종직의 조의제문(弔義帝文)은 묻어 두어야 할 역사였지만 도굴하듯이 캐내 선비들을 도륙했다. 그 이후 갑자사화(1504년), 중종 14년에 기묘사화(1519년), 명종 즉위년에 을사사화(1545년)가 이어졌다. 모두 불안정한 왕권을 이용하여 정적을 몰아낸 사건들이었다.

사화는 1589년 선조 22년 정적이었던 동인의 권력을 송두리째 흔들어버린 엄청난 사건인 기축사화(己丑士禍)라고도 불리는 기축옥사(己丑獄事)로 이어졌다. 이 일로 1,000여 명이 넘는 선비들이 죽어가고 뜻있는 학자와 선비들이 모두 은둔의 길을 택하여 조정은 텅 비었다. 그 중심에 대문장가 송강 정철이 있었다. 고등학교 때 송강가사를 모르면 시험을 망친다. 특히 〈사미인곡〉은 님(임금)을 그리는 충심이 애절하다. 우린 이제까지 송강을 대문장가로만 기억하고 있었다. 그러나 송강은 무서운 악마였다. 그 본말을 보자.

오랜 권력투쟁에서 사림파는 패배하고 처형되었으며 유배당했다. 정철의 아버지 정유침은 왕실과 사돈관계라 잘 나갔으나 을사사화에 연류되어 가족이 함경도와 전라도, 경상도로 흩어져 유배당했다. 정철은 정유침의 넷째 아들이었고 큰형은 고문으로 죽었다. 그때 정철의 나이 15세였다. 어릴 때 누나들이 왕실로 시집을 간 덕택에 궁궐을 마음대로 드나들면서 모든 것을 누리던 아이였지만, 권력투쟁에서 집안이 몰락하면서 모든 것을 잃었다. 정철은 어린 시절부터 영민했다. 그 영민함을 나주 목사를 했던 김윤제가 알아보고 자기 정자 환벽당에서 가르쳤다. 당대의 석학들인 송순, 임억령, 김인후 등도 함께했다. 정철은 당대의 지성들에 의해 지식을 완성한 결과 11년 뒤 과거에 장원급제하여 당당하게 중앙 정계에 진출했다. 정철은 한학을 넘어 16세기에 유행한 언문 문학, 가사(歌辭)까지 모두 섭렵할 정도로 천재적인 재능을 가졌다. 그런 정철이 가슴에 비수를 품고 살았으리라는 것을 누가 알았으랴.

임진왜란이 일어나기 5년 전인 1589년이었다. 동인이었던 정여립 모반사건이 터졌다. 이때 정철은 스스로 이 사건을 해결하겠다고 나서면서 동인을 대거 숙청했다. 이중환은 『택리지』에서 '임금이 정철에게 옥사를 다스리게 했다. 정철이 동인은 죽이지 않으면 귀양 보내 조정이 거의 비다시피 했다'고 했다. 정철의 동인 학살극은 3년 동안 처참하게 진행되었다. 그때 3년 동안 죽은 선비만 1,000명이 넘는다. 아름다운 문장을 쓰던 학자에게 그런 잔인한 뒷면이 있을 줄이야. 정철은 동인에게 철저하게 보복했다.

선조는 기가 막혔다. 정철이 그토록 잔인무도하게 선비들을 도륙 내리라고는 생각하지 못했던 것 같다. 기축옥사가 끝날 무렵 정철이 자기와 뜻이 다른 사람을 모조리 죽이려 한다는 상소가 빗발쳤다. 선조는 전교를 내렸다. "음흉한 성혼과 악독한 정철이 나의 어진 신하를 죽였다.(兇徽毒澈殺我良臣)(이긍익,『연려실기술』 별집「祀典典故」)"고 하면서 공식문서도 없이 정철을 강계로 유배시켰다. 고산 윤선도는 "선조는 정철을 간사한 정철(간철 姦澈) 또는 독한 정철(독철 毒澈)이라 칭했고 그 자손을 독종(毒種)이라고까지 했다.(윤선도, 『고산유고』「국시소 國是疏」)"고 했다. 정철은 강화도 한 농가에서 굶어 죽었다.[132]

이러한 정철을 보면 시인이 시에서 "처음이 나중을 결정하는 것이 아니라/나중이 처음을 결정한다는 것입니다"라는 말이 무색하다, 그동안은 대문장가의 면모만 강조 되어왔던 탓이다. 그러나 대문장가로 알려진 정철의 최후는 그렇게 악인(惡人)으로 끝났다.

조선 역사에서 또 하나 짚고 가고 싶은 게 있다. 임금에게 조(祖)와 종(宗), 군(君)을 붙이는데 그중에서 조(祖)는 아름다운 치덕(治德)을 쌓은 임금에게 붙인다. 그런데 조를 붙여서는 안 될 임금이 여럿 있다. 그중에서 특히 선조와 인조를 들 수 있다. 선조와 인조는 임진왜란과 병자호란을 겪으면서 나라를 초토화시켰다. 신하들의 그늘에서 자기를 보전하기 위해 엄청나게 비굴한 짓을 했다. 선조는 궁궐을 버리고 도주하다가 압록강을 건너 명나라로 가려고 했다. 인조는 남한산성에서 피신했다가 삼전도의 치욕을 겪었다. 그런데 왜 조가 붙었을까? 선조와 인조의 사후에 그들에게 조를 붙

---

132) 박종인,『땅의 역사1』상상출판, 2018, 104~110쪽.

인 관료들은 모두 한패였기 때문이며 그들에게 조를 붙여야 자기들도 전란 극복의 공을 인정받을 수 있었기 때문이리라.

한 사람의 역사나 한 사건의 평가에 작용하는 것이 그 가치와 정체성 그리고 지조(志操)와 삶에 대한 성찰이 있었느냐의 문제이다. 그가 인간다운 가치를 지키기 위해 살았느냐, 자기의 권력과 이익을 취하기 위해 살았느냐의 문제가 있다. 그것을 어떻게 평가할까? 여기엔 항심(恒心)과 변심(變心)의 문제가 도사린다. 항심의 문제는 초기의 선하고 정의로운 마음을 끝까지 지켜냈느냐의 문제이다. 육당이나 서정주, 이광수 등은 항심(恒心)을 버렸다. 어떤 이유에서건 변심한 것이었다. 그러기에 시인의 말처럼 "한평생 독립운동에 몸 바치다가 막바지에 친일한 사람은 영영 용서받을 길이 없는" 배신자가 되었다.

또 하나는 회개(悔改)와 천선(遷善)의 문제이다. 죄의 인생을 살다가 회개하여 선행으로 생을 마감하면 선인으로 자리매김을 한다. 나쁜 짓을 하다가 정의로운 일로 죽으면 의인이 된다. 성경에서도 회개하는 자는 용서하여야 한다고 했다. 예로부터 개과천선(改過遷善)은 미덕(美德)이었다. 공자는 논어 학이편에서 과즉물탄개(過則勿憚改)라 하여 잘못을 즉시 고치는 것을 군자의 덕목으로 삼았다. 그래서 시인이 말하는 것처럼 "일제하에서 친일을 하다가 뉘우치고 독립운동으로 생을 마감한 사람은 용서받을 수 있는" 것 같다.

박정희가 구국의 일념으로 군사정변을 일으켰다고 하나 초기의 민정 이양과 경제발전에 주목하고 정상적으로 권력을 넘겼다면 그 의도는 인정되었을지 모른다. 그러나 그는 18년 이상 장기집권을 했고 민주주의를 바라는 수많은 사람을 억압했으며 유신독재로 최후를 마쳤기에 그가 내세운 구국의 일념은 상처받을 수밖에 없었다.

역사 앞에서 새겨야 할 시인의 충고

사람과 사건의 역사에서 그 초심이 선했다고 해도 그것은 끝맺음을 통해 평가된다. 선한 초심을 끝까지 지키며 지조를 지키고 인간다운 가치를 지켜야 선(善)이 된다. 여기에 삶에 대한 성찰의 문제가 있다. 삶에 대해 올바로 성찰하는 사람은 초심을 잃지 않고 항심을 지조로 지켜 혼(魂)을 지켜냈을 것이다.

그런데 역사는 권력을 가진 자에 의해 정치적으로 재해석되어 왔다. 그래서 박정희 정권하에서는 5·16은 혁명이었고 4·19는 의거였다가 지금은 5·16 군사정변, 4·19 혁명이 되었다. 5·18 광주항쟁도 전두환 정권 시절에는 폭동이었다. 6·25를 두고도 한때는 북침설까지 주장하는 무리가 있었으며 이승만 정권을 두고도 논란이 많다. 누가 뭐래도 정치에 대한 역사적 평가는 그의 집권 기간 국민의 삶이 얼마나 고르게 향상되었고, 나라의 부와 기강이 얼마나 섰으며, 국방이 얼마나 튼튼해졌고 국민 화합이 얼마나 이루어졌느냐가 기본인 것 같다. 지금의 역사 논쟁도 시간이 흐르고 정권이 바뀌면 또 어떻게 해석될까?

다시 시인의 충고를 되새겨 본다. 그리고 이 땅의 정치인들도 이 문구를 새기며 삶을 성찰하기를 바란다. "당신의 사정이 어떠하든/역사는 우리의 죽음 이후까지를 시퍼렇게 기록합니다/오늘 현실의 승리자가 되었다고 함부로 살지 마십시오/오늘 현실의 패배자가 되었다고 함부로 걷지 마십시오//역사는 무서운 것입니다/우리가 앞으로 어떻게 살다 죽는가가 더 중요합니다/처음이 나중을 결정하는 것이 아니라/나중이 처음을 결정한다는 것을 잊지 마십시오"

《역사 앞에서》 다시 겸허해져야 하겠다. 남은 삶을 더 잘 살려고 노력해야 하겠다.

08. 우리는 모두 《하늘》이 되고 싶다

지리한 장마 끝에 서풍에 몰려가는
무서운 검은 구름의 터진 틈으로
언뜻언뜻 보이는 푸른 하늘은 누구의 얼굴입니까?
〈한용운의 시/알 수 없어요〉

하늘이 되고 싶은 사람들

고대로 갈수록 하늘은 권위와 절대적 힘의 상징이기도 했다. 그런 관념은 현대인들에게도 여전히 예외는 아니다. 카뮈는 그의 비망록에서 "절망도 기쁨도 저 하늘과 빛나는 은근한 열기 앞에서는 아무런 근거도 없어 보인다."고 했다. 하늘은 모든 것을 품고 지휘하는 절대적인 힘을 소유하고 있다. 그러기에 인간은 역사 이후로 하늘을 동경하고 두려워하며 살아왔다.

추석이 다가온다. 올해 추석엔 파란 하늘과 한가위 달을 볼 수 있으면 좋겠다. 그래서 모든 우울한 사람들의 마음을 달래 주었으면 좋겠다. 하늘과 달은 인간의 역사 이래 우리에게 꿈과 희망과 동경의 상징이기 때문이다.

코로나19 시기엔 오랜 기간 벼랑 끝으로 내몰린 자영업자 5,000여 명이 전국적으로 차량 시위를 했다. 그들에게 정부와 중대본은 하늘이었다. 생존의 목줄을 쥐고 있기 때문이었다. 코로나19 때 보도에 의하면[133] "취준생 57%가 추석에 단기 알바를 하고자 나섰지만, 알바 구하기가 하늘에 별따기"라고 했다. 힘겹게 살아가는 취준생들 상당수는 추석에도 집에 가지 못한다고 했다. 뭔가라도 해서 벌어야 하기 때문이었다. 그런데 아르바이트 자리도 없으니 어찌하랴. 그들에게 아르바이트 자리는 추석날 파란 하늘보다 소중하였다.

카카오 등 거대 플랫폼 기업들이 골목 상권까지 넘보며 온갖 갑질을 자행한다고 난리다. 따지고 보면 그것은 이미 예측되었던 일이다. 이제 상당수의 관련된 중소기업 및 자영업자들에게 거대 플랫폼 기업은 목줄을 쥐고 있는 하늘이 되었다.

이런 위협적인 하늘은 문명이 진화하고 노동문화가 개선되면 사라질 줄 알았는데 여전히 새로운 형태로 진화하여 약자들의 생존을 위협하고 있다. 그러나 "하늘의 놀라운 깊이와 투명성! 이는 자연의 그윽한 깊이와 '이데아'의 견딜 수 없는 투명성이라고도 볼 수 있다."는 보들레르의 말처럼 하늘은 투명하고 신비스럽다.

추석을 맞이하면서 모두가 파란 하늘과 한가위 달을 보았으면 한다. 투명하고 그윽한 하늘이 사람들 가슴에 깃들기를 바란다. 그런 하늘을 각자의 소망을 이루기를 바란다. 모든 사람이 하늘의 깊고 투명한 이데아를 간직하기를 바란다. 그런 마음으로 박노해의 시 《하늘》을 읽는다.

133) 동아일보 2021. 9. 13.

시인이 그리는 《하늘》

우리 세 식구의 밥줄을 쥐고 있는 사장님은
나의 하늘이다.

프레스에 찍힌 손을 부여안고 병원으로 갔을 때
손을 붙일 수도 병신을 만들수도 있는 의사 선생님은
나의 하늘이다.

두 달째 임금이 막히고
노조를 결성하다가 경찰서에 끌려가
세상에 죄 한 번 짓지 않은 우리를
감옥소에 집어 넌다는 경찰관님은
항시 두려운 하늘이다

죄인을 만들 수도 살릴수도 있는 판검사님은
무서운 하늘이다

관청에 앉아서 흥하게도 망하게도 할 수 있는
관리들은
겁나는 하늘이다

높은 사람, 힘 있는 사람, 돈 많은 사람은
모두 하늘처럼 뵌다

아니, 우리의 생을 관장하는
검은 하늘이시다

나는 어디서
누구에게 하늘이 되나
대대로 바닥으로 살아온 힘없는 내가
그 사람에게만은
이제 막 아장걸음마 시작하는
미치게 예쁜 우리 아가에게만은
흔들리는 작은 하늘이겠지

아 우리도 하늘이 되고 싶다
짓누르는 먹구름 하늘이 아닌
서로를 받쳐주는
우리 모두 서로가 서로에게 푸른 하늘이 되는
그런 세상이고 싶다

-박노해 《하늘》 전문-

박노해는 척박한 노동 환경 속에서 인간다운 삶을 꿈꾸었던 시인이다. 이 시는 박노해의 유명한 시집 『노동의 새벽』 제1장 "사랑이여 모진 생명이여"의 맨 앞에 실린 시이다. 이 시는 사랑을 위하여 모진 생명의 극복을 갈구하는 시인의 간절한 소망을 담고 있다. 그래서 나는 이 시를 읽으면서 박노해를 욕망의 시인이라고 여겼었다.

시는 총 8연으로 구성되었다. 시에 등장하는 '하늘'은 우리 삶이 겪는 온갖 고단함과 소망을 담고 있다. 제1연에서 제6연까지의 하늘은 삶과 자유, 행복을 짓누르는 무서운 하늘이다. 7연과 8연의 하늘은 시인이 꿈꾸는 세상, 모두가 바라는 행복의 하늘이다. 그래서 전반부의 하늘과 후반부의 하늘은 같은 언어지만 다른 하늘이다.

사람이 살아가는 데 필수적인 것 세 가지를 전통적으로 의식주(衣食住)라고 했다. 그러나 현실성 있게 말하면 식의주(食衣住)다. 사람이 생존하는 데 최우선은 먹는 문제이기 때문이다. 입지 않고는 살 수 있어도 먹지 않고는 절대 살지 못한다. 그것은 모든 생명체의 가장 우선적인 생존 법칙이다. 우리가 전통적으로 생존 문제의 기본적인 세 가지를 의-식-주의 순서로 말한 것은 아마 형식과 체면 문화 때문이라는 생각이 든다. 그래서 나는 생존을 위한 필수적인 세 가지의 순서를 식-의-주로 바꿔어야 한다고 여긴다.

제1연은 바로 그 먹는 문제를 말하고 있다. 밥줄은 먹는 문제이며 가장 소중한 생명줄이다. 그 밥줄을 쥐고 있는 사람이 바로 사장님이다. 사장님은 밥줄, 그 밥을 구할 수 있는 돈줄을 쥐고 있기 때문이다. 빅토르 마리 위고(Victor-Marie Hugo, 1802~1885)의 소설 『레 미제라블』의 주인공 장발장이 배고픈 조카를 위해 빵 한 조각을 훔친 것도 밥줄 때문이다.

생명줄인 밥줄 즉 돈줄을 얻기 위해서는 일을 해야 한다. 그래서 모든 인간에게는 일할 의무가 있다. 일할 의무는 생존을 위해 신이 부여한 무상의 명령이다. 어떤 식으로든 일을 하여야 그 밥줄을 챙기고 획득할 수 있기 때문이다.

또한, 사회적 동물인 인간사회에서는 일할 권리도 있다. 일할 권리 또한 신이 부여한 무상의 명령이다. 일할 의무는 있는데 권리가 없으면 일을 할 수 없고 결국 밥줄을 획득하지 못하여 생명을 유지할 수 없다. 그런데 산업 사회에서 가진 것이 없는 노동자에게 그 일할 권리를 인정해 줄 수 있는 사람은 바로 가진 자인 사장님이기 때문에 사장님은 밥줄이다.

여기에는 상당한 계급성이 드러난다. 그 계급성을 부르주아지(bourgeoisie)와 프롤레타리아(proletariat)라는 용어로 규정 지을 필요는 없다. 다만 일할 권리와 의무가 있지만 일을 할 수 있는 토지와 재화를 가지지 못한 자는 그것을 가진 자(사장님)에게 일을 제공하여 그 대가로 밥줄을 챙겨야 한다. 그러니 사장님은 하늘일 수밖에 없다.

제2연은 생명 치유의 문제를 말하고 있다. 삶의 현장에는 늘 생존의 위협이 도사리게 마련이다. 생존을 위해, 다시 말해서 일할 권리와 의무의 이행을 위해 노동을 하다 보면 다칠 수도 있고 병들 수도 있다. 이때 그것을 치유하는 사람은 바로 의사 선생님이다. 여기서 의사 선생님은 사장님처럼 치유의 재화를 가졌고 나는 그것을 가지지 못하였다. 그런 점에서 의사 선생님과 나는 유산자와 무산자로 나뉘어진다. 여기에도 역시 돈줄이 필요하다. 돈이 없으면 의사는 치료를 거절할 수 있다. 손을 다친 자, 병든 자는 의사 선생님의 치료 행위에 의존할 수밖에 없는데, 그것은 순전히 의사 선생님의 의술과 인간적인 양심에 달려 있다. 만약 의사 선생님이 의술을 가졌다 하더라도 돈이 없다고 치료를 거절하면 어찌할 수 없는 노릇이다. 반대로 돈이 있더라도 의술이 부족하면 어찌할 수 없다. 그래서 "프레스에 찍힌 손을 부여안고 병원으로 갔을 때 그 손을 붙일 수도 병신을 만들 수도 있는 의사 선생님은 나의 하늘"이 된다.

제3연은 사회적인 계약과 자유의 문제를 말하고 있다. 모든 민주사회는 계약관계에 의해 유지되고 발전된다. 사장과 직원 간에도 노동과 임금이란 매개를 통해 계약이 이루어져 있다. 노동을 제공하면 반드시 임금을 주어야 한다. 두 달째 임금이 막혔다는 것은 사장의 계약위반이다. 그러니 노동자들은 사장에게 임금을 달라고 요구할 권리가 있다. 그러나 당시에는 그런 권리가 노동자에게 없었다. 그래서 그들은 노조를 결성하였다. 그러나 법적으로 인정되지 않았으므로 불법이라 하여 경찰서에 끌려갔다. 그들은 정당한 요구를 하였지만, 현실을 짓누르는 법은 그것을 허용하지 않았다. 현행법 집행에 충실한 경찰관은 도둑질이나 강도질 혹은 살인 같은 죄를 한 번도 짓지 않은 그들의 행위를 법률위반으로 감옥소에 넣는다고 위협한다. 감옥소에 들어가면 자유를 박탈당한다. 그러니 경찰관은 나를 감옥소에 넣을 수도, 넣지 않을 수도 있는, 즉 자유권을 쥐고 있는 항시 두려운 하늘일 수밖에 없다. 여기서도 경찰관은 그 재화(권력)를 가진 자이며 노동자는 그것을 가지지 못한 자이다.

제4연은 제3연의 연장선에 있다. 모든 인간은 양인(良人자유인)으로 살아갈 권리가 있다. 물론 죄를 짓지 말아야 한다. 그러나 시대에 따라 실정법과 그 집행관들은 사람들을 양인으로 만들 수도 있고 죄인으로 만들 수도 있다. 그 권력을 쥐고 있는 사람이 바로 판검사님이다. 경찰관이 죄를 지었다고 판단하여 검사에게 송치하면 검사는 판단에 따라 기소하고 구형(求刑)하여 재판을 받게 한다. 판사는 그 내용을 검토하여 판결을 내린다. 여기서 판검사의 인간적인 양심과 법적 판단은 나를 죄인으로 만들 수도 있고, 양인으로 만들 수도 있다. 만약 판검사가 죄인으로 판정을 내리면 나는 양인으로 자유롭게 살아갈 권리를 박탈당하게 된다. 그러니 무서운 하늘이다. 장발장은 굶주린 조카를 위해 한 조각의 빵을 훔친 죄로 19년 동안 형무소에서 지내다가 46세에 겨우 석방되었다. 그는 선량한 삶을 살고자 했으나 그를 집요하게 쫓는 자베르에 의해 늘 쫓기는 몸이 되었다. 그는 결국 평생 죄인의 길을 걸을 수밖에 없었다.

복비(腹誹)라는 말이 있다. 복비(腹誹)는 '겉으로 드러내지는 않고 마음속으로 꾸짖거나 비판하는 것'을 일컫는다. 정치적으로 반대파나 못마땅한 사람을 척결하는데, 겉으로 뚜렷한 잘못이 드러나지 않지만, 속으로 흑심을 품었거나 반대한다는 명목으로 죄를 묻는 경우이다.

이 복비에 비추어 보면, 권위주의 정권의 시절에는 억울하게 죄인이 된 경우가 허다했다. 그리고 경찰관과 판검사의 편의주의적 발상과 정치적 편향으로 인해 죄인이 된 사람들도 많았음을 간과할 수 없다. 시인이 그들을 무서운 하늘이라 한 이유를 알겠다. "법률과 관습이 있기 때문에 사회적인 처벌이 생기고, 그로 인해 문명 한가운데 인공적인 지옥이 생겨나며, 신이 만들어야 할 숙명이 인간이 만든 운명 때문에 헝클어지고 있다"는 빅토르 위고의 말이 되새겨진다. 인간이 인간에게 행하는 악은 늘 진행형이다. 그것이 정치적일 때 더욱 불공정하고 처참해진다.

제5연은 행정권의 문제이다. 행정권은 인간의 삶의 제반 면모를 관장하는 일이다. 이 행정권에 따라 혜택의 유무가 달라진다. 지금은 공무원들이 옛날처럼 권력을 휘두르지 못하지만, 그때는 달랐다. 그들의 판단과 결정에 따라 인허가도 나고 각종 사업도 결정된다. 그러니 그들의 행위는 나라를 흥하게도 할 수 있고 망하게도 할 수 있으며 직장을 흥하게도 할 수 있고 망하게도 할 수 있었다. 적어도 1980년대까지는 그랬다.

제6연은 제1연부터 5연까지의 종합이다. "높은 사람, 힘 있는 사람, 돈 많은 사람"은 한마디로 재화(꼭 돈만 지칭하는 것이 아님)를 많이 가진 자이다. 그러니 그들은 모두 하늘처럼 보일 수밖에 없다. 그들은 총체적으로 우리(노동자, 무산자, 하층민)의 생명줄(돈줄, 자유 등)을 쥐고 있는 사람들이다. 그러니 "생을 관장하는 검은 하늘"이다.

지금까지의 하늘은 화자에게 저승사자와 같은 무서운 하늘이다. 화자는 그 하늘에서 벗어나고 싶은 간절한 소망이 있다. 그리고 화자 스스로 하늘이 되고 싶다.

제7연에서 화자는 하늘이 되고 싶은 자신을 돌아본다. 아무리 돌아보아도 "대대로 바닥으로 살아온 힘없는 내가" 하늘이 될 수 없다. 그래서 절망 속의 화자는 적어도 "이제 막 아장걸음마 시작하는 미치게 예쁜 우리 아가에게만은 흔들리는 작은 하늘이겠지"라고 상상한다. 화자는 한 집안의 남편이요 아버지인 가장이다. 척박한 환경에서 힘 있는 하늘에 짓눌려 생존을 위해 악전고투하지만, 집안사람들 특히 미치도록 예쁜 아가에게만은 작고 흔들리지만, 하늘이고 싶다. 그것은 가장으로서의 사명이다. 여기서 하늘은 빛과 책무와 희망에 대한 갈망이다.

제8연에서 화자의 소망은 세상으로 향한다. 주체도 "나"에서 "우리"로 이동한다. "나"는 한 개인이지만 "우리"는 공동체이다. 그 공동체는 특정의 계층만을 의미하지 않는다. 우리가 숨 쉬고 사는 세상 모든 사람일 것이다. 거기에는 사장님도, 의사 선생님도, 경찰관님도 판검사님도 포함될 것이다. 화자는 "아 우리도 하늘이고 싶다"고 소리친다. 화자가 꿈꾸는 하늘은 앞에서 말한 타인의 삶을 짓누르는 하늘, 타인의 삶을 구속하는 하늘, 타인의 생명줄을 움켜쥔 하늘이 아니다. "서로를 받쳐주는 하늘"이다. 서로를 받쳐주는 하늘은 서로가 서로에게 푸른 하늘이 되는 세상이다. 삶의 모든 공동체가 서로 존중하며 배려하는 세상이다.

이 시를 계급적 측면으로 보면 제1연에서 제6연까지는 가진 자와 못 가진 자의 계급성을 드러낸다. 여기까지 화자인 나는 못 가진 자에 속한다. 그러나 7연과 8연에서 화자가 꿈꾸는 우리는 그 계급성을 초월한다. 여기서 화자도 계급성을 초월하는 소망을 가진다. 그것은 시간과 공간적으로 계급적인 현실사회(무서운 하늘)에서 계급을 초월하여 모두가 서로를 존중하는 미래 세상(서로를 받쳐주는 서로가 서로에게 푸른 하늘이 되는 세상-무계급 세상)으로 나아간다. 그래서 이 시를 계급적 측면으로만 이해하면 시를 망친다.

인간의 유토피아 지향성과 하늘

그런데 모두가 하늘인 세상, 그런 세상이 있을까? 올 수나 있을까? 그것은 유토피아가 아닐까? 토머스 모어(Thomas More, 1478~1535)가 꿈꾸었던 『유토피아』를 그려본다.[134] 모어가 말하는 유토피아는 인간의 존엄성과

134) 여기서 토머스 모어(Thomas More, 1478~1535)의 삶과 그가 그린 유토피아(Utopia)의 세계를 살펴보자. 토머스 모어는 1478년 2월 6일 런던의 법률 명문가에서 태어났다. 15세에 모턴 경의 추천으로 옥스퍼드 대학에 들어가 라틴어와 그리스어를 공부하였고 아버지의 뜻에 따라 링컨 법학원에 들어가 법학을 공부했다. 1504년에는 하원의원으로 의회에 진출했지만, 헨리 7세의 세금 법안에 반대하다가 왕의 미움으로 공직에서 물러났다. 1505년 어린 신부 제인 콜드와 결혼했다. 모범적인 가장으로 정규교육을 받지 못한 아내에게 라틴어와 음악을 가르쳐 교양인으로 거듭나게 했고, 자녀들에게 검소와 절제를 몸소 실천하며 가르쳤다. 헨리 8세 때 런던시의 사정관보로 임명된 모어는 가난한 사람들을 도와 시민들의 신망이 컸다. 1515년 5월 헨리 8세는 누나 메리와 에스파냐 왕자 카를로스의 결혼 문제 해결을 위해 모어를 외교사절단 시민대표로 브뤼주에 파견했다. 거기에 있는 동안 구상하고 있던 『유토피아』를 썼다. 그것은 『유토피아』 2권이며 런던으로 돌아와 『유토피아』 1권을 써서 『유토피아』를 완성했다. 모어는 헨리 8세의 신임 속에 기사 작위까지 받았다. 이런 헨리 8세와 모어 사이에 균열이 생겼다. 헨리는 왕비 캐서린과 이혼하고 궁녀 앤 불린과 결혼하기 위해 모어에게 법률 조언을 구했다. 그러나 모어는 캐서린과 이혼할 어떤 근거도 없다고 주장했다. 그러나 1532년 종교회의에서 헨리 8세를 '우리의 유일한 수호자, 유일한 최고 주권자, 그리스도 율법을 허가하는 한 우리의 최고의 왕'으로 승인하자 모어는 모든 공직에서 물러났고, 헨리 8세의 이혼 서류에 서명하지 않아 런던탑에 감금되었다. 모어는 1535년 7월 6일 단두대 위에 꿇어앉아 시편 51편을 읊었다. 그리고 사형집행관에게 다음과 같은 마지막 말을 남겼다. "한 번에 자르게. 그러나 수염은 남겨 두게. 수염은 대역죄를 짓지 않았으니까." 그렇게 정의로운 한 지식인은 정의와 양심을 지키기 위해 죽음까지 담담하게 받아들였다. 모어는 고위직에 있으면서도 늘 가난한 사람을 사랑했고 청렴결백했으며 사회정의와 평화를 위해 노력했다.

자유를 최우선으로 하는 나라이며, 최소한의 권력과 통제로 유지된다. 모두 열심히 일하여 물자는 풍족하지만, 사유재산은 축적하지 않고 공평하게 나눈다. 남녀 가릴 것 없이 교육을 받을 권리가 있고, 공공의 도덕을 함께 중시하며 종교의 자유와 쾌락도 추구할 수 있다. 특히, 재물이나 영토 확장을 위한 전쟁은 하지 않는다. 이런 나라가 있을까? 이런 나라는 모어 자신도 없다고 했다. 그가 말한 유토피아(Utopia)는 그리스어로 '없다'는 의미의 'ou'와 장소를 뜻하는 'topos'가 합해진 말로 "어디에도 없는 곳"을 의미한다. 그가 꿈꾼 유토피아는 완벽한 사회지만 실현할 수 없는 사회이다. 그러나 인간은 그런 사회를 지향해야 함을 묵시적으로 역설한다.

시인이 이 시를 쓰고 세상을 향해 절규하였던 때가 1984년이다. 지금은 그로부터 35년 이상 지났다. 그러나 이 시점에도 형태는 달라졌지만 무서운 하늘은 늘 존재한다. 골목 상권까지 잠식하는 거대 기업은 소상공인에게 무서운 하늘이다. 경기가 좋지 않다고 추석 상여금, 아니 임금조차 제대로 주지 않는 기업은 검은 하늘이거나 측은한 하늘이다. 집 없는 사람들에게 집주인은 하늘이다. 천정부지로 뛰는 집값과 금융기관은 집 없는 서민에게 겁나는 하늘이다. 통계청 발표에 의하면[135] 2021년 5월 중순 3년 이상 장기 미취업 상태인 청년(15세~29세)은 27만 8,000명이다. 거기다가 3년 이상 취업도 하지 않고 구직활동도 하지 않는 니트족이 10만 명에 육박했다. 넘쳐나는 청년실업과 취준생들, 취포자(취업 포기자)들에게 정부와 기업은 그저 바라만 볼 수밖에 없는 하늘이다. 그뿐이랴. 힘을 엄청나게 키운 노조가 횡포를 부려 갑질하는 것도 무서운 하늘이다. 그런데 이를 방관하고 속수무책인 정부와 정치인은 무심한 하늘이다. 코로나19 시기에 그 대책으로 영업정

---

135) 동아일보 2021. 9. 15.

지와 단축 영업을 계속 강행하는 정부와 중대본은 자영업자들에게 정말 무서운 하늘이었다. 문명이 진화되고 사회가 발전한다고 하지만 무서운 하늘은 늘 새로 탄생하고 진화해 가고 있다.

인간에게는 누구에게나 천사 지향성과 악마성이 동시에 있다. 천사 지향성은 선하고 착한 사람, 사람들을 존중하고 베풀며 어울리고 싶은 천사와 같은 성향이다. 그것은 따뜻한 인간애와 욕망의 절제가 일반화된 사회에서 가능하게 발휘된다. 그러나 욕망이 비틀어지고 절제가 상실되어 자본과 권력과 성적 욕망의 노예가 되면 악마성이 발휘되어 인간이 인간에게 악을 행하게 된다. 그런데 세상은 늘 자본과 권력과 성적 욕망을 부채질한다. 그래서 악은 늘 재생산된다. 자본과 권력의 힘으로 횡포를 부리는 사람과 집단은 시에서 말하는 것처럼 늘 무서운 하늘이 된다. 그래서 인간다운 사회를 위해선 인간애가 배양되어 개인이 욕망의 절제를 이룰 수 있어야 하며 그런 분위기의 사회를 만들어 가는 정치적 노력이 절대 필요하다.

추석을 맞이하면서 무서운 하늘들이 사라지기를 소망해 본다. 세상 모든 사람이 무서운 하늘이 아니라 서로가 서로에게 소중한 하늘이 되기를 둥근 달에 소망하기를 바란다. 사람들의 마음에 천사 지향성이 보름달처럼 솟아오르길 바란다. 정말 "우리 모두 서로가 서로에게 푸른 하늘이 되는 그런 세상"이 되었으면 좋겠다.

09. 비록《경계》하는 삶을 살지는 못할지라도

과실을 부끄러워하라. 그러나
과실을 회개하는 것을 부끄러워하지 말라
〈J.J. 루소〉

가수 나훈아가 경계한 것과 지향한 것

#1 “삶의 무게도 가수로서의 무게도 무거운데 가슴에 훈장까지 달면 그 무게를 감당할 수가 없습니다. 예술인은 자유로워야 합니다.”

#2 “KBS가 이것저것 눈치 안 보고 정말 국민을 위한 방송이 되었으면 좋겠습니다.” “왕이나 대통령이 국민 때문에 목숨을 걸었다는 사람을 한 사람도 본 적이 없습니다. 이 나라를 누가 지켰냐 하면 바로 오늘 여러분들이 이 나라를 지켰습니다.” “국민이 힘이 있으면 위정자들이 생길 수가 없습니다.”

#3 “날마다 똑같은 일을 하면 세월에 끌려가는 거고, 내가 하고

싶은 대로 해보고 안 가본 데 한번 가보고 안 하던 일을 하셔야 세월이 늦게 갑니다. 여러분! 지금부터 저는 세월의 모가지를 비틀어서 끌고 갈 겁니다."

위의 말들은 2020년 9월 30일 KBS에서 방송한 '2020 한가위 대기획 대한민국 어게인 나훈아'에서 가수 나훈아가 공연 중에 한 말이다. 그는 2시간 40분간 홀로 진행하는 공연에서 고향, 사랑, 인생 등의 주제로 29개의 히트곡과 신곡을 불렀다. 15년 만의 방송 출연이라는 이 공연은 클래식, 포크, 헤비메탈, 국악, 사물놀이 등 다양한 장르와 결합하여 트로트의 경계를 넘어 예술적 경지를 높였다는 찬사를 받았다.

시청자들은 그가 출연료 한 푼 안 받고 자진하여 공연한 이유가 코로나19로 힘든 국민을 응원하기 위해서였다는 것에도 감동했다. 특히 그가 스스로 작사 작곡한 신곡 "테스형!"은 지금을 살아가고 있는 사람들의 마음과 처지를 철학자 소크라테스를 동원하여 잘 대변해 주었다. 그래서일까? "테스형!"은 노래뿐만 아니라 사람들의 입에 오르내리는 유행어가 되었다. 그런데 정치인과 정당은 나훈아의 공연과 말을 저마다 아전인수(我田引水)로 해석하며, 그의 공연 인기와 말에 호가호위(狐假虎威)하며 자기와 자기 당의 업적을 드러내고자 하였다.

위에 언급한 나훈아의 말 중에서 가슴에 파고든 것은 첫 번째(#1) 말이었다. 나훈아는 국가에서 예술인에게 주는 훈장을 거부했다. 남북 예술교류 때 가수들이 북한 공연을 너도나도 기획할 때, 그는 북한이 그들의 구미에 맞지 않는 노래를 못 부르게 하며 간섭하는 것이 싫어서 거절했다고 한다. 또 군사정권 시절, 권력에서 부를 때도 거절했으며, 노래 2~3곡만 불러도 수천만 원을 준다는 재벌의 부름도 거절했다고 한다. 그는 오직 관객 앞에서

만 노래를 부르겠다고 했다고 한다. 그는 자존심이 강하고 권력과 공(功)에 초연한 인물이었다고 생각된다.

나훈아가 한 앞의 말은 〈#3의 말〉과 같은 삶을 위한 것이었다고 할 수 있다. 〈#3의 말〉은 그 누구에게도 끌려가지 않는 생각과 행동과 생활이 자유로운 삶, 오로지 자기 주체적인 삶을 향한 예술가의 자존심이라 여겨졌다. 그런 삶을 위해 그는 〈#1의 말〉을 실천했으며, 모든 국민의 인간다운 삶을 위해 〈#2의 말〉 한 것으로 생각된다.

사람들은 사소한 공도 자랑하고, 훈장을 받으려 애를 쓰는데, 나훈아의 이런 말과 삶을 보면서 떠오른 시가 있었다. 박노해의《경계》였다.

나를《경계》하는 삶

과거를 팔아 오늘을 살지 말 것

현실이 미래를 잡아먹지 말 것

미래를 말하며 과거를 묻어버리거나

미래를 내세워 오늘 할 일을 흐리지 말 것

-박노해《경계》 전문-

시(詩)라고 해야 할지 모르겠다. 누가 뭐래도 나는 박노해의 《경계》를 시라고 생각한다. 한 줄씩 4연으로 된 이 시는 자신과 세상을 향한 다짐이요, 앞으로의 삶에 대한 선언이다. 시 한줄 한줄에 자기 결심이 도사리고 있다.

《경계》는 박노해가 7년 6개월의 수감 생활 끝에 김대중 정부의 특별사면으로 1998년 석방된 후 1999년 12월에 나온 첫 시집 『겨울이 꽃 핀다』(해냄, 121쪽)에 수록된 시이다.[136] 이 시집이 나왔을 때 사람들은 박노해를 변절자, 전향자라고 비난하기도 했다. 그러나 그의 삶을 보면 그의 전향은 변절이 아니라, 삶의 완숙에 이르는 길이고, 삶의 전환이며, 자기완성을 향한 구도의 길이라 여겨진다.

시 《경계》에서 내가 가장 주목한 대목은 첫째 연의 "과거를 팔아 오늘을 살지 말 것"이다. 세상에는 과거를 팔아 오늘을 살려고 하는 사람이 얼마나 많은가? 그 과거를 팔아 오늘만이 아니라 내일까지 살려는 사람이 또 얼마나 많은가? 그 과거가 자기 노력에 의한 자랑스럽고 떳떳한 것이라면 그래도 좋으련만 조상의 덕에 혹은 자기가 이룩한 공은 별로 없으면서 타인의 공을 자기화하고 그 공의 등에 업혀 마치 자신이 대단한 일을 한 것처럼 내세우는 사람들 또한 얼마나 많은가?

박노해가 말한 "과거를 팔아 오늘을 살지 말 것"에는 삶에 대한 성찰과 결심이 담겨 있다. 과거는 청산의 대상이 아니다. 청산하려고 해도 청산되지 않는다. 과거의 숱한 사연, 공(功)과 과(過)는 기억하고 성찰할 뿐이다. 과거의 그 흔적은 지운다고 지워지지 않는다. 과거는 기억의 저장고에서 침전(망각)되었다가도 다시 솟아나는 것이다. 과거는 깊은 창고에서 햇빛을 보지 못해 탕이 나버린 종이처럼, 층층이 쌓인 역사의 더미에서 찾아낸 먼지

136) 이 시는 박노해 시인의 최근 발간한 시집 『너의 하늘을 보아』(느린걸음, 2022.)에 재수록되었다.

덮이고 주름진 것들이지만, 그것을 성찰할 때, 우리를 새로운 현실과 새로운 미래로 안내한다. 그래서 과거는 청산하려 해도 청산되지 않는 삶의 흔적이며 '경험의 주름'이다. 그래서 과거는 성찰하며 오늘을 새롭게 하고 내일을 여는 것이지 청산의 대상이 되지 못한다. 나는 박노해의 《경계》를 그렇게 해석하고 그의 삶에서 그런 것을 발견했다.

제2연의 "현실이 미래를 잡아먹지 말 것"도 같은 맥락이다. 과거에 얽혀 오늘을 살면 현실이 미래를 잡아먹게 된다. 과거의 업적을 내세우며 현실의 삶에 사기(?)를 칠 수 있고 오늘을 안일하게 살 수도 있다.(사실 과거에 얽혀 그 자랑과 혜택으로 거들먹거리는 사람도 많다) 현실은 현실일 뿐이다. 현실은 자기 자각과 노력으로 열심히 살아가야 할 시간이며 공간이다. 만약 과거를 팔아 오늘을 살려고 하면 현실이 미래를 잡아먹게 되어 있다. 오만해질 수도 있고, 안일해질 수도 있다. 미래를 향한 현실은 열심히 일하며 정진해야 할 뿐이다.

그런 삶의 자세는 3연과 4연의 "미래를 말하며 과거를 묻어버리거나//미래를 내세워 오늘 할 일을 흐리지 말 것"에서 구체화 된다. 앞에서 '과거는 청산의 대상이 아니라 성찰의 대상'이라고 한 것은 과거는 끊임없이 성찰하고 그 성찰을 통해 오늘과 내일을 새롭게 가꾸게 하는 바탕이라는 의미이다. 따라서 과거를 팔아 오늘을 살지 말되, 미래를 말하며 그 과거를 흙더미 속에 묻어 두어서도 안 된다. 이를테면 최근에 붉어진 일제 청산의 문제를 두고 볼 때, 일제는 청산되지 않는 과거이다. 그 과거는 이미 이 땅에 존재했던 것이고, 아무리 지우려 해도 지워지지 않는 상처이다. 그것이 어떻게 청산될 수 있는가? 이에 대한 반론자들은 미래를 위해 그것들을 묻어 두자고 한다. 그러나 과거는 묻어 둘 수 있는 것도 아니다. 과거의 아픈 역사를 묻어 두는 것은 미래를 흐리게 하는 일이다. 과거란 역사는 성찰을 통해 곱씹으며 오늘의 바탕을 만들고 미래의 비전을 창출하는 것이어야 한다.

"미래를 내세워 오늘 할 일을 흐리지 말 것"이라고 한 것에는 모든 것이 오늘에 집중되어 있다. 오늘은 과거의 연장선이며 내일의 가교이다. 따라서 과거를 팔아 살아서도 안 되고 미래를 내세워 오늘을 게을리하거나 사명을 흐려서도 안 된다. 단지 오늘에 충실하여야만 한다. 오늘에 충실하기 위해선 과거를 팔아서도 안 되고 과거를 묻어 두어서도 안 된다. 그렇게 하면 오늘은 흐려지게 되어 있다. 그래서 과거에 대한 우리의 자세는 매우 중요하다.

다시 말하지만, 과거는 지난 시간의 흔적이다. 그 시간은 생명력이 있어 늘 되살아난다. 되살아나는 과거는 끊임없는 성찰로 오늘을 더욱 경건하게 만드는 도구가 되어야 하며, 내일을 향한 비전으로 거듭나야 한다. 그럴 때 과거는 경건하고 비전 있는 삶의 빛과 향기를 준다.

박노해의 삶과 시 세계

내가 박노해를 안 것은 1986년 가을이었다. 그를 만나본 일도 없고, 그의 노동 투쟁에 대해서도 잘 알지 못하던 시기였다. 어느 모임에서 안 그의 시집 『노동의 새벽』을 사서 읽으며 그에 빠지기도 하고 비판도 했다. 그의 노동운동에 생각을 공유하면서도 그의 사상에 동참할 수 없었다. 그때 나는 그의 시 일부는 시라기보다 선전문이고도 여겼다. 그러나 나는 그의 시에 빠지고 있었다. 그리고 점차 그를 사랑하게 되었다.

그는 1989년 〈사노맹-남한사회주의노동자동맹〉을 결성하여 활동하다가 1991년 체포되어 숱한 고문을 당한 후 사형이 구형되었고, 무기 징역에 처해졌다. 감옥 생활을 하면서 경주 남산 자락에 자신을 묻고(그의 시 "남산 자락에 나를 묻은 건") 쓴 시집 『참된 시작』을 통해 박노해의 고행과 새로운 삶을 향한 다짐을 보았다. 그는 분명 『참된 시작』에서 새로운 희망을 품고 새로운 사상과 삶을 설계하고 있었다. 그리고 1997년 출소 직전에 출간한 『사람만이 희망이다.』를 통해 그의 삶이 새로운 이정표를 찾아가고 있음을 발견했다.

나는 2000년 초에 7년 6개월간의 수형 생활을 끝내고 출소한 후 낸 첫 시집 『겨울이 꽃 핀다』를 읽으며 박노해에 대해 더욱 진지하게 생각했다. 그때부터 지금까지 박노해의 모든 시집을 사서 읽으며, 과연 그가 시 특히 《경계》에서 말한 것처럼 살 것인가가 궁금하기도 했다. 그런데 지금 보면, 그는 시처럼 살아왔고, 지금도 그렇게 살고 있다. 나는 그를 존경한다,

그는 뒷날 민주화운동 유공자로 복권되었으나, 시 《경계》에서 말한 것처럼 "과거를 팔아 오늘을 살지 않겠다."면서 국가 보상금을 거부하였으며, 권력과 정치의 길도 거부했다. 그리고 2000년에는 〈나눔 문화〉라는 단체를 설립하여 사회운동을 시작했다. 2003년에는 이라크 전쟁에 뛰어들어 가난과 전쟁의 현장에서 평화를 갈구하는 목소리를 담아내었고, 그것을 흑백 사진으로 남겼다. 그 기록 사진전을 2010년 〈라 광야〉전과 〈나 거기에 그들처럼〉전을 개최하여 사람들에게 알렸고, 2012년 신작 시집 『그러니 그대 사라지지 말아라』를 출간했다. 이 시집의 시들은 구도자의 길을 걷고 있는 그의 모습을 잘 드러내고 있다. 나는 이 시집을 사랑한다.

그 후 지금도 그는 전 세계 분쟁지역과 빈곤 지역, 지도에도 없는 마을을 두 발로 걸으며 그들의 내면의 소리를 듣고 소통하며 아픔과 사연을 시와 사진으로 전한다. 그는 분명 지구별 여행자이며, 유랑자이다. 그의 여행은 나눔과 소통과 고발과 성찰과 구도의 여행이다. 티베트에서 인디아까지의

여행 기록인 『다른 길』(2014)은 그것을 충분히 보여 준다.

최근에 나는 박노해의 사진 에세이 『길』을 읽는다. 박노해는 지금도 지구 곳곳의 험한 곳을 누비며 그들과 소통하고 아픔을 나눈다. 나는 그가 걷는 길을 보면서 걷는 자의 고뇌와 소망과 아름다움을 본다. 그는 말한다. "먼 길을 걸어온 사람아/아무것도 두려워 마라/그대는 충분히 고통받아 왔고/그래도 우리는 여기까지 왔다/자신을 잃지 마라/믿음을 잃지 마라/걸어라. 너만의 길로 걸어가라./길은 걷는 자의 것이다/길을 걸으면 길이 시작된다."[137] 길을 걷는 것은 삶을 사는 것이다. 그런데 길은 자기 힘으로 걸어야 한다.

시인이 말한 "과거를 팔아 오늘을 살지 말 것"을 다시 곱씹어 본다. 그리고 역사와 현실을 본다. 정치적으로 공(功)이란 것이 정권을 위한 공이었지, 나라와 백성(국민)을 위한 공이 아니었다는 생각도 든다. 그들을 우린 공신(功臣), 유공자(有功者)라는 이름으로 우대하는데 그 안에는 진짜 유공자도 있지만, 정치적 이해관계에 의해 만들어진 유공자도 많다는 생각이 들면 씁쓸해진다.

우리 역사에서 공신은 고려 태조 왕건이 삼국을 통일한 후 "삼한공신'이란 작호를 내리면서 시작되었다. 공신은 조선시대에 와서 끊임없이 책봉되었다. 그래서 조선을 공신의 나라라고 해도 무리가 아닐 것 같다. 이성계가 조선을 세운 후에 준 개국공신에서부터 후세 왕들은 일이 있을 때마다 공신을 만들어 냈다. 그들은 구국(救國) 공신이라기보다는 정권을 세우고 유지하는 데 기여한 공신이 대부분이었다. 그때마다 역사는 위기에서 소용돌이쳤다. 그 누란의 위기를 좌초한 원죄는 그들 정치 집단에 있었음에도 공도 그

---

137) (박노해, 『길』, 느린걸음, 2020, 서문 "길은 걷는 자의 것이다"에서)

들이 나눠 가졌다. 조선왕조 오백년 동안 28회 천여 명이 넘는 공신이 책봉되었는데 그 종류도 다양했다.

공신 중에서 특히 주목할 것은 선조 때의 공신이다. 선조 때는 나라도 처참했지만, 광국공신, 선무공신, 평난공신, 호성공신, 청난공신 등 공신도 많았다. 그중에서 호성공신은 왕이 피난할 때 의주까지 호송한 사람들에게 준 공신인데 86명이다. 그중에는 내시 24명, 마의 6명, 의관 2명, 별좌 및 사알(왕명 전달) 2명도 포함되어 있었다. 그 외에도 선조의 호송과 왕실보전에 공을 세운 이들을 찾아 무려 2,475명을 별도로 호성원준공신이란 작호를 주었다. 그러나 왜란의 평정에 직접 나아가 목숨을 건 선무공신은 18명에 불과했다.

1604년 10월 27일 선조가 밤중에 신하들을 불러 공신회맹제(功臣會盟祭)라는 잔치를 벌였다. 초청 대상은 그때까지 살아 있는 역대 공신 63인데 실제 참석자는 58명이었다. 불참자는 류성룡, 정탁, 이운룡, 이산해, 남질이었다. 류성룡은 3대첩을 승리로 이끈 이순신과 권율, 김시민을 추천했고, 정탁은 옥에 갇힌 이순신을 변호했던 인물이며, 이운룡은 이순신 아래서 전투를 이끌었던 인물이었다. 이들은 모두 늙어서, 아파서, 상중(喪中)이라고 변명했다. 심지어 류성룡은 자기가 받은 공신 책훈을 취소해 달라고까지 했다. 그런데 목숨 걸고 싸운 정인홍, 김면, 곽재우, 김천일, 고경명, 조헌 등 의병장들은 누구도 선무공신에 책봉되지 않았다. 오히려 전라 의병장 김덕령은 전쟁 중에 벌어진 이몽학의 난에 연류되었다는 죄목을 씌워 처형했다. 살의(殺意)를 느낀 홍의장군 곽재우는 초야에 숨어버렸다. 호성공신 1등에 책훈되었던 전(前) 영의정 이항복은 "의리상 피해 달아날 수가 없어 그저 걸어서 수행했을 뿐, 장수들이 전쟁터에서 세운 공에 비해 무척 부끄럽다."며 공을 취소해 달라고 요구했다(1602년 7월 24일 『선조실록』) 그의 절친 영의정 이

덕형도 "의병을 일으키고 절개를 지키다 죽은 사람들이 있는데 무슨 마음으로 내가 끼는가?"라며 서훈 철회를 요청했다(1603년 7월 4일 『선조실록』) 선조는 "왜적을 평정한 것은 오로지 명나라 군대의 덕분이었다. 조선 장수들은 그저 명나라 군대의 뒤를 졸졸 따라다니거나 요행히 잔적의 머리만 얻었을 뿐이다."고 하면서 왜란을 물리친 모든 공을 명나라와 선조 자신 그리고 호성공신에게 돌렸다. 그런데 수사반장이던 정철이 1,000여 명의 선비들을 도륙 낸 기축옥사의 원인이 된 정여립의 난을 평정한 후 책봉한 평난공신이 무려 22명이나 되었다.[138] 선조는 왜 마부에게까지 공신 작위를 내렸을까. 물론 그들도 공이 크다면 공신 작위를 받아야 한다. 그러나 정작 공신 작위를 받아야 할 사람들을 빼놓고 그들에게까지 공신 작위를 준 데에는 우여곡절이 있었을 것이다. 선조 때의 공신 작위는 모두 서인들의 밥그릇이었다. 이쯤 되면 공신에 대한 평가는 달라져야 한다.

내가 아는 어떤 이는 힘 있는 자리에 있었는데 현직에 있으면서 훈장을 받았다. 그런데 뒷날 불미스러운 사건으로 직을 잃었다. 지금도 공신에 해당하는 국가 유공자에 대한 논란이 일고 있다. 특히 민주화운동 유공자를 두고 명단을 공개하란 요구도 일고 있지만 공개되지 않는다. 그런데 군에서 작전 중에 죽은 이들의 공이 그들에 비하면 부족하다. 그런데 최근 더불어민주당 우원식 의원이 대표 발의하고 민주당과 친여 무소속 의원 20여 명이 발의한 "민주화운동 배우자와 자녀에게 장학금과 취업 혜택을 주자."는 취지의 [민주화운동 유공자 예우에 관한 법률안]이 입법 예고 기간이 만료되고 조만간 국회에서 심의될 예정이란다. 그래도 될까?

박노해가 시 《경계》를 다시 새겨본다. 박노해가 누구인가? 민주화운동,

---

138) 위에서의 공신 이야기는 박종인 『땅의 역사1, 소인배와 대인배들』, 상상출판. 2018. 신명호 『조선의 공신들』, 가람기획 2003. 이기환, 『흔적의 역사』 책문, 2018 등 참조.

한국 노동운동의 정신적 지주이자. 사상가이며, 몸소 행동으로 실천한 혁명가였다. 민주화운동 유공자라면 그에 비할 사람이 많지 않다. 그러나 그는 초연하게 그 공을 거부하면서 오늘을 경건하게 살아가고 있다. 사람들이 역사에 부끄럽지 않게 후손들에게 부끄럽지 않게 그의 시《경계》를 가슴에 새기며 오늘을 살았으면 참 좋겠다. 정치가가 공에 눈이 어두워지면 역사를 흐리게 한다. 비록《경계》하는 삶은 아니라도 "과거를 팔아 오늘을 살지 말자."고 다짐해 본다. 우리는 모두 성찰하는 삶을 살아야 한다. 성찰은 삶을 오류에서 정상으로 이끄는 사유의 길이다. 헤르만 헤세의《밤마다》를 읽으며《경계》의 의미를 새겨본다.

밤마다 네 하루를 검토하라
그것이 하느님의 뜻에 합당한 것이었는지 어떤지를
행위와 성실이란 점에서 기뻐했을 만한 일이었는지 어떤지를
불안과 회한(悔恨)에 의한 기력 없는 짓이었는지 아닌지를
네 사랑하는 자의 이름을 입으로 부르라
증오와 부정을 고요히 고백하라
모든 악한 것을 중심에서 부끄러워하고
어떤 그림자도 침상에 가져가는 일 없이
모든 근심을 마음에서 제거해 버리고
영혼이 오래 안연하도록 하라.

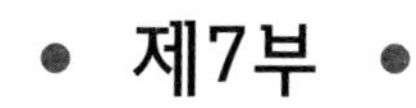

아름다운 공존을 향한 소망

01. 진짜 사랑한다면, 《함께 있되 거리를 두라》

미쳐 버린 사랑은 사람들을 짐승으로 만든다
〈F. 비용〉

인간의 접속 본능과 거리 두기

어쩌면 사랑의 감정은 인간의 접속 본능의 산물이다. 모든 인간은 접속 본능을 지니고 있으며 그것이 있기에 정을 나눌 수 있다. 그 접속 본능이 어떤 물리적인 힘으로 차단될 때 인간은 고독과 우울과 분노를 키울 수 있다.

코로나19 때 우리는 '사회적 거리 두기'로 접속 본능을 차단당했다. 그러나 그것은 코로나19 극복을 위한 정책적 공동 생존전략이었다. 코로나19에 대한 대책으로 시행한 사회적 거리 두기는 친밀한 타인을 증가시키는가 하면, 가족관계뿐 아니라 모든 인간관계의 양상과 산업 구조까지 바꾸어 갔다. 직장에서는 회식문화가 사라지고 40여 년 가까이 근무한 공직자가 퇴직하는데 송별회나 퇴임식도 안 하고 쫓기듯이 떠나는 모습을 보았다. 반면에 온라인 접속 문화는 더 발달하고 인간은 일정한 거리를 둔 개별적 존재로 변해 가기도 했다. 그것은 코로나19의 극복을 위해서는 퍽 다행스러운 일이지만 문명의 입장에서는 반문명적이었다. 왜냐하면 문명은 끊임없이 거리 좁히기와 접속을 강화해 왔기 때문이다.

그때 연일 날아드는 중대본과 지자체의 코로나19 확진자 발생 소식과 손 씻기, 마스크 쓰기, 밀집 장소와 혼잡지 피하기, 가능한 개별 차량으로 이동하기 등 개인 위생관리와 사회적 거리 두기를 강조하는 문자는 일상이 되어 버렸다. 어떤 이들은 무감각해지고 있다고 말하기도 했다. 그러나 우린 그것을 지켜야 사랑하는 가족과 자기 자신을 지켜낼 수 있었다. 거리를 둔다는 것 그것은 때로는 자기를 지키고 사랑하는 사람을 지키는 수단이 되기도 한다는 것을 코로나19로 실감 나게 체험했다. 사람들은 사랑하면 거리를 좁혀야 한다고 하지만 어쩌면 거리를 둔다는 것은 삶의 지혜이며 사랑을 지켜내는 한 방법이기도 했다.

사랑은 접속을 통해 성취되는 것이라지만, 코로나19는 사랑이 반드시 접속을 통해서만 성취되는 것은 아니란 것을 깨닫도록 했다. 사랑하는 자와 지내려면 그 비결을 지켜야 한다. 상대를 변형시키려 해도 안 되며, 자기 안에 붙들어 매려 해서도 안된다. 자기 마음에 안 맞는 것을 고치려 하면 단번에 상대의 행복까지 파괴하고, 자기 안에 붙들어 매려 하면 사랑은 영원히 떠나게 된다. 그것은 사랑에 관한 하나의 진리다.

그런 점에서 우리가 마음에 새겨야 할 시가 있다. 칼릴 지브란의 시 《함께 있되 거리를 두라》이다.

《함께 있되 거리를 두라》에 깃든 사랑의 법칙

함께 있되 거리를 두라

그래서 하늘 바람이 너희 사이에서 춤추게 하라

서로 사랑하라

그러나 사랑으로 구속하지는 말라

그보다 너희 혼과 혼의 두 언덕 사이에 출렁이는 바다를 놓아두라

서로의 잔을 채워주되 한쪽의 잔만을 마시지 말라

서로의 빵을 주되 한쪽의 빵만을 먹지 말라

함께 노래하고 춤추며 즐거워하되 서로는 혼자 있게 하라

마치 현악기의 줄들이 하나의 음악을 울릴지라도 줄은 서로 혼자이듯이

서로 가슴을 주라. 그러나 서로의 가슴속에 묶어 두지는 말라

오직 큰 생명의 손길만이 너희의 가슴을 간직할 수 있다.

함께 서 있으라 그러나 가까이 서 있지는 말라

사원의 기둥들도 서로 떨어져 있고

참나무와 삼나무는 서로의 그늘 속에선 자랄 수 없다

-칼릴 지브란 《함께 있되 거리를 두라》전문-

잠언 같은 시이다. 이 시는 칼릴 지브란[139]의 다른 작품처럼 산문과 운문

139) 칼릴 지브란(Kahlil Gibran, 1883~1931)은 1883년 예언자의 나라 레바논에서 태어났다. 그의 출생지는 예수 탄생지와 인접한 곳이었다. 그런 이유로 그 지역 주민은 기독교 신앙을 갖게 되었고, 그도 자연스럽게 기독교에 물들었다. 1869년 수에즈운하가 개통되면서 주민들은 터키의 폭정과 가난에 시달리게 되었다. 예수회 교육의 영향으로 자유 의식이 싹튼 지식인들이 아프리카, 남미, 오스트레일리아, 미국 등으로 이민을 떠날 때 그의 가족도 이민자들 무리에 섞여 아버지만 레바논에 남고 미국으로 이주했다. 2년 후 칼릴 지브란은 혼자 레바논으로 돌아와 베이루트의 '지혜의

이 혼합된 느낌을 주며, 성경적 운율에 따른 경구와 비유를 담고 있다. 많이 알려진 그의 작품『예언자』처럼 종교적 영감이 충만한 언어로 삶과 사랑에 대한 깊은 통찰을 드러내고 있다. 이 시는 진정한 사랑이란 무엇인가와 그 사랑을 실천하는 방법을 말하고 있다. 사랑에 대한 구체적인 행동 수칙을 추상적인 언어로 점진적으로 말하고 있다.

"함께 있되 거리를 두라" 왜 사랑하고 함께 있는데 거리를 두어야 하는가? 그래야 하늘 바람이 사랑하는 둘 사이에서 춤출 수 있다. "하늘 바람"은 무엇일까? 그것은 둘 사이에 깃드는 영감과 동경, 신비 같은 축복일 것이다. 그것이 사라진 사랑에는 욕망만 춤출 수 있다. 그래서 사랑한다면 그 축복이 끼어들 틈을 두어야 사랑이 나와 너 사이에서 춤을 추게 할 수 있다. 춤추는 일은 함께 즐기는 축복이다.

"서로 사랑하라/그러나 사랑으로 구속하지는 말라/그보다 너희 혼과 혼의 두 언덕 사이에 출렁이는 바다를 놓아두라" 사람들은 사랑하는 상대가 나와 일치되기를 바란다. 그러나 그것은 진정한 사랑이 아니라 소유욕의 발산일 수 있다. 사랑이 소유욕의 발산이 아니기 위해선 사랑이란 말로 구속해서는 안 된다. 진짜 사랑한다면 사랑하는 상대를 하나의 개별적인 존재로

학교'를 다녔고 그 후 아버지를 따라 전국을 여행하며 그림을 그렸다. 1908년 파리에서 조각가 오귀스트 로댕을 만나 3년간 미술 공부를 하고 미국으로 돌아와 보헤미아라고 불리는 그리니치빌리지에서 독신 생활을 하며 인류 평화와 화합, 레바논의 종교적 단합을 호소했다. 타국살이의 외로움을 알코올로 달래다가 건강을 해쳐 48살의 나이로 세상을 떠날 때까지 종교적 분위기가 강한 작품과 그림을 발표했다. 초기 작품들은 아랍어로 쓰여진 산문시와 희곡들로 모든 아랍권에 널리 알려져 지브라니즘(Gibranism)이라는 용어가 생길 정도였다. 20살 전후로 영어로 작품을 쓰기 시작하여 1923년, 20년간의 구상을 거쳐 완성한 원고를 출판하였는데 그 작품이 영어로 기록한 산문시『예언자』였다. 그는 인생에 대해 근원적인 문제를 제기하고, 그에 대한 답을 깨닫게 하는『예언자』는 현대의 성서라고 불리면서 소설『부러진 날개(The Broken Wings)』와 함께 세계 각국어로 번역되어 전 세계 독자들에게 시공을 초월한 사랑을 받고 있다.

존중하여야 한다. 구속하지 않는 진정한 사랑이 깃든 두 사람은 혼과 혼이 깃든 언덕이다. 언덕은 서로 일정한 거리에서 바라보고 존중하고 그리워한다. 그래야 그 사이에 출렁이는 바다가 생겨날 수 있다. 출렁이는 바다는 낭만이며 희망이며 신비이며 사랑의 노래이며 사랑의 희열이다.

시는 사랑에 대하여 더 구체적인 행동 수칙으로 나아간다. "서로의 잔을 채워주되 한쪽의 잔만을 마시지 말라/서로의 빵을 주되 한쪽의 빵만을 먹지 말라/함께 노래하고 춤추며 즐거워하되 서로는 혼자 있게 하라" 사랑한다면 서로의 잔을 채워주고 서로의 빵을 줄 줄 알아야 한다. 그것은 사랑하는 상대에게 행하여야 할 의무이다. 그러나 주의할 것이 있다. 결코 한쪽 잔만을 마시지 말아야 하며 한쪽 빵만을 먹지 말아야 한다. 그것은 일방통행이며 상대에 대한 배려의 상실이기 때문이다. 중요한 것은 함께 마시고 먹고 노래하며 춤추고 즐길 줄 알아야 한다. 그래도 명심해야 할 것은 서로는 혼자 있게 해야 한다. 함께 먹고 마시고 즐기다 보면 상대가 나와 일치되고 나와 똑같이 되고 나의 곁에만 있기를 바라기 쉽다. 그러면 사랑에 균열이 간다. 사랑을 지키기 위해선 서로를 소중한 존재로 남겨 두어야 한다.

시에서는 사랑한다면 "마치 현악기의 줄들이 하나의 음악을 울릴지라도 줄은 서로 혼자이듯이/서로 가슴을 주라. 그러나 서로의 가슴속에 묶어 두지는 말라"며 서로를 소중한 존재로 남겨둘 것을 거듭 강조한다. 현악기의 줄들은 서로 일정한 간격을 두고 혼자 있으며 자기 고유의 소리를 낸다. 그 각자의 소리는 서로에게 다가가 어우러져 멋진 소리를 만들어 낸다. 사랑하는 각자는 서로 일정한 간격을 두고 혼자 있으며 각자의 소리를 낼 줄 알아야 한다. 각자의 소리를 내도록 해야 한다. 그래야 어우러져 멋진 사랑을 꽃피울 수 있다. 그것이 각자의 존재 이유이며 사랑의 법칙이다. 그러기에 현악기의 줄들이 서로의 고유한 소리를 곁에 있는 줄의 소리와 화합하여 아름다운 소리를 내듯이 사랑한다면 서로 가슴을 주어야 한다. 가슴을 주는 일은 영감과 영혼을 주는 일이며 배려와 존중을 실천하는 일이다. 그러나 가슴을 주다 보면 상대에게 가슴을 묶어둘 수 있다. 상대의 가슴을 나에게 묶어 둘 수 있다. 그래서 서로의 가슴에 묶어두지 말도록 또 명심해야 한다. 만약 서로의 가슴에 묶어두면 현악기의 줄들이 하모니를 이루어 내는 멋진 소리 같은 멋진 사랑은 사라지기 때문이다.

서로는 서로의 가슴을 간직할 수 있는 자가 아니다. 서로는 절대로 서로의 가슴을 간직해서는 안 된다. 그것은 사랑의 법칙 위반이다. 서로의 가슴은 서로의 영혼이며 영감이며 사랑의 가슴이다. 그것을 간직할 수 있는 자는 오직 하나 "큰 생명의 손길"뿐이다. "큰 생명의 손길"은 누구의 손길일까? 시인은 여기서 구체적으로 언급하진 않았지만, 절대자, 창조주, 하나님과 같은 "신"이었을 것이다. 서로의 가슴을 간직할 수 있는 자는 "큰 생명의 손길"뿐 이란 말은 겸허하란 말이다. 겸허하지 못한 인간은 생명과 영혼과 사랑이 마치 자기 전유물인 것처럼 여기기 때문에 서로 상처를 주고 사랑을 깨뜨린다. 그러나 겸허한 인간은 생명과 영혼과 사랑이 자기 전유물이라 생각하지 않기에 끝까지 지킬 수 있다.

서로란 존재는 함께 성장하고 발전하기 위한 존재이다. 이를 위해 거리를 두어야 한다. 그래서 "사원의 기둥들도 서로 떨어져 있듯이 함께 서 있으라 그러나 가까이 서 있지는 말라"고 또 강조한다. "참나무와 삼나무는 서로의 그늘 속에선 자랄 수 없기" 때문이다. 참나무와 삼나무는 하늘에 닿을 듯이 키가 매우 큰 나무이다. 그것은 성장과 발전의 상징이며 사랑을 키워낸 존재들의 상징이다. 그들은 서로의 그늘 속에선 자랄 수 없다. 서로의 그늘은 간섭의 그늘이며 소유의 그늘이다. 한쪽이 한쪽을 지나치게 간섭하거나 소유할 때 다른 한쪽은 존재의 이유를 상실하며 성장할 수 없다. 그러다 보면 나머지 한쪽도 존재의 이유를 잃고 성장할 수 없다. 공존과 공동 성장을 위해선 서로의 존재를 존중하여야 한다. 그 길은 존재의 고유성에 대한 불간섭의 원칙을 지키는 길이다. 불간섭의 원칙을 지키되 서로에게 진한 사랑의 마음을 주라는 것이다.

이 시는 앞에서 말했듯이 진정한 사랑이란 무엇이며 진정한 사랑을 위해서 어떻게 해야 하는가를 말하고 있다. 진정한 사랑은 사랑하되 각자를 개별적 존재로 존중하고 그 특성을 인정해야 하며 배려와 동경과 분별이 필요하다는 점을 강조한다. 그리고 사랑을 지키기 위해 서로에게 겸허해야 한다. 개별 존재로서의 존재를 버리고 상대에게 의탁하거나 흡수하는 것은 배려와 동경과 분별과 신비가 상실된 행동으로 진정한 사랑이 아니다. 그런 사랑은 불타는 것 같지만 얼마 못 가서 꺼져 버린다.

서로 사랑한다면서 세상을 떠들썩하게 결혼한 연예인 남녀가 얼마 못 가서 파국을 맞이한 경우를 보도로 가끔 접한다. 그들은 대부분 헤어지는 이유를 '성격에 맞지 않아서'라고 말했다. 언제는 서로 성격이 맞고 사랑하여 결혼하고 언제는 서로 성격이 맞지 않아서 헤어진다는 이 모순은 무엇 때문일까? 이들은 바로 칼릴 지브란이 말하는 대로 《함께 있되 거리를 두라》는 잠언을 새기지 않았기 때문이다. 그들 대부분은 사랑은 상대가 자기와 일치하고 자기를 100% 이해해 주고 자기만을 위해 주기를 바라는 마음 때문이었다. 그들은 사랑은 상대란 존재의 존중과 배려이며 분별이란 사실을 인정하지도 깨닫지도 실천하지도 않았기 때문일 것이다. 겸허를 상실한 이기적인 소유욕이 발동한 때문일 것이다.

가끔 사랑한다면 비밀이 없어야 한다고 말하는 사람들이 있다. 그래서 사랑하는 사람이나 결혼한 부부가 사랑을 빌미로 모든 비밀을 털어놓다가 파국을 맞는 경우가 있다. 사랑하기 때문에 서로 비밀이 없어야 한다는 발상은 사랑하는 상대를 개별적 존재로 존중하고 배려하는 것이 아니라 너의 존재를 버리고 나에게 들어오라는 것인지 모른다. 그것은 사랑이 아니라 쌍방 구속이며 소유이다. 사랑하여 결혼한 둘이지만 서로에겐 서로만이 간직해야 할 비밀이 있다. 그것은 각자의 사이에 '신비의 바다'를 두는 것과 같다. 그런데 그것을 모르고 모든 비밀을 털어놓으면 오해가 생기고 상대를 이해할 수 없게 된다. 그리고 그것이 씨앗이 되어 불신과 오해의 담이 쌓이게 된다.

그래서 진짜 사랑한다면 함께 있되 거리를 두어야 한다. 그것은 서로 간에 분별을 두는 정신과 행위이다. 분별은 서로의 존재를 배려하고 존중하는 일이다. 전통윤리인 오륜(五倫)에서 부부유별(夫婦有別)이라 한 것도 부부간에 분별과 배려가 있어야 한다는 것을 강조한 것이다. 부부간에 분별과 배려를 지키기 위해선 절제가 필요하다. 가까이하되 분별과 배려가 있고 이를 위해 절제가 있어야 사랑을 지키고 발전시킬 수 있다.

부부간의 문제에 대하여 좀 더 말하면 일반적으로 부부는 일심동체(一心同體)라고 말한다. 마음과 몸이 하나라는 의미인데 그러다 보면 거리가 사라지고 문제가 생긴다. 지나치게 가까운 것은 지나치게 먼 사이가 될 수도 있다는 역설의 법칙이 있다. 부부간에도 사랑을 오래 간직하려면 이심이체(二心二體) 되어야 한다. 서로 각자의 마음과 행동을 존중하고 인정해 주어야 한다. 그것은 서로 다름을 인정하고 존중하며 그 다름을 바탕으로 하나로 화합하는 길을 찾는 것이다. 그것이 곧 존재의 존중이며 배려이며 분별이다.

문명화와 거리 두기

호모사피엔스는 고대부터 지금까지 문명화의 길을 걸어왔다. 문명은 한쪽에선 지혜의 발견이며 발전이지만 다른 한쪽에선 욕망의 실현이며 발산이다. 그런 문명은 욕망을 실현하기 위해 끊임없이 물리적 거리를 좁히기 위해 노력해 왔다. 그 결과 21세기의 인류는 세계가 이웃이라 할 만큼 가까워졌다. 그리고 몸과 몸도 부딪쳤다. 이러한 인간의 욕망은 사랑의 거리보다는 욕망의 융합을 꿈꾸어 왔다. 이태원 클럽발 코로나19의 재확산도 그러한 욕망의 융합을 꿈꾼 결과였는지 모른다. 욕망의 융합을 꿈꾸는 곳엔 존중과 분별과 절제보다는 진한 욕망의 충족만이 춤추게 된다. 성경 속에 나오는 '소돔과 고모라'의 퇴폐와 멸망 역시 성적인 욕망을 포함한 욕망의 충족을 위해 '거리두기'를 버린 욕망의 융합을 꿈꾼 결과 빚어진 저주였다. 성경 속의 바벨탑 사건 역시 인간이 신과 가까워지려는 욕망을 실현하기 위해 물리적 거리를 무너뜨리려고 쌓다가 빚어진 저주였다. 물리적 거리가 지나치게 사라지면 신비와 외경심도 함께 사라질 수 있다.

문명은 물리적 거리는 좁혀졌는데 이상하게도 심리적 거리는 멀게 했다. 전통 농경사회에선 이웃 간에 친척 간에 물리적 거리가 있어도 마음의 기리는 좁았다. 그래서 진한 가족사랑과 이웃사랑을 실천해 왔다. 그런데 문명의 발달이 가져온 도시화는 물리적 거리를 최대한 좁혔지만 대부분 옆집에 누가 사는지도 모르는 경우가 많다. 문명이 가져온 "심리적 담장 쌓기"는 많은 도시문제와 비인간화를 초래했다.

문명은 또한 인간과 자연의 물리적 거리를 좁혔다. 반면에 마음의 거리는 멀게 했다. 인간은 문명이란 이름으로 자연을 파괴하고 소유해 왔다. 그것은 자연을 사랑의 대상이 아니라 소유물로 여겼기 때문이다. 그 결과 인간은 자연을 내 것으로 만들기는 했지만, 자연이 주는 신비와 경이로움은 잃어버리고 기후 온난화와 자연재해 등 재앙을 초래했다. 그래서 생태학자인 최재천 교수는 최근에 쓴 책『코로나 사피엔스』[140]에서 "코로나19를 포함한 창궐하는 바이러스는 인간이 자연 생태계를 침범하면서 시작되었다. 코로나19에 대한 근본적인 대책도 '화학 백신'이 아니라 '생태 백신'과 '행동 백신'이 필요하다. 생태 백신은 '자연과 인간의 거리 두기'이며 행동 백신은 '사회적 거리 두기'이다."라고 했다. 거리 두기는 멀어지는 것이 아니라 존중하고 배려하며 분별할 줄 아는 절제 있는 삶의 행위이다.

진짜 사랑한다면《함께 있되 거리를 두라》. 그것은 멀어지라는 것이 아니라 상대의 다름을 인정하고 존중하며 각자를 개별적 존재로 존중하고 배려하라는 의미이다. 이를 위해서 절제와 겸허를 실천해야 한다. 그때 사랑은 그것이 가진 신비와 동경과 아름다움을 지키고 계속 재생산될 수 있다. 많은 사람이 겪는 사랑의 파국을 막는 길도, 서로 간에 사랑을 신비와 동경처럼 끝까지 간직하고 발전시키는 길도, 모두 "함께 있되 거리두기"를 실천하는 것에서 출발한다. 칼릴 지브란의 시《함께 있되 거리를 두라》를 다시 음미해 본다.

---

140) 최재천 외 6명 공저,『코로나 사피엔스』인플루엔셜, 2020.

02. 우물 속에 던져진 《돌》을 향한 연민

안정과 권태를 반성이라 부를지도 모른다
그러나 그것은 관찰과도 같은 것이다.
즉 여러 가지 사념을 혼합한 것에 시간을 가하면
그 사념은 영원한 법칙으로 결정된다.
〈F.M.뮐러/독일인의 사랑〉

함부로 《돌》을 던지는 세상

골프장에서 한 선수가 샷을 했는데 잔디 위에서 놀던 비둘기가 날아온 공에 맞아 죽는 영상을 보았다. 샷을 한 골퍼는 질색했다. 누구의 죄일까? 세상에는 누구에게도 죄를 묻기 힘든 일이 종종 발생하지만, 누군가에게는 상처를 준다. 때로는 골프장 비둘기처럼 생명을 앗아가기도 한다.

박원순 전 서울시장의 성추행 피해자가 남인순 국회의원을 상대로 '사과하고 의원직을 사퇴하라!'고 목소리를 높였다. 과거의 남인순은 여성 인권의 아이콘이었다. 그러나 그가 국회의원이 되고 나서, 소속한 당과 관련된 인권 문제에 대해선 입을 굳게 다물었다. 그것은 사람들을 더 분노하게 했고 그의 인격을 의심하게 했다. 그의 과거 행적을 볼 때 박원순 사건에 대해서도 침묵해서는 안 된다. 또 자신이 박원순 피소 사실 유출에 조금이라도 관여했다면 책임을 져야 한다. 그런데 과거엔 여성 인권을 주장하던 다른 사람 중에도 피해자 비난 대열에 선 사람들이 많았다. 그런 가운데 피해자의 인권은 점점 망가져 가고 있었다.

최근 주호영 국민의 힘 원내대표의 발언(전직 대통령이 되면 본인들이 사면 대상이 될지도 모르는 그런 상황이 있을 수 있습니다. 늘 역지사지하는 자세를 가질 것을 기대합니다.)을 두고 논란이 많았다. 이에 더불어민주당 김경협 의원은 "국민의 힘 주호영 원내대표의 수준 이하의 막말 퍼레이드가 계속되고 있습니다. 더 이상 국민의 귀를 오염시키지 못하도록 공업용 미싱을 선물로 보냅니다."고 했고, 주호영 원내대표는 "공업용 미싱을 보내는지 한번 보겠습니다. 보고 그게 오면 제가 적절한 용도에 쓰도록 그렇게 하겠습니다."고 맞받아쳤다. 돌 던지듯 서로 말을 던지며 이목을 집중시켰다. 여기서 '역지사지'란 말은 의미가 있다. 그러나 역지사지가 잘 못 사용되면 '죄의 쌍방 합리화'에 부역할 위험도 있다.

위의 일들은 정치적 계산으로 나온 것들이다. 하지만 세상에는 골프장에서 골퍼와 비둘기처럼 전혀 의도한 바도 없는데, 한 사람의 행위가 타인에게 엄청난 피해를 주는 경우도 많다. 어떤 이는 육교 밑을 지나다가 고가도로에서 교통사고를 내고 떨어지는 자동차에 치여 목숨을 잃었다. 여기엔 운전자의 부주의가 있겠지만 그 부주의가 고가 밑을 지나는 사람을 죽인 일과는 직접 관련이 없다. 그러나 운전자는 부주의에 대한 책임은 져야 한다.

세상에는 나의 행위가 의도적이지 않더라도 타인에게 피해가 되는 경우가 많다. 학교에서 장난으로 한 행위가 동료를 엄청나게 괴롭히는 일이 되는 경우도 많다. 내가 무심코 뱉은 말이 직장 동료나 부하 혹은 상사 등에게 치명상을 주기도 한다. 그러나 그 말과 행위의 범죄성을 두고는 논란이 많다. 어떤 사건이 발생하였을 때 피해자가 아니라 행위자에 초점을 맞추는 경우가 많기 때문이다. 그래서 정확하게 보려면 행위자가 아닌 피해자의 관점에서 우선 살펴야 한다. 만약 사건을 행위자의 관점에서만 보면 연극에서 배우의 행위처럼 그 행위 자체에만 초점이 맞추어질 수 있기 때문이다. 길을 가다가 《돌》 하나를 무심코 던질 때도 그 돌을 던지는 행위 자체가 아니라 그 돌이 처할 처지와 던져진 돌이 또 다른 대상에게 미칠 영향에 대해 생각해 보아야 한다는 점이다. 이런 점에서 신미균의 시 《돌》은 많은 것을 생각하게 한다.

던져진 《돌》에 깃든 연민

우물이 얼마나 깊은지
알고 싶어서
손에 잡히는 돌 하나
던져 넣었다.

돌은 자기가 어디쯤
떨어지고 있는지
알리려는 듯
탁, 타닥
벽에 부딪히는 소리를
가끔씩 내면서
떨어졌다

아차, 저 돌 깊은 우물 속에

한 번 빠지게 되면
다시는 햇빛을 못 볼 텐데

미안하다

-신미균 《돌》 전문-

앞에서도 말했지만, 우린 일상생활에서 무심코 혹은 재미 삼아 한 행위가 상대에게 돌이킬 수 없는 피해가 되는 경우가 많다. 이 시는 우리가 일상생활에서 아무렇지도 않게, 호기심으로 혹은 장난삼아 할 수 있는 일을 시적 언어로 쓴 것 같다. 확장하면 엄청난 의미를 지닌다.

첫째 연은 일상의 호기심과 그 호기심에 대한 실험적 행위이다. 이런 행위는 누구나 할 수 있다. "우물이 얼마나 깊은지/알고 싶어서/손에 잡히는 돌 하나/던져 넣었다."에서 잡히는 돌은 불특정의 돌이다. 우물을 본 화자를 강하게 자극한 것은, 우물의 깊이에 대한 궁금증 즉 호기심이다. 돌을 우물 안으로 던진 행위는 그 호기심을 충족하기 위한 실험적 행위이다. 여기엔 다른 어떤 사유 즉 돌의 입장이나 우물의 입장에 대한 고려도 없다. 이 행위에 깃든 사유는 자기중심적이고 주관적일 뿐 타자 지향성이나 객관성은 전혀 찾아볼 수 없다.

어쨌든 던져진 돌은 우물 안으로 깊이 떨어지고 있었다. 제2연은 돌이 우물 안으로 떨어지는 상황에 대한 사실적 묘사다. 이것 역시 누구나 알고 있는 평범한 이야기이다. 그러나 그 떨어지는 상황에 대한 묘사에서도 사유에 문제가 있음을 본다. "돌은 자기가 어디쯤/떨어지고 있는지/알리려는 듯" 했다지만, 돌 자체는 그런 생각조차 할 길 없다. 만일 돌에 정령(精靈)이 있다면, 우물 속으로 떨어지는 돌은 두려움에 떨었을 것이다. 여기에도 역시 자기중심적 사고만 존재하지 타자에 대한 이해와 배려는 없다. 그런 타자 배제의 사고는 떨어지는 돌은 "탁, 타닥/벽에 부딪히는 소리를/가끔씩 내면서/떨어졌다"는 표현에서 여실히 드러난다. 화자에게는 그 소리가 우물 벽에 부딪히는 돌의 소리일지 몰라도, 돌의 입장에서는 상처 나고 깨어지는 소리이다. 또 그 소리는 돌이 회복 불가능한 비극의 세계로 떨어지는 소리이기도 하다.

제3연에서 이제야 화자는 자기 행위에 대한 사유가 시작되었다. 돌을 우물 안으로 던지는 행위를 해 놓고 나서 "아차" '내가 무슨 짓을 한 것이지' 하며 생각한다. "저 돌 깊은 우물 속에/한 번 빠지게 되면/다시는 햇빛을 못 볼 텐데" 그렇다. 우물 속에 떨어진 돌은 영영 바깥세상을 구경하지 못한다. 돌은 약한 타자(他者)이기 때문이다. 여기서 화자는 자기중심적이고 주관적인 사유에서 벗어나 타자 중심적이고 객관적인 사유를 하게 된다. 그러나 그 사유는 때늦은 사유가 되고 말았다.

뒤늦게 타자 중심적으로 생각해 보니 화자가 우물 안에 던져진 돌에 해줄 수 있는 것이라곤 고작해야 "미안하다"는 말밖에 없다. 잘못된 행위에 대한 타자를 향한 반성과 사과치고는 너무나 가볍다. 화자는 "미안하다"는 말 한마디로 모든 책임을 면제받았다고 생각할지 모른다. 그래서 그 '미안하다'는 말에는 책임감을 찾아볼 수 없다. 그러나 그 말에 담긴 여운은 크다.

시에서 화자는 늦게라도 "미안하다"는 사과를 했으니 그래도 다행이다. 실제로 인간 세상에선 그 "미안하다"가 얼마나 어려운지 해야 함에도 하지 않고 변명으로 일관하며 자기 정당화만 일삼는 경우가 얼마나 많은가?

이제 위의 시에서 《돌》을 성폭력(성희롱, 성추행) 피해자로 바꿔보자. 한 남성이 한 여자를 보고 얼마나 예쁜지, 어떤 반응을 하는지, 은밀한 곳이 어떻게 생겼는지 궁금하여 호기심을 발동하였다고 하자. 자기는 호기심과 욕구 충족의 수단으로 한 행위지만, 상대는 깊은 우물 속인 지옥으로 가는 길이 된다. 고위직에 있는 사람이 부하 여직원을 친근한 눈빛과 어조로 대하다가 아주 친근한 행동으로 대했다고 하자. 그것은 어디까지나 자기의 마음과 호기심과 친근함이지 부하 여직원의 마음은 아니다. 더 나아가 궁금하여 돌을 우물 안으로 던져 넣듯이 추행이나 폭행을 가했다고 가정하자. 그 행위는 타자에 대한 사유는 완전히 배제된 자기중심적인 욕망만 채우는 행위이다. 그런 자기중심적인 호기심과 욕망만 발동한 행위는 늘 타자에게 엄청난 상처를 입히게 된다.

그렇게 호기심과 욕망에 함몰된 자기중심적인 자에 의해 던져진 피해자는 돌이 우물 깊은 곳으로 떨어지면서 어디쯤 떨어지고 있는지 알리려는 듯 "탁, 타닥" 하면서 우물 벽에 부딪히는 소리를 내듯이, 그 상처 나는 몸을 알리려고 본능적으로 아우성을 칠 것이다. 그러나 가해자의 그 행위가 우물 안과 같은 깊은 곳에서 은밀하게 이루어지기에 우물 안의 돌이 부딪히는 소리가 외부에 잘 들리지 않듯이, 피해자의 아우성은 세상에 직접적으로 알려지기가 어렵다. 그 아우성은 일종의 생존 본능에 의한 방어기제이다. 그래서 앞에서 말했듯이 우린 가해자가 아니라 피해자의 관점에서 우선 살펴야 한다.

그런데 시에서는 화자가 "아차"하고 돌의 입장에서 저 우물 속에 빠지면 다시는 햇빛을 못 볼 텐데 하면서, 자신이 한 행위를 후회하고 돌이란 타자에게 "미안하다"고 하였지만, 자기중심적인 욕망에 사로잡힌 가해자들은 절대로 자신의 행위에 대해 공식적으로 "아차(내가 무슨 짓을 했지?)"를 하지 않으며, 피해자가 겪는 상처와 아픔을 생각하지 않는다. 스스로 "미안하다"는 성찰적 속죄는 전혀 없는 것 같다. 더 잔혹한 것은 그런 자기의 행위를 철저하게 은폐하며 때로는 정당화하기도 한다는 점이다. 그래서 다시 말하지만 우린 모든 사건을 우선 행위자가 아니라 피해자의 관점에서 살펴야 한다는 것이다.

위에서는 《돌》이란 물상을 성폭력 관련 피해자에 대비시켜봤지만, 학교폭력 피해자, 사이버 폭력피해자, 언어폭력 피해자, 인터넷상에서 문제가 되는 악플 피해자, 나아가 정치적 보복 피해자 등으로 확대해 보면 문제는 더욱 심각해지고 다양해진다. 상당한 영역에서 우리 사회는 호기심과 욕망이란 이름으로 치환된 철저한 자기중심적인 사고에 빠져 있음을 본다. 그것은 정치의 세계에서도 펜덤화되어 나타난다. 그래서 자기가 한 그 행위에 대하여 뉘우치지도 않고 죄의식도 미약한 경우가 많으며 오히려 자기 정당화에 몰입한다.

나는 이 시를 읽으며 올바른 사유 능력의 상실이나 마비가 얼마나 무서운가를 다시 생각해 본다. 자기중심적인 호기심과 욕망에 빠진 사람들은 사유 능력이 비틀리거나 상실된 사람들이다. 그러기에 그들은 자기 영역 안에서의 자기 중심성에는 충실하지만(우리는 그것을 성실성이라고 할 수도 있다) 타자에 대한 이해와 배려는 상실되었다. 그들은 타자 중심적인 사유를 하지도 않고 할 수도 없다.

'악의 평범성' 그리고 사유하는 사회의 요청

다시 시를 읽으며 '악의 평범성'에 관해 설파했던 한나 아렌트(Hannah Arendt, 1906년 ~1975)의 보고서 『예루살렘 아이히만』[141]을 떠올렸다. 한

141) 한나 아렌트 지음, 김선욱 옮김, 『예루살렘 아이히만』 정화열 해제, 한길사. 2019.

나 아렌트는 히틀러 치하에서 유태인 학살을 잔인하게 행한 일등 공신이었던 아이히만의 전 재판 과정을 참관하면서 관련자들의 증언과 대화를 바탕으로 느끼고 성찰한 사유를 바탕으로 이 보고서를 썼다. 그리고 뒷날 책으로 출간하였으며, 시간이 흐른 후에 '악의 기원'에 대한 새로운 해석의 기초를 마련했다. 아렌트가 보기에 그 잔혹했던 아이히만은 겉으로 보기엔 아주 평범한 인간이었다. 그가 행한 유태인 학살은 그에게 있어선 자신의 직무 충실이었다. 그런 점에서 그는 매우 성실한 사람이었다. 그러나 그 '성실성' 자체가 큰 문제가 되었다. 그것은 인간에 대한 사유가 철저히 배제된 성실성이었기 때문이었다. 그래서 모든 사람은 성찰과 사유가 없다면 아이히만과 같은 사유하지 못하는 잔혹한 성실성을 발휘할 수 있다는 가정을 성립시킨다.

성실성은 고대부터 지금까지 매우 중요한 미덕 중의 하나이다. 그러나 사유능력이 없는 성실성은 아이히만처럼 위험한 무기가 될 수 있다. 보고서 『예루살렘 아이히만』에서 아렌트는 아이히만에게서 "사유의 3대 무능성"을 발견한다. 첫째는 말하기의 무능성(無能性)(inability to speak)이다. 그는 인간과 교감할 수 있는 공통감(共通感)을 가진 말을 할 줄 몰랐다. 그래서 그는 초지일관 과거의 선전 문구와 상투적인 언어를 토씨 하나 안 틀리고 반복했다. 둘째 그에게 가장 큰 문제는 생각의 무능성(inability to think)이다. 그것은 타인의 입장에서 생각하는 능력이다. 그는 철저하게 자기 이념과 자기 중심성에 빠져 타인의 입장을 전혀 받아들이지 않았고 타인과 소통하지도 못했다. 아렌트는 말한다. "그는 거짓말을 하는 것이 아니라 철저하게 단절된 자기만의 세계에서 현실 자체를 막는 튼튼한 벽으로 둘러싸여 있었다." 그래서 '그와는 소통도 불가능하고 그에게 타자는 들어설 틈이 없었다.'는 것이다. 셋째는 판단의 무능성((inability to judge)이다. 그는 행위의 옳고 그름이나 그 행위가 미칠 영향에 대한 사유가 완전히 마비된 인물이었다. 그는 자기 안에서만 판단하고 행동했다.[142] 아렌트의 보고서를 보면서 나는 사유 능력이 배제된 인간은 세상을 파멸로 이끄는 괴물 로봇이 될 수 있음을 발견했다. 물론 히틀러는 그런 충직한 로봇을 만들어 내는 데 성공했다.

나는 또 하나의 생각에 빠졌다. 인간은 어떻게 사유의 무능력에 이르게 되는가? 인간은 어떻게 사유하는 능력을 상실하게 되는가? 인간은 어떻게 사유하는 능력을 습득하는데 실패하는가? 여기서 이런 문제를 일일이 다 말할 수는 없지만, 그리고 나에게 그만한 능력도 부족하지만, 그것은 이념적 편향과 잘못된 지식과 신념에 의한 확증편향, 정치적 팬덤화와 고착화, 성장 과정에서의 인간성과 도덕성에 대한 소통의 결여 등에서 초래한다고 보여진다. 어쨌든 여기서 그런 논의가 중요한 것은 아닌 것 같다.

이런 논의에서 내가 특히 주목한 것은 한나 아렌트가 '악의 평범성'을 말한 것처럼, 정치인들을 중심으로 또 팬덤화된 정치집단을 중심으로 벌어지는 '위선의 평범성' '은폐의 평범성' '침묵의 평범성' '동조의 평범성' 등이다. 그리고 그 '평범성'은 이기적이고 자위적인 '편의성'에 기초한다는 점이다. 이를테면 상당 부분에서 정치인들은 자기 위선을 거침없이 자행한다. 심지어는 1년 전에 자기가 한 말도 정치적 이해관계에 따라 뒤집는다. 또 자기가 한 행동이 불리하면 철저하게 은폐하며, 타 집단에선 크게 문제시되던 행동도 자기 집단에선 별것 아닌 것처럼 미화한다. 자기에게 불리하면 침묵으로 일관하고, 자기 집단에 불리하면 정의와 진실도 팽개친다. 불과 일 년 전까지만 해도 바른 소리를 하던 자가 특정 정치 집단에 소속되니 그 집단의 언어에 철저한 동조자가 된다. 심지어는 유능한 선전 선동하는 자와 최전선의

142) 한나 아렌트 앞의 책. 20쪽, 106쪽 참조.

투사가 되기도 한다. 엊그제의 인권운동가가 자기가 속한 집단을 위해 침묵하거나 그 집단의 대변인이 된다. 이런 일련의 현상들은 정치적 이해관계로 스스로 사유를 포기했거나, 왜곡했거나, 마비시킨 현상들이다.

그런데 더 문제가 되는 것은 이런 일련의 '평범성'들이 이념으로 확증 편향된 말과 행동을 집단화하며, 상당수의 대중이 자기 성향의 인물과 정치집단 편들기에 몰입하게 만들고 있다는 점이다. 그것에는 자기와 자기 집단만 존재하지 타자와 타 집단은 들어갈 틈을 주지 않는다. 더욱 문제가 되는 것은 정치 집단을 중심으로 벌어진 그런 여러 '평범성'들이 일반 대중들의 삶에까지 깊숙이 파고들고 있다는 점이다. 그래서 우리 사회는 가끔 판단 불능, 도덕 불감증을 앓고 있는지도 모른다. 그것은 한국 사회가 안고 있는 구조적인 문제에 기인하는 것 같다.

이 모든 정치적 행위나 사건들의 중심에는 우리 사회가 안고 있는 두 가지 문제에서 기인한다. 하나는 정치적으로 일어나는 일련의 사유 부재의 '평범성'들이 타자 중심이 아닌 자기 중심성에 빠져있다는 점이다. 나와 내 집단, 나와 내 이념만 소중하게 생각할 뿐 타자와 타 집단 특히 국민이란 대중은 중요하지 않게 여긴다는 점이다. 둘째는 말과 사건이 행위자에 집중되어 있지 타자에 집중되지 않는다는 점이다. 정치인의 말과 행동의 타자는 국민이다. 행위자인 그들은 말로는 국민을 위한다고 하지만 실제로는 자기 자신 안에 머물러 있기 때문이다. 그래서 그들은 국민을 관객으로 한 타성에 빠진 배우이다. 타성에 빠진 그 배우에게 사유의 능력을 부여하는 것은 사유하는 국민의 몫이기도 하다.

우린 우리 안에 자기 욕망과 호기심만이 아니라 타자의 욕망과 호기심도 생각하는 능력을 키워야 한다. 우리 사회는 한나 아렌트가 말하는 '아이히만의 3대 무능력'을 탈피하여야 한다. 그리고 정의가 더 엄격한 주인 역할을 할 수 있게 해야 한다. 그것은 특히 정치지도자들부터 출발해야 할 것 같다. 그리고 행위자가 아니라 그 행위의 대상자 관점에서 모든 문제를 보는 관행을 만들어야 한다. 그래야 이 땅의 가해자들이 신미균의 시 《돌》에서처럼 늦었지만 "미안하다"는 한마디라도 할 수 있지 않을까? 그래야 호기심과 욕망이란 자기 중심성으로 던져지는 수많은 《돌》이란 피해자들이 조금이라도 위안받을 수 있지 않을까? 그날은 언제쯤 도래할까? 지금부터 《돌》 하나라도 함부로 던지지 마라. 어쩌다 우물에 던져진 《돌》을 위한 연민을 느껴라. 그것은 곧 인간을 향한 연민이리라.

03. 《꽃》, 아름다운 공존을 향한 소망

자기 세대 안에서 그 세대와 함께 살아야 한다는
현존재의 피할 수 없는 운명이
그 현존재에만 고유한 전체의 사건을 구성한다.
〈M.하이데거/존재와 시간〉

불신과 갈등을 부추기는 사회

9월이 성큼 다가왔다. 그러나 올해 9월은 유독 마음이 무겁다. 8월 중순부터 다시 기승을 부린 코로나19로 정부는 서울시에 9월 6일까지 '사회적 거리 두기 2.5단계'를 발동하였고 서울시는 '천만 시민 멈춤 주간'을 선포했다. 코로나19는 9월에 한풀 꺾인다 해도 언제 또다시 기승을 부릴지 모른다.

지방도 사회적 거리 두기를 강화하고 있다. 모든 국민은 당분간 사람들과 접촉하는 일상은 포기해야 한다. 거리에는 발길이 끊기고 붐비던 음식점과 카페의 불빛도 어둡다. 이대로 오래가면 서민과 자영업자들의 삶은 도탄에 빠질 것 같다. 사람들은 이런 말을 하기도 한다. "코로나19로 죽는 게 아니라 굶어 죽겠다."

코로나19의 위기 속에서도 정치적 갈등은 앞이 보이지 않는다. 문재인 대통령은 8월 27일 청와대에서 열린 '한국교회지도자 초청 간담회'에서 '특정

교회에선 정부의 방역 방침을 거부하고 방해하면서 세계 방역 모범국으로 불리던 한국의 방역이 한순간에 위기를 맞고 있는데도 적반하장으로 음모설을 주장하며 큰소리를 치고 있다.'고 광화문광장에서의 815 태극기 집회 중심 세력을 작심한 듯 비판했다. 이에 맞서 사랑제일교회 측은 "슈퍼전파자는 문재인 정권"이라며 정세균 국무총리와 박능후 보건복지부 장관 등을 고발하였고, 사랑제일교회와 태극기 집회 등이 이번 사태의 주범인지 "과학적 근거를 내놔라!"면서 질병관리본부에 정보 공개 청구까지 했다.

코로나19의 위기에서도 의과대학 정원 확대 등 정부의 의료정책에 반대하며 21일부터 무기한 집단 휴진(파업)에 들어간 대한전공의협의회(대전협)는 정부의 '법안추진 중단' 약속에도 '일방적으로 정책을 추진하는 정부를 믿을 수 없다'며 파업을 계속하기로 했다. 여기에 가세하는 교수진들도 늘어나고 있다.

거기다가 7월과 8월 두 달에 걸친 유례없는 장마와 폭우는 수많은 이재민을 냈다. 그 재난에 대해서도 '인재다. 자연재해다.' 하며 말이 많다. 이번 폭우와 관련하여 4대강을 두고 벌이는 정치적 논쟁은 점입가경(漸入佳境)이다. '굿보다 잿밥'에 눈이 어두워진 탓이다. 그런 속에서 이재민의 한숨은 커가기만 한다.

말 그대로 안개 속의 9월을 맞이하고 있는 것 같다. 그래서인가? '악몽의 9월'이란 말이 퍼지고 있다. 그 말의 중심에는 '불신과 갈등'이 꿈틀거린다.

그건 코로나19보다 더 큰 재난이다. 재난이 연속되면 불신과 갈등이 커지지만, 또한 모든 재난은 불신과 갈등의 틈새에서 더 커진다. 그리고 그 틈새를 키워 파국을 만든다. 불신과 갈등은 재난의 가장 위험한 숙주이기 때문이다.

이렇게 불신과 갈등의 골이 깊어진 데에는 '나 중심주의'와 함께 내가 살기 위해 너를 짓밟으려는 폭력적인 이기주의와 정치적 패권주의가 있다. 그리고 나의 존재를 위해 너의 존재를 부정하는 존재 인식의 오류도 존재한다. 이런 때에 정치인을 포함한 모든 국민이 함께 읽고 싶은 시가 있다. 바로 김춘수의 《꽃》이다.

《꽃》에서 찾는 공존의 희망

내가 그의 이름을 불러주기 전에는
그는 다만
하나의 몸짓에 지나지 않았다

내가 그의 이름을 불러주었을 때
그는 나에게로 와서
꽃이 되었다

내가 그의 이름을 불러준 것처럼
나의 이 빛깔과 향기에 알맞는
누가 나의 이름을 불러다오
그에게로 가서 나도 그의 꽃이 되고 싶다

우리들은 모두
무엇이 되고 싶다
나는 너에게 너는 나에게

잊혀지지 않는 하나의 의미(意味)가 되고 싶다

-김춘수(1922 ~ 2004) 《꽃》-

이 시는 내가 사랑한 시 중에서 으뜸이다. 나는 이 시를 고등학교 때부터 읽고 사랑해 왔다. 나의 삶과 철학적인 사고를 키워준 시이기도 하다. 제자들과 지인들이 부탁한 결혼식 주례사 때 이 시를 낭송해 주기도 하고 신랑 신부가 한 연씩 낭송하게 하기도 했다. 그러면서 부부가 이 시를 늘 낭송하면서 시가 주는 의미를 새기고 산다면 행복할 것이라고 했다.

이 시는 김춘수[143]가 1959년에 출간한 시집 『꽃의 소묘』에 수록되었다. 그러나 이 시는 그보다 먼저 발표되었다. 1950년대는 김춘수가 타오르는 문학정신을 발휘하며 문학계에 두각을 나타내던 시기였다. 1952년 대구에서 설창수, 구상, 이정호, 김윤성 등과 시 비평지 『시와 시론』을 창간했는데, 여기

---

143) 김춘수(金春洙, 1922~2004)는 1922년 경상남도 통영에서 태어났다. 1941년부터 1943년까지 니혼대학교에서 공부했다. 이때 일본 제국에 대한 대항론을 펴다가 퇴학당하고 교도소에 7개월 동안 수감되었다. 석방된 후 귀국한 후 중고등학교 교사로 일했다. 1946년에 시 〈애가〉를 발표하면서 시를 발표하기 시작했고, 1948년 대구에서 발행되던 동인지 〈죽순(竹筍)〉에 〈온실(溫室)〉 외 1편을 발표하여 문단에 데뷔했다. 1978년에는 영남대학교 문학부 학장을 지냈다. 첫 번째 시집 『구름과 장미』를 발간하고 〈산악(山嶽)〉 〈사(蛇)〉 〈기(旗)〉 〈모나리자에게〉 〈꽃〉 등을 발표하면서 이름이 알려졌다. 그의 작품세계는 사물(事物)의 사물성(事物性)을 집요하게 탐구한 것으로 평가받는다. 민주정의당 소속 제11대 비례대표 국회의원을 했다. 훗날 김춘수는 이 국회의원시기를 "한마디로 100% 타의에 의한 것이었다. 처량한 몰골로 외톨이가 되어, 앉은 것도 선 것도 아닌 엉거주춤한 자세로 어쩔 줄 모르고 보낸 세월"이었다고 회고했다. 2004년 11월 29일, 향년 83세로 별세했다. 시집으로 『구름과 장미』 『늪』 『기(旗)』 『부다페스트에서의 소녀의 죽음』 『타령조 기타』 『처용(處容)』 『남천』 『비에 젖은 달』 등이 있다. 1958년 한국시인협회상, 1959년 아시아자유문학상을 수상했다. 한국의 시인으로서 21세기의 한국 시단을 이끈 시인 중 한 명으로 평가받는다.

에 그는 시 《꽃》과 첫 산문 《시 스타일론》을 발표하였다. 하지만 이 비평지는 창간호로 종간을 맞이하게 되었다.[144]

시는 총 4연으로 이루어졌다. 깔끔하고 물 흐르듯 하여 낭송하기도 편하다. 시에는 "나", "그", "이름", "몸짓", "꽃", "의미" 등의 시어(詩語)들이 등장한다. 그 시어들은 모두 우리 삶에서 떼어 낼 수 없는 친근한 일상의 언어들이다. 이 시어들이 절묘하게 배치되어 오묘한 사상과 삶의 법칙을 말하고 있다.

첫째 연인 "내가 그의 이름을 불러주기 전에는/그는 다만/하나의 몸짓에 지나지 않았다"에서 "그"는 누구일까? 사람일까? 사물일까? 시인은 모든 생명체, 사물, 형이상학적인 관념까지를 통틀어 "그"라는 언어로 표현한 것 같다. 그래서 나는 "그"를 '모든 사물과 관념의 총체'라고 말한다.

모든 존재는 "이름"이 부여되지 않는 상태에서는 '그저 단순한 사물'에 지나지 않는다, 그것은 존재의 의미를 가지지 못한 것이며, 발견되지 않은 것이며(그 발견은 인류 보편적인 발견만이 아닌 내가 발견하지 못한 것까지 포함) 인식되지 않은 것이다. 그러기에 의미 없는 물상으로 단순한 '하나의 몸짓'에 불과하다.

산에 있는 나무들도 이름이 붙여지기 전에는 '그 어떤 것'에 지나지 않는다. 꽃들도 마찬가지이다. 그냥 무심코 지나칠 때는 존재의 의미가 없다. 사람도 그렇다. 누군가에게 명명(命名)되고 기억될 때 존재의 의미를 갖게 된다. 그래서 이름 없는 존재는 하나의 몸짓인 무의미한 존재에 불과하다. 이름이 없으면 기억되지도 않고 기억에서도 사라진다.

우리가 대상에 이름을 부여하여 불러 주기 전에는 대상은 무의미한 존재

144) 이재복 엮음, "김춘수 시 해설" 『김춘수 시선집』, 지식을 만드는 지식, 2012. 224쪽.

일 수밖에 없다. 모든 존재가 그렇다. 사람도 이름 없는 사람은 무의미한 존재이며, 함께 살아가고 있는 사람도 이름을 소중하게 불러 주기 전에는 무의미한 존재가 된다. 이름을 불러주지 않는 사람은 소외되거나 고독한 존재가 된다. 부부가 서로 이름을 불러 주지 않으면 부부로 살지만, 쌍방 물상에 지나지 않는다. 정치인들도 서로의 존재를 인정하기 전에는 쌍방 물상에 지나지 않는다. 쌍방 물상은 무의미한 존재이거나 잊혀진 존재이거나 버려진 존재다. 그런 존재는 모두 '하나의 몸짓'에 불과하다.

왜 '하나의 몸짓'인가? 그 '몸짓'에는 현재는 무의미한 존재이지만 그 안에는 '나'의 이름을 불러 달라는 '소통의 갈구'가 담겨 있다. 모든 사물은 이름을 붙여 주기를 바라며 그 이름을 통해 존재의 의미를 부여받기를 바란다. 친구도, 부부도 상대에게 이름을 불러 달라고 공개적이든 비공개적이든 "몸짓"을 하고 있다. 우린 그것을 알아야 한다. 그것을 모르거나 부정하는 것은 너의 존재를 부정함과 동시에 나의 존재를 부정하는 것이기 때문이다.

모든 존재는 이름을 불러줌으로 존재가 확실해진다. "내가 그의 이름을 불러주었을 때/그는 나에게로 와서/꽃이 되었다." 대상은 내가 이름을 불러줌으로써 의미 있는 존재로 인식된다. 대상 또한 누군가에게 이름이 불려야 의미 있는 존재로 거듭나게 된다. 이름을 불러줌으로써 '하나의 몸짓'에 불과하던 것이 나에게로 와서 '꽃'이 된다. 아이가 태어나면 부모는 심혈을 기울여 이름을 지어준다. 아이는 부모에게 가장 소중한 존재이기 때문이다.

"그는 나에게로 와서/꽃이 되었다."는 문장은 중요한 의미를 담고 있다. 모든 존재가 나에게 소중한 존재가 되게 하려면, 내가 먼저 그의 존재를 인정해야 한다. 모든 관계의 법칙에서 내가 먼저 그에게 다가가 그의 이름을 불러 주고 그의 존재를 인정해 주어야 그는 나에게 소중한 존재로 다가온다. 부부도 친구도 마찬가지이고, 정치와 정당도 마찬가지이다. 그래야 그는 나의 파트너가 된다. "그러므로 무엇이든지 남에게 대접을 받고자 하는 대로 너희도 남을 대접하라(마태복음 7장 12절)"는 말이 강조하는 '다가감과 받아들임의 법칙'이기도 하다.

이 시의 중심 개념인 "꽃"이란 무엇이며 어떤 꽃일까? 모든 꽃은 아름답고 자기만의 향기를 풍긴다. 모든 생명체는 꽃의 아름다움과 향기에 취한다. 그래서 꽃은 아름다운 존재의 상징이다. 아름다움은 존재의 본질이다. 그래서 꽃은 존재의 본질이며, 사물의 존재에 맞게 부여되는 언어인 시(詩)이기도 하다.

아름다운 존재로서의 꽃은 플라톤이 말하는 '이데아'의 세계인지 모른다. 인간에게는 '천사 지향성'이 있다. 아름답고 선한 그 어떤 세계를 끊임없이 추구하는 본성을 지녔다는 말이다. 인간은 어쩌면 '이데아'의 세계를 끊임없이 좇는 존재인지 모른다. '이데아'는 현실적이고 구체적인 세계를 초월하는 아직 인간이 도달하지 못한 상상의 세계일 수 있다.

시인은 어떤 꽃을 보고 이 시를 썼을까? 시인은 6·25 전란 중 통영중학교에 근무할 때, 해가 지고 교무실에 자기 혼자 남아 있었다고 한다. 그때 책상 위 유리컵에 꽃이 꽂혀 있는 것을 보고 이틀 후에 쓴 시가 《꽃》이라고 한다. 그때 책상 위의 꽃은 어떤 꽃일까? 꽃에 관한 그의 다른 시와 고향인 통영 등을 종합해 볼 때 '동백꽃'이라고 보는 견해가 맞는 것 같다. 그의 시 《처용단장》에서도 나오듯이 시인은 동백꽃을 '산다화'라 부르며 사랑했다.

내가 그의 이름을 불러주어 그를 아름다운 존재로 만드는 이유는 나도 그의 아름다운 존재가 되기 위함이다. 내가 그 이름을 불러주지 않아 그가 '하나의 몸짓'에 불과하듯, 나도 누군가 나의 이름을 불러주지 않으면 '하나의 몸짓'에 불과하다. 그래서 시인은 "내가 그의 이름을 불러준 것처럼/나의 이 빛깔과 향기에 알맞은/누가 나의 이름을 불러다오/그에게로 가서 나도/그의 꽃이 되고 싶다"고 한 것이다.

여기엔 매우 중요한 존재와 관계의 법칙이 담겨 있다. 우선 '내가 그 이름을 불러준 것처럼'이다. 어쩌면 '내가 준 만큼 돌려 달라'는 소망이다. 내가 그 이름을 불러줄 때 나는 그를 아름다운 존재로 규정했다. 그러니 너도 나를 그렇게 아름다운 존재로 불러 달라는 것이다. 왜일까? 그에게로 가서 나도 그의 꽃이 되고 싶기 때문이다. 그래서 "그에게로 가서 나도/그의 꽃이 되고 싶다"에는 나의 간절한 소망과 내가 그 이름을 불러준 이유가 담겨 있다. 존재와 관계의 법칙에는 쌍방 인정과 쌍방 소통이 필요하다.

그러면 어떻게 불러야 소중하고 아름답게 불러 주는 것일까? 그 방법은 바로 "나의 이 빛깔과 향기에 알맞은" 이름을 불러주는 것이다. 이 말에는 내가 먼저 '너의 빛깔과 향기에 알맞은 이름을 불러 주었다'는 전제가 숨어 있다.

'빛깔과 향기'는 무엇일까? 그것은 그 존재만이 가진 개별성이며 본질적인 특성이다. 내 생각만으로 일방적인 예단을 하지 말라는 것이다. 그래서 내가 너의 이름을 불러 줄 때 너의 개별성과 본질적 특성을 존중했으니, 너도 나의 개별성과 본질적 특성을 존중해 달라는 일종의 청원이다.

남자는 남자로서, 여자는 여자로서의 개별성과 특징이 있고, 남편은 남편으로서, 아내는 아내로서의 개별성과 특징이 있다. 그러나 많은 사람은 그것을 무시하고 아집과 편견으로 예단하고 만다. 그래서 오류를 범한다. 여기에는 모든 존재는 나의 편견과 아집을 떠나 있는 그대로 그 개별성과 본질적 특성을 존중해야 한다는 존재 인식의 법칙이 숨어 있다.

이렇게 서로 이름을 불러줄 때 소중한 존재로 인정되고, 세상은 의미있게 된다. 마지막 연에서 시는 절정을 이룬다. "우리들은 모두/무엇이 되고 싶다/나는 너에게 너는 나에게/잊혀 지지 않는 하나의 의미(意味)가 되고 싶다"는 것은 공존의 법칙, 그것도 아름다운 공존의 법칙을 말하고 있다. 그리고 나와 너, 세상 모두에게 소망하고 있다. 그 소망은 서로에게 소중한 존재, 잊혀 지지 않는 하나의 의미가 되는 것이다.

여기서 주목할 것이 "하나의 의미(意味)가 되고 싶다"는 대목이다. 상당수의 인용 시와 시집에 '의미'가 아니라 '눈짓'이라고 되어 있다. 그러나 나는 '눈짓'보다는 '의미'라는 시어가 더 적합하다고 본다. 김춘수의 시전집과 위에 인용된 시집에서도 '눈짓'이 아니라 '의미'라 되어 있다. '의미'는 '눈짓'보다 더 강하고 구체적인 존재의 세계를 말하고 있기 때문이다.

끝 연에서 "나는 너에게 너는 나에게/잊혀 지지 않는 하나의 의미(意味)가 되고 싶다"고 한 것은 미래지향적인 소망이다. 그것은 시가 추구하는 목표의 세계이다. 그 소망은 쌍방이 존재의 의미를 부여함으로 진행되는 '질적인 변화와 성숙'이며, '한계 상황의 극복'이며 '막힌 세계의 뚫림'이다. 그리고 '영원성을 향한 창조'의 세계로 가는 길이다. 이것은 존재와 발전을 향한 아름다운 공존의 법칙이다.

아름다운 공존을 위하여

세상에는 갈등과 다툼, 반목과 투쟁, 증오와 멸시가 난무한다. 그리고 온갖 재난과 고난이 엄습한다. 그것들은 대부분 인간이 만들어 낸 것들이다. 그런 속에서 인간이 생존하고 자연과 더불어 아름답게 공존하며 발전과 창조의 세계로 가기 위해선 서로 이름을 불러주고 보듬어, 내가 먼저 상대의 존재를 인정하는 '다가감과 받아들임의 법칙'을 실천해야 한다.

지금 우리나라는 가족 간의 갈등과 이혼율이 점차 늘어나고, 불신과 갈등

속에 빠져 있다. 정치적으로 양분화되어 대립하고 있다. 거기에 재난까지 겹쳤다. 거기에 내가 먼저 상대의 이름을 불러주고 존재를 인정해 주는 '다가감과 받아들임'의 마음과 행동이 부족하다. 그래서 내가 먼저 '다가감과 받아들임의 법칙'을 실천해야 한다. 그 마음과 행동은 공자가 논어에서 말한 충서(忠恕)와 같은 것이다.

마이클 루이스가 지은 『블라인드 사이드』[145]에는 흑인 빈민 소년과 백인 부유층 가족의 휴먼스토리가 나온다. 부유한 백인 가족은 길거리 갱이 될 뻔한 흑인 빈민 소년을 가족으로 받아들여 연봉 수백만 달러의 프로 미식축구 선수로 키워 냈다. 다가가 그의 이름을 불러주고 받아들임으로 잠재력을 발휘하게 하여 아름다운 창조의 세계로 나아간 것이다.

미국 제16대 대통령 링컨(Abraham Lincoln, 1809년~1865년)에겐 젊은 날부터 '에드윈 스탠턴'(Edwin M(cMasters) Stanton, 1814~1869)이란 정적이 있었다. 그는 링컨이 대통령이 되었을 때도 "링컨이 대통령에 당선된 것은 국가적인 재난"이라고 할 정도의 원수였다. 링컨은 대통령이 되자, 그를 내각의 중요한 자리인 육군 장관에 임명했다. 참모들은 놀라면서 반대했지만, 링컨은 임명을 강행하면서 이렇게 말했다. "그 사람이 나를 수백 번 무시한들 어떻습니까? 그는 사명감이 투철한 사람으로 육군 장관을 할 충분한 자질이 있습니다. 그는 지금의 난국(남북전쟁)을 훌륭하게 극복할 수 있는 소신과 추진력을 갖춘 사람입니다. 그가 이 난국을 해결해 줄 수 있다면 나는 아무래도 상관없습니다. 적을 없애는 가장 좋은 방법은 적을 당신의 친구로 만드는 것입니다."[146]

수그러들지 않는 코로나19, 긴 장마와 폭우로 인한 재난, 각종 사회적 불

145) 마이클 루이스가 지음, 박중서 옮김, 『블라인드 사이드』 북트리거, 2020.
146) 전광, 『백악관을 기도실로 만든 대통령 링컨』, 생명의말씀사, 2004, 177쪽~180쪽.

신과 갈등, 수많은 실업과 자영업자들의 도산, 정치적 진영 논리에 갈라진 국민, 거기에 거대한 더불어민주당의 일방 독주와 힘겨루기 등으로 국민이 혼란에 빠진 이때, 모든 국민과 정치인들이 김춘수의 꽃을 함께 읽으며 아름다운 공존의 법칙을 새기고 실천하였으면 하는 소망을 가져본다.

04. 달달한 소통을 갈구하는 《인기척》

대화란 나와 너 사이에 교통되는 이야기이다.
내가 없으면 너도 있을 수 없다.
우선 내가 나이었을 때 너와 이야기를 할 수 있는 것이다.
그리하여 그 대화를 통하여 두 사람의 사이에
하나의 관계가 만들어지고, 이 관계 속에서
그들은 고독의 종지부를 찍을 수 있게 되는 것이다.
〈이어령/이것이 오늘의 세대다〉에서

인간은 소통하는 존재

코로나19 때의 이야기를 해 보자. '보지 않으면 마음도 멀어진다'고 한다. 코로나19로 보고 싶어도 보지 못하는 사람들이 많았다. 정부에서는 거리두기를 강조하면서 '몸은 떨어져 있어도 마음만은 가깝게'를 내세우지만 그게 쉬운 일인가? 보지 못하면 마음도 멀어진다는 것은 분명한 것 같았다.

날이 갈수록 말은 풍성한데 소통은 줄어드는 것 같았다. SNS에 올라오는 글 대부분이 일방적이며 비난성 댓글이 난무했다. 정치권에서는 자기들의 주장만 내세우며 상대방의 이야기는 들으려 하지 않았다. 특히, 자기들의 주장에 맞지 않으면 폭력에 가까운 비난을 쏟아 내기도 하였다. 한 가지 예로 더불어민주당은 4.7 재·보궐선거 참패 원인 중의 하나로 조국 사태를 언급했다가 '초선 5적'으로 몰렸던 의원들은 민주당 강성 지지자들로부터 "네 딸도 꼭 조민(조국의 딸)처럼 고통받길 바란다."는 입에 담기 힘든 온갖 협박 문자까지 받았다고 했다. 내 맘에 들지 않고 우리 편이 아니면 가차 없이 난도질하는 말은 소통의 말이 아니라 소통을 가로막는 반민주적인 흉기일 수밖에 없다.

그런 가운데 원내 경험이 전혀 없는 36세의 이준석이 국민의 힘 당 대표로 선출되면서 새바람을 불러일으켰다. 그는 기존의 정치인들과는 다른 소통 방식으로 국민과 당원들에게 다가갔으며 대변인도 토론을 통해 선발했다. 대변인들은 자기 당의 입장을 국민에게 일방적으로 말하는 사람들이지만, 그들의 말은 국민의 정서와 바람을 잘 읽은 진실한 말이라야 공감을 얻어낼 수 있다.

분명한 것은 언어란 상대방으로부터 공감과 이해와 협력을 얻기 위한 소통의 도구이다. 그러나 그런 언어가 각자의 이익과 정치적 프레임에 갇혀 비난과 공격의 흉기로 변하고 있는 현실은 코로나19만큼이나 아프다.

그런 가운데 "백신이 돌려준 노부부의 생일파티[147]" 이야기는 희망적이었다. 정부에서는 지난 6월 1·2차 백신 접종 완료자에 대해 거리 두기 완화 조치를 했다. 그 덕택으로 수원시립노인전문요양원에 입원해 있던 오 모 씨가 87번째의 생일을 맞아 면회 온 남편의 손을 잡고 함께 앉아 환하게 웃으며 손을 흔들었다. 그들은 1년 4개월 동안 유리벽 너머로만 서로를 바라보았다. "당신은 손이 왜 이렇게 까매졌어요. 너무 거칠어졌네…" "밭일을 해서 그런가 보지. 당신은 얼굴이 더 밝아져서 보기가 좋아. 생일 축하해요." 라며 대화를 나누는 노부부의 표정은 그 자체로 행복이었다.

인간은 소통하는 존재이다. 소통은 서로 마음을 열고 위로와 용기를 주는 것으로 마주 앉아서 하여야 제격이다. 인간이 언어를 만들어낸 것도 소통하기 위함이며, 소통이 있었기에 인간은 지혜와 문명을 발전시킬 수 있었

147) 동아일보 2021. 6. 2.

다. 그런데 세상이 지나치게 이기주의화, 정치화되면서 언어가 소통의 기능보다는 일방적인 공격의 수단으로 전락하고 있다는 생각이 들 때는 마음 아프다. 많은 사람이 상대방의 '인기척'조차 들으려 하지 않는 것 같다. 소통은 그 인기척을 들으며 존중하는 것에서부터 출발하는데 말이다. 천수호 시인의 시 《인기척》을 읽는다.

《인기척》 달달한 소통의 갈구

갓 결혼한 신부가 처음 여보, 라고 부르는 것처럼
길이 없어 보이는 곳에서 불쑥 봉분 하나 나타난다
인기척이다
여보, 라는 봉긋한 입술로
첫 발음의 은밀함으로
일가를 이루고자 불러세우는 저건 분명 사람의 기척이다
기어코 여기 와 누운 몸이 있었기에
뒤척임도 없이 저렇게 인기척을 내는 것
새 신부 적 여보, 라는 첫말의 엠보싱으로
저기 말랑히 누웠다 일어나는 기척들
누가 올 것도 누가 갈 것도
먼저 간 것도 나중 간 것도 염두에 없이
지나가는 기척을 가만히 불러 세우는 봉분의 인기척

-천수호 《인기척》 전문-

마음을 열면 감각도 함께 열린다. 감각이 열리면 모든 것에서 '인기척'을 들을 수 있다. 심지어 열린 자의 감각은 심령이 개방되어 죽은 자의 소리도 들을 수 있다. 산길을 걷다 보면 나무와 꽃들과 바람과 새들의 소리에 발길을 멈추기도 한다. 그리고 그들의 '인기척'을 듣는 순간 그들과 소통하게 된다. 그리고 나무와 꽃과 바람과 새들과의 소통을 통해 새로운 정서를 경험하게 되고 마음의 정화를 얻게 된다. 열린 마음과 감각에 의한 소통의 힘이다.

천수호 시인은 시각을 넘어 청각의 기능을 통해 자연과 인간, 세계의 아름다운 소리를 듣고자 한다. 그의 시는 사물과 인간들이 쉼 없이 내는 소리를 들으며 그 소리가 지닌 맑은 마음을 통해 소통의 길을 찾는 것 같다. 그래서 천수호의 시는 소통의 시라고 할 수 있겠다. 그것은 문명의 차원을 넘은 초월적인 의미를 지닌 것 같다.

《인기척》은 천수호 시인의 시집 『우울은 허밍』을 여는 서시에 해당한다. 시는 총 13행이지만 기승전결의 4문단으로 나눌 수 있다. 첫 번째 문단인 '기'에 해당하는 부분은 "갓 결혼"에서부터 "인기척이다"까지로 시를 여는 역할을 한다. 둘째 문단인 '승'에 해당하는 부분은 "여보, 라는 봉긋한 입술로"에서 "사람의 기척이다."까지로 시를 달려 세워가고 있다. 셋째 문단인 '전'에 해당하는 부분은 "기어코"에서부터 "기척들"까지로 시를 심화시키고 있다. 넷째 문단인 "누가"에서부터 "봉분의 인기척"까지로 시의 결론이며 욕구를 드러내고 있다. 시는 달달한 소통을 갈구하고 있다.

현대문명은 고도화되면서 사람의 청각적 기능보다는 시각적 기능을 최대화하고 있다. 그런 가운데 청각적 기능과 감각은 때로는 천대받는 것 같기도 하다. 젊은 세대일수록 첨단 문명을 많이 활용하는 사람들일수록 영상매체에 몰입한다. 특히 청각적 기능도 시각적 기능이 고도화되지 않으면 제힘을 발휘하지 못한다. 유튜브가 세상을 점령해 버렸고 활자 매체가 점점 힘을 잃어가고 있다. 집안에 라디오가 사라진 지 오래이며 강력한 시청각 도구인 텔레비전이 집안을 점령했다. 특히 시각적 기능만의 종이책과 종이신문을 보는 사람들은 점점 줄어들고 있다. 그러나 천수호 시인은 청각적 기능을 되살려 사물의 소리에 귀 기울이며, 사물의 소리를 듣고 사물과 소통하고 있다. 그것은 자신과 욕망과 기억과의 소통일 수 있다. 그리고 첨단 문명에 의해 퇴화하는 전통과 자연성의 회복을 갈구한다고 할 수 있다.

시의 첫 부분에서 화자는 봉분의 소리를 듣는다. 살아 있는 내가 말하는 것이 아니라 '죽은 자의 봉분'이 말하고 있다. "길이 없어 보이는 곳에서 불쑥 봉분 하나가 나타나" "갓 결혼한 신부가 처음 여보, 라고 부르는 것처럼" 내게 다정하게 말을 걸어온다. 그래서 봉분은 시각을 넘어 청각의 세계인 《인기척》이 된다.

그 다정한 《인기척》은 열린 마음에서만 가능하다. 봉분은 죽은 자의 무덤이다. 그래서 사람들은 두려운 마음을 가지고 소통을 피하려 한다. 그러나 화자는 봉분의 인기척을 듣는다. 그것은 마음을 열면 세상의 그 어떤 것과도 소통할 수 있다는 가능성을 말하고 있다.

인간의 마음과 귀는 특정한 것에 얽매이지 않는 한, 모든 소리를 들을 수 있다. 봉분의 소리를 들을 수 있는 귀는 현실적이라기보다는 초월적이다. 인간의 마음과 귀가 초월적인 능력을 발휘할 때 단테의 『신곡』에서처럼 그 어떤 신비한 소리도 들을 수 있으며, 그 소리를 통해 깨달음과 새로운 세계를 만나고 경험할 수 있다. 그런 점에서 길이 없는 곳에서 봉분의 인기척을 듣는 순간 화자는 초월적일 수 있다.

길이 없는 곳에서 불쑥 나타나 말을 건네는 봉분의 소리는 "갓 결혼한 신부가 처음 여보, 라고 부르는 것처럼" 순수하고 부끄럽고 달짝지근하다. "갓 결혼한 신부가 처음 여보, 라고" 할 때 얼마나 부끄러울까? 얼굴은 발그레 붉어지고 말소리는 목구멍을 넘어오기 어렵고 상대의 얼굴을 제대로 쳐다보기 힘든 밤이슬을 맞은 꽃잎 같을 것이다. 그러나 새신랑과 소통하고 무엇인가 엮어가기 위해 말을 걸어야 한다. 그러기에 갓 결혼한 신부가 처음 내는 말인 "여보"라는 말은 신선하면서도 값진 것이다.

둘째 문단은 새 신부의 첫 소통의 언어인 "여보"라는 말의 세계를 말하고 있다. "여보, 라는 봉긋한 입술로"에서 "여보"라는 말은 "봉긋한 입술"이 의미하듯 아직 누구도 범접하지 않은 순수하고 어린 모습이다. 깨끗하고 청순하다. 그러기에 그 첫 발음은 은밀하다. 부끄럽기에 누가 들으면 안 된다. 오직 상대인 신랑에게만 전해져야 한다. 그런데 그건 그저 나오는 말이 아니다. 오직 "일가를 이루고자 불러세우는" 말이다. 그것은 신랑에게 보내는 《인기척》이다. 화자는 봉분에게서 그런 다정한 《인기척》을 듣는다.

여기서 "일가를 이루고자 불러세우는" 말인 "여보"에 대해 좀 더 생각해 보자. 새신부가 "여보"라는 인기척을 내는 목적은 곧 "일가를 이루고자"하는 데 있다. 일가는 하나의 가족 공동체이다. 남녀가 만나 서로가 "여보"라고 불러줄 때 비로소 사랑의 공동체인 "일가"가 된다. 그리고 그 일가가 되었을 때 비로소 새로운 가족공동체는 발전해 간다. 일가란 곧 사랑의 공동체이며 사랑의 결합이다. 그 결합을 가능하게 하는 것이 곧 "여보"라는 《인기척》이다. 그것은 소통이며 그 소통이 있었기에 일가를 이룰 수 있다. "여보"는 소통을 여는 상징적인 의미를 지닌 순수하고 다정한 보편의 말인 《인기척》이다.

그 인기척은 어떤 인기척인가? 세 번째 문단에서 "기어코 여기 와 누운 몸이 있었기에/뒤척임도 없이 저렇게 인기척을 내는 것"은 죽은 자의 몸이다. "기어코"는 "어떤 일이 있어도 반드시"라는 의미를 지닌 것으로 의지적이자 운명적임을 말해준다. 죽은 몸이었기에 여기와 누울 수밖에 없지 않은가? 그러기에 뒤척임도 있을 수 없다. 그러나 그 죽은 자가 《인기척》을 내고 있다, 죽음이 다시 "새 신부 적 여보, 라는 첫말의 엠보싱으로" 되살아나고 있다. 화자는 여기서 다시 "여보"라는 말의 특징을 강조하고 있다. '엠보싱'은 부드럽고 말랑말랑하다. 그러기에 "여보"라는 인기척은 "저기 말랑히 누웠다 일어나는 기척들"이다. 무덤은 뒤척임도 없이 딱딱하지만, 인기척은 말랑히 누웠다가 일어난다. 말랑히 누웠다가 일어난다는 것은 언제라도 일어날 준비가 되어 있다는 말이다. 그 '기척들'은 복수이다. 여기저기서 들려온다. 봉분이 여럿일 수 있지만 하나의 봉분에서도 다양한 기척들이 들린다. 그 소리는 현실의 소리라기보다는 화자가 듣는 내면의 소리이다.

마지막 문단에서 봉분의 《인기척》은 시간과 공간, 체면 같은 것을 따지지 않는다. 그래서 "누가 올 것도 누가 갈 것도/먼저 간 것도 나중 간 것도 염두에 없이/지나가는 기척을 가만히 불러 세우는 봉분의 인기척"이다. 여기서 "누가 올 것도 누가 갈 것도"는 미래적이다. "여보"라고 부를 때 지금 당장 옆에 아무도 없지만 '누가 올까 누가 갈까'를 염두에 두면 두렵고 부끄러워진다. "먼저 간 것도 나중 간 것도"는 과거형이지만, 시간의 연속성을 말하고 있다. 이것저것 따지면 진정한 소통을 이루어 낼 수 없다. 그러기에 "누가 올 것도 누가 갈 것도/먼저 간 것도 나중 간 것도 염두에 없"다. 만약 이런저런 조건을 다 따지다 보면 《인기척》을 낼 수도 없고 《인기척》을 들을 수도 없다. 그러면 소통은 물 건너간다. 새 신부가 처음 "여보"라고 할 때 주변 분위기와 상황, 모든 것을 따지고 염두에 두다 보면 신랑에게 평생 살갑게 "여보"라고 다가갈 수 없다. 그것은 신랑도 마찬가지이다. 진정한 소통, 진정한 사랑은 이기심과 자존심을 넘어설 때 가능한 것이다. 한마디로 "지나가는 기척을 가만히 불러 세우는 봉분의 인기척"은 달달한 소통을 갈구하는 화자와 세상 모든 사람의 욕구 표현이다.

시에서 반복되는 두 언어 "여보"와 "인기척"은 특정 대상에 국한하는 것이 아니라, 모든 대상에 열린 언어이다. 그것은 마치 만해 한용운이 말하는 "님"과 같다. 만해는 그의 시집 『님의 침묵』의 서두 〈군말〉에서 "「님」만 님이 아니라 기룬 것은 다 님이다."라고 했다. 그러니까 만해의 님은 특정 대상이 아니라 그리운 것 모두를 지칭하는 열린 대상이다.

천수호의 시 《인기척》에서 말하는 "여보"라는 말도 이와 같다. 그래서 "여보"라는 말은 신랑과 신부만 하는 말이 아니라, 남편과 아내만 하는 말이 아니라, 소통을 향한 달달하고 다정한 언어의 상징이다. "인기척" 역시 마찬가지이다. 그냥 내는 기척이 아니라 모든 대상을 향한 소통의 언어이다. 그 둘의 대상은 범인간적, 범자연적인 메타성을 지녔다고 할 수 있다. 소통을 위해선 "여보"라는 열리고 다정한 다가감의 말처럼 달콤해야 하며 《인기척》처럼 요란스럽지 않아야 한다.

소통하며 함께 하는 삶

김하나, 황선우가 쓴 에세이집 『여자 둘이 살고 있습니다』[148]에는 결혼하지 않은 여자 둘이 함께 아파트를 사서 살아가는 이야기를 담고 있다. 김하나 작가는(45)는 19세부터 줄곧 서울에서 혼자 살아왔다. 동거인 황선우 작가(44) 역시 18세부터 서울에서 홀로 살아왔다. 혼밥과 혼잠으로 이골이 났던 둘은 어느 날 누군가와 함께 밥을 먹고 잠을 자면 좋겠다는 생각의 일치에 함께 대출을 받아 아파트를 구입하고 함께 산다. 김하나는 말한다. "밤에 잠을 자려고 누웠을 때 한 집에 누군가 있다는 것만으로도 긴장이 누그러진

148) 김하나, 황선우 『여자 둘이 살고 있습니다』, 위즈덤하우스, 2019.

다. 서로의 인기척에 자연스레 잠이 깨고 집에서 매일 같이 인사가 오가는 게 일상에 생기를 불어넣는다." 황선우 역시 "우리는 서로 의지하며 같이 살고 있다. 나는 동거인에게서 배워 간다."고 말한다. 함께 사는 일이 항상 행복한 것만은 아니지만, 그들은 소통하고, 위로하고, 싸우고, 화해하면서 살아간다. 동병상린(同病相憐) 즉 함께 겪어 보아야 삶을 제대로 느끼고 이해할 수 있다. '인기척'을 느낄 수 있는 것만으로도 삶은 위안이다.

매월당 김시습의 『금오신화』[149]에서 책 읽기를 좋아하는 가난한 청년 서생이 어느 날 하늘에서 내려온 환청을 사실로 믿고 만복사의 탑돌이에 참여하여 만난 죽은 혼령의 아가씨와 지고한 사랑을 나누고, 청년 서생이 사랑한 아가씨는 그 사랑의 덕택에 다른 나라에서 남자로 환생하였다는 이야기 역시 마음을 열고 순수한 소원이 있으면 소통은 영역을 초월할 수 있으며 삶의 세계를 바꾸고 있음을 보여 준다.

사람들은 타인과 사랑을 나누기 위해 소통하고 내면에 응답하기 위해 소통한다. 그러나 이기주의와 폭력으로 얼룩진 세상은 그런 소통이 아니라 지배와 탐욕을 채우기 위해 언어를 폭탄처럼 날린다. 누군가를 제압하고 이겨 이익을 독점하고 군림하기 위한 비난과 일방적 주장의 말과 메시지는 소통이 아니라 폭력이 된다. 진정한 소통은 직접 대면하지 않더라도 위로와 치유, 성찰과 화해, 성장의 기능을 지닌다. 천수호의 시 《인기척》에서 화자가 듣고 소통하고자 하는 "인기척"은 이익과 지배와 독점이 아닌 좋아하는 사람, 사랑하는 사람, 그리운 사람, 만나고 싶은 사람의 새 신부가 처음 "여보"라고 하는 말처럼 말랑말랑하고 달달한 말이다. 그런 말과 인기척이 있어야 세상은 풍성해지고 살맛 나는 세상이 될 것이다.

---

149) 이재호 옮김, 『금오신화』, 솔, 1998.

다시 말하지만, 소통은 인간 활동의 근원이며 발전의 동력이다. 인류는 소통할 줄 알았기에 지혜를 키우고 성찰을 통해 새로운 내일을 만들어 왔다. 그리고 소통은 소외된 인간의 마음을 치유하고 인간성을 성숙시키는 소중한 통로이다. 소통의 단절은 몸과 마음을 병들게 한다. 소통이 단절된 세상은 곳곳이 병든 세상이 된다. 그래서 모든 사람은 달달한 소통을 갈구한다. 세상 모든 사람이 소통을 가로막는 언어가 아닌 소통을 여는 마음과 언어를 열기를 바란다. 정치인들과 그 지지자들도 마음을 열고 상대를 존중하며 공동체의 성장을 위한 달달한 소통의 세계로 나아갈 수 있기를 바란다. 소통하며 함께 하는 삶은 아름답다. 달달한 소통을 일상화하자.

05. 배타성의 프레임에 갇힌 자에 대한 충고

자연이 우리에게 무엇보다도 먼저 권고한 것은 화합이다
〈M.E. 몽테뉴/수상록〉

각자의 성(城)을 쌓는 사람들

작년 여름엔 독한 더위와 심한 가뭄으로 물 부족을 우려하게 하더니 올해는 비는 자주 내렸지만, 무더위는 여전했다. 곧 가을이 오지만 농민들에겐 또 시름이 가득하다. 양파와 마늘 풍년은 가격 폭락으로 이어졌고 해결해야 할 정부는 묘안을 찾지 못하고 정쟁에만 몰두하고 있다. 농민들은 풍년을 기대하면서도 쌀 수매 가격에 촉각을 세운다. 자영업자들은 문을 닫을 처지라고 아우성을 치며, 기업인들은 불황에다 미·중 무역 전쟁과 대일 무역 보복 등으로 출구를 못 찾고 있다.

이것들을 관리하고 나아갈 길을 찾아야 할 정부는 잘 되어 가고 있다면서 당당하기만 하다. 정당과 정치인 그리고 그 지지자들은 각자의 정치적 계산법에만 몰입하고 있는 것 같다. 청와대 홈페이지에는 조국 씨를 법무부 장관에 임명하라는 청원과 임명 불가의 청원이 각축을 벌이고 있다. 그게 어디 청와대 홈페이지에 찬성 반대 여부의 문제인가?

모두가 각자의 산속에서 나오지 못하고 성(城)만 쌓고 보편적 진리보다는 상대를 공격하여 장악할 기회만 엿보고 있다. 이런 안타까운 현실 속에 대한민국 국민이 살고 있다. 요즈음 한국의 정치인과 사회 현실을 보면서 박노해의 시(詩)가 생각나서 다시 읽는다.

《산에서 나와야 산이 보인다》, 배타성의 프레임에서 벗어나라

달나라에 갔다 온 암스트롱에게 기자들이 물었습니다
달에 가서 무엇을 보고 왔는가?

"지구가 아름답다는 것을 보고 왔다"

우리가 매일 그 안에 살고 있는 지구
그래서 그 온 모습을 바로 볼 수 없었던 지구
지구가 아름답고 소중한 푸른 별이라는 걸
달나라까지 가서야 확연하게 알 수 있었던 걸까요

경주 남산자락 첩첩 벽 속에서 세월이 깊어 갈수록
세상이 눈물나게 아름다워 보입니다
구르는 통 속에서 나와야 통을 굴릴 수 있다더니
이렇게 처음으로 멀리 떨어져 내가 살던 산을 바라보니

이제야 산이 보입니다 숲이, 나무가 바로 보입니다

세상이 얼마나 크고 장엄한지
우리가 얼마나 좁고 작았는지
우리가 얼마나 닫힌 강함이었는지
우리가 얼마나 뒤떨어져 있는 건지
그리고, 그만큼,
우리가 얼마나 아름답고 소중한 존재인지
우리가 왜 미래의 희망인지
우리가 무엇으로 다시 피어날 수 있는지
시간이 흐를수록 환해집니다.
눈물 나게 눈물 나게 환해집니다.

산에서 나와야 산이 보입니다.
다시 첫 마음으로, 산으로 걸어갑니다.

-박노해 《산에서 나와야 산이 보인다》[150] 전문-

사람은 타인을 보는 데는 익숙하지만, 자신을 보는 데는 익숙하지 못하다. 눈이 앞으로만 있기 때문일까? 자기 편견이란 울안에서 나오지 못하는 탓일까? 달나라 갔다 온 암스트롱이 달에 대한 기막힌 이야기를 할 줄 알았다.

150) 박노해, 앞의 책, 46쪽.

그러나 그는 자기가 사는 지구가 참으로 아름다운 별이라는 걸 깨닫고 왔다고 했다. 지구 안에서 지구를 볼 때는 서로 지지고, 볶고, 춥고, 덥고, 해일과 지진이 못살게 구는 곳이지만, 지구 밖에서 지구를 보니 너무도 아름다운 별이었다는 것이다. 그런데 안타깝다. 굳이 왜 달나라까지 가서야 지구가 아름다운 것을 깨닫고 왔을까? 시인은 시를 왜 그렇게 시작했을까? 사람들은 늘 자기 안에서 자기는 보지 않고 타인만 보려 한다는 일침이 아닐까?

"경주 남산자락 첩첩 벽 속에서/세월이 깊어 갈수록 세상이 눈물나게 아름다워 보입니다/구르는 통 속에서 나와야 통을 굴릴 수 있다더니/이렇게 처음으로 멀리 떨어져 내가 살던 산을 바라보니/이제야 산이 보입니다 숲이, 나무가 바로 보입니다" 경주교도소(경주시 내남면 포석로 550)는 그가 1991년 사노맹 사건으로 구속되어 무기징역을 선고받고 7년째 수감 생활을 하던 곳이다. 그는 7년이란 세월을 푸른 죄수복을 입고 어둡고 차갑고 좁은 감방에 갇혀 가슴속에 품어 오던 정신세계와 꿈을 승화시키기 위해 세상을 다시 보려 애썼던 것이다. 그는 분명 자기가 가졌던 정신적 굴레에서 한 걸음 더 나아가 더 큰 세상을 보고자 한다. 진정으로 살아가야 할 희망의 세상을 갈구한다. 그동안 자신이 보았던 세상은 산속에서 눈앞의 나무만 본 세상이다. 이제 산에서 나와 산을 보고 숲을 논할 때임을 깨닫는 것이다.

그래서 그가 깨달은 세상은 이전과 다른 세상이다. 그래서 그는 부르짖는다. 사람들이여 "세상이 얼마나 크고 장엄한지/우리가 얼마나 좁고 작았는지/우리가 얼마나 닫힌 강함이었는지/우리가 얼마나 뒤떨어져 있는 건지/그리고, 그만큼,/우리가 얼마나 아름답고 소중한 존재인지/우리가 왜 미래의 희망인지/우리가 무엇으로 다시 피어날 수 있는지"를 깨달으십시오. 그러면 "시간이 흐를수록 환해집니다./눈물 나게 눈물 나게 환해집니다." 그리고 우리 다 함께 '산에서 나와야 산이 보이니, 다시 첫 마음으로, 산으로 걸어가자'고 말이다.

나는 40년 가까운 세월을 교직에 몸담았다. 교직에 있을 때는 교육 문제를 객관적으로 본다고 자부했는데 퇴직하고 교직 밖에서 교육 문제를 보니 평생 보지 못했던 문제가 보였다. 산에서 나왔기에 산속의 문제를 본 것이다. 그렇다. 산속에 갇혀 있으면 시야에 들어오는 나무와 풀, 꽃들만 보인다. 위로는 하늘만 달랑 보일 뿐이다. 산이 얼마나 웅장한지, 어떻게 생겼는지, 바람은 어디서 어디로 부는지. 산 전체에 어떤 나무와 풀과 꽃들이 피어 있는지 모른다. 그리고 산을 이야기하면서 자기가 보고 겪은 산만이 옳다고 우긴다. 어떤 이는 외적인 요인에 의해 산에 갇히기도 하고 어떤 이는 스스로 산에 갇히기도 한다. 그리고 고집스럽게 그 산 이야기만 하면서 산 밖의 세상을 부정하려 든다. 그것은 자기가 만든 프레임(확증편향-자기만의 원칙과 이론)에 갇힌 배타성이다.

남을 거부하고 내치는 성질인 배타성은 인간적 순수함보다는 정치적이고 권력적이다. 화합과 창조보다는 대립과 투쟁이다. 일종의 방어기제이기도 하다. 어떤 이는 그것을 정체성이라 하지만 왜곡된 정체성이다. 자기 세계를 지키고 자기 세계의 확대를 위해 상대를 공격하고 무너뜨리려 한다. 그래서 배타성이 권력을 가지면 전체주의화 되기 쉽다. 그리고 자기들이 과거 비판했던 권력의 모순의 길을 스스로 걷게 된다. 그러면서 자기는 정당한 길로 가고 있다고 외친다.

특히 정치는 인사(人事)라 하였듯이 인사 문제가 그렇다. 산속에 갇혀 있으면 내 앞에 보이는 사람만 내 편으로 보이며 그들이 아니면 안 될 것 같이 보인다. 자기 밖에 있는 사람은 보려고 하지 않고, 보는 것 자체가 두렵기도 하다. 그러니 주변에 인재가 없다. 그러나 '인재란 쓰려고 하는 의지만 있으면 넘쳐 난다'는 당 태종의 말처럼 산에서 나와 시야를 넓히면 함께 할

동지가 참 많다. 에이브러햄 링컨(Abraham Lincoln 1809~1865)은 대통령이 된 후 젊은 시절부터 자신을 괴롭히고 적대시한 정치적 원수였던 스탠턴(Edwin M(cMasters) Stanton 1814. ~1869)을 주위의 반대를 무릅쓰고 육군장관에 임명하면서 "적을 없애는 가장 좋은 방법은 적을 친구로 만드는 것이다."고 하였다. 좋은 인재는 유비가 제갈공명을 구할 때처럼 산에서 나와 큰 세상을 보는 용기와 지혜가 있어야 구할 수 있는 것 같다.

박노해는 1984년 첫 시집『노동의 새벽』을 발표하면서 1980년대를 살아간 사람들에게 살아 있는 역사이고 노동해방의 상징이며 신화가 되었다. 1991년 사노맹(남한사회주의노동자동맹) 사건으로 검거되어 구속수감되기 전인 7년간의 그의 시(詩)는 시대의 아픔이고 혁명의 불꽃이었다. 얼굴 없는 시인이었던 그는 1991년 검거되기 전에 신문에 팩스 통신을 보내는 등 자기 정체를 드러냈다고 한다. 오랜 수배 생활과 지친 자신을 달래며 진정으로 그가 바라는 세상을 노래하고 싶었고, 새로운 세상을 향한 그의 정신세계가 무의식 속에 작용했는지 모른다.

프랑스의 자유분방한 좌파 지식인 베르나르 앙리 레비가 30대 초반에 쓴 책『인간의 얼굴을 한 야만』[151]이 떠오른다. 그는 1970년대 소련과 동구를 여행하면서 노동자 해방과 자유, 평등의 사회 실현이란 지극히 인간적 얼굴을 한 공산주의는 전체주의와 탄압으로 지독한 야만성을 드러내고 있는 것을 보았다. 그는 스탈린주의, 히틀러주의, 마오이즘 등 모두 인간의 얼굴을 하고 출현했지만, 전체주의적 야만성으로 인간성을 파괴하고 있다고 보았다. 박노해 또한 자기 내부의 전체주의성을 보게 되었는지도 모른다. 그래서 그 전체주의성에서 벗어나고 싶었는지 모른다. 어떤 사람들은 그의 그러

---

151) 베르나르앙리 레비 지음, 박정자 옮김『인간의 얼굴을 한 야만』프로네시스, 2008.

한 점을 두고 변절자라 하지만, 그는 산에서 나와 산 전체를 보고 암스트롱처럼 지구를 보게 되었다. 세상을 자기만의 눈이 아닌 진리의 눈으로 볼 수 있게 된 것이다.

그러면 박노해가 진정으로 원했던 삶은 무엇이었을까? 정말 노동해방이며 계급 투쟁이며 사회주의 혁명이었을까? 그 가장 확실한 대답은 그 자신이 해야 하겠지만 우린 그의 삶과 시를 통해 유추할 수 있다. 아무리 생각해봐도 그가 꿈꾸었던 세상은 사회주의 혁명이나 계급 투쟁이 아니었던 것 같다. 그가 원했던 것은 소박하고 행복한 삶이었다. 그것은 그의 첫 시집 『노동의 새벽』에 나오는 시 "상쾌한 아침을 맞아/즐겁게 땀 흘려 노동하고/뉘엿한 석양녘/동료들과 웃음 터뜨리며 공장문을 나서/조촐한 밥상을 마주하는/평온한 저녁을 가질 수는 없는가"《평온한 저녁을 위하여》와 "아, 우리도 하늘이 되고 싶다/짓누르는 먹구름 하늘이 아닌/서로를 받쳐주는/우리 모두 서로가 서로에게 푸른 하늘이 되는/그런 세상이고 싶다"《하늘》을 보면 대뜸 알 수 있다.

그렇다. 사람대접해 주는 일터에서 일한 만큼 대접받고 일이 끝나면 가족과 친구들과 즐겁게 대화하고 서로를 위하는 평화로운 저녁을 가지고 한 하늘 아래서 모두 사랑하고 존중하는 세상을 꿈꾸고 있다. 여기 어디 계급 투쟁이나 혁명의 이야기가 있는가? 사람들은 그를 각자의 프레임으로 필요에 따라 해석하고 인용하고 끌어들였는지 모른다. 그래서 어떤 이는 적을 만들고 어떤 이는 우상으로 만들었다. 지금 생각해 보니 나도 그때는 진영의 편에 서서 그를 이해했다. 새롭게 『노동의 새벽』을 읽으며 나만의 프레임에 갇혀 그의 시와 꿈을 오해했음을 반성한다.

1980년대부터 2000년대 초까지 박노해는 우리의 기억 속에 남북 분단만큼, 지금의 여야 대립만큼, 철저한 이념과 정쟁으로 분류되고 예단 되어 한쪽에선 시대의 아이콘으로, 다른 한쪽에선 철저히 배척되어야 할 위험한 자로 치부되었다. 그가 한 몸으로 두 진영의 모순된 평가를 받는 것은 그 시대의 모순이었다. 그런데 지금도 그를 공산주의자로 분류하고 그의 시를 읽는 나를 이상한 눈으로 보는 이도 있다. 의식은 진화를 거듭하면서 새로운 창조를 향해 성숙해 가야 하는데 1980년대의 편견이 현재를 지배하고 있는 것이다. 그토록 많은 세월이 흐른 지금도 대립이란 모순 속에 세상이 요동치고 있는 것이 안타깝다.

진영의 성(城)에서 나와 합(合)으로 가길

우리가 사는 세상은 늘 정(正)과 반(反)이 대립하는 모순을 지니고 있다. 한 가지 사건을 두고도 해석이 다양하고 각자의 프레임으로 예단하게 된다. 그것이 지나치면 아집이 되고 아집의 프레임으로 타인의 프레임을 무너뜨리려 한다. 그것이 지나치면 전체주의가 된다. 그것은 모순이다. 모순을 안고 모순의 승리를 추구하는 것은 정치적 세력과 권력이다. 정과 반을 모두 깨달으면 합으로 나아가야 하는데 진영과 배타성의 논리에 빠져 권력 쟁취에 몰입하면 합의 경지가 얼마나 아름다운지를 모른다. 오로지 진영의 승리만 보일 뿐이다. 그래서 아예 합은 생각하지도 않고 자기 진영의 승리만을 향해 돌진하게 된다. 그래서 투쟁의 세상을 만든다. 작금의 정치인들이 그렇다.

지금 한국의 모습을 보면 정치인이나 대중이나 진영의 논리에 서서 편싸움을 하고 있다. 조선시대 임진왜란이 있기 전 일본의 침략 징후를 놓고 논쟁을 벌이던 모습도 떠오른다. 율곡 선생의 10만 양병론을 백지화시키고 논공행상을 벌이던 그들, 왜적이 쳐들어오면 목숨 바쳐 충성을 맹세하며 단칼에 쳐 죽이겠다고 장담하던 신립 장군은 상주 전투에서 제대로 싸워 보지도 못하고 후퇴하다가 탄금대에서 배수진을 치고 모두 죽었다. 그것은 전술상의 배수진이 아니었다. 퇴로가 차단된 상태의 어쩔 수 없는 배수진이었다. 논공행상의 결과가 어떤가를 말해 준다.

그 후에도 정신 못 차리고 중원 대륙의 변화에 기민하게 대응하지 못하고 명분과 실리 사이에서 정쟁만 계속하다가 병자호란과 삼전도의 치욕을 겪게 되었다. 그것은 구한말에도 마찬가지였고 독립운동 과정에서도 좌우 지방의 대립은 마찬가지였다. 해방 후에도 이념 대립은 실리를 넘어서는 진영의 싸움이었다. 오랫동안 용공이냐 반공이냐, 친북이냐 반북이냐의 대립이 이제는 적폐와 반 적폐로 또다시 이상한 형태의 친일과 반일의 프레임으로 치닫다가 최근에는 '조국'의 법무부 장관 임명을 앞두고 임명과 임명 불가로 나라가 두 조각 나고 있다. 더 위험한 것은 수많은 대중이 그 한편에 서서 서로 반목하는 것이다. 정치인들은 이를 즐기는 것 같다. 국민과 민생, 국가의 안위는 안중에도 없는 앙리 레비의 표현처럼 정치적 권력에 눈먼 아주 야만적인 행위로 보인다. 정말 미래가 안 보인다. 왜 그럴까?

플라톤의 『국가』에 나오는 정치 이야기 "동굴의 비유"는 태어나면서부터 동굴 속에서 두 팔과 두 다리, 목까지 결박되어 앞뒤 좌우로도 볼 수 없고 오직 동굴 벽만 바라보고 사는 죄수 이야기이다. 죄수는 오직 등 뒤 위쪽에서 타오르는 횃불에 비추어진 자신의 그림자만 보고 살며 동굴 밖의 세상은 보려 하지도 않고 보는 자체를 두려워한다. 죄수를 밖으로 나오게 했지만, 햇빛이 눈을 부시게 한다고 동굴 밖의 세상을 거부하며 적응하지 못한다. 오직 그림자를 사물의 실체보다 더 실제적인 것으로 착각하며, 실체와 진리를 보지 못하고 각자의 확증편향(確證偏向)에 빠져 산다. 오늘의 대한민국이 그 죄수의 모습이 아닌가 하는 걱정이 된다.

소크라테스는 '너 자신을 알라'라며 타인을 보려는 자의 '자기 성찰'을 강조했다. 타인만 보는 자는 자기를 보지 못한다. 타인을 보기 위해선 먼저 거울 앞에선 자신의 모습을 볼 줄도 알아야 한다. 자기를 올곧게 보는 자가 타인도 올곧게 볼 수 있다. 소크라테스는 동굴이 아닌 광장에서 젊은이들과 허심탄회한 진리 논쟁을 벌이며 정의의 세계를 향해 갔다. 모두 자기를 가두어둔 산에서 나와 산 전체를 보며 숲을 볼 수 있기를 바란 것이다.

소크라테스가 동굴의 비유에서 죄수를 동굴에서 꺼내어 세상의 빛을 보면서 살게 해야 하는 것이 지식인과 정치인의 사명이라 하였듯이, 박노해의 말처럼 정치인을 포함한 대한민국 모든 국민이 '산에서 나와 다시 첫 마음으로 산으로 걸어가기'를 바란다. 스스로 가두어버린 배타성의 프레임에서 벗어나길 바란다. 변증법적으로 정(正)과 반(反)은 합(合)의 전제조건이지 진영의 논리가 아니다. 이제 진영 논리를 버리고 진정한 합(合)으로 나아가길 바란다. 그래야만 이 나라가 과거의 아픔을 되풀이하지 않고 미래로 나아갈 수 있다. 정말이지 '산에서 나와야 산이 보인다.'

06. 어떻게 상생의 길로 갈 수 있을까?

우리는 한 사회에서 여러 단체끼리
서로 화해할 길을 찾아야 한다
〈*M.L. 킹*〉

대립의 틀에 갇힌 사람들

지금의 한국 상황은 조선시대의 당쟁과 사화를 연상하게 한다. 극심한 당쟁과 사화는 뼈까지 사무치도록 권력투쟁으로 상대편을 처단하다가 결국은 임진왜란과 병자호란을 겪고 민생을 파탄에 빠뜨렸다. 그러고도 정신 못 차리고 대립하다가 주권까지 상실하는 처참한 위기를 겪었다. 정치지도자들의 대립과 무능이 민생을 얼마나 파탄에 빠뜨리는가를 우린 역사 속에서 뼈저리게 경험했다. 그런데도 그런 이분법적 대립과 투쟁의 역사는 종식되지 않고 현재 진행형이다. 어쩌면 최근에 와서 그런 이분법적 대립구조가 더 심해지는 것 같다. 그런 이분법적 대립구조의 기저에는 나는 선(善)이고 너는 악(惡)이라는 작위적(作爲的)인 도덕 프레임과 상생보다는 상대를 딛고 내가 서는 타도의 논리가 자리 잡고 있다. 그래서 상대를 죽이려고만 하는 것이다. 그런 정치 상황과 의식구조에서는 상생과 발전은 기대할 수 없고,

영원한 대립과 투쟁만 양산될 뿐이다. 그런데 더 안타까운 것은 국민도 정치인들의 그런 대립구조 속에 빠져 진영 논리에 서고 있다는 것이다.

우리 국민 상당수가 그런 이분법적 대립구조의 틀에 갇혀 있는 것 같다. 우리 국민의 이분법적 의식구조는 여러 측면에서 나타나지만, 특히 정치 상황에서 가장 강하다. 지금 우린 역사와 의식구조 그리고 현실 정치에 깊이 박혀 있는 이분법적 대립구조를 넘어서야 할 중대한 시점에 있다. 국민이든 정치인이든 이분법적인 틀에 강하게 갇힌 것은 생활과 내면 깊은 곳에 '강한 나'를 위해 '너를 무너뜨려야 한다.'는 의식이 존재하기 때문이다. 우리는 그것을 넘어서야 상생과 발전의 길로 갈 수 있다. 그런 점에서 오세영의 시 《나를 지우고》는 상생과 발전을 향한 성찰과 모색의 길을 안내하고 있다.

《나를 지우고》, 상생의 길을 향한 제언

산에서
산과 더불어 산다는 것은
산이 된다는 것이다
나무가 나무를 지우면
숲이 되고
숲이 숲을 지우면
산이 되고,
산에서
산과 벗하여 산다는 것은
나를 지우는 일이다

나를 지운다는 것은 곧

너를 지운다는 것,

밤새

그리움을 살라 먹고 피는

초롱꽃처럼

이슬이 이슬을 지우면

안개가 되고

안개가 안개를 지우면

푸른 하늘이 되듯

산에서

산과 더불어 산다는 것은

나를 지우는 일이다

-오세영 《나를 지우고》 전문-

이 시는 오세영 시인의 시집 『바이러스로 침투하는 봄』(렌덤하우스 중앙, 98쪽)에 실린 것이다. 모더니즘적인 시로 출발하여 비현실적인 영역에서 현실적인 문제에 접근하면서 문명의 모순을 꼬집는 문명 비판적인 시를 쓰다가 다시 통합이라는 보편적 진리를 추구하는 시인으로 변모한 오세영 시인은 《나를 지우고》를 통해 상생과 화합의 더 큰 '나'로 나아가기를 간구한다. 나를 강하게 지키고 고집부리면 절대로 상생과 화합을 통한 '더 큰 나' '더 큰 세계' '보편적인 진리의 세계'로 나아갈 수 없고 '나'를 지키기 위한 투쟁만 남게 된다. 그런 경우 서로가 서로에게 상처만 주게 된다.

이 시는 전반부와 후반부의 반복 기법으로 전반부의 언어가 후반부의 언어를 통해 더 강하게 어필(appeal)된다. 우리는 산에서 산과 더불어 살고 싶다. 그것은 세상에서 세상과 더불어 사는 것이며, 더불어 산다는 것은 타자의 수용을 통한 끊임없는 나의 수정과 비정형적인 진화이다. 텔레비전에서 나오는 [나는 자연인이다] 같은 프로그램을 보면, 산에서 산 사람으로 사는 사람은 자신을 산에 맡긴다. 《나를 지우고》 산을 택하는 것이다. 그래서 "산에서 산과 더불어 산다는 것은/산이 된다는 것이다" "산에서 산과 더불어 산다는 것은/나를 지우는 일이다"고 강조한다. 나를 지우지 않으면 산과 더불어 살 수 없다는 말이다.

시는 점층법을 활용하여 작은 것에서 큰 것으로 점점 나아간다. "나무가 나무를 지우면" 나무보다 더 큰 "숲이 되고" "숲이 숲을 지우면" 숲보다 더 큰 "산이 되고", "산에서 산과 벗하여 산다는 것은 나를 지우는 일"이다. 나무가 모여 숲을 이루고 숲은 나무를 품는다. 나무는 하나의 개체이지만 숲은 그 개체를 존중하며 품는다. 나무는 작은 개체이지만 숲은 보편으로 가는 길이다. 나무보다 큰 존재인 숲은 더 큰 존재인 산이 되기 위해 또 자신을 지워야 한다. 그래야 산이란 보편의 세상을 열 수 있다.

시인은 "나를 지운다는 것은 곧 너를 지운다는 것"이라면서 보편 진리인 상생의 원리를 강조한다. 상생의 보편 진리는 "나"만 지워서는 안 되고 "너"도 지워야 한다. "너"가 "너"를 지우도록 하기 위해서는 내가 "나"를 지워야 한다. 그것은 새로운 진리의 세계로 가기 위한 쌍방 부정의 원리이다. 모든 위대한 탄생은 일방이 아니라 쌍방 부정을 통해 새롭게 거듭난다. 여기서 말하는 쌍방 부정은 이분법적 대립구조에서 나와 너를 지우는 것이 아니다. 이분법적 대립구조에서 나를 지운다는 것은 '나'의 백지화를 통해 '너'에게 가거나, 새로운 세계로의 나아감을 의미하지만, 여기서 말하는 쌍방 부정은 '나와 너의 모순'을 부정하면서 정제된 각자의 정체성을 통해 새로운 세계로 통합해 가는 과정이다.

이것은 프랑스의 철학자 자크 데리다(Jacques Derrida, 1930~2004)가 말하는 이항대립구조(二項對立構造)의 파괴를 통한 새로운 틀의 구축과 비슷하다. 자크 데리다에 의하면, '선과 악' '주관과 객관' '신과 악마' 같은 대립적 우열 구조는 구조 자체가 갖는 모순성을 밝힘으로써 과거의 틀에서 벗어나 새로운 틀을 형성할 수 있다고 한다. 그것은 A냐 B냐의 선택의 문제가 아니며, A를 논박하기 위해 B를 동원하는 것도 아니다. 오직 A와 B 내부의 모순을 논박함으로써 새로운 세계를 구축하는 것이다. 이런 관점이라면 스스로 나를 지운다는 것은 스스로 내부모순을 논박한다는 것이기도 하다.

세상의 모든 사람과 사물은 늘 하나의 모습으로 고정되어 살아가지 않으며 또 그래서도 안 된다. 진리는 쌍방의 아름다운 부정을 통해 끊임없는 통합을 요구한다. 그러면 사람과 사물도 하나의 등가(等價)로 통합되어 상생의 가치를 발휘하게 된다. 그러나 많은 사람이 그들의 고집 때문에 늘 그 모습으로 살아가는 경우가 많다. "나"를 지우지 못하기 때문이다.

나를 지우고 상생과 통합의 길로 가면 아름다운 세상이 열린다. 그래서 시인은 말한다. "밤새 그리움을 살라 먹고 피는 초롱꽃처럼" 한 떨기 초롱꽃도 그리움이란 것을 살라 먹어야 필 수 있다. 그것은 상생의 씨앗이다. 그 작고 아름다운 존재도 버림과 버림, 존중과 존중을 통한 내부모순을 극복하지 않고는 새로운 탄생을 기대할 수 없다. 그런 관념이 발전하여야 더 큰 세계가 열린다. 시인은 "이슬이 이슬을 지우면" 이슬이 상상도 못 한 새로운 세계인 "안개가 되고" "안개가 안개를 지우면" 그 안개가 상상도 못 한 "푸른 하늘"이 된다고 부정을 통한 상생과 발전의 진리를 반복 강조한다. 안개는 나를 부정한 이슬의 집합체이며 푸른 하늘도 '나'를 부정한 안개들의 집합체들이다. 그래서 시인은 마지막에서도 "산에서 산과 더불어 산다는 것은 나를 지우는 일이다"고 강조한다.

시(詩)에서 말하는 나무, 숲, 이슬, 안개 등이 '나'를 버리는 것은 자기 정체성을 지니면서 내부모순을 극복하면서 통합으로 나아가는 개체들이다. 그리고 산은 어떤 존재일까? 산은 다른 존재에 비해 변형되거나 움직이지 않는다. 비바람이 불어도 흔들리지 않으며, 인간이 마음대로 옮길 수도 없는 영속적인 존재다. 그리고 산은 나무와 숲과 새와 동물 등 모든 것을 품는 보편적인 수용의 존재다. 그래서 산은 보편적인 상생의 세상이요 진리이며 모든 것을 품을 수 있는 영겁의 공간인지 모른다. 그리고 산은 관념적으로는 합일된 하나의 거대한 우주이며 진리의 세계로 생각된다. 그 진리의 세계는 태초의 통합된 하나의 세계이다. '나'는 그 우주의 일원이며 우주와 통합된 존재이다. 그래서 '나를 지움'으로 나와 우주는 융합된 상생의 길을 갈 수 있다. 이를 위해 모든 존재는 분열과 투쟁인 '시비와 차별' '대립과 갈등'의 무의미함을 깨닫고, 개별자로서의 "나"와 "너"를 지우고 내부모순을 극복하며 자기 정체성을 확대하여 상호작용하는 통합원리를 존중해야 한다.

시에선 모든 사물과 인간은 상호유기적인 평등한 존재임을 내포하고 있다. 모든 존재가 "나"라는 개별자일 때, 그 개별자는 서로 단절되어 소통과 통합의 세계로 갈 수 없기에 존재의 의미가 없으며, 단절되었기에 투쟁하게 되어 있다. 그래서 개별자들은 '나'를 버려야 상생과 통합의 우주적 세계로 나아갈 수 있다. 이것은 존재하는 모든 것이 의미 있는 존재가 되려면, 《나를 지우고》 통합을 통한 상생과 공존의 세계로 가야 함을 강조한다.

이제 상생의 길로 나서라

이 시(詩)를 한국의 정치 상황에 연결해 본다. 조선의 역사를 망친 당쟁과 사화가 큰 문제였던 것은 당쟁 자체가 아니라 당쟁을 통한 상대방의 철저한 부정에 있었으며 그 내부엔 강한 '나'만 존재하였지 '너'는 존재하지 않는 철저한 이분법적 프레임에 갇혀 있었기 때문이다. 그러니 '내'가 살기 위해 '너'는 죽이는 것이었다. 요즈음 말로 '적폐청산'이란 명분으로 이전 권력에 대한 철저한 보복과 죽임을 반복한 것이었다. 그것이 엄청난 피바람을 불러온 사화였다. 이전 권력을 적폐로 몰아 죽이는 권력은 그때마다 나름의 명분을 확보했다. 또 당쟁이 큰 문제였던 것은 조선의 지방 고을까지 뿌리 깊었던 인맥정치(계보정치)였다. 조선 시대는 서원뿐 아니라 각 고을 구석에 있는 서당 훈장까지 남인, 북인, 노론 소론 등 어느 계열에 서서 지지와 비판을 했으니까 말이다.

해방 후의 우리 정치에서 큰 문제로 지적된 것 중 하나가 계보정치였다. 전에는 3김 시대의 계보정치를 청산해야 진정한 민주주의 국가를 이룰 수 있다고 했는데, 그들이 사라진 지금은 더 심해지는 것 같다. 친박, 비박, 친노, 친문, 친명...하는 망령들이 모두 그것이다. 그런 계보정치에서는 합리보다는 누구의 편에 서느냐 안 서느냐가 우선이다.

지금도 청와대만 들어갔다 나오면 대단한 인물처럼 둔갑이 되고 지방자치 단체장이든 국회의원이든 누구누구 비서실장이었던 것을 내세워 출사표를 던진다. 그런데 청와대에 근무했다고, 누구누구의 비서실장을 했다고 능력이 있는 것도 아니고 인물 검증이 이루어진 것도 아니다. 사실 그는 단순한 누구의 계보일 뿐이며 그에게 줄을 잘 섰기 때문에 선발된 것일 수도 있다. 계보정치에선 능력보다 계보의 후광과 진영의 영향을 더 받는다.

과거의 정권에서는 반공 프레임, 좌익프레임, 통일과 반통일, 민주화와 반민주 등의 이분법적 프레임으로 치열한 대립을 거듭했는데, 지금은 적폐 청산, 촛불과 태극기의 극렬한 대립, 친일과 반일, 진보와 보수 등의 전방위적인 이분법적 프레임에 갇혀 대립하고 있다. 작년에는 조국 (전) 법무부 장관 문제로 국민이 두 조각으로 갈라져 촛불과 태극기로 대립하더니, 2020년 올해는 정초부터 청와대의 조직적인 선거 개입 의혹을 둘러싼 검찰 기소와 추미애 법무부 장관과 윤석열 검찰총장의 대립이 심상치 않다. 역대 어느 나라의 정권도 집권 시절 검찰과 각을 세우며 이토록 딴소리를 내는 사례는 없었다. 검찰총장의 임명권자는 대통령이며 검찰은 살아 있는 권력에는 늘 능동적이지 못했는데, 그 검찰이 현 정권의 구미에 맞지 않게 행동하는 모양이다. 그러니 개혁이란 이름을 내세워 극도의 대립을 하는 것 같다. 그 모든 대립의 기저에는 '나는 옳고' '너는 틀렸다'는 이분법적 틀만 존재한다.

또 패스트트랙이란 정국으로 끝없는 대치 속에 전혀 생산적이지 못했던 국회는 결국 2019년 연말에 선거법과 공수처법을 강행 통과시켰다. 여기에는 진영 간에 끝없는 공격과 방어만 이어졌다. 상대를 이기고 내가 서기 위한 대립과 투쟁, 공격과 방어의 연속적인 상황에선 중국의 전국시대처럼 승자와 패자만 있을 뿐이다. 승자는 한때 승리를 구가하지만, 시간이 지나 상황이 역전되어 패자가 될 수도 있다. 보수진영에선 보수 통합을 오래전부터 내걸고 있지만 《나를 지우고》 너를 받아들여 새로운 세계로 나가지 못하니 지리멸렬(支離滅裂)하다. 그야말로 모든 영역에서 악순환의 연속이다. 그것은 각 계보와 진영에서 자기 성찰을 통한 자기모순을 발견하여 극복하지 않고 참호에 숨어 공격과 방어 전술만 쓰고 있기 때문이다.

이러한 진영논리와 대립구조에선 A가 B만, B가 A만 논박 공격하지 A, B 각자 내부의 모순을 논박 공격하면서 '나를 버리는' 성찰은 하지 않는다. 만약 내부모순을 논박하는 자가 있으면 정치생명이 끝장날 수도 있다.

한국에서의 이분법적 대립구조는 정치인과 정치집단만의 문제가 아니다. 안타까운 것은 국민 상당수가 그들의 진영 논리에 편승하여 지지와 비판에 무조건 합세한다는 점이다. 일부 좌파는 보수를 '수구꼴통'이라 무조건 배척하고 일부 우파는 진보를 '좌빨'이라고 무조건 매도한다. 그 진영 논리와 계보 정치가 국민까지 이분법적 프레임에 가두고 있다. 이러한 이분법적 대립구조는 앞에서도 말했듯이 작위적(作爲的)인 선과 악의 구조에 의해 서로 자기 진영은 선이고 다른 진영은 악이라고 하면서 타도의 대상으로 여긴다.

한국 사회의 이러한 진영 논리와 계보 정치의 이분법적 대립구조는 큰 병리 현상이다. 그 병리 현상은 치유하지 않으면 최종적으로 죽음이거나 기형적인 삶을 살게 한다. 상생과 발전은 더욱 기대할 수 없다. 그것을 치유하는 길은 각자가 《나를 지우고》 내부모순의 부정을 통해 상생과 통합의 길로 나아가는 길이다. 그래서 상생과 화합의 보편세계인 '산'과 더불어 살기 위해 진영 논리를 버리고 내부모순을 극복하며 '산'으로 나아가는 자기 성찰의 노력이 필요하다. 진정으로 한국이 상생과 발전을 위해서는 정치인을 포함한 모든 국민이 고질적인 이분법적 프레임과 인맥 프레임에서 벗어나야 한다. 그런 점에서 오세영의 시 《나를 지우고》는 많은 시사점을 준다. 그래도 걱정이다. 진정 한국은 《나를 지우고》 상생발전의 길로 갈 수 있을까.

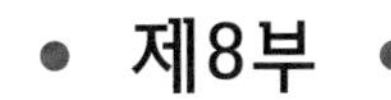

제8부

희망을 여는 삶을 위하여

01. 《강철 새잎》처럼 희망을 잃지 않는다면

희망은 강한 용기이며 새로운 의지이다.
〈*M. 루터*〉

봄의 길목에서

겨울은 참 춥고 냉혹했다. 겨울이 혹독하면 사람들의 삶은 얼어붙을 대로 얼어붙는다. 추위는 그런 상태를 더욱 참담하게 한다. 그 참담한 추위도 그렇지만 사람들의 삶 또한 그랬다. 냉혹한 겨울을 살며 이겨 내는 사람들을 생각했다. 일상을 평범하게 살아가는 사람은 못 느낄 수 있지만, 지하 단칸방에서 추위와 배고픔과 싸워가는 삶은 냉혹하고 고독하기 이를 데 없을 것이다. 우리가 따뜻한 이불 속에서 겨울을 이겨 내면서 그들의 척박하고 고독한 삶을 기억해 주는 것만으로도 그들에게는 삶의 희망을 주는 일이 될 수 있을 것이다. 그러나 많은 사람은 자기 삶의 영역 밖은 인지하지도 관심을 크게 두지도 않는다.

절망에 빠져 본 일이 있다. 한창 성장하는 시절, 그리고 학창 시절, 절망에 빠져 허우적거린 적이 있다. 그러다가 삶을 포기하고 싶은 마음에 절벽에 기대어 섰을 때 나뭇가지를 움켜잡은 손아귀가 대단히 강했음을 지금도 느낀다. 그것은 삶의 끈이었고 희망의 힘이었다. 절망에 빠져 본 사람은 희망을 갖는 일이 얼마나 소중한가를 안다. 많은 사람이 삶이 힘들고 척박하다고 아우성이다. 그들에게도 봄의 기운처럼 따뜻한 기운이 스며들기를 바라는 마음이다.

정월 대보름이 지나고 매실나무와 대추나무를 손질했다. 시린 바람이 계속 볼을 때리는데도 매실 꽃 몽우리가 피어날 채비를 하고 있었다. 매년 있는 일이지만 유독 신기하고 강하게 다가왔다. 다음날 꽃샘추위가 닥치자 꽃 몽우리들은 잔뜩 움츠렸다. 그러나 추위가 지나가고 햇살이 비치자 더 적극적인 자세로 꽃을 피울 채비를 하고 있었다. 드디어 봄이 오는구나! 봄은 모든 사람에게 희망의 소식이다. 사람들의 삶에도 희망의 바람이 불기를 바란다.

나무 전지를 마치고 집으로 돌아오는 길에 줄곧 박노해의 시 《강철 새잎》(『참된 시작』, 느린걸음, 50쪽)이 떠올랐다. 집에 돌아오자마자 박노해의 시집 『참된 시작』을 읽어 갔다. 특히 《강철 새잎》을 몇 차례 읽으면서 가난과 실패와 추위에 힘든 사람들 모두 《강철 새잎》처럼 희망으로 피어나기를 기도했다.

희망의 《강철 새잎》

저것 봐라 새 잎 돋는다
아가 손마냥 고물고물 잼잼
봄볕에 가느란 눈 부비며
새록새록 고목에 새순 돋는다

하 연둣빛 새 이파리

네가 바로 강철이다

엄혹한 겨울도 두꺼운 껍질도

제 힘으로 뚫었으니

보드라움으로 이겼으니

썩어가는 것들 크게 썩은 위에서

분노처럼 불끈불끈 새싹 돋는다

부드러운 만큼 강하고

여린 만큼 우람하게

오 눈부신 강철 새잎

-박노해 《강철 새잎》 전문-

박노해의 시를 단지 노동자를 선동한 시라고 평가하는 사람들은 박노해 시의 진가를 모른다. 박노해의 시를 읽다 보면 어딘가 모르게 힘이 솟는다. 그래서 박노해의 시를 사랑한다. 사실 노동자들의 잠언이라 할 정도로 많이 읽히고 그들에게 힘을 주었던 시집 『노동의 새벽』(1984)도 절망이 아니라 희망과 의지로 가득 차 있다. 그의 시는 노동자들에게 척박한 삶에서도 희망과 해방이란 욕망을 채찍질하고 있었다.

위의 시 《강철 새잎》을 감상하기 전에 이 시가 수록된 시집 『참된 시작』의 출간 배경을 이야기해야겠다. 박노해는 1991년 사노맹(남한사회주의노동자동맹) 사건으로 검거되어 사형을 구형받고 무기징역에 처해졌다. 그는 사형을 구형받고도 매우 담담한 표정이었다고 한다. 실제로 시집 『참된 시작』에 실린 사형을 구형받고 나오는 그의 사진은 환하게 웃고 있는 모습이었다. 사람이 어찌 사형을 구형받고도 저렇게 환하게 웃을 수 있을까? 그것은 두 가지였다. 하나는 삶을 완전히 포기하고 세상을 조롱하고 있거나, 다른 하나는 삶의 강렬한 희망 에너지를 깨달았기 때문일 것이다. 그런데 그의 시집 『참된 시작』을 읽다 보면 그가 삶을 포기한 것이 아니라 내면에 삶의 희망 에너지가 용솟음치고 있음을 느낄 수 있다. 그의 시집 『참된 시작』은 그가 사형 선고를 받고 옥중에서 쓴 시를 모아 1993년에 발표되었다. 사형 선고를 받고 수감 중인 그의 내면에 희망 에너지가 강렬하게 용솟음치고 있었기에, 또 스스로를 희망의 에너지로 다듬질하고 있었기에 그는 생존 의지가 불타는 시집 『참된 시작』을 출간할 수 있었을 것이다.

위의 시 《강철 새잎》에서도 그런 삶의 의지를 여실히 느낄 수 있다. 시의 시간적 배경은 봄이 오는 길목인 2월 말이나 3월 초이다. 공간적 배경은 교도소 안이다. 시인은 아마 교도소 마당에 나와 단체노동이나 단체운동을 하면서 혹은 교도소 방에서 창으로 비치는 나무와 풀들의 새잎 돋는 모습을 보았을 것이다. 시인은 그 새잎 돋는 모습을 보면서 온갖 고난을 이기고 살아남는 강철 같은 생명력을 느꼈을 것이다. 그리고 그 강철같은 생명력을 스스로 내면화하였으며 모든 사람이 그 생명력을 가지기를 바랐을 것이다.

제1연의 "저거 봐라 새잎 돋는다"에서 말하듯 시인은 새잎 돋는 나무와 풀들을 보면서 생명의 위대함에 감탄사를 보낸다. 자세히 보니 새잎은 "고물고물 잼잼"하는 아가 손마냥 "봄볕에 가느란 눈 부비며/새록새록 고목에 새순 돋는" 연약하고 보드랍고 순수하다. 그것은 무한한 가능성을 간직한 희망의 모습이다. 어린아이는 연약하지만, 희망의 상징이다. 여기서 '고목'과 '새순'의 의미는 대비된다. 고목은 낡고 오래된 거의 쓸모가 없는 죽어가는 것들이다. '새순'은 새로 돋아나는 생명이다. 고목에 새순이 돋으니 낡고 병든 몸에 새 희망이 돋는 것이다. 자기 자신일 수 있다. 사형 선고를 받고 이미 죽어갈 고목이 된 자신에게 희망을 발견한 것이다. 희망은 모든 것을 살리는 힘이다.

제2연에서 그 새잎을 보면서 "하 연둣빛 새 이파리/네가 바로 강철이다"고 감탄하며 새 이파리가 연약하게 보이지만 강인함을 인정한다. 왜 강한가? 그 새이파리는 자기 자신일 수도 있다. 그것은 "엄혹한 겨울도 두꺼운 껍질도" '제 힘으로 뚫었으며 보드라움으로 이겼기' 때문이다. "엄혹한 겨울"은 두 가지를 상징한다. 하나는 폭력과 압제에 시달리던 과거와 감옥 속에서 절망에 빠진 혹독한 시간이다. 사형 선고를 받고 겨울 동안 차가운 감옥 안에서 지냈으니 얼마나 엄혹하였을까? "두꺼운 껍질"은 그를 둘러싸고 있는 각종 압제와 정치적 폭력이었을 것이다. 그런 것들을 다른 것도 아닌 '제 힘으로 뚫고/보드라움으로 이겼으니' 얼마나 대견스러운가?

폭력과 압제에 대처하는 생명체들의 모습을 생각해 보자. 한갓 미물인 자벌레도 위협을 느끼면 숨을 죽이며 꼼짝하지 않고 엎드려 있다가 위협이 사라졌다 싶으면 다시 움직인다. 모든 생명체는 폭력과 압제 앞에서 생존을 위해 일단 납작 엎드린다. 폭력과 불공평에 대한 인간의 대처 방식은 다르다. 폭력에 대해서는 대체로 납작 엎드려 있다가 자기의 힘이 생겨나거나 기회가 생길 때 폭력에 대처하거나 폭력을 피한다. 그러나 불공평에 대해서는 분노하고 경멸한다. 한계를 넘어선 폭력에 대해서는 목숨을 걸고 싸우거나 아예 폭력을 피해 달아난다.

폭력과 압제에는 성급하게 정면 대항해서는 벗어날 수 없다. 그러다간 너무 큰 희생을 겪을 수 있다. 우선은 폭력을 피하며 이겨낼 때까지 엎드려야 한다. 그것은 생명을 지키고 폭력을 이겨 내는 에너지를 기르는 길이다. 가장 중요한 것은 폭력과 압제 앞에서도 희망과 신념을 잃지 않는 것이다.

일제 치하에서 독립 투쟁을 한 선열들을 떠올린다. 그분들은 일제라는 폭력과 압제 앞에서 오랫동안 엎드렸지만, 기회가 있을 때마다 힘을 길러 봉기했다. 일제의 폭력과 압제에 맞서다가 체포되어 차디찬 감옥에서도 고목에 새순이 돋는 것처럼 희망과 신념을 꺾지 않고 고뇌하며 의지를 다졌다. 그분들이 있었기에 해방이란 새잎이 돋아날 수 있었고 지금 우린 그 새잎이 키워낸 나무에서 살 수 있다. 폭력과 압제에서 벗어나기 위해서는 두 가지가 필요하다. 하나는 시에서 말하는 것처럼 폭력과 압제를 뚫을 수 있는 '제 힘'이 있어야 한다. 다른 하나는 보드라움의 지혜를 길러야 한다. 역경을 뚫을 수 있는'제 힘'과 '보드라움'은 역경 극복의 중요한 에너지이며 지혜이다.

'제 힘으로 뚫고 보드라움'으로 이겨야 생존의 주체자가 될 수 있다. 인도의 위대한 사상가이며 정신적 지주로서 독립운동가였던 마하트마 간디(Mahatma Gandhi 1869~1948)는 영국의 폭력과 압제 앞에서 끝까지 비폭력과 무저항으로 대처했다. 중요한 것은 희망과 신념 의지를 잃지 않고 '제 힘'을 기르는 일이었다. 간디의 그 비폭력적인 무저항 앞에서 영국의 폭력과 압제도 힘을 잃어 갔다. 그런 간디의 철학과 행동은 인도인들뿐 아니라 전 세계의 식민지인들에게 독립의 희망을 잃지 않도록 했다. 중요한 것은 약하지만 '제 힘'으로 해야 한다는 점이다. 만약 그 폭력과 압제를 이기기 위해 다른 폭력과 압제를 빌린다면, 그것에 의해 또 압제당하게 되어 있기 때문이다. 그래서 '제 힘으로 고 보드라움으로 이기는 일'은 중요하다. 보드라움이라야만 생명을 보존하고 '제 힘'을 길러낼 수 있기 때문이다.

제3연에서 "썩어가는 것들 크게 썩은 위에서/분노처럼 불끈불끈 새싹 돋는다"고 했다. "썩어가는 것들 크게 썩은 위에서"는 당시의 부패한 정치사회 체제를 말할 것이다. 당시의 정권은 노동자뿐만 아니라 정권의 구미에 맞지 않으면 일반 국민에게도 폭력과 압제를 자행했다. 악덕 자본가들과 폭력적인 정권은 노동자들을 핍박했다. 그러니 그것은 썩을 대로 썩은 것들이다. 그런데 그 위에서 새싹이 "분노처럼 불끈불끈" 돋는다. 새싹은 압제에 대한 저항이며 압제 속에서도 피워 내야 할 희망이다.

그렇게 "분노처럼 불끈불끈" 돋은 새싹은 부드러움 만큼 강하고 여린 만큼 우람하다. 눈이 부신다. 그래서 "오 분부신 강철 새잎"이라고 감탄한다. 여기서 강철은 강함의 이미지이다. 불타협과 불굴의 상징이다. 포기하거나 꺾이지 않을 힘이다. 그렇게 돋아난 강철 새잎은 어느 것에도 굴하지 않고 크게 피어날 희망이며 잠재적 가능성이다. 그러기에 그것을 힘차게 가꾸어야 한다.

희망이 있는 한 살아 낸다.

희망이 있는 한 모든 생명체는 살아나게 된다. 따라서 어떠한 고난과 폭력과 압제에서도 희망만은 잃지 말아야 한다. 이 시를 읽으며 오스트리아의 정신 의학자 빅터 플랭클(Viktor Frankl 1905~1997)이 아우슈비츠의 생존 체험을 기록한 책 『죽음의 수용소에서(Man's Seach for Meaning)』[152]를 떠 떠올린다. 나는 이 책을 대학 시절에 읽고 매우 감명을 받았다. 그래서 어른이 되어 다시 책을 사서 읽었다.

빅터 플랭클, 그가 살았던 20세기는 어떤 시대였던가? 이전의 시대와는 완전히 차별화되게 과학 기술과 문명의 급속한 발달로 인간은 더 넓은 세계

152) 빅터 플랭클 지음, 이시형 옮김, 『죽음의 수용소에서(Man's Seach for Meaning)』,청아출판사, 2005.

를 향해 나아갔고 더 많은 문명의 이기를 누리는 시대로 변화되어 갔다. 하지만 제국주의가 출현하여 약한 나라와 민족을 폭력과 압제로 수탈하고 죽이던 시대였다. 강자들은 그들의 이익을 위해 전쟁을 벌이고 약한 나라를 지배하고 수탈했다. 그런 과정에서 엄청난 사람들이 전쟁과 폭력으로 죽어갔다. 제1차 세계 대전이 그랬고 제2차 세계 대전이 그랬다. 20세기의 전쟁은 발달된 기술 문명의 탓으로 그 이전에 경험하지 못했던 무차별 대량 학살이 공공연하게 자행되었다. 그리고 국가라는 이름으로 정치적인 폭력이 정당화되기도 했다. 일제의 조선 지배와 수탈, 독일 히틀러의 만행이 대표적이었다. 그 시기에 빅터 플랭클이라는 유태인 학자가 아우슈비츠라는 강제 수용소에 끌려갔다. 아우슈비츠는 문명이 만들어 낸 가스실에서 일거에 수많은 사람을 죽일 수 있는 죽음의 수용소였다.

빅터 플랭클은 죽음의 수용소 아우슈비츠에서 기적이라고 할 만큼 놀랍게 살아 돌아와 자신이 겪은 일들을 담담하게 전하고 있다. 그는 운이 좋아서 살아남았을까? 나는 이 책을 읽으며 그가 살 수 있었던 것은 행운이 아니라 다른 힘이 있었다고 생각했다. 그 힘은 무엇이었을까?

빅터 플랭클은 죽음의 수용소에서 내일 아니 오늘 저녁에 당장 죽음의 가스실로 끌려갈지도 모르지만, 열심히 자기관리를 한다. 그는 강제 노역장에서 유리 조각을 발견하면 몰래 주워 숨긴다. 그리고 그것을 갈아 수염을 깎아 낸다. 아직 일을 할 수 있는 만큼의 생기가 있음을 보여주기 위함이었다. 그리고 종이와 연필을 주워 틈만 나면 기록하고 기억에 저장한다. 그러한 그의 행위는 생존에 대한 강한 희망을 버리지 않았음을 말해준다. 그러기에 아직 쓸모가 있다고 판단되어 가스실로 가지 않았다. 그런 그의 행동은 희망과 동시에 자신을 지탱하는 강철 같은 의지의 소산이었다.

이 책에서 나는 빅터 플랭클이 죽음의 수용소에서 살아남을 수 있었던 힘은 그의 내부에 도사린 강한 생존에 대한 희망이라고 생각했다. 그것은 절대 절망 상황에서도 희망을 잃지 않고 자기를 가꾸어가는 자기 긍정과 자기관리의 힘이다. 빅터 플랭클의 『죽음의 수용소에서(Man's Seach for Meaning)』는 20세기에 자행된 가공할 폭력과 살육을 이해하는 데도 도움이 되지만 특히 극한의 폭력 앞에서 살아남기 위해 무엇이 중요한가를 우리에게 가르쳐 준다.

남극 탐험을 이야기할 때 로얄 아문센(Roald Amundsen 1872~1928), 로버트 스콧(Robert Falcon Scott, 1868~1912), 어니스트 섀클턴(Ernest Henry Shackleton, 1874~1922)을 자주 거론한다. 그중에서도 로버트 스콧과 어니스트 섀클턴이 자주 대비된다. 이유는 두 사람이 약 3년의 시차를 두고 남극 탐험에 도전했지만, 결과는 극과 극이었기 때문이다. 스콧과 탐험대 8명은 1911년 12월 3번째 남극 탐험에 도전했지만 1912년 11월 모두 시신으로 발견된다. 스콧의 시신 옆에는 그가 쓰다만 일기장이 발견되었는데 다음과 같이 기록되어 있다고 한다.

> "우리는 신사처럼 죽을 것이며 불굴의 정신과 인내력이 남아 있음을 보여 줄 것이다. 이 짧은 글과 우리의 시신이 그 이야기를 대신해 줄 것이다. 안타깝지만 더 이상 쓸 수 없을 것 같다. 모든 꿈이 사라졌다."

섀클턴과 27명의 대원은 1914년 11월 5일 남극 탐험의 전초기지 격인 사우스조지아 섬 그리트비겐 포경기지에 도착한다. 그들은 애초 1915년 1월 전에 웨들해를 건너 남극 기지에 도착하고자 했지만 1915년 1월 8일 그들이 탄 인듀어런스호가 부빙(浮氷)에 갇혀 조난을 당한다. 그러나 1916년 8월

섀클턴과 일행 27명은 조난 당한지 1년 7개월 만에 전원 무사 귀환을 한다. 섀클턴은 그의 자서전《사우스(SOUTH)》에서 다음과 같이 썼다.

> "나와 대원들은 남극 얼음 속에 2년이나 갇혀 살았지만 우리는 단 한 번도 꿈을 버린 적이 없었다."

뒷날 사람들은 스콧과 그 일행이 살아오지 못한 이유는 그들이 영하 40도의 추위를 이기지 못하고 꿈을 저버렸기 때문이며 섀클턴 일행이 살아 돌아온 것은 그들이 꿈을 버리지 않았기 때문이라고 해석한다.[153]

우리는 코로나19를 지나고 난 후에도 참으로 엄혹하고 두꺼운 껍질의 '힘든 겨울 같은 삶의 터널'을 지나오고 있다. 그것은 우리의 생존과 존엄성을 위협하는 폭력과 압제였다. 우린 그것을 우리 힘으로 뚫어야 하며 보드라움으로 극복해 내야 한다. 거기엔《강철 새잎》과 같은 희망과 생존 의지가 필요하다.

희망을 잃지 않으면 살아날 수 있다. 죽음은 희망의 끈을 놓는 순간이다. 나이가 들고 병들어 죽을 때도 마지막은 희망의 끈을 놓는 순간이라고 한다. 암에 걸린 환자들도 희망의 끈을 놓지 않는 한, 희망으로 자기관리를 하는 한 생존할 확률이 높다고 한다. 그래서 우린 살아 있는 한 절대 희망의 끈을 놓지 말고 철저하게 자기관리를 하며 도전해야 한다. 이제 모든 국민은 백신을 맞게 되고 집단 면역이 생성될 것이라 한다. 서서히 엄혹한 겨울과 두꺼운 껍질을 뚫고 보드라운 만큼 강하고 여린 만큼 우람하게 강한 새싹을 돋아날 때가 되었다. 그때까지 우린 역경을 견디며 돋아날 채비를 해야 한다.

---

153) SERICEO 콘텐츠 팀 지음, 『삼매경』, 삼성 연구소, 2011, 160쪽~162쪽 참조.

시 《강철 새잎》을 읽으며 빅터 플랭클이 『죽음의 수용소에서』 말하는 생존을 위한 자기 긍정의 메시지를 되새겨 본다. "미래에 대한 기대가 삶의 의미를 불러일으킨다."(131쪽), "미래에 대한 믿음의 상실은 죽음을 부른다."(134쪽) "'왜' 살아야 하는지 아는 사람은 그 '어떤 상황도 견딜 수 있다'"(137쪽) 그러니 "비통과 환멸"(159쪽)에 빠지지 말고 《강철 새잎》처럼 희망을 잃지 않는다면 다시 평화로운 삶의 토대를 구축할 것이다. 박노해가 "나의 시작은 나이 패배였다" 그러나 "나의 패배는 참된 시작이었다"고 했듯이 다가오는 봄은 '나의 패배를 딛고 참된 시작을 할 때'라고 여겨진다.

02. 《춘설》, 부활을 알리는 봄의 서곡

신이 우리에게 절망을 주는 것은
우리를 죽게 하는 것이 아니라
오히려 새로운 생명을 자각시키기 위함이다.
〈H. 해세〉

단단한 봄맞이를 위한 채찍

지난겨울은 갇힌 시간이었다. 첫째는 과거 어느 때보다 추운 겨울 날씨에 갇혔고, 둘째는 코로나19로 가족 · 친지 간의 정이 갇혔으며, 마스크 쓰기로 모든 이의 입과 코도 갇혔다. 셋째는 복합적으로 닥친 불경기와 취업난으로 사람들의 희망도 갇혔다. 그래서인가? 사람들은 빨리 봄이 오기를 기다렸다. 봄이 오면 뭔가 달라질 것을 기대했기 때문이다. 이제 3월이 되고 봄이 왔다. 코로나 백신 접종도 시작되었다. 희망이 보이는 듯하다.

3월은 봄을 데리고 오는 희망의 달이다. 학교도 긴 겨울방학을 끝내고 개학을 하고 아이들은 새 학년이 되고 입학도 한다. 새들도 경쾌하게 노래한다. 들판에는 냉이 등 새싹들이 움을 틔운다. 삼라만상 모두가 본격적인 생명 활동을 시작한다. 그런데 그 봄이 시작할 때 갑자기 눈이 내리고 찬 바람이 불었다. '춘설'이라고도 하고 '꽃샘추위'라고도 한다.

지난 3월 1일 강원도 지역에 폭설이 내렸다. '춘설'이라고 하기는 너무 많은 눈이다. 눈은 휴일에 나들이 갔던 사람들을 길에 가두었다. 차들이 길을 메웠고 길에 갇힌 사람들은 추위와 배고픔에 떨어야 했다. 자연은 성급하게 밖으로 나왔다며 사람들을 꾸짖는 듯했다.

그런 와중에도 미담이 들렸다. 강원도 양양군 서면 공수전리 이장 박용관 씨는 10개월 된 어린 아기가 차에 갇혀 추위에 떨고 아프다는 말에 마을 주민들과 함께 그들을 도왔다. 급한 대로 차들을 도로변으로 옮기고 차에 있던 열댓 명을 마을 회관과 초등학교로 대피시켰다. 아기 상태가 좋지 않다는 연락을 받고, 무조건 아기를 살리고 봐야겠다는 생각만으로 마을 회관까지 아기 부모가 역주행해서 차를 몰고 오게 하고 삽으로 길을 내어 집으로 데려갔다. 추위에 언 아기에게 우유를 데워 먹이니 아기의 혈색이 돌았다. 그리고 자기 집에 부모랑 아기를 하룻밤 재우고 보냈다. 다음날 서울에 잘 도착했다며 연신 고맙다는 연락을 받았다. 그는 "애가 아프다는데 살려야겠다."는 생각밖에 없었다고 했다.[154] 나는 이 소식을 접하면서 인간의 내면에 깃든 고귀한 측은지심을 생각했다. 갇힌 마음이 열리는 소식이었다.

춘설은 희망차게 움트는 생명들에게 일시적으로 냉해를 입힐 수 있지만, 부활을 알리는 봄의 서곡 앞에서 춤추는 광대인지 모른다. 그 광대는 봄을 섣부르게 맞이하는 생명들에게 좀 더 단단히 맞이하라는 채찍을 가하는지도 모른다. 나는 강원도 폭설 소식을 들으며 정지용의 시 《춘설》을 읽었다. 그리고 시에서 아름다운 서정과 부활을 소망하는 단단한 마음도 읽었다.

---

154) 동아일보 2021.3.4.

《춘설》, 부활을 알리는 봄의 서곡

문 열자 선뜻!

먼 산이 이마에 차라.

우수절(雨水節) 들어

바로 초하루 아츰,

새삼스레 눈이 덮인 멧부리와

서늘옵고 빛난 이마받이하다.

얼음 금 가고 바람 새로 따르거니

흰 옷고름 절로 향그롭어라.

웅송그리고 살어난 양이

아아 꿈같기에 설어라.

미나리 파릇한 새순 돋고

옴짓 아니 긔던 고기 입이 오물거리는,

꽃 피기 전 철아닌 눈에

핫옷 벗고 도로 칩고 싶어라.

–정지용 《춘설》 전문–

정지용의 시를 읽다 보면, 절묘한 언어 감각에 감탄한다. 위의 시 《춘설》에서도 언어 감각이 돋보인다. 그래서 좀 읽기 힘들어도 원문 그대로 옮겼다. 《춘설》은 1939년 『문장』지 4월호에 발표되었고, 1941년 간행된 정지용의 두 번째 시집 『백록담』에 실린 것으로 알려져 있다.

시는 절제된 언어로 구성된 각 연 2행씩 총 7연이다. 시는 춘설 속 봄기운에 샘솟는 자연의 모습과 서정을 섬세한 언어로 표현했으며, 마지막 연에서 드러나는 춘설을 대하는 시인의 마음과 의지에는 간결하면서도 아름답고 아름다우면서도 강한 소망이 담겨 있다.

제1연의 "문 열자 선뜻! 먼 산이 이마에 차라."라는 구절에서 "시는 놀라움이다"라는 말이 실감 난다. 이 표현은 놀라움의 명귀(名句)라 할 수 있다. 시의 "문 열자 선뜻!"으로 보아 시간적 배경은 아침이다. 아침에 깨어나 문을 열고 먼 산을 바라보았다. 밤사이 눈이 내렸다. 먼 산도 눈으로 덮혔다. 기온은 차다. 아이 같으면 "와 눈이다."라고 감탄했을 법하다. 그러나 시인은 감탄을 절제하여 "먼 산이 이마에 차라."라는 절묘한 감탄사로 표현했다. 이 표현에는 물리적 거리와 심리적 거리가 다르다. 물리적 거리는 "먼 산"에서 말하는 것처럼 멀다. 심리적 거리는 "이마에 차라"에서 말하는 것처럼 매우 가깝다. 눈 덮힌 먼 산이 이마에 와 닿을 만큼 가까이 있다는 매우 촉각적인 심리표현이다.

제2연은 "우수절(雨水節) 들어/바로 초하루 아츰,"은 시간적 배경을 말한다. 제1연에서 '춘설'을 보고 감탄한 날은 바로 우수절 아침이다. 우수절은 대체로 정월에 설이 지나고 시작되며, 봄의 문에 들어선다는 입춘을 보름 지난 날이다. 2021년은 양력 2월 18일이 우수였다. 그리고 다시 보름이 지나면 개구리가 놀라서 깬다는 경칩이다. "우수 뒤에 얼음 갈이"라는 속담이 전해 오는데 이는 '얼음이 점점 녹아 없어진다'는 말이다. 우수절은 눈과 얼음이 녹아서 비가 되기 시작하는 절기로 봄이 오고 있음을 의미한다. "아츰"이란 '아침'의 당시 방언이다.

제3연의 "새삼스레 눈이 덮인 멧부리와/서늘옵고 빛난 이마받이하다."는 1연을 되새김질하고 있다. 되새김질은 음식을 정교하게 소화하는 작업이다. "새삼스레 눈이 덮인 멧부리"는 제1연은 "먼 산"의 되새김질이다. "새삼스레"는 '평소와 다르다'는 것이고, "멧부리"는 '산봉우리'이다. 어제까지 먼 산의 멧부리에는 눈이 없었다. 그런데 아침에 보니 그 멧부리가 평소와 달리 눈에 덮혀 있으니 새삼스럽다. "서늘옵고 빛난 이마받이하다."는 제1연의 "이마에 차라."의 되새김질이다. 눈 덮힌 멧부리가 차갑게 느껴지고 녹아가니 햇빛을 받아 빛이 난다. 여기서도 1연에서처럼 물리적 먼 거리를 심리적으로 아주 가까이 당겨왔다. 그래서 마치 눈 덮힌 산봉우리를 당겨와 박치기라고 하듯 "이마받이"를 했다. 이제 눈 덮힌 멧부리는 먼 곳이 아니라 바로 내 이마 앞에 있다. 서늘하고 빛나는 춘설의 기운을 몸과 마음으로 온통 느끼고 있다.

여기서 시심을 발화시킨 춘설에 대하여 생각해 보자. 춘설은 순우리말로 봄눈인데 대체로 흩날리듯 짧은 시간에 갑작스럽게 추위를 동반하여 내린다. 춘설은 햇살이 비치면 녹아내리며 물기를 머금은 눈은 번들거리고 반짝인다. 사람들은 그런 춘설을 꽃샘추위와 동일시하는 경우가 많다. 그래서인가? 정지용의 시 《춘설》을 꽃샘추위로 해석하는 사람이 많다. 그러나 춘설은 꽃샘추위라 할 수 있지만, 꽃샘추위가 곧 춘설은 아니다. 눈이 오지 않고 바람만 불며 기온이 갑자기 내려가는 꽃샘추위도 있기 때문이다. 춘설은 꽃샘추위의 부분집합인 셈이다. 둘 다 봄을 시샘하는 자연 현상에 대한 말이지만 어감은 크게 차이가 난다. 춘설은 현상을 나타내는 한자어이지만, 꽃샘추위는 아름다운 정감을 주는 순우리말이기 때문이다. 그런데 정지용은 왜 꽃샘추위라 하지 않고 춘설이라 했을까? 앞에서 말했듯이 꽃샘추위가 모두 춘설이 아니듯이, 시심을 발화시킨 것은 꽃샘추위가 아니라 춘설이었기 때문일 것이다.

제4연에서 6연까지는 제2연의 우수절의 모습을 되새김질한다. 제4연에서 "얼음 금 가고 바람 새로 따르거니/흰 옷고름 절로 향긔롭어라."는 우수절의 모습에 대한 시인의 심상을 표현했다. 우수절은 앞에서 말했듯이 기온이 오르니 얼음이 녹아 갈라지고 눈이 녹아내리는 절기이다. "바람 새로 따르거니"는 새로운 바람이 불어온다는 뜻이다. 그 새로운 바람은 한겨울의 찬 바람이 아니라 찬 기운 속에 따뜻한 기운을 머금은 바람이다. 시인은 그 바람에서 봄의 향기를 느끼고 있다. 그러기에 그 바람이 배인 "흰 옷고름"이 저절로 향기롭다고 감탄한다. "향긔롭어라."는 "향기로워라"의 옛 표현이다. 봄의 기운이 바람을 타고 와서 옷고름에 향기로 배었으니 감탄할 수밖에 없다.

제5연에서 시인은 동식물들이 생동하는 모습을 보았다. 그들은 겨울 동안 추위에 떨며 몸을 최대한 작게 접어 궁상맞게 움츠리고 있었다. 그들은 봄이 되니 고물고물 웅송그린 모양을 펴며 살아나고 있었다. "웅송그리고 살어난 양이"는 바로 그런 모습의 표현이다. 여기서 "살어난"은 "살아난"이며 "양이"는 "모양이"이다. 이 표현은 마치 사진사가 꽃이 피어나는 모습을 동영상으로 찍어 보여주듯 매우 섬세한 동적 표현이다. 아름답다. 그 모습들은 마치 꿈을 꾸는 것 같다. 그러기에 "아아 꿈같기에 설어라."고 감탄한다. 즉 꿈꾸는 것 같기에 "설어라" 즉 '낯설게 느껴진다'고 했다.

제6연에서는 우수절의 모습이 시간과 공간으로 확대되어간다. "미나리 파릇한 새순 돋고"는 이른 봄 식물들이 생명력을 발휘하는 모습의 총체적 표현이다. 상상 속에서 연못과 호수를 관찰한다. 물고기들이 겨울 동안은 추위에 움츠려 바위틈이나 얼음 밑에서 숨죽이고 있었지만, 이제 밖으로 나와 움직이기 시작했다. 그것을 "옴짓 아니 기던 고기 입이 오물거리는"이라고 했다. "옴짓 아니 기던"은 "움직이지 않던"이며, "고기 입이 오물거리는"은 물고기들이 어린아이처럼 입을 오물거리며 먹이를 먹고 숨을 쉬는 모습이다. 모두 매우 섬세하고 아름다운 동적 표현이다. 이제 삼라만상도 봄을 느끼며 활동하기 시작했다. 그러기에 그 모습 또한 꿈 같이 낯설다.

제7연은 춘설을 대하는 시인의 마음과 다짐을 말하고 있다. 이 표현은 역설적이다. "꽃 피기 전 철아닌 눈에"는 꽃이 피려 하는데 제철이 아닌데 내리는 눈, 즉 꽃샘추위로서의 '춘설'을 의미한다. 그 춘설은 오히려 봄을 알리는 역할을 하고 있으며 빨리 봄맞이를 하라는 독려로 받아들여진다. 그러기에 시인은 "핫옷 벗고 도로 칩고 싶어라."라고 했다. 핫옷은 솜을 두텁게 넣어 만든 겨울옷이다. "도로"는 "다시"라는 말로 시간과 행동의 되새김질이다. "칩고 싶어라"는 "춥고 싶어라"이다. 그런데 이상하다. 추운데 왜 "핫옷 벗고 도로 칩고 싶어라."라 했을까? 거기엔 자기를 감싸고 있는 어떤 보호막도 벗어던지고 추위(역경)를 감수하며 봄을 온몸으로 맞이하겠다는 결의가 담겨 있다. 그 결의는 삶과 영혼의 부활에 대한 강렬한 소망이다.

지금까지 감상한 정지용의 《춘설》은 몇 가지 특징을 지닌다. 첫째는 공간의 이동 즉 닫힌 공간에서 열린 공간으로의 이동이다. 닫힌 공간은 추운 겨울 동안 갇혀 있던 공간이다. 열린 공간은 춘설이 내린 아침 문 열고 바라보는 공간이다. 그리고 그 열린 공간은 문설주에 기댄 듯 서 있는 공간에서 먼 산에 이르기까지 확대되는 공간이며 얼음이 녹고 바람이 불며 미나리와 물고기 등 모든 생명이 웅숭거리며 깨어나는 대지로 이동된다. 그렇게 이동된 열린 공간은 생명소생 즉 부활의 공간이다.

둘째는 시간과 현상의 되새김질이다. 앞에서 말했듯이 제1연의 "먼 산이 이마에 차라"는 제3연의 "눈 덮인 멧부리와 서늘옵고 빛난 이마받이 하다"로 되새김질 되고 제2연의 "우수절 들어"는 4연과 5연, 6연으로 되새김질 된다. 이러한 되새김질은 시의 의미만이 아니다. "새삼스레" "철 아닌" "도로" 등과 같은 시어는 시간의 되새김질이다. 시는 이러한 되새김질을 통해 의미를 정교화하고 내용을 강화한다.

셋째는 감탄에서 소망으로 이어지는 감각(감성)의 변화이다. "차라"와 "이마받이 하다"라는 촉각적 감각과 "향그롭어라"라는 후각적 감각에서 "도로 칩고 싶어라"라고 하는 욕망을 담은 소망의 감각(감성)으로 발전한다. 이것은 여러 감각을 통해 겪은 서정이 소망으로 이어지게 하는 역할을 한다. 그리고 그 소망은 기어코 봄을 맞이하겠다는 의지 즉 생명소생(부활)의 공간으로 이동하고자 하는 의지의 표현이다. 그 감각과 소망은 너무나 맑고 순수하다. 그 부활의 공간으로 이동하기 위해서는 과거를 벗어던지는 성찰과 결의가 필요함을 암묵적으로 말하고 있다.

아름다운 생명 부활의 소망으로

위에서 살펴본 것처럼 시 《춘설》은 닫힌 공간에서 열린 공간으로의 이동 과정에서 접촉하며 느끼는 시간과 공간에서 나타나는 현상의 되새김질을 통해 느껴지는 맑고 순수한 감각을 통해 생명소생(부활)의 소망에 이르게 된다. 그 생명소생(부활)의 소망은 자연 현상만이 아니라 삶과 영혼의 부활을 의미하기도 한다. 그래서일까? 나는 이 시를 읽으며 레프 톨스토이(Lev Nikolayevich Tolstoy 1828~1910)의 소설 『부활』을 떠올렸다.

네흘류도프 공작은 어느 날 지방 법원에 배심원으로 참석했다. 거기서 그는 매춘부로 살면서 손님에게 독을 먹여 죽이고 돈과 반지를 빼앗았다는 살인과 강도의 혐의를 받는 죄인을 만난다. 그는 죄인의 얼굴을 보다가 깜짝 놀란다. 그녀는 자신이 16세 청년 시절 고모의 집에 놀러 갔을 때, 고모 집에 있던 눈이 검고 생기발랄한 청순하고 아름다운 하녀를 유혹해 임신시킨 뒤 돈 몇 푼 주고 버렸던 여인인 카튜샤 마슬로바였다. 그녀는 그 상처로 매춘부가 되었다. 그녀는 사실 무죄였는데 잘못 판결되어 징역 4년의 형을 선고받고 시베리아로 유형을 가게 되었다. 네흘류도프는 자기 때문에 한 여자가 파멸했다는 깊은 죄의식을 깨닫고 그녀를 구출하고자 한다. 그는 형무소에 찾아가서 그녀에게 용서를 구하고, 변호사를 찾으며, 온갖 노력을 다하지만 헛수고였다. 그녀는 결국 다른 죄수들과 시베리아로 이송되었다. 네흘류도프는 귀족 생활을 버리고 그녀를 구하기 위해 시베리아로 떠난다. 다행히 카튜샤는 시베리아에서 판결 취소 명령을 받아 자유의 몸이 된다. 이 소식을 들은 네흘류도프는 카튜샤를 찾아가 자유의 몸이 된 그녀에게 진심을 털어놓고 청혼한다. 카튜샤는 마음으로는 죄를 뉘우친 네흘류도프를 사랑하고 있었지만, 그의 장래를 생각해 정치범인 시몬손과 결혼한다. 네흘류도프는 그녀의 행복을 빌며 성경을 열심히 읽는다. 그리고 하나님의 무한한 사랑으로 진실한 삶을 살겠다고 결심한다. 카튜샤는 네흘류도프를 처음 만났을 때부터 진실한 마음으로 사랑했지만, 그에게 하룻밤 정조를 주고, 그의 쾌락의 대상이 되어 버려졌기에 타락의 길을 걸었다. 그러나 그녀는 매춘부로 살면서도 영혼의 가장 밑바닥에 있는 진실과 고귀한 영혼만은 잃지 않았다. 그녀는 자기 앞에서 죄를 뉘우치며 진심을 털어놓는 네흘류도프의 사랑을 믿으며 부활(갱생)의 길을 걷는다. 그녀의 아름다운 부활을 보며 네

흘류도프도 새로운 인간으로 부활한다.[155]

이 소설에서 카튜사와 네흘류도프의 부활(갱생)은 삶의 갱생을 넘어 사랑이 충만한 고귀한 영혼의 부활을 의미한다. 정지용의 시 《춘설》에 깃든 감각과 서정이 너무도 순수하고 맑다. 그리고 거기에 깃든 생명 소생(부활)의 소망 역시 순수하고 맑다. 시 《춘설》에서 생명소생(부활)을 소망하는 모습은 진흙탕의 삶을 살았으면서도 맑은 영혼을 잃지 않으며 부활하는 카튜샤와 자신의 죄를 뉘우치며 맑은 영혼을 지닌 아름다운 인간으로 부활하는 네흘류도프를 떠올리게 한다.

죄를 뉘우치고 갱생의 소망과 의지로 사랑을 실천하는 자는 부활한다. 영혼의 생명력을 잃지 않는 고귀한 사랑은 늘 부활한다. 모든 생명체는 고난을 딛고 일어서면 닫힌 세상에서 열린 세상으로 나올 수 있으며 그 열린 세상에서 부활할 수 있다. 중요한 것은 진실하고 순수한 영혼을 잃지 않는 것이며 생명을 향한 소망에 깃든 의지이다.

춘설이 세상을 덮고 사람들을 길에 가둔 날, 그들을 돕기 위해 동분서주한 사람들의 순수한 측은지심을 생각했다. 정지용의 시 《춘설》을 읽고 톨스토이의 『부활』을 떠 올리며 봄의 방해꾼인 춘설을 통해 역경을 견디며 새로운 생명 부활의 서곡을 느끼는 시인의 소망을 읽었다. 그리고 코로나와 어려운 경제 사회상황에서 힘겨운 삶에 갇혀 있던 사람들이 열린 공간으로 해방되어 새로운 삶과 영혼으로 부활하기를 소망했다.

---

155) 레오 톨스토이 저, 박형규 옮김, 『부활1. 2』 민음사, 2007.

03. 《대추 한 알》이 붉어지기까지는

고통이 남기고 간 것을 맛보라!
고난도 지나고 나면 감미롭다.
〈J.W.괴테/격언과 반성〉

대추나무에 대한 추억

어릴 때 고향집 울안에 대추나무 두 그루가 있었다. 내 기억으로는 매년 대추가 주렁주렁 열렸다. 잘 익은 것은 제사상에 올랐다. 나머지는 다른 약초들과 달여서 할머니와 식구들의 약으로 사용되었다. 감기 기운이 있으면 대추와 생강, 때로는 무를 넣고 달여 마시게 했다. 아버지께서 대추나무를 심은 것은 순전히 제사와 식구들의 건강을 위한 것이었다.

어릴 때의 대추 맛은 지금도 잊지 못한다. 그래서인지 지금도 대추를 좋아한다. 나이가 들면서 장만한 밭에 가장 먼저 대추나무를 심었다. 그런데 의욕이 너무 넘쳤다. 대추나무를 밭 곳곳에 심어 관리가 힘들었다. 두어 번 옮겨 심어 이제야 자리를 잡았다. 옮겨 심는 사이에 몇 그루는 죽어 다시 심었다. 옮겨 심고 난 빈자리 땅속에 남은 뿌리에서 대추나무 순이 자라 나와 제거해야 하는 번거로움도 생겼다, 계획과 경험 부족이 가져온 결과다.

올해까지 대추를 제대로 따 먹지 못했다. 작년에는 많이 열렸는데 벌레를 먹어 거의 버렸다. 올해는 방역도 하고 퇴비도 주었지만, 긴 장마통에 거의 떨어지고 남은 것도 벌레투성이였다. 아직도 경험과 정성 부족이었다. 그런데 이상한 것은 어릴 때 집 안에 있던 대추나무에 농약을 주는 것을 보지 못했다. 문명화되면서 생태계가 바뀌고, 대추 등 생물을 위협하는 것들이 많이 늘어난 것이 분명하다. 세상은 발달할수록 복잡해지고 도전과 위기가 많아진다. 그것을 이겨 내야 무엇인가를 이룰 수 있다. 《대추 한 알》도 탐스럽게 붉어지기까지는 그 도전과 위기를 이겨 내야 한다. 모든 인간사가 그저 되는 게 있으랴. 장석주 시인의 《대추 한 알》을 읽으며 삶을 성찰해 본다.

《대추 한 알》이 붉어지기까지

저게 저절로 붉어질 리는 없다
저 안에 태풍 몇 개
저 안에 천둥 몇 개
저 안에 벼락 몇 개

저게 저 혼자 붉어질 리는 없다
저 안에 무서리 내리는 몇 밤
저 안에 땡볕 두어 달
저 안에 초승달 몇 날

-장석주 《대추 한 알》 전문-

내가 이 시를 처음 만난 것은 2008년쯤이었다. 당시 인터넷 검색을 하다가 우연히 발견하여 읽고 또 읽었다. 읽을수록 와 닿았다. 이 시는 2005년에 발표되었는데 장석주 시인을 세상에 널리 알려지게 만들어 주었다고 한다. 이 시는 광화문 교보빌딩에도 걸리게 되었고, 좋은 시로 선정되어 국민애송시가 되었다. 읽기 쉬우며 복잡하지 않아 더 좋다.

총 2연으로 된 시는 정형시 같은 율격을 지닌 듯하면서도 자유스럽다. 매우 간결하고 단순하며 반복적이다. 시인은 이 시를 쓰기 전에 하이쿠에 몰입한 적이 있다고 한다. 하이쿠는 일본에서 발원한 시의 한 양식으로 언어를 줄이고 함축하여 최소한의 언어로 시를 탄생시키는 기법이다. 그래서 하이쿠는 찰나의 언어이며, 여백과 침묵을 통해 삶과 세상을 성찰하게 하며 선(禪)의 세계를 탐닉하게 한다. 우리나라에서는 시조가 바로 언어의 절제를 통한 여백과 침묵의 행간을 읽게 하는 시로 발전해 왔다. 《대추 한 알》은 시조의 운율을 지니고 있다.[156]

시인은 탐스럽게 붉어진 대추를 보며 생각에 잠겼을 것이다. '저게 어떻게 저렇게 탐스럽게 붉어질 수 있을까?' 아무리 생각해도 저절로 저 혼자 붉어질 리가 없다. 저것들이 붉어지는 데는 온갖 것들이 영양을 주고 온갖 것들이 방해했을 것이다. 시는 잘 익은 대추 한 알이 온갖 역경을 견뎌 내어야 하듯이 우리가 살아가면서 견뎌 내야 하는 것들을 말하고 있다. 태풍, 천둥, 벼락, 무서리, 땡볕, 초승달 등은 세상의 모든 생명체들에겐 견뎌 내기 힘든 자연 현상임과 동시에 생존하는 데 필요한 것들이다. 그것들은 인간을 포함한 모든 생명체가 살아가고 생명을 유지하는 데 감내하지 않으면 안 되는 것들임과 동시에 그것들을 통해 에너지를 얻기 때문이다.

156) 김명원, 앞의 책. 295쪽~296쪽.

우리의 삶에는 시간적으로나 공간적으로 수많은 도전과 위협이 도사린다. 우린 그것을 이겨 내고 소화하여 영양소로 전환할 수 있어야만 삶을 온전히 지탱하고 결실을 맺을 수 있다. 제1연을 여는 "저게 저절로 붉어질 리는 없다."와 제2연을 여는 "저게 저 혼자 붉어질 리는 없다"는 것은, 같은 어조이면서도 다른 의미를 보여주며 서로 보완적이다. "저절로"라는 말에는 무엇인가 다른 물리적인 작용이 가해졌으며 그것을 극복하였음을 의미하며 "저 혼자"라는 말에도 다른 무엇인가의 도움이 있었다는 것을 말해 준다. 상호작용하는 것들은 대추의 성장과 결실에 긍정적인 영향을 주기도 하고 부정적인 영향을 주기도 한다. 대추는 그것들을 이겨 내고 결실할 수 있다. 모든 인간의 삶, 모든 생명체의 삶이 다 그렇다. 모든 생명체의 생존역사는 도전과 응전의 역사이며 적응의 역사이다.

제1연에서 대추가 '저절로 붉어질 리 없다'고 했다. 태풍, 천둥, 벼락은 대추의 성장과 결실에 위협적인 자연 현상이면서도 대추가 붉어지는 데 작용하는 요소들이다. 시에서는 자연 현상만 말하였지만, 인간 세상에서 빚어지는 모든 공간적 도전과 위기 상황을 함축적으로 표현한 것이리라. 우린 삶의 공간에서 온갖 위기 상황에 직면하고 있다. 지금도 코로나19라는 위기와 어려운 경제 상황 등에 처해 있다. 그런 것들을 이겨낼 때 생존하고 성취할 수 있다. 그리고 그런 것들을 이겨 내는 과정에서 강한 내적 에너지가 생성되어 삶을 더욱 성숙시켜나간다. 그 내적 에너지는 역경을 이겨 내고 성숙으로 이끄는 힘이 된다. 삶을 지키고 성취하는 데는 사회라는 공간적 상황에서 주어지는 온갖 도전과 위협을 이겨 내는 에너지가 있어야 한다. 그리고 그 과정에서 축적된 내적 에너지는 '쇠는 많이 달구어지고 두들겨져야 강해진다'고 하듯이 삶을 더욱 강하고 단단하게 만들어 간다.

제2연에서 역시 대추는 '저 혼자서 붉어질 리 없다'고 했다. 무서리, 땡볕,

초승달 등은 대추가 붉어지는 데 영향을 주는 것들의 통칭임과 동시에 인간이 생존하고 성취하는 데 영향을 주는 것들의 통칭이다. 그리고 인고(忍苦)의 시간을 견디며 이겨 내야 함을 말하기도 한다. "무서리 내리는 몇 밤" "땡볕 두어 달" "초승달 몇 날"은 시간적으로 주어지는 위협인 동시에 대추가 익기 위해 축적해야 할 영양소를 주는 원천이다. '무서리 내리는 몇 밤'은 익어가는 대추를 더욱 달게 만든다. 인간의 삶도 차디찬 무서리를 이겨 내야만 더욱 성숙할 수 있다. '땡볕 두어 달'은 대추가 성장하고 익어가기 위한 영양소를 생산하게 한다. 적당한 땡볕은 좋지만 강한 땡볕은 견디기 힘든 고통이다. 그렇다고 그것을 피하면 필수 영양소를 생산 축적할 수 없다. '초승달 몇 날'은 성장에 필요한 휴식의 시간이기도 하다. 휴식 없는 삶은 무덤이기도 하다. 모든 생명체는 초승달 아래서의 휴식과 낭만도 지녀야 한다. 이 모든 것들은 시간적으로 주어진 공간이다. 모든 생명체가 살아가는 데는 시간적 공간적으로 도전과 위기에 직면한다. 그 도전과 위기는 삶의 자양분을 만드는 원동력도 된다. 우린 그것들은 두려워하거나 회피할 수도 없고 그래서도 안 된다. 견디며 이겨 내야 한다.

고통을 이겨 내는 열정의 힘

변증법으로 유명한 철학자 헤겔(Georg Wilhelm Friedrich Hegel 1770~1831)은 『정신현상학 서설』에서 "세상에 고통과 열정없이 이루어진 것은 하나도 없다."고 했다. 고통과 열정은 따로 있는 것이 아니라 함께하는 동반자이다. 고통이 있기에 그 고통을 이겨 내기 위한 열정이 발휘된다. 열정을 발휘하다 보니 고통은 자연스럽게 따른다. 이 두 가지는 생존과 성장, 성취를 위한 자양분이다. 그래서 키케로(Marcus Tullius Cicero BC 106~BC43)가 말한 것처럼 "고난이 크면 클수록 영광도 크다"고 할 수 있다.

1954년 『노인과 바다』로 노벨 문학상을 수상한 헤밍웨이(Ernest (Miller) Hemingway 1899~1961)는 젊은 날 작가로서 실패와 고난의 날을 보냈다. 젊은 날 그는 신문사 기자로 취직했으나 '이걸 기사로 썼냐!'는 꾸지람을 받았다. 전쟁에 참전하여 중상을 입고 귀가했으며 가족에게서도 버림을 받아 빈민가에서 생활했다, 먹을 것이 없어 공원의 비둘기를 잡아먹고 단백질을 보충했다. 출판사에 써 보내는 소설마다 채택해 주지 않았으며 '작가의 가망이 없다.'는 조롱을 받았다. 그러나 그는 포기하지 않고 자신과 싸우며 도전과 역경을 이겨 냈다. 그리고 성공했다. 그러나 그에게는 성공 이후에도 내적 도전과 역경이 계속되었다. 헤밍웨이의 삶을 보면, 고통 후에 희열과 축복이 오는 것도, 축복 뒤에 다시 고통이 오는 것도, 모두 신의 섭리인 것 같다. 인간은 태초부터 그렇게 고통과 희열의 연속적인 교차 속에 살아야 하는 숙명적인 존재인지 모른다.

역경을 이기고 성취하기 위해서는 두 가지 싸움에서 이겨 내야 한다. 하나는 자신과의 싸움에서 이기는 내적 싸움의 승리요, 다른 하나는 외적인 환경과의 싸움에서도 이기는 외적 싸움의 승리이다. 여기에는 내적인 힘과 외적인 힘이 필요하다. 그리고 외적인 환경을 좋게 만들어 가는 지혜도 필요하다. 고진감래(苦盡甘來)라는 말은 대추가 온갖 역경을 견뎌 내고 붉어지는 것처럼 고난을 이겨 내고 이룬 성취 후에 다가오는 희열을 일컬음이다.

법귀경에 이르기를 "전쟁에서 수천의 적을 혼자 싸워 이기기보다 하나의 자기를 이기는 것이야말로 참으로 전사(戰士)다운 최상의 전사이다."라고 했다. 위의 두 가지 싸움에서 이겨 내기 힘든 것은 외적인 싸움보다 내적 싸움이다. 내적 싸움에서 지는 사람은 외적인 싸움에서도 진다. 그래서 극기는 승리의 가장 큰 힘이다. 극기에는 내적인 힘이 필요하다. 그 내적인 힘은 목표 의식과 의지, 끈기와 노력, 인내와 절제 같은 것들이다.

대추가 '저절로' '저 혼자' 붉어질 수 없음에는 환경적 요소도 크게 작용한다. 좋은 환경적 요소는 대추의 내공(內工)을 강하게 하여 폭풍우와 병충해를 이겨 내게 한다. 뿌리가 튼튼해야 하고 토양이 좋아야 하며 병충해를 이겨 내는 힘이 있어야 한다. 튼튼한 뿌리, 활기찬 생명력 등은 도전과 위기를 이겨 내는 내적인 힘이다. 그 내적인 힘은 도전과 위기로 더욱 강화된다.

대추가 붉어지기 전에 병충해에 시달려 모두 떨어진 이유는 좋은 환경을 만들어 주지 못한 탓이다. 방역을 했지만 적시에 적합한 방역을 하지 못한 탓이다. 퇴비를 주고 관리했지만 적시에 적합하게 하지 못한 탓이다. 환경을 가꾸어 주는 데도 적시성(適時性)과 적합성(適合性)의 원칙이 필요하다. 분명한 것은 대추가 비바람에 떨어지고, 벌레가 먹고, 붉어지지 못한 것은 지식과 노력, 정성의 부족이다.

지금 우리는 모든 영역에 걸쳐 시련을 겪고 있다. 이러한 것들은 긴 장마와 폭우, 천둥과 번개에 시달려 병들고 벌레 먹어 영글지 못한 대추처럼 삶을 위협하는 요소들이다. 그러나 그것을 회피할 수 없다. 견뎌 내고 이겨 내야 한다. 여기에는 삶의 환경을 잘 가꾸고 극복하게 하는 정부의 노력도 중요하지만, 역경을 이겨 내고자 하는 개인의 의지와 노력, 이를테면 내적인 에너지가 더욱 중요하다. 결코, 좌절해서도 성급해서도 안 되며 절제와 인내로 이겨 내야 한다. 힘들수록 목표를 다시 잡고 나아가며 극복하는 지혜를 가져야 한다. 그리고 도전과 위기는 대추가 붉어지기까지 오랜 시간과 공간에서 견뎌냈듯이 단번에 해결되는 것이 아니라 하루하루 극복해 나가는 과정에서 극복 해결된다.

영화【내가 죽던 날(박지완 감독)】에서 형사 역을 맡은 배우 김혜수가 인터뷰에서 한 말을 새겨본다. "고통은 극복하기보다는 그 순간을 버텨내는 거예요. 그 과정에서 말없이 건네는 손길 하나가 큰 위로와 용기를 줄 수 있다는 걸 아셨으면 좋겠어요. 현수가 세진을 통해 자신의 상처를 극복하진 못해요. 다만 자신과 닮은 상처를 가진 사람을 보듬음으로써 현실과 직면하고 그 다음을 생각할 용기를 내는 거죠. 영화 제목대로 '내 마음이 완전히 죽던 날'이지만 다시 살아갈 날이 남아 있다는 희망을 관객이 느끼셨으면 좋겠어요."[157]

《대추 한 알》이 붉어지기까지는 적어도 세 가지 힘이 필요하다. 첫째는 견뎌 내는 힘이요, 둘째는 이겨 내는 힘이며, 셋째는 도전과 위기를 에너지로 만들 줄 아는 힘이다. 그 힘들은 단번에 생겨나는 것이 아니라 오랜 시간 담금질 되면서 형성된다. 우리 민족은 오랜 역사 속에서 그 힘을 길러 왔다. 사람들 모두가 그 힘을 길러 이 역경을 견디고 이겨《대추 한 알》처럼 잘 붉어지기를 바란다.

---

157) 동아일보 2020.11.9.

04. 절망의 세상에 던지는 희망 메시지

위대한 희망이 가라앉는 것은
해가 지는 것과 같다.
인생의 빛이 사라진 것이다.
〈H.W.롱펠로/히페리온〉

절망과 혼돈의 시대와 문학

절망과 혼돈의 시대에 문학은 시대의 혼돈과 모순을 비판·고발하고 참여와 저항을 독려하는 문학이 성행한다. 1970년대부터 1980년대까지의 우리나라의 문학이 그랬다. 그러나 절망과 혼돈의 시대에 사람들이 바라는 메시지는 저항을 통한 정치적 변혁만이 아니다. 더욱 간절히 바라는 것은 혼돈과 모순 속에 상처 난 마음을 위로하고 절망의 늪에서 희망을 찾고자 한다.

그런 시대에는 참여와 저항의 문학보다 더 강하게 사람들의 마음을 파고드는 문학이 있다. 그것은 인간 본질에 대한 탐구와 인간의 심연을 파고드는 서정적 메시지를 통해 상처받은 마음을 위로하고 희망을 주는 문학이다. 혼돈과 모순에 빠진 영혼들은 심연 깊이 자리 잡은 종교적 심성이 발동되어 희망적 삶에 대한 기도를 원한다. 그런 점에서 1970년대와 1980년대에 사람들에게 많이 읽힌 문학은 상처받은 대중의 마음을 위로하고 영원을 향한 희망을 주는 서정적 문학이었다.

그래서였을까? 이해인 수녀의 첫 시집『민들레 영토』가 출간되고 난 후 30년이 지난 2005년 동아일보(2005년 10월 22일)가 조사한 지난 25년간 한해에 가장 많이 팔린 책의 기록을 보면, 법정 스님의 책이 9회, 이해인 수녀의 책이 11회로 이해인 수녀의 책이 최정상의 베스트셀러였다.[158] 그 숱한 이해인 수녀의 시와 산문들은 상처받은 영혼들에 대한 치유의 기도와 희망의 메시지였다.

그런데 상황과 테제는 달라졌지만, 절망과 혼돈은 1980년대와 2020년대의 지금이 다를 바 없는 것 같다. 21세기 문명의 시대, 첨단 산업 문명이 지배하는 세상에 정치적 집단과 국민은 더욱 공고하게 두 진영으로 나누어져 팬덤이 된 상태에서 대립과 갈등으로 치닫고 있다. 그때 우린 그랬다. 민주화만 되면 세상이 살만하고 데모도 없고 안정될 줄 알았다. 그런데 민주화된 지금도 시위와 갈등, 비판과 대립은 그때 못지않다. 다만 최루탄 연기만 사라진 것 같다.

이런 고도화 시대에 많은 젊은이는 그때보다 더 일자리를 찾지 못해 전전긍긍하고 빈부의 격차는 점점 벌어져 간다. 여전히 삶은 절망과 희망의 교차점에서 출구를 찾지 못하고 있다. 그때처럼 지금도 이해인의 시《바다에서 쓴 편지》는 희망을 향한 간절한 기도이다. 그 기도는 삶에 대한 치유와 희망의 메시지를 준다.

---

158) 구중서,『민들레 영토』출간 30주년 기념의 글〈민들레의 자리와 하늘〉,『이해인 시전집 2』, 문학사상, 2019. 813쪽~814쪽.

바다에서 쓴 희망의 편지

짜디짠 소금물로
내 안에 출렁이는
나의 하느님
오늘은 바다에 누워
푸르디푸른 교향곡을
들려주시는 하느님

당신을 보면
내가 살고 싶습니다.
당신을 보면
내가 죽고 싶습니다.

가까운 이들에게조차
당신을 맛보게 하는 일이
하도 어려워
살아갈수록 나의 기도는
소금 맛을 잃어갑니다.

필요할 때만 찾아 쓰고
이내 잊어버리는
찬장 속의 소금쯤으로나
당신을 생각하는

많은 이들 사이에서
나의 노래는 종종 희망을 잃고
어찌할 바를 모릅니다.

제발
안 보이는 깊은 곳으로만
가라앉아 계시지 말고
더욱 짜디짠
사랑의 바다로 일어서십시오.
이 세상을
희망의 소금물로 출렁이십시오.

-이해인 《바다에서 쓴 편지》 전문-

"짜디짠 소금물"은 입에는 쓰지만, 부패를 방지하고 영원으로 이끄는 하나님 음성이다. 그런데 인간에게는 누구에게나 마음 깊은 내면에 〈짜디짠 소금물〉을 이미 간직하고 있다. 다만 하나님께서 〈푸르디푸른 교향곡〉을 들려주시기만 하면 그 소금물은 제 기능을 발휘하게 된다.

한 사형수가 막 형장으로 끌려가는데 물구덩이가 있었다. 그는 그 물구덩이를 애써 피하면서 걸었다. 5분 후면 형장에서 죽을 몸이지만, 본능적으로 삶에 대한 의지가 발동된 것이다. 사람은 누구나 삶과 죽음을 동시에 생각한다. 그것은 우리 내면에 도사린 모순이다. 죽음 앞에서도 살기를 간절히 바라고 살면서도 죽음을 꿈꾸기도 한다. 그러면서 또 삶을 살아 낸다. 바라는 욕망이 충족되면 만족할 줄 알았다. 그런데 만족하지 못하고 더 큰 욕망을 추구한다. 평화가 오면 모든 이들이 평화를 노래하며 지킬 줄 알았다. 그런데 평화가 와도 사람들은 서로 더 많은 재물과 더 많은 권력을 쟁취하기 위해 다투었다. 그것은 삶에 대한 의지이다. 다만 그 의지가 어떻게 절제되고 발휘되느냐의 문제는 별개의 문제이다. 어쩌면 우린 그런 모순에서 삶을 살아 내고 살아달라고 채찍질하는 하나님에게 죄를 짓고 있는지 모른다. 구도자가 바라는 것은 스스로 절망을 딛고 절망에 빠진 사람을 위해 기도하는 것이다. 그것을 다하기 위해 살아야 하고 살고 싶어진다. 그것을 다하지 못하면 죽어야 하고 죽고 싶어진다.

그런데 말이다. 힘들고 지친 시대 탓일까? 믿음의 균열 탓일까? "살아갈수록 나의 기도는 소금맛을 잃어"간다. 내 안에 있는 삶을 향한 기도의 힘이 빛을 잃어가고 있다. 어쩌면 나의 의지는 "필요할 때만 찾아 쓰고 이내 잊어버리는 찬장 속의 소금쯤으로"밖에 되지 못한 것 같고 내가 부르는 노래는 "종종 희망을 잃고 어찌할 바를 모른다." 그래서 마음을 다잡기 위해 바다에서 편지를 쓴다. "바다에서 쓴 편지"는 하나님께 전해져서 이렇게 게으르고 빛을 잃어가는 나에게 새로운 음성과 채찍으로 답해 주기를 바란다.

나의 간절한 편지를 읽으신 하나님께서는 "제발 안 보이는 깊은 곳으로만 가라앉아 계시지 말고" "더욱 짜디짠 사랑의 바다로 일어서시고, 이 세상을 희망의 소금물로 출렁거려" 달라는 것이다. 하나님이 그렇게 일어서서 출렁일 때, 기도하는 나도, 기도하는 세상도 사랑과 희망으로 출렁일 것이다. 이 절망의 시대에 절망하는 영혼을 치유하고 그들에게 짜디짠 소금과 같은 영원히 부패하지 않는 사랑과 희망을 달라는 것이다.

그렇다. 우린 그런 사랑과 희망을 간절히 바라고 있다. 사랑과 희망이야말로 인간의 부패를 방지하고 삶으로 이끄는 짜디짠 소금물이다. 그것은 쓰지만, 마음을 치유하고 고귀한 영혼을 살려 내는 하나님의 말씀이다. 그러나 지금 우린 어쩌면 그 짜디짠 소금물을 맛볼 수 있는 마음의 여유마저 잃어버린 게 아닐까? 그래서 우린 기도하여야 한다. 하나님! 제발 그 짜디짠 소금물로 일어서서 출렁거려 달라고 말이다.

이태원에서 많은 사람이 희생되었다. 축제라는 즐김의 자리에서 죽음이란 절망이 덮친 것이다. 그래서 한 자리, 한 시각에 축제와 죽음이 공존하는 모순이 발생했다. 그 시각 봉화의 광산에 두 명의 광부가 매몰되어 생사조차 모르고 있었다. 한 곳에선 죽음이 아우성치는 사이, 한 곳에선 삶에 대한 한 가닥 희망이 꿈틀대고 있었다.

그런데 사람들은 양의 탈을 쓴 이리였다. 정치적으로 서로의 호기를 찾기 위해 희생자들을 부각시키며 안간힘을 쓰는 사이, 매몰된 광부의 소식은 지하에서 사장되었다. 그것도 모순이다. 죽은 사람들을 두고 정치적으로 네 탓, 직무유기 등의 공방을 벌이며, 심지어는 정권 퇴진을 외치며 정치적 입지 강화를 위해 전투를 벌이는 사이, 절망에서 살아야 할 사람, 진정으로 살려 내야 할 사람에게는 무관심하였다. 여기에 대다수의 국민도 공범이었다. 이게 도대체 말이나 되는 일인가? 죽은 사람들의 목숨이 정치적 가치가 없었다면 과연 그랬을까? 지하갱도에서 생사조차 모르는 두 명의 생명, 그들을 살리는 일은 이태원에서 죽은 사람들의 정치적 가치보다 훨씬 부족했기에 무관심했던 것 아닌가?

절망과 혼돈의 세상에 던지는 희망의 메시지

그런데 221시간 만에 빛도 들지 않는 암울한 지하갱도에서 기적적으로 살아 돌아온 작업 조장 박정하(62세) 씨의 "처음부터 어떻게든 살 수 있을 거라고 생각했습니다.", "죽는다는 생각은 단 한 번도 해본 적이 없습니다."라는 말은 심금을 울리고 세상을 후려친다.[159]

인간적 감수성이 있는 정치인들이라면, 그 한마디의 의미를 가슴 깊이 새기며 이 혼란과 대립을 조장하지는 않을 것이다. 그 침착하고 당황하지 않는 삶의 자세, 그 올곧은 삶에 대한 의지와 희망, 그것이 '이태원의 죽음'을 바라보는 여야 정치인들의 가슴에서도 피어났으면 이처럼 혼란스러울까? 그들은 분명 제사보다 제삿밥에만 관심이 있고 죽음의 본질보다 죽음이 주는 정치적 이해관계에만 관심이 있는 것 같다. 그런데 혼란을 더욱 부추기는 그 사람들이 세상의 혼란을 잠재우고 바로 잡겠다고 자청하며 야단이다. 그것도 모순이다.

사람들은 비판과 저항보다 희망과 기도가 있으면 살아 낸다. 그래서 삶에는 비판과 저항보다 희망과 기도가 더 필요하다. 그것은 절망의 시대에 비판과 저항의 참여문학보다 희망과 기도의 서정문학에 더 간절해지는 것과 같다.

남극을 탐험한 세명의 탐험가가 있었다. 로알 아문센(Roald Amundsen, 1872~1928), 로버트 스콧(Robert Falcon Scott, 1868~1912), 어니스크 섀클

159) 박정하(62세) 씨가 일하는 경북 봉화군 아연광산이 2022년 10월 26일 오후 6시경 갱도 상부에서 흙과 모래가 2시간가량 쏟아져 내렸다. 그래서 그곳에서 작업하던 박씨와 동료 후배 박모씨는 지하 190m 수직 갱도에 매몰되었다. 그는 매몰 221시간 만에 극적으로 생존하여 구출되었다. 그는 매몰되고 난 직후 입사한 지 얼마 안 된 동료 후배가 당황하고 놀라기에 당황하면 안 되고 침착해야 한다고 생각하며 마음을 가라앉혔다. 그는 극한 직업이라 항시 마음의 대비를 하고 있었으며 당황하는 동료를 위해 별것 아닌 일처럼 대하면서 평정심을 찾도록 했다. 작업 시에 가지고 나갔던 커피믹스 30여 봉을 지하수에 타서 함께 마시며 나갈 방법을 찾았다. 그가 지하갱도에서 살아난 여러 상황을 보면 서바이벌 게임을 보는 듯하다. 그는 확실히 생존 훈련에 있어서 갖추어야 할 모든 것을 갖추고 있었다. 그에게서 삶에 대한 무한한 긍정심과 외경심을 본다.

턴(Ernest Henry Shackleton 1874~1922)가 그들이었다. 아문센이 인류 최초로 남극에 깃발을 꽂아 남극 탐험의 영웅이 되었지만, 사람들은 그보다는 스콧과 섀클턴을 더 많이 대화에 소환한다. 이유는 스콧과 섀클턴의 남극 탐험 이야기가 극렬하게 대비되기 때문이다.

먼저 스콧과 탐험대원 8명은 1911년 12월 3번째의 남극 탐험 길에 올랐지만, 곧 연락이 두절된 후 1912년 11월 시신으로 발견되었다. 시신이 발견되었을 때 그 옆에는 그가 쓰다 남긴 일기장이 있었는데 거기엔 "우리는 산 사람처럼 죽을 것이다. 불굴의 정신과 인내력이 남아 있음을 보여줄 것이다. 이 짧은 글과 우리의 시신이 그 이야기를 대신해 줄 것이다. 안타깝지만 우리는 더 이상 쓸 수 없을 것 같다. 모든 꿈은 사라지고 말았다." 그는 영하 40도가 넘는 혹독한 추위와 굶주림 속에서 사투를 벌이다가 결국 삶에 대한 희망의 끈을 놓아 버렸다. 그것은 죽음이었다.

그로부터 3년 후였다. 1914년 11월 5일 어니스트 섀클턴 일행이 남극 탐험의 전초기지인 사우스조지아섬 그리드비켄 포경기지에 도착했다. 그의 당초 계획은 1915년 1월 이전에 남극 대륙에 도착하는 것이었다. 하지만 1915년 1월 8일 그의 일행이 탄 인듀어런스호는 부빙(浮氷)에 갇혔다. 그러나 섀클턴과 대원 27명은 부빙에 갇혀 조난당한 채 1년 7개월을 견뎌 냈다. 그리고 그들은 기적적으로 살아서 귀환했다. 뒷날 섀클턴은 그의 자서전에 이렇게 썼다. "나와 대원들은 남극 얼음 속에 2년이나 갇혀 살았지만, 우리는 단 한 번도 꿈을 버린 적이 없었다."

위의 두 사람의 이야기는 우리에게 무엇을 말해 줄까? 물론 두 사람의 탐험 방법과 장비 등이 달랐다. 리더십에서도 차이가 있었다. 하지만 삶과 죽음의 갈림길에서 그들을 살려 낸 것과 살려 내지 못한 것은 무엇일까? 그것은 단 하나 "안타깝지만 우리는 더 이상 쓸 수 없을 것 같다. 모든 꿈은 사라지고 말았다."와 "우리는 단 한 번도 꿈을 버린 적이 없었다."에 있지 않았을까? 지하갱도에서 믹스 커피로 연명하면서도 기적적으로 살아 돌아온 박정하 씨의 한마디 "처음부터 어떻게든 살 수 있을 거라고 생각했습니다.", "죽는다는 생각은 단 한 번도 해 본 적이 없습니다."란 말과 같은 맥락일 것이다.

혼돈의 시대에 사람들에게 절박한 것은 정치적 진영으로 나누어 서로 책임 공방과 규탄에 몰입하는 것보다 삶에 대한 희망의 끈이며 상처받은 마음과 영혼을 치유하는 사랑과 희망의 기도가 아닐까? 그렇다면 지금의 우리 정치인들은 어떻게 해야 할까? 정치인들의 정치적 이해관계는 그들의 죽음을 위로한다는 명목으로 곳곳에 현수막을 써 붙이지만, 가족의 죽음을 맞이한 남은 가족들이 적어도 마음 놓고 순수하게 슬퍼할 시간마저도 빼앗는 것은 아닐까? 정말 중요한 것은 온 국민이 상처받은 마음과 희망을 치유하는 일 아닐까? 세상을 바로 잡겠다고 아우성치는 그들의 야만적 모순보다는 박정하 씨의 한 마디가 더욱 큰 치유의 메시지일 것이다. 그런데 그 말도 그들의 싸움에 사장되어 버렸다. 슬프다 이 시대가. 슬프다 이 대한민국이. 모두가 서로에게 희망 편지를 쓸 수 있으면 좋겠다.

05. 비록 몽상일지라도 희망의 《깃발》을 높이 들자

우리들은 우리들의 생산 활동을 통해서라기보다
우리들의 희망 속에 살고 있다
〈T.모어〉

IMF 때 해맞이 추억

위드 코로나(With Corona)로 2022년 새해 해맞이를 하는가 했더니, 많은 사람이 새해 해맞이를 포기했다. 거리 두기 강화로 봉쇄된 것이기도 했다. IMF가 이 나라를 덮친 때가 기억이 난다. 1999년, 새해 아침, 사람들은 앞을 다투어 해맞이를 하며 소원을 빌었다.

그때 중학교 2학년 딸이 정동진으로 새해맞이를 가자고 졸랐다. 1998년 마지막 날 일을 마치고 천안으로 올 때, 동해로 50만 명이 몰릴 거라는 뉴스를 5만 명으로 잘못 들었다. 그것은 화근이었다.

12월 31일, 새벽 2시, 우리 가족은 온갖 준비를 하여 집을 떠났다. 영동고속도로를 들어서자마자 차가 꼼작도 하지 않았다. 사고이려니 했지만 정체였다. 조금씩 밀려서 대관령에 휴게소에 도착하니 낮 12시, 인산인해였다. 차를 댈 곳이 없어 아내와 번갈아 운전하여 화장실을 다녀왔다. 강릉에 도착했을 때는 오후 5시, 정동진에 도착했을 때는 오후 8시 30분이었다. 어디도 비집고 들어갈 틈이 없었다. 장만해 간 음식도 바닥이 났다.

아이들이 회를 먹고 싶다고 했다. 동해가 좀 한가할 것 같아서 동해로 갔다. 도착하니 밤 10시였다. 불 꺼진 항구엔 금강산을 오가던 '금강호'만 찬란한 위용을 자랑하고 있었다. 횟집도 보이지 않았다. 다음날(1월 2일) 출근하려면 집으로 돌아가야 했다. 왔던 길로 되돌아가면 도저히 아침이 되기 전에 집에 도착할 수 없을 것 같았다. 정선으로 향했다.

밤 11시가 조금 넘을 무렵에 도착한 정선은 어두웠다. 간신히 만두집 하나를 찾았다. 문을 닫는다고 하여 만두와 어묵 국물을 사서 차 안에서 먹었다. 그리고 어둠을 뚫고 한 번도 가보지 않은 산길을 따라(그때는 네비게이션도 없었다.) 방향과 간혹 나타나는 도로 표지판만 보고 운전했다. 집에 도착했을 때는 새벽 3시였다. 꼬박 25시간을 운전만 한 셈이었다. 나는 두 시간가량 자고 차를 몰고 보령교육청으로 출근했다. 그 후 아이들은 해돋이 구경을 한 번도 꺼내지 않았다.

여기서 내가 그때를 떠올리는 것은 그때는 사람들이 IMF라는 절망 속에서도 희망의 새해 해맞이를 떠났다는 점이다. 2022년 새해는 상황이 달랐다. 마음의 위안이라도 받을 수 있는 해맞이까지 코로나19에 봉쇄당했다. 그런 새해는 시작부터 우울이다. 미세먼지까지 덮치고 대선을 앞둔 세상도 혼탁하다. 방역 패스로 곳곳이 '아우성'이다. 이 우울과 아우성을 어찌하랴. 힘들어도 희망만은 잃지 말았으면 좋겠다. 그런 마음으로 유치환의 시 《깃발》을 읽는다.

《깃발》이 품은 희망의 절규

이것은 소리없는 아우성
저 푸른 해원(海原)을 향하여 흔드는
영원한 노스탤지어의 손수건
순정은 물결같이 바람에 나부끼고
오로지 맑고 곧은 이념(理念)의 푯대 끝에
애수(哀愁)는 백로(白鷺)처럼 날개를 펴다
아! 누구던가
이렇게 슬프고도 애닯은 마음을
맨 처음 공중에 달 줄을 안 그는

-유치환 《깃발》 전문-

한 사람이 바닷가에 서서 높이 매달려 바람에 사정없이 펄럭이는 《깃발》을 보고 "이것은 소리 없는 아우성"이라고 외치고 있다. 역동적인 절규다. 이상세계를 꿈꾸는 자의 동경과 좌절을 느낀다. 희망을 향한 끈을 놓지 못하는 자의 방황도 읽는다. 이 시는 「조선 문단」(1936)에 실린 것으로 알려져 있다.

이 시는 과거 고등학교 국어 교과서에 단골 메뉴로 실렸었다. 학생들의 마음에 높은 이상을 새기기를 바라는 계몽적인 의도였는지 모른다. 그러나 요즈음은 교과서에서 사라졌다. 유치환이 친일문학인으로 분류되었기 때문인 것 같다.

한때는 유치환[160]의 시를 즐겨 읽었다. 그의 시 《바위》《행복》《그리움》 등은 상당한 에너지와 서정성을 깨운다. 그러나 그의 친일 행각 때문에 한동안 읽지 않았다. 그러나 최근에 친일 문인의 글도 읽기로 했다. 그들의 삶에 스민 애환과 지조를 지키지 못한 삶의 오욕도 함께 느껴 보고자 했기 때문이다. 이 시를 쓸 때만 해도 유치환은 친일 문인이 아니었던 것 같다. 그러나 유치환은 1942년 2월 6일 만선일보(滿鮮日報)에 "대동아 전쟁과 문필가의 각오"라는 제목의 글을 실었다. 이 글은 '대동아전(大東亞戰-태평양전쟁)의 역사적 의의를 찬양하고 황국신민으로서 모든 예술가에게 주어진 사명을 깨달아야 한다'는 내용이다. 만선일보(滿鮮日報)는 1937년부터 1945

160) 유치환(柳致環)(1908~1967)은 경상남도 통영 출생의 시인이자, 교육자였다. 형은 극작가 유치진(致眞)이다. 11세까지 외가에서 한문을 배웠다. 1922년 통영보통학교 4년을 마치고, 일본 도요야마중학교(豊山中學校)에 입학했다. 이때 형인 유치진이 중심이 된 동인지 《토성(土聲)》에 시를 발표하기도 했다. 1927년 연희전문학교 문과에 입학하였으나 퇴폐적인 분위기에 불만을 품고 1년 만에 중퇴했다. 당시 시단을 풍미하던 일본의 무정부주의자들과 정지용(鄭芝溶)의 시에 감동하여, 형 유치진과 회람잡지 《소제부(掃除夫)》를 만들어 시를 발표했다. 1931년 《문예월간(文藝月刊)》에 시 〈정적(靜寂)〉을 발표하여 문단에 등단하였으나 잡다한 직업을 전전하다가 1937년 부산에서 문예 동인지 《생리(生理)》를 주재하여 5집까지 간행하고, 1939년 첫 시집 《청마시초(靑馬詩抄)》를 발간했다. 이 시집에 초기의 대표작인 〈깃발〉 · 〈그리움〉 · 〈일월〉 등 55편이 수록되었다. 1940년 가족을 데리고 만주 연수현(煙首縣)으로 이주하여, 농장관리인 등에 종사하면서 5년 정도 살다가 광복 직전에 귀국했는데 이때 만주의 황량한 광야를 배경으로 한 허무 의식과 가열한 생의 의지를 쓴 시 〈절도(絶島)〉 〈수(首)〉 〈절명지(絶命地)〉 등을 썼다. 광복 후 청년 문학가협회 회장 등을 역임하면서 민족문학 운동을 전개하였고, 6 · 25전쟁 중에는 문총구국대(文總救國隊)의 일원으로 보병 3사단에 종군하기도 했다. 1953년부터 다시 고향으로 돌아가 줄곧 교직으로 일관하다가 부산남여자상업고등학교 교장으로 재직 중 교통사고로 죽었다. 시집으로 『울릉도』 『청령일기(蜻蛉日記)』 『청마시집』 『제9시집』 『유치환선집』 『뜨거운 노래는 땅에 묻는다』 『미루나무와 남풍』 『파도야 어쩌란 말이냐』 등이 있고, 수상록으로는 『여루살렘의 닭』과 2권의 수필집, 자작시 해설집 『구름에 그린다』 등이 있다. (국어국문학자료사전, 1998., 이응백, 김원경, 김선풍) 참조 시 〈들녘〉, 〈전야〉, 〈북두성〉 등과 만선일보에 실린 산문 형식의 친일 글인 〈대동아전쟁과 문필가의 각오〉란 글이 발견되면서 친일 행각이 확인되어 형 유치진과 함께 친일인명사전에 등재되었다.(한겨레신문, 2007. 10. 19.)

년까지 만주 지방에서 발행된 한국어 신문이다. 안타깝게도 유치환은 형 유치진과 함께 친일인명사전에 올라 있다.

《깃발》은 9행으로 된 한 묶음의 시이다. 1행~3행은 이상세계를 향한 동경을, 4행 ~6행은 이상세계를 향한 몸부림과 좌절, 그럼에도 이상향을 향한 강렬한 동경을, 7행~9행은 영탄적 질문을 통해 이상적 세계를 향한 좌절의 아픔을 현실로 받아들이고 있으면서도 꿈을 놓지 못하는 안타까운 심정을 드러내고 있다.

앞에서 말했듯이 화자는 바닷가에 서서 높이 단 《깃발》이 바람에 펄럭이고 있는 것을 바라보다가 "이것은 소리 없는 아우성"이라고 외친다. "이것은"은 한 사물로서의 '깃발'이다. "소리 없는 아우성"은 그 '깃발'의 펄럭임을 심리적으로 은유, 형상화한 것이다. '아우성'은 소리치며 몸부림치는 것인데 '소리가 없는 아우성'이니 모순이다. 침묵한 가운데 몸부림만 강하게 남았다. 왜 소리치지 못하고 몸부림만 강하게 남았는가? 아우성의 역설이다. 욕망의 간절함이다. 일제 강점기에 마음대로 이상을 향해 나아가지 못하는 마음의 역설적 표현인가? 그래서 아우성은 소망하는 바를 이루지 못했을 때, 또는 절망의 늪에 빠져 있을 때, 언어조차 잃어버린 상태에서 벗어나고자 하는 외침이다. 따라서 화자는 지금 희망의 세계를 동경하고 있다.

화자는 그 아우성을 "저 푸른 해원(海原)을 향하여 흔드는/영원한 노스탤지어의 손수건"이라고 했다. 어쩌면 절망적인 아우성에 비해 너무나 온정적이며 감상적이다. 이것 역시 모순이다. 아우성은 계속 격렬한 몸짓이어야 하는데 말이다. '저 푸른 해원'은 이디인가? '해원'은 '바다의 근원 즉 드넓은 바다의 저 끝'이다. 국어사전에는 '지구상에서 육지를 제외한 부분으로 아래로 움푹 꺼진 땅에 짠물이 차서 전체가 하나로 이어진 넓고 큰 부분'이라고 설명한다. 그런데 그곳에 가지 못하고 "영원한 노스탤지어의 손수건"을 흔들 뿐이다. "노스텔지어(nostalgia)"는 원래는 '지나간 시절 혹은 고향에 대한 그리움'이다. 그 그리움은 그곳에 다시 돌아갈 수 없기에 절절하게 사무친다. "영원한"은 그런 노스탤지어가 영영 돌아갈 수 없는 곳임을 강조한다. 그러면 화자는 애초에 어디서 왔는가? 그것을 화자는 말하지 않는다. 그래서 우리의 상상 속에 있는 고향이자 이상향이다. 꿈과 낭만과 자유와 평화가 깃든 낙원과 같은 곳일 것이다. "손수건"은 아우성치는 《깃발》의 다른 표현이다. 고전적이고 낭만적인 표현을 빌리면, 이별할 때 손수건을 흔들고, 자기의 존재를 알리기 위해 손수건을 흔든다. 그러니 갈 수 없는 그곳에 '나 여기 있음'과 '나의 간절한 욕망'을 손수건을 흔들어 댐으로 알리려는 소망의 표현이다. 그러나 나는 동경하는 이상세계와 너무 멀리 떨어져 있다.

여기서 《깃발》이 바람에 펄럭이는 장소는 육지이다. 화자가 서 있는 현실 세계 즉 실존 세계다. 그곳은 이상과 꿈이 좌절되고 있는 아우성의 장소이다. 꿈을 잃어버린 혹독한 현실이다. 반면에 '영원한 노스탤지어인 저 푸른 해원'은 동경하는 가상의 세계이다. 그 세계는 낭만적이며 꿈과 자유와 사랑이 꽃피는 곳일 것이다. 그래서 '깃발'이 서 있는 곳과 '저 푸른 해원'은 현실 세계와 이상세계, 좌절된 현실과 동경하는 가상 세계, 실존과 비 실존의 세계로 대비된다. 화자는 좌절된 실존 세계에서 영원한 이상세계를 동경하고 있다.

이상세계를 향한 동경은 좌절과 방황에 빠져든다. 그래서 "순정은 물결같이 바람에 나부낄" 수밖에 없다. "순정"은 꿈 많은 소년 시절 품었던 이상향에 대한 동경과 그리움일 것이다. 비록 시련에 흔들리지만, 내면 깊이 간직한 순수한 소망일 것이다. 그 "순정"이 "물결같이 바람에 나부끼고"만 있으니 좌절의 연속이다. 《깃발》의 나부낌은 꿈과 좌절과 방황의 연속성을 드러낸다. 그래서 "애수"에 젖는다. "애수"는 이상향에 도달할 수 없는 좌절과 슬픔을 강조한다.

그 "애수" 즉 좌절과 슬픔은 어디에 있는가? 그것은 "오로지 맑고 곧은 이념의 푯대 끝에" 매달려 있다. 거기에 매달려 "백로처럼 날개를 펼" 뿐이다. 여기서 "이념의 푯대"란 비록 이상향에 갈 수 없어 좌절되었지만, 그 이상향을 향한 마음과 의지만은 굳게 가지고 있다는 의미일 것이다. 그 이념과 의지는 "맑고 곧은" 것이니 비록 현실의 삶이 좌절과 치욕 속에 있을지언정, 마음만은 순수하다는 것을 강조한다. 현실 세계에 존재하는 화자의 내면에서 이는 굳은 의지의 표현이다. '백로'는 흰빛이다. 흰빛은 순수함이다. 때가 묻지 않음이다. '애수'는 "백로처럼 날개를 펼" 뿐이니 구속된 현존재의 한계상황에 대한 순수하고 곧은 마음을 지키려는 거부의 몸부림(아우성)이다.

7행~9행의 "아! 누구던가/이렇게 슬프고도 애닯은 마음을/맨 처음 공중에 달 줄을 안 그는"은 영탄법과 도치법을 혼용했다. 화자는 "이렇게 슬프고도 애닯은 마음을/맨 처음 공중에 달 줄을 안 그"가 누구인지 궁금하다. 자신과 주변을 돌아본다. 이상향에 대한 동경과 그 좌절을 세상에 "애수"로 드러내고 단지 이념과 의지만 외치는 자(그)가 누구인가? 돌아보니 자기만 아니라 '동경과 좌절' 속에 고뇌하는 사람들 모두이다. 그것은 큰 깨달음이다. 그래서 "아아, 누구던가?" 하고 감탄사를 토한다. 여기서 도치법과 영탄법은 그것을 강조하여 드러내기 위함이다. 그렇게 함으로써 "애수" 즉 이상향에 도달하지 못하는 비애의 절정에 이르렀음을 강조한다. 어쩌면 이상세계에 가지 못하는 구속된 현실에 처한 비극적 운명에 대한 근원적인 물음이자, 절규인지 모른다.

이 시는 상당 부분을 비유로 의미를 살려 냈다. 특히 여기서 표현되지 않았지만, '하늘'의 이미지가 숨어 있다. 저 푸른 해원은 바다 깊은 곳일까? 드넓고 푸른 하늘일까? 멀리 바라보는 해원은 망망한 바다 위의 하늘뿐이니,

아마 꿈꾸는 하늘일 것이다. 《깃발》이 흔들리는 곳도, 손수건을 흔드는 곳도 하늘이다. 하늘은 높은 곳이며 꿈과 동경의 세계이다. 그런데 하늘에 '소리 없는 아우성'이 울리고 '영원한 노스탤지어의 손수건'만 흔들어 대니 절망이다. 그래서 바다와 '하늘'은 '도저히 갈 수 없지만 그래도 동경하는 세계', '깃발'과 '손수건'은 '절망과 소망이 뒤범벅된' 것으로 비유된다.

여기서 '바람'의 이미지는 매우 의미가 있다. 깃발을 흔드는 것은 바람이다. 바람이 깃발을 마구 흔들어 대니 깃발은 '아우성'을 친다. 그 '아우성'은 두 가지의 이미지를 가진다. 하나는 저 푸른 해원 즉 이상세계를 향한 '아우성'이요. 다른 하나는 "영원한 노스탤지어"를 향한 '아우성(손수건)'이다. 그런데 그것은 '소리 없는' 것이니 겉으로 드러나지 않는 은유의 세계이다. 그리고 그 바람은 '순정'을 흔들어 댄다. 바람에 흔들리는 '순정'은 안착할 곳이 없다. 그래서 '애수'가 된다. 그리고 그 '애수'는 '이념의 푯대 끝에'서(강한 마음과 의지로) 순수한(백로) 모습을 드러낼 뿐이다(날개를 펴다). 그러한 바람은 시련의 상징이다.

그 바람의 이미지를 당시의 상황에 비추어 보자. 당시는 일제 말기의 잔혹했던 시기이다. 그래서 바람은 일제의 극한적인 압제 상황에서 자행되는 온갖 협박과 회유를 의미하기도 할 것이다. 그 '바람'에 사정없이 흔들리는 《깃발》은 압제에 시달리는 문인들일지 모른다. 그렇게 보면 아우성은 그들의 곤혹스러운 마음의 표현일지도 모른다. 그 압제 속에서 그들의 마음은 꿈과 자유와 평화가 있는 이상세계를 동경하지만, 도저히 갈 수 없는(실현할 수 없는) 현실에서의 좌절을 경험하면서 자학하고 있는 마음의 표현일 수 있다. 그러면서도 이상세계에 대한 동경의 마음과 의지만은 가지고 있음을 위안한다. 그렇지만 현실적인 삶은 그렇지 못함을 은유하고 있다. 달리 말하자면 내 비록 현실적으로 좌절과 절망 속에 서 있지만, '마음만은 결코 그렇지 않고 순수하다'는 자기 위안이요 합리화일 수도 있다. 그 모든 것을 순정과 애수로 나타낸다. 이렇게 보면 시는 다소 비열해진다. 비약일까?

그러나 마지막 부분을 보면 꼭 그렇지만은 않다. 아직 시인은 비열한 대열에 끼지 않았다. 고뇌에 빠져 거기서 빠져나오려고 갈망하고 있다. 그것은 이상향을 잃지 않는 것이다. 그래서 이상향에 대한 동경과 그 좌절에 대한 슬픔을 세상에 알리고 싶어 한다. 그러면서 '이념의 푯대 끝'에서 순수함을 지키고 싶어 한다. 변절하거나 절망하지 않고 이상을 향해 나아가고자 몸부림친다. 그러나 안타깝게도 다시 절망한다. 꿈은 좌절되고 좌절 속에서도 또 꿈을 꾸며 애수에 젖는다. 꿈의 동경과 좌절의 연속을 겪는다. 그래서 외친다. "이렇게 슬프고도 애달픈 마음을 맨 처음 공중에 달 줄 아는 그는" 누구냐고. 그래서 《깃발》은 높고 큰 꿈을 향한 안타까운 좌절과 그 높은 이상에 대한 동경 즉 몽상일 수 있다.

저 푸른 해원을 향하여 끊임없이 나부끼며, 소리 없이 아우성치는 《깃발》처럼, 모든 꿈에는 좌절과 몽상이 깃들여 있다. 이상은 높고 현실은 척박하며 그 척박한 현실이 그 이상의 세계로 가는 길을 허락하지 않는다. 그러나 비록 몽상일지라도 높은 이상이 있기에 우린 위안하며 버텨내고 내일을 꿈꿀 수 있다. 따라서 우린 좌절과 몽상 속에서도 꿈은 버리지 말아야 한다. 새로운 꿈을 꾸고 맑고 곧은 이념의 푯대를 세우고 찾아야 한다. 비록 그 위에 '애수'의 날개를 펼지라도 말이다. 실패와 좌절이 연속되더라도 '갈매기 조나단'[161]처럼 다시 날개를 펴야 한다. 그래야 코로나19로 힘들고 혼란한 이 현실을 이겨낼 수 있다. 비록 몽상일지라도 꿈까지 잃으면 우린 삶길이 더욱 막막해지기 때문이다. 몽상일지라도 높은 이상을 가지자. 맑고 곧은

161) 리처드 바크 『갈매기의 꿈』(류시화 옮김, 현문미디어, 2008) 에 나오는 갈매기의 이름.

이념의 폿대 끝에라도 날개를 펴 보자.

유치환의 시 《깃발》을 읽으며 리처드 바크의 『갈매기의 꿈』[162]에 나오는 갈매기들의 이야기에도 귀를 기울여 본다.

> "조금 전에 했던 맹세는 잊혀졌다. 그것은 세찬 바람결에 휩쓸려 사라져 버렸다. 그렇다고 자신이 스스로 한 약속을 깨뜨리는 것에 대해 죄책감을 느끼지는 않았다. 그러한 약속은 오직 평범한 삶을 받아들이는 갈매기들을 위한 것이다. 배움에 있어서 최고의 경지에 오른 자에겐 그런 약속 따위는 필요하지 않다."〈23쪽〉

> "그의 유일한 슬픔은 고독이 아니었다. 다른 갈매기들이 자신들 앞에 기다리고 있는 눈부신 비상의 기쁨을 믿으려고 하지 않는다는 사실이 그를 슬프게 했다. 그들은 눈을 열고 보기를 거부했다."〈43쪽〉

"그렇다. 조나단, 그런 곳은 존재하지 않는다. 천국은 하나의 장소가 아니다. 그것은 시간도 아니지. 천국은 완전하게 되는 것을 의미한다. ... 그대가 완전한 속도에 이르는 순간 그대는 천국에 가닿기 시작할 것이다. 조나단, 그리고 완전한 속도란 시속 천 킬로미터 또는 시속 백만 킬로미터로 나는 것도 아니고, 빛의 속도로 나는 것도 아니다. 왜냐하면 어떤 숫자든 한계를 의미하기 때문이다. 완전함이란 한계가 없는 것이지. 아들아, 완전한 속도란 생각하는 순간 이미 그것에 가 있는 것이다."〈55쪽〉

---

162) 리처드 바크, 류시화 옮김, 앞의 책.

06. 주는 사랑에서 얻는《행복》, 문명병 치유의 명약

가장 큰 행복이란 사랑하고
그 사랑을 고백하는 것이다
〈A. 지드/일기〉

최대식 할아버지가 가르쳐 준 것

뉴스에서 본 예산의 최대식 할아버지의 이야기가 가슴을 찡하게 했다. 1929년생인 최대식 할아버지는 현재 91세로 아내의 치매약을 타러 보건소에 갔다가 요양보호사[163]에 관한 정보를 듣고 치매를 앓는 아내를 간호하기 위해 240시간의 교육을 이수하고 시험에 도전하여 최고령 합격자가 되었다고 한다.

요양보호사의 일은 치매나 중풍 등 노인성 질환으로 스스로 생활이 어려운 노인들을 위해 신체 및 가사 지원 서비스를 제공하는 쉽지 않은 일이다.

---

163) 2019년 자격시험에는 전국 5만 9175명이 응시해 5만 3108명이 합격했는데, 충남은 2539명이 응시해 2253명이 합격해 88.7%의 합격률을 기록했답니다. 할아버지는 지난 1월 예산지역 요양보호사 교육원에 수강을 등록한 후 2개월간 강의를 듣고, 시험에 응시하여 단번에 합격했답니다. 요양보호사가 되기 위해서는 노인복지법 시행규칙에 따라 요양보호사 교육기관에서 표준교육과정 240시간을 이수해야 합니다

나이 91세면 자기 몸도 홀로 관리하기 힘들 텐데, 아내를 간호하겠다는 일념으로 힘든 교육과정을 이수하고 시험에 도전하여 합격했다는 것은, 지극한 아내 사랑과 지속적인 자기관리의 증거이다. 그분은 분명 사랑할 줄 아는 노인이었다. 사랑하기에 치매 극복도 쉬워질 것이며 부부의 노년도 더 아름다워질 것이다. 사랑은 주는 것이며, 행복은 사랑을 주는 데서 얻는 보람이다. 나는 이 소식을 접하면서 유치환의 《행복》이란 시를 떠올렸다. 최대식 할아버지는 참된 행복이 무엇인가를 우리에게 몸소 가르쳐 주셨다.

주는 사랑에서 얻는 《행복》

- 사랑하는 것은
사랑을 받느니보다 행복하나니라.
오늘도 나는
에메랄드 빛 하늘이 환히 내다뵈는
우체국 창문 앞에 와서 너에게 편지를 쓴다.

행길을 향한 문으로 숱한 사람들이
제각기 한 가지씩 족한 얼굴로 와선
총총히 우표를 사고 전보지를 받고
먼 고향으로 또는 그리운 사람께로
슬프고 즐겁고 다정한 사연들을 보내나니.

세상의 고달픈 바람결에 시달리고 나부끼어

더욱 더 의지삼고 피어 흥클어진

인정의 꽃밭에서

너와 나의 애틋한 연분도

한방울 연연한 양귀비꽃인지도 모른다.

--- 사랑하는 것은

사랑을 받느니보다 행복하나니라.

오늘도 나는 너에게 편지를 쓰나니

--- 그리운 이여, 그러면 안녕!

설령 이것이 이 세상 마지막 인사가 될지라도

사랑하였으므로 나는 진정 행복하였네라.

-유치환 《행복》 전문-

이 시는 1953년 '문예'지에 실렸다고 한다. 어린 시절 풍경이 떠오른다. 1950년대는 사랑을 전하기가 참 어려웠다. 전화기는 관공서나 부잣집 외에는 없었고, 급한 경우는 전보를 이용했다. 그러니 편지는 중요한 통신 수단이었다. 그때 편지는 어떨 때는 일주일도 걸렸고, 오지는 한 달도 걸렸다. 그래도 우체국은 사랑하는 사람, 그리운 사람에게 마음을 전할 수 있는 최고의 기관이었다.

급하면 인편을 이용했다. 가끔 여동생이나 남동생, 후배나 친구가 편지 배달부 역할을 했다. 사람들은 저마다 기쁘고 슬픈 사연, 사랑의 가슴앓이를 편지와 전보지에 담아 보냈다. 어떤 이는 심각한 표정으로, 어떤 이는 만족한 얼굴로 발길을 돌렸다. 그래도 사랑을 전한 사람은 꽃처럼 활짝 핀 얼굴로, 설레는 가슴을 안고 발길을 돌렸을 것이다. 그런데 사랑은 편지의 애절함만큼이나 순조롭지 않기도 했을 것이다. 삶과 시간과 공간적 제약에 쫓기는 사람일수록 사랑의 마음은 더 조급하고 애틋하여 답장을 기다릴 겨를도 없이 또 편지를 보냈을 것이다.

시《행복》은 청마 유치환(柳致環, 1908~1967)의 젊은 시절인 통영여중 교사 시절로 거슬러 올라간다. 1908년 거제에서 태어난 청마는 통영에서 어린 시절을 보냈다. 그래서 통영은 그의 시심의 고향일 것이다. 일제 강점기 때 5년간 만주에서 생활하다가 광복 후 통영으로 돌아와 통영여중에서 국어 교사를 했다. 그때 한복을 단아하게 차려입은 가사 선생이었던 시조 시인 정운 이영도를 보고 단번에 사랑에 빠졌다. 청마는 서른여덟 살의 유부남이었고, 정운은 결혼한 후 스물한 살에 남편과 사별을 하고 딸 하나를 키우는 스물아홉 살의 청상과부였다. 청마는 1947년부터 하루도 빠짐없이 정운에게 애절한 사랑의 편지를 보냈다고 한다. 자유연애나 남편을 사별한 여인이 함부로 개가하지 않던 시절에, 정운의 마음을 돌리기란 어림도 없었다.

청마의 편지는 3년을 하루도 빠짐없이 이어졌고 드디어 정운의 마음을 조금은 돌렸던 것 같다. 둘은 잠시의 만남이 있었지만, 당시로선 떳떳하지 못한 만남이었던지 이어지지 못했다고 한다.

그 후에도 청마는 1967년 부산에서 교통사고로 사망할 때까지 무려 20여 년을 한결같이 정운에게 사랑 편지를 보냈다고 한다. 청마의 정운을 향한 편지는 한국전쟁 이전 것은 전쟁통에 사라지고, 그 이후에 써서 보관한 것만 5,000여 통에 이른다고 한다. 1967년에 '주간한국'에서 이 소식을 듣고 그중 200통을 간추려 『사랑하였으므로 나는 행복하였네라』라는 서간집을 발간하였다.

『사랑하였으므로 나는 행복하였네라』는 애틋한 사랑의 마음을 담고 있다. 어떤 이들은 청마를 조강지처를 두고 다른 여자에게 마음이 홀린 미친 사람이라고 욕할 것이다. 그러나 청마의 사랑과 행복을 향한 순결한 마음은 두고두고 빛을 발휘한다. 나는 이 시를 '진정한 사랑과 행복은 아낌없이 주는 데서 온다'는 잠언으로 받아들인다.

시는 사랑을 외치듯 한다. 어떤 시집에는 시 앞의 하이픈(-)을 뺀 경우가 있다. 그러나 하이픈(-)은 음악의 못갖춘마디처럼 첫 구절부터 반박자쯤 쉬고 출발한다. 시인은 시를 쓰면서 한숨도 쉬었을 것이고 마음을 가다듬고 망설이다가 사랑하는 마음이 극에 달하여 마음을 추스르느라 애쓰기도 했을 것이다. "오늘도 나는 에메랄드 빛 하늘이 환히 내다뵈는 우체국 창문 앞에 와서 너에게 편지를 쓴다."의 "오늘도"에서 보듯이 사랑 편지는 매일 보냈을 것이다. 오래된 시다 보니 '환희'를 '훤희'로 표기한 시집이 있는데, '환하다'와 '훤하다'는 다른 의미이다.

시인은 자신의 애틋한 마음만 아니라 다른 사람의 애틋한 마음도 헤아린다. 그러기에 저마다 숱한 사람들이 "족한 얼굴"로 와서 '고향'과 '그리운 사람'에게로 사연을 보낸다고 한다. 공감과 동일시의 발견이다. 사람들은 누구나 "세상의 고달픈 바람결에 시달리고 나부끼어" 그립고, 아쉽고, 다정하고, 슬픈 마음이 엉겨 "한방울 연연한 양귀비꽃"이 된다. 애틋하고 슬픈 사랑의 절정이다. 사랑이 이루어지지 않아 고통스러운 것보다, 사랑하지만 이룰 수 없는 것이 더 고통스럽다. "--- 사랑하는 것은 사랑을 받느니보다 행복하나니라."고 반복 강조하듯이 사랑은 받는 것이 아니라 주는 데 있으며, 거기에 진정한 행복이 있다. 그러기에 '나는 오늘도 너에게 편지를 쓰고, 이것이 이 세상 마지막 인사가 될지라도 너를 사랑했기에 행복했다'고 단언한다.

사랑은 적극적으로 줄 때 행복하며 소극적으로 받으려고만 할 때 불만스럽고 갈증을 느끼게 된다. 현대 문명 사회에서 많은 사람이 사랑의 결핍을 호소한다. 현대는 자유와 평등 속에서 자기 위주의 삶이 증대되었고, 사랑도 주는 것보다 사랑받기 위해 안달하기 때문이 아닐까? 사랑은 주지 않으면 받을 수 없는 것이기 때문에 사랑의 결핍이 올 것이다. 이 시에서는 그런 왜곡된 현대의 사랑에 대하여 경종을 울린다. 진짜 사랑은 받으려는 데 있는 것이 아니라 주는 데 있으며, 그때 진정한 행복이 깃든다는 것이다.

현대는 문명화되면서 지나친 자기중심주의로 혼자 사는 것을 편하게 여기는 세상이다. 그래서 나의 삶을 침해하거나 방해하는 것을 용납하지 않으려 한다. 그것이 이혼과 홀로 가정의 급증, 별거와 졸혼의 급증을 가져온 것이라 여겨진다. 함께 사는 사람도 각각 생활하며 따로 잠을 자는 사람이 많다고 한다. 사랑은 침실에서 이루어진다고 하듯이 나이가 들어도 같은 침대에서 잠을 자야 하는 것 아닌가? 내가 아는 어떤 이는 부인과 각방을 쓴 지 오래라고 한다. 서로 잠을 방해하지 않기 위해서라는데 함께 오래 살다 보면 잠버릇도 동화되는 것 아닐까? 나이 들어 혹시 자다가 위기라도 닥치면 죽음으로 아침을 맞이할지 모른다. 사랑은 함께 생활하고, 함께 자고, 함께 차려 먹는 동행의 선물이 아닐까 싶다.

날이 갈수록 노인 문제가 심각해지고 있다. 특히 치매 노인이 증가한다. 통계청의 '장래인구특별추계'에 의하면, 우리나라 치매 환자가 2020년에는 99만 7,000명(12.3%), 2030년에는 163만 3,000명(12.6%), 2040년에는 252만 7,000명(14.7%), 2050년에는 351만 1,000명(18.5%) 2067년에는 392만 1,000명에 이를 것이라 한다. 2067년 치매 환자 390만 명의 추정치는 65세 이상 고령 인구의 21.5%이며 전체 인구의 9.4%에 해당한다. WTO(세계보건기구)에선 30년 후 세계는 1억 5000만 명의 치매 환자가 발생할 것이라

한다.

이제 치매는 범세계적인 문제가 되었다. 문재인 대통령은 공약으로 '치매 국가책임제'를 도입하겠다고 하여 '치매안심센터' 확충, 치매 '인지기능 검사' 시행, 치료비 및 요양비 부담 완화, 장기요양서비스 확대 등을 시행해 가고 있다. 그런데 요양과 보호, 요양비 부담 완화 등으로 치매를 극복하는 사회가 될 수 있을까? 절대 아닐 것이다.

이제 치매는 노인의 문제가 아니라 젊은이들의 문제이기도 하다. 치매 노인을 직·간접으로 책임을 져야 하는 것은 젊은이들이기 때문이다. 사랑을 잃은 현대사회에서 젊은이들에게도 스트레스와 고독 등에 의한 치매 못지않은 병이 많다. 그래서 각종 사회문제를 일으킨다. 나는 이 문제의 저변에 우리 사회의 사랑 결핍을 꼽고 싶다.

치매를 포함한 많은 정신병이 무료함과 자아존중감의 상실에서 온다. 치매 인구가 늘어나는 것은 노령인구의 증가와 영양과 질병의 문제도 있지만, 현대인의 무료함과 자아 상실에서 오는 것도 있을 것이다. 여성의 치매율이 남성보다 높다고 한다. 지금의 노인들은 치열한 산업화과정을 겪으며 살았다. 특히 여자들은 남편 뒷바라지와 자녀 양육 등으로 홀로 무료한 세월을 보냈다. 그것은 나이가 들어서도 계속이다. 남자들이 대부분 나이 들어서도 밖으로 돌기 때문일 것이다. 아직 우리나라의 노인들은 아내를 보듬어 주는 데 약한 것 같다. 가족 특히 배우자와 사랑을 주고받고, 즐길 수 있다면 치매는 어느 정도 예방하고 극복할 수 있을 것이다.

심리학적으로 사랑은 무료함을 달래고 자아를 강하게 하는 힘을 지니고 있다. 끝없이 주고받는 사랑은 자신과 타인을 인정하게 하고, 강한 공감과 지지를 끌어내며, 애착 관계를 회복하여 박탈감을 치유하고 좌절을 이기는 능력을 길러 준다. 그런 사랑은 "나"의 가치관으로 "너"를 예단하지 않으며,

"나"와 "너" 사이에 맑은 샘물이 흐르듯, 동류의 가치관을 형성한다. 삶의 역동성은 자기중심적이고 예민하며, 받고 얻으려는 데 있는 것이 아니다. 자기중심적인 예민함에는 경계와 방어기제와 배척이 살고 있다. 그것은 자신뿐만 아니라 상대의 감정까지 상하게 하는 바이러스이다. 진짜 사랑은 상대에게 줌으로써 '내 안에 너'를 안고 '네 안에 나'를 담글 수 있는 감정이입에 있으며, 사랑은 역경을 이겨 내게 하는 힘이다. 사랑은 아름다운 '감정의 전염 바이러스'이다.

사랑에도 위기가 있다. 그런데 위기를 극복하는 것은 의지의 힘이다. 그대를 위해 노력하지 않으면 안 되는 의지가 사랑을 위기에서 구한다. 그래서 의지는 사랑의 온돌이 식지 않게 지속하여 군불을 지피게 한다. 그것이 최대식 할아버지처럼 사랑의 힘이며 사랑과 의지의 교집합이다.

사람들은 사랑의 위기가 닥치면 대체로 다음 네 가지의 행동을 취한다. 첫째, 배반의 감정을 억누르지 못하고 폭언이나 지독한 원망과 증오를 유발한다. 그래서 사랑과 증오는 동전의 양면과 같다고도 한다. 둘째, 모든 것을 '내 잘못'이라고 여기며 골방에 처박혀 고민하며 운다. 그것은 상사병과 우울증을 낳는다. 셋째, 친구 혹은 친지에게 하소연하면서 자기는 결코 배신당한 것이 아니라고 자존심을 드러내며 태연한 척한다. 그리고 홀로는 깊은 속앓이를 하게 된다. 넷째, 상대방이 다른 사람과 사랑에 빠지지 않나 감시하듯 살핀다. 아니면 무작정 다른 사랑을 찾아 나선다. 그것은 사랑의 반동이다. 그러나 진정으로 사랑할 줄 아는 사람은 유치환의 《행복》에서처럼 사랑했기에 행복하며, 사랑한 사람이기에 행복을 빌어주는 '승화'의 반응을 택할 것이다. 그러나 이 '승화'의 반응은 쉽지 않다.

주는 사랑에 담긴 헌신

영화 〈타이타닉 Titanic, 1997년〉이 생각난다. 로즈 드윗 부카터(청년: 케이트 윈즐릿, 노년: 글로리아 스튜어트)는 어머니의 강압으로 자존심 강하고 돈 많은 커리돈 "칼" 하클리(빌리 제인)와 원치 않는 약혼 후 일등석 승객으로 승선했지만, 자살을 시도하다가 운 좋게 삼등석에 승선한 무일푼의 화가 잭 도슨(레오나르도 디카프리오)과 만나 사랑에 빠진다. '잭'은 타이타닉호가 침몰할 때 끝까지 '로즈'를 지켜 준다. 하지만 '칼'은 자기만 살기 위해 비겁한 행동까지 한다. '로즈'는 끊임없이 '잭'을 불렀지만, '잭'은 '로즈'를 지키면서 숨을 거두었다. 하지만 '잭'의 표정은 행복했다. '로즈'는 '잭'의 사랑으로 생명을 구했다.

산업 문명은 핵가족화를 가속 시켰고, 소중한 가족 연대 의식을 파괴해 왔다. 나는 이것을 문명의 과도기적 병폐라고 하고 싶지만, 이제 병들면 시간과 공간적 제약 때문에 가정에서의 케어는 불가능하며, 너나 할 것 없이 병원, 요양원 등으로 간다. 그런데 가족들은 처음에는 자주 찾아가지만, 시간이 흐를수록 발길이 뜸해진다.

어머니가 9개월 정도 병원에 계신 적이 있었는데 우리는 하루도 빠짐없이 어머니에게 가서 간호를 하고 보살폈다. 하루도 빠짐없이 아침저녁으로 오는 아들, 며느리, 손자들을 보며 주변 사람들이 매우 부러워했다고 한다. 어떤 이는 한 달 동안 가족이 보이지 않았고 어떤 이는 입원비와 간호 때문에 자녀들이 다투는 모습도 보였다.

어쨌든 현대인은 병원에서건, 요양원에서건, 가정에서건 대다수가 홀로 죽는다. 오복(五福) 중의 하나가 고종명(考終命)이라지만, 가족 앞에서 유언을 남기고 아쉬움의 손을 잡으며 숨을 거두는 모습은 찾아보기 어렵다.

오래전에 읽었던 책『당신이 있어서 정말 좋았어』[164]가 생각나서 다시 읽어 보았다. "이렇게 될 줄 알았다면.. 당신이 이렇게 훌쩍 가버릴 줄 알았다면, 진작에 말해 주는 건데, 내가 너무 늦었구려. 여보... 늘 고마웠소... 고생만 시키다 보냈구려. 더 사랑해 주지 못해서 미안하오. 당신이 있어서.. 정말 좋았소." 그는 오늘도 불단의 부인 사진 앞에 향을 피운다. 그리고 사진 속 부인을 그윽하게 바라본다. '당신이 있어서 좋았어.' 사랑도, 사랑한다는 말도, 함께 즐기는 일도, 그대 떠나기 전에 해야 한다. 그래야 떠나는 자도 남는 자도 빛을 발할 것이다. 사랑했기에 그대가 있었기에 행복하다. 간호사로 평생을 임종을 지켜보던 저자 〈오기타 치에〉는 이 책에서 후회 없이 사랑할 것, 지상에서 가장 소중한 이름은 가족이라는 것, 죽음도 삶의 한순간이라는 것을 강조한다.

91세의 최대식 할아버지의 치매 아내에 대한 지극한 사랑의 마음을 읽으며 치매 노인이 증가하는 세상에서 모든 가족과 노년에게 유치환의《행복》처럼 끊임없이 주는 사랑이 깃든다면 치매도 예방하고 극복할 수 있으며, 진정 행복할 것이라 여겨진다. 사랑은 노인성 치매뿐 아니라 현대 문명병을 치유할 수 있는 명약이라 생각한다. 그래서 나도 사랑 공부를 더 해야 할 것 같다.

164) 오기타 치에 지음, 한성례 옮김,『당신이 있어서 정말 좋았어』책이 좋은 사람 출판, 2007.

07. 《나무》에 물오르는 소리를 들어 봐요.

생명이 있는 한 희망이 있다.
희망은 만사가 용이하다고 가르치고
실망은 만사가 곤란하다고 가르친다.
〈J. 위트〉

봄이 오는 길목에서

입춘이 지나고 설날이 다가온다. 전통 명절인 설날은 입춘과 가까이 있다. 그것은 설날이 겨울의 한가운데인 양력 1월 1일이 아니라, 음력 1월 1일이라 양력보다 약 1개월 정도 늦은 봄의 길목에 있음을 말해준다.

서양 문명이 세상을 지배한 지금은 양력 1월 1일에 새해맞이를 하면서 해맞이 장소가 북적거렸지만, 전통적인 설날은 그 의미가 날이 갈수록 퇴색되어 갔다. 2021년 1월 1일 해맞이는 코로나19로 썰렁했다. 설날은 더 썰렁할 것 같다. 정부가 코로나19 때문에 5인 이상 집합 금지, 조용한 설 보내기, 고향 방문 자제를 주문했기 때문이다.

어린 시절의 설날을 떠올린다. 온 가족들이 모여 북적거렸다. 양력 1월 1일과는 달리 새해맞이를 집안에서 했다. 설 전날부터 외출을 삼가고 가족들과 지내며 한해를 성찰하고 정리했다. 설날에는 아침 일찍 세수하고 몸가짐을 바르게 하여 조상에 제사를 지내고 어른들께 세배하고 덕담을 나누었다. 덕담에는 복된 삶을 위한 주문과 행동지침도 담겨 있었다. 그 시간은 행복과 덕행을 위한 작심의 시간이기도 했다. 그런 설날은 계절적으로 입춘을 전후한 봄의 길목에 있듯이 희망과 목표를 향한 자기 의지를 다지는 날이기도 했다. 설날이 봄의 길목에 있다는 것은 봄은 희망과 목표를 설계하는 계절인 것과 통한다.

나의 올해 설날은 너무 쓸쓸할 것 같다. 가족이 모이지 않는다. 모이면 5인 이상이니 모일 수가 없다. 올해 겨울은 너무나 집요하게 추웠다. 눈도 전보다 많이 내렸다. 기온으로만 추웠던 것이 아니라 마음과 몸이 모두 추웠다. 코로나19는 겨울이 오면서 더욱 집요하게 우리를 괴롭혔고 많은 사람이 코로나19와 싸우며 기약 없는 생존 투쟁에 나서야 했다. 코로나19는 겨울이 봄에게 자리를 내 주지 않기 위해 악을 쓰듯이 우리에게서 물러가지 않기 위해 집요하게 악을 쓰고 있다.

아내와 산책을 했다. 바람은 차지만 햇살이 제법 따뜻해졌다. 길가의 풀들이 푸른 고개를 들고 있었다. 나무들을 만져 보았다. 물기를 머금고 생기를 발하고 있었다. 코로나19로 삶은 갈수록 척박해지고, 자영업자들은 출구 없는 생존투쟁을 하지만 '폐업 난민'이 늘고 있다. 경기가 나빠지면서 일자리는 줄어들고 대기업들까지 정시 채용을 없애고 수시채용으로 바뀌어 취업 문은 더욱 예측할 수 없고 좁아지는데, 집값은 천정부지로 올라 젊은이들은 영혼까지 끌어들여도 집을 사지 못하는 이상한 나라가 되었다. 그런데도 봄은 오고 있었다. 봄의 물기를 머금은 나무들이 나에게 "지금 희망의 봄이 오고 있어요. 그래도 우리에게 희망은 남아 있고 희망만은 버리지 말아야 해요. 힘들어도 나무에 물오르는 소리를 들어봐요."라고 말하는 것 같았다.

《나무》에 물오르는 소리는?

새해 첫날

막 잠에서 깨어나면

창밖 나무들의

함빡

물오르는 소리

처녀가 이미 처녀가 아니듯

오늘의 나무는 이미 어제의 나무가

아니다

새날이다

거울 앞에서

자신을 바라보아라

어제의 나무가 오늘의 나무가 아니듯

거기

너를 바라보는 또 다른

너

-오세영 《나무 1》 전문-

내가 이 시를 처음 만난 것은 2006년 『좋은 생각』(1월호)에서였다. 시가 좋아 메모해 두었다. 그리고 한참 지난 후 오세영의 시집 『시간의 쪽배』를 사서 읽게 되면서 다시 읽었다.

평화와 희망, 사랑을 노래했던 시인, 봄을 기다리며 봄을 찬양하는 시인 오세영의 시 《나무 1》이다. 그의 시집 『시간의 쪽배』에는 《나무 1》《나무 2》《나무 3》 이렇게 나무를 제목으로 한 시가 시리즈로 실려 있다. 위의 시는 그중 첫째 시인 《나무 1》이다.

오세영의 시를 읽다 보면 감성의 내밀한 상상 속에 이성을 강하게 품고 있음을 느낀다. 그 이성은 평화와 사랑, 희망을 향하고 있다. 위의 시 《나무 1》도 그렇다. 위의 시 《나무 1》에서도 새해 첫날 나무를 보고 느끼는 감성이 상상력으로 발전하고 있다. 그리고 그 안에 희망과 다짐, 성장과 변화를 향한 이성적 사고가 숨어 있다. 이것은 감성으로나 이성으로나 확 치우쳐야만 시의 느낌을 제대로 발휘할 수 있다는 어떤 이들의 주장과는 배치되지만, 어쨌든 나는 감성과 이성의 균형을 찾아가려는 그의 시를 좋아한다.

시인은 새해 첫날도 막 잠에서 깨어나 평소처럼 창밖의 나무들을 바로 보고 있었을 것이다. 그런데 전과는 달리 창밖 나무들의 '함빡 물오르는 소리'를 듣게 되었다. 이 소리는 실제 소리가 아니라 감성의 소리였다. 심장의 소리, 심연의 소리였다. 그리고 시인은 상상의 날개를 펼쳤을 것이다.

그런데 "새해 첫날"은 언제였을까? 시에서는 "새해 첫날"이 양력 1월 1일인지, 음력 1월 1일인지 말하지 않는다. 그러나 나는 시의 전반적인 분위기로 보아 "새해 첫날"을 음력 1월 1일로 생각한다. 그 첫날이 설날이라야 '나무에 함빡 물이 오르는 소리' 즉 봄의 기운을 느낄 수 있기 때문이다. 양력 1월 1일이라면 추위에 얼어붙고 말라 물이 오를 수 없기 때문이다.

내가 시에서 "새해 첫날"을 음력 1월 1일인 설날로 보는 이유는 다음 행의 "함빡 물오르는 소리"에서 구체화된다. 상식적으로 보아도 나무에 물이 "함빡" 오를 수 있는 것은 추위가 어느 정도 풀린 입춘이 지난 시기라야 한다. 양력 1월 1일은 이상기온이 아닌 이상 불가능하다. 여기서 이 "함빡"이란 말은 여러 면에서 의미를 강조시킨다.

그 "함빡"에 대해서 좀 더 생각해 보자. 땀에 "함빡" 젖었다는 것은 몸에 땀이 흘러내릴 만큼 젖었다는 것을 의미한다. 또 비에 "함빡" 젖었다는 것은 비를 맞아 온몸과 옷이 젖어 물이 줄줄 흐른다는 것을 의미한다. 시에서 나무에 물오르는 소리를 "함빡" 들을 수 있음은 물이 홍건하게 오르고 있으니 적어도 입춘은 지나야 하지 않을까?

그 "함빡"은 다음 행인 "처녀가 이미 소녀가 아니듯"에서도 강조의 의미를 지닌다. 시에서는 '소녀'와 '처녀'를 구분한다. 소녀는 아직 성적 발달이 미숙한 어린 여아로 인식되지만 '처녀'는 성적으로 분화와 발달을 이룬 결혼 안 한(이제 결혼할 준비가 된) 여성으로 인식된다. 소녀가 처녀가 되려면 단순한 몸의 성장만이 아니라 여성성이 성숙 되어야 한다. 성적인 발달과 함께 몸이 피어나야 한다. 그렇게 되려면 여성호르몬이 나무에 물오르듯 함빡 올라야 한다. 그것은 가슴 설레는 일이며 매우 아름다운 일이다. 바로 변화와 성숙을 향한 도전이다.

그렇듯 물이 "함빡" 오른 "오늘의 나무는 이미 어제의 나무가/아니다" 그것은 마치 소녀가 처녀로 변신한 것과 같다. 대단한 성숙이며 자기 도약이다. 이제 나무는 얼어붙고 메말라 있는 힘든 시기의 허물을 벗고 힘찬 희망과 성숙의 세계를 향해 나아갈 준비가 되어 있다. 처녀가 되어 시집을 가서 새로운 둥지를 틀고 생명을 잉태할 준비가 되어 있듯이 나무도 물이 "함빡" 올라 새로운 희망으로 새로운 성장과 생명을 잉태할 준비가 되어 있다.

그래서 '새해 첫날'은 나무에게나 처녀에게나 모든 생명체에게 "새날이다." 그 새날은 물리적으로 다가온 새날이 아니다. 달력으로 보여주는 새날이 아니다. 어제의 껍질을 벗고 새로 맞이하는 날이다. 구태를 버리고 새로운 다짐을 하는 날이다. 과거를 성찰하고 미래를 다짐하는 작심의 날이기도 하다. 새로운 희망으로 시작하는 날이다. 우린 그것을 알고 확인해야 한다.

그래서 시인은 "거울 앞에서/자신을 바라보아라"라고 말한다. 새날을 맞이한 자신을 객관화하여 응시해 보라는 의미이다. 자신을 대상화해 본다는 것은 매우 의미 있는 일이다. 누구든 자기 눈으로 자신을 직접 알 수 없고 바라볼 수도 없다. 자신을 보려면 자신을 객관화해야 한다. 그 객관화를 위한 방법으로 거울을 동원하였다.

여기서 '거울'은 실제의 거울일 수도 있고 마음속의 거울일 수도 있다, 어쨌든 거울은 자신을 비추며 확인하고 성찰하며 다짐을 하고 가꾸게 하는 도구이다. 거울을 통해 자신을 바라본 그 안에 무엇이 있는가? 거기에는 "어제의 나무가 오늘의 나무가 아니듯/너를 바라보는 또 다른/너"가 있다. "너를 바라보는 또 다른 너"는 어제의 '너'가 아니고 새로운 '너'이다. 여기서 앞의 '너'와 뒤의 '너'는 전혀 다른 의미를 지닌다. 앞의 '너'는 어제의 '너'이며 뒤의 '너'는 물이 함빡 오른 새날을 맞이한 '너'이다.

그러면 어제의 '너'는 어떤 '너'이며 새날의 '너'는 어떤 '너'일까? 어제의 '너'는 고난과 고독 실의에 찬 '너'일 수도 있고, 실패와 우울증에 빠진 '너'일 수도 있다. 또 분노와 증오에서 헤어나지 못하는 '너'일 수 있고, 구태에 빠져 있는 '너'일 수도 있다. 그러나 또 '다른 너'인 새날의 '너'는 온갖 고독과 고난과 실의와 우울과 분노와 증오를 벗어던진 희망을 가득 가진 '너'이며 새로운 성장의 에너지로 충만한 '너'이다.

이것은 삶에 있어서 대단히 이성적인 성찰의 메시지이다. 바로 거울을 통한 변화된 자아의 발견이다. 거울 앞에서 자신을 대상화하여 타자를 보듯 하면, 분명 거기엔 새로운 자아의 모습이 있을 것이며, 또 새로운 자아의 모습을 발견해야 함을 강조한 것이기도 하다. 성찰과 다짐을 통한 자기 발견의 주문이다.

다시 말하면 시에서 '함빡 물오르는 소리'는 희망의 소리이며 성장 에너지로 충만한 소리이다. 그것을 듣고 확인하고 다짐한 새날을 맞이했으니 우리 모두 희망을 노래하고 꿈을 설계하며 물오르듯 충전되는 에너지로 내일을 향해 나아가자는 메시지를 주고 있다. 한편으로 여기서 나무는 '또 다른 너'이기도 하다.

지금 우린 매우 힘든 시기의 터널 안에 있다. 우리나라는 특히 자영업자들이 서민 경제를 지탱하는 보루였다. 코로나19로 계속된 영업금지에 생존까지 위태로워지자 자영업자들은 더는 버틸 수 없다고 피켓을 들고 거리로 나와 불복종 시위를 벌이고 있다. 문을 닫는 자영업자가 줄을 잇는다. 그들이 폐업하면 대출금을 갚으라는 은행의 강요도 잇따른다고 한다. 자영업자들의 고용보험 가입률은 0.50%에 불과하여 노후는 더욱 불안하다. 거기다가 자영업자의 빚은 계속 늘어나고 있다. 한국은행의 통계에 의하면, 한국 자영업자의 빚은 2015년 422조 5,000억 원이었던 것이 2016년에 480조 2,000억 원, 2017년에 549조 2,000억 원, 2018년 624조 3,000억 원, 2019년 684조 9,000억 원, 2020년 6월 755조 1,000억 원으로 매년 가파르게 증가했다. 그만큼 자영업자들이 살아가기 어렵다는 것을 말해 주며 우리 경제가 어두운 터널에 서 있음을 말해 준다. 거기다가 실업자들이 늘고 기업의 고용 확대의 길은 보이지 않는다. 특히 청년들이 갈 곳이 더 없어져 우울하게 한다. 빨리 그 터널을 빠져나와야 한다. 그것은 정부를 포함한 사회의 총체적인 노력도 중요하지만, 개인 각자의 사고의 전환과 노력도 중요하다.

일신우일신(日新又日新) 하기 위하여

이제 봄이 다가오고 있다. 코로나 백신 접종 소식도 들린다. 모든 국민이 코로나 백신을 맞고 집단 면역이 발생하면 자유롭지 않을까? 경제가 활성화되지 않을까? 설날을 맞이하면서 옛날에 새해를 다짐했듯이 새로운 '나'를 찾고 내일을 다짐했으면 한다. 그러기 위해 나무에 '함빡 물오르는 소리'처럼 우리 내면에서 솟아오르는 '희망의 소리, 성취의 소리'를 들을 수 있으면 좋겠다. 그래야 '새로운 나'로 나아갈 수 있으리라.

이를 위해 중요한 것은 자신에 대한 성찰로 구태를 버리고 새롭게 나아가는 에너지를 충전하는 일이다. 시에서 '거울을 보아라'는 것처럼 매일 거울을 보면서 변화되는 자신을 확인하고 변화시키는 노력이 필요하다.

중국 고대의 하나라의 폭군 걸왕(桀王)을 징벌(懲罰)하고 상나라를 개국한 성군이었던 탕왕(湯王)이 세숫대야에 자기 이름을 새겨 넣고 매일 아침 세수할 때, 성찰하며 구태를 버리고 자신을 새롭게 발전시켜 갔듯이[165] 날마다 성찰하며 자신을 가꾸는 일은 마음의 에너지를 충전하는 길이다. 학자들의 연구에 의하면, 우리의 결심이 작심삼일이 되는 이유는 성찰과 다짐이 없기 때문이다. 그래서 거울을 보며 나를 발견하는 시간은 곧 성찰과 다짐의 시간이며 새로운 희망을 찾는 시간이기도 하다.

우린 아직 늦지 않았고 이제 새날(새봄)이 오고 있다. 김난도가 『아프니까 청춘이다』[166]에서 청년들에게 우리의 인생 시계는 고작 아침 7시 12분 즉 집을 막 나서려는 순간이라 했듯이 젊은이들은 이제 막 깨어나 삶을 시작하려

---

165) 湯之盤銘에 曰 苟日新이어든 日日新하고 又日新이라: 진실로 예전의 습관을 버리고 나를 새롭게 변화시킴이 있으면, 나날이 새롭게 나아가게 되니, 또 날마다 새롭게 변화시켜라(대학 전 2장)

166) 김난도, 『아프니까 청춘이다』 쌤 앤 파커스, 2010.

는 순간에 있다. 그 시간은 희망의 시간이다. 나이가 든 어른들도 수명이 길어진 지금은 하루 24시간의 고비가 지나면 새날이 오듯이 삶의 고비가 지나면 다시 아침을 맞이할 수 있을 것이다. "시련은 나의 힘"이며 "바닥은 생각보다 깊지 않다"는 김난도의 말처럼 결코 절망에 빠지거나 포기하지는 말자. "아프니까 청춘"이듯이 아프니까 인생이다. 그 아픈 청춘(인생)을 벗어나기 위해서도 중요한 것이 있다. 김난도는 말했다. "의미 없는 습관으로 굳어진 취미를 '삶의 유일한 즐거움'이란 식의 변명으로 감싸지는 말라. 세상에서 가장 큰 즐거움이 무엇이라 생각하는가? 그것은 성장하는 즐거움이다"[167]

희망을 잃지 말자. 희망은 강한 용기이며 새로운 의지이다 (마르틴 루터 Martin Luther 1483~1546). 희망이 끊어지면 마음이 병들고 소망이 이루어지면 생기가 솟는다(잠언 13장 12절). 봄철은 희망의 계절이며 삶의 에너지가 샘솟는 계절이다. 시인 윌리엄 워즈워스(William Wordsworth 1770~1850)는 "봄철의 숲속에서 솟아나는 힘은 인간에게 도덕상의 악과 선에 대하여 어떠한 현자보다도 더 많은 것을 가르쳐 준다."고 했다.

성장하는 기쁨을 누리기 위해 희망과 성장 에너지를 충전하자. 봄이 오는 길목인 설날을 앞두고 나는 오세영의 시를 읽으며 나 자신과 가족, 그리고 사람들에게 이렇게 말하고 싶다. "지금 희망의 봄이 오고 있어요. 힘들어도 우리에게 희망은 남아 있고 희망만은 버리지 말아야 해요. 나무에 함빡 물오르는 소리를 들어봐요. 지금 성장을 위한 에너지를 충전해요."

167) 김난도, 앞의 책, 205쪽

08. 가슴에 영원히 지펴야 할 희망이란 불씨

희망은 영원의 기쁨이다.
인간이 소유하고 있는 토지와 같은 것이다.
해마다 수익이 올라가 결코 다 써버릴 수 없는 확실한 재산이다.
〈R.L.B.스티븐슨/ 젊은이들을 위하여〉

희망의 새해맞이가 의미하는 것

소파 방정환은 〈없는 이의 행복〉이란 글에서 새해맞이에 대하여 이렇게 말한다.

"해가 솟는다. 사람들이 가리켜 새해라 하는 아침 해가 솟는다. 금선, 은선을 화살같이 쏘면서 바뀐 해 첫날의 새해가 솟는다. 누리에 덮인 어둠을 서쪽으로 밀어 치면서 새로운 생명의 새해는 솟는다. 오오, 새해다! 새 아침이다! 우리의 새 아침이다. 어둠 속에 갇힌 모든 것을 구해 내어 새로운 광명 속에 소생케 하는 아침 해이니, 계림 강산에 찬연히 비쳐 오는 신년 제일의 광명을 맞이할 때 누구라 젊은 가슴의 뛰놂을 막을 수 있으랴! 새해의 기쁨은 오직 아침 햇살과 같이 씩씩한 용기를 가진 사람뿐만의 것이니, 만근 천근의 무게 밑에서도 오히려 절망의 줄을 넘어서려는 사람만이, 만 가지 천만 가지의 설움 속에서도 오히려 앞을 향하여 내닫는 사람만이 새 생활을 차지할 수 있는 까닭이다."

예로부터 새해맞이는 항상 희망과 기대, 순수와 열망의 순간이었다. 사람들은 새해 떠오르는 해를 바라보면서 새로운 희망을 꿈꾸고 삶의 의지를 다지고 경건하게 자신을 설계하였다. 그래서 새해맞이는 항상 신선한 것이었다.

우리나라가 IMF를 겪던 1998년 그때는 희망의 해맞이로 전국이 몸살을 앓았다. 사람들은 절망을 딛고 일어서기 위해 희망의 끈을 잡으려 안간힘을 섰다. 그때 나도 온 가족이 새벽어둠을 뚫고 새해맞이를 간 적이 있었다. 그때는 정말 새해를 맞이하며 희망을 온몸으로 안고 설계하려는 사람들로 인산인해를 이루었다.

그러나 날이 갈수록 새해 해맞이를 하는 사람들이 줄어든다. 예전 같으면 새해 해맞이객들로 길이 꽉 막힐 지경이었는데 이제 새해맞이는 너무나 조용해지고 있다. 전에는 새해 첫날 문닫는 가게들이 대부분이었는데 요즈음 들면서 문을 여는 가게들이 넘쳐난다. 그만큼 새해의 벅찬 희망과 기도보다는 한 푼이라도 벌어야 한다는 절박함의 표출인가? 그만큼 사람들의 삶이 절박해져 간다는 증거가 아닌가?

사람들이 새해맞이를 하지 않는다는 것은 가슴에 희망의 불씨를 지피기보다는 당장 척박한 삶의 문제를 해결하는 것이 우선이라는 생각 때문이라는 생각이 든다. 살기 힘든 절박한 현실에서는 희망을 꿈꿀 여유조차 없다는 것인지 모른다. 희망을 잃고 현실의 끈에 붙잡혀 안주하고 있는 것인지도 모른다는 생각에 세상과 삶이 불안해진다. 희망은 누가 뭐래도 삶의 강한 용기와 새로운 의지의 원천인데 말이다.

우리 현대사에서 참으로 절망적이었던 시절은 1980년대 초였는지도 모른다. 흔히 말하는 서울의 봄을 기대하며 부푼 가슴을 안고 민주화에 대한 열망이 솟구쳤을 때 난데없이 나타난 군부는 모든 것을 짓밟았다. 하지만 그때도 사람들은 희망을 입으로 외쳐 불렀다. 그때 우리들의 가슴에 희망의 불씨를 지필 것을 호소한 시가 있었다. 정호승의 《희망을 만드는 사람이 되라》였다. 희망의 새해맞이를 한다는 것은 소파 방정환의 말처럼 절망의 줄을 넘어서려는 의지요. 앞을 향하여 내딛는 힘찬 발걸음이기 때문이다.

《희망을 만드는 사람이 되라》에 담긴 희망 메시지

이 세상 사람들 모두 잠들고
어둠 속에 갇혀서 꿈조차 잠이 들 때
홀로 일어난 새벽을 두려워 말고
별을 보고 걸어가는 사람이 되라
희망을 만드는 사람이 되라.

겨울밤은 깊어서 눈만 내리어
돌아갈 길 없는 오늘 눈 오는 밤도
하루의 일을 끝낸 작업장 부근
촛불도 꺼져가는 어둔 방에서
슬픔을 사랑하는 사람이 되라.
희망을 만드는 사람이 되라.

절망도 없는 이 절망의 세상
슬픔도 없는 이 슬픔의 세상
사랑하며 살아가면 봄눈이 온다.
눈 맞으며 기다리던 기다림 만나
눈 맞으며 그리웁던 그리움 만나
얼씨구나 부둥켜안고 웃어보아라.
절씨구나 뺨 부비며 울어보아라.

별을 보고 걸어가는 사람이 되어
희망을 만드는 사람이 되어
봄눈 내리는 보리밭길 걷는 자들은
누구든지 달려와서 가슴 가득히
꿈을 받아라.
꿈을 받아라.

-정호승《희망을 만드는 사람이 되라》전문-

내가 이 시를 처음 만난 것은 2008년 어느 잡지에서였다. 그런데 시간이 지나고 보니 인터넷에 이 시가 널리 유포되어 국민 애송시가 되어 있었다. 시가 지닌 의미가 좋아 현직에 있을 때 교실 복도에 써 걸어 놓기도 했다. 그 때부터 나는 정호승 시인의 시집과 책을 사보게 되었다. 그러면서 이 시가 정호승의 시집『서울의 예수』(민음사, 오늘의 시인 총서 15, 1982.)에 실렸음을 알게 되었다.

이 시는 개인적 소망을 담은 서정적 자유시이면서도 상당히 의지적이고 상징적이며 교훈적이고 역설적이다. 시는 절망을 극복하고 희망을 만드는 삶의 자세를 가지자는 결의인 "희망을 만드는 사람이 되라"고 강한 명령조의 시어를 반복적으로 구사한다.

이 시를 읽다 보면 옛날 고등학교 국어 교과서에 나오던 우보(牛步) 민태원(1894~1935)의 「청춘 예찬」이 떠오른다. 일제 강점기 때 절망에 빠진 조선 청년들에게 희망과 용기, 삶의 기백을 일깨워 준 「청춘 예찬」처럼 정호승[168]의 《희망을 만드는 사람이 되라》는 80년대의 절망에 빠진 청년들에게 희망의 불씨를 지피며 용기와 기백을 일깨워 주기에 충분했다고 생각한다. 이 시가 주는 그 희망의 불씨는 시공(時空)을 넘어 타오를 것이다.

시의 1연과 2연은 비슷한 구조를 지닌다. 앞부분에서는 우리가 처한 절망적인 상황을 나타내며 뒷부분에서는 그런 절망적 현실에서도 희망을 잃지 않는 강한 삶의 자세를 당부한다. "이 세상 사람들 모두 잠들고/어둠 속에 갇혀서 꿈조차 잠이 들 때"는 암담한 현실에 처한 절망의 시간과 공간이다. "홀로 일어난 새벽"은 처절하도록 외롭게 절망에 빠진 현실이다. 그러나 그것을 "두려워 말고" 희망의 나침반인 "별을 보고 걸어가는 사람이 되라." 당

---

168) 정호승(鄭浩承, 1950~)은 경상남도 하동군에서 태어났다. 초등학교 1학년 때 대구로 이사하여 대구에서 성장했다. 중학교 1학년(62년) 때 은행에 다니던 아버지가 사업에 실패하여 도시 변두리에서 매우 가난한 생활을 했다. 경희대가 주최한 전국고교문예 현상모집에서 "고교문예의 성찰"이라는 평론으로 당선되어 문예장학금을 지급받고 경희대학교 국어국문학과(68년 입학)를 들어가게 되었으며, 경희대학교 대학원을 졸업했다. 1973년 《대한일보》 신춘문예에 시 〈첨성대〉가 당선되어 시인이 되었으며, 1982년 《조선일보》 신춘문예에 단편소설 〈위령제〉가 당선되어 소설가로도 등단하였다. 시집으로 『서울의 예수』 『새벽편지』 『별들은 따뜻하다』 외에도 다수가 있고, 시선집으로 『흔들리지 않는 갈대』가 있다. 소설 《서울에는 바다가 없다》 동화《에밀레 종의 슬픔》도 썼다. 제3회 소월시문학상(1989), 정지용 문학상(2000), 한국가톨릭문학상(2006), 지리산 문학상(2009), 공초문학상(2012)을 받았다. 정호승의 몇몇 시는 양희은이나 안치환 등 가수들에 의해 노래로 창작되어 음반으로 출시되기도 했다.

당히 일어서서 "희망을 만드는 사람이 되라."고 역설한다.

2연에서 극에 달한 절망까지 사랑할 수 있어야 희망을 가질 수 있다고 외친다. '깊어서 눈만 내리는 겨울밤' "돌아갈 길 없는 오늘 눈 오는 밤/하루의 일을 끝낸 작업장 부근"은 계속되는 절망 속에 갇혀버린 고단한 현실이다. "촛불도 꺼져가는 어둔 방"은 차디찬 감옥과 같은 절망과 고통의 절정이다. 그러나 우린 그런 '절대적 슬픔'까지 사랑할 수 있어야 희망을 만드는 사람이 될 수 있다.

3연의 "절망도 없는 이 절망의 세상/슬픔도 없는 이 슬픔의 세상"은 절망과 슬픔이 너무 크기에 감히 절망이라 말할 수조차 없다. 그러나 그 절망까지 사랑하며 살아야 희망의 "봄눈"을 맞이할 수 있다. 그것은 그리워하며 간절히 기다리던 세상이다. 그때 우린 역경을 딛고 일어서 "눈 맞으며 기다리던 기다림 만나/눈 맞으며 그리웁던 그리움 만나" '모두가 얼씨구나 부둥켜안고 웃으며, 절씨구나 뺨 부비며 함께 울며' 기쁨과 환희의 잔치를 열자는 것이다. 봄이 오듯 희망은 반드시 올 것이란 확신이다.

그러니 사람들아, "별(희망의 나침반)을 보고 걸어가는 사람이 되어/희망을 만드는 사람이 되어" 희망이 가득한 "봄눈 내리는 보리밭길 걷는 자들은 누구든지 달려와서 가슴 가득히/꿈을 받아라. 꿈을 받아라." 꿈은 끝없이 쏟아지리니 희망의 순간이 올 것이란 확신으로 오늘을 견뎌 《희망을 만드는 사람이 되라》는 것이다.

이 시는 정호승의 초기 시집 『서울의 예수』(민음사, 1982)에 처음 실린 작품이다. 그땐 80년의 봄을 맞이하면서 전국적으로 민주화 운동이 거세게 일어났으나 군사정권이 들어서면서 민주화 운동은 절망으로 치닫고 있었다. 바로 희망과 절망이 교차 된 시절이었다. 젊은이들은 절망에 빠졌고 나라는 혼란 속에 허우적거렸다. 시인은 그때 대한민국 사람들 특히 청년들에게

'결코 절망하지 말고 희망을 가지라'고 역설한 것이라 여겨진다. 마치 일제 강점기에 청년들에게 청춘의 기상을 가지라는 민태원의 『청춘 예찬』처럼 말이다.

그래도 희망을 만드는 사람이 되라

새해 해맞이를 하지 않고 조용히 보내는 것에는 두 가지의 의미가 있다고 생각한다. 하나는 평안하고 문제가 없어 조용히 보내는 것일 수도 있고 다른 하나는 희망마저 잃고 체념하면서 그저 주어진 현실에 살기 급급한 무기력한 모습일 수도 있다. 전자이면 다행이지만 후자이면 절망이다. 그런데 새해를 맞이하면서 만나는 사람마다 희망의 언어가 아닌 절망의 언어로 말하는 것을 보면, 사람들 내면에 고단한 현실과 암울한 미래에 대한 일종의 체념이 도사린 것 같아 마음이 아프다.

정부에서는 성과를 내세우며 희망적인 말을 하지만, 사방에서 위기란 말이 자주 나온다. 첫째는 청년들의 절망이다. 한국경제연구원이 2008년부터 2018년까지 OECD 국가들의 청년고용지표를 분석한 결과를 보면, 청년 실업자는 지난 10년 동안 OECD 평균 14% 감소했지만, 우리나라는 28%가 늘었다. 천정부지로 뛰어오른 서울의 집값은 청년들에게 더욱 큰 절망을 안겨주고 있다. 최근에는 취포족(취업포기족)이 계속 늘고 있다고 한다.

세계무역기구(WTO)의 '2019년도 세계 무역보고서'에 의하면, 노동인구는 점점 줄어들어 한국의 노동인구는 2040년이면 2018년보다 17%가 감소할 것이라 추산한다. 한국의 전체 인구 변화는 적지만 저출산·고령화의 여파로 15~65세의 생산인구가 급격하게 줄어 경제성장에 지장을 줄 것이란 예측이다. 거기다가 베이비부머 세대(1955년생~1963년생) 중 65세 이상이 800만 명(인구의 15.4%)을 넘어서기 시작했다. 이들은 생산 현장에서 밀려나며 노후대책이 부족한 가운데 어려움을 겪고 있어 복지비용은 점점 커질 것이란 전망이다. 복지비용을 증대시키려면 생산성이 향상되어야 하는데 우리 경제는 그러기에 너무 힘겨운 것 같다.

이러한 현상에 나홀로 사장이 100만 명을 넘어섰고 가계부채는 1500조 원을 넘어섰으며, 특히 경제의 허리라고 하는 중산층이 급격하게 무너지고 있다. 경제협력개발기구(OECD)에 따르면, 중산층은 '중위소득의 50% 초과 150% 이하'에 분포된 소득계층으로 2019년 한국의 중위소득은 4인 가구 기준 월 461만 원이다. 230만~690만 원을 벌어들이면 중산층이라는 얘기인데 이 기준에 따르면, 2019년 2분기 기준으로 중산층 비중은 사상 최저 수준으로 떨어졌다. 이 비중은 2015년 67.9%, 2016년 66.2%, 2017년 63.8%, 2018년 60.2%, 2019년 58.3%로 하락했다. 70%에 육박했던 이 비중이 50%대로 추락했으며 특히 자산 중산층은 33.1%로 추락하여 비상 상황이 아닐 수 없다. 국가 경제의 허리인 중산층이 무너지고 있다.[169]

여기다가 고용 지표는 급속히 떨어지고 있다. 한국노동연구원의 월간 노동리뷰 2019년 3월호에 따르면, 30대 연령층은 전년 동월에 비해 취업자가 12만 6000명 감소하면서 2.2% 줄었다. 전월로 비교해도 2018년 12월 30대 초반 취업자는 249만 2000명에서 2019년 1월 246만 4000명으로 2만 8000명 감소했으며, 30대 후반은 305만 7000명에서 2만 명 감소한 303만 7000명으로 집계됐다. 40대 취업자는 2018년 12월 661만 1000명에서 2019년 1월 7만2000명 감소한 653만 9000명으로 나타났는데 이는 전년 동월 대비 감소

169) 중앙일보, 2019. 9. 30.

폭이 11월 12만9000명에서 12월 13만 5000명, 1월 16만 6000명으로 가파르다. 경제 핵심 연령층의 취업자 규모가 쪼그라들고 있다.

일자리 지표도 악화했다. 고용노동부의 최근 발표를 보면, 2019년 1월 마지막 영업일 기준 종사자 1인 이상 국내 사업체의 빈 일자리는 16만 6700개로, 1년 전의 20만 6417개보다 3만 9717개 감소했다. 빈 일자리 감소 폭은 2011년 9월(6만 850개) 이후 88개월 만에 가장 크다. 빈 일자리란 현재 비어 있거나 1개월 안에 새로 채용할 수 있는 일자리를 의미하는 것으로, 노동 시장에서 실업자를 얼마나 수용할 수 있는지를 가늠할 수 있는 지표로 활용된다.[170]

2019년 이후부터 우리 사회에 엄습한 4V(Vacant) 공포는 더 큰 절망이다. 4V 공포는 4가지 빈(Vacant) 현상으로 첫째는 빈손 공포이다. 자영업자들은 사업을 해도 빈손이며, 중산층과 저소득층도 열심히 일해도 남는 것이 없는 빈손이며, 은행에 예금해도 남는 것이 없는 빈손이란 것이다. 둘째는 빈집 공포이다. 이 빈집 공포는 우리나라만 아니라 선진국에서 이미 도래한 것으로, 한국은 가파르게 증가하고 있다. 농촌의 빈집은 급격하게 증가하고 농촌 공동체는 해체되어 가고 있을 뿐만 아니라, 도시 지역도 낙후된 지역은 슬럼화되어 가고 있다. 서울 집값은 천정부지로 치솟는데 지방 집값은 떨어진다. 그러니 지방 자본까지 서울로 몰리고 있다. 셋째는 빈 상가 공포이다. 이제 상가는 꿈의 투자처가 아니다. 빈 상가는 늘어나는데 장사를 접고자 하는 업주들이 늘어난다. 시내에 나가면 곳곳에 빈 상가이며 임대한다고 써 놓은 곳이 날로 늘어난다. 빈 상가가 늘어나면 건물주도 위험해지며 경제는 도미노 현상을 일으킨다. 넷째는 빈 산업단지 공포이다. 특히 지방

170) 디지털타임즈, 2019. 3. 18.

으로 갈수록 산업단지는 기업이 입주하지 않고 날이 갈수록 빈 산업단지가 늘어나고 있다. 지방은 인구감소에 산업단지가 비어가니 해체의 위기로 가고 있다.

특히 더 절망적인 것은 결혼하지 않는 젊은이들이 늘어나고 결혼하여도 출산을 하지 않는 인구가 늘고 있다. 출산과 육아는 미래를 위한 가장 핵심적인 투자이다. 옛날 어느 집안, 어느 왕조도 대를 이을 사람이 없으면 무너지고 결국은 나라도 무너졌다. 그런데 취업은 어렵고 소득은 줄어들고 집값은 뛰는데 앞은 보이지 않으니 감히 결혼하여 아이 낳을 엄두를 못 내는 것이다. 그것을 젊은이들의 가치관 탓으로 돌릴 수 없는 일이다.

위기는 평화의 시대에도 늘 수면 아래서 튀어나올 준비를 하고 있다. 그래서 위기가 없는 시대는 없다, 중요한 것은 위기를 감지하고 그 원인을 살펴 지혜롭게 극복해 내는 것이다. 지혜로운 국민, 지혜로운 정부는 그 위기를 잘 감지하고 잘 극복하는 국민과 정부이다.

우리 민족은 과거에도 그 위기를 잘 넘겼다. 그러나 지금은 과거와 다른 것 같다. 많은 사람이 희망보다는 체념하는 것 같아 안타깝다. 체념이 너무 오래되면 희망을 버린다. 희망은 사람이 살아갈 가장 핵심적인 에너지이다. 삶이 아무리 힘들고 몸이 아파도 희망이 있는 한 죽지 않는다. 그러나 희망이 사라지면 죽음을 가까이하게 된다. 한국인들이 죽음을 더 가까이하게 될까 두렵다.

시인이 이 시를 쓴 80년대 초는 군부정권에 의해 민주화의 꿈이 좌절되는 것을 보고 '희망을 가지라'고 역설했지만, 지금은 정치, 경제, 출산, 취업 등 전방위적인 절벽에 서 있는 한국인들에게 절벽 같은 절망을 딛고 서는 가장 큰 동력은 희망이란 메시지로 들린다. 그러나 그때는 개개인에게 희망을 역설했지만, 지금은 정부가 국민에게 희망을 줄 것을 간곡히 역설하는 것으로 들린다.

체념적으로 현실에 주어진 삶을 사는 것보다 강한 희망을 가지는 것이 삶의 더 큰 에너지임은 많은 연구에서도 입증되었다. 그러나 새해 첫날에도 가게의 문을 열고 손님을 기다리는 사람들이 급증하는 현실, 해맞이보다는 조용히 집에서 보내는 사람이 늘어나는 현실이 평화와 안정이 아니라 희망을 잃고 살기에 급급한 체념적 현실 인식인 것 같아 마음이 아프다.

지금 다시 정호승의 시《희망을 만드는 사람이 되라》를 읽으며, 절망적이었던 80년대 초나 IMF 구제금융을 맞이했던 90년대 말에도 새해 해맞이를 통해 강한 희망의 끈을 잡으려 했듯이, 한국인이여《희망을 만드는 사람이 되라》고 외치고 싶다. 우리들 가슴에 시공을 넘어 타오르는 희망의 불씨가 지펴지기를 기도해 본다. 희망은 우리들의 가슴에 영원히 지펴야 할 삶의 불씨임이 분명하기 때문이다.

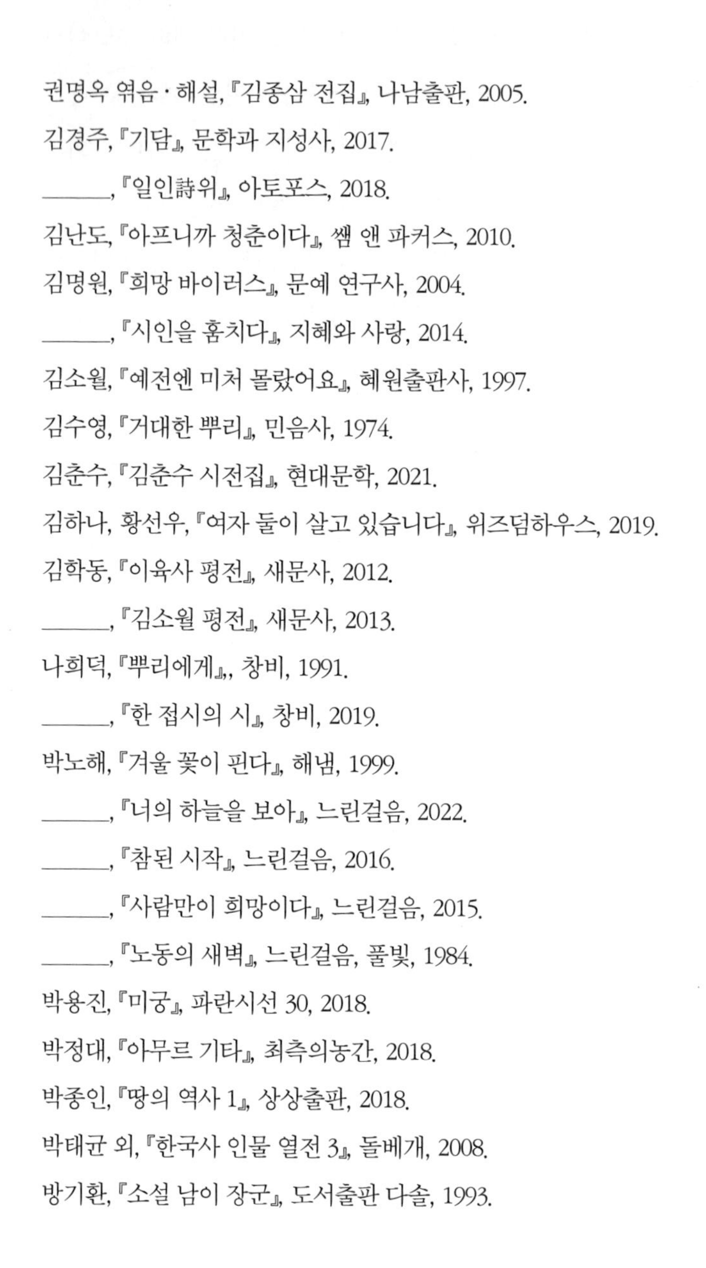

■ 인용 및 참고한 책들

권명옥 엮음 · 해설, 『김종삼 전집』, 나남출판, 2005.

김경주, 『기담』, 문학과 지성사, 2017.

______, 『일인詩위』, 아토포스, 2018.

김난도, 『아프니까 청춘이다』, 쌤 앤 파커스, 2010.

김명원, 『희망 바이러스』, 문예 연구사, 2004.

______, 『시인을 훔치다』, 지혜와 사랑, 2014.

김소월, 『예전엔 미처 몰랐어요』, 혜원출판사, 1997.

김수영, 『거대한 뿌리』, 민음사, 1974.

김춘수, 『김춘수 시전집』, 현대문학, 2021.

김하나, 황선우, 『여자 둘이 살고 있습니다』, 위즈덤하우스, 2019.

김학동, 『이육사 평전』, 새문사, 2012.

______, 『김소월 평전』, 새문사, 2013.

나희덕, 『뿌리에게』,, 창비, 1991.

______, 『한 접시의 시』, 창비, 2019.

박노해, 『겨울 꽃이 핀다』, 해냄, 1999.

______, 『너의 하늘을 보아』, 느린걸음, 2022.

______, 『참된 시작』, 느린걸음, 2016.

______, 『사람만이 희망이다』, 느린걸음, 2015.

______, 『노동의 새벽』, 느린걸음, 풀빛, 1984.

박용진, 『미궁』, 파란시선 30, 2018.

박정대, 『아무르 기타』, 최측의농간, 2018.

박종인, 『땅의 역사 1』, 상상출판, 2018.

박태균 외, 『한국사 인물 열전 3』, 돌베개, 2008.

방기환, 『소설 남이 장군』, 도서출판 다솔, 1993.

백석, 『정본 백석 시집』, 문학동네, 2020.
성백효 역주, 『맹자 집주 人』, 한국인문고정연구소, 2014.
______ 역주, 『맹자 집주 天』, 한국인문고정연구소, 2014.
세리코(SERICEO) 콘텐츠 팀 지음, 『삼매경』, 삼성 연구소, 2011,
송기한, 『정지용과 그의 시 세계』, 박문사, 2014.
신명호, 『조선의 공신들』 가림기획, 2003.
신미균, 『웃는 나무』, 서정시학, 2007.
______, 『길다란 목을 가진 저녁』, 파란 시선, 2023.
______, 『웃기는 짬뽕』, 푸른 사상, 2020.
신동엽 지음, 강형철 · 김윤태 엮음, 『신동엽 시전집』, 창비, 2013.
심훈, 『불사조』(도딤문고, 한국문학전집), 도디스, 2016.
안정효, 『은마는 오지 않는다』, 고려원, 1990.
오생근 엮음 · 옮김 · 해설, 『시의 힘으로 나는 다시 태어난다』, 문학판, 2020.
오세영, 『바이러스로 침투하는 봄』, 렌덤하우스중앙, 2006.
______, 『시간의 쪽배』 민음사, 2005.
유안진, 『지란지교를 꿈꾸며』, 서정시학, 2011.
윤동주, 『하늘과 바람과 별과 시』, 명지사, 1990.
윤홍길, 『완장』, 현대문학, 2011.
이기환, 『흔적의 역사』, 책문, 2018.
이동영 편저, 『이육사』, 한국현대시인연구 2 문학세계사, 1992.
이숭원, 『백석 시의 심층적 탐구』, 태학사, 2011.
이숭원 주해, 『원본 정지용 시집』, 깊은 샘, 2003
이재복 엮음, 『김춘수 시선집』, 지식을 만드는 지식, 2012.
이재호 옮김, 『금오신화』, 솔, 1998.
이철송, 『황지우와 박노해, 증상과 욕망의 시학』, 케포이북스, 2014.
이해인, 『이해인 시전집 2』 문학사상, 2019.
장석주, 『단순하게, 느리게, 고요히』, 지식을 만드는 지식 2012.
장욱 외 공저, 『폭력에 대한 철학적 성찰』, 철학과 현실사, 2006.

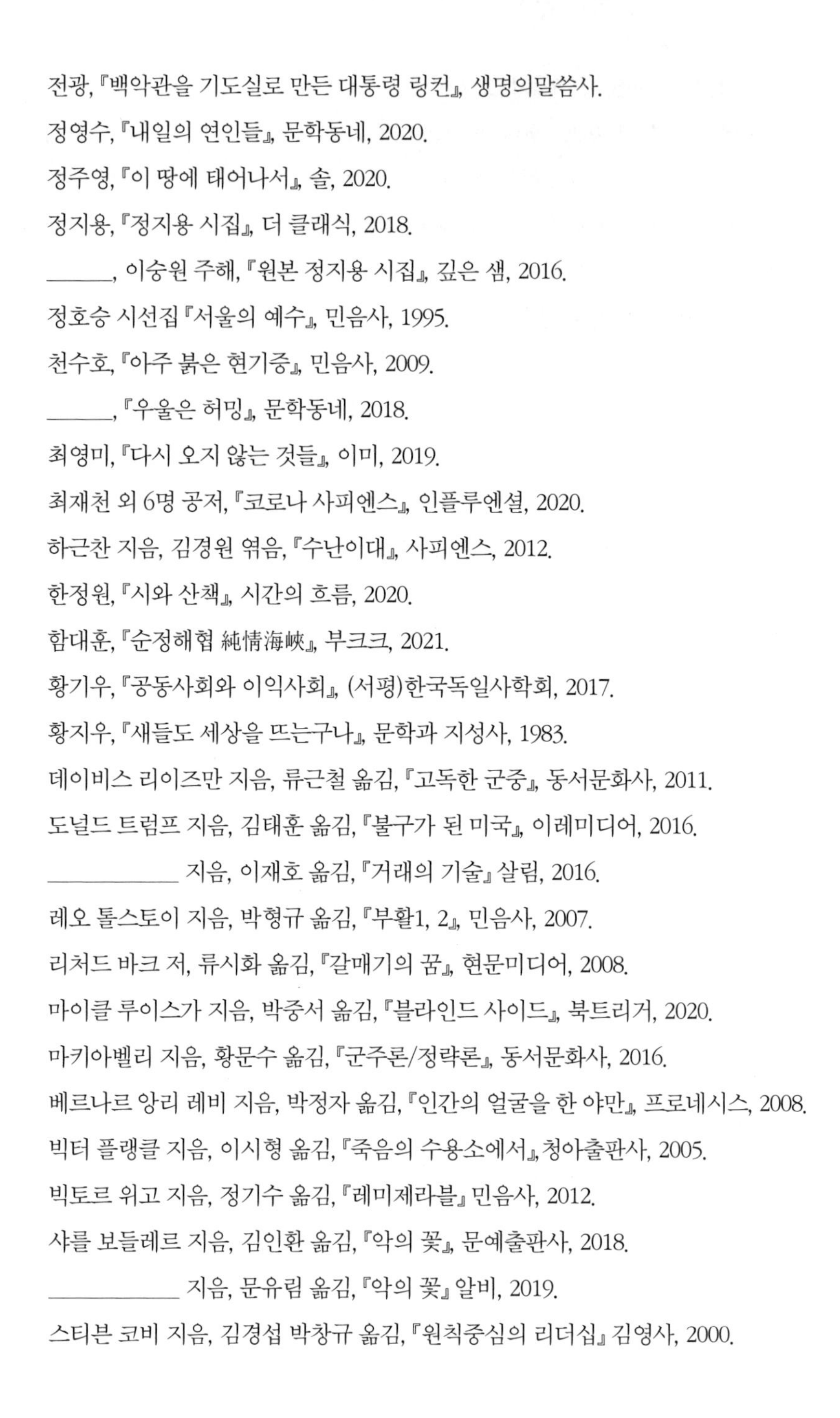

전광, 『백악관을 기도실로 만든 대통령 링컨』, 생명의말씀사.

정영수, 『내일의 연인들』, 문학동네, 2020.

정주영, 『이 땅에 태어나서』, 솔, 2020.

정지용, 『정지용 시집』, 더 클래식, 2018.

______, 이숭원 주해, 『원본 정지용 시집』, 깊은 샘, 2016.

정호승 시선집 『서울의 예수』, 민음사, 1995.

천수호, 『아주 붉은 현기증』, 민음사, 2009.

______, 『우울은 허밍』, 문학동네, 2018.

최영미, 『다시 오지 않는 것들』, 이미, 2019.

최재천 외 6명 공저, 『코로나 사피엔스』, 인플루엔셜, 2020.

하근찬 지음, 김경원 엮음, 『수난이대』, 사피엔스, 2012.

한정원, 『시와 산책』, 시간의 흐름, 2020.

함대훈, 『순정해협 純情海峽』, 부크크, 2021.

황기우, 『공동사회와 이익사회』, (서평)한국독일사학회, 2017.

황지우, 『새들도 세상을 뜨는구나』, 문학과 지성사, 1983.

데이비스 리이즈만 지음, 류근철 옮김, 『고독한 군중』, 동서문화사, 2011.

도널드 트럼프 지음, 김태훈 옮김, 『불구가 된 미국』, 이레미디어, 2016.

____________ 지음, 이재호 옮김, 『거래의 기술』 살림, 2016.

레오 톨스토이 지음, 박형규 옮김, 『부활1, 2』, 민음사, 2007.

리처드 바크 저, 류시화 옮김, 『갈매기의 꿈』, 현문미디어, 2008.

마이클 루이스가 지음, 박중서 옮김, 『블라인드 사이드』, 북트리거, 2020.

마키아벨리 지음, 황문수 옮김, 『군주론/정략론』, 동서문화사, 2016.

베르나르 앙리 레비 지음, 박정자 옮김, 『인간의 얼굴을 한 야만』, 프로네시스, 2008.

빅터 플랭클 지음, 이시형 옮김, 『죽음의 수용소에서』, 청아출판사, 2005.

빅토르 위고 지음, 정기수 옮김, 『레미제라블』 민음사, 2012.

샤를 보들레르 지음, 김인환 옮김, 『악의 꽃』, 문예출판사, 2018.

____________ 지음, 문유림 옮김, 『악의 꽃』 알비, 2019.

스티븐 코비 지음, 김경섭 박창규 옮김, 『원칙중심의 리더십』 김영사, 2000.

애덤 브래들리 지음, 김경주 김봉현 옮김, 『힙합의 시학』, 글항아리, 2018.
야무치 슈 지음, 김문경 옮김, 『철학은 어떻게 삶의 무기가 되는가』, 다산북스, 2019.
에드워드 기번 지음, 강석승 옮김, 『로마제국 쇠망사』, 동서문화사, 2017.
엘렌 웨버 리비 지음, 김정희 옮김, 『페이버릿 차일드』, 동아일보사, 2011.
오기타 치에 지음, 한성례 옮김, 『당신이 있어서 정말 좋았어』, 책이 좋은 사람 출판, 2007.
제니퍼 라이트 지음, 이규원 옮김, 『세계사를 바꾼 전염병 13가지』, 산처럼, 2020.
조지 오웰 지음, 도정일 옮김, 『동물농장』, 민음사, 2009.
존 스튜어트 밀 지음, 김현욱 옮김, 『자유론』, 동서문화사, 2016.
토마스 모어 지음, 김현욱 옮김, 『유토피아』, 동서문화사, 2016.
토마스 하디 지음, 정종화 옮김, 『테스 1, 2』, 민음사, 2009.
페르디난트 퇴니스 지음, 곽노완 황기수 역, 『공동사회와 이익사회』, 라움, 2017.
표도르 도스토예프스키 지음, 김연경 옮김, 『카라마조프의 형제들』, 민음사, 2012.
프리드리히 빌헬름 니체 지음, 김욱 옮겨 엮음, 『니체의 숲으로 가다』, 지훈 출판, 2010.
____________ 지음, 정희창 옮김, 『차라투스트라는 이렇게 말했다』, 민음사, 2004.
플라톤 지음, 이환 편역, 『국가론』, 돋을새김, 2007.
한나 아렌트 지음, 김선옥 옮김, 『예루살렘 아이히만』, 한길사, 2019.
호메로스 지음, 이상훈 역, 『일리아스/오디세이아』, 동서문화사, 2015.

시를 읽으면 세상이 보인다

초판 1쇄 발행 2025년 1월 11일

지은이 이상호
펴낸이 이기봉
편집 좋은땅 편집팀
펴낸곳 도서출판 좋은땅
주소 서울특별시 마포구 양화로12길 26 지월드빌딩 (서교동 395-7)
전화 02)374-8616~7
팩스 02)374-8614
이메일 gworldbook@naver.com
홈페이지 www.g-world.co.kr

ISBN 979-11-388-3896-2 (03800)

※ 이 책에 인용한 시들은 해당 출판사와 시인의 허락을 받았으나 일부 시의 경우 그 저작권자의 연락처를 찾기가 어려워 허락을 받지 못했습니다. 해당 시의 저자나 출판사가 연락을 주시면 절차에 따라 인용 허락을 받겠습니다.